狼牙

刘猛 著

军事作品

北京联合出版公司
Beijing United Publishing Co.,Ltd.

图书在版编目（CIP）数据

狼牙 / 刘猛著. — 北京：北京联合出版公司，
2014.12（2021.11重印）
（狼牙系列）
ISBN 978-7-5502-3593-9

Ⅰ．①狼… Ⅱ．①刘… Ⅲ．①长篇小说－中国－当代 Ⅳ．①I247.5

中国版本图书馆CIP数据核字（2014）第210409号

狼牙

出版统筹：新华先锋
责任编辑：徐秀琴
封面设计：易珂琳
版式设计：朱明月

北京联合出版公司出版
（北京市西城区德外大街83号楼9层 100088）
天津旭丰源印刷有限公司印刷　新华书店经销
字数430千字　787毫米×1092毫米　1/16　26印张
2014年12月第1版　2021年11月第7次印刷
ISBN 978-7-5502-3593-9
定价：59.00元

第一章

─────────★─────────

1

墓碑。

墓碑排山而上，还是一个方阵。一个兵的方阵，鬼雄的方阵。

钢盔。

蒙着迷彩布的钢盔高低错落，也是一个方阵。一个兵的方阵，人杰的方阵。

"中国人民解放军狼牙侦察大队告别南疆仪式现在开始！"夜色中，一个脸庞黝黑的壮汉举起酒碗。唰——身后的100多个身穿迷彩服的剽悍侦察兵举起酒碗。

"1988年7月20日，我中国人民解放军A军区狼牙侦察大队结束南疆保卫战轮战使命，奉命回撤！"侦察大队大队长何志军上校端着酒碗高喊，"各位烈士，我部在前线轮战3年，执行大小任务200余次，今天子夜时分将跟随我军区A集团军一起告别南疆，撤离战区！我部全体生还士庄严敬告各位先烈，在我A军区全体将士轮战期间——国土寸土未失，你们可以瞑目了！"

唰——100多个侦察兵将酒一起洒在地上。接着一阵巨响，100多个酒碗被摔碎在地上，何志军双手颤抖着摘下自己胸前的一等功勋章，放在面前的烈士纪念碑上。

"陈勇！"何志军高喊。

"到！"一班班长陈勇跨出队列。

"一班，上子弹！"

"是！"陈勇摘下自己背上的81自动步枪，"一班都有——上子弹！"

一班战士们从胸前取出弹匣上子弹。

"大队长，我们已经奉命撤出战区了！"二中队教导员耿辉少校趋前一步低声提醒，"再打枪恐怕不合适……"

"他们永远留在战场中了。"何志军看着面前的墓碑群落，声音低沉地说，"打吧，出了问题我负责。"

一班班长陈勇带着一班战士跑步出列，登上台阶，在墓碑前方站成一排。黑洞洞的自动步枪枪口朝天，年轻的手几乎同时拉开枪栓。

"敬礼——"何志军高喊着举起右手。随着身后官兵们举起右手敬礼的同时，一班战士手中的步枪开始对天射击。嗒嗒嗒嗒……枪声震耳欲聋，在山间回响。枪口的火焰映亮了战士们的眼睛，仿佛在唤醒他们铁与血的回忆。

山下正在准备开拔的 A 军区部队车队蜿蜒在山路上。指挥车旁边，警卫战士们拉开枪栓站开。警卫连长叫喊着布置防线，白发苍苍的前线总指挥、军区副司令推开集团军军长刘勇军拦着自己的手臂从车里走下来。老爷子眼睛发亮，厉声喝问："哪里打枪？"

"好像是烈士陵园。"警卫连长放下望远镜报告。"哦。"老爷子点点头。

"是军区侦察大队，他们跟我打过报告要顺路去告别烈士，我批准了。"军区情报部部长低声说。

"知道了。"老爷子并未感到惊讶，转身进了指挥车继续听取汇报。

"要不我去提醒他们一下？"情报部长说。

"不用了。军人撤离战场，告别战友，打几枪算什么事情？"老爷子说着话锋突然一转，"传我的命令——离开南疆战区范围以后，除了少数警卫部队，所有实弹手榴弹全部上交，战士身上不能留一发子弹一颗手榴弹！战士们身上的战争虽然结束了，但是战士们心里的战争会延续很多年，情绪容易激动，这种时候千万不能出事！我们不能让战场下来的功臣成为和平的罪人！"

"是！"刘勇军立正敬礼。老爷子的眼睛转向苍茫的群山，射击声稍微停顿后又接着继续，显然是更换了弹匣。枪声更密集了，好像所有侦察大队的官兵都参加了鸣枪告别仪式。老爷子不禁苦笑："这个何志军啊！他是一发子弹也不想交还给我啊！"

2

省城车站，彩扎的凯旋门下一片锣鼓喧天。闷罐列车正缓缓停靠在站台。欢迎的少先队员们笑脸可爱，鲜花灿烂；秧歌队彩旗招展，红绸飞舞；来迎接的军区领导和地方领导肃立在站台旁。林秋叶拉着何小雨在人群中跑着，她跑得上气不接下气。15 岁的何小雨着急地催促她："快点儿！快点儿！这里人太多了，我们要看不见爸爸了！"

"你着急什么啊？你爸爸这次回家了，怎么看不见？"林秋叶擦着汗笑着说。

"林阿姨！何小雨！"刘晓飞叫着，"你们也来了啊！"

"哟！晓飞啊！你妈妈呢？"林秋叶笑着说。刘晓飞满脑门儿都是汗："她挤不进来！她说她回家做饭去，等我爸回去吃饭！让我自己接我爸！"

"晓飞现在都成大人了啊！以后在学校对我们小雨要多帮助多照顾啊！"林秋叶笑着说。刘晓飞看了何小雨一眼，嘿嘿一笑："放心吧，阿姨！"

"谁要他照顾！"何小雨白了刘晓飞一眼拉着林秋叶进了。

"这孩子！"林秋叶苦笑，"怎么那么没礼貌？晓飞，我们走了啊！"刘晓飞笑笑，摆手。

闷罐车慢慢停下，车头喷出白雾，车门却没有打开，欢迎的人群被拦在警戒线外面。林秋叶被何小雨拉到第一排，纠察们满头大汗，他们胳膊挽着胳膊组成人墙，高喊着："退后！都退后！没有命令你们不能过去！"

"我爸爸在车上！"何小雨理直气壮地喊。纠察班长高喊："他们的爸爸都在车上！"

何小雨看了一眼来欢迎的亲属们都是挥泪如雨，哼了一声，不再吭声了。林秋叶撩起汗湿的头发，着急地看着闷罐车厢门，似乎想把车门看穿。又一队纠察战士沿着车尾跑步过来，在每个车门口留下两个钉子一样的战士，然后继续跑过去。一个少校拿着命令站在车厢旁边高喊着："根据军区前指命令——所有参战部队的作战连队，全部不许下车！直接回原部队驻地集中训练一个月！"

车厢里面的兵们和下面的亲属们都是一阵爆骂。兵们踹着车门："开门！放老子下去！""妈——我回来了！""老子炸了你这烂火车！开门！"……亲属们都是撕心裂肺，哭天抹泪："为什么不许下车啊？""仗不是打完了吗？""我的儿啊——让妈看你一眼吧——"

纠察少校也很为难，他看着亲属们，拿起扩音器对着车厢高喊："同志们！这是军区前指的命令，为了防止由于过于激动出现意外事件，军区前指和地方公安机关联合做出这个决定！你们都是战场上下来的英雄，都是好样的！"

兵们听到这些，在车里更加激动了："我废了你们这帮纠察！""我们回家了！为什么不让我们回家——""让我下车，不然我打死你！""枪林弹雨都没有打死老子，你个小纠察就敢命令老子？！"……纠察少校低下头，随即又抬起来："不许下车，这是命令！"

兵们正在群情激昂地捶门叫骂着，前指的将领们从后面下了车。老爷子甩开来迎接的白白胖胖的地方干部的手，直接走向车厢。

"首长！"少校敬礼。老爷子接过扩音器："我是 A 军区副司令。"

正在叫喊的士兵们听到老爷子苍老却很严肃的声音，逐渐安静下来。车厢里面只听见抽泣声，间或有人哀求："首长，让我们下车吧！我想妈妈……"

"你们都是军人！"老爷子高声说，"军人就要有个军人的样子！哭哭啼啼，大喊大叫干什么？还踹车门？火车是国家的财产！谁想炸火车？炸一个给我看看！"

车里鸦雀无声，车外也变得鸦雀无声。老爷子厉声问："各个部队的政委都是干什么吃的？！教导员、指导员都是干什么吃的！为什么不能现在下车，我没有告诉过你们吗？！现在我命令，所有部队军政主官把队伍给我带起来，在车厢里面集合！"

压抑着巨大战争能的车厢在沉默中逐渐响起喊队的声音，嘈杂的脚步声在车厢里面纷乱踏着车板。家属们都是心如刀绞，压抑着自己的哭声。

"报告首长！大功连集合完毕——"车厢里面传出军官嘶哑的吼声。

"报告首长！能攻善守连集合完毕——"

"报告首长！ A 军区狼牙侦察大队集合完毕——"……

老爷子点点头："很好，部队就要有个部队的样子！你们是解放军，不是土匪！不让你们下车就是为了维护你们解放军的形象！你们刚刚从战场下来，还没有适应和平这个环境！你们的脑子里还绷着打仗这根弦，还没想过如何处理和平环境下发生的问题，这样下来会出事的！先学会怎么在和平的环境中生存，再离开营房去见你们的亲人！我把你们送上战场，但是我不想把你们送上刑场！——明白吗？！"

车厢里一片沉默，只有压抑的哭声。老爷子再次高声问："明白吗？！"

"明白！"车厢里面发出震动站台的怒吼。

"全体都有——面对车门，敬礼——"老爷子高喊，他放下话筒，"开车，把车门打开！"

眼巴巴盼着亲人的家属们哇地都哭了。林秋叶哭得几乎昏厥过去，何小雨扶着她哭喊："爸——"

十几扇车门一下子全部同时拉开。黑黝黝的脸、亮晶晶的眼、金灿灿的军徽领花，年轻得让人心疼的小伙子们面对车站上的亲人们，举着右手敬礼。胸前的累累军功章都在年轻瘦弱的身躯上晃动着。老爷子举起右手。纠察少校高喊："敬礼——"

唰——在场的纠察和军人们都举起右手向战场归来的战士敬礼。

亲属们的哭声震动车站，有的哭晕过去。来欢迎的女兵们也是眼泪汪汪，少先队员们沉默了，女孩们抽泣着。火车头缓缓喷出白雾，车轮慢慢开始转动。何小雨扶着母亲哭喊着："爸——爸——"

车厢在亲属们面前慢慢滑过，战场归来的英雄们列队举手敬礼，接受亲人们的检阅。眼泪从他们的脸上无声滑落，年轻点儿的战士们更是泣不成声。老爷子面无表情，对着自己的士兵们敬礼。在一片绿色当中，身穿迷彩服的侦察大队掠过人们面前。何志军举着右手忍着眼泪，耿辉站在他的身旁。耿辉的妻子李东梅举着孩子："耿辉——儿子会叫爸爸了——"耿辉低下头，又抬起来，脸上流着眼泪。林秋叶和何小雨追着火车："老何——老何——""爸爸——"纠察们的人墙拦住了她们。车厢渐渐远去了，车门重新关上。

后面下来的后勤系统和机关干部们没有和亲人们拥抱亲吻，都是无声地顺着纠察们开辟的通道出去了。刘晓飞找到军区后勤部干部刘凯："爸，你回来了！"

刘凯苦笑着："走吧，别让那帮家属骂。"刘晓飞低下头跟着父亲出去了。

何小雨扶着哭得几乎休克的母亲："妈——为什么不让爸爸下车啊？"

"孩子，你还太小，你不懂……"林秋叶扶墙站着，缓缓情绪说。

"通知部队，每天都是队列训练，《三大纪律八项注意》每天给我唱10遍。"老爷子叹息一声说，"加强管理，清理部分战士暗藏的枪支弹药，不要给处分了。从战场下来，我们反而有更艰巨的心理战役要打。"刘勇军点头。

"猛虎下山，注定要先拔牙啊！"老爷子悲凉地感叹。

3

"正步一步两动——"女上校板着脸命令，"一！"唰——解放鞋踢起来。

女兵们扎着武装带，大檐帽下的眼睛注视着前方。方子君戴着少尉军衔站在排头，她有点儿中暑，汗水顺着她洁白如玉的脸颊流下来。

派来训军区总医院战场救护队的女干部可不是个简单人物，1979年就是南疆保卫战的英雄人物、老战场救护队长，军委领导接见过的。所以那些无论在前线还是后方都无法无天的女兵们对她还是有点儿畏惧的，何况她现在还是军区总医院的政治部主任，属于实权派人物，哪个人也不敢轻易惹她。

军区直属队集中在省城附近的防化团驻地进行训练，由于这里是山沟，所以空气很好。操场上都是在操练队列的军人们，防化团早早就让出了两个兵楼和大操场，自己委屈在小操场训练。团长和政委也都反复强调不要招惹这些前线下来的爷爷奶奶们，见面先敬礼，遇见先让路，如果发生冲突不问理由，自己的战士先禁闭三天。

一切的一切，都是为了释放参战官兵的战争能。

大操场另外一个角落却坐着一群干部，武装带都解了，在抽烟聊天。他们中间围着的是何志军。带操的是防化团调来的一个连长，没上过前线的小中尉根本不敢对这些侦察大队的爷爷们说什么，每天都是好烟好茶伺候着。侦察大队的兵却没那么幸运，在旁边被团教导队的老兵训着，虽然很客气，但毕竟还是部队，要求严格点儿、稍微艰苦点儿，也是正常的。小中尉给何志军点着烟笑着说："何大队长，明天军区直工部来首长视察，您看是不是今天下午可以起来走几步？咱们好歹也熟悉熟悉？"

"走啥啊？"何志军看都不看他，"都是带兵的，这点儿基本功都不会？不走！你想走自己走几步！"小中尉不敢说话了，站在一边，让自己的通讯员倒水。

"我们的态势不明朗啊！"耿辉忧心忡忡，"侦察大队是为了和敌人打特工战组建的，现在没有特工战了，我们可能真的要各回各家了。"何志军想着什么，苦笑："回去也没什么不好，都升职了又有战功，回去也有位置安置。可惜的是，我们在长期对敌特工战中总结的经验教训要付之东流了，这些可是血的教训！"

二中队长雷克明少校戴着近视眼镜，默默地抽着烟。这是一个骨瘦如柴的军人，头发不多，梳得却很整齐，给人的感觉不像侦察兵而像个斯文的大学教授。何志军看他："对了，我们都回野战军了。你呢，老雷？还回北京去军乐团当指挥去？"

雷克明笑笑："指什么挥？现在只会打枪，不会指挥了。"何志军笑着说："你说你蹚侦察部队这汪浑水儿干啥？好好当你的文艺兵多好，现在完了，彻底成野战军了！没事，要觉得回军乐团没意思，你就跟我到A集团军侦察大队当侦察营副营长去！"

"我可能还得回北京。昨天北京给我来了个电话，说组织部门要选人，要我准备准备。"雷克明说。何志军问："哪个单位？"

"没说。"雷克明淡淡地说。何志军想想说道："跑不出部队文工团吧。"

"或许吧。"雷克明脸上没有什么笑容。

"我给军区的报告一直没有批，现在侦察大队是解散还是保留都是未知数。大家一颗红心，两手准备吧！"何志军站起来扎腰带，"都起来走两步，人家给咱们面子，咱也得给人家面子！别让小连长为难，起来了！起来了！"

小中尉看见侦察兵干部们起来，急忙一脸笑过来："何大队长，各位首长！咱们怎么走？"何志军说："该怎么走怎么走。走吧，首长们不是说了吗？我们在你们这儿都是新兵，来受训的。"小中尉也笑着扎腰带："哪儿敢啊！各位老哥能好好从我们团走出去，我就谢天谢地了！这不就等于让各位老哥休假吗？看各位红光满面，鸡肉好吃吧？"

"什么鸡肉？"何志军纳闷儿。小中尉笑着说："各位老哥，别瞒我了！这些天，我们团家属院的鸡不少都失踪了，根据我判断肯定是在各位老哥肚子里面了！各位要想吃鸡就跟我说，我让炊事班准备。这不，我们政委老婆今天早上找到我，不依不饶的！她家住四楼，鸡养在阳台上，能上去的除了各位没别人了。小弟也是在团里混的，各位也别让我作难不是？"

侦察干部们面面相觑。何志军怒了："谁偷人家鸡了？哪个干的？"

干部们都不明白，互相说是不是你干的，这个说不可能啊，我不吃鸡肉。何志军的目光飘向正在训练队列的侦察大队士兵队伍，气不打一处来，喊道："陈勇！"

"到——"陈勇从队列里飞出来，几步就跑过来立正。何志军看着他，围着他走了好几圈，让陈勇感到有点儿发毛。陈勇嘿嘿笑着："大队长，我……我也是馋了。"

"妈拉个巴子的，老子毙了你！"何志军伸手就摸腰，一摸没枪，解开腰带就抽，陈勇不敢躲，任武装带在脸上抽出一条血道子。几个干部急忙上来抱住何志军，陈勇站在原地一动不动。何志军怒气冲天："你没吃过鸡肉啊？你脑子长包了？这是盗窃，你知道不知道？就你会那点儿武术是不是？"

陈勇不敢动，小中尉脸白了，赶紧劝何志军："何大队长，我就那么一说。您别生气！别生气！不就一只鸡吗？我们政委说算犒劳大家了，没事！没事！"

"你真是丢人！丢侦察兵的人！部队让你学那些本事是杀敌不是偷鸡！你今天就给我滚！"何志军怒吼。陈勇低着头，耿辉过来拉他走，一边塞给他一卷钱："你还站在这儿干什么，赶紧去给人家赔礼道歉！"陈勇说："是。教导员，我……"

"算了，算了，你也是无意的。"耿辉苦笑，"不过你得长记性啊，这已经下前线了！你在前线执行任务，顺路从敌人公安屯偷鸡回来吃，虽然鲁莽但并不丢人啊！这下好了，偷鸡偷到解放军团政委家了！你啊，去吧！"陈勇敬礼跑步去了。

何志军已经平静下来，大声喊："侦察大队的都给我过来！妈拉个巴子的，收拾不了你们了是吧？全给我站直了，军姿两个小时！死都不怕，还怕站军姿？！看你们那个队列走的，什么鸡巴玩意儿？！"他扎好武装带站在队伍跟前。侦察兵们都站直了，纹丝不动。小中尉看着很感动："何大队长，算了，真没事。"

"我说了两个小时就是两个小时！"何志军说，"我就是要收拾收拾这帮小子！"

陈勇跑步去家属院，路过军区总医院战场救护队的队列，一张似乎熟悉的脸让他愣了一下。但是中暑的方子君恰好在这时倒下，女兵们跑过来围住了她。陈勇不敢停留，继续往前跑去。

4

"刘晓飞，加油！刘晓飞，加油！"看台上的女生们都要疯了，初三二班的刘晓飞跟白色旋风一样在 5000 米的最后一圈以绝对优势的速度超越整整被他落下一圈的选手们。

他甚至还向看台这边举起右拳示意，脸上是胜利的笑容。刘晓飞跑过何小雨身边的时候，转头冲她笑了一下。

"德行！"在做准备活动的何小雨冷冷看了一眼从她面前跑过去的刘晓飞，转身去压腿。旁边帮她拿衣服的女生激动地看着最后冲刺的刘晓飞，说道："真帅！"何小雨撇撇嘴："就他？"女生问何小雨："对了，小雨！你们家和他家是邻居吧？"

"是啊，我们都是军区大院的。"何小雨跳了两下，故意拖长声音说，"我爸爸是侦察兵，他爸爸是后勤兵！"女生显然不管什么"侦察兵"和"后勤兵"的区别，兴奋地说："那你能帮我带封信给他吗？"何小雨很惊讶地问："给他？你没搞错吧？"

"你就帮帮我吧！"女生哀求着说，"好不好啊，小雨！"

"拿来吧！"何小雨无奈地伸出手。女生急忙掏出准备好的叠成纸鹤的信："一定要亲手交给他啊！"何小雨将信塞进运动短裤的兜儿里，大大咧咧地说："行。"

"同学们！同学们！在校秋季运动会的比赛当中，初三二班的刘晓飞同学又一次打破了他自己上次创下的校纪录，以 17 分 21 秒的成绩夺得男子 5000 米的冠军！"广播一响，女生们一片欢呼。何小雨没什么反应，倒是身边的女生激动得不行："太棒了！太棒了！"

刘晓飞在几个男生的簇拥下跑向看台，挥着手。何小雨招手喊他："刘晓飞，过来！"

刘晓飞惊讶地看向何小雨，根本不相信何小雨是在喊他。

"刘晓飞，你过来！"何小雨再招手。刘晓飞惊喜地跑过来："你找我？"

"对，哦不！"何小雨一指身边的女生，"她找你！"

"哎呀！我没有！"女生转身跑了。刘晓飞很纳闷儿："到底谁找我？"

"给你这个。"何小雨拿出那个纸鹤给他。刘晓飞眼睛一亮，匆匆打开："你给我的？"

"自己看吧，我要比赛了。"何小雨诡异地笑了笑，转身轻快地跑了。

刘晓飞看着看着，脸上的神情从兴奋变成了失望。他把纸条塞进兜儿里摇摇头，看着何小雨跑远的背影和晃动的马尾辫。

"女子 3000 米，准备！"裁判举起发令枪。枪声一响，女孩儿们就冲出去了。何小雨跑在第一集团的第一个，她一向如此。刘晓飞站在场边看着何小雨白皙的长腿像小鹿一样漂亮地弹跳出漂亮的曲线，秀丽的脸上渗着细密的汗珠，他高喊出来："何小雨，加油——"

何小雨看都不看他，只是调整着自己的步伐和节奏。3000 米的比赛快结束的时候，她已经甩下别的选手至少半圈，正在准备最后的冲刺。这时，刘晓飞脸上的笑容突然凝固了，他看见何小雨腿一软跌倒了。何小雨坚持要站起来，却捂着肚子再次跌倒，后边的选手噼里啪啦踩着尘土过去了。何小雨还捂着肚子没有起来。场上安静了。刘晓飞第一个反应过来，他以闪电般的速度跑过去，一把拉起何小雨，她却站不起来，软在了刘晓飞怀里。血顺着何小雨的大腿流下来，她眉头紧锁，捂着肚子呻吟着："我怎么了？我怎么了？"

"血！"刘晓飞摸了一手血，高喊，"校医！校医！她受伤了——"

体育老师、女老师和女生们都跑过来："你闪开！快闪开！"刘晓飞被女老师推出去，几个女老师和女生抬起何小雨就跑。刘晓飞满手是血高喊着："她受伤了，快给她包扎——"

谁搭理他啊？都抬着何小雨赶紧跑出运动场。

5

何小雨从昏迷中醒来才发现自己躺在家里。她想翻身坐起来，却被肚子的一阵痛楚阻止了。林秋叶跑进来，笑呵呵地说："醒了啊？没事，没事，你别起来！"何小雨觉得肚子疼，自己往下一摸，脸色顷刻变了："啊！妈，我受伤了？怎么给我包扎起来了？"

"傻丫头，你长大了！"林秋叶笑着在她耳边低语着。

楼道里面，刘晓飞提着一兜儿水果，犹豫着要不要敲门。他想了半天，还是没敢敲，把水果放在门前就要下去。

"哎呀！妈，我不要当女孩儿了！"何小雨急了，"多难受啊？"

"这是你能决定的？"林秋叶笑着点点她的鼻子，"你好好休息，明天上学的时候就带着这个。要用的时候去厕所换，记住了！"

何小雨一脸苦恼地坐在床上，披着长发："没天理！"外面响起了敲门声，何小雨一激灵，"妈，是不是爸回来了？"她起身下床要去开门，发现下身只穿着内裤，又急忙抓住睡裤套上，蹬上拖鞋就去开门。林秋叶从厨房走出来："没听说啊！"

何小雨激动地打开门："爸！"刘晓飞尴尬地站在门口："何小雨同学。"何小雨脸一红，低声问："你来干什么？"刘晓飞抱着水果说："你受伤了，我来看看你。"何小雨脸瞬间变得通红就要关门："我没事，你回去吧！"林秋叶打开门说："谁啊？晓飞？来来来，快进来！"刘晓飞尴尬地笑着进来："阿姨，我来看看小雨。她的伤怎么样了？"

"伤？"林秋叶也纳闷儿，"小雨，你受伤了？"

"妈——"何小雨转身回了自己的房间，用力关上了门。刘晓飞着急地对林秋叶说："她比赛的时候流血了，我也不知道伤在哪儿。林阿姨，您是医生，没给她看看吗？"

林秋叶恍然大悟："哦！看了看了，她没事了！"

"那就好，阿姨，我走了。"刘晓飞笑着把水果放下，一溜烟跑出去了。

"吃了饭再走吧！"林秋叶在后面喊，但刘晓飞已经跑没影儿了。林秋叶无奈地笑了笑，关上门，走到女儿房间跟前："走了，你出来吧！"何小雨在里面呜呜哭着："妈，你没跟他说吧？"林秋叶推着门："我跟他说这个干什么啊？开门！开门！"

"我不开，我想一个人安静会儿！"何小雨大声喊，林秋叶无奈只能继续做饭去了。

何小雨趴在枕头上哭着，却又抬起头拉开窗帘的一角。刘晓飞站在楼下的花坛上正跳着往她的房间看。他看见何小雨拉开窗帘一角，嘿嘿笑着招手，说道："你没事就好，我走了！向前向前向前，我们的队伍向太阳，脚踏着祖国的大地……"他唱着歌跟个兔子一样跑了。何小雨一把拉下窗帘，心扑通扑通跳着。她缩在被子里只感觉脸上很烫，被刘晓飞抱过的胳膊也突然变得麻酥酥的。奇怪，这是什么感觉？从未有过啊！

"坏家伙，从小你就欺负我……"何小雨委屈地哭了，"现在又看我出丑……"

6

耿辉背好自己的东西："大队长，我走了。"何志军苦笑："别叫我大队长了，侦察大队已经解散了。"耿辉诡异地笑着和他握手："那也是我的大队长。我先去 A 集团军侦察大队当副政委了，我在大队等你。"何志军点头："好。你先熟悉熟悉情况，我去了就可以开展工作！"耿辉敬礼，转身走了。

何志军坐在床上看着人越来越少的宿舍。雷克明和一中队的副中队长小赵去和北京来的组织部门谈话了，剩下的人大多数也都回原来的单位了。A 军区侦察大队将从此成为战史中不为人知的角落里的那么一个自然段甚至就那么一句话了，彻底地烟消云散了。

雷克明和小赵回来就收拾东西。何志军问："你们也要走了？"小赵很兴奋："大队长，我们要去北京工作了。"何志军很纳闷儿地问："你们在一起工作？你也去文工团啊？"雷克明脸上很平淡："不是。我没去文工团，总参 B 部把我们要走了。车就在楼下，我们要马上走。"何志军点点头："那就好好干，别丢咱们狼牙侦察大队的人。"两人立正敬礼："是。"

何志军看着他们出去，宿舍又没人了，自己真的成了光杆儿大队长了。他苦笑，站起身看着外面操练的防化团战士。没有了参战老兵们的压力，防化团的战士们生龙活虎。连参加过战争的人都没有了，那场战争的最后一点儿痕迹也从何志军眼前消失了。

真的从此消失了吗？何志军心中感到一阵悲凉，翻身拿起脸盆和洗漱用具去水房冲澡。哗啦啦，一盆凉水浇下，让他清醒很多，看着镜子里面自己健壮却伤痕累累的上身。伤疤是军人的勋章，每一道伤疤都是一枚勋章，一个铁与血的故事。这些故事真的成为了往事，一个月的集训生活已经让他习惯了和平环境的军营。但他猛然醒过来——自己虽然下了战场，但还是一名军人！他匆匆擦干净自己，跑回去穿上常服、戴上帽子、扎起腰带——他要出操，一个人出操——只要有他一个人在，侦察大队就没有消失！

这个信念让已经不年轻的他热血沸腾，他咚咚跑到操场上。防化团的官兵诧异地看着这个黑脸中校，他以极其标准的姿势跑步到一片开阔的位置上。他喘着粗气，不是因为疲惫而是因为激动，一种久违的激动，从战场上下来，他再也没有这样激动过。

"中国人民解放军 A 军区狼牙侦察大队现在开始点名——"他自己高喊，用浑厚的嗓子高喊。防化团的官兵都停止了训练，看着这个从战场上下来的战斗英雄。何志军这个名字，他们并不陌生，军报和军区《战歌报》都曾长篇报道过他和他的那支传奇侦察队的故事。这个被敌人敬畏地称之为"狼牙"的侦察兵英雄，是他们这些年轻军人的偶像。

"何志军！"他喊着自己的名字，然后高声喊，"到！"然后就安静了，大家都在看他。何志军心中的情绪是复杂的。忽然，一个声音从后面低低地传出来："大队长，还有我。"何志军回头，看见了扎着武装带的陈勇。他很惊讶："你还没走？"

"我今天晚上搭车回夜老虎团。看见您出操，我就赶紧过来了。我没迟到吧？"陈勇说。何志军点头："没有！没有迟到，你是个好兵！"陈勇立正高喊："是，请大队长指示！"

"陈勇，你自编的少林军体拳，还记不记得？！"何志军高声问。

"记得！"陈勇高喊。何志军厉声说："给我打一套！"

"是！"陈勇摘下军帽放在一边，走回原位站好姿势。众目睽睽之下，他高喊一声，起手——腿踢正面、拳扫背面、啪地侧倒。随即拳脚如同旋风一般，一个人的杀声也是震天，周围的防化团官兵都看得眼花缭乱，心中暗自惊叹这帮侦察兵确实不简单。陈勇在空中一个分腿飞踹倒地后，鲤鱼打挺起来又是一个组合拳，最后一记弹腿正蹬才慢慢收势。他的额头流着汗，慢慢收好腿归置军姿。官兵们都看傻了，何志军却有一种悲凉的骄傲。

"是坚守，还是抗议？"

何志军立即向后转，麻利敬礼："首长好！"

老爷子脸上是耐人寻味的微笑："稍息。"

"是！"何志军转身，"稍息！"

陈勇稍息，胸部还在起伏。

"你叫什么名字？"老爷子信步走过来，他居然没带簇拥的随从。

"陈勇，夜老虎团侦察……"陈勇喊着改口了，"首长，我是狼牙侦察大队的！"

老爷子笑了笑："你去吧，我和何志军有话说。""是！"陈勇敬礼转身跑步回兵楼了。老爷子看着何志军，笑着说道："出操给所有能看见的人，告诉他们，你的侦察大队没有消失，对吧？"何志军高喊："报告首长！不是！我出操，是因为我还是个军人！"

老爷子点点头："那就是坚守了？"何志军说："是！坚守一个军人的信念！"

"给你两个选择。"老爷子笑了笑，说，"第一，在军区机关给我当参谋；第二，在军区情报部继续当参谋。两个选择级别都是原地踏步——正团，你的军衔都是上校——你选择哪个？"

"我想下去带兵。"何志军很意外，"A集团军的刘军长都跟我谈过了，让我去带他们新组建的侦察大队。"

"刘勇军？他说了不算。"老爷子也有点儿意外，随即笑了，"挖人挖到我的手底下，他吃了豹子胆了？"何志军咽咽唾沫："副司令，我本来就是A军的人。"

"你少来这套。你24岁时就被我从侦察连长位置调到军区机关了，你在A军的时间没在机关的时间长，你算机关的人。"老爷子狡猾地笑着说。何志军苦着脸："副司令，我不想再在机关里待了。这个机关待得我身上都发霉了，好不容易上了前线带兵，您就别再让我回去坐办公室了。"但老爷子根本不搭理他这套："想跑可没那么容易——我说了两个选择。"

"没别的了？"何志军看着老爷子的脸，知道没选择以后说，"那我还是回军区情报部。"

"为什么？"老爷子有点儿失落。何志军说："我不想让别人说老军长任人唯亲。我是副司令战友的儿子，等于半个养子。我在您身边当参谋，别人会说您的闲话。"

"怕别人说你的闲话吧？"老爷子冷笑，"你提干以前还总去我家蹭饭吃，提干以后你再也没去过！你以为我不知道你那点儿花花肠子？"何志军不敢说话。

"我从不勉强任何人留在我身边，你去军区情报部报到吧。"老爷子转身就走。

"老军长，我不是那个意思！"何志军紧跑几步，"您别生气！"

老爷子转身："有那么一种军人，是为战争而生的。没有战争的时候，军队就需要把他搁置起来，不能重用也不能放走。放走了是军队的损失，重用了就要惹事。你小子恰恰就是这种军人。"何志军一愣，没有完全听明白。

"自己回味吧，我没生气。"老爷子笑笑说，"我脾气好得很，要不也不能和你爸爸成为莫逆之交。没事的时候带女儿去我家看看，我老伴很惦记你女儿。"

"是！"何志军敬礼。老爷子看着他说："做好被搁置的准备，你会成为搁置在仓库的一门重型火炮。在没有战争的时期，你就要一直被这么搁置着。在机关注意团结同志，别让人告你的黑状。"何志军苦着脸："我要一直那么在机关里待着？"老爷子转身走了："不磨磨你的性子，难成大器！"何志军回味着老爷子的话，脸上浮现出一丝苦笑。

7

林秋叶忙里忙外地在准备饭菜。看着慌里慌张还化妆了的林秋叶，何小雨坐在沙发上哈哈大笑："妈，你怎么跟新媳妇似的啊？"林秋叶说她："胡说！妈都多大年纪了，怎么还能跟新媳妇似的？都这么大的姑娘了，这样说也不嫌害臊？"何小雨乐不可支："看你换了新衣服，还化了妆！唉，小别胜新婚啊！"林秋叶皱起眉头："你都跟谁学的啊？说！"何小雨换着频道："还用跟谁学？电视上不天天演电视剧吗？这不都是谈恋爱的吗？"林秋叶严肃地说："小雨，你是大孩子了。可不能早恋啊！"何小雨推她进厨房："我说我的妈啊！我跟谁早恋啊！你当我吃饱了撑的啊，就我们学校那帮男生？"林秋叶诈她："我看刘晓飞好像跟你有点儿倾向！是不是？你跟妈说实话！"

"他？！"何小雨一屁股坐在沙发上，"我的天哪！妈，你够能想的啊！我跟谁也不可能跟他啊？！就他那个小屁孩，配得上我吗？"

"那就好。"林秋叶放心了，"大小姐你也动手，帮忙端菜！你爸马上就回来了！"

"我肚子还疼呢！"何小雨装病偷懒。林秋叶去忙活了，她坐在沙发上苦着脸："刘晓飞？怎么能联想到我跟刘晓飞呢？也太没想象力了吧？"她房间的玻璃啪地响了一下。何小雨起身走回房间打开窗户，冲下面喊："讨厌！刘晓飞，再对我们家窗户扔石子，我就告诉你妈去了啊！"刘晓飞在花坛上站着，嘿嘿一笑："我来找你借英语笔记！"

"不借！"何小雨说。刘晓飞倒是不气馁："我就借来抄抄，你的笔记是全班最好的。"何小雨拿起书包，翻出笔记本扔下去："明天到学校还我！"刘晓飞跳起来敏捷地接住笔记本，但他还站在那儿看着小雨。何小雨烦躁地说："干吗啊？你怎么还不走啊？"

"我，我……"刘晓飞犹豫半天，比画了个蛙泳的动作，"明天下午？"

何小雨气不打一处来，这还没完事呢，居然就找我去游泳？！她生气地指着刘晓飞："刘晓飞！你成心的吧？"刘晓飞一脸无辜："我成心什么啊？"

"我恨你！"咣！窗户关上了。刘晓飞戳在下面，一脸无辜："不去就不去，恨我干什么？"

何小雨气鼓鼓地坐在床上，拿起一个排球，重新打开窗户就往外扔。何志军在底下乐呵呵地喊："谁啊？我这还没到家呢，小雨就拿排球招呼我啊？"何小雨探头出去，一看是爸爸！他旁边还站着一个年轻的女少尉。何小雨笑着喊："爸爸！我不是故意的！"何志军拿着排球笑："你老子还以为是手榴弹呢，准备接住了再扔回去！"随后，他跟那个女少尉上楼了。刘晓飞从花坛后面的灌木丛中探出头："乖乖，战斗英雄回来了！"

何小雨转身跑进客厅："妈，爸爸回来了！"

林秋叶开始紧张："啊？真回来了，这么快？小雨，你快看看我这头发行不行？"

"得了，你就是再化妆，他也不多看！"何小雨笑着打开门，"爸爸——"

何志军山一样的身躯就进来了，伸出双手："丫头！"何小雨扑到何志军身上撒娇："爸！你可回来了！"林秋叶站在厨房门口一阵紧张："老何，你回来了？"何志军哈哈大笑："回来了！回来了！小雨，我给你带回来一个姐姐！"方子君走进来敬礼："阿姨好！小雨好！"何志军笑着说："我们大队方参谋长的女儿——方子君，战场救护队的女英雄！刚刚从A军调到军区总医院的。"林秋叶恍然大悟："哟！这就是老何信里常说的大丫头啊！快进来！快进来！小雨，叫姐姐！"

"姐姐好！"何小雨甜甜地叫着，拉着方子君进屋，"你可算来了，我爸爸老在信里说你长得比我漂亮！我也好好看看，大美人究竟长什么样子！"方子君苍白的脸上浮现出笑意："我算什么漂亮啊？何叔叔尽开我的玩笑，在前线他老这么开玩笑的。"

"不错！99分！"何小雨笑着拉住方子君的手仔细打量，"我算98分吧！"

厨房里，林秋叶在拿酒。何志军进来关门，林秋叶一阵紧张："老何，俩孩子都在呢，你别……"何志军说："就因为俩孩子都在，我才要严肃地和你谈一个问题。电话里说不清楚，也不好说。方参谋长的爱人，半个月前去世了，心脏病。"林秋叶一惊。何志军声音沉重地说，"子君还年轻，刚刚19岁。她的父亲在战场上牺牲了，她还没到家，母亲也去世了，这个孩子现在孤苦伶仃。眼下，她和你一个单位，我想……"林秋叶已经在抹泪了："老何，你别说了，我知道。她以后就是我的亲闺女，小雨的亲姐姐！"何志军点点头，笑着看着林秋叶："那就好。"林秋叶脸红了："你这人多大年纪了，怎么眼睛这么不老实！让开！"何志军刚刚笑着伸手，小雨就在客厅抗议了："亲热的话晚上再说，我饿了——开饭！"林秋叶如释重负，推开悻悻的何志军："走走走！开饭了！小雨叫我们去吃饭了！"

8

夜老虎团侦察连一排在晚点名。代理排长陈勇上士点名结束，转向旁边的一个少尉："报告一排长！侦察连一排晚点名结束，请指示！一排代理排长陈勇！"刚刚上任的肖乐少尉挥挥手："各班带回，洗漱准备睡觉。解散！"兵们都散了，陈勇解开腰带也要上楼。肖乐拍拍他的肩膀："我说老兄弟了，你没啥说的啊？"

"说啥啊？你毕业了，我给你让开排长位置天经地义，你别以为我会跟小孩似的闹意见啊！"陈勇嘿嘿笑道。肖乐递给他一根烟："要不是你当初闹着要上前线，去陆院的名额就是你的了。我也后悔，当时我心想歪了，以为仗还有的打。结果我毕业了，仗也打完了。你过瘾了，一等功臣战斗英雄！"

"球！"陈勇让他点着烟，"咱们弟兄说那些虚话没什么用，我已经超期服役了，今年必须转志愿兵。到时候你给我说句话，我离不了部队。"

"你不提干太可惜。天生的战士，我在陆院到处都可以听到你的消息——出身少林俗家弟子的西线第一侦察勇士！"肖乐感叹。陈勇笑笑："这是记者们胡吹的。只要我能留在部队，干部还是志愿兵都无所谓。走吧，熄灯号要响了。"

熄灯号吹了，兵楼的灯光陆续熄灭。军营进入了夜的梦乡，安静祥和。一排一班宿舍，陈勇的床空着很整齐。战士们司空见惯早就睡觉了，陈勇躺在一根窗户拉到门闩的绳子上，鼾声如雷——没有战争的痕迹，只有一个安静的营盘。

9

战争结束了，战士还存在，这可能就是亘古不变的悲剧——每天带着公文包和茶杯去军区机关大楼上班的何志军上校可能就是这种悲剧。被剥夺了最后一点儿带兵的乐趣，他只能老老实实出入自己的办公室。每天白天上班、开会、研讨、研究，晚上下班、回家、吃饭、洗澡、睡觉。下基层侦察部分队的机会也很多，但是何志军不能发言，不然基层干部会有意见。虽然他看着战士们就嗓子痒想训话，但他知道轮不到自己。唯一支撑他的只有一个信念——如果明天战争来临。

老爷子留下他，就是因为这个；他不离开部队，也是因为这个。一切的一切，都建立在一场明天不知道什么时候会来临的战争上。何志军感觉自己像陷入一个悖论的怪圈——如果明天战争来临，自己要上战场；如果明天战争不来临，自己要当兵等着——前战斗英雄何志军上校就这样苦苦等待着。等待着明天来临的战争，等待自己生命的第二次辉煌。

第二章

★

1

　　"战争爆发了！"一个年轻参谋一把推开作战指挥大厅的门，脸色激动。正对着海湾地图分析的军官们都抬起了头。老爷子命令："打开电视！"

　　作战值班室的大屏幕电视打开了，海外新闻频道正在现场直播。海湾地区上空一片火光冲天，高射炮火和巡航导弹、炸弹的巨大爆炸让城市的夜空如同白昼。何志军看看手表——1991 年 1 月 17 日早晨 7 时 30 分，换算成战区当地时间就是 2 点 30 分。

　　熬了一夜的老爷子和他的将校军官们都没有任何语言，站在大屏幕前注视着现场的炮火硝烟。年轻的参谋们开始忙碌，各种现场资料和情报通报迅速从电传电话传来。强大的空中火力不断压制着夜色中的海湾地区。高射炮火的密集射击没有什么显著效果，相反，引来了更为猛烈地轰炸。一边倒的战争态势一开战就非常明显，掌握了现代化高科技的联军在对一支 80 年代的军队进行毁灭性地狂轰滥炸。结局在开战以前，只要稍微有军事常识的人就心中有数。

　　从战争当中学习战争，不仅是要学习自己的战争，也要学习别人的战争。关于特种部队和特种作战的资料情报迅速在何志军面前摆成更厚的一摞，他不是老爷子，不需要操心战争全局。作为一个主管军区侦察业务的参谋，他的首要任务就是搞清楚自己的行内事。1991 年的海湾战争对当时的中国军队而言是一个重大的转折点，这场一边倒的战争对正在进行现代化改革的中国军队产生了深远影响。许多军官彻夜难眠，关注着这场战争的进程，包括何志军这样一个微不足道的上校正团参谋，心里都在思考着同样一个问题：我们如何打赢这种高科技条件下的局部战争？

2

　　"海湾战争的战略战术运用表明——诺曼底大空降已经成为历史。"空军空降兵下士张雷看着眼前的围棋，对面前的空降兵大校张师长淡淡一笑。

"谈谈你的看法。"张师长没有什么表情，举手走棋。

"空降兵在现代防空条件下在第一个运输环节就存在着很大的危险。即便运输机群不顾危险冲过炮火，伞兵在空中也没有任何防护能力。"张雷也不紧张，注视着棋盘，"当幸存的伞兵从空中屠杀落到地上，只携带轻武器的伞兵们也要面对敌机械化部分队的围剿……你这一步走得不错。"张雷落子，张师长喝口茶看着棋局："你的意思是空降兵已经失去了存在的意义？"张雷抬起头："绝对不是。可以预见，在未来，空降兵作为快速反应部队的重要组成力量还要加强。这种强大的机动能力和部署能力是别的兵种难以比拟的，无论是伞降还是机降，整师团的空降兵部队部署在战区需要的位置易如反掌。这种战略机动能力可不是开玩笑的，犹如我现在要下的这一步棋——下对了，你就输了。"

"那么自信？"张师长笑着落子，"你看看现在的局势。"

张雷嘿嘿一乐："师长大人，你输了。"他落子，收了一大片白子。张雷看着张师长笑着说："已经成为定局——小股突袭的特种部队在战争当中的作用将会加强。在敌后侦察、信息引导等方面，会产生绝对性的作用。"张师长也一笑："但是你不要忘记，达到这一点的前提是你的后方指挥部信息处理能力和战场适时指挥能力要达到某种和谐。吃太多了容易消化不良，乐极生悲啊！"他果断落子，张雷一惊，棋盘风云直下。黑子的大好局势因为这一子彻底告终，虽然还没有结束，但是谁都知道不用再下了。

"输了。"张雷无奈地笑。张师长哈哈大笑："你还会服输？"张雷起身给张师长的茶杯加水："看输给谁，输给老子不丢人。"张师长笑着看着身高 1.82 米的儿子给自己加水："果然比当兵以前成熟了。"张雷一脸坏笑："那你还真看错了，我没什么变化。只是我学会了控制事态的发展，不要严重到传到营以上领导的耳朵里。"

"臭小子！什么时候去陆院报到？"张师长点着烟问道。张雷递给他烟灰缸："当然得等开学了，张师长不是明知故问吗？接下来是问我毕业什么打算，对吧？"

"你知道就自己说。"张师长看着聪明过头的儿子。张雷说："我想去特种部队。"

"我们空降兵不是特种兵吗？"张师长问，张雷说："那是传统的概念。我军传统概念当中除了步兵都算特种兵，我想去的是真正的特种部队——目前只有陆军有特种部队，各个军区都在陆续组建自己的特种侦察大队。"张师长非常失落："怎么？瞧不上空降兵军直侦察大队了？不就少'特种'俩字吗？虚荣！"张雷脸上还是那种自信的笑容："爱慕虚荣是年轻人的天性，也是专利。侦察大队和特种侦察大队相差的肯定不仅是这两个字，这是一个划时代的变化。我希望可以投身到这种变革当中，实现自己的人生价值。"

"军队和你想象的可不一样，你别想得太好了。"张师长提醒他，"你才 19 岁，人生的道路还很长很长。军队不是理想王国，一个职业军人要有最好的努力和最坏的打算。再说空降军早晚也要组建自己的特种部队，你留在空降军不更好吗？"

"我等不及了。"张雷说，"我为自己是一个天生的伞兵而自豪，但我们军属于空军。遇到战争和边境冲突，我们是作为战略力量使用的，上战场的机会太少了。但陆军的特种部队这种机会肯定多，再说我去陆军特种部队不也能多学一手吗？学了陆军特种部队的长处再回空降兵，不也对空降兵部队有好处吗？你老说生命在于学习，我要趁年轻的时候多学习多锻炼……"

"行了行了。"张师长笑着起身，"恐怕你是更想离开我的阴影吧？现在生命在于运动，把我的伞兵靴拿过来，跟我去跑5公里。明天你就回孝感了，很久没和我跑5公里了。"

东营空降兵神鹰师部大院外面，一老一少两个穿着迷彩服的军人正在山上跑步。落日的余晖映在他们的脸上，均匀的呼吸，一致的步伐。伞兵靴踏在土路上都是一个节奏，犹如音乐的鼓点儿。张师长低声哼起了《空降兵战歌》，这首从小就熟悉的旋律让张雷不由自主合着唱起来。张师长笑着看着已经长大的儿子，大校父亲和下士儿子就这么微笑对视着。父子的歌声逐渐响亮起来，在山间回荡："战歌如雷，马达如吼，英勇的空降兵冲向敌后……"

3

在正团级别的政工干部里面，耿辉算是年轻的。33岁的陆军上校，又立过战功，兢兢业业从基层连队的指导员位置上干起来，甚至名字还被列入军区后备人才储备仓库——由此可见不是善茬儿了。一个电话把他从A集团军直侦察大队召到了军区司令部机关，打这个电话的人，他不仅认识而且熟悉。这个在战场上如同战神一样剽悍的男人在电话里面如同孩子一样兴奋："赶紧来！来晚了就没你的好事了！"

耿辉丈二和尚摸不着头脑，驱车到了军区司令部。在等待的时候，他习惯性地捂着自己隐隐作痛的腹部，这个胃病已经困扰他很多年，是在前线的时候落下的病根儿，也算侦察兵的职业病。为了有更好的精神面貌，他吃了两片胃药，喝了一杯白开水。他捂着肚子，脑子却还在乱七八糟想着被这厮召来的原因，那边一个参谋已经走过来了："耿辉政委是吧？"

耿辉站起来："对。"参谋很客气地说："跟我来，副司令和直工部长、情报部长要见你。"耿辉愣了一下，基层侦察部队的团级干部被军区副司令和军区直工部长、情报部长同时召见可不是什么司空见惯的事儿。他急忙戴好军帽，跟着参谋通过长长的走廊的同时，双手已经从上到下整理了本来就很笔挺的常服，让自己的军人仪表保持在最佳状态。

走进小会议室，他第一眼看见的不是将星，而是那厮黑得吓人的脸。脸上还有坏笑，洋溢着孩子一样的兴奋。愣了那么一下，他才赶紧立正敬礼："报告首长！A集团军侦察大队政委耿辉奉命前来报到！请首长指示！"

"稍息吧。"老爷子淡淡地说，看着他的眼睛。耿辉目不斜视，保持着标准的军姿。

直工部长是个严谨的老人事干部，他看着眼前的资料微笑问着："1976年参军在C师侦察营，1979年参加南疆保卫战，1985年再次上前线任军区侦察大队连级分队指导员，1988年下来的时候就是营级中队教导员；前后两次在政治学院进修，写的论文登在全军政工刊物上作为重点推荐。一等功一次，二等功三次——好你个耿辉，你居然从我的眼皮底下溜到A军去了？"耿辉不好意思地笑了笑："首长，我离不了侦察兵这个行当。军区直属队没有侦察分队，我就得自谋生路了。"情报部长靠在椅子上笑："果然和何志军对脾气！怪不得他想也不想，就点了你的将！"

"点我？"耿辉很纳闷儿，再看何志军一脸坏笑，他着急了，"我不适合在机关工作啊！"老爷子挥挥手："你回去交接一下，明天来军区司令部报到。事情就这样定了。"耿辉不敢再多说，但还是小心地说："首长，我真的不适合在机关工作……"老爷子没什么表情："知道，没要你来这里坐办公室。你来军区直属队工作，和何志军搭档。"

陆军上校耿辉傻了眼，军区直属队？——防化团？电子对抗团？军犬基地？——想来想去还是作战部队的就这么几个单位，怎么何志军改行不算还要拉上自己？真看不得自己在下面侦察部队过瘾，要拉自己蹚军区的浑水儿！老爷子说："回去吧。"

"我们军长知道吗？"这是他最后一招，虽然他自己都知道不堪一击。老爷子不动声色地说："刘勇军那边放不放，不是他考虑的。他不满意的话，让他来找我。"

得，最后的防线也被击溃了。耿辉只好举手敬礼："是！"

"我去送他。"何志军笑着跟他出去了。一出会议室，耿辉就急了："我说何大队长！你是不是见不得穷人过年啊？"何志军哈哈笑着揽住他的肩膀："啊！不能光你自己过瘾，我得让你跟我一起走华容道。走走走！我们找个地方去庆祝一下！"

"庆祝什么啊？我在野战军干得好好的，你给我拉军区来算怎么回事？你跟我说过多少次，这军区机关不是你能待的，事儿太多！那你怎么知道就是我能待的？"耿辉真不高兴了，何志军一点儿都不生气："啊！不是说让你跟我去军区直属队吗？"

"那能一样吗？你让我去玩防化、玩电子对抗、玩养狗，我有那个脑子吗？"耿辉苦着脸。何志军眨巴着眼睛："不还有 20 多个仓库吗？我当仓库主任，你当仓库政委，多好！"耿辉真的无奈了："老何！你这不成心摧残我吗？"

"走走走，庆祝一下！"何志军还是没生气，一脸坏笑。耿辉怒了："庆祝什么？庆祝我们管仓库？！"何志军笑："庆祝一下 A 军区有了一支新的直属队啊！"耿辉没听明白。何志军凑到他耳边说："A 军区特种侦察大队，代号'狼牙'！"耿辉半天没缓过神色来，随即指着何志军的背影严肃地说："你别蒙我！"何志军头也不回地说："蒙你什么啊？我多大年纪了还跟你玩这个把戏？去不去？你不去，我可自己找地方喝酒去了啊！"

耿辉笑得满脸灿烂："去去去！今天晚上我请客！"何志军笑着在前面走："拉倒吧，看你那脸黄得跟苦黄瓜似的！李东梅肯定是把你给经济管制了，还是我来吧！"两个老战友、老上下级笑着走出机关大楼，径直走向耿辉的吉普车。一个哨兵纳闷儿地问："什么事儿这么美？"哨兵班长头也不抬在填出入单："升官发财死老婆，跑不出这几个。"

如果他们知道，这两个陆军上校只不过是平级调动使用，肯定会觉得无比惊讶。

"理想"或者说"梦想"这个词，并不是所有人都可以理解的。

4

何志军喝了不少，没醉，不过脚下有点儿晃悠。耿辉要连夜回部队准备，送他到楼下就赶紧走了。何志军左晃右晃地上了楼，到了门口咣咣敲门。他从不带钥匙，而家里也总是有人，林秋叶这么多年已经习惯了在家等他。何小雨来开的门，捏着鼻子就叫："哎呀，怎么喝这么多酒啊？妈——你来看爸爸啊！"何志军晃悠着进来，还一边唱："今日痛饮庆功酒，壮志未酬誓不休……"林秋叶赶紧将他按倒在沙发上，又泡上了浓茶："抽风吧！你就抽风吧！小雨咱不管他，让他自己跟这儿抽风！"何小雨应了一声就回去看书了，她现在上高三，有看不完的复习资料。林秋叶从洗手间拿出热毛巾给何志军擦脸："怎么喝这么多？跟谁啊？"

"小耿，不！现在得是老耿了，耿辉！"何志军嘿嘿笑着。林秋叶撇撇嘴："耿辉啊！就他，还老耿呢？回头我得说说他，居然让你喝酒！你带过的兵现在都不得了了啊！"

何志军嘿嘿笑着："不得了啊！33岁的上校政委，年轻精干，全军区有名的模范政委！"林秋叶说："不说耿辉了，明天晚上你别安排。李政委要见你。"何志军脑子转着："李政委？哪个李政委？C师的李志明政委？还是B团的那个小李子？他为什么要见我？"林秋叶笑道："是市公安局的李宽政委啊！老127师侦察营的！你怎么忘了？不是说好了吗？"何志军迷糊着："哟！原来127师的李宽？都当公安局政委了？"

"是啊！"林秋叶无奈苦笑，"我跟你说过多少次了？李政委一听说你要转业，主动要求和你见面！他说局里面现在急需你这样优秀的侦察业务干部，你要是去的话，刑侦总队的副总队长马上就是你的！"何志军一惊："转业？谁要转业？我什么时候说我要转业了？"林秋叶急了："去年过年的时候不是你自己说的吗？这一年你还说得少啊？！你自己说与其在军区机关这样耗下去，不如趁早转业，在地方也好早起步！不是都是你自己说的吗？！"

"啊，是我说的！"何志军也不否认。林秋叶站起来："那你现在是什么意思啊？！"何志军真的酒醒了："我说我要转业，但没说我真的要转业啊！你看你这人，着急什么啊？"林秋叶气不打一处来："这都给你联系好了，你又变卦了？！"何志军眼睛放光地说："秋叶，军区马上要组建特种部队……"林秋叶急了："什么特种部队不特种部队的？！你知道我找李政委费了多大的劲？托了多少熟人？你说要转业，我就想怎么着也得给你找个对口的吧？跟你对口的也就是公安局了，但公安局我又认识谁啊？我东打听西打听，托这个病人家属托那个同事亲戚的，好不容易找到李宽了，你现在什么意思啊？！"

"秋叶，我要带特种部队了！我现在不能转业！"何志军说。林秋叶都要急哭了："李政委都说了，你一去马上是副处！房子待遇都给你解决了！这几次裁军下来，你以为转业那么容易啊？公安局现在根本不要转业干部，你是破例了！你知道这是多好的机会吗？"

"我一个带侦察兵的，打武装到牙齿的侵略军的，你让我去抓贼不是大材小用吗？"何志军也急了，"你和我商量了吗？你这个同志怎么搞军阀作风啊？"

"我军阀作风？！"林秋叶气得恨不得踢死何志军，"我还军阀作风？！你何志军的良心让狗吃了？啊？你说你要上前线，我不仅不拖你后腿还支持你！你在前面杀得昏天黑地，我在后面提心吊胆，你知道不知道啊？我为什么啊？不就是为了你喜欢你痛快吗？好，回来了，在机关工作挺好的，你又不喜欢了！你吵吵着要转业，我又得给你去找！我林秋叶是找关系的人吗？我拉下脸皮一个一个找，一个一个求，我为什么啊？因为我知道你拉不下脸啊！你是战斗英雄，又是陆军上校，我还得想什么工作合适你，什么工作让你不觉得委屈！好，我现在找到了，你又不转业了！你搞什么啊你？！"何志军知道自己理亏，却嘴硬："问题是我根本不想转业，我喜欢在部队啊！我现在要下去带兵了，你知道不知道？"

"你多大年纪了啊你？！"林秋叶哭了，"你还跟年轻时候一样吗？你还有老婆孩子，你能当一辈子兵吗？你不早晚也得转业！等没人要你了，你转业去干啥啊？你这些都不想想？"林秋叶哭着说。何志军站起来："秋叶，我现在要带的是陆军特种部队！这是我多少年的梦想，我们终于有了正规建制的特种部队，这是多少侦察兵梦寐以求的！你自己说，我现在走得了吗？"林秋叶哭着推他："那我怎么跟李政委说啊？你知道人家多器重你？力排众议毫不犹豫，党委会都开了，你现在不去了？！"何志军冷静下来："李宽也是老侦察兵，我跟他说吧。他会理解的。"林秋叶喊道："我不理解！你把我和小雨放在什么位置了？你下去带兵，这个家怎么办？我们刚刚过了几天舒心日子？你又要钻山沟？你到底还是不是个男人？你心里把这个家放在哪儿了？"

"妈——爸——都别吵了！"何小雨站在门口喊，"我还得复习呢！——爸，你没错，我支持你！"何志军嘿嘿笑着竖起大拇指："好丫头！"林秋叶急了："你支持他什么啊？"

"他不是当兵的吗？带兵有什么错？"何小雨不耐烦地说，"你不是从小就跟我说，爸爸是战斗英雄，是真正的当兵的吗？他不过就是去带兵，至于吗？"

"你啊！你啊！"林秋叶气得脸都白了，"你是要气死我呀？你这么聪明怎么就那么不明白道理呢？现在都什么时代了？你不是老跟我说，现在是商品经济社会了吗？"

"商品经济也得有人带兵啊！"何小雨嘟囔一句。

"你也不看看，我这是为了谁啊？"林秋叶气得话都说不利索了，"你眼看今年就要上大学了，现在的大学多贵啊！你说说我这不是为了你，还为了谁啊？"

"我不要你们管我！我自己勤工俭学！"何小雨最不爱听的就是这个，好像自己是家里的累赘一样。

"你，你……"林秋叶的眼泪真的就流下来了，一屁股坐在沙发上，跟泄气了的皮球一样呜呜地哭，"你们爷儿俩合起来欺负我一个……"何志军哭笑不得了，谁欺负谁啊？林秋叶哭够了问："什么时候走？我给你收拾东西去。"何志军立即觉得老婆真好，马上开始内疚，他低声说："明天。"林秋叶惊了："明天？！"

"明天——中国陆军狼牙特种侦察大队第一批队员开赴营地！"何志军眼睛发亮。林秋叶无奈地起身："我去给你收拾东西，药你带上，记得按时吃。"何志军一把拉住林秋叶抱在怀里，林秋叶挣扎着低声说："干吗啊？孩子在呢！"何志军说："我所有的军功章都是你的！"林秋叶还没哭完的脸红了。"我锁门复习了！"何小雨在自己房间里喊着，打开英文录音放得很大。林秋叶推他："你看看，孩子都在笑话你！"何志军强调说："所有的军功章，都是你的！"林秋叶不好意思了，脸红着低下了头。

第二天天刚亮，何志军就悄然起身。他穿上陆军上校常服，轻手轻脚走出卧室。小雨还没起，屋里黑着灯。他看见一个背囊和一个公文包放在餐桌上，都收拾得很好。他抚摩着背囊和公文包，打开公文包，里面有各种药品。躺在床上的林秋叶闭着眼睛流泪。

何志军毫不犹豫地打开家门，右手拿背囊，左手拿公文包，噔噔噔下了楼。他的脚步永远山响，每一下都敲击在林秋叶的心上。林秋叶一下爬起来扑到窗口，楼下停着一辆三菱吉普车。耿辉上校站在车旁抽烟，看见何志军出来就迎接上去。司机跑步过来接过何志军的东西，何志军回头看了一眼。林秋叶一把拉下窗帘，心扑通扑通跳着，再打开，车已经开走了。林秋叶埋怨着哭了："这个死鬼，就那么舍不得再看一眼啊……"何小雨揉着眼睛，穿着睡裙抱着毛狗熊走到门口："妈，爸走了啊？"林秋叶擦擦眼泪，点头："走了。"何小雨看着妈妈："妈，别担心了，会有人照顾他的。好歹也是个大队长，肯定有公务员。"

"那帮小当兵的，会照顾人吗？"林秋叶深深地叹口气，"不说这个了，我忘了给你做早饭了，你去看书，我这就去给你做。"

林秋叶起身去厨房了，何小雨抱着毛狗熊坐在床上，想着什么——她在想什么呢？——脸蛋红扑扑的何小雨，一个 18 岁的女孩儿，她在想什么呢？

5

何小雨穿好鞋背着书包下楼，打开自行车，眼角余光没看见平时慢悠悠骑着山地车过来的刘晓飞。她很纳闷儿，起身左右看看，还是没有。怪了，这个家伙今天怎么了？平时早就在楼下等着了。等了足足有 10 分钟，才看见刘晓飞跟飞一样骑着车过来："小雨！我迟到了！对不起，我妈非让我……"何小雨脸一沉没说话，打开自行车的锁就上车骑走，刘晓飞加快速度在旁边跟着，并排出了军区大院。刘晓飞路上不停地道歉着："对不起啊，我妈非得让我和我爸一起吃早饭！我这一放下筷子就赶紧过来了，我下次不会迟到了……"

"迟到什么啊？"何小雨不看他，自己骑着，"我又没让你每天来等我。"

"是我自己要来，自己要来的！你看我三年了也没迟到过一次，你就原谅我吧！"刘晓飞笑着说。何小雨骑着自行车，头也不歪："有什么原谅的，你等我也没什么事儿。你家那么远，不用等我一起上学，以后下晚自习也别送了！"刘晓飞满头是汗："我错了还不成？"何小雨径直拐弯："你没错。快到学校了，你跟我分开吧！"

刘晓飞慢下自行车，让何小雨骑着自行车拐弯儿到学校门口的小路上。等了好一会儿，他才骑着车飞似的进了校门。刚刚进车棚铃声就响了，他跟兔子一样急忙往教室跑。

何小雨已经在座位坐好，拿出课本上早自习，刘晓飞兔子一样跑进来，对学习委员不好意思地笑："对不起！对不起！迟到了！"他跑到何小雨后面的座位坐下喘着气，何小雨脸一红，打开书本自己看着。刘晓飞把娟秀封面的笔记本拿出来递给何小雨："昨天借你的英语笔记。"何小雨头也不回接过来，随手放在一边。刘晓飞看见了伸着脖子："里面有错误，我给你改了。"何小雨纳闷儿，自己怎么会出错呢？她打开笔记本，果然里面夹着书签。她拿出书签看了一眼就赶紧合上，脸彻底红了。她低着头，又慢慢打开，书签上写着一首小诗：

我希望飞翔在你的小雨中，

我的翅膀上面，

最沉重的就是你的一滴眼泪。

　　没错，是刘晓飞那个家伙的笔迹。何小雨脸红着，合上笔记本。刘晓飞在后面看着何小雨的背影非常紧张，低头打开书装着看。何小雨想了半天，在笔记本上写着什么。过了一会儿，她回头递给刘晓飞笔记本："最后一页是你要的答案。"刘晓飞紧张地接过，急忙打开。何小雨转回头不说话，继续低头看书。刘晓飞翻到最后一页，上面是何小雨的秀气小字："我们是好朋友，无须说明什么，只要我们心里明白就可以了。不是吗？"

　　刘晓飞笑了，在笔记本上写着什么，接着从后面踢了何小雨的凳子一下。这是他们三年的特殊信号，何小雨头也不回伸出右手，刘晓飞把笔记本放在她手上："答案我补充了一下。"何小雨接过来打开，上面写着："我准备去当兵了，做一个像何叔叔那样的战斗英雄是我从小的梦想——陆军学院，侦察指挥专业。"何小雨写上什么，递回笔记本。刘晓飞打开，上面写着："就你？你做狗熊还差不多！新一代的英雄是我——军医大学。"

　　刘晓飞看着何小雨的马尾辫，笑了。

6

　　车队在盘山公路上走着，一圈一圈地转悠。雾色逐渐升腾在车队的旁边，渐渐地，车队进入了那团解不开的雾色中。两辆三菱吉普车，几辆解放卡车，再加上几辆辅助后勤车辆，就是何志军的全部家当。耿辉苦笑着说："这些官兵大部分都是 A 集团军侦察大队的骨干，我亲自挑选的。老部队都不愿意放，没办法，我只能靠个人关系求了——他们还是给老政委面子的。另外，我告诉你一个好消息，陈勇我给你要来了！"

　　"是吗？！"何志军哈哈大笑，"这小子现在该是连长了吧？"

　　"志愿兵。"耿辉苦笑。何志军没明白："怎么回事？他怎么能是志愿兵呢？夜老虎团怎么能让他当志愿兵呢？"耿辉叹口气："还能怎么回事？他当时被部队推荐上陆院，因为你选他上前线就没去。跟你打完了仗，年龄也大了，就没机会上学了。"何志军说："那可以提干啊！"耿辉看着外面缓缓地说："提干？老何，你真的是活在真空里啊！我让他跟我走，他不愿意，舍不得夜老虎团。后来的几次战士提干指标，他都被人顶了！我又不是夜老虎团的政委，我也没办法。"何志军急了："这都怎么搞得啊？！"何志军急了，"这是战斗英雄，是个天生的战士！他不提干还有谁能提干？"耿辉苦笑："事情要都那么简单就好了……"何志军心情很沉重："是我害了他的前途啊！"耿辉说："先别说这个了，个人感情以后再说。我早上走的时候和军区机关挂了电话，咱们的第一笔经费不能全下来，只能到一半儿。"

　　"为什么？"何志军纳闷儿。耿辉闷闷地说："用银子的地方多，这笔经费被挪了一半儿到别的地方了。先干起来吧！要是等剩下的一半儿，闹不好也敢挪没了。"何志军靠在椅背上不说话，显然心情不是很好，半天才说："经费的事情，还得靠你多跑。"耿辉点点头："你就抓你的军事，其余的我来吧。你也不擅长这个，我去跟那些衙门磨牙吧。"

车队到达深山里面的一个废弃的营盘。有一个排长带着几个小兵在把守这个原先的炮兵教导团驻地，大门都已经长满铁锈。因为很久没有来过车，他们炊事员买菜也只是骑个三轮车从侧门走，从来不走大门，所以大门就变成了现在这个德行。那个小排长看见俩上校非常激动，赶紧出来敬礼。看门的小兵去开锁，但怎么都打不开，何志军心情不是很好，一挥手，陈勇背着步枪，拿着一把老虎钳子就下了车，直接把门上的铁链子卡断。然后上来几个兵，这才使劲把大门打开。接着就看见一院子的荒草，几只大老鼠噌噌噌地跑过去，一点儿都不怕这些陌生的来客。废弃许久的兵楼破败不堪，一块完整的玻璃都没有。院子里面担任看守任务的小兵们正在打牌，穿着短裤背心，也有赤膊的。车队进去了，那些阵地管理部队的小兵们才注意到来了一支野战部队。何志军和耿辉在荒草密布的路上走，居然踢出几个用过的避孕套。

"办一下交接，你们就可以走了。"何志军对那个一直跟着的小少尉说，他也不想说什么，一直孤零零地在大山里面守着一个废弃的营盘，还想指望这些小兵们怎么样呢？小少尉激动地敬礼，转身去跟后面的干部办交接去了。

车队在原来的观礼台前整齐地一辆接一辆一字停好，素质优秀的司机将车停得绝对整齐，在何志军和耿辉的面前荒草丛生的操场上摆成一道绿色的风景线。这个时候，何志军的心情才算好了一些。然后车上的干部和志愿兵们纷纷下车，在车前迅速地列队。戴着80钢盔，穿着87制式迷彩服和胶鞋，背着81-1自动步枪、85微声冲锋枪、85狙击步枪和81轻机枪等武器的精悍士兵们，在齐膝盖的荒草中整齐地站成一个小小的方阵。131个，加上自己和耿辉，一共133个——这就是中国人民解放军A军区狼牙特种侦察大队的全部家当。

何志军站在这100多个精挑细选出来的官兵面前，半天没有说话。他心里是悲凉的，这就是千呼万唤始出来的中国陆军特种部队，有多少人以后会知道，当年的中国陆军特种部队是怎么出来的呢？经费，全军都在闹经费紧张。海湾战争以后，上级把经费把得更紧了——转轨时期的军队，还没有确定下一步的重点投资是什么地方，当然要把严。这是很正常的事情。A军区组建正式的特种部队，也是海湾战争促成的直接后果之一。但是该怎么搞，上级心里是没有底的。特种部队到底是个什么概念？对于习惯了大兵团作战，一直是准备大战的中国军队来说，局部战争的研究才刚刚开始。还能要求什么呢？

1991年，一个平凡的年份。前一年，中国刚刚举办亚运会；这一年，在遥远的阿拉伯半岛，打了一场高技术的局部战争。还有什么呢？——当这133个战士向破旧的旗杆上无声升起的一面崭新的五星红旗敬礼的时候，伴随着旗杆上多年积累的铁锈渣子哗啦啦被撕下来的沙沙声，何志军知道，这一年还有什么。对于世界，微不足道；但对于他和他的这132个兵，却是新的开始——他们在创造自己的历史——甚至，对于整个中国军队都可以说，他们正在创造中国军队的新的历史。而这个新的历史，就是在这片荒草丛生的废弃的营盘里创造的。

何志军和他的部下向着缓缓升起的五星红旗敬礼——1991 年的夏天，在这个大山的深处，新的历史开始了。

7

1991 年的夏天来得早，好像和当时流行的太阳黑子爆炸有点儿关系。空调在当时还是很多家庭的奢侈品，更何况林秋叶家里了。何小雨复习的时候，林秋叶就在边上给她扇扇子，不敢使劲扇，轻柔地、缓慢地、不知道疲倦地，给她扇扇子。那种轻柔的风是轻易感觉不到的，但是却会给女儿送去丝丝凉意。林秋叶看着女儿额头的刘海儿被风轻轻地扇起，心里涌起的，是歉疚。还能有什么呢？当妈的当到这个份儿上，除了歉疚还有什么呢？自己吃苦就算了，干吗还要孩子吃苦呢？林秋叶每次想到这句话就想掉泪，但总是不敢。老何不在，家里大人就剩下自己了，再那么喜欢掉眼泪，女儿可怎么办？——买了个电扇，还是苏联造的，真不知道这个老何是怎么想的，放着那么多日本进口的不买，非要买个苏联造的。

"苏联的东西，跟坦克似的，皮实！坏不了！"老何就是这么说的——是皮实，是坏不了——可是那声音呢？那是电扇的声音吗？那整个就是个直升机啊！放在家里用就跟打仗似的，老何这个死人倒是睡得踏实！是，他能不踏实？他就喜欢听这口啊！也难为他了，一个带兵的给窝到机关这么多年，每天泡办公室看文件写报告，他想听听直升机的声音也不过分——当然，林秋叶知道老何也不知道苏联造的电扇用得时间长了会变成这种音像效果，这是个苦涩的笑话。她总是这么数落老何，老何也就只能哈哈一乐过去了。但是女儿怎么办？高考在夏天，女儿能没有电扇吗？想来想去，还是不敢买。不是不相信女儿，是怕万一——万一女儿高考发挥不好怎么办？要读自费怎么办？总得让女儿上学啊！省下来防备万一吧，自己苦点就苦点吧，还能怎么办呢？

1991 年的林秋叶，就在操心这些问题。心乱如麻是肯定的，在医院忙活了一天，回来还得忙女儿。好在女儿是争气的，不是吗？不用家长叮嘱，就好好学习，懂事的不得了。问女儿准备报什么大学，女儿总是笑，说："妈，到时候你就知道了！"林秋叶也就不问了。在女儿面前，有时候她觉得自己都不像个妈了。还是因为太心疼女儿了，从小就心疼的不得了。女儿心高，她看得出来，她总是劝女儿不要心太高，万一第一志愿没有录取怎么办？打到第二批还得了？女儿就笑，不说话了，接着看书，嘴里还念念有词。她就不敢多问了，更不敢瞎出主意。她看着女儿聚精会神地学习。女儿把长发扎成马尾巴，天热，出汗多。于是，长长的脖子就露出来了——真好看。秋叶就笑，偷偷地笑。为什么还用问吗？小雨长得像谁呢？还能像那个老何？那还得了啊？以后怎么嫁人呢？——当然是像自己了，当然是年轻时候的自己。从侧面看像，从正面看像，从后面看，也像。

难怪当时那么多男生围着自己转，非要自己参加他们各自的红卫兵组织。可是自己也不知道犯了什么邪，什么组织都不愿意参加，就愿意跟老何到处跑到处玩。当然，那时候老何也不像现在这么黑、这么糙，那时候还真的蛮白净的，也没有那么多脏话。没事还喜欢胡诌几句诗什么的，都是从禁书上背下来的。其实哪儿是什么禁书啊，就是几本老诗集而已！郭小川的《一个和八个》，就是老何最爱看的，也最爱背给她听的——老三届，最后的老三届，就是这么单纯。没有高考的机会，就是下去修理地球，当时的年轻人最好的出路就是参军。老何参军是板上钉钉的事情，他是烈士的后代，他的父亲是功勋卓著的军人，解放后因为心脏病牺牲在青藏高原的雪线上——然后妈妈因为伤心过度，早逝了。老何就是国家和军队养大的，他要当兵，没有人会不愿意。于是老何就当兵了。自己呢？想起来就想笑，居然也是因为老何。那时候不讲什么关系，但是还真的起作用了。

老何到了部队，大名鼎鼎的 A 军，老军长是老何父亲的生死战友——就是现在的军区副司令——当然会看望烈士的遗孤，再问你有什么要求没有？老何这个看上去憨厚的不得了的傻小子居然冒出来一句："我想让我对象参军。"天！自己什么时候变成他的对象了？那个老军长哈哈大笑："你小子人小鬼大！照片给我看看！"只看了照片，老军长就让他把姓名什么的写在照片背面，交给参谋了。老何那个傻小子居然还想要回来，老军长拍拍他的脑门儿："小子，你给我记住了！今天我要你一张照片，明天我给你变回一个活人！但这是看在你老子的面子上！我跟你老子打了半辈子仗，这个忙我是要帮的！但是你要不好好干，给我丢脸，我就把这个人再给你变飞了！"老何懵懂地听着。

那时候自己在干吗？准备下乡？去哪儿记不清了，反正东西都准备好了，俩军官就来了，直截了当说找林秋叶，把秋叶的父母吓了一跳，不知道招惹了什么事儿。结果，俩军官彬彬有礼地说明来意，原来是想让小秋叶参军——这是打着灯笼都难找的好事啊！父母都蒙了，秋叶也蒙了。于是林秋叶也参军了。稀里糊涂地一下火车来到那个山沟，就看见一群新兵蛋子在训练。那么多的人，不知道怎么一下子就看见了老何——他的鼻子都冻红了，拿着杆木头步枪高喊："杀——"新来的女兵们就哈哈笑，新兵蛋子们全都紧张了。干部高喊何志军过来！何志军就跑步过来。这个刚刚 17 岁的嘎小子没戴帽子，拿着杆木头枪，头上都冒着白气，鼻子还是红的。林秋叶脸就红了。干部说："林秋叶出列！"

林秋叶还蒙着呢，就被姐妹们推出去了。何志军看到她，就傻了眼。林秋叶当时恨不得直接在冰地上刨个坑把自己埋了。干部一脸严肃，把照片塞给老何："照片还你，人也当兵了。"男兵女兵都在哄笑。老何也脸红了，那时候他脸白，还能看出红来。

"回去吧！"

"是！"老何用力喊，嘿嘿冲秋叶一乐，掉头就跑了。然后他又是"杀——杀——"更起劲了！自己呢？记不清了，反正蒙了——怎么就这么成了这个嘎小子的对象了……林秋叶想着想着，笑了。

何小雨问："妈，你笑什么啊？"林秋叶回过神儿来，不好意思地掩饰："没什么啊？我笑了吗？"何小雨鬼笑："你想爸爸了吧？"林秋叶说："那个死鬼，我才不想他呢！"何小雨这个丫头鬼机灵，光笑不说话。林秋叶有点儿紧张："怎么了？"何小雨笑着说："其实啊，爱情中的女人是最美丽的！"林秋叶脸就红了，随即拿扇子佯装抽打小雨——其实她哪儿舍得打啊？母女俩从小闹习惯了，跟姐妹似的："胡说什么呢！一把年纪了什么爱情不爱情的！"何小雨咯咯直笑："还不承认？还不承认？那你脸红什么？"

"我精神焕发！"林秋叶嘴硬，说完自己也扑哧乐了。何小雨问："说真的，爸都走一个礼拜了，你什么时候去看看爸啊？"林秋叶说："我哪儿走得了啊？你这儿都要高考了。"何小雨说："我没事，我自己能照顾自己。也不远，你要不放心，一天不就回来了吗？"林秋叶想想，又叹气："再说吧，人家在干事业，我去了还不给他添乱？"何小雨说："他敢！我收拾他！"林秋叶就笑："你这个丫头啊，连你爸都能收拾，看以后你怎么嫁人！"

何小雨脸红了，喊："我才不嫁人呢！我自己过！我是新女性！"林秋叶笑得直不起腰来："好！好！你是新女性！妈是老观念！"何小雨嘴硬，也扑哧乐了。她想跟妈妈说什么，想了想又算了——不能说，绝对不能说！不然，天还不得塌下来啊？

8

另一个高三学生刘晓飞在此时此刻就没何小雨那么幸运了，他正戳在太阳底下站军姿。已经转业三年的华明集团副总刘凯环抱着手臂在屋檐下站着，冷冷看着他。今天小刘被老刘罚站。小刘在中午毒太阳的照射下光着膀子，一站就是两个小时。他一声不吭，肩膀和脖子都晒脱了皮。当妈的急得左跑右窜，劝了这个劝那个，又赶紧拉儿子回来，儿子就是不回来，在院子里站着。当妈的没辙了，只能抹着眼泪给儿子抹防晒霜什么的："冤家啊，你们怎么就是一对冤家呢？"老刘不吭气儿，就那么站在屋檐下，看着在小花园里罚站的儿子。半天，老刘问一句："主意改了没有？"小刘闷闷地说："没改。"

"接着站吧。"半天，老刘又问一句："准备报哪儿？"小刘还是闷闷地说："陆院。"老刘不说话了，于是小刘又接着在毒太阳底下罚站。站了俩小时左右的时候，儿子中暑了。当妈的赶紧招呼老刘，老刘鼻子里面哼了一句："就这个熊样儿，还报陆院？"老刘是当兵出来的，站军姿中暑算什么大事？太正常了！他还没有要求他军姿的基本要点呢！但是儿子还是儿子，老刘赶紧给背回去了。小刘缓过来后，老刘又问："准备报哪儿？"

"陆院，侦察指挥。"小刘依旧闷闷地回答，就算身体虚弱也不肯服软儿。老刘叹口气："为什么你就死盯着军校呢？你爸当了半辈子兵，难道会害你吗？"当妈的赶紧插嘴："就是，有什么话咱们都好好说不行吗？何必一个顶一个呢？多大的仇啊，不是父子吗？"

"我喜欢。"小刘还是闷闷地说。

"你喜欢？"老刘的眼睛里面闪过年轻时的自己，新兵连里的意气风发，但是随即又黯淡下去，"军队是个什么地方，你知道吗？"小刘不吭气儿。老刘叹口气，又叹口气，随即挥挥手："随便你吧！记住，后悔的时候不要怪我。"

哗啦啦——1984年大阅兵陆军方阵的大海报就名正言顺地贴在了小刘房间的墙上。陆军将士整齐的军装，锐利的眼神，仿佛在注视着小刘的眼睛。哗啦啦——一箱子私藏的"军火"被倒在床上，子弹壳做的飞机、坦克、大炮模型，一一被摆在屋子里的各个角落。

老刘苦笑着站在儿子房间门口无奈地看着。小刘拿出一个很大的相框，摆在写字台最显眼的位置。老刘一愣——几十个穿着迷彩服的侦察兵战士抱着自己的步枪围着主峰的一块碑，他们的右臂都佩戴着刺绣出来的狼头臂章。中间不是别人，正是何志军。

"从哪儿来的？"老刘很意外。小刘擦去相框上的灰尘："何叔叔送我的。"老刘问："你想成为他？"小刘笑笑，露出一口白牙。照片上的何志军的眼神中透出一股鸟气。

9

眼神当中透出一股鸟气的何志军不得不面对一个可怕的现实。他站在充当临时大队部的原阵地管理连排长的房间里面，看着外面正在野战炊事车前准备开饭的战士们面色凝重。干了好几天清理营房工作的战士们在高唱着《三大纪律八项注意》，嗓子都喊哑了，还吼着，这是一种独特的军队艺术。在他身后的耿辉放下电话没说话。何志军头也不回问耿辉："经费问题能不能解决？粮食什么时候能运上来？"

"拆东墙补西墙，这回好了，没砖头补了。"耿辉苦笑一声，淡淡地说。他们都没再说话，看着战士们开饭。何志军叹口气："粮食还能吃几天？"耿辉说："三天。"

"每天缩小一半定额，坚持一下。"何志军下命令。耿辉听了后，着急地说："现在部队正在进行的是清理营区的基建工作，劳动量很大。伙食再跟不上，战士的身体会受影响！"何志军烦躁地问："那你说怎么办？"耿辉说："附近还有几个别的部队，我去跟他们借点儿粮食。"何志军苦笑："借？堂堂的Ａ军区特种部队，特种侦察大队——去借粮食？"

耿辉没再说话。何志军的声音很平淡："给我要军区一号台。"耿辉着急地说："你这样是要得罪人的，越级报告是军队大忌！"何志军冷笑："顾不了那么多了。我何志军升到上校恐怕已经升到头了，我不能眼睁睁看着我的战士饿肚子！"耿辉拿起电话："军区总机，要一号台。军区特种侦察大队，何志军要——对，特种侦察大队，新单位。"

何志军走过去接电话，耿辉出去了带上门。何志军拿着电话："老军长，我是小军子！"老爷子的声音在何志军耳边响起来："你这么叫我，这么称呼自己，这么多年还是第一次——说吧，给我埋了什么地雷？"何志军被噎住了，他从未走过任何关系。老爷子声音平淡："我时间宝贵，说吧！"

"副司令……老军长，我小军子今天豁出去要越级汇报一次了！"何志军摘下作训帽直接摔在桌子上，眼含热泪，"我们大队要断粮了！战士们马上要饿肚子了！"

"怎么回事？你慢慢说。"老爷子很沉稳，"总部和军区不都给你们经费了吗？按照你们大队现在的编制还算充足，怎么搞的？"何志军说："一直没有到位。"老爷子半天没说话，许久，他还是沉稳地说："我知道了。你是一支独立部队的部队长了，要沉得住气！越是艰苦的时候，越是考验干部的时候！"何志军着急地问："那我们的问题怎么解决？"

老爷子怒了："我是后勤部长吗？！我能直接给后勤系统下命令吗？！——我已经说我知道了，就这样吧！"电话挂了，何志军拿着忙音的话筒发傻。他戴着帽子走出去，耿辉着急地问："怎么样？"何志军叹口气，看着已经被逐渐清理出来的营房操场："集合！全队开会！你主讲，讲一下南泥湾。"耿辉问："被熊了？"

何志军不说话，看着远处的战士突然喊："陈勇！"陈勇跑步过来敬礼："到——大队长，政委！"何志军说："这样，你现在开始带一个班的战士上山。携带匕首和开山刀，还有绳索上山。挖野菜，套山鸡、兔子什么的——枪别带了。"

"干吗啊？"陈勇眼睛一亮，"野外生存现在就开始练？"

"对，这倒是个好主意——全大队现在开始，除了清理营区、平整草地外，要轮流进行野外生存科目的训练。"何志军苦笑了一下，"不就是扛饿吗？野外生存的标准是一周，顶一顶就过去了。"

10

第8天上午，部队还在清理营区、平整草地。战士们还是生龙活虎，不过更加消瘦了；何志军和耿辉都拿着工具，和战士们在一起劳动，高唱着《南泥湾》。门口当然布着武装哨兵。两个面孔黝黑的战士，戴着钢盔穿着迷彩服，手持步枪精神抖擞地站在那里，纹丝不动。一个哨兵眨巴眨巴眼睛，以为自己看错了："不可能吧？"带哨班长问："咋了？"

"车……车队！"哨兵都结巴了。"附近村里面老百姓结婚吧。"班长看过去。不看不要紧，一看吓一跳！——呼啦啦，10多辆各种高级轿车，仔细一看，"我操，第一辆居然是奔驰！这个鬼地方什么时候来过这么多辆高级轿车啊？县长家结婚也没这个排场啊！"哨兵眼尖："是军牌！"班长眯缝着眼睛一看，脸色不禁大变，再笨的兵也知道这些车牌属于什么级别的首长啊！他挥着手："快快快！都是军区首长！去报告大队长和政委，我在门口站岗。"一个哨兵从岗台上下来飞跑进去，班长站在刚才哨兵站的位置，戳得军姿极好。车队刚刚开到门口，何志军和耿辉就带着全体干部跑步来了。大门赶紧打开，干部们戳在边上敬礼。车队哗啦啦进去了，没任何反应。

老爷子坐在奔驰车里无言地看着两边的营房，营区已经初具规模，甚至连黑板报都有了。但是，这个因为部队撤编多年而荒废的营房满目的萧条，还是不可能在三天就发生变化的。接着，他看见战士们拿着铁锹、镐头等工具，满身尘土地在操场列队。车队在战士们面前逐次停下，从山沟里面各个野战军侦察部分队抽调上来的兵们，哪里同时见过这么多将军？大校都不多见啊，那都得是师长啊！但是事实就是事实，车里下来的大校都是跟班的，前面戳着的是好几个将军。金灿灿的将星宣告着他们的威严，最大的是个中将，其余的都是少将。何志军和耿辉已经跑步过来敬礼："首长好！"

老爷子看着这些消瘦黝黑的战士，血丝密布的眼睛，迷彩服上的汗碱，半天什么话都没有说。谁也不知道他现在在想什么。他的目光转向位于角落的野战炊事车，大步走过去。何志军和耿辉急忙在前面带路。炊事班长激动得不得了，立正敬礼。老爷子还礼，命令："掀开锅盖。"炊事班长一愣，看何志军和耿辉。老爷子脾气很好，居然重复了一次："掀开。"炊事班长不敢再犹豫掀开锅盖，一锅野菜汤。老爷子的手开始发抖，他转向后面的后勤部门的主官们。后勤部长低下了头："首长，是我的工作没有做好。"

"看见了？"老爷子颤抖着声音问。一片低沉的声音："看见了。"

"都给我睁大眼睛好好看看！"老爷子发火了，终于吼出来。首长们赶紧都立正。老爷子的声音低了下来："今天，就给我留在这儿吃饭！我也在这儿吃。"秘书赶紧说话："首长，您……"老爷子又吼了："战士能吃的，我也能吃！"谁都不敢说话。何志军和耿辉的眼角都湿了。战士们有不少掉泪的，干部也有。后勤部长小心地说："首长，我们吃没关系，您就算了。"老爷子的拧劲儿上来了："不行！我就跟这儿吃！"后勤部长转向自己的部下："粮食、副食什么时候可以调拨过来？"主管的二级部长急忙说："一天。"后勤部长怒了："一天？一个月你们都去干什么了？！"那个二级部长不知道怎么说。后勤部长下令："一小时，从附近的部队先给调拨过来今天的，回头补过去！""是！"那个二级部长急忙转身跑步去自己的车。大校跑起来跟新兵一样，见过的人不多。后勤部长小心地说："首长，稍等一下，一会儿开饭。"老爷子又说："走！去营房看看。"迈进阴暗潮湿的兵楼，老爷子一言不发地走进宿舍。里面还没有床，战士们的铺盖都放在地上。内务绝对标准，全都是豆腐块。他蹲下掀开铺盖，下面都是干草。他没说任何话又起来，走到门口拉灯绳，没电当然不亮，他不说话转身出去，走到水房挨个儿打开水龙头，没有一个水龙头有水。何志军小心地说："后面有井。我们吃水还是可以保证的。"

老爷子根本就不看自己带来的各部门首长，掉头出去。营房部长这次不等老爷子说话就赶紧说："两天之内，施工队上山。我今天下午就把野战帐篷调拨来，发电车、沐浴车也都开过来。"老爷子看他一眼，没说话，也没有什么满意的表示。有什么可以满意的？这是应该做的啊？早干吗去了？！但他还是没有说，很多事情，他可以过问一下，但是不能过问深了——能爬到这个位置的干部，都不会是愣头儿青，背后都是有人物的。这种网往往是由你看不见的很多东西维系起来的，往往还不是那么简单的老部下的关系。什么事情都是只能慢慢来，火开得旺了，这菜可就煳了。所以，不要问总部和军区拨给特种侦察大队的经费都干什么去了，落实了就行了。

在等待炊事班重新开饭的时候，老爷子检阅了自己手下的这支还没有真正诞生的陆军特种部队。一样也不能少，虽然没有准备——何志军和耿辉都是这个意思。阅兵、军体拳、擒拿格斗、飞车捕俘、攀登……能汇报的都汇报了，都是老兵，随便划拉几个出来都不是弱的；何况很多人都是从一个部队里出来的，格斗搭班已经很多年了。虽然是侦察兵的老一套，但虎狼之师的精气神儿绝对是出来了。老爷子只是看着，不说话，也没有表情。完了，该他训话了。他站在观礼台上，没有麦克风——敬礼——他向自己的部下久久地敬礼，很久都没有放下。方阵里年龄比较小的战士抽泣的声音渐渐地响起来，老兵和干部们都在忍着眼泪。许久，他把手放下："同志们！"

唰——全体立正。他的喉结蠕动着，半天，才问出来一句："苦不苦？"

"不苦！"声音地动山摇。钢盔下面黧黑消瘦的脸上，那一双双布满血丝的眼睛里，出来的，就是一支虎狼之师的精气神儿。老爷子一句话都没有说。他再次举起右手，向自己的士兵敬礼。何志军高喊："敬礼——"唰！全体官兵敬礼，向自己的将军。萧条的营房里鸦雀无声。只有方阵里几十个小战士压抑不住的哭声——老兵，不代表年龄就大啊！——还有什么声音？那面鲜艳的五星红旗在他们的头顶猎猎飘展的风声。

11

知了在军区大院里无奈地叫着，好像也热得受不了了。林秋叶被何小雨从楼道里推出来，一脸无奈："这马上就高考了，我能走吗？"何小雨把她推到三菱吉普车旁："妈，爸爸不是病了吗？比我更需要你！妈，你去吧！我自己能行。"

"记住啊，不能吃冰糕吃多了！马上就考试了！拉肚子了可不得了！"林秋叶不忘回头说一句。何小雨一把将她推上车："哎呀！你烦不烦啊！"车开了，林秋叶回头还看见小雨在巴巴望着自己，挥着手。她也挥手，眼泪吧嗒掉下来——做军人的孩子，容易吗？

何小雨看着吉普车走远了才舒口气，爸爸也不知道怎么样了。一直到车没有影子了，她才转身上楼。身后响起一声熟悉的口哨。何小雨笑了，转过头。刘晓飞骑在自行车上，笑着从花池子后面慢悠悠地骑出来。满脸满身的汗，看来在太阳底下晒一阵儿了。何小雨就笑："你怎么从那儿出来了？"刘晓飞擦了一把脸上的汗："我看你妈走了，我才敢出来。"

"哟！你怕我妈干吗？"何小雨脸一红，但随即又正常了，"你又不是不认识她，我妈对你不好吗？"刘晓飞不知道说什么了，脸也红了。然后，他们看见路过的几个军区机关干部都往这儿瞅。

"走，上去吧。"小雨说。机关里面事儿多碎嘴多，这是老毛病了。小雨就算再小，也毕竟是女孩儿，这个道理她是明白的。刘晓飞笑着说："不了，我……"

"都到门口了，不上去干吗？"小雨有点纳闷儿。

"我就来看看你，我回家了。"刘晓飞掉转车头要走。

"哎！"小雨喊，刘晓飞回头笑："怎么了？"

"你有毛病啊？"何小雨嗔怪——这个语气是有点儿怪，有点儿像她妈妈说爸爸，但是又不太像，蛮陌生的。她脸红了。

"我就是来看看你。"刘晓飞就笑，"看见了，我也该回家复习了。我跟我老妈说是出来找你借复习资料的，马上回去。这一上午都过去了，再不回去她该怒了。"

"你在这儿等了一上午？"何小雨的眼睛睁大了。刘晓飞不好意思地笑笑，汗水哗啦啦的，脸绝对是红了："没专门等，我在花池子那儿背单词来着。"再看他一身的汗湿，小雨明白了——这个嘎小子真的等了一上午，就为了见自己一面。何小雨的声音严厉起来："上去！"刘晓飞一愣。

"我叫你跟我上去！"何小雨又说，语气还是严厉的，"你这人怎么这样啊？到了我家就大大方方上去，怎么跟做贼似的？还得等我妈走了才敢出来？是不是男子汉啊？"刘晓飞是真的愣了，不知道小雨为什么发那么大的火。小雨依旧语气严厉地问："你上去不上去？"

刘晓飞不由自主地下了车。何小雨转身进了楼道："把自行车放那边，锁好了。走！"刘晓飞就跟着她走。进了家门，他被何小雨按在沙发上，然后她打开苏联造电扇，电扇对着他吹，跟直升机要起飞似的，风力是绝对够大。接着何小雨把冰箱里的绿豆汤端了出来，舀了一大碗递给他："都喝了！"刘晓飞接过来赶紧喝，一下子就凉快到了骨子里。何小雨站在他面前，横眉冷对："你什么意思啊？"

"我……"刘晓飞不知道怎么说，支吾起来。何小雨真的生气了："你什么啊？这么热的天来了，干吗不上来？我妈拿你当外人吗？还是我爸拿你当外人？你说！"

"我怕……"

"怕什么啊你怕？！"何小雨越说越气，"你刘晓飞怕什么啊？！你不是老跟我吹你什么都不怕？就你还想做侦察兵？还想做战斗英雄？你怕我妈干吗？我妈说过你一句吗？哪次你来家玩对你不好了？"

"我怕你妈误会……"

"误会什么？"何小雨卡着腰指着他的鼻子，"你说！"

"误会我喜欢你……"刘晓飞支支吾吾地说，何小雨的手停在刘晓飞的鼻子前面。

"快高考了，我不敢跟你说这个。"刘晓飞低低地说。

"说什么？"何小雨的声音开始发颤。刘晓飞没说话。

"说啊，说什么？"——在这一点上，何小雨是继承了她爸爸的，就是受不了有什么东西在自己跟前还瞒着自己，一定要探出个究竟来。

"我喜欢你……"刘晓飞憋了半天，憋出来一句。何小雨愣住了。刘晓飞不敢抬头："我说了，本来不想现在说的，怕影响你。我来，就是想看你一眼。"

"走！你给我走！"何小雨突然发火，拿起沙发上的靠垫就砸刘晓飞。刘晓飞躲闪着被打了起来："小雨，不至于这样吧？你不愿意就当我没说行不行？高考完了你再收拾我也来得及……"小雨的脸都绿了："你说什么！"

"当我没说行不行？"刘晓飞这回真的服了，小心地说。小雨又拿起靠垫砸过去："你当我是什么？！你说喜欢就喜欢？你说不喜欢就不喜欢啊？我告诉你刘晓飞，从小你就揪我辫子，拿蚯蚓装我铅笔盒吓得我直哭，这笔账还没算呢！你居然敢对我说这种话？"

"你，你还记着啊？"刘晓飞躲闪着狼狈不堪。"我记得清楚着呢！"何小雨被气哭了，边砸边哭，"你说喜欢就喜欢，说不喜欢就不喜欢啊？！你以为你是谁啊？！"

"你别哭啊，我错了……"刘晓飞真的怕了。

"你没错，你错什么啊！你刘晓飞永远正确！"何小雨一着急不知道为什么就把妈妈骂爸爸的话骂了出来，还哭得稀里哗啦的。

"我，我不是那个意思！"见何小雨哭得很伤心，刘晓飞一把抓住那个靠垫，用力一拉，想抢没抢过来，反而把何小雨拽了过来，撞在他的怀里。

"流氓！臭流氓！"何小雨骂着，挥手就抽刘晓飞，被他一把抓住腕子，手停在了空中。小雨的脸和他的脸离得很近，她不禁骂他："你松开我！臭流氓！"吐气如兰，一下子进入刘晓飞的心肺。何小雨被他看毛了，声音变得颤抖："我警告你啊，刘晓飞，你赶紧松开我！不然我就喊人了！"刘晓飞的声音也颤抖了："你听我说。"

"不听！"

"我喜欢你！"刘晓飞的声音变得坚定。何小雨傻了，就那么看着刘晓飞。

"真的，我喜欢你。"刘晓飞强调一句。何小雨呆呆地看着他，带着满脸的眼泪。

"从小我就喜欢你，我揪你辫子是因为喜欢你，我往你铅笔盒放蚯蚓吓唬你也是因为喜欢你，我……"

"你喜欢我就这样对我啊？"何小雨是真的伤心了，"什么叫就当你没说？你说出来就是说出来了，怎么还带改口的……"话说到这儿，何小雨才知道说多了——现场的攻防关系马上转变了。何小雨这回是真的被动了。傻子都能听出这话是什么意思，何况刘晓飞又不是傻子——得，自己把自己给出卖了——何小雨傻了，但是刘晓飞活了。

"小雨。"刘晓飞说。何小雨声音发飘："干吗？"

"我喜欢你。"刘晓飞的气息一下子打在何小雨的脸上，带着一股男孩子汗汗的味道。平时女孩儿们凑在一起总喜欢说男孩儿臭味十足，踢完球回到教室那个臭味就别提了。但是，谁的话是真心话呢？女孩儿的心思，只有女孩儿知道——何小雨的脸红到了脖子上。她的眼低下了，长长的睫毛落下来——忽闪一下，跟蝴蝶一样。刘晓飞的心也跟着忽闪一下，他抓着何小雨手腕的手稍微一用力，何小雨就软软地到他的怀里了，闭着眼什么都不说了。只有柔柔的呼吸在他的脖子上翕动，跟毛毛虫一样。

"我喜欢你。"刘晓飞的声音开始发飘，但是不知道怎么又说出来这一句。

"真的？"

刘晓飞不相信自己的耳朵，但是何小雨是真的这么柔声地问。他点头："真，真的。"

"不反悔？"何小雨的声音还是那么柔柔的。

"不反悔。"这回刘晓飞坚定了，心里话有什么不坚定的。

"一生一世？"

"一生一世。"

何小雨的叹息一下子很长："坏蛋，为什么到现在才说？"

刘晓飞的脑子震了一下，感觉脸上被亲了一下，还没有反应过来，小雨就跳开了。刘晓飞还想过去。何小雨红着脸，呼哧带喘地说："不许过来！"刘晓飞愣住了："怎么了？小雨？"何小雨说："回家去！"刘晓飞以为自己听错了，何小雨又说："回家，好好复习。"

"我……"

"高考完了再说。"何小雨稳定下来自己说。刘晓飞看何小雨半天，看着红晕慢慢地从她的脸上下去了。她幽幽地说："记住你说过的话。走吧。"刘晓飞只能转身。出门的时候，他回头："明天……我还能来看你吗？"何小雨犹豫了一下。

"我看你一眼就走。"刘晓飞恳切——不，甚至是有点儿可怜巴巴地说。何小雨心软了，却摇头："不行，高考以后再说！回去吧！我要复习了。"刘晓飞的心开始跳，但还是乖乖转身走了。何小雨跑到自己房间的窗户前面，拉开淡蓝色的窗帘，她看见刘晓飞从楼道里面出来，把自行车骑得跟飞起来一样，还唱着："向前向前向前，我们的队伍向太阳……"

何小雨突然想起来，妈妈对自己说过——爸爸参军的时候，就是唱着这首歌跟妈妈告别的。何小雨的心里一个激灵——这，是轮回吗？

12

方阵——迷彩色的方阵——133个战士组成的迷彩色的方阵。

方阵，在骄阳下不动如山；方阵，在沉默中虎踞龙盘。

钢盔下面黝黑消瘦的脸，在鸦雀无声中蕴藏着无穷的力量。汗珠顺着脸颊滑下，顺着喉结滑落。何志军看着自己的方阵，犹如看着自己已经逝去的青春。很多年前，他也曾经站在这样的方阵中，只不过，那个时候叫侦察大队——而今天，叫特种侦察大队。

林秋叶站在阅兵台下面一侧的观礼席位的最后面，那些来自军区各个部门的中级军官和年轻的参谋军官都已经到位了，新闻干事们拿着照相机和摄像机在忙活着自己的工作。面对这样一个场面，林秋叶的心也在扑通扑通跳着。国家、军队、荣誉、使命——这些已经变得陌生的名词再次撞击着林秋叶的心灵，她以为早就忘记了。但是面对这样一个并不庞大却很庄严的小小的迷彩色方阵，面对那一张张黝黑消瘦的脸上炯炯有神的年轻的眼睛，她久违的激动和自豪再次像竹笋一样钻出来，占据了她整个心灵。她努力抑制着，不让自己哭出来。看到老何站在阅兵台上的伟岸身躯，她的心里有一种别样的自豪——看，这是我的男人，他是今天的主角！

是的，何志军是今天的主角，这是谁也改变不了的。今天，是A军区特种侦察大队授军旗的日子——换句话说，就是诞生日。

8点50分，担任值班员的参谋长扯着嗓子高喊："敬礼——"

唰——整齐划一的一片白手套举起来。军区首长的车队进入操场，在纠察的引导下停在主席台边上。第一个下来的是军区司令员，紧接着是老爷子，然后是政委参谋长政治部主任等，真可谓将星云集啊！老将军们在官兵的敬礼中走上主席台，按照名牌就座。

"礼毕——"唰——又是整齐的一声。林秋叶的心跳得更厉害了，虽然她在军区总院多年，这些首长她基本全都见过，有的甚至可以说很熟悉——但是，她从来没有见到他们在一起过。而今天，为了这100多人的独立小部队，他们都来了，而且没有往日在军区总医院的和蔼可亲，都是带着战争年代走过来的凛然杀气——她光顾着自己想，结果下面的什么都听不清了，等她回过神儿来，首长已经讲完话，该授旗了——她看到自己的男人庄严地双手接过司令员交给的军旗，然后一个利索的敬礼。老爷子慢慢站起来，一个参谋赶紧把桌上的麦克风拿起来。老爷子一把推开他，一眼都没有看。

"今天是几号？！"老爷子厉声问——他苍老的声音一下子变得那么雄壮浑厚，一点儿都不像一个上了年纪的人。

"1991年7月7日！"100多人的方阵齐声吼道，声音响彻云霄。

"历史上的今天发生了什么？！"老爷子的眼睛如鹰一般放射出寒光。

"七七事变！"方阵齐声吼——林秋叶的心头一震，光顾着女儿高考的事情，自己还真的忘了今天是七七事变的纪念日。这个兵当得真不合格。还来不及多想，老爷子又问了："知道为什么选择在今天成立我军区特种侦察大队吗？！"

"知道！"100多个小伙子齐声怒吼。

"为什么？！"老爷子的右手在空中一挥。

"勿忘国耻！牢记责任！"小伙子们的声音在山谷间回荡。

"对了！"老爷子好像一下子年轻了，"1937年7月7日，日本鬼子在卢沟桥打响了全面侵华战争的第一枪！这是我们中国军队的国耻日！也是我们中国军队的纪念日！因为我们的国家被侵略，我们的百姓在流血！但是我们赢了！所以我们要永远记住这一天！选择在这一天成为特种侦察大队成立的日子，就是让你们记住——绝对不能让历史再次重演！"

"勿忘国耻！牢记责任！"方阵连着喊了三声——林秋叶的心连着被震了三次。

何志军向那面鲜艳的军旗举起右拳："我宣誓！"

唰——100多个精锐剽悍的战士举起右拳："我宣誓！"

"我将牢记自己的使命和责任！"——方阵齐声吼道："我将牢记自己的使命和责任！"

"勇敢顽强，永不退缩！"——还是那么山吼："勇敢顽强，永不退缩！"

"宁死不当俘虏，最后一颗子弹留给我！"——依旧是地动山摇："宁死不当俘虏，最后一颗子弹留给我！"……

眼泪，哗啦啦地从林秋叶的脸上滑下——还能说什么呢？她林秋叶还能说什么呢？——国家、责任、军队、荣誉、牺牲、信仰……这些在很多人心里已经变得淡漠的名词，在1991年7月7日，是那么真实地存在于林秋叶的心里——以至于，永不忘记。

第三章

──────★──────

1

"嘟嘟——"哨声在凌晨三点半响起来。黑暗中的军医大学女生宿舍一片忙乱，女孩儿们一边骂着队长一边迅速地穿衣服打背包。何小雨第一个背好背包跑出来，她的上铺刘芳芳第二个跑出来。紧接着后面陆续有女生跑出来，不时地掉下帽子什么的，背包散了抱在怀里的也不是少数。

何小雨和刘芳芳几乎同时跑到操场上："报告！"男性队长看看她们的军容整齐背包结实，没说话。看来是大场面，今年入学的新生都来了。等队伍都到齐了，报数完毕，队长毫无表情地说："看看你们的样子！军人？军人是这样的？——没什么说的，拉练50公里现在就走。谁背包不结实就抱着走，让你们长点儿记性。何小雨，打旗子。"

"是！"何小雨敬礼。队长整整腰带："刘芳芳，第二旗手。我们队先走，走吧。"

何小雨接过军医大学的红旗，领着队伍走了。刘芳芳背着背包走在她旁边嘟着嘴："这次我又比你慢了。"何小雨鼓励她："我是下铺当然比你快了。你不还得下床吗？"刘芳芳笑："没办法，我身轻如燕！"何小雨笑着用胳膊肘顶她："切！你看看你身上那肉，你也就骨头架子小看不出来罢了！"刘芳芳嘻嘻笑："我这是凹凸有致！"何小雨说："你是胸大无脑！"刘芳芳说："哟，跟你没胸似的！"两个女孩儿笑闹的声音大了，队长在后面黑着脸："队列里面不许说话！你们两个还是旗手呢，军队子女就这个素质？"她们都不敢说话了，互相吐吐舌头做个鬼脸接着走。

天亮了，长长的学员队伍走在山上。何小雨满脸是汗，刘芳芳也是呼哧带喘了。何小雨打着旗子走得越来越不坚定，刘芳芳伸手："累了吧，把旗给我。"何小雨声音很低："芳芳，我问你个问题。"刘芳芳看她："说。"何小雨问得没头没脑："你大姨妈正常吗？"刘芳芳没明白："问这个干吗？"何小雨说："三个月强化训练你来过大姨妈吗？"

"还没呢。"刘芳芳声音也很低，"我上军校前，我妈妈跟我说过这个——女孩儿参军以后例假都有不正常的时期，生物钟被打乱了，训练也艰苦，还没适应这个生活节奏。适应了以后就正常了。她在新兵连的时候，女兵们都是这样，有的两周就来一次烦得要命，有的干脆三个月一次都不来。"

"我的大姨妈好像来了。"何小雨脸色发白。

"不是真的吧？这个时候来？"刘芳芳睁大眼睛看她。"是真来了……"何小雨脸色惨白扶着旁边的树已经站不住了。刘芳芳往下看了一眼，尖叫一声冲下面喊："校医——"

2

"你这个小家伙啊，就让阿姨操心吧！"方子君点了何小雨鼻子一下，"自己身体不好就提前跟队长说嘛，何必搞成这样？"

"我身体好着呢！都怪妈妈！"何小雨嘟着嘴坐在病床上。正在抹泪的林秋叶纳闷儿地问："怪我什么事儿啊？"何小雨急了："你干吗把我生成女孩儿啊？我要不是女孩儿不就没这么麻烦了吗？"林秋叶哭笑不得，方子君和站在旁边的刘芳芳都忍俊不禁。林秋叶无奈地说："看看这孩子，这生男生女我说了算啊！"何小雨想也不想地说："那就怪爸爸！"林秋叶被噎住了："这孩子多大了，怎么说话没大没小的！也不觉得害臊？"

"小雨，你醒了我就回去了！"刘芳芳忍住笑，把水果和牛奶放在桌子上，"队长说让你多休息几天，你的军事成绩是全队最好的，不在乎这几天！好了，阿姨、子君姐，我回去了！"刘芳芳敬礼，笑着出了病房。林秋叶着急地问："子君，小雨的身体到底怎么样了？"

"她没什么大事儿，痛经是她的老毛病了。强化军事训练又造成她月经不调，注意休息安心调养就好了。"方子君说。何小雨嘟着嘴："我说了吧，我没病！"林秋叶擦着眼泪："那就好！那就好！谢谢你了子君！"方子君笑着看向小雨："我的工作嘛！你个小家伙可别那么不注意了！知道自己痛经，就要注意调养！记住了！我再给你开几服药，回头给你拿点儿营养品。"何小雨甜甜地笑着说："谢谢姐姐！"方子君摸摸何小雨的脸："做女人一个不慎重，可能就会影响一辈子！傻小雨，回头我得专门给你上一课！"何小雨嘟起来嘴："我说了吧，做女孩儿不好！"方子君笑着说："我走了。还有几个孕妇需要我去看看，阿姨，你和小雨聊。"

方子君出去把门关上，何小雨哼了一声，坐在床上瞪着林秋叶："都是你们，把我生成女孩儿！"林秋叶突然放声哭起来，哭得好不伤心。何小雨急忙安慰母亲："哎哟！妈，我随便说说的！你别哭啊，我这不好好的吗？做女孩儿挺好的，我喜欢做女孩儿，你别哭了啊……"

"小雨，"林秋叶压抑着，还不断地抽泣，"你是不是不要妈妈了？"何小雨纳闷儿地问："妈，你说什么啊！你是我最亲的人，我怎么可能不要你了呢？"林秋叶伤心地哭出声来："可是你昏迷的时候一声妈都没喊，你喊的是刘晓飞的名字……"何小雨一下子呆住了。林秋叶哭得更伤心："女大不中留，可这也太快了吧……"

3

"杀——"刘晓飞在倾盆大雨中浑身都是雨水和泥水，右手准确地锁住对面张雷的喉咙，脚下一绊，张雷仰面栽倒，刘晓飞举掌高喊劈下去，动作在张雷喉咙上方戛然而止。张雷笑着看着脸红脖子粗呼哧喘气的刘晓飞："动作不够果断。"

"起立！"站在队列尽头冷眼看着他们的队长高喊。学员们敏捷地从泥潭子里起身，重新站成面对面的两排。张雷看着面前的刘晓飞，脸上带着笑意，刘晓飞则怒视他。

"开始！"

"杀——"张雷从嗓子眼儿里爆发出来，与此同时，右手已经跟风一样锁住刘晓飞的脖子，脚下一个绊子，刘晓飞猝然倒地，真的被摔着了。张雷的右掌带着风声，在他的喉咙上面也是戛然而止。刘晓飞脸上浮现笑意："你是比我狠。"

"稳、准、狠！——格斗的要诀！"张雷笑着说。

"报告！"一个战士跑过来敬礼，"队长，17队刘晓飞电话！是军区总机转来的，说是他的亲戚。"队长还礼转向队列："知道了！刘晓飞！"

"到！"刘晓飞从泥地爬起来，满脸都是冤枉。队长怒吼："我不管你亲戚在军区什么位置，以后训练时间不许来电话！滚过去接电话，然后滚回来做100个俯卧撑！"

"是！"刘晓飞郁闷地回答，心想：我什么时候在军区有亲戚了？他也不敢多说，急忙跟着警通连的战士跑步过去接电话。泥手在屋檐下的雨水中呼啦啦涮了涮，他就进了办公室拿起电话："喂，我是刘晓飞，请问哪位？"

"晓飞啊，是你林阿姨……"林秋叶抽泣的声音从里面传来。刘晓飞一蒙："阿，阿姨？您找我？"林秋叶压抑着哭声："对，我找你。小雨病了！"刘晓飞马上急了："啊？什么病？严重吗？她怎么样了？"林秋叶说："阿姨没法儿跟你说，不严重，你别担心。她现在在军区总医院，妇产科病房103。明天周末，你能来看看她吗？她一直惦记着你。"刘晓飞头大了："妇产科？"林秋叶哭着挂了电话："对，103。"

刘晓飞跑回训练场，队列已经散了，都在屋檐下避雨，脱下衣服拧。他也没犹豫，就在泥潭子里前扑，开始做俯卧撑。"87……"刘晓飞脸红脖子粗起来，看见有人蹲在旁边。张雷看他："我说，你那么激动干什么？你这么卖命，队长早找地方抽烟去了！歇会儿！歇会儿！"刘晓飞一下子栽在泥潭子里，脸周围的泥水开始冒泡。好一会儿他才疲惫地转过身，让雨水冲刷自己的脸，抹了一把。张雷问："怎么了，家里出事了？"

"张雷，我问你个问题——亲嘴能怀孕吗？"刘晓飞突然问。张雷一愣，扑哧喷了："看你小子挺老实的，怎么问这个？"刘晓飞很纳闷儿："我女朋友住院了，妇产科。我跟她没那么啊……"张雷起身踢他一脚"没哪么啊？买点儿红枣去看看她吧，女人住妇产科不一定都是怀孕，这你都不懂？"刘晓飞看他："那是怎么回事？"张雷卡着腰："我说你真不懂假不懂啊？你女朋友不是在军医大学吗？军校所有专业入学都有三个月强化军事训练，她肯定是不适应。没事，我们空降军女子跳伞队跟我们侦察大队是隔壁，每年来新兵都有这种情况。"刘晓飞不明白:"什么情况啊?"

"操!还得我给你上课!"张雷无奈了,蹲下在刘晓飞耳边低语了几句。刘晓飞看他:"什么是月经不调啊?"张雷痛心疾首:"我操!"他在想怎么解释,偏头一看,就指着走过来的队长,"队长来了,你问他吧,他什么都懂!"刘晓飞爬起来跑向队长,张雷急了:"我操!你真去啊?回来!回来……哎哟!我的妈呀!真去了?没我什么事儿啊,我冤枉!"他起身兔子一样跑进屋檐下拧衣服的学员中间。

"报告队长!"刘晓飞敬礼声音掷地有声,"我有问题想请教您!"

"讲。"队长在雨中背着手很严肃。刘晓飞还是那么大的声音:"请问队长,什么是月经不调?"队长一愣,学员们也都傻了。张雷一脸苦笑,恨不得撞墙,躲到人群后面不敢露头。队长仔细看着刘晓飞,看他很严肃,一脸求知欲望。队长傻了半天,背着手咳嗽两声:"哦,你这个问题问得好啊!月经不调,我得先告诉你什么是月经,才能告诉你什么是不调……"

4

军用救护车停在军区总医院门口,刘晓飞和张雷下来。陆院医务所长在车上冲他们挥挥手:"张雷,我回家看看啊!下午5点我在门口等你们,别给误了!"

"误不了,马叔叔!"张雷摆摆手,"伞兵的时间观念是最强的,你比我清楚!"

"臭小子,别忘了在电话里替我向你爸爸问好啊!"所长笑笑,司机开车走了。刘晓飞看着远去的救护车还没反应过来:"你这么有本事啊,医务所长听你调遣?"

"我老子的老部下,当年是我老子把他从连队卫生员送到军医大学进修的,不然早回农村当赤脚医生了。这点儿面子他是肯定给的。"张雷说着从兜儿里拿出墨镜戴上,"怎么样,帅不帅?"刘晓飞纳闷儿:"你戴墨镜干吗啊?"张雷一脸坏笑:"来女兵成灾的军区总医院,怎么能不戴墨镜呢?咱就得特别点儿才能引起女兵注意!"

"你小子花花肠子真不少。"刘晓飞苦笑进去,"要不我能被你给整了?"

"我没故意整你啊,是你非要去找队长问的!"张雷追着他走,"我让你丢丑一次,现在让你来看女朋友,扯平了吧?以后这事儿别提了!"

两个红牌学员就这么一路打听晃进了妇产科的住院区。进了妇产科住院区才觉得傻眼了,来来往往的都是女干部和女兵,病人也都是女性,年龄就不一定了。换谁谁都傻眼,何况是两个军校一年级的毛孩子?他们黝黑消瘦的脸、绿色的军装和红色的肩章,再加上张雷戴着一副大墨镜,在这里很打眼,一进走廊就被很多双眼睛注意到了。妇产科的住院区走进两个20还没出头的男学员,是一种比较少见的风景。在众目睽睽之下,他们手足无措。正在巡视病房的方子君看见了,走过来没好气地说:"找谁啊?走错了吧?"刘晓飞都有点儿结巴了:"没,没错。我来看人。"方子君插着兜儿说:"看谁啊?登记了没有就进来?这儿是妇产科!出去,看清楚再进来!"刘晓飞和张雷给噎在那儿了,半天说不出话来。

病房里面，何小雨正在跟一个女兵病人学打毛线手套，听见楼道里面的声音下意识地站起来。毛线球子骨碌碌地滚到地下。那个年纪比她大些的女兵问："怎么了？小雨？"

"他来了！"何小雨拔腿出去，毛线缠在她的腿上，她也顾不上了，径直往外跑。女兵在后面喊："小雨！小雨！线！"这时候何小雨哪儿还顾得上什么线不线的啊？带着线就往外跑啊，红色的细细的毛线就那么一直拖在她的脚下。于是楼道里出现这样一个场景，一个穿着宽松病号服的短发女孩儿在跑，她的身后拖着一条长长的红色的毛线——红红的细细的毛线。一直到她跑到变傻了的刘晓飞面前，那条毛线还拖在她的身后。刘晓飞看着脸红扑扑的小雨，张大嘴说不出话。小雨看了他半天，然后伸手掐刘晓飞："死人！你还知道来看我啊！"刘晓飞哎哟叫了一声。张雷乐了，对方子君说："同志，我们没走错地方吧？"

方子君也乐了："早说你们是来找我们小雨的啊！你们哪个是刘晓飞？"

"我不是啊，这事儿跟我没关系。"张雷开玩笑说，"看还看不出来吗？"

"就你那样也不能是我们小雨的男朋友啊！在楼道里还戴墨镜，跟流氓似的！"方子君就笑，转向刘晓飞，"你是刘晓飞吧？"被掐得龇牙咧嘴的刘晓飞赶紧点头："对，是我。"

"我是小雨的姐姐——我受阿姨之命专门来审查你！"她调皮地眨眨眼。刘晓飞紧张了，姐姐？小雨什么时候有了个姐姐呢？何小雨抱住方子君："这是我亲姐姐！还不赶紧叫姐？"刘晓飞硬着头皮喊："姐……"方子君乐不可支："得了，不难为你了——我叫方子君，你叫我子君姐就可以了。小雨的父母是我的干爹干妈。"

"我是张雷。陆院侦察系学员，晓飞的同学，也是他的下铺。"张雷笑着伸出手。方子君笑着白他一眼："切！一个红牌，人不大，倒惦记着跟军医院多认识几个人了？"张雷就笑，也没有什么不好意思的，说："人之常情吗，我在部队的时候就惦记着往军医院跑。不过，这次我可是陪晓飞来的啊！"方子君大方地伸出手，调侃着说："看出来了！老油子了！方子君，军区总医院妇产科大夫。"

"都别傻站着了，找个地方坐下说话吧？"何小雨眨眨眼，拉住刘晓飞的手。

"这个医院有什么地方好坐的？"方子君说，"要不，这样……"她小声对何小雨耳语几句，何小雨狂点头："好啊！好啊！在这儿待着早把我憋坏了！我这就去！"方子君一拍她："赶紧啊！我的便装在办公室的衣柜里面，你随便穿吧——别让主任看见啊！"

"知道了！别忘了，我是'狼牙'特种侦察大队大队长的女儿！"何小雨甩下一句，掉头跑了。张雷吃了一惊："她是何志军的女儿？"方子君笑着问："是啊，怎么了？晓飞没有告诉你吗？"刘晓飞摸摸脑袋："没好意思多说。就告诉他，我是去看我女朋友。"张雷感叹一句："没事——原来是名将之后。"方子君有点儿诧异："我干爹这么有名啊？"

戴着墨镜的张雷没说话，拿出自己的钱包，打开来，在应该放女孩儿相片的地方，是一张两个人的合影——中间是侦察大队时代的何志军，戴着蒙着迷彩布的钢盔，眼中露出一股鸟气。照片上有硝烟和已经褪色的血迹，旁边是个年轻的穿着迷彩服的战士，与张雷绝对酷似。方子君一愣，脸一下子白了。刘晓飞倒没觉得奇怪，他早就见过。没有告诉张雷，自己的女友是何志军的女儿，确实是因为不好意思。

"1986年，我们空降军抽调了40个最好的侦察兵组成'飞鹰'侦察队到前线轮战，在一次行动当中，我哥哥为了掩护队友在丛林当中负伤昏迷，是他带着自己的陆军'狼牙'侦察队杀入重围，救出我哥哥的……他是我的偶像——侦察兵的军神。"张雷摘下墨镜淡淡地说。方子君看着他那张酷似他哥哥的脸上浮现出严肃和庄重，看着那双眼睛里燃烧的青春火焰，脸色越来越白。她问："你叫张雷？那你哥哥叫什么？"

"他叫张云，后来的一次行动中牺牲了。"张雷没有注意，合上钱包。方子君无语，张着嘴没有任何声音。

"我一直很想见到他，能够在他的部队服役，将是我一生的光荣。"张雷说完，严肃的表情没有了。他看着不说话的刘晓飞和方子君，笑了："别误会啊！不是让你们给我走后门，我还用不着——我相信我自己。"

"我也相信你。"方子君突然很激动地脱口而出。于是，都愣了一下，包括她自己。

5

方子君长发披肩，换了蓝色的毛衣和白色的牛仔裤，从医院里走出来的时候，张雷还真愣了一下。刘晓飞是真的没有注意，他还在等何小雨混出来。换了便装的方子君，留给人的不再是穿着外面套着白大褂的绿军装那样严肃的女干部的感觉了——当时看不见军衔，但张雷估计起码是中尉或者文职副连。从外表看，她好像比张雷和刘晓飞还要年轻，活像一个艺术学院的大学低年级学生。她看见张雷，愣了一下，稳定自己，接着走到两个愣头愣脑的学员面前："怎么了？傻了？"刘晓飞笑笑，他心思不在这儿。倒是张雷"啊"了一下，不好意思地笑了："我跟这儿看倾国倾城呢。"方子君装傻，声音却有些发飘："谁啊？指给我看看？"张雷打哈哈："就在我跟前站着呢。"

"你怎么跟你哥哥一样贫啊……"方子君的脸一红，但随即又白了。张雷一怔："你认识我哥哥？"方子君意识到自己话说多了，急忙打圆场："在前线见过一次，他那时候受伤，住在我们野战医院。不熟悉……"张雷想想，没说什么。这个也很正常，女医护人员上过前线的，各个军医院都有一大批。虽然前线的部队很多，但见过一两次也是很正常的。方子君没说话，也不知道在想些什么。刘晓飞看见何小雨穿着深蓝色牛仔裤和米色的毛衣从医院里连蹦带跳地出来，急忙喊："小心点儿！你月经走了啊？"何小雨瞪眼，跑到跟前揣他："你个死东西，就怕别人不知道是吧？"刘晓飞赶紧捂住自己的嘴。一直沉默的方子君说话了："走吧。今天我请客，给你们改善伙食。去吃涮羊肉还是什么，你们说了算。"

"我来吧，哪儿能让你请呢？"刘晓飞赶紧说——他是真的有这个底气的，虽然老爸交代老妈好多次，进了军校就让孩子好好锻炼，军队全都管了，不能再给孩子钱了，但是老妈还是悄悄给他塞了不少钱。"还是我来吧。"张雷也觉得让女士请客不合适。方子君笑道："得了吧，你们三个小红牌，请我啊？现在什么都涨价，就是军校的津贴不涨。我还不知道你们在军校多清苦吗？走吧。"——张雷和刘晓飞也就不争了，知道这关系到女干部的面子问题了——想想也是，堂堂的一个女干部，还是小雨的干姐，怎么好意思让两个小红牌学员请客呢？最后讨论的结果是吃涮羊肉，四个人就走向另外一条街上的涮羊肉馆子。刘晓飞自然和何小雨连蹦带跳地嘻嘻哈哈地走在前面，张雷和方子君慢慢在后面溜达。但不知道为什么，两个人都无言了，一直都在沉默。过了好一会儿，张雷才开口："你是什么时候上前线的？"

"1985年到1988年，最后一批撤回来的野战医院。"方子君淡淡地说，"我没上过卫校，在前线提干的，回来自修的省医专的妇产科大专。"

"三年啊。"张雷肃然起敬。方子君淡淡一笑："不算什么，都过去了。"

"我本来也有机会，但是我哥哥牺牲以后，我妈妈死活都不让我参军。"张雷说，"那你是84年的兵？"方子君说："85年。我爸爸和何叔叔是战友，就这么认了我这个干女儿。"

"你爸爸也是侦察大队的？"张雷的眼睛一亮。

"是……"方子君的眼睛黯淡下来。张雷又不是傻子，赶紧不问了。四个人，两个精瘦男孩儿穿着红牌的军装，两个漂亮女孩儿穿着时尚的女装，在街上走真是蛮显眼的——尤其两个女孩儿都是高挑漂亮的，就更打眼了。沿路，还真的有人吹口哨说怪话。张雷和刘晓飞看过去，是一群坐在马路牙子上的小混混儿。方子君赶紧说："别搭理他们，走吧。"

"行了，你就别闹事了！"何小雨也拉住跃跃欲试的刘晓飞，她知道这个臭小子是个天生就好打架的主儿。两个军校生压着自己的怒火跟着两个女孩走了。但口哨声却越来越响，还有不堪入耳的喊声。"俩兵哥哥，把美女留下吧！""就是，我们弟兄也体验一把兵哥的感觉！""这俩妹子真水灵啊！""要个儿有个儿，要脸蛋有脸蛋，要屁股有屁股啊！"……刘晓飞再也忍不住了，转头冲那几个小混混儿喊："说什么呢你们？找死啊！"

"晓飞！你能不能不闹事！"何小雨赶紧拉住他。

"哟，练练怎么着？"那几个小混混儿继续出言不逊，居然还围了过来。张雷不说话，慢慢摘下自己的军帽，递给方子君："帮我拿一下。"方子君急忙问："你想干吗啊？别胡来，这块有纠察的！"张雷又脱下自己的上衣，笑着塞给方子君："我现在没有穿军装吧？"他冲刘晓飞使个眼色，刘晓飞会意，也摘下军帽，脱下上衣。方子君和何小雨一人抱着一堆军帽军装，都傻眼了。

"你左翼，我右翼。"张雷低声说着，看着逼过来包围他们的七八个小混混儿。刘晓飞站好位置，两个小伙子都是握拳在手，分腿跨立。张雷不回头，对两个女孩儿说："你们去那个饭馆等我们。"何小雨怒了："我说刘晓飞！你是不是不打架就不安生啊？我告诉你啊，你要是闹事，我就真和你急！"方子君一拉她："算了，跟侦察兵说这个是没用的。咱们赶紧去吧。"她拉着何小雨走，临走又转头："记住馆子的地址啊！还有，纠察来了，千万别说自己是哪个单位的，赶紧跑！机灵点儿！"

张雷侧过脸，回头笑笑。方子君这回傻了——侧面，太像了！但现在不是傻眼的时候，她赶紧拉着小雨走了。虽然自己的心里还在一阵阵地说不清楚是什么滋味的疼着。那边已经动手了。当然没有什么悬念可言，两个陆院侦察系的学员对付几个小混混儿真的是太浪费资源了，几下子就给撂倒了。

"给我记住啊！以后别跟这儿胡撒野！"刘晓飞踢了一个家伙的屁股一下，"滚蛋！"

张雷一拉晓飞："撤！"晓飞一抬头，俩纠察正从远处朝这边跑过来。于是，他们俩嗖嗖嗖撒丫着逃跑，后面纠察嗖嗖嗖地追。当然是追不上的，跑了没多远，纠察就被甩在后面了。两个小伙子跑得很带劲儿，拐了几条街，径直跑向那个约好的饭馆。路上很多人都在看他们，觉得他们有毛病，好好的跑什么？——不过是精力过剩的一种表现而已。

6

耿辉从军区回来急忙走进大队值班室，对着正在看演习预案的何志军严肃地说："大队长，有个不好的消息——陈勇的提干报告在最后一项审查被打下来了！"何志军一下子站起来："什么？说，怎么回事？哪儿不合格了？"耿辉把材料给他："没任何不合格的地方——名字被打字员打错了！陈勇——勇敢的'勇'，给打成了'泉涌'的'涌'！自己看看吧！"何志军纳闷儿："名字错了，改回来不就完了吗？"耿辉说："如果想改，当然给你改了！但是人家根本不想改！我从侧面了解了一下，别的直属队有个军区哪个部长的亲戚在和陈勇争这个名额。他们正觉得找不到你的漏洞呢，你自己把名字打错了！"

何志军急了："现在呢？命令下来没有？"耿辉说："命令已经下来了！陈勇落选了！"何志军一巴掌拍在桌子上，黑脸涨红了："这不是胡闹吗？陈勇的素质在提干候选里面还用多说吗？多少个军功章啊！不行，我要去军区！让司机给我备车！"耿辉拉住他："你去军区有什么用？现在命令已经下来了，找谁也没有用！你就是去找老军长，他也管不了这种小兵提干的小事儿啊！"何志军牙关咬得咯咯响："那你说怎么办？"耿辉想了想，说："还记得小涛吗？"何志军说："记得，就是那个从前线侦察大队被首长调走的小涛吧？南拳世家，手枪好手。你问他干什么？"耿辉着重强调："他现在是军区司令的警卫参谋，在军区人头比较熟悉。他的老婆，是军区干部部门首长的女儿。"何志军眼睛一亮："你怎么不早说！"耿辉笑了："我怕你不愿意走关系……"

"妈拉个巴子的！火烧眉毛了，这关系得走！马上给我接通小涛的电话！"何志军吼道。耿辉拿出电话本，去要电话："军区总机，要 5688。"电话一下就通了，他把电话递给何志军。

"喂？哪位？"是小涛，虽然过去几年了，但还是那个鸟样子，还是那个鸟声音。何志军笑骂："妈拉个巴子，你说我是谁？"对方激动了："何……何大队长！大队长，我，我真的没想到会是你……你还好吧？我一直想去看你，但总是没有时间……"何志军的笑容逐渐凝固在黑脸上。他感到悲凉——是的，怎么能不悲凉——他何志军也开始卖自己的老脸了？他张着嘴，呆了半天，才说："小涛，有这么个事儿，你看你能不能帮我办下？"

"您说，大队长！您交代的事情，我赴汤蹈火在所不辞！"小涛很激动。何志军说："有个兵，要提干出了点儿问题……"小涛利索地说："行了，您别说了。您派人把他的材料给我拿来，明天下午下班以前命令就会电传到您办公桌上。"就这么解决了？何志军拿着电话不知道该说什么———一个战士的提干，一生的前途，就这么被一个首长的警卫参谋解决了？这么简单？怎么会这么简单呢？他拿着电话感到非常悲凉，电话里还在说："大队长，这样好了。明天下午我亲自开车给您把命令送去，我也有好几年都没见您了。我这儿专门给您准备了一瓶茅台，好几年都没动过，就等着和您喝……"

耿辉看着发傻的何志军苦笑，拿过电话："小涛，我耿辉。"小涛还是很利索地回答："指导员好！"耿辉笑着打圆场："事情办了就可以了，大队刚刚开创，事情很多，下次我去军区办事的时候再找你喝酒吧！"小涛高兴地答应了："是！指导员，您和大队长一定要一起来啊！我等了多少年了，你们下来以后，我这儿事情也多应酬也多，一直没机会去看看你们……"

何志军已经慢慢走到大队部门口，看着训练场上的战士们发呆。战士们都在往车上装东西，准备参加军区组织的 91 惊雷演习。耿辉走出来，站在何志军身后，脸上也没笑容，小心翼翼地说："大队长，现在不是战争时期，和平环境的事情你没法儿说。"

何志军不说话，只是慢慢地走。耿辉看着他孤独的背影，什么都说不出来。何志军看着熟悉的军营，却看出一种陌生的味道。奇怪？怎么会觉得陌生呢？自己从小就在军营长大的啊！怎么就不一样了呢？到底哪里变化了呢？代理排长陈勇正在指挥战士们把物资装车，突然一声闷雷当空炸开："陈勇！"

"到！"陈勇转身立正，看见是大队长，立即飞速跑去。

"你给我听着——这个兵你要不给我好好当，你就给我把枪吃了！"何志军怒吼。

"是！"陈勇敬礼，他不明白大队长怎么了——我怎么不好好当了？何志军走了，陈勇也不敢追，只愣愣地看着大队长的背影。耿辉走过来看着陈勇，苦涩地一笑："他没事，你回去带你的排。好好干，他对你很有期望。"

"是！"陈勇给政委敬礼，转身去指挥战士装车了。

耿辉看着何志军孤独的背影走在各种训练设施之间，只能无奈地叹息。

7

夜老虎团侦察连一排排长肖乐少尉以为自己一定是看错了，这完全是不可能发生的事情。他拼命揉揉自己的眼睛，再贴到高倍望远镜上去看，才知道不是做梦——三架属于蓝军的米-8 运输直升机以泰山压顶之势从高空扑下来，径直扑向落日余晖当中的红军 A 集团军 A 师指挥部。肖乐丢掉望远镜高喊："紧急集合——"

他的老战友陈勇少尉此时此刻已经一把拉开了米-8 直升机的舱门，如同闪电一般掠过瞠目结舌的正在开饭的 A 师官兵眼前。特战队员们从两架直升机上鱼贯跃出，手中的步枪在空中时就已经喷出烈焰。

枪声打破了演习开始数天以来 A 师无战事的宁静，正在纳闷儿为什么按照演习预案应该与自己接火的蓝军部队却始终不在预定位置的 A 师指挥官们找到了答案。蓝军特战队员们在 A 师指挥部大开杀戒，如同进入无人之境。正是黄昏，吃饭的时间，A 师指挥部的军官居多，大多数都没有携带武器。警通连也没有预料到蓝军会突袭自己的指挥部，就是带着枪也没有空包弹——那个时候反复强调的是安全第一，空包弹也会伤人，所以按照常规演习，不会上战场的警通连就没有配备空包弹。与此同时，隐藏起来的蓝军陆空部队发起了黄昏攻势。本来就对A集团军憋了一口气的军区乙级部队这回找到了发泄的机会，如同蓝色的尖刀一下子就撕裂了A集团军的第一道防线并且向纵深发展。

在一片惊慌中，火力掩护小组把几十颗发烟手榴弹扔进了不同的帐篷，突击小组趁机冲入师部指挥帐篷，第二突击小组紧随其后，占据了通讯帐篷，并且破坏了发电车。

"有一架直升机是给我们准备的。"A师师长悲哀地对自己的军官们说。突击队长陈勇把手中的步枪背好，敬礼："首长，对不起。我是执行命令。"

"不必解释，作为曾经参战的军人，这是我不该有的失职。"A师师长苦笑，丢掉自己手中的红蓝铅笔，第一个走出大帐篷，"走吧，我们被自己培养出来的战斗英雄俘虏了。"

"一班长！"陈勇高喊。田大牛趋前一步回答："到！"

"领他们上飞机，注意态度——这些都是我的老首长！"陈勇黑着脸命令。

肖乐带着自己的侦察排，开着三轮摩托架着机枪，直接从夜老虎团团部杀到师部外面，他看见自己的师首长们在蓝军特战队员的押解下走向直升机，眼睛就红了，再一看带队的少尉居然是陈勇！

"陈勇，你不要欺人太甚！"肖乐从三轮摩托的挎斗上跳下来，高叫着举起轻机枪嗒嗒嗒嗒射击，身后的侦察兵们跟着排长下车，一起冲入指挥部的帐篷群。

"是我的老战友。"陈勇嘴角浮起一丝微笑，这笑容稍纵即逝，"给我打！"

蓝军特战队员和红军侦察兵直接冲到了一起，这时候空包弹就不能用了，都是抢着步枪开打。擒拿格斗、街头斗殴……什么招数都拿了出来，一个要抢首长，一个不让抢，都打红了眼。陈勇没什么更多说的，带着突击小组押解A师首长们走向直升机。肖乐眼看首长们要上飞机了，用尽全力高喊："手榴弹！"

侦察兵们掏出自己身上的手榴弹，随着肖乐的命令，直接就扔向师首长们。陈勇脸色一变，一个滚翻倒下，眼看20多枚黑不溜秋的滋滋冒烟的手榴弹飞了过来，咣咣咣直接落在师首长们身前身后。砰砰砰全炸开了，只是没有弹片飞舞，只有黄烟升腾——按照演习规则，师首长们和押解的陈勇等特种兵全部阵亡。陈勇苦笑着爬起来，看到更多的红军警通连官兵举着工兵锹、棍子什么的，从四面八方涌来。蓝军特战队员们被打散了，有的上了仓皇离去的直升机，有的被按住了，也有的逃出了战团噌噌噌跑了。三架直升机都逃了，地面上只是留下陈勇和十几个特种兵。师长、政委们都去握肖乐的手："谢谢你！谢谢！"肖乐眼睛血红，甩开师长、政委，直接一脚踢在笑容满面的陈勇的胸口上。正在点烟的陈勇本能地侧转，闪过飞腿："操！你小子疯了？"

"有本事你冲我来啊！端指挥部算什么本事？"肖乐高喊着又扑上来。陈勇几个错步闪过，指着他的鼻子骂："什么乱七八糟的！这是打仗，我要服从命令！你以为我调动得了直升机啊？！"肖乐怒吼："陈勇！我知道你一直憋着气！你军校没上成，提干没提成，你就把气撒到了A军是吧？逮着机会侮辱A军是吧？你别忘记了，这是你的老部队！"

陈勇脸上的笑容彻底消失了，把烟和打火机一扔，直接上去按倒肖乐："你他妈的胡说八道！我陈勇战场上是英雄，下来也不是小人！这是我们大队长的命令！换了你也得执行！"师长亲自拉开陈勇，政委把肖乐拉起来说："算了，算了，他也是执行命令而已。"陈勇真被激怒了，他冲到肖乐面前，揪住他的领子："我告诉你——完了！我跟你的兄弟情义，完了！"他甩开呼哧带喘的肖乐掉头就走，走了几步又回头怒吼，"完了！"田大牛急忙跟上去："排长，咋地了？"陈勇挥手推开他："我跟他，完了！"田大牛又跟过去："完了就完了吧，你也不至于生这么大气啊！"

肖乐平静下来，脸上显出内疚。一个蓝军特战队员低声说："这是我们蓝军司令部的作战命令，我们排长没权力更改的。"师长低声说："算了，算了，是我们自己的疏忽。看看刘军长有没有什么办法挽回吧，我们师残了。"肖乐知道自己错了，但是高傲的头却没有低下。

8

三菱吉普车在演习导演部的帐篷区停下，A 集团军军长刘勇军少将下车，径直走进导演部的大帐篷。外面部队在唱歌很热闹，沙盘前却只有老爷子一个人在俯身仔细看，很冷清。刘勇军敬礼，不敢大声："首长。"老爷子偏头看看他，没说话。刘勇军大步走过去，老爷子看着沙盘："你觉得，仗打赢了，我该表扬你，对吧？"刘勇军低声说："不是。"

"你的主力师被整建制歼灭了，如果不是你的战略机动预备队上来快，而且避敌锋芒打了个左勾拳，直接干掉了蓝军司令部，A 集团军就彻底不存在了。"老爷子还在看沙盘，"这说明你的战术素养好，A 军部队战斗力强、装备好——但是你为什么要让蓝军吃掉你一个主力师呢？"

"首长，是我的失职。"刘勇军诚恳地说。老爷子悲凉地说："你是全军著名的少壮派，这种低级的错误怎么会犯呢？难道战争结束了，军队就不打仗了吗？看看你的主力师都在干些什么，找不到蓝军部队就原地待命？为什么不肯主动寻敌决战？那么多的侦察手段，为什么一个都不用？"刘勇军低下头。老爷子摇头："你能临危不乱力挽狂澜，我应该感到欣慰；但是你却不能避免这种本应该避免的损失，我觉得很失望。第二次世界大站中，苏联红军由于麻痹轻敌，在战争初期让德军长驱直入，虽然最后赢了，但是苏联付出了巨大的代价！我以为这应该是一个警钟，回去仔细看《苏联卫国战争史》。"刘勇军敬礼："是。"

老爷子淡淡地说："另外，刚刚成立的军区特种侦察大队在这次演习中表现不错。你应该熟悉一下高级合成指挥，对你有好处。"刘勇军一愣，这是一个让他准备进入高级指挥层的信号吗？他还没来得及反应，外面已经响起一声"报告"。老爷子一声"进来"，何志军进了帐篷敬礼："副司令！刘军长！"

"你回去吧。"老爷子对刘勇军点点头，转向何志军，"怎么，打了胜仗还一脸苦相？"

"首长，我们胜是胜了，但是我大队已经残废了。我们大队有一半儿队员在演习中阵亡了，我没人了啊！"何志军果然一脸苦相；老爷子脸上浮现出笑意："你何志军又跟我玩儿花花肠子？又开始惦记要编制了？"何志军嘿嘿一乐："首长，瞒不过您的眼睛。"老爷子转向沙盘："报告上去了，但是上级还没有批。我现在不能答复你。"何志军着急地说："可是，我们年底就开始有老兵要退伍了啊！一下子就是 27 个！明年还有 21 个，再这样下去，我们大队只剩干部没兵了！"老爷子笑笑，不看他，也不说话。

"首长，我想知道特种侦察大队申请在全军区选拔侦察兵尖子集训，挑选队员的报告能不能批？我们不能没有兵啊！"何志军不敢在他跟前玩儿花花肠子了，直截了当地说。老爷子不看他，动了下沙盘："在这个阶段批不了。体制问题，必须上级才能解决。"

"那我们的兵员怎么解决？明年您让我参加演习，我都不敢了，没人了啊！"何志军真着急了。老爷子苦笑："没兵，你可以招兵。"何志军瞪大眼睛："招兵？首长！义务兵只有三年！第一年刚刚是个兵模子，第二年是个兵胚子，第三年算是半个特种兵了——可是，又要走了；转志愿兵跟登天一样难，比例控制那么严……"老爷子说："我可以给你扩大志愿兵的比例。"何志军苦着脸："但是我还需要时间培养啊！这段时间怎么办？您知道全世界的特种部队都是从老兵当中选拔队员……"

老爷子冷眼看他："这是在中国！懂吗？体制问题，我这个层面也左右不了。你选拔别的部队侦察兵尖子，人家放不放？愿意不愿意放？难道你要我下命令，让他们把自己培养好的尖子拱手送给你？就一句'特种部队需要'能解决问题？有多少部队主官得恨你恨我？认识和习惯的养成都需要时间！时间！你先招兵吧，队伍架子不能散，其余的问题慢慢解决。"

"是！"何志军只好敬礼。回到大队部，何志军还没缓过劲儿来。看着满屋子的干部，他转了几圈，摊开双手："得！没成，自己招兵吧！政委组织一下，派几个得力的干部下去招兵。重点是文化程度高、身体素质好的城市兵，农村兵要在初中以上的。"

"大队长，我们下去怎么招兵？说什么部队？"一个干部问。何志军笑："特种部队啊，毛孩子们还不把我们的门槛儿踏烂了？大队长，现在的情况可能不像你想的那么乐观。"干部说，"城市孩子大部分都要考大学，就是不上大学也都不愿意当兵。按照那个标准很难招满人的。"何志军纳闷儿："怎么？特种兵也没人愿意当吗？"另外一个干部苦笑："可能不说特种部队还好，一说特种部队真的没人敢来了。农村也一样，现在都富裕了，很少有孩子愿意主动吃苦的。"

"时代真的变了？"何志军一脸茫然。干部们都不敢说话了，耿辉苦笑着说："大家也别都说丧气话了，解放军在老百姓心中还是有地位的。我们的工作要做到细致耐心，下去招兵的同志要会做思想工作，和当地武装部搞好关系。实在不行，就先别说是特种部队，说是军区直属部队，这样也好做保密工作。"何志军一直坐到散会也没说话。耿辉问他："怎么了，老何？想什么呢？"何志军露出很苦涩的笑容："我在想……咱们那会儿当兵多不容易，可是现在……真的没孩子愿意当解放军了吗？"

9

林秋叶要转业，这在军区总院引起的震动真的蛮大的。年富力强的骨干主治医师，经验丰富，在哪个医院都是舍不得放的，但是去意已决，你又有什么法子呢？转业报告在医院和军区总部打了个来回，最后还是批准了。惋惜也好，心痛也好，但林秋叶是真的不想再穿这个军装了，谁还能把她捆上不成？她这样做完全是为了这个家。林秋叶这个级别的部队干部的收入从表面看，在社会正常收入的范围内其实不能算是低的，但在当代的社会，还有多少人是靠死工资那么挨日子的？丈夫又是野战军的干部，哪儿还能有什么"灰色"收入？承认也好，不承认也好，灰色收入是现在这个社会的一个很重要的资金流动方式，怎么来的不重要，但是很多干部的家庭生活在改善是真的。丈夫在野战军，女儿在军校，好像不花什么钱；但是老人呢？她的父母呢？能只守着那么点儿微薄的退休金吗？过去是大家的日子都过得一个样子，也看不出来；现在呢？现在还是都那么过吗？林秋叶作为独生女，能不内疚吗？

女儿呢？女儿真能当一辈子兵吗？当妈的能不为女儿的将来考虑吗？尤其在这个消费水平越来越高的大城市，真的能跟从前那样过？作为一个医生，林秋叶问心无愧，她救活的病人不能说有一个连，也有两个排了；作为一个军人呢？她也同样问心无愧，抗洪抢险、支援震区等，她什么时候退缩过？哪一次不是顶在最前面，哪一年不是优秀共产党员？难道那么多次三等功、两次二等功的军功章，是白来的吗？自己没有吃过苦吗？或者说，这么多年，吃的苦少吗？对不起军队，还是对不起这个社会？——自己的青春，自己花儿一样的青春都留在了这个绿色的营盘，无怨无悔；自己嫁给了一个什么都不管，只知道带兵打仗、带兵训练的铁血军人；自己一手带大的女儿，自己的心肝宝贝也走进了那个绿色的营盘——自己难道对不起这个军队吗？是的，没有任何对不起。自己作为一名军人和医生，没有任何不合格的地方。现在丈夫在带兵，女儿在军校，一切都安定下来了，短时期内不会发生什么大的变化。林秋叶这么多年也挨过来了，该换个活法儿了。

一次和华明集团的军地联谊会上，林秋叶见到了当年军区后勤部的干部老刘和他的爱人，现在应该叫刘总和刘太太。还是刘晓飞的父亲和母亲，三个人见面自然也很亲切。女儿和刘晓飞之间的事情，双方家长都没有明确表态过，但不说不代表不知道，老刘和他爱人自然也是知道的，不过没有点破而已。在军区大院打得交道不多，但是都认识。一说起来就是儿子和女儿小时候，关系立即拉近了很多。说起以后可能还是亲家，虽然老何这个死人不关心这些，但是自己当妈的能不关心吗？女儿要是嫁过去，不是也得跟公婆打交道吗？当妈的，尤其是给一个聪明漂亮的女儿当妈，操心的事情永远是最多的。然后两家的关系自然就近了。听说老何又当了特种侦察大队的大队长，还是正团，老刘笑了："老何这个人啊……"

笑容很复杂，很微妙。林秋叶的心里不是滋味了——老何是自己的骄傲啊！他们又说起了别的。最后提到林秋叶，原来也是正团主治医师了。想想也奇怪，自己莫名其妙地成了正团了。然后三个人笑了老半天，说起军区大院的谁谁现在是作战部长了，刚刚来大院的时候见个奔驰就大惊小怪，完全是个山里来的土包子；还有谁谁调到北京，是总部哪个部门的二级部长，主管全军的纪律检查工作什么的。扯了一会儿老人老事儿，他们又问林秋叶下一步有什么打算。打算？林秋叶觉得很奇怪，什么打算？在部队接着干啊，没什么打算啊！老刘和他爱人就笑笑，没说什么。

后来，老刘的爱人约自己吃饭，她也是从部队出去的，当年还不如自己呢，现在却开着进口车到医院门口接走自己。在四星级酒店吃的饭，一顿多少钱不记得了，但是肯定不便宜。她们说了一会儿你女儿怎么样，你儿子怎么样，最后老刘的爱人扯到正题："秋叶啊，这回我是来挖人的。"林秋叶听得奇怪，挖人？挖谁啊？老刘的爱人说："你啊！"

"我？"林秋叶更奇怪了。然后老刘直接问林秋叶有没有兴趣做中外合资的医药项目经理。林秋叶一听惊了，自己还是个做经理的材料吗？她就推脱："不行，不行，我干不了那个。"然后没再说这件事，老刘的爱人让她自己考虑一下，她是专业的医生，各个医院都熟，这些都是优势；又是军人出身，办事肯定也跑不了，稳妥可靠。林秋叶就真的考虑了。考虑的过程不重要，结果很重要。之后她给老刘的爱人挂了电话，接着将转业报告递交了上去。批下来的时候，她给老何挂了电话，这才敢说。没有想到老何没有发火，只是久久地不说话。许久许久，只听见他的喘气声。林秋叶的心开始一点点发紧，自己无论如何是不对的，这么大的事情怎么也要跟老何商量一下——但自己不商量也是有考虑的，和老何商量？和他商量就没有什么可以商量的了。

"手续办完了？"老何最后问。

"是。"林秋叶小心地说。其实没办完，但还得这么说。

"好吧，我同意。"——你同意不同意还有什么意义呢？结果已经是这样了。然后那边有人找他，电话就挂了，再打就是在开会了。林秋叶守在电话机边上一夜，也不知道自己在想什么。老何没有再打来，不知道是真的很忙，还是不愿意再跟自己谈这个问题。

天亮的时候，林秋叶穿上军装，戴上军帽。今天是去医院办最后一道手续。当林秋叶走在街上，清晨的阳光洒在她的身上，洒在她的军装上，洒在她的大檐帽的帽徽上，洒在她的领花上，洒在她的文职干部的肩章上——她哭了。

一个40多岁的女文职干部，走在街上捂着自己的嘴，压抑地哭着。她真的哭了，真的希望一辈子不要走到咫尺之遥的军区总院。因为她知道，这是她最后一次穿军装。

最后一次。是的，以后再也没有机会了。而这绿色的军装，她穿了20多年。

10

光明中学高三男生林锐歪戴着棉帽子，嘴里叼着烟，手里的板砖在忽悠着。他冷眼看着桥头对面站着的铁一中岳龙那伙差不多大的孩子，嘴角浮起一丝冷笑："一个一个来，还是一起来？"谭敏在旁边拉他："林锐，你干吗啊？走吧！"林锐根本不看她，后面三狗子这帮男生拿着铁锹、板砖、链子锁，冲上来："林锐！我们来了！"

"没你们事儿！都一边儿去！"林锐厉声喝住他们。谭敏都要急哭了："林锐！别打架不行啊？"林锐眼睛射出寒光："他调戏的不是你，是我林锐的女人！岳龙，我操你大爷的！是男人就给我出来单挑，你要愿意一起来也可以！"岳龙冷笑着从自行车上下来，哗啦啦拔出一把西瓜刀："不让你见血，你就不知道我小霸王的厉害！"

"小霸王？"林锐冷笑，"还小王八呢！"

岳龙一脚踢开自行车："这是我跟林锐的事儿，谁也不许插手！"

林锐和岳龙几乎同时呐喊着冲上光明桥，在路人的惊呼中，两个年轻剽悍的孩子已经撞在了一起。林锐的板砖一下子拍向岳龙脑门儿，岳龙闪开了，被拍在肩膀上，西瓜刀砍在林锐后背，棉猴立即被划开，棉花飞出来。

"我操！"林锐眼睛红了，揪住岳龙的头发，直接一砖头拍在了岳龙脑袋上。砖被拍断了，岳龙脑袋受伤，开始流血。西瓜刀太长，近战不好使，岳龙丢下西瓜刀，也和林锐抱成一团呐喊着肉搏。

"我操！就你还小霸王？"林锐打得特别狠，揪住岳龙的头发，把他的脸往自己膝盖上磕。岳龙鼻子也开始流血，眼前发黑，双手还在徒劳地挣扎着。林锐把他按在地上举拳就打："我打你这个小霸王！"林锐的拳头乱飞，岳龙被打得没有招架的力气，满脸都是血。但是他不服输，抱住林锐的腿把他扳倒，林锐使劲踢他脑袋，又翻身起来打。接着，林锐抓住身边的一辆自行车，高高举起就要往下砸："啊——"三狗子一把抱住他的胳膊："大，大哥！别打了，人要死了！"林锐急促地呼吸着，看着地上只剩下喘息的岳龙，把自行车丢到一边："滚！以后不许你在光明桥叫小霸王！小霸王只有一个——我，林锐！滚——"

岳龙的人急忙上来抬走了他，往医院跑去。林锐吐出一口唾沫，这个时候才发现自己鼻子也流血了。谭敏高叫着："林锐，你受伤了！"林锐直接用手擦血，谭敏的手绢已经捂在他的鼻子上了。谭敏都急哭了："赶紧去医院！你还站着干什么啊？"林锐就笑了，笑得那么孩子气。

11

谭敏脸上的红潮还没退去，一声娇喘趴在了林锐的肩膀上。林锐抱住谭敏抚摩她光滑细嫩的后背，吻着她的额头。谭敏哭着吻着林锐的脖子："林锐……我不会再怀孕吧？"林锐猛然惊醒："今天是你例假以后第几天？"谭敏抽泣着说："第四天……"

"没事，还在安全期。"林锐放心了，长出一口气。谭敏颤抖着声音："我不想再坐那个老虎凳了……我都坐了两次了，我好怕……"林锐内疚地抱紧谭敏，吻着她的额头："不会了，不会了，都是我不好……"谭敏伤心地哭着，头埋在林锐的肩膀上。林锐正想安慰她几句，却耳朵一动——钥匙响！谭敏的母亲拿着钥匙开门进来了，把包儿放在桌子上，去洗手间洗手。谭敏披头散发匆忙套着睡衣探头，谭敏的母亲洗完手出来："哎？你怎么这么早就睡了？"谭敏声音发飘："我，我身体不舒服。妈，你怎么现在回来了？"谭敏的母亲纳闷儿地看着谭敏："单位没事，我说了一声就回来了。你怎么脸那么红啊？发烧了？"

"没，没，我没有……"谭敏说着，母亲已经推开了门。一床的狼藉，窗户开着，寒风飕飕进来。谭敏母亲脸色一变，冲到窗户跟前，看见一个毛头小子刚刚顺着下水管爬到一楼，掉头就跑远了。她回头怒视谭敏，谭敏支吾着："妈，我……"啪！一记响亮的耳光已经抽上来。

12

棍棒劈头盖脸打下来，林锐捂着脑袋躲闪着。老林脸都气绿了："不学好你！要流氓你！看我打不死你！"

"爸——别打了！别打了！我知道错了……"林锐被打到角落里捂着脑袋蹲下。棍子打在身上都断了，老林又拿起凳子，这个是铁腿的，照样劈头盖脸打下去："我叫你要流氓！我叫你要流氓！"老林打累了，把凳子扔在林锐身上，哭着："你咋就不学好呢你？你咋就要流氓呢你？"林锐不敢抬头，还是捂着脑袋哭喊："爸，我以后一定好好学习！一定好好学习……你别生气了……"老林哭得气都喘不上来了："晚了！你已经被学校开除了！你已经被开除了……没学上了……"

"那谭敏呢？"林锐一下子抬起头来问。

"都什么时候了，你还惦记那个狐狸精？"老林又站起来拿起另外一把凳子。林锐也不躲闪，站起来着急地问："谭敏怎么样了，你告诉我！"老林怒吼着，凳子又打了过来："我让你惦记狐狸精！"

"谭敏，我走了，都是我不好，害了你。"林锐留恋地说。他穿着宽大的陆军冬训服、大头鞋，背着背包，头是新剃的，还泛着青茬儿。

"林锐，我没事。"谭敏眼睛都哭肿了，长发换了发型，以便挡住脸上的巴掌印，"我还有学上，就是学习委员当不成了……"林锐内疚地说："是我害了你。我害你打了两次胎不算，还被你父母打。"谭敏哇地哭出来了。林锐说："我会娶你的，等我当兵回来，我让我爸给我找个工作。你大学毕业了，我们就结婚。"谭敏抱住林锐哭着："林锐，不怪你……我喜欢你……就是挨打，我也是喜欢你，我就是喜欢你……你为了我没学上了，现在要去当兵，当兵多苦啊……"林锐说："没事，我爸说了，这是'政治条件兵'。接兵的干部说的，这是要在军区直属队的、首长身边的人。一般人还去不了，保密性很强，我爸是市政府干部才考虑的。你放心，我吃不了什么苦的。"谭敏哭着点头："林锐，你一定要好好的，给我写信啊……"

林锐庄严地点头，挥手叫后面的三狗子他们过来："三狗子，我走了。谭敏，你们要多照顾，岳龙他们再敢找事就告诉我。我饶不了他的，你们都机灵点儿，别吃亏。"三狗子说："放心吧，林锐。我们会照顾好嫂子的。"林锐点头推开谭敏："我走了。"

他转身走向站台的部队，谭敏冲上来从后面抱住他，哭喊着："林锐……"那边干部在喊："新兵同志集合了，点名！"林锐掰开哭成泪人的谭敏的手，戴上没有帽徽的陆军作训帽，大步走向那些和他一样的新兵们。走向他的军人生涯。

第四章

———— ★ ————

1

"到了！下车！"解放卡车的后车板咣地放下来，窝在后面睡觉的林锐迷迷糊糊睁开眼睛。底下的陈勇少尉很严肃，厉声呵斥着这群新兵，林锐混在新兵里面笨拙地跳下车。还没反应过来就被命令："都蹲下！蹲到那边去！"怎么要蹲下啊？坐牢啊？林锐不明白，但是无形的力量让他不明白也得服从。他提着自己的东西跟着新兵们跑到操场中央蹲下，一个一个都跟窝冬鹌鹑似的蹲成几排。他左右看看，没多少新兵，也就40多个吧。也是，机关哪儿用得了那么多人呢？新兵连都这样，忍忍吧。他抬头打量这个操场，打量自己可能要待三年的部队。突然，一个大标语牌子撞进他的眼睛：天上神鹰，陆地猛虎，海中蛟龙——啥意思啊？他还没明白，再往右边一看，也有一个标语牌：特种部队铸造特种精神，特种精神锻造特种战士——我操！林锐迷迷糊糊的眼睛一下子睁大了，特种部队？！那边陈勇开始点名了，点到名字的提着自己的东西出列，够一个班就让班长带走。林锐还没反应过来，自己这种货色怎么能撞到特种部队来，旁边的新兵就推他："你是叫林锐吧？"火车上说过几句话，所以林锐知道他是内蒙古来的蒙族小伙子，名字叫什么记不清了，反正他一路都唱蒙族歌曲来着。林锐看他一眼："是。"蒙族新兵憨厚地笑："叫你了！"

"林锐！"陈勇拿着名单厉声吼。林锐提着东西迷糊地站起来："在呢……"陈勇厉声喝："下次说到！站到那边去！"林锐提着东西没走，小心地问："首长，是不是搞错了？我当的是政治条件兵……"陈勇黑着脸怒吼："搞错什么？！没搞错！站到那边去！下次叫我排长！"林锐不敢再说话了，提着东西到那边站成一排。陈勇拿着名单喊下一个："乌云！"

"到！"蒙族新兵乌云喜笑颜开地站起来跟着林锐过去了。一班班长老志愿兵田大牛穿着常服扎着腰带，大檐帽下的脸上没有表情，眼睛射着寒光，看着面前这群新兵蛋子。他眯缝起眼睛仰起下巴："都给我听好了，我只说一次！我叫田大牛，是你们的班长！从今天开始，你们不是老百姓了，是军人！我不管你们在家是个什么德行，这里是部队！是龙，你得给我盘着！是虎，你得给我卧着！"林锐站在队列里不吭气儿。

"知道我们是什么部队吗？"田大牛高声问。没新兵回答，林锐憋着嗓子喊了声："特种部队——"田大牛看他："下次记住先喊报告！——答对了，是特种部队！知道特种部队是干什么的吗？"林锐喊："报告！"

"你知道啊？那你说说！"田大牛看他，脸上有了笑容。

"我不是来当特种兵的，我是来当政治条件兵的！招兵干部说我去的是军区直属队，没说是特种部队！"林锐说。田大牛看他的眼睛露出寒光："没错啊，这里是军区直属队啊！我们特种侦察大队就是军区司令部直属的唯一一支尖刀部队！明白了？"林锐张张嘴却被噎住了，显然他没意识到解放军也会骗人，还骗他吃了个哑巴亏。田大牛冷笑一声："看来你们坐车是太舒服了，还没睡醒。让你们醒一醒盹儿，5公里越野。跟我走！"新兵们跟着田大牛开始跑步。林锐跑在队列里面还是不明白，这个"政治条件兵"怎么就变成"特种兵"了呢？

新兵们呼哧带喘跑完5公里，又被班长海训了半个小时，才被带进宿舍打开自己的背包铺床。林锐分在上铺，他的下铺就是蒙族新兵乌云。乌云哼着草原牧歌欢快地铺床，林锐探头下来："你知道你是要来当特种兵吗？"乌云嘿嘿一乐："知道啊，招兵干部和我们盟武装部的都告诉我了。"林锐问："他们怎么告诉你的？"乌云回答："招兵干部摆了个桌子，招呼我们，到我们这儿来吧！我们是特种兵，伙食费高，吃得好！我就来了。"林锐诧异地问："你知道特种兵是干什么的吗？"乌云收拾着自己的床铺："不知道，总之就是和别的兵不一样呗！操心那个干什么啊？啥时候吃饭啊？"林锐气急败坏："你就知道吃吃吃！"

2

侦察指挥17队的弟兄们光着膀子在雪地里摸爬滚打，只要天气恶劣，就是他们队长最兴奋的时候，因为又可以折腾他们了。小伙子们怒吼着扑在一起，雪花乱飞拳脚交加，他在旁边看着就高兴。

穿着常服的何小雨和方子君并排走在陆军学院的路上，立即成为焦点。路旁刚刚下课列队出来的步兵和炮兵专业的弟兄嗷嗷叫，番号喊得山响，一个觉得自己是老大哥，一个觉得自己是战争之神，在漂亮女兵面前表现一下都是情有可原。通讯专业有女学员，番号就变得比较酸溜溜的，多少有点儿嫉妒的意思，以前习惯了当焦点，现在焦点转移了，哪个女孩儿也是不乐意的。可是这一个文职干部、一个学员，两个漂亮女兵没有在他们身边停留，甚至连看都不看一眼，就走向灰头土脸穿着迷彩服列队去食堂的侦察指挥17队。17队弟兄们的眼睛都放光了。何小雨大大方方走到队长跟前，敬礼报告："报告首长，我们找刘晓飞！"队长看看她，看看刘晓飞："刘晓飞，出列。"刘晓飞绷着脸出列，不敢有笑意，怕回来被弟兄们锤。张雷就看方子君，方子君白皙的脸上出现一片红晕，眼神躲到一边去了。何小雨调皮地看看张雷，又看看方子君："还有张雷。"队长点头："张雷，出列。"张雷出列，脸上有种异样的笑意，方子君一看就明白——我知道你是来找我的。她想生气但又没法子生气，干脆不看他，看向远方。远方是操场，也没什么好看的。

17队的弟兄们就很嫉妒。队长看着他们的眼神，笑笑挥手："看他妈的什么看？都是他妈的毛孩子，毛长全了再说吧！值班员带队，食堂。刘晓飞，张雷，饭后归队。"弟兄们怪声怪气喊着番号走了，刘晓飞摸摸脑袋看着何小雨笑："你们怎么来了？"何小雨说："我今天没课，姐姐来找我玩，说着她说要不来看看你。我就请假出来找你了，怎么不欢迎啊？那我们回去了！"刘晓飞赶紧说："别别！我不是那个意思！"

张雷看着方子君，方子君始终没有正视他。当他侧过去视线的时候，方子君的眼睛一下子落在他的侧面。张雷感觉到了，立即转过脸，两个人的目光撞个正着，几乎是火花飞溅！方子君的眼中居然有泪花闪动，她果断地躲开了。张雷很纳闷儿，还没反应过来，刘晓飞就在那边说："我们不能在这儿戳着，你们俩先走，在学院家属院门口的饭店等我们。"方子君低着头，跟何小雨在前面走了。张雷还在发呆，刘晓飞一拉他："你发什么傻啊？走啊！"

陆军学院的饭店比较一般化，地方也小。四个人要了个火锅，火锅很热，就都脱了军装上衣。酒是断然不敢喝的，饮料对付了。刘晓飞坚决要请客，方子君没再坚持。吃饭的时候，何小雨还是叽叽喳喳说个不停，刘晓飞就听，听着听着嘿嘿一乐。何小雨就白他："听懂了没有，你就乐？"方子君勉强地笑着，但在目光转换的瞬间看见了张雷，笑意就凝结在脸上。张雷一直在看她，眼神里的信息谁都能看出来。何小雨左右看看，突然问："这儿有没有洗手间？"刘晓飞说："我们这饭店可没洗手间，在外面楼里有。"

"你带我去！"何小雨站起来拿起外衣套上，刘晓飞跟她出去了。雅间只剩下张雷和方子君，他们俩都不知道该说什么。半天，张雷才笑着说："你怎么也不吃呢？就听他们说话了？"浑厚的嗓音一出来，方子君就忍不住了，眼泪吧嗒掉下来，她伸手擦去，笑着说："没事，我想起来一些不开心的事儿。"张雷不敢多说，知道方子君可能回忆起牺牲的战友或者她的父亲。他想了想，小心地说："如果你信任我，我可以是你的一个朋友。你可以把你的不愉快告诉我，这样你就能轻松一点儿。"方子君没看他，压抑住自己的情绪，从军装口袋里拿出一包红塔山，抽出一支："抽吗？"张雷接过来，方子君抽出一支刚刚放在嘴上，张雷的打火机就凑到烟前面了。方子君用眼角余光扫了张雷一眼，没说话也没表情点着烟，深深吸着吐出一口："别告诉小雨我抽烟。"张雷也没说话就看着她，点着烟自己抽着。

外面刘晓飞在前面匆匆走着，何小雨在后面喊："哎！哎！你走那么快干吗？"刘晓飞回头说："我不怕你急吗？女厕所我们这儿少，得走一阵儿呢！"何小雨又好气又好笑："得了！我不去了！"刘晓飞纳闷儿："啊？真不去了啊？"何小雨说："真不去了！"刘晓飞说："那我们回去。"何小雨问："回去干吗啊？"刘晓飞说："吃饭啊！张雷和你姐姐还等着咱们呢！"何小雨瞪他："我说你真傻假傻啊？陆院把你练傻了啊？头脑简单四肢发达！"刘晓飞纳闷儿："怎么了？"何小雨没办法，只好直接说了："你就没看出来，张雷对我姐姐有点儿意思？"刘晓飞惊了："他？不会吧，你姐姐是干部啊！是你爸的干女儿啊！他吃了豹子胆了？"何小雨气得要命："真给训傻了啊？那都像你那么想，那我就嫁不出去了是吧？！"

刘晓飞一想，笑笑："我也吃了豹子胆了。不过，你姐姐比他大啊！"何小雨打他一拳："爱情和年龄有什么关系！我妈还比我爸大半年呢，不也蛮好的吗？"刘晓飞笑笑说："也是。"何小雨问："我正经问你啊，张雷这个人情况怎么样啊？"

"我的铁哥们儿啊，还用说？"刘晓飞一本正经，"空降兵出身，中共党员，当兵开始就是优秀士兵！跳过各种伞型各种复杂情况，现在戴的是五级伞徽——这可是他们空降兵最高级的伞徽！第一年就是班长，拿过三等功呢！军事素质更是没得说，我们一般的教员不敢跟他叫板……"

"我没问你这个！"何小雨着急地说，"我是问你，他有没有女朋友？！"

"有过，好像分了。"刘晓飞说，"是他们军部女子跳伞队的。"

"什么好像啊？"何小雨急得都要踹他了，"到底有没有？我姐姐可是老实人，前线下来双亲都去世了，就她一个人孤苦伶仃的！你可不能跟我撒谎！"

刘晓飞想想："没有。他没收到过女朋友的信，也没打过电话。"

"肯定没有？"何小雨问。刘晓飞说："肯定没有。在我们队，女朋友的信是要公开念的……"何小雨急了："好啊你啊！你把我的信给念了？"刘晓飞意识到自己说漏嘴了，急忙捂住："大家都念我不能不念。哎呀！你别掐我啊……"

饭店雅间，方子君掐灭烟又点着一根。张雷急忙说："你都抽了四根了，不能再抽了！"方子君不说话，只是抽烟。外面刘晓飞和何小雨笑着跑进来的声音传来，方子君闪电一般掐灭了烟丢在地上。何小雨第一个进来，一掀起帘子："哎哟！怎么这么大烟味儿啊？跟着火了似的！张雷，你疯了啊你？抽那么多烟？！"张雷看看方子君，急忙说："哦，队里不让抽，我憋好几天了。"方子君并没有感激地看他，只是拿起饮料喝了一口。

饭后该走了，两个小伙子送两个女孩到陆院门口。张雷突然从自己冬季迷彩服口袋里拿出一个闪闪发亮的东西，两个小翅膀，上面还有一个降落伞，上面有红五星，还写着罗马数字"Ⅴ"。张雷把这个东西交给方子君："从我得到它的那一天开始，它就没有离开过我。我把它送给你，希望你喜欢。"何小雨笑了："哟！这是什么？真漂亮！"

张雷淡淡一笑："我的伞徽，空降兵的骄傲。"方子君拿在手里愣愣的，眼泪在打转。大家都很诧异，方子君急忙擦擦眼睛："迷眼了。"何小雨扑哧乐了，推张雷一把："我可告诉你啊，臭小子！这是我姐姐！别闷着劲头使坏啊！"

方子君一句话都没说，也没告别就径直走出陆院，何小雨急忙追过去。走出陆院大门，方子君突然回头，张雷穿着陆军冬季迷彩服，戴着作训帽冲着她调皮地笑了。方子君的眼泪流了下来。她看见的是一张几乎一样的年轻傲气的脸——只不过那张脸上还有模糊的伪装油彩，穿着早期的侦察兵迷彩服，钢盔上的迷彩蒙布上插着乱草。那个笑容也是不一样的，是冷峻温柔的笑。只是两张相似的脸，亲弟兄的脸，真的……太像了。方子君捂住自己的嘴，转身跑了。张雷傻站着，不知道怎么得罪方子君了。刘晓飞傻眼地看着："哥们儿，怎么了？你招惹她了？"张雷摇头，他也不知道怎么回事。

回到宿舍的方子君拿出抽屉里面的盒子，打开，里面有一个一模一样的伞徽。两个金色的伞徽放在她的左右手，方子君再也压抑不住自己的悲伤，放声哭了出来。她的门关上了，无论何小雨在外面怎么敲，方子君都不开门，靠在门上放声大哭。这哭声，她已经压抑了很多年。

3

林锐长这么大从没受过这么多的罪，每天都不是度日如年了，简直就是一个世纪那么漫长。早上起床先来一个 5 公里，开始徒手，后来加上了背囊和钢盔，接着就是武器，号称早上的开胃餐。有这么开胃的吗？！林锐再不愿意也罢，反正都得跟着跑。最过分的是一个月以后不在营区的环路上跑了，拉出去在营区周围的山上开始跑，那是路吗？一条羊肠小道，都不知道多长时间没人走过了。时间的要求也越来越高，开始徒手 25 分钟算及格，现在武装 23 分钟才算及格！不及格怎么办？很简单，别人吃饭的时候，你去练就是了。林锐和几个身体素质没那么好的新兵都受过这个待遇，问题的关键是林锐能跑那么快，他就是不想跑。但是自从享受了别人吃早饭的时候自己要跑路的待遇以后，他就跟得上了。田大牛也不跟他多说废话，你达不到的就要业余时间单练，于是林锐所有的科目都达到了标准。林锐越来越觉得这是一个无法出去的圈套。他原本打算不好好干，这样就会被淘汰，但是不好好干就得多吃苦，而林锐是不想吃苦的主儿；于是，他都达到了，而都达到了根本不可能走——这成了一个典型的怪圈循环了！

这天早上林锐实在是不想跑了，对着田大牛哀求："班长，我今天跑不了了！"

"怎么了？"田大牛问他。

"我……我尿血了……"林锐苦着脸说。这倒不是假话，他也确实累尿血了。但是田大牛似乎根本不为所动："哦，尿血啊？尿血好治，你跑个 5 公里就好了。"

林锐当即差点儿栽倒。还得跑，跑完不算还有体能。累得尿血的林锐咬着牙做完 5 个 100，旁边的乌云还好，草原孩子苦惯了，这个还不算太苦。林锐几次俯卧撑的时候都差点儿起不来了，但是一想不仅没早饭吃，俯卧撑也一个少做不了，就坚持下来了。吃完早饭，田大牛把他们带到操场上的格斗训练场地，说："今天我们开始进行格斗基础训练。"

林锐一听，眼睛就放光——操！不就打架吗？这个我擅长啊！

"格斗是特种兵的基本技能！"田大牛很严肃，出腿就一个边踢，旁边的沙袋开始晃悠。接着又是正蹬、侧踹、腾空飞踹、后踹，看得新兵们眼花缭乱，最后田大牛收腿的时候，林锐真心拼命鼓掌。看不出来啊！这个土不拉唧的农村兵还真的有一套啊！

"想成为一个合格的特种兵，必须掌握格斗！"田大牛脸上只有微微的汗珠，"为什么我给你们看的都是腿功呢？因为你们首先要从腿开始练，在实战当中这一腿踢出去，踢到位可比你打十拳都管用！明白了吗？！"新兵们都兴奋地喊："明白了！"

"那边墙根去。"田大牛没让他们上来踢沙袋，一指那边观礼台，"一字站好了。"新兵们都纳闷儿，排队走过去了。田大牛命令他们："分成两组——一组两腿分开，顶住墙根！二组在他们后面蹲下！"林锐纳闷儿地坐下，分开腿顶住墙根，乌云在他后面蹲下。

新兵们都不知道到底要干什么，田大牛下命令了："二组，用右膝盖顶住他们的屁股！开始往前慢慢顶，速度要慢，但是力度要大！开始！"

后面的新兵开始顶，前面的新兵初始还能忍着疼，但后来渐渐忍不住了，啊啊啊乱叫起来，绝对是一片鬼哭狼嚎。田大牛不为所动，哪个后面顶的新兵不使劲了，一脚踹上去："不拉开韧带，你们怎么练习格斗？！从今天开始，你们每天都要给我拉韧带！早晚都要拉！"

林锐咬牙不叫出声儿来，乌云在后面看着他脸上的汗珠，低声说："疼你就叫吧，不丢人！大家都叫了。"林锐就是不叫，虽然已经脸红脖子粗——这是什么训练啊？！都17了居然要扯蛋？！乌云在后面看着不忍心了，膝盖偷偷放松了。田大牛看见，过来一把推开乌云："有你那么顶的吗？看好了！"田大牛蹲下，一下子用膝盖结结实实顶上去了！"啊——"林锐终于号叫出来。田大牛慢慢加力。"操你妈！老子不干了！"林锐突然站起来，田大牛被他推了个趔趄。林锐起身后掉头就跑，速度不是一般的快。田大牛先是傻眼了，不知道他要干吗，再一看，发现他径直奔向大门口就醒悟过来："快快快！拦住他！有兵要跑！"

穿着冬训服、大头鞋的林锐跑得跟绿色野兔子一样，班长和老兵都放下新兵去追他。他什么也不管了，虽然腿根还在火辣辣疼着，但是自由对他的诱惑更大。他是自由自在生活惯的，这样的生活能忍受到现在，已经是奇迹了。大门口的哨兵不知道发生了什么事情，眼睁睁看他跑过来，后面还追着一群老兵。随即哨兵班长明白了，拿起81-1步枪横在他前面。林锐起身就是一脚，班长用步枪打开了，随即抡起枪托像棍子一样打在他的肚子上。林锐一下子飞起来了，一个狗啃泥摔在地上，头晕眼花。田大牛和后面的班长、老兵，冲过来按住了他，再想跑就没戏了——这都是战场上抓敌人特工队的，手比钳子还硬。林锐哭喊着："爸——爸——！这个兵我不当了！爸——快来救我啊！"

老兵们哪儿还管他喊这个，七手八脚就给他拖到一边。哨兵拿起内线电话要大队部。田大牛脸上没有了平时那种不失憨厚的严肃，变得凶神恶煞，揪着林锐的领子："我告诉你小子——这要是在战场上，我一枪毙了你！"

耿辉匆匆忙忙来到大门口，林锐还在哭闹："你们放开我！你们放开我！我不干了！我不当兵了！让我回家！"耿辉看见他被捆上了，这帮老兵捆人都有一套。于是，林锐就跟粽子似的，鼻涕、眼泪都流在脸上，一点儿也没了从前那种还有点儿帅气的小伙子的感觉。

"放开。"耿辉皱着眉头对自己的部下说。

"政委，放开他就要咬人了！"田大牛急赤白脸地说，伸出自己的胳膊，上面有牙印，还出血了。耿辉说："放开，这是新兵，不是战俘！我就不信他会咬我！"

于是，两个老兵小心地解开林锐的绳子。林锐活动活动自己的手腕，上面都有了绳子勒出来的青紫色。他的眼泪吧嗒吧嗒往下掉，恨恨地看着眼前的耿辉。哨兵班长踹他："站起来！"林锐不站，反正他破罐子破摔了，本来就不打算干了。耿辉瞪了那个哨兵班长一眼："你去找你们警通连长，就说我说的——禁闭三天！"

"政委！我……"

"立即就去！"耿辉的语气里没有任何讨价还价的余地。哨兵班长敬礼，转身跑步走了。耿辉看着林锐："他踹你，我禁闭他三天；现在，你给我站起来！"林锐本来不想站起来，但是在耿辉的目光里似乎有一种不可抗拒的力量。他不由自主地站起来了，是惧怕？似乎不是，因为政委对他没有任何凶巴巴的表情。耿辉看看这个满脸泪水的新兵蛋子："说，为什么跑？"林锐带着哭腔："我，我受不了！"

　　"受不了什么？"

　　"我，我不要当特种兵了，我要回家！"林锐哭着说。田大牛来本来就有气，现在一听这话更来气了："那你干吗当兵啊？当兵习武是天经地义！干吗要当兵？"

　　"你们以为我愿意当啊？！是我爸逼我的！说好了是政治条件兵，是在机关的，谁告诉我是特种兵了？！你们要是告诉我是特种兵，把我杀了我也不来！你们骗我！"林锐哭着大喊。耿辉看着林锐，林锐看着他。许久，耿辉把他的军装领口整好，戴正他的作训帽，擦擦他的眼泪："你不愿意当特种兵？"

　　"不愿意。"林锐的声音小了下来，面对耿辉，他喊不出来。耿辉问："那你愿意当逃兵？"林锐愣了一下，他从来没想过这个问题。

　　"这件事情我暂时不追究，我给你三天时间，三天以后告诉我，你想走还是留下，到时候你想走我不留你；你也给我三天时间，我来研究一下为什么你受不了，到时候也给你一个答复。好吗？"耿辉的声音柔和，但是有着一种不容抗拒的威严。

　　"是……"林锐不由自主地一个立正，毕竟穿了一个月不带帽徽军衔的冬训服。耿辉眼睛亮了一下，但是没说更多的，只说："回你的班里去。"林锐敬礼，一个标准的向右转，跑步去了。不知道为什么，他也觉得奇怪，做这些动作似乎都那么自然，要知道他是那么恨队列训练啊。耿辉看着这些老兵："特种侦察大队是一个全新的部队！你们在老部队的那点儿把戏别跟我在这里使！——我告诉你们，谁要是整新兵，我就对谁不客气！"老兵们本来憋了一股劲儿，但现在只能面面相觑。耿辉说："新的部队应该有新的精神风貌，新的传统！都去吧，田大牛和你们新兵连长晚饭后找我。"老兵都散了。耿辉走在回大队部的路上，心里面沉甸甸的。他不想看到出现逃兵的事情，这对这支年轻的部队会是一个不小的打击。

4

　　新兵连长是特战一连的韩连长，这是个小个子干部，远远没有身高 1.83 米的林锐高。但他眼睛里射出的寒光却让林锐感到有点儿害怕，他已经知道在战场上，这家伙也是个侦察兵好汉。韩连长盯着林锐看了半天，看得林锐心里发毛。

　　"带回吧。"韩连长也不骂他，更不打他，就是那么随便一句。田大牛赶紧说："连长，他还小！不懂事……"

　　"哪儿那么多废话？！带回！"韩连长一句话就把田大牛噎住了。回去的路上，田大牛忍不住地说："你你你，让我怎么说你啊？你疼你就告诉我啊，受不了，我可以松一下，但你也不能跑啊！你这下可给韩连长上眼药了，我想救你，也救不了了！回去后，去我那儿拿红花油先预备着，遇到啥情况你都别还手，抱住脑袋找个旮旯儿蹲下。记住了！"

"怎么了，班长？"林锐不明白。田大牛也不敢多说，烦躁地一挥手："你你你，你别问了！记住，不许还手，也不许还嘴！该求饶的时候就求饶！"

什么求饶啊？林锐更蒙了。在17岁的林锐的观念当中，解放军就是报纸杂志上的那种形象，还没有更深的认识；依照他当时的智商和人生经验，也不可能知道要发生什么事情。回到班里乌云问他："你没事儿吧？"林锐闷闷地说："没事。"

林锐倒是没想田大牛的话，而是在想政委那种失落的眼神。可能自己真的伤了政委的心了，这让他觉得内疚，因为政委是好人。

田大牛把陈勇拉一边耳语："排长，我跟你说件事儿，韩连长……"陈勇眼睛一瞪："操！咋管？"田大牛说："那咱也不能看着啊！"陈勇说："让林锐晚上睡我宿舍上铺空床吧，其余时间正常训练。我的门除了大队长，是没人敢踹的。"

结果没等晚上睡觉，林锐就出事了。当天晚上，田大牛和韩连长去耿辉那里谈话，陈勇则被韩连长早早派遣去办别的事情了，所以带连队的是几个别的班长。林锐正常参加了晚上的体能训练，5个100做完了，是5公里山地越野，他的成绩不好也不坏。跑在山路上，他也在想事情。他的脑子很乱，以至于被人用麻袋捂倒的时候，还没反应过来到底发生了什么事情。在众目睽睽之下，40多个新兵和他们的班长们同时目睹了一次极其漂亮的捕俘动作。两个黑影从灌木丛中一跃而出，一个锁喉，一个套麻袋，准确无误地将跑在中间偏后的新兵林锐蒙住，随后扛起来就跑。等到大部分人回过神儿来，人已经没了，只有叶子在风中沙沙作响。林锐背着的步枪被丢在路上，还有一个丢下的背囊。乌云第一个喊出来："抢人了！"

一个班长就喊："喊什么？！整理自己的队伍！报数！"几个班长议论纷纷，但是声音很小，新兵们没听明白是什么。随即似乎统一了认识，新兵们不跑了，都步行回去。新兵们都不敢说话，只要稍微有点儿脑子的新兵都知道这是什么意思。但是乌云不知道，要不怎么说他没脑子呢？乌云急了："班长！林锐呢？我们不找林锐了啊？！"

"回去再说！"一个班长说。

"不行，我去找林锐！"乌云说，随即摘下自己身上的步枪和装具。

"你上哪儿找去？"排长问他。乌云看看大山，黑茫茫的大山什么都看不见。乌云嘶哑着喉咙喊："他是我的兄弟！在我们草原上，自己的兄弟出事了，就算死也要死在一起！"他把步枪和背囊摔给身边的新兵就要走，被班长拉住。班长看着乌云半天，没说更多的话："回去吧，林锐肯定丢不了。"

班长们的眼睛都躲避着乌云，乌云不明白是怎么了，步枪和背囊又放回他的肩上。乌云再见到林锐是刚刚把枪交给枪库锁好回到宿舍，他一进门看见林锐的床上蒙着被子，有个人躲在里面。乌云一把掀开被子，就看到林锐浑身被绑着，脸上、身上都是伤，嘴里还堵着破抹布。新兵们都惊了，急忙七手八脚放开林锐，乌云抢先一步拽出来林锐嘴里的破抹布，林锐破口大骂："我操你们祖宗！"接着，他吐出一口掺杂着血的唾沫，推开众人站了起来就要往外冲。陈勇和田大牛也跑过来，知道出事了。面对愤怒的林锐，他们什么也说不出来，只能死死地抱住他。

耿辉和何志军匆匆赶到的时候，先看见的倒不是林锐了，而是被更多的人抱住的乌云。乌云也不喊，就是拼命挣脱身边抱他的人，去自己的床铺下面拿东西。随即，何志军看见亮闪闪的一把蒙古刀握在了乌云手里，乌云拿着刀子喊道："都给我让开！让开！"何志军和耿辉就站在门口，乌云拿着刀子要往外冲。何志军出手，谁都没看清楚，乌云已经空手了。何志军黑着脸："妈拉个巴子的！这是部队！都他妈的给我站好！"于是所有人都站好了，乌云面对大队长的眼神也不由自主地站好了。何志军和耿辉看见了血流满面的林锐。何志军久久说不出话，喉结蠕动着，半天冒出来一句："让韩连长跑步去见我。"

"你欺骗我！"林锐愤怒地对着耿辉怒吼。耿辉目光复杂地看着愤怒的林锐没说话，对田大牛吩咐："先去医务室看看，晚上让他住在大队部公务班。"

走到外面，何志军把蒙古刀塞给陈勇："让老兵再对新兵进行一次点验，全面的、彻底的点验。不允许再出现这样重大的事故隐患！"

5

"你是不是共产党员？"耿辉的声音有点儿颤抖。韩连长说："是。"

"你是什么共产党员？！"耿辉怒吼，"你立即停职！准备接受处理！"

韩连长敬礼，还是没觉得有多大事情。惯性，很多东西都是惯性。在当时的很多野战部队，整新兵都是半公开甚至公开的，严格来说，林锐挨得整还算不上是最厉害的。比这更恶劣的情况有的是，在那个时候，还没听说过什么"六不准"。粗暴野蛮的带兵方式真的不算稀奇。

但是随后的大队常委会议，耿辉来真格的了。何志军一直都比较沉默，看着大家谈论关于整新兵这件事情。都是老兵，都当过新兵，所以大部分都挨整过，所以大多数也没把这个太当回事儿。对于处理意见，都认为对韩连长来个禁闭，再加个警告处分就可以了；林锐没处分，但也确实不适合在部队服役，退回去算了，这样大家也都省心。退兵的事情每年都有，一种是当兵的时候弄虚作假被查出来的，另外一种是由于身体或者心理原因确实不行的，林锐显然属于后面一种。1991年的年底，"文明带兵"是个什么概念还没完全普及开来，甚至很多野战部队都没有这个概念。整个国家的法制建设还不是很健全，部队自然也不是铁板一块。最后应该是大队长和政委的总结发言，既然大家都是这个意见，那么差不多也就是这个意见了。常委们的意见一致，两个头儿没必要太较真儿，何况本身也确实不是什么大事。

耿辉咳嗽了两声，他知道自己的发言可能会引起一点儿风波。惯性的力量他当然是知道的，但他是要开创一个崭新的部队的精神风貌。这样一个机会，在A集团军侦察大队的时候不可能有，资格越老的部队传统或者说惯性的力量越强，他知道凭借个人的力量是无济于事的；但是在新组建的狼牙大队，这些却是可能的——因为这里是全新的，一切都是全新的。来自不同部队的官兵带来了不同的惯性力量，在互相冲撞之中，各自不同的惯性反而被淡化了，他也就有了做文章的余地了。

"韩刃和参与殴打林锐事件的老兵全部开回原来部队，林锐记过处分一次。"耿辉很平静却语出惊人。为什么？！大家的脸上都写着这三个字，何志军的黑脸也抽动了一下。小韩要是被开回去的话，可能仕途就有危机了，这个不言而喻；而林锐这个还没宣誓的准新兵蛋子，直接开回去不是太容易的事情吗，何必还来一个记过处分呢？一个是在前线拿过战功的中尉正连干部，一个是到处惹事的新兵蛋子，哪个更重要？这还不是一目了然的吗？耿辉还没有更多的解释，何志军已经发话了："我同意政委的意见。"还能说啥？底下的干部们还能说啥？既然大队长和政委都同意了，还能说啥？虽然反过来想，政委是对的；但是在情理上，大家都还是同情小韩的，这毕竟是战场上一刀一枪杀出来的啊！

耿辉缓缓地开始讲述自己的看法，他把看法剖析得很透彻。发言的核心是强调官兵平等，要形成特种侦察大队自己的带兵风习，要与不好的习惯割裂。部队整新兵，在当时已经成为一种恶性循环。尤其在远离市区的野战部队和工程部队，这种恶性循环是很严重的。耿辉刚刚当指导员的时候，他所在的连队就出现过这种事情，连长强迫一个新兵跪在石头上，膝盖都跪出血来，原因只是怀疑他偷了战友的东西。这件事情一直压在耿辉心底，当时他是不可能直接和连长发生冲突的，这里面有个策略问题；但他还是想办法让那个眼泪汪汪的小兵解脱了出来，那双可怜巴巴的泪眼一直留在他的记忆深处，成为他多年的隐痛。

"维系军队战斗力的，绝不是那些江湖习气！一支真正有战斗力的特种部队，是要靠铁的纪律来维系运转的！"胃部隐隐作痛的耿辉语气严厉且不容置疑，他当然还不能提出"依法治军"这个概念，因为当时还没有这个口号。但是毫无疑问，他已经在贯彻这个概念的实质了。

6

站在队列当中的林锐听到政委宣布处理决定的时候，浑身一震，整个队伍都是一震。无论是官还是兵，无论是老兵还是新兵，都被这个决定一震。耿辉对这个并不意外，他要的就是这一震。此时此刻，何志军没有什么表情。林锐抬起眼，看见政委合上处理决定。然后看见韩连长的身躯微微有些晃动，他的心里却突然开始内疚。他并不是觉得韩连长整他就正确，而是心中自然的恻隐之心——他再小也是在政府大院长大的，宦海沉浮的见识远远超过身边的普通士兵。他没有想到处理会是这样，他已经做好滚蛋回家的准备。他看着新兵队列里面那些熟悉的面孔，尤其看见老兵们脸上的表情，惋惜、痛心、不理解甚至还有对他的憎恨。他低下来头，觉得自己好像成了一个罪人。

韩连长没说一句话，大会结束以后，跟全连的告别都没有做。一辆北京吉普拉走了他和他简单的军队行李，然后就消失了。作为军人，这样的耻辱是不会坦然处之的，尤其是作为他这样头脑简单的军人。

何志军看着车走，心事重重。只要能够抽调上来成为特战连长的，肯定不会是简单人物，每一个人的阅历都足够写成一本厚厚的书。但是他也只能做出这样的选择，蒙古人可以马上打天下，但是不能马上治天下；有的人在战争中是把好手，但是在和平年代的军队则是不相容的。他自己也是从这个阶段走过来的。正因为他自己是这样走过来的，所以他更明白这样的处理是为什么——表面上看，似乎不值得，一个连级干部和一个还没宣誓的新兵蛋子，哪个更重要？但是深层次地看，不得不为，说是杀鸡给猴看也是对的，狼牙大队不是野狗大队，狼群也有狼群的规矩。所以，这也是一种牺牲。为了一支部队正规化建设的牺牲。

耿辉走进来，何志军缓缓地说："他身上还有弹片没取出来……"耿辉没说话。何志军戴上军帽："这就是代价，军队在和平年代正规化建设的代价。走，我们去新兵连看看。"

新兵连还在正常训练，林锐已经回到了自己的班里面。他的脚步发虚，虽然赶得上节奏，但很明显心里有事，好几次从板桥上摔下来。何志军和耿辉出现在训练场的时候，他的目光就追过去。田大牛吼他："林锐！你干什么？"

"报告！"林锐立正敬礼，"班长，我想去和政委说句话。"田大牛想了一下，这个刺儿头不知道又有什么幺蛾子。他还没说话，耿辉在那边一挥手，田大牛急忙下令跑步过去。林锐跑步过去，耿辉看着他，半天没说话。林锐敬礼以后就不知道说什么了，嘴唇一直在哆嗦。耿辉说："讲。你不是找我吗？"

"报告！大队长，政委，我……"林锐的眼泪都要急出来了，"我，我一定努力训练！我一定要成为一个合格的特种兵！"

耿辉冷冷地看他："我说过了，给你三天时间！现在期限还没到，你还有选择的余地，大话不要那么着急说出口。"

林锐："政委！我……"耿辉冷冷地说："归队，继续训练。"

林锐把眼泪擦擦，敬礼，转身回去了。呐喊声再次响起，林锐的声音嘶哑，清晰可辨。他拼命跑着，拼命跳着，如同一个疯子一样。第三天如期到来，他没有出现在政委办公室，相反唯一可以找到林锐的地方就是训练场。从此，每天在休息的时间，特种侦察大队的官兵都会在训练场看见林锐的身影。开始觉得奇怪，后来变成了习惯。所以，林锐后来是新兵连结训的第一名也被大家接受了。

7

唰———面鲜红的八一军旗在林锐眼前展开。

"我宣誓！"新兵连代理连长陈勇少尉举起右拳。

"我宣誓！"林锐和40多个新兵举起右拳。

"我是中国人民解放军军人，我宣誓——服从中国共产党的领导，全心全意为人民服务！服从命令，严守纪律！英勇战斗，不怕牺牲！忠于职守，努力工作！苦练杀敌本领，坚决完成任务！在任何情况下，绝不背叛祖国，绝不叛离军队！"

年轻的生命吼出的嘶哑的誓言在操场上回荡。

耿辉冷冷地看着林锐的眼睛，把帽徽领花军衔都给他亲手戴上："列兵林锐！"

林锐庄严敬礼。耿辉还礼，转向眼睛冒光的乌云。

中午的时候，新兵连准备聚餐。下午就要去各自的连队，大家都很兴奋。林锐和乌云都被分到了陈勇所在的特战一连一排，还是在田大牛当班长的一班，两个兄弟又在一起，当然高兴。大家正在食堂外面准备集合的时候说着话，陈勇喊："林锐，到门口去一下！哨兵说有人找你！"林锐被叫到门口还满脑子在想为什么呢，远远看见谭敏的白色羽绒服立即摔了个屁股蹲儿。警卫班长还在门口乐："看把你小子美的！对象来了，路都不会走了！"

林锐忍着屁股疼，跑到门口："你，你怎么来了？"谭敏看他："怎么，我不能来啊？"林锐的脸都绿了："能，能……你爸知道吗？"谭敏说："你管他干什么？我来看看你，给你送点儿吃的。你真瘦了！"林锐苦笑："是，瘦了。"

对于这种事情，各个部队干部都是睁只眼闭只眼，所以也没人难为林锐。他高中的那点儿破事儿当然也没人知道，如果知道可不得了，又是问题。作为著名的刺儿头，他可不想再有作风方面的问题了——作风这个词，还是在部队学的。于是，他带谭敏进去了。

"瞧见没有，老何。"耿辉拿着望远镜仰起下巴，"咱的愣头儿青，对象来了。"

何志军从窗户往下看，乐了："哟，很有我当年的风格啊！"

"现在的兵跟从前不一样了，城市的孩子更不一样。"耿辉苦笑。

林锐把谭敏带到新兵连的食堂，马上引起一阵轰动。谭敏出落的也确实水灵，为人也得体大方，立刻把新兵们全都震了，争着和谭敏握手是肯定的，然后某些同志几天不洗手也是肯定的。林锐汗流浃背，但也是嘿嘿直乐。中午聚餐的时候，陈勇和田大牛安排谭敏坐在干部桌上，林锐也沾光坐在干部桌上。当然不敢放开吃，谭敏也是很小心，毕竟18岁生日还没过，从没见过这么大场面。

下午就要到各班报到，林锐没时间陪谭敏了。陈勇特意批准午休时间给林锐30分钟，让他们可以说说话。这个时候，林锐才平静下来，原来的傲气也显现了出来。攀登楼楼顶，北风呼呼吹着。林锐一把将谭敏拉在怀里吻着。谭敏哭了："我想你。"

"我也是。"这是心里话，林锐说得心里酸酸的。谭敏说："我姑姑家在省城，我知道你在这儿当兵，我就说来看看姑姑，放下东西就赶紧来找你了。"林锐点点头："你复习的怎么样了？"谭敏直哭："不好，我可能考不上大学了。"林锐急了："别瞎说！"谭敏哭得泣不成声："真的！他们都说我的坏话，我受不了……"林锐一怔："谁？"谭敏哭着说："同学们，还有社会上的流氓，他们也在路上劫我。就是以前老和你打架的那帮人，岳龙他们，还跟我说难听话。"林锐急了："三狗子他们呢？他们没帮你吗？"谭敏低声说："你走了，他们都不敢出声。"林锐的脸上怒火中烧。谭敏依偎在林锐怀里："只要你好，我就安心了。"

林锐抚摩着谭敏的头发，牙齿咬得咯咯响。下午到班里报到，乌云还是他的下铺，林锐有些走神儿。代理特战一连长陈勇和田大牛都很热情，就是林锐装出来的笑脸那么生硬。晚上，林锐跑了。

8

县城车站，夜色笼罩，特快在这里根本不停，呼啸而过。穿着棉袄和军裤的林锐背着军挎包，上衣和帽子都塞在包里，满手血淋淋地跳过车站的钢柱墙。手是在爬大队外围的铁丝网时弄伤的，他没有东西包扎，也顾不上包扎，只能玩命地跑。翻过车站的墙之后，他找到一个水管冲干净了手上的血，这时才察觉疼得要命。没有什么可以用来包扎的，他就把自己的贴身背心撕了，包好自己的手，光着膀子穿上了棉袄。

林锐吸着冷气，他本来想从候车室混过去，去了才发现不可能。这个县城车站本来就没几个人搭夜车，他这个打扮就更显眼了。于是他只能翻过来，想趁列车员不注意混上车。但是进来才发现不可能，因为除了列车员和乘警，他居然还看见了武装士兵——一看就知道是大队警通连的，常服上的臂章不会是别人。现在怎么办呢？他看着整个车站感到很伤脑筋。又一列特快呼啸而过，林锐的眼睛一亮。在下一列特快经过的时候，一个敏捷的黑影突然跑出来，拼命一跳就攀住了车门上。林锐咬牙忍着疼紧紧抓着车门把手，腿还在拖着。他用尽全身的力气蜷缩小腹和腿，三个月的艰难训练给了他强健的体魄。

林锐终于错手爬到了车厢接口。他将军挎里面的攀登爪用牙咬着叼出来，右手接过一下子甩到了车顶上。然后按照训练掌握的要领，上了车顶。特快呼啦啦地开着，林锐贴着车顶，在找进去的位置。他费尽力气爬到了餐车上面，终于发现有个天窗开着，是为了放油烟。林锐不假思索进去了，于是陷入一片油烟当中。但是他不敢咳嗽，强忍着往里面爬。一直到找到夹板窗的位置，他才停下来。这是餐车的厨房，厨师马上要下班了。林锐等了半个小时，等彻底没人了，他才打开窗户跳下去。落地声音很大，但他已经不害怕了，严酷的训练已经让他熟悉了这种黑暗。接下来的事情简单了，林锐打开了反锁的门。这不会比他受训时候学会的撬锁难，根本不用什么力气。然后林锐在洗漱间清洗干净，把军服上衣拿出来，想了想，摘掉了领花和肩章，就这么穿着走进车厢了。

9

硬座车厢不熄灯，但是睡着的人已经不少了。由于人太多所以不查票，这个林锐是知道的。林锐找了个拐角蹲下，仔细想着这些事儿。他已经有了基本的特种兵军事素质，不过心智还不成熟，还不到 18 岁的孩子，你也不能要他太成熟，不然就是妖怪了。车到了一个大站停了，林锐就下去透透气。他穿着绿色军装，虽然没有戴军衔领花，但是骨子里已经有了士兵的感觉。他伸伸胳膊，活动活动自己的筋骨，这个时候发现车里有眼睛在看他。

人心虚是没办法的，林锐打了一个激灵。冷静下来仔细往车里看，看见一双恐惧的眼睛。再揉揉眼睛，没错，距离不远的车厢窗户里有人在往外看他。他装着活动身体走过去，侧眼看见是个长发披肩的女孩儿，用一种害怕和乞求的眼神看着他。女孩儿的手指在车窗上轻轻移动，林锐清楚地看见，女孩儿在有雾气的窗户上写的是"SOS"。林锐脑袋嗡的一声就大了，再看看女孩儿旁边都是男的，而且气质也不像亲属，就明白了。

　　林锐没声张，又是踢腿、伸腰、转胳膊，离开了。他在找警察的身影，但是看见了又犹豫了。自己报警？我是谁？逃兵？怎么说啊？找抓啊？林锐就打消了报警的主意，想了想又上车了。他从人群当中挤过去，找了个跟女孩儿对着的地方站着。车上站的人很多，所以他并不显眼。女孩儿的眼睛一直看着他，不敢说话。林锐也不作声，把自己的挎包打开，好像随便看似的，拿出了自己的军帽对着女孩儿。对着女孩儿的是军徽。女孩儿的眼泪就在打转，但旁边的几个男人一看她，她立刻低下了头。林锐把帽子放回去，自己合计着怎么办。

　　车到了省城后，女孩儿被几个男人夹着下车了，经过林锐的时候，她绝望地看了他一眼。林锐也跟着下了车，看见女孩儿经过警察的时候慢了一下，就被旁边的男人用裹着衣服的手推了一下。林锐明白里面有刀子，他数了数，有三个男人和一个中年妇女。他们出站，林锐没票不能出站。林锐跑到车站围墙那里翻出去了，出去后，他朝着出站口加速跑。出站的人很多，所以那个女孩儿不可能马上出来，这个林锐是清楚的。果然跑到门口，远远看见女孩儿还没出来，站在人群当中。女孩儿远远看见林锐，眼睛又睁大了，现在已经是清晨，空气很好，林锐就大口深呼吸。那几个人打车，林锐也打车，上车才想起来自己没钱。但是顾不上那么多了，林锐说：“跟上前面那辆车。”

　　前面的车到了一个僻静的小旅馆停下，林锐也让司机停车。他下车，司机拉住他：“钱呢？”林锐没钱，于是司机不让走，两人正在争执，前面的几个人回头了，女孩儿也回头了。那几个男人发现这个穿军装的小伙子在火车上出现过，脸色都变了，以为他是警察。他们急忙又打车要走，林锐见状急了，他不可能再打车跟着啊！林锐一把推开司机，司机还想抓他，被他用军挎砸了一下就松手了，高喊：“抢劫啊！抢劫啊！”

　　出租车司机都很抱团，听见这个，前面那辆车也不走了。男人就催，司机一边解安全带一边说：“我先把这小子抓了再走。”林锐冲上来，正好迎面是司机拦着他。他一着急又抢了一军挎，砸在司机脸上。司机抓住军挎，林锐拽没拽开，松开军挎，直接给了司机一脚踢开了。司机抱着胸口呻吟，他这一脚可不是高三学生林锐的一脚，是预备役特种兵战士林锐的一记正蹬！那三个男人见状拔出刀子，林锐也不多说话，直接打进去了。旁边的人看得眼花缭乱，林锐出拳和踢腿速度非常快，腿也掰开了，所以出腿位置也高，动不动就直接踢脸上。那三个男人哪儿是林锐的对手？林锐手下也不留情，他也被刀子划伤了，所以打得更狠。三个男人没几下就倒在地上了，林锐甩开他们，直接冲向那个中年妇女，一把揪过来就举起拳头。中年妇女吓坏了：“别！别打我！我是她们家保姆！”

　　林锐看向那个女孩儿。那个女孩儿知道自己安全了，高喊：“就是她把我骗出来绑架的！她到我们家当保姆就是为了绑架我要钱！”林锐还是没打那中年妇女，一把将她推倒在地。但让人意外的是，这个妇女倒在地上的时候，从兜儿里摸出一把乌黑的手枪对准了女孩儿！周围的群众都尖叫着退后，女孩儿的脸也白了，尖叫一声。林锐毫不犹豫，一个鱼跃前扑压在妇女拿枪的右手上，随即就是一个有力的锁喉，那中年妇女翻着白眼挣扎着，还是扣动了扳机——砰！一声枪响，子弹擦着林锐的胳膊过去了。他里面的棉袄都破了，棉花飞出来，胳膊也擦破了皮，火辣辣疼。林锐劈头一记重拳打得这个女人眼冒金星，随即动作很快，将枪夺过来，对准这四个人："都不许动！谁动打死谁！"

"警察来了！警察来了！"群众高喊。林锐一看，几个警察从不远的车上下来跑过来，手里还有手枪和79微冲："站住！别跑！把枪放下！"林锐哪儿能站住？双手敏捷地把枪拆成零件丢在地上，转身拔腿就跑，他的速度很快，耐力也好，所以也不担心被警察追上。警察跑过来抓住女孩儿："你什么人？这都谁啊？"

"他们是绑票的！我要给我爸爸打电话！"女孩儿喊。

"你爸爸是谁啊？"警察问。女孩儿一说她爸爸的名字，警察伸了一舌头："乖乖！你怎么也被绑了？这几个都是绑票的啊？抓起来！"一个年轻点儿的警察拿着手铐过去，看看他们苦笑，回头："所长，不用了吧？都他妈的是一摊泥了。"

"那小子坐车不给钱！还打我！"那个司机扶着因为帮他被打的司机过来，"这是他丢下的。"警察接过来打开，是军帽和领花肩章什么的。女孩儿拿过军帽翻过来，里面写着林锐的名字和部队番号。

10

陈勇和田大牛一下火车直奔市政府，去找林锐的爸爸。陈勇刚刚当干部，就遇到了这么一个百年不遇的倒霉事儿，他不幸地挑选林锐进了他的特战一排；更不幸的是，林锐在他当特战一连代理连长第一天的时候就跑了。下午四个新兵分到他排上，晚上林锐就没了。陈勇真是气不打一处来，被各级领导海训了一顿后，何志军和耿辉命令他去把人抓回来。陈勇就带着田大牛上了火车，车上还没座儿了，他们站着走了十几个小时。

林锐的爸爸已经知道林锐跑了，所以陈勇刚刚到门口，看门的武警一给里面打电话，他立即出来了。

"真是不好意思，林锐又给部队添麻烦了！"林锐的爸爸是个中年干部，一看就知道脾气涵养都很好，只是被林锐气得够呛，出来的时候，脸都是黑的，"我们别在这儿说话了，走，去家里吧！"谁都要面子，何况还是政府机关，这个道理陈勇是懂的。到家里坐下后，陈勇严肃地说："这个事情我们没跟武装部说，就是想把事情控制在可以解决的范围以内——你是国家干部，应该知道逃兵的后果。"

"是，是，知道。希望部队能再给林锐一次机会，他毕竟还是个孩子，不懂事。"林锐的爸爸诚恳地说。陈勇说："这些只能等他回去以后再说了。有没有林锐的消息？"

"没有，他没跟家里联系过。"林锐的爸爸说。陈勇纳闷儿地问："林锐的妈妈呢？"

"我们，我们已经离婚8年了。"林锐的爸爸说。陈勇赶紧不问了，田大牛马上明白过来，林锐的鸟个性跟什么有关系了。陈勇说："林锐从部队逃跑的那天，有个叫谭敏的女孩儿来过部队找过他。我们怀疑林锐逃跑和她有关——你认识谭敏吗？"

林锐爸爸的脸色就变了，拿着杯子的手不稳了："怎么？又是因为这个小狐狸？"

陈勇还没说话，有人敲门。林锐爸爸一开门，居然是两个警察，他脸色一下子白了。

如果说前面他还在硬撑着，那么现在彻底是崩溃了。他扶着门站着，显然已经无法承受这种打击了。警察问："这里是林锐家吗？"

"是……"林锐爸爸心一横，干脆都来吧，"林锐，是不是又在外面惹事了？"

警察一把抓住林锐爸爸的手。林锐爸爸当时腿就软了，要往下倒。警察赶紧扶住他，陈勇和田大牛也冲上来抱住他。警察看着两位军人："你们是？"陈勇敬礼："同志，我是林锐的排长。林锐是现役军人，如果他有什么违法犯罪的事情，请您告诉我。"

警察看着陈勇，又看看林锐爸爸，激动起来："感谢你们啊！感谢你培养了一个好儿子啊！"警察握住林锐爸爸的手，随即又握住陈勇的手："也感谢你们培养了一个好战士啊！"陈勇纳闷儿了："同志，这到底是怎么回事？"

"林锐同志在探亲回家途中见义勇为，给我们破获了一个重大案件！"警察高兴地说，"他一个人勇斗四名持枪歹徒，营救出被绑架的女大学生徐睫！这是在全国挂号的大案，林锐同志立了大功啊！我们是专程来找林锐同志的家长报喜的！另外一组同志已经和被营救的女生家长去部队了！感谢你们，培养了这么出色的一个解放军战士！我们要给林锐同志请功！我们的同志都很佩服林锐同志的身手呢！"

"这不算什么。"陈勇冷冷地说，"他不过是一个新兵。"

"林锐同志不在家吗？"警察纳闷儿地问，"他已经回部队了吗？"

"我们也在找他。"陈勇说，想了想，还是把"他是个逃兵"的话吞下去了，这是部队内部的事情，没必要闹得满城风雨。

11

特种侦察大队的常委们确实有点儿应接不暇的感觉了，前来感谢林锐的徐睫家长举着锦旗跟警察、新闻记者们一起到了大队门口，到底怎么应对，真的是个难题。一个逃兵成了英雄？这个话题在特种侦察大队引起轩然大波，官兵们都是议论纷纷。但是该面对还要面对，老让人在门口等着不是回事啊！耿辉最后决定高调接待低调处理，对徐睫家长等进行热情接待，但是谢绝一切新闻媒体采访。这种事情何志军是不愿意掺和的，于是带队训练去了。大会议室一坐下，耿辉才知道林锐居然救了著名的民营企业家徐公道的独生女儿。徐公道还是省政协委员、省工商联的秘书长，算是有身份的人物。来的带队警察是省厅刑侦总队的副总队长，规格也是很高的。这是在公安部挂号的大案，所以记者们也都很兴奋。

"大家来到部队，我们欢迎。"耿辉笑道，"但是我提出两点要求：第一，没有经过军区直工部批准，我们不能接受新闻采访，所以请各位记者把自己的家伙都收起来；第二，林锐是我们一个普通的新战士，从战士成长的角度考虑，我希望不要对他进行报道。"

记者们当然很有微词，徐公道则表示理解。他提出想见一见林锐，耿辉淡淡一笑："林锐不在部队，出去执行任务去了。"——这当然是谎话，但是耿辉只能这么说，难道说你们前来感谢的是一个逃兵吗？笑话，军队的尊严往哪儿放？

自然得招待大家吃饭，于是一中队的食堂让了出来，客人们吃了一顿部队特色的大锅饭。当时特种侦察大队初创，还没来得及建小食堂，这算是第一次接待外面的客人。最好的炊事员都集中到了这里，部队特色的红烧肉、白馒头、鸡蛋汤一摆上来，连从不吃过分油腻东西的女记者们也吃得很香。饭后，耿辉陪徐公道和警察们参观部队，记者们则被拦在训练场以外。这是部队的规定，得罪人也得这么办。徐公道对部队看来不陌生，他甚至提出自己去试试攀登楼。耿辉没法儿拒绝，就让他系着安全带去爬。没想到穿着西裤和皮鞋的徐公道不是吹的，居然噌噌噌上去了！

"妈拉个巴子的！我当是谁啊？！"何志军在那边观礼台上，用他那厚度超常的嗓子喊，"徐狗娃！你他妈的什么时候改了个洋名字，叫徐公道了？！"

12

徐公道站在攀登楼上，看见何志军喊他，脸上立刻出现灿烂的笑容："连长！我没想到这是你的部队！"他一把解开安全带，顺手抄过系在楼边栏杆上的攀登绳，一抬腿跳了出去。在他的随员的惊呼当中，徐公道头向下下滑，在接近地面的时候手上使劲儿，全身绷直，掉转过来身子敏捷地落在地上。没有任何保护措施，自然手上是血肉模糊了。但是徐公道好像换了个人似的，丢开绳子跑向观礼台。何志军站在观礼台上，傲气十足，背手跨立。徐公道大步跑过去，立正敬礼："A军侦察营一连代理副连长徐狗娃前来报到！"

何志军冷冷还礼："稍息！"他跳下来，走到徐公道面前："换了个马甲，差点儿认不出你了！狗娃，你个狗日的，居然跑到我的部队来捣乱！"何志军后面的话变得颤抖起来，一拳打在徐公道胸前，还是轻飘飘的。徐公道的身子颤了一下，一把抱住何志军哇哇大哭："老连长！我还以为这辈子再也见不到你了呢！"

何志军推开徐公道，对着诧异的官兵们说："你们知道他是谁？别看他现在穿得跟个人似的——12年前，他是二等功臣徐狗娃！在南疆保卫战中，他是侦察连代理副连长！他带着侦察小组在敌人眼皮底下周旋，给我们的炮兵指示了大量的目标！"

徐公道擦擦眼泪："过去的事儿别说了，老连长。我也不知道这是你的部队啊，我要知道，哪儿敢这么招摇啊？"

"妈拉个巴子的，你丫头呢？"何志军说，"怎么也不带来？"

"我让她回学校去了。"徐公道说。何志军哈哈大笑："下次给我带来见见！"

世界说大就大，说小就小，12年后，老兵徐狗娃又见到了自己的老连长何志军。何志军还是何志军，徐狗娃却不是徐狗娃了，他现在是著名民营企业家徐公道。12年，弹指一挥间，人的命运就是这样无常。

晚上，徐公道做东，请何志军和耿辉出去吃饭。这个面子自然是不能不给的，两人穿上便装出去了。大家都喝了不少，徐公道还大声唱起了《侦察兵之歌》："……上高山，下平原，我们是人民的侦察兵，刀山敢上火海敢闯……"唱完就哭，就笑，说自己多么舍不得部队，但是不能不走。

徐公道上厕所去吐的时候，耿辉问何志军为什么他离开了部队？何志军挠挠头："怎么说呢？他军事素质很好，但是家庭成分不好，爷爷是资本家不算，后来还当了国民党的商业部什么厅长，49年没去台湾去了国外。老头子倒是真爱国，把他父亲交给了保姆带回老家照顾，说是徐家得有根苗在祖籍啊。他父亲在'文革'刚刚开始时候就被整死了，保姆好不容易把他保住了，从此改名叫徐狗娃。他是隐瞒背景参军的，后来审查出来要退兵，我那时候是排长，看这小子确实不错，就给要了去。后面的事情你就知道了，战斗当中表现勇敢，提了干，还当了代理副连长，但是回去以后一直没给他副连长的正式命令。这时候家里让他出国继承遗产，他就走了。"耿辉点点头，在那个非常年代，这种事情不少见。

徐睫是被徐公道的司机接来的，来了就兴冲冲进来："林锐？林锐来了吗？"何志军和耿辉苦笑，看来，不能再瞒了。何志军说："我们现在也在找林锐。他是逃兵。"

喝得迷迷糊糊的徐公道一下子醒了，他太明白"逃兵"是什么意思了。

"逃兵？他为什么要逃？"徐睫问。耿辉说："还不知道，我们已经派人去找他了。"

"那你们会怎么处理他？"徐睫关切地问。

"如果是在战场上，我一枪崩了他。"何志军的语气不像开玩笑。徐睫一愣："不是真的吧？现在又不打仗了！"

"不打仗我们也要严肃处理，军队就是军队，不是自由市场。"耿辉说，"至于如何具体处理，就是我们内部的事情了，你们别问了。"

13

谭敏刚刚下晚自习，就看见岳龙他们又盘踞在光明桥头。自从林锐走后，光明桥头这个地盘又被岳龙他们占据了。谭敏赶紧掉转自行车往相反方向骑，暗处一声口哨，岳龙他们听见了，骑车过来了。原来早就在门口安了人，只等她出来。没人敢帮谭敏，谭敏只能自己拼命骑。当然是甩不掉的，前后左右都是岳龙的人，难听话和下流歌儿也就少不了了。谭敏掉下眼泪，她已经承担了太多的后果。

黑暗当中一棍子扫在岳龙后背上，岳龙吭一声栽了出去。其余的人还没反应过来，棍子风一样舞动起来，而且奇准。甚至当所有人倒地以后，那个玩棍子的人居然还有一个少林姿势的收手。谭敏眼睛一亮："林锐！"林锐看着地上横七竖八躺着的败将们，把棍子扔在岳龙身上："山中无老虎，猴子称霸王？！妈的，找老子修理你们是吧？！"

"你，你是当兵还是去少林寺？"岳龙龇牙咧嘴地问。

"老子去当特种……""兵"字还没出口，一飞腿就过来了，林锐摔了个狗啃屎。

"就你这个熊样儿，也配当特种兵？"陈勇是一飞腿跳出来的，稳稳落地，在倒下的岳龙等人眼里立即如同天神一般威严。林锐捂着嘴站起来："排长，我……"

陈勇一拳就给他送路边了，二话不说按地上暴揍。林锐毕竟还是个孩子，在自己排长跟前硬不起来，哭爹喊娘。田大牛急忙上去拉陈勇："排长！排长！这是在地方，你穿着军装，影响不好。算了，算了，小孩子，跟他较什么劲儿？"

好说歹说，陈勇才松开手，田大牛急忙拉起林锐："还不赶紧给排长道歉？"

林锐抹着眼泪："排长，我错了。"陈勇黑着脸："知道我为什么打你吗？"

"我是逃兵。"

"不对！"陈勇痛心疾首，"你跟这帮小流氓打架，还抄家伙，你丢人！"

林锐马上立正："是，我丢排长的人！"

"是不是你排长还另说呢，别跟我这儿起腻！田大牛，带他回去！"陈勇烦躁地摆摆手。谭敏跑过来大哭着，抱住林锐："林锐！林锐你不该为了我跑回来啊，是我连累你啊……"谭敏一哭，林锐脸上马上没眼泪了："别哭，我林锐好汉做事好汉当！你是我的女人，我不能让你受欺负！"谭敏感动得哭了，稀里哗啦的。陈勇又好气又好笑："臭小子，毛都没长全呢！还来这套？"岳龙他们起来都围着这里看，很好奇。陈勇眼睛一瞪，起脚踢飞一辆倒在地上的自行车，自行车撞在电线杆子上。声音显示力度很大，自行车的结构被破坏，显示这一脚的杀伤力。

"都他妈的滚蛋！"不用陈勇喊第二声，岳龙他们都跑了。这时候，陈勇觉得脚尖丝丝疼，但是忍住了："行了！带走！等他被劳教，你去探监的时候再哭吧。"林锐被田大牛拉走了。谭敏哭着喊："林锐——你要是被劳教了，我就去给你送饭！我等你——"

林锐坚定了起来，微弱的路灯下，看上去像革命志士赴刑场似的。

14

何志军意识到自己遇到一个严重的难题——到底该如何处理林锐。

"逃兵是要处理的，这个没话说。但是他立功救人，勇斗歹徒的这种精神也是值得表彰的。和平年代，军队需要这种精神来保持锐气；特种部队更需要，不能打架的部队还能打仗吗？"耿辉说。何志军忍不住想乐。耿辉一摸脑袋想起来了："哟！我怎么忘了——'不能打架的部队还能打仗吗'是你的名言！这是你当年训我们的，我在你跟前说起来了。"

何志军摆摆手："算了，一句话而已，送你了。"

"玩笑归玩笑，这个林锐还是要处理啊。"耿辉说。何志军叹口气："是啊！这个林锐，怎么总给我出难题呢？啊？他怎么就不能安生点儿呢？我要是把他给劳教了，好，会有人说——瞧见没有，这是见义勇为的好战士！我要是不管他，又会有人说——看，逃兵都不管，这个部队无法无天了！"

"凭良心说，你舍得劳教他吗？"耿辉问。何志军眨巴眨巴眼睛："你问我干吗，这还需要我回答吗？"

"我有主意了！"耿辉眼睛一亮，"准保别人没话说，林锐也能受点儿教训！"

下午召开军人大会，耿辉先说了军区通报嘉奖特种侦察大队新战士林锐见义勇为的事迹，常委意见是给他申报三等功，并且强调这是好人好事，没必要掖着藏着不敢说。林锐在底下以为没事儿了，乌云朝他眨眼，他就嘿嘿乐。

"下面，我宣布对新战士林锐不请假私自外出的处理决定！"耿辉脸色一变，语气也变了。大家都听着，这可是全大队关心的事儿。耿辉说："由于林锐私自外出，严重违反了军纪，所以常委决定给予他大过处分一次！同时，为了严肃特种侦察大队作战连队的纪律，林锐从即日起，调出特战一连！"林锐抬头，不知道自己要去哪儿。耿辉的神色很严肃，但居然还喝了口茶。林锐的心随着耿辉喝茶的咕噜声咯噔了一下。耿辉咳嗽两声，还是那么严肃："从即日起，林锐调出特战一连，到大队农场养猪！"

大家想笑不敢笑，都有一口出了恶气的舒坦。嫉妒心谁都有，这个都可以理解。你小子私自外出当逃兵，还救人立功，怎么好事都让你赶上了？不行！不平衡！耿辉的领导艺术，就在于让部下可以找到平衡——林锐去养猪，大家就都平衡了——平衡了也就安静了。可林锐哭都不知道怎么哭了，张大嘴，傻了。

15

林锐打着背包即将离开宿舍了，这个时候他才知道自己多么舍不得特种兵这个荣誉。别人都是老兵和他不熟悉，所以也说不了太多的话，何况林锐还是个敏感人物，谁也不敢招惹他。只有乌云帮他收拾东西，临了，握住林锐的手："我们草原上有句话——雄鹰在哪里都是展翅翱翔的强者！我相信你，兄弟！"林锐苦笑，在猪圈上空翱翔吗？但是他没说出来，握握乌云的手，下去走了。走出特种侦察大队门的时候，他回头看这个已经熟悉的大院，自己流下很多汗水甚至鲜血的大院。从没想过，自己会这样留恋——留恋作为一个特种兵的自豪。而现在这一切都过去了，自己的新阵地不在战场，在猪圈。

农场距离特种侦察大队驻地5公里，林锐跑着就到了。主任看了看信函，让他去猪圈找老薛报到。农场不算大，但是什么都有。走过好大一片菜地，林锐闻到一股恶臭。这个时候他也知道，猪圈到了。拐过一道红砖墙，里面立即显出几十头猪大爷，分栏而居，哼哈得自得其乐。一阵恶心泛了出来，实在是太臭了！林锐忍不住哇哇吐了起来。这是城市长大的林锐第一次看见猪圈，这种反应是自然的。吐得差不多了，林锐扶着砖墙站起来，看见跟前站着一个不知道30多岁还是40多岁的老志愿兵。虽然是在猪圈，但老志愿兵军容整齐，洗得发白的迷彩服很干净，裤子绊扣也系着，最让林锐不可理解的是，他居然还戴着特种侦察大队的狼牙臂章。林锐捂着自己的鼻子站起来："你是薛喜财班长吧？我是林锐……"

"中国人民解放军A军区特种侦察大队农场三班班长薛喜财。"老志愿兵很严肃地说。林锐不由得站起来，还举手敬礼："报告班长！我是林锐，奉命向你报到！"

恶臭涌进鼻子，林锐又想吐。

"习惯了就好了。"薛喜财说，这时候脸上有了笑容，"走，我带你去班里。"

这一进屋子，林锐更难受了，虽然里面还算整洁，但旁边就是猪圈啊！这怎么住人啊？这种味道别说住人了，除了猪，谁也住不了啊！但走是没法儿走了，留下是唯一的选择——除非你真的不想当这个兵。而林锐已经舍不得自己的帽徽和领花了，还有自己的列兵军衔。咬牙也得坚持！林锐心一横把铺盖卷打开了。然后开始跟老薛学习喂猪，老薛虽然刚才严肃得好笑，但是完成了刚才那么个仪式以后，就变得跟个老农一样可爱。林锐的心情才算好一点儿，虽然猪圈还是很臭，但是他已经学会要把握这当兵的机会。晚上，他给谭敏写信，忍着恶臭，在台灯底下写：

　　我现在很好，部队没有处分我，你别担心了。我还立功了呢！三等功，因为我救人。你在家好好学习，争取考上个好大学。我会在部队好好干的，我已经教训了岳龙他们，如果他们再敢找事，就告诉我。你已经是我的人了，我会疼你的……

　　啪！没电了。林锐急了："哎！怎么黑灯了？！"
　　"我拉了电闸。"老薛上了自己的床。林锐不满地说："我这写信呢！"
　　"熄灯号已经吹了，睡觉。"老薛说。林锐急了："我说，就咱俩，你跟我较什么真啊？！"
　　"俩人也是部队，部队就有部队的规矩——睡觉时间到了，睡觉！"
　　林锐气不打一处来："你跟我这儿过班长瘾了吧？"
　　"狗屁！我当班长的时候你还吃奶呢！"薛喜财也不生气，不一会儿鼾声起来了。
　　林锐就在鼾声和恶臭中度过他的养猪第一夜。

16

　　早上，林锐还在梦乡，就被外面的喊声吵醒："一二——杀！一二——杀！……"
　　林锐蒙住脑袋，但还是很吵。他睡不着了，穿着短裤背心裹着被子站到门口。惺忪的睡眼中，看见薛喜财拿着一杆不知道啥年代的木头枪在扎一个破草人，扎得很认真，动作也很标准。黑猪们看得都很得意，哼哈哼哈很是欣赏老薛的表演。
　　"一二——杀！"老薛扎得满头是汗。完成这个突刺训练，老薛放下木头枪，自己给自己喊："下一个科目——体能训练！一，俯卧撑！开始！"老薛一个前倒倒地，开始给自己数数，做俯卧撑："1、2……"林锐喊："我说，你大早上不睡觉发什么神经病啊？"
　　"出，出早操！"老薛咬着牙说。林锐哭笑不得："我说你一个养猪的班长出什么早操啊？谁看啊？你出早操给猪看？"
　　"养猪的，也是，兵！"老薛还在做俯卧撑，"当兵，不习武，不算，尽，义务……30、31……"
　　"操！搞不懂你！"林锐裹着自己的被子继续回去睡觉了。
　　林锐耐着性子跟老薛喂了一天猪，老薛给每头猪都起了名字，居然还都是名将。
　　"那个，那个个子最大的叫巴顿——巴顿！"老薛指着猪圈说，黑猪巴顿就摇摇脑袋，显然和老薛很熟。"那个最瘦的叫艾森豪维尔；那个呢，叫隆美尔，老找巴顿的麻烦，和巴顿抢母猪！"林锐听得如同天书，看老薛也如同天神一般："我说，有没有希特勒和墨索里尼？"老薛说："已经宰了。"
　　晚饭后，老薛又开始锻炼体能。他年纪大了，体能训练不能跟小伙子一样了，但还是很认真。林锐蹲在边儿上："老薛，你不累啊？"

"累！"老薛涨红了脸说。林锐问："那你还练啥啊？你练得再好也只是养猪的啊！"

"组织，让我养猪，不是说，我不是军，人。"老薛又开始仰卧起坐。

"你养了多少年猪？"

"18年。"老薛累得做不动了。林锐惊了："啊？！18年！那你当了多少年兵啊？！"

老薛闭上眼睛，淡淡苦笑，声音低来了："18年。"

"你当了18年兵，就养了18年猪？！"林锐睁大眼睛。老薛苦笑点头，又开始玩儿命训练了。林锐只能傻眼地看着他，搞不懂老薛到底是什么逻辑。

早上，林锐还在睡觉，被子被老薛掀了。

"操！你干什么啊？！"林锐怒了，伸手抓被子却抓不着。咣！他的迷彩服和裤子都被扔在了他身上。老薛已经装束完毕，站在他面前："起床！"

"我说老薛！我说你一个人发疯也就算了！何必拉我跟你一起发疯？把被子给我！"林锐哭笑不得。老薛很严肃地说："我现在不是老薛！列兵同志，我是你的班长薛喜财！昨天你刚来，我让你适应一下！从今天开始，你正式成为我班战士！起床，跟我出操！"

"不是来真的吧？"林锐睁大眼睛。一杆木头枪就砸上来了，林锐赶紧穿衣服。

5公里，老薛当然不是林锐的对手，但是老薛在农场人头熟悉，顺了门岗一辆自行车，举着木头枪砸林锐："快点！再快点！"

"我操你全家老薛！"林锐边跑边喊，"你他妈的在我身上过班长瘾！"

"再快点儿！"木头枪又砸过来，林锐赶紧跑。这回不敢骂了，呼吸不过来了。5公里完了就是体能，老薛真的是一点儿也不含糊。直到林锐做完5个100，才算早操结束。林锐累得呼哧带喘："老薛，你别等我缓过来，我，我把你这猪圈给拆了。"

老薛又是一木头枪："早操结束，现在正课！"

"啥？还有正课？！"林锐惊了。老薛说："喂猪！"

晨色中，林锐背着背包，扛着木头枪在飞奔。老薛在后面骑车猛跟，举着养猪勺子追着打。林锐喊："老薛，你当了18年兵，喂了18年猪，你不觉得亏吗？"

"亏，真亏。但是总得有人喂猪，我农村人，没文化，只知道部队干啥的都需要，有人扛枪，就得有人喂猪——不然，你们扛枪的吃啥猪肉？"

"那你为什么还要训练呢？"

"我当一天兵，就要练一天武！我18岁当兵，新兵连结束了，有的战友当了步兵，有的战友当了炮兵，我就当了养猪的兵。我虽然养猪，但没人跟我说，我不是个兵了。"

晨色中，林锐对着简易沙袋怒吼踢腿，出拳如流星。老薛在后面扶着沙袋给他数数。

"老薛，你打过枪吗？"

"新兵连打过。"

"多少环？"

"一次也没着靶。"

"怪不得让你来喂猪呢！"

"农村人，没文化，不懂三点一线。现在懂了，也没人让咱打了。"

晨色中，林锐在猪圈和黑猪巴顿角力，巴顿嗷嗷叫，林锐额头青筋暴起，浑身都是泥水却不管不顾。老薛拿着秒表计时，也是嗷嗷叫，给林锐加油。

"老薛，打仗轮得着你吗？"

"啥话？我18岁当兵那年，我娘就跟我说：'孩儿啊，你爷爷死在抗美援朝，你爹死在抗美援越，都是好样的。你也不能给家里丢人。'——轮不着，我就写血书，我要上战场。"

晨色中，林锐绑着沙袋在路上飞奔，老薛骑着自行车已经追不上他了。林锐正在哈哈大笑，老薛拐到警卫班，跟班长说了一声，骑他们的三轮摩托出来了。林锐掉头就跑。

"老薛，你怎么总戴着那个狗头臂章啊？"

"哎——别乱说，这是狼牙！是军人的荣誉！只有咱们特种兵才有！"

"你算啥特种兵？特种养猪兵吧？"

"嘿嘿，就算是吧。我养了一辈子猪，在步兵团养猪，在炮兵团养猪，在坦克团养猪，现在养到了特种侦察大队，也不算白当这个兵了。咱也算特种侦察大队的兵了。"

"老薛，特种兵对你就那么有吸引力吗？"

"老了，跟孙子说起来有个念想，你爷爷当过特种兵——咱可不兴揭短的啊，你不能跟我孙子说你爷爷养猪！"

"行！那我就说你爷爷是特种兵！最棒的特种兵！"

"嘿嘿，那就好，那就好！"

晨色中，林锐跑上山头，背着背包，身上绑着沙袋，手里拿着那把木头枪。他在山上站住，均匀地呼吸着。阳光照在他年轻的脸上，刚毅十足。

17

"林锐！快去门口！你对象来了！"老薛跑进猪圈喊，脸都笑烂了。林锐扔下猪勺子就跑，边跑边摘围裙。快到门口犹豫了，这怎么跟谭敏解释啊？他想来想去只能说实话，便硬着头皮继续往门口跑。一出门口愣住了，哪儿有谭敏啊？他问哨兵："班长，我对象呢？"哨兵嘿嘿直乐："你小子命好啊，那不是吗？"林锐顺着他的指向一看，没看见人，看见一辆白色尼桑轿车。林锐就嘿嘿乐："哪儿呢？班长，你就别逗我了，你把我对象藏哪儿了？"哨兵一脸严肃："我藏你对象干啥啊？你对象跟车里呢！"

林锐一愣，将信将疑地走过去，绕着车小心看。当他看到司机座位旁边的时候，茶色车窗无声落下，是一个戴墨镜的长发女孩儿，墨镜下面的嘴在乐："林锐。"

"我的妈呀！"林锐一屁股坐地上了，"谭敏，你啥时候整容了？"女孩儿已经下车，听见他这么说哈哈大笑，摘下墨镜："你看看，我到底是谁？"林锐站起来仔细一看，乐了："哟——是，是你啊！"徐睫就笑："对，是我啊！怎么，不认识了？"

"认识！认识！不过那时候你没这么精神，跟霜打的茄子似的。"林锐嘿嘿直笑。哨兵笑着喊："林锐，你对象来了，请客吧！"林锐这才满脑袋疑问，摸摸自己的脑袋："我说，你干吗说你是我对象啊？"徐睫眨巴眼睛问："那我说我是谁？我说我不认识你，那你们站岗的能给我往里面打电话吗？"

"我有对象啊！这个，这个解释不清楚啊！"林锐哭笑不得。徐睫笑着说："得了！别臭美了！你当你那么香啊？你比我小两岁，小毛孩子，我看得上你啊？你当逃兵的前前后后我都知道，我只是路过省城，顺便来看看你！毕竟你是我的救命恩人！不是吗？"

林锐笑："咳，那是顺手的事儿。"

"怎么，当逃兵，然后跑这儿喂猪了？"徐睫调皮地笑。

"你都知道了？"林锐不好意思地说，徐睫说："我不知道能摸到农场来吗？走，去看看你们的猪圈！我还没见过呢！"

"臭得很！"

"咳，见个新鲜吗！"——老薛见徐睫居然来视察猪圈，一阵紧张，徐睫当然是怕臭的，只能用手绢捂着鼻子。老薛很过意不去，也不敢让徐睫喝茶，因为喝茶要放下手绢。徐睫倒是在林锐铺上翻起那些书来，大多数都是高中课本。

"哟！你在复习啊！"

"嗯，我想考军校。"林锐说。徐睫换个手捂手绢："嗯，有前途啊！未来的少壮军官啊！"

"这都是谭敏寄来的。"林锐说。

"好女孩儿啊！你可要好好对人家。"徐睫说，"还有什么难度吗？"

"我外语水平太次，上学的时候没好好学。"

"咳，找我啊！我就是外语学院的！"徐睫乐了，"这样吧，我给你制订个学习计划，然后给你寄几本不错的辅导书。只要你认真复习了，应该没问题。"

"真的？那就太谢谢了，我该怎么感谢你呢？"林锐高兴地说。

"叫姐姐。"徐睫调皮地笑。林锐说："不叫。我还救过你呢！"

"好，这次就免了！"徐睫说，"下一次，我再帮你，你就得叫姐姐了。"

林锐还没说话，隐约警报传来。他们跑出屋子，老薛站在房顶看大队的方向。

"怎么了，老薛？"

"战备了，看动静，是大演习。"老薛兴奋地说。林锐几下子爬上房顶，看见大队那边车队在动的影子。一种失落感袭上他的心头："老薛，你说他们有一天会想起我来吗？"

"会，我对你有信心。"

"为什么？我不过是个新兵，也许他们已经把我忘了。"

"你自己把自己忘了，才是真忘了。"老薛没头没脑冒出来这一句。

车队已经开拔，绕过盘山公路走远，终于看不见了。林锐看着车队远去的方向，久久不能释怀。

"你自己把自己忘了，才是真忘了。"——林锐默默念叨这句话，告诉自己，千万不能自己把自己给忘了：自己是林锐，是特种侦察大队的兵，虽然现在养猪，但是自己拿过三等功，总有一天会回到战斗连队的。这样一想，信心又回来了。

第五章

────────★────────

1

92迅雷演习导演部。大战即将来临，伪装网下的导演部人声鼎沸，军人们都很兴奋。战争，哪怕是模拟的战争，都会给军人带来一种男人的阳刚。刘晓飞和张雷还有十几个红牌学员穿着迷彩服坐在导演部外面的山丘上，无所事事。他们可以看见远处铁甲兵团在集结，航空部队在转场，步兵部队在开饭，而他们这些未来的准军官却在这里无所事事。一列由高级越野车组成的车队扬着尘土急速驶来。

张雷定睛一看："机会来了。"刘晓飞顺着他的眼睛看："怎么？"张雷问："那个序列的车号是哪个单位的？"刘晓飞看了一眼："军区司令部的，中间那辆是老爷子的车。"张雷起身："我说机会来了嘛！快快快！都列队坐好，唱歌！唱革命歌曲！"队长就喊："张雷，你整什么景啊？"张雷说："报告！引起目标的注意！"队长不明白："什么目标？什么注意？"张雷说："目标——军区主管作战的副司令员，注意——对一些未来青年军官在这里虚度时光的注意。"队长站起身："胡闹！张雷，组织学员可以参加演习是学院好不容易争取来的机会！你成心给我添乱是不是？"张雷回答："报告！我们的命令是参加演习而不是观摩演习！我并没有篡改学院的命令！"队长哼哼两声："强词夺理！——怎么，坐着不舒服了？"张雷说："是！"队长拿起帽子戴上："我去上个厕所，张雷，你带队唱歌，没有命令不许乱跑。"

张雷就组织大家坐好："注意——《侦察兵之歌》！来无影，去无踪，如行风，是闪电，单枪匹马闯敌营——预备——唱！"狼嚎一般的歌声响起。导演部的人出来看了看，又回去了。老爷子的车队停在外面，参谋们陆续下车。老爷子穿着迷彩服下来，一眼看见了那帮年轻学员。他问："这是哪个单位的？"导演部指挥回答："陆军学院来参加演习的。"

"怎么坐在那儿？"老爷子问。

"他们没有演习任务，观摩。"

"士气不错。"老爷子就进去了。刘晓飞看副司令进去了："张雷，老爷子进去了。"

"看来没戏了！"一个学员沮丧地说。张雷闷着脑袋想。

导演部里面，高级军官汇报了演习准备情况。老爷子认真听着，提了一些问题，得到比较满意的答复。他正要说话，听见外面响起一片整齐的喊杀声。老爷子起身，军官们也赶紧都起身跟他出去。老爷子看见山丘上，年轻的学员们在进行格斗训练，杀声连天。

"你们胡闹什么！"队长跑了过来，"对不起，首长！这群野马驹子我不看着就要折腾！我马上让他们停下！"

"把他们给我带过来。"老爷子说。于是学员们在老爷子跟前站成一排。

"你们，谁是头儿？"——没人说话。

"敢做不敢当？"

几乎同时，张雷和刘晓飞跨出队列。老爷子看看他们："谁是主官？谁是副手？"

"报告首长！主意是我出的！"刘晓飞抢着说。

"不，实施是我指挥的，责任在我。"张雷说。

"蛮仗义的吗？"老爷子淡淡地说。张雷刚要说话，老爷子举手示意停，随即看看自己的手表："我给你一分钟时间阐述自己的想法。战争瞬息万变，这一分钟是宝贵的一分钟，是鲜血铸成的一分钟，希望你珍惜。开始吧！"

"是！"张雷敬礼，"我想说的就是一句话——在战争时期，让一群年轻的军人观摩战争，是不是一种极大的人力资源浪费？"

"我没让你反问我。"老爷子脸上没有表情。

"我的答案是——这是一种极大的浪费！我们是军人，投身战争是我们的义务，更是我们的事业！我们不能坐在山头上等时间过去，等青春老去！我们都具有……"

"时间到。"老爷子说，转身进去了。

"你尽给我惹祸！"队长怒了，"赶紧回去坐好，看我怎么收拾你！"大家悻悻地回到山丘上坐好。一个大校跑出来："你们准备一下，去红军司令部报到。刘军长会给你们安排任务，你们现在是红军了。"学员们欢呼起来。

2

在红军司令部领了臂章，接着又发了武器。大家拿着 81 杠站在司令部里面，迷彩服上一排红色肩章，谁来了都要看两眼。红军司令刘军长当然没时间料理这些初生的虎犊子，副参谋长百忙之中见了见他们，让下面的干部安排他们分到各个部队去见习。刘晓飞和张雷被分到了夜老虎团侦察连。这是一个英雄的连队，从井冈山一口气打到全国解放，威名远扬。连长肖乐中尉也是军区大院的老大哥，比刘晓飞早当兵几年，说着说着都不是外人，就安排他们跟自己去执行战场侦察和袭扰任务。这是进攻的前奏，不少侦察分队都要派到敌后去进行侦察和破坏活动。当然，如果是战争，肯定回来的是少数。

侦察分队在天黑以后出发，肖乐带着这支小分队直接进了青纱帐。张雷紧跟肖乐的指挥组后面，刘晓飞则被分到了火力支援组，在最后面。出发以前，他们俩就被告知：担任蓝军特战力量的是军区狼牙特种侦察大队抽调的两个中队，大队长何志军也是蓝军的副参谋。肖连长出发以前强调："我们的敌后渗透和战场侦察都受到蓝军特种部队的强力压制。他们参战老兵多，实战经验丰富，而且装备也比我们要好。所以，千万不能掉以轻心。"

"这才够味儿！"往脸上画伪装油彩的时候，张雷禁不住内心的兴奋说。

"能和这样的对手打一场仗，哪怕是模拟的，也不虚此生了！"刘晓飞戴好钢盔，看着镜子里面自己年轻的脸上斑驳陆离。

"必胜！"张雷伸出拳头，刘晓飞敲击他的拳头："必胜！"两个年轻人都是意气风发。

侦察分队在青纱帐之间穿行，犹如出鞘的黑色利剑与黑夜融合为一体。天色渐亮，侦察分队已经到达蓝军纵深的1号山谷，这是蓝军前后方最重要的补给基地。山下，兵车来来往往，帐篷、路标林立，人声鼎沸。几辆插着蓝军标志旗子的吉普车开到临时加油站，陈勇吩咐田大牛他们安排赶紧加油，自己走出加油站点着一支烟。他们是蓝军的特种部队，现在担任的是搜索队，排查红军可能进行的侦察渗透行为。陈勇站在路边抽烟，身边军车不断地过。田大牛跑步过来："排长，差不多了。"陈勇说："老田，你觉没觉得哪点儿不对劲？"田大牛问："怎么了？"陈勇看着蓝军后方漏洞百出的防线："太安静了。安静得不正常，怎么一点儿动静都没有？"田大牛左右看看："这不动静蛮大的吗？"陈勇把烟扔在地上踩灭了："跟你说不清楚。大战前夕，安静就预示着危险。对方在酝酿新的进攻，走吧，巡逻。"

肖乐看着山下蓝军特种部队的车开走，冷笑："这厮终于让我逛过来了。"旁边的战士低声问："连长，你认识他？"肖乐忍着自己的得意，说："我同一年当兵的战友，号称是西线特种作战的第一勇士。准备给他们点儿带响的，把这个补给站给废了。"战士说："连长，这是白天啊！"肖乐说："正因为是白天，他们才想不到！等他们反应过来，我们已经抢他们的车跑了。"

陈勇的车没开出去多远，他一脚踩在了刹车上，后面的车队也立即停了下来。一直皱着眉头的陈勇翻身跳下来："不对劲儿！肯定有问题！"田大牛跳下来问："排长，到底啥问题？"陈勇命令："这车不能坐了，拦车，我们回去。"乌云站在路上拦住了一辆送菜的炊事车。陈勇一挥手，大家都上去了。开车的志愿兵很有意见，但是意见归意见，陈勇戴着少尉军衔是干部，还是得听他的。大家拿菜盖着自己，藏身在菜车里面。

肖乐已经带自己的分队下山了。穿着迷彩服的侦察兵们潜行在草丛中，路上没有人注意到，路边的草丛里已经趴着十几个敏捷的身影了。张雷将发烟手榴弹的盖子打开，手里抓了两个，小拇指勾着扣环。刘晓飞握紧步枪，压着自己的身子，右腿蜷缩，准备出击的姿势。肖连长正要准备下命令，又一辆卡车开进来，停在停车场。他把手压下来，仔细一看，是辆运菜的军卡，心放了下来。他举起右手，狠狠往下一压。几乎同时，张雷已经起身，右手的两颗发烟手榴弹就出去了。两颗手榴弹扔得很准，直接落在加油站边上。按照演习规则，这个加油站已经报废了。刘晓飞举着步枪，对着满眼的红军士兵一阵扫射。

"前三角！"肖连长高喊一声，大家就按照前三角队形杀进去了。蓝军士兵确实是措手不及，枪声一响就是鸡飞狗跳。警卫战士还没出击，就被冲到跟前的侦察兵们抵近射击，抵赖都抵赖不了，只能眼睁睁看着他们杀进去。其余的后勤兵大部分都没武器，或者没带在身上。肖连长带自己的侦察兵冲到停车场，准备抢车逃窜。陈勇窝在白菜堆里，等着脚步声和枪声越来越近。肖连长带人冲入停车场。

"啊——"陈勇怒吼一声，从白菜堆里站出来开始扫射。十几名蓝军特战队员也从菜堆里跳出来一阵扫射。刚刚冲进来的红军侦察分队没反应过来，还在发蒙，蓝军特战队员已经跳下车冲了上去。这下空包弹没法儿打了，双方都是抢着步枪大打出手。更多的蓝军搜索队在山路上出现了。肖连长高喊："能跑几个跑几个！"

刘晓飞一拳打倒一个冲上来的蓝军特战队员，张雷抢了一辆三轮摩托冲过来，也不减速，刘晓飞二话不说飞身上车："连长！上车！"肖连长紧跑几步，被陈勇飞腿踢倒。肖连长高喊："你们走！别管我！"张雷驾驶三轮摩托，带着举枪扫射的刘晓飞冲出战团。两人都是衣衫破烂，满头是血，蓝军搜索队立即紧跟他们而去。蓝军搜索队包围了停车场，红军侦察兵放弃了抵抗。陈勇把肖乐扶起来："肖乐，又见面了。"

肖乐冷冷一笑："你怎么知道我会搞这儿的？"陈勇敲敲自己的钢盔："直觉。"

"屁直觉，是不是有什么技术侦察手段？你们事先截获了我们的无线电？"

"大战前的安静，就是暴风的酝酿。"陈勇说，"都是半斤八两，你们没有的，我也没有，截获个屁。"陈勇数数："你们跑了几个？"肖乐闷闷地回答："两个，都是军校来见习的侦察系学员。"陈勇看着二人逃离的方向，电台报告没有追到他们，他们弃车进山了，现在还在搜。

3

黄昏，一架米-8运输直升机降落在导演部外的山丘上。两个上校和两个穿便装的男人下了飞机，在演习导演部军官们的迎接下，匆匆走入导演部。20分钟后，蓝军特种部队指挥部。何志军的专用电台开始呼叫。何志军皱着眉头听完密语，吩咐备车。当他赶到导演部的时候，发现红蓝军双方主官居然都在。这在演习期间是不可思议的，他还没诧异完，发现老爷子身边坐了两个陌生的穿常服的上校，还有两个不认识的男人。老百姓怎么混进这里了？老爷子扫了一眼："都来了？我介绍一下，这两位是总政保卫部的同志，这两位是国家安全部的。还是你们说吧。"

四个人对视了一下，一个上校对一个40岁左右的中年人说："冯处长，还是你说吧。"冯处长点点头，站起来："我叫冯云山，是国家安全部的。我们得到可靠情报，境外T地区军事情报局潜伏谍报人员已经渗透到92迅雷演习现场，进行战术侦察。"一言出，满座惊。

"92迅雷演习，是在总部首长亲自过问下，进行的带有试验性质的探索性演习。敌特的目的性已经很明确了，就是希望得到我军战略改革的最新情报。"总政保卫部的一个上校说。何志军的眼睛亮起来，他太渴望真刀真枪地干一场了："有没有更准确的情报？"冯云山看他。老爷子说："这是我军区特种侦察大队大队长何志军同志。"

"我知道你。"冯云山淡淡一笑，"战斗英雄嘛，当年的名人。但是隐蔽战线的斗争和战场上的真刀真枪还是不一样的，我们现在还没有得到更多的线索，不过，可以肯定敌特已经在这个区域活动了。"何志军问："人员数量？性别特征？"冯云山说："五到六人，男女都有。"何志军点点头，看向老爷子。老爷子说："战争已经打响，就不能停止。演习继续，特种侦察大队抽调人员佩戴导演部臂章组织搜索。把我的命令发下去，导演部的搜索队有权搜查演习区域范围内的所有演习车辆和人员。"何志军站起来："我要回去布置一下。"

老爷子点点头，何志军就出去了，远远听见他兴奋的喊声："走！妈拉个巴子的干！终于又让老子逮着机会了！"然后开着车走了。大家一阵哄笑。冯云山不由得感叹："燕赵自古多壮士啊！早生几十年，又是一条战将！"老爷子纳闷儿："你认识他？知道他是哪里人？"冯云山还是那么淡淡一笑："不认识，他是名人嘛。"

何志军回到自己的大帐篷，大队参加演习的军官们已经在那里等他了。何志军跟孩子得到新玩具一样兴奋，不停地搓手，两眼放光，大步走到前面，来回踱步。军官们都看着他发蒙。何志军突然站住了，眼神噌一下子射出寒光："同志们！"

"陈勇！"

"到！"陈勇起立。何志军说："你带一个分队，我自己带一个分队，全部上实弹！半个小时以后出发，有问题没有？！"

"没有——……"喊完了，陈勇觉得不对劲儿，"干啥去啊，大队长？"

"妈拉个巴子！这不是有问题吗？你说没问题！"何志军怒了。陈勇立正，不敢吱声。何志军的声调提高了："干啥去？抓特务！"大家都发蒙，没头没脑抓什么特务？

"隐蔽战线的斗争你们也不懂，不跟你们多说了。"何志军摆摆手，现学现用，"其余的人，政委带队，继续演习！陈勇下去准备，记住，要活的不要死的！"陈勇敬礼，出去了。何志军戴好钢盔："养兵千日，用兵一时！这和平年代待得我浑身都痒痒，你们记住啊，随时和我通报消息。解散！"——20分钟后，两个小分队在队部门口集合完毕。全副武装的战士们都是精神抖擞，这些都是参战过的老侦察兵，闻到火药的味道，犹如闻了兴奋剂一样。何志军大步走出自己的队部，他猛地一拍陈勇的钢盔："小子！别给特种侦察大队丢人！"随即，自己一个鹞子翻身上了吉普车。两支车队掀起漫天的尘土，各自上路了。长城脚下，两支车队在夕阳下披着漂亮的余晖。

4

刘晓飞扶着张雷，在一片河滩边的灌木丛坐下。张雷在跳车的时候崴了脚，刘晓飞一边还击一边将他拖下山崖。结果，两人都滚了下来，还好没撞到石头，所以没受别的什么伤。皮肉自然是吃苦了，不过好在已经习惯。现在的情形对他们俩是那么不利，深入蓝军纵深，只有一支还剩8发空包弹的81杠，没有指北针和地图，地形也不熟悉。往哪儿走都是蓝军的营盘，连老百姓都看不见一个。

"这下惨了。"张雷揉着自己的脚，"我们必须找到路回去。"

刘晓飞用钢盔舀来一盔水，自己喝了几口，又递给张雷。

"要是被蓝军抓住，可就丢咱们陆院的人了。"刘晓飞沾了点儿水擦自己眼睛周围的汗，"爬也得爬回去，晚上我们不休息了，多走点儿夜路吧。"张雷抬头看天找星星，摸索大致的方向："半小时后出发吧，希望不要下雨，我这个脚走不了水地了。"话音刚落，一道闪电照亮了俩人，随即是闷雷响。刘晓飞和张雷相视苦笑，雨哗啦啦就下来了。

张雷一咬牙站起来："让暴风雨来得更猛烈些吧！"刘晓飞把步枪挎在肩上，扔根树枝给张雷当拐杖："路漫漫其修远兮，你慢慢求索吧。跟在我后面5米，我要有动静，你就地卧倒。"他哗啦一声拉开枪栓，大步上前做尖兵引导。风雨中，两个年轻的军人在密林里穿行。穿过一片密林，山势陡峭起来。黑乎乎一条长城在山上蜿蜒。刘晓飞看着长城："咱们路没走错，爬过去再有10公里就到红军阵线了。"张雷苦笑，丢掉拐杖："前提是爬过去。三点固定改两点了。"刘晓飞说："下雨，危险。沿着长城走走吧，看看有没有塌陷的城墙。"张雷叹口气拿起拐杖："你说我们这是什么心理啊？平时都骂毁我长城，现在又到处找长城被毁的地方。"

刘晓飞在前面带路，突然一伸手蹲下了。张雷就地卧倒。刘晓飞半天没动静，张雷匍匐前进过去，低声问道："怎么了？"刘晓飞说："篝火。"张雷仔细一看，长城脚下的背风处真的有篝火，还有帐篷。但是明显不是军用的，都是五颜六色的，一共三个。人影也可以看见。张雷说："不是蓝军的人。"刘晓飞说："是老百姓，可能是哪个野营俱乐部的。"张雷说："过去看看，混点儿吃的。"

刘晓飞在左，张雷在右后，两人采取进攻队形小心翼翼地接近篝火。离近了，看见是5个人，三男二女。两人还要往前走，突然暗处飞出来一条黑影直接就攻击刘晓飞。刘晓飞枪口一转，一枪托砸在他下巴上，随即一个漂亮的屈膝顶肘，那黑影就飞出去了。那5个人都起来了，惊恐地看着这边。刘晓飞高喊："我们是解放军！迷路了！你们别害怕！"那5个人面面相觑，最后，中间的那个年龄稍微长点儿的人说："你们过来吧，下这么大雨，过来烤烤火吧！"

刘晓飞扶起那个被打倒的黑影："不好意思啊，误会。"那个人掩饰地笑笑。刘晓飞扶着张雷进了那个被石头遮挡的凹处。聊了聊才知道，这是一个三角翼俱乐部的，来长城飞三角翼。下雨了，计划搁浅了，只能等天晴再说。张雷一听三角翼就来了精神，他是空降兵出身，在部队飞过三角翼。聊天的时候，那个人无意间问起了这么多部队在这里聚集干什么。刘晓飞说是演习。聊天当中，张雷的脸色逐渐变得沉稳起来，他觉得不是特别对劲儿。张雷要去外面撒尿，刘晓飞就陪着他。到了没人的地方，张雷低声说："这几个人不对劲儿，你别多嘴，也别让他们看出来。"刘晓飞纳闷儿地问："怎么了？"张雷一脸坏笑："他在套你的话。我上学以前，军部旁边揪出来过特务。他们擅长套我们部队官兵的话，安全厅还专门给我们部队上过一课。这手叫伺机套取，属于特务技巧。"刘晓飞吐吐舌头："乖乖。你是说他们是特务？"张雷有了主意："是不是，也不委屈他们。别让他们看出来，明天咱们想办法收拾了那个领头的。这雨下不长，明天天亮就有办法了。"两人回去，刘晓飞开始顺着对方的话胡说八道。张雷一脸坏笑，仔细合计着明天的计划。

5

第二天，雨果然停了。三角翼俱乐部准备开飞，一架体育三角翼就停在山坡上。张雷抚摩着三角翼，不由赞叹："好东西！"那个年龄稍长的人问："这个，你们部队有吗？"刘晓飞又开始胡说八道："怎么没有？今年全都装备上了。"那人问："你们会飞吗？"张雷说："当然。这样好了，你让我们过过瘾，我们带你飞一圈。"张雷说。那人犹豫了。刘晓飞说："你不是喜欢军事吗？我们带你从红蓝军上面都飞过去，我们熟悉演习，还可以给你当义务解说呢！"那人打定了主意："好。"三角翼只能坐三个人，张雷驾驶，刘晓飞坐上去，只能再坐一个人。那人刚刚上去，一个女的说："他们也没开过，别有什么危险！"张雷回头摘下风镜："怎么，怀疑我们特种兵的身手？"那人眼睛一亮："你们是特种部队的？"

"是啊，跟你说也不明白！我们就是中国的兰波！走吧，路上说。"刘晓飞一拍张雷，张雷发动三角翼。三角翼滑行一段，起飞了。张雷看着罗盘，找准了方向，直接飞走。彩色的三角翼从演习部队上空飞过。那人对下面看得很仔细，刘晓飞看着想乐："我说，你个军事爱好者看得还挺认真啊！"那人说："这不是难得一见吗？你给解说解说？"刘晓飞脸上的笑容消失了："不知道，知道也说不知道。"那人一惊，刘晓飞的枪口已经对着他的太阳穴，"空包弹也有杀伤力的！你坐好了，小心走火。"那人颤声问："你们这是什么意思？！"

张雷在前面笑："什么意思？你也够能想的，弄这么个玩意儿从部队上面飞过去，玩航空侦察，算准了部队不会注意民间的体育活动？"那人急了："你们这是非法拘禁公民的人身自由！"刘晓飞破口大骂："废话，合法还骗你上来干什么？！再动？再乱动，老子让你尝尝脑袋开花的滋味！"那人沮丧了，沉默半天："我就一个请求。"刘晓飞说："说。"那人说："我的军衔是中尉，给我一个军官应有的尊严。"刘晓飞一脸坏笑："这个跟我说没有用，跟保卫部说去吧。狗特务，这回可让我们中头奖了！"

何志军带着搜索队正在底下跑，头顶飞过三角翼。他抬头注意看着，眉头皱起来："那怎么回事？"一个干部说："是老百姓的三角翼！可能是到长城飞三角翼的，最近几年开始流行这个了。"何志军说："早不飞晚不飞，怎么偏偏在演习的时候飞？！追上去！"车队追着三角翼开去。

陈勇在公路上设了哨卡，拦截检查过往车辆。一辆白色面包车开过来，远远减速了，又加速过来。田大牛和乌云拦住那辆车，上去检查证件。陈勇看看他们，都穿着三角翼俱乐部的运动服。陈勇问："你们的三角翼呢？"一个女人说："坏在山上了，我们回去找工人。"他们证件都没什么问题，陈勇正要放行，电台兵高喊："排长！大队长命令，立即找飞三角翼的！可能是特务！"车里的人刚要掏出武器，十几个士兵已经在那一瞬间冲上来包围了车，枪口都对准面包车。陈勇一脚踢在车上，车颤抖了几下，车身上立刻出现一个坑，车里的人都吓坏了。陈勇高喊："妈的！再不老实，老子让你们都变成马蜂窝！"

演习导演部的官兵诧异地看着三角翼在往公路上降落。警卫连的战士们立即冲了上去，何志军的搜索队也来了，包围了三角翼。刘晓飞押着那人下来，张雷下了三角翼，还是一瘸一拐的。两个兵上去扶住了他。何志军走上来，两个特种兵上去按倒那人，搜身，搜出手枪等物。随即按倒捆上，总政保卫部和安全部的同志们过来接走了这人。

"何叔叔！"刘晓飞敬礼。何志军看看他："我说是谁呢！原来是你小子！都这么大了？"刘晓飞笑着说："是，我现在已经在陆院了。"何志军笑："不错。这是谁？"

"报告何大队长！陆军学员侦察指挥专业17队学员张雷！"张雷站直了敬礼。何志军看看他，似乎觉得眼熟："你飞的三角翼？"张雷回答："是。"何志军问："你怎么会飞三角翼？原来是空降兵？"张雷说："是，空降军侦察大队。"

"难怪。"何志军点点头，"你叫张雷？张云，你认识吗？"

"我哥哥。"张雷说。何志军脸色凝重起来，沉默半天，随即拍拍他的肩膀："好样的！将门虎子！你们都好好干，等你们毕业了，我去找你们领导要人！别回去了，都来特种侦察大队！"两人都兴奋地敬礼："是！"

冯云山过来和何志军告别："何大队长，有缘分再见了。"何志军敬礼："保重！"冯云山淡淡一笑，带人上了直升机。直升机飞走了，何志军还在想着什么。老爷子从导演部刚刚出来，他就迎了上去："副司令！这个三角翼能不能留给我？"老爷子问："怎么？地上折腾还不够，准备当天兵天将？"何志军眼神放光："这是个好东西啊！如果在晚上，它噪声小、隐蔽性强，容易达到突击的突然性！"参加演习的军区空军司令员眨巴眨巴眼："你拿去吧。这个玩意儿我们空军看不上，送给你当玩具吧。"大家就笑了。何志军兴奋起来，敬礼。他转身喊："拖回去！注意别弄坏了！"

6

军医大学礼堂，学员们坐得整整齐齐，台上是刘晓飞和张雷。张雷正在绘声绘色地讲述他们是怎么抓到的特务，刘晓飞偷偷对底下眨眼傻乐。何小雨忍住笑，毕竟干部和领导都在，但脸上的骄傲却是按捺不住的。张雷算半个兵油子，所以讲起来也不是那么干涩，真有点儿单田芳说评书的味道。底下的女生们不时被逗得咯咯直笑，会场气氛很好。坐在何小雨旁边的刘芳芳小声问："哪个是你男朋友？"何小雨故意不屑地说："那个，跟土鳖似的，不吭声的是。"刘芳芳点点头："那我就放心了。"何小雨一听，想说什么，但是想到方子君和张雷毕竟没确定关系，就没说出口。再看刘芳芳，满脸红光，随着张雷天马行空的讲述很有点儿魂游天外的劲头，心里觉得不好。何小雨就有几分恨：这个家伙，太能煽呼了！

张雷却浑然不觉，正在台上比画，这时看见礼堂后面进来一个人。方子君悄悄进来，在后面找了个空座坐好。张雷立刻觉得不自然了，挥舞起来的右手停了一下，接着说："晓飞，还是你说吧。"刘晓飞没想那么多，继续说了下去。不过他说的就不能和张雷比了，没那么多的弯子，直接把过程叙述完了了事。

张雷的注意力转移到了方子君身上。方子君起初没觉得有什么，她今天是来找何小雨的，听说她们都来礼堂听报告就也来了。等她发现台上坐的是张雷和刘晓飞，张雷的眼睛已经如同探照灯一样射过来了。方子君是见过世面的，还怕这个？迎着上去，张雷的眼睛带着几分得意，也带着几分炫耀。方子君一眼看见他胸前的二等功勋章，倒是真的愣了一下。在和平年代，军人要拿二等功，不残废也得是受重伤。这两个军校的浑小子居然全身安康，不仅堂而皇之佩戴二等功勋章，还敢作报告？再一看横幅明白了：防谍保密教育报告会。

扯到国家安全就不好说了，国家安全无小事。原来二炮工程兵部队的一个炊事班长，就是因为在导弹工地附近发现有特务在照相，举着饭勺子将特务制服，临退伍得了一个一等功。害得那些兵后来有事没事就拎着棍子满山找特务，即便有特务也早被吓跑了——方子君是老兵，这点儿常识还是有的。但是，方子君迎着张雷的视线看，就看出问题了……高低错落蒙着迷彩布的钢盔，摇曳的无线电天线，血一样鲜红的夕阳。一张张涂抹着厚厚伪装油彩的如同原始部落战神一样的年轻的脸。无声升起的国旗，和那嘶哑如同雷鸣一样的宣誓。那双充满傲气的眼睛里，在钢盔的阴影中闪烁着冰一样的寒光。佩戴一等功勋章的排级干部张云站在队伍里面，举着自己的右手庄严宣誓："……宁死不当俘虏，最后一颗子弹留给我！"

于是站在他们侧面拿着酒碗的女兵们，都在这群壮士们的雷鸣般的宣誓中肝肠寸断、泪流满面。宣誓结束，喝壮行酒。女兵们按照次序走上前去，排在勇士面前。方子君的次序是她们都安排好的，于是她站在了张云面前。张云敬礼，接过酒碗一饮而尽。

啪！啪！啪！……十几个酒碗摔在地上，顷刻都碎了。

张云高举起酒碗，看着方子君的眼睛，啪地在地上摔碎。酒碗的碎片飞起来，甚至溅到了方子君的脸上，但是她没有闪躲。两个人无声地注视着，都是火辣辣的眼神。

胸前的军功章都被摘了下来，交给逐一来收的参谋，装入各自的遗书信封里。里面还有自己的几根头发、指甲或者别的纪念品。张云却没有把军功章交给参谋，他摘下来，别在方子君的胸前。方子君的眼泪又流了下来。

"向右——转！"队长粗犷的声音吼起来。唰——勇士们向右转。左臂上的飞鹰臂章一下子整齐地出现在女兵们面前。"出发！"——勇士们齐步走，远处的炮兵阵地开始密集射击，渐渐黑下来的天幕上弹道清晰可见。战争之神让黑夜变成了白昼。

方子君也不知道从哪儿来的勇气，忽然冲上去，从队列当中揪住了张云。张云转过身，方子君扑到他的身上，双手勾住他的脖子。方子君火辣辣地看着他，张云一把抱住方子君柔弱的身子，干得裂缝的嘴唇覆盖在了方子君的红唇上。两个人抱得紧紧的，也吻得紧紧的，恨不得将生命融合在一起。方子君感觉不到嘴唇上到底是什么味道，伪装油膏、泪水、高度茅台酒、烟味……都掺杂在一起。

血腥味，渐渐在方子君的嘴里弥漫开来。张云没有喊疼，甚至没有任何表示。缓缓地，方子君被张云放下来。张云的嘴唇被方子君咬破了，渗透着血丝。

"等着我。"张云嘶哑着嗓子说出这三个字，转身追上了分队。分队上了三辆大屁股吉普车，在红土路上开始颠簸。远处，炮兵还在密集射击，火箭炮也参与了，如同蛇啸一般吐着死亡的信子。大地在震颤，因为战争的刚强力量。

"我会等着你！"方子君用尽全身的力气高喊。

勇士们的身影消失在看不见的黑暗中。方子君突然发出撕心裂肺的哭声，跪在地上泣不成声。女兵们围上来试图安慰她，却也都是泪流满面……

张雷惊讶地发现礼堂后面的方子君泣不成声。此时报告会已经结束，女孩们上来让他们签名。他的眼睛追随方子君跑出了礼堂。刘芳芳挤过来，脸上兴奋得全是红晕："你太棒了！"张雷还没回过神儿来。刘芳芳的眼睛火辣辣的："给我留下地址吧，我要给你写信！"张雷犹豫了一下，看见人群外面的何小雨在用异样的眼神注视他，他说："你去问何小雨吧，她知道我们的地址。"他挤出人群，快步跑出去。然而，礼堂外面早已没有了方子君的身影。

7

特种侦察大队的运动会别开生面，除了传统的田径项目，还有散手和飞刀等非传统的体育项目。耿辉是不敢让演习回来的部队闲着的，这种部队的特色就是精力过剩，一闲着就要出事。于是他赶紧组织了首届运动会，前面各个单位准备、选拔就要耗费很多精力，部队最看重荣誉感，所以都很认真；后面的比赛是一个精力宣泄的过程，也是展现特种部队风貌的一个机会。熟悉部队政工工作的耿辉当然不会放过这样的一个宣传最佳机会，于是军区《战歌报》和军报驻军区记者都被请到了现场。各级领导也是少不了的，还有兄弟部队的主官们。老爷子带着军区的各个部长们出席了，很是热闹——威风锣鼓队的开场，声势震天。200人的威风锣鼓方队，头扎红带，身穿迷彩服，大鼓大锣一声怒吼，迅速在观礼台前排开。咚咚咚，那么一敲，那么一喊，从战争年代走过来的将军们都笑开了怀。

散手比赛分成干部比赛和士兵比赛，不然不公平。陈勇这厮当仁不让地成了干部队冠军，出身少林俗家弟子，功夫还真不是吹的。斗志也是昂扬，一路过五关斩六将，老爷子看得眼花缭乱，连声叫好。他侧眼看着自己的警卫参谋们："你们，谁去和他比试比试？"

乖乖！警卫参谋们面面相觑，都是练家子，陈勇的功夫一眼就能看出来，不是半路出家的野路子。他们都是参军以后接触的格斗，而且这些年在机关混，动手的机会更少，这下可麻烦了。但是当兵的不能丢人。一个参谋脱下常服："我去。"陈勇看见他戴着手套上来，摆个姿势摇头："一起来吧。"底下的参谋们挂不住脸了。一合计，全都上去了——是你说一起来的！何志军冷眼看着，高喊一声："陈勇！你长本事了？！"陈勇一愣，比武就是比武，他哪儿想得了那么多？老爷子挥挥手，示意何志军坐下："你好好打，我看着呢。"

陈勇觉得没问题了，中将说让我好好打的！他就精神起来了，站在台子中央，四个参谋一人站了一个角。裁判一喊开始，四个参谋一起扑了上来。陈勇就地飞身，一个燕子摆尾，准确地踢在两个参谋脸上，落地的时候飞龙绞珠，起身先是一拳打在正面参谋的脸上，随即搭着他的肩膀起身，一个正后蹬，后面那个参谋也飞出去了。四个参谋起身，又扑了上来。陈勇越打越精神，连环出腿，左右开弓，如同在示范一对四的一招制敌。第三次把四个参谋都打倒的时候，老爷子喊停。陈勇在台子中央站着，稳稳收势。

"陈勇！看我不修理你？！"何志军站起来。陈勇脸上都是委屈，但是他确实怕何志军。老爷子满脸微笑："好了！好了！好身手！参军以前是武术队的？"

"报告首长！不是！"

"你这个功夫从哪儿学的？"

"我参军以前是少林寺的。"

"和尚？"老爷子一愣。陈勇回答说："不是，俗家弟子！"

老爷子点点头："特种侦察大队真是藏龙卧虎啊！怎么着，何大队长，这个人给我吧？"何志军一脸不愿意，但还是满脸笑容："副司令，我就这么200多人，您手下几十万部队，有的是高人。"老爷子想想，笑着说："这个何志军，有宝贝自己藏着啊！"将军们哄笑。

"这样吧，人还是你的。不过作训部拿个计划出来，让这个干部给军区的格斗教官和侦察连长作轮训。"老爷子说。作训部长就起立："是。"老爷子起身笑着说："要你个人都舍不得。你何志军没少从我这儿要枪要钱啊！"将军们再次哄笑。

"走，随便看看。"老爷子说。何志军一阵紧张："怎么？"

"你这些都是摆出来给我们看的。"老爷子说，"我要看的，是你不摆出来的。"

"首长都要去哪些地方视察？"耿辉小心地问。

"告诉你们，我还视察什么？"老爷子笑着说，"先上车，我上车再想。"

他们就都跟着老爷子下去，上车，运动会还在继续。

8

副司令带队，视察了食堂、油库、弹药库、车库等，管理确实是有条不紊。他满意地点点头，何志军和耿辉都以为没事了，没想到老爷子又上了车。这次车出了大院，何志军和耿辉还在纳闷儿，坐在前面的老爷子对司机说："去农场。"俩主官是被老爷子拉上车的，一来是方便介绍情况，二来是防止他们去通知要视察的单位。车到了农场，执勤哨兵还以为自己看花了眼。急忙打电话给主任，话都说不利索了。主任匆匆带着警卫班在楼前站队迎接，老爷子下车也不上去，直接去看菜地、看鱼塘。一行将军校官看了菜地、看了鱼塘，老爷子还比较满意，跟个老农一样熟悉这些。何志军刚刚松口气，老爷子又说："去猪圈。"

"报告首长！那儿，那儿比较臭。"农场主任赶紧说。老爷子问："战士待不了吗？"主任不敢说话了。

"带路。"老爷子一句话，主任急忙带路。远远走近猪圈，主任在前面介绍着情况，突然脚底腾地一下，半条腿陷入了地下。他哎哟一声，土飞起半米多高。一个警卫参谋高喊："陷阱！保护首长！"首长的警卫参谋和警卫员们哗啦啦拔出手枪，围成一个圆圈，将首长们围在了里面。何志军和耿辉的头顶都开始冒汗。半天没动静。老爷子吩咐："过去看看。"两个参谋小心上前，脚下探着，小心有陷阱。砰！砰！响起了两声巨响，原来他们被两根尼龙线绊倒，隐藏在草丛里面的土地雷就被翻开了。何志军明白了过来："这是模拟的步兵定向雷！别往前走了，有人把这里变成训练场了。"老爷子诧异地看着前面："难道你们大队农场也有军事训练任务？"何志军也不是很清楚。老爷子下令："再探！"

更多的警卫们走上去，探出来的有夹子、陷阱，还有名目繁多的定向雷什么的。有个警卫不慎踩在了一根绳套子上，被吊在了树上。老爷子认真地看着。

"猜到是谁了吗？"耿辉压低声音问何志军。何志军气得咬牙切齿："你说呢？"

正说着，老薛从猪圈里跑出来："哈哈！你自己安的自己踩着了吧？这次不喊我爷爷我不放你下来……哎哟！我的妈呀！"老薛吓得差点儿坐地上，眼前一群首长！

"这是你设的机关吗？"老爷子问。老薛急忙敬礼："报告首长！不是！"老爷子还要说什么，远方传来一阵喊番号的声音："一——二——三——四……"是一个年轻战士的声音，番号欢快带有朝气。所有人都看向声音传来的方向。林锐满头大汗，穿着已经洗得发白的迷彩服，浑身绑着沙袋，背着背包、扛着木头枪跑了回来。

"我是一个兵，来自老百姓……"林锐正唱着呢，一看见眼前站着一道人墙，立即把歌儿吞进肚子里去了。一个急刹车就戳在首长们跟前，呼哧带喘地敬礼："首长好——"

何志军怒骂："林锐，你看看你干得好事！"

老爷子伸手制止他，走过去打量林锐。林锐站得很直，不知道自己要面临什么厄运。完了，这下兵也当不成了！老爷子看看林锐的装束，看看他的满头大汗，伸手给林锐擦汗。林锐忍不住眼泪就流出来了。乖乖！将军给列兵擦汗！所有的委屈在那一刻全都涌了出来，但他就是咬牙不哭。老爷子从林锐手里拿过木头枪，颤抖着声音："你就用这个训练？"

"是，首长。"林锐咬住自己的嘴唇不哭出声。

"我给你们的枪呢？！"老爷子怒火中烧，转头对何志军怒吼。何志军敬礼："报告首长！他犯了错误，是临时从战斗连队调到猪圈反省的。"

"什么错误？"老爷子问。耿辉想想，还是说了："逃兵。"

"是真的吗？"老爷子看着林锐问。林锐哭着说："是，首长。不怪大队长和政委，都是我自己不好。我当逃兵，自己跑回家了。"

"认识到错误了吗？"老爷子声音很柔和。林锐回答说："是，首长！我想当兵，我不该当逃兵。"老爷子说："认识到了就好。进去看看。"

林锐急忙跑在前面，指引大家通过陷阱区。走进猪圈的院子，老爷子看见林锐用来练习散手的自己做的木头人和沙袋，还有墙上的千层纸，纸上还有干涸的血渍。院子的角落里堆放的都是林锐劈碎的砖块和木棍。接着进了宿舍，老爷子看见林锐的床头、墙上贴的全是英语单词。床头的简易书架上是高考复习资料和军事书籍，随便抽出一本，是克劳塞维茨的《战争论》，打开一看，居然还有读书笔记，写得密密麻麻。

"这是你看的？"老爷子问。林锐说："是，首长。"

老爷子看向何志军和耿辉："你们自己说，这个兵怎么处理？"

"明天，就让他回战斗连队。"何志军说。老爷子点点头："都出去。"

将校们在院子里站成两排。老爷子走出来，拉着林锐："我说几句话。"将校们立正。

"稍息。"老爷子说，"当逃兵不是什么光彩的事情，但是我们的士兵都还年轻，他们从家里来到部队都是来吃苦的。因为他是逃兵，所以我不表扬他，但是，因为他的这种反省精神，我尊敬他。我常常在担心很多，也包括在现在这样的商品经济条件下，我们的战士能否心甘情愿在军营奉献青春，能否为了军人的荣誉、军队的战斗力来自愿磨砺自己。现在，我找到了答案。我们的军队，由于有了这样的战士，不会战败！"

林锐站在那里看见人群后面孤零零地站在门口的老薛，他想说什么却没说出来。老薛眼巴巴地看着，对林锐笑了笑。将校们走了，热闹过去，院子里只剩下林锐和老薛。

"老薛？"林锐走到木然的老薛跟前。老薛木然地笑了。突然又蹲在地上哭起来："18年啊！18年——我养猪18年，从来没有一个首长对我说过这样的话啊——我也是个兵啊！我也是兵……"

林锐抱住老薛的肩膀："老薛！你是个兵，你是最棒的兵，你是我最好的班长……"林锐抱住憨厚如同大树的老薛号啕大哭。老薛跟个孩子一样，哭声让满猪圈的猪都很奇怪。

9

军号刺破天幕，黑夜划开一道鱼肚白的口子，阳光就从这里洒下来。林锐戴好大檐帽，站在老薛面前。老薛也很正式地穿着几乎从不穿的常服，崭新的常服在箱子底下压出褶皱。他系着风纪扣，胡子也很认真地刮过，下巴泛青。背着背包的林锐庄严敬礼："中国人民解放军Ａ军区特种侦察大队农场三班集合完毕，应到一人，实到一人！请班长讲评！"

老薛庄严还礼："讲评——稍息！——林锐！从今天开始，你就不是我班战士了！你将踏上新的革命岗位，望你不骄不躁，发扬在我班养成的优良作风，在新的革命集体创造出新的辉煌！"林锐和老薛一起鼓掌。猪们哼哼着围在栏边看热闹。

"下面，请班长喊操！"林锐高喊。老薛说："齐步——走！一二一，一二一——注意摆臂！立定！林锐，你要注意摆臂动作！一下到位，不要再下去找，明白没有？！"

"明白！"林锐吼道。猪圈院子不大，所以林锐走几步就到头了。

"向后转！正步——走！"——林锐踢正步。

"立定！向左转——跑步——"——林锐抱拳在胸。

"走！"老薛高喊。林锐冲着门口跑。跑到门口，老薛还没喊停。林锐回过头，脚步慢了。老薛高喊："跑啊！没让你停，跑！"林锐咬牙，跑了出去。跑了好远，林锐忍不住自己的眼泪，在风中流淌下来。他立正，转身。远处，老薛站在猪圈门口眼巴巴地看着他。林锐抽泣着，高喊："老薛！我会回来看你的！"老薛挥挥手，林锐不走。林锐哭着喊："你是我见过最好的特种兵！"老薛哭了，全身都在颤抖着。林锐举起右手："敬礼——"老薛还礼。林锐高喊："礼毕！"两人的手同时放下。林锐给自己喊口令："向后转——跑步——走！"

他的每一个动作都很标准。他知道，他的班长在看着他。所以，他要全都做得非常标准。

林锐高声唱起了歌儿："我是一个兵，来自老百姓。打败了日本侵略者，消灭了蒋匪军……"林锐一直唱着，唱的声音很大。他知道，老薛一定能听见。无论他跑多远，老薛也一定能听见。

10

方子君在礼堂上的泣不成声一直困扰着张雷，他不明白为什么方子君在他面前总是这么忽而柔情，忽而伤感，忽而又不能自拔。他喜欢这个比自己大的女孩儿，这种喜欢带有挑战的味道。张雷不是没谈过恋爱的那种傻大兵，相反，在他入校以前，他的感情生活还很丰富。他和军部女子跳伞队的那朵"第一伞花"之间的感情，虽然因为"伞花"退伍而逐渐淡化，但是远远比不上他后来和通信连的副指导员之间的感情纠葛动人。只是因为父亲的干涉，再加上那个女干部不得不嫁给在她老家与她有娃娃亲的男人，所以才没有结果。从小他就喜欢挑战，挑战一切极限，这可能是伞兵家族的遗传，反映到他的感情生活里，就是喜欢挑战比自己大的女孩儿。他几次想告诉刘晓飞自己的烦恼，又怕刘晓飞沉不住气去问何小雨，最后反馈到方子君耳朵里弄巧成拙，也怕别人认为自己自作多情——毕竟，这不过是一种感觉。所以，还是压在心底了。

到了周末，他和刘晓飞进城了。到了市区，就各自分手了。刘晓飞去军医大学，他则去军区总医院。他到了妇科一问，才知道方子君今天不值班。值班护士很关心地看着他，不知道他是那个脾气怪异的方大夫的什么人，他则只是笑笑。打听清楚了方子君的宿舍，他径直去了。走进宿舍楼，就听见吉他声。张雷这种货色当然是在部队少不了弹吉他的，听着就知道弹得还不错。接着是两个女孩唱歌，唱的是那部电视剧《凯旋在子夜》的插曲《月亮之歌》："当我躺在妈妈怀里的时候，常对着月亮甜甜地笑，她是我的好朋友，不管心里有多烦恼……"张雷愣了一下，对这个电视剧他也很熟悉，当然也很喜欢。他顺着歌声走过去，门虚掩着。果然没猜错，里面是方子君，还有另外一个女兵，年龄比方子君小，没穿军装上衣，看来是她的同事。

张雷站在门口，听着歌声。和很多年轻军人一样，他痛悔自己没有赶上那场刚刚结束的战争。当哥哥牺牲的时候，他还在读高中。他悲痛欲绝，但是妈妈寻死觅活也不让他参军上前线为哥哥报仇。高中毕业后，在父亲的默许下，他投笔从戎，却已经无缘那场逐渐逝去的战争。那场战争留下无数的故事，张雷家的故事就是其中一个。所以他对关于那场战争的一切都很敏感，包括文艺作品——《月亮之歌》也是这样。看着方子君洁白如玉的侧面，他突然读懂了掩藏在这个女孩儿内心深处的很多东西。不仅仅是年龄比他大的原因，经历过战争的人总是和别人有差异的。唱完了，方子君对那个女兵说："第二段你合音不太好，要注意感情的铺垫是慢慢进入的。你体会一下，我们再来一次。"

张雷轻轻敲门。方子君喊："进来！"张雷推开门。方子君看见居然是他，惊讶地站起来，吉他一下落在地上。张雷忙笑："是我，不是特工队！"那个女孩儿站起来："哟！方大夫，是来找你的吧？那我先回去了，你要再练找我。"女孩儿走了，屋里只剩下方子君和张雷。方子君问："你来干什么？"张雷问："我为什么就不能来？"是啊，方子君也一愣——你为什么就不能来呢？张雷去捡吉他，几乎在一瞬间，方子君错开一步，挡在写字台前。张雷一愣，接着又笑："怎么了，我帮你捡东西。"

"没，没事。"方子君掩饰道，藏在身后的右手摸到了桌子上的相框，立即将相框倒扣在桌子上。张雷笑着把吉他捡起来，调好弦："其实，你可以换个和弦。"接着，他自己弹起来："你看，这样就好多了，当然技巧也要难一点儿。"他弹着弹着，突然觉得这个吉他有几分熟悉，低头一看，吉他箱上有一个飞鹰的手绘图。他一激灵，站起来，将吉他举到面前看。飞鹰下面，是一行古诗："醉卧沙场君莫笑，古来征战几人还。"下面是签名："子君战友留念张云。"张雷抚摩着吉他，手在颤抖。这是哥哥刚刚参军的时候，妈妈送给他的！家属院距离军部侦察大队很近，他从小就跑习惯的，哥哥参军以后他更是经常往那里跑。这把吉他，哥哥弹，哥哥的战友弹，他也弹。他不可能不熟悉，他甚至可以感觉到哥哥的味道……再抬起眼睛，已经满脸泪水："你……和我哥哥很熟？"

方子君的脸，白了，不知道该怎么回答他。

11

"告诉我。"张雷的泪水从未这样流过，自从哥哥牺牲以后，他以为他的眼泪已经流干了。方子君真的不知道该怎么说。

"我是他的……亲弟弟！"张雷一字一句地说。方子君深呼吸，眼泪却流了下来。

"告诉我，我哥的事情……"张雷看着方子君的眼睛。方子君却躲开了。张雷一把抓住她的胳膊："你告诉我！"方子君看着他，眼中的泪水渐渐停止了："你放开我，我是你哥哥的女朋友。"张雷如同触电一般一下子松开手。方子君反手拿出相框："你自己看。"张雷一把抢过来，照片上是前线的密林前，穿着迷彩服的哥哥和方子君的合影。

"你和你哥哥……真的很像。"方子君哽咽着说，"但是，我知道，你不是他！不是他！"

张雷看着照片，看着吉他，看着方子君："这不是真的……"

"这是真的。"方子君反而坦然起来，"我是你哥哥的女朋友，我是飞鹰的女人。"

"这不是真的！"张雷痛苦地喊。

"这是真的！"方子君哗啦一声拉开抽屉，拿出那个盒子，打开，把东西都倒在桌子上。张雷看见了——两个伞徽、一等功勋章、飞鹰臂章、哥哥的信、哥哥的口琴……

"这是真的。"方子君平静下来，"我是你哥哥的女朋友。"

"不——"张雷退后一步，"我哥哥的信中从未提到过你！"

"那是因为战争还没结束！"方子君说，"我是他的女人，我已经是他的女人了！我爱他，我只爱他一个人！"——张雷慢慢后退，吉他和相框都落在地上："这不是真的——"张雷高喊一声，夺门而出。方子君站在屋里面没动，听着脚步声跑远。泪水渐渐流过她白玉无瑕的脸颊，她慢慢地跪下来，抱着肩膀无声地抽泣——面对着一地的相框玻璃碎片。

第六章

1

　　闷雷宣示着暴风雨即将到来，空旷的训练场上已经空无一人。张雷如同一个疯子一样在 400 米障碍疯狂地跑，豆大的雨点落下来，落在他没有眼泪的脸上和已经被汗水湿透的身上。他不知道这已经是跑的第几个来回，只知道疯狂地跑，来宣泄自己内心深处燃烧的火焰。"张雷——"刘晓飞跑入训练场。张雷停都没停，还在疯狂地跑。刘晓飞冲过来，一把抱住正在爬高墙的张雷，将他扑倒在地上。张雷爬出来，不顾脸上和身上的泥水，再次爬向高墙。刘晓飞一把抱住他的腰，直接将他按倒在地，喊道："张雷！你疯了？！"

　　"放开！"张雷怒吼。刘晓飞使劲儿按着他："你跟我回去！全队都以为你疯了！你再这样，干部来了，你怎么解释？！"

　　"你给我放开——"张雷使劲儿挣扎，刘晓飞别住他的腿不让他起来。

　　"你是军人！"刘晓飞高喊，"你是军人！不是老百姓！"

　　"放开！"张雷一拳打在他的脸上。刘晓飞向后倒下，起身，已经开始流鼻血。张雷爬起来，眼中冒火地看着他："我说过，让你放开我！"刘晓飞一脚踢向张雷前胸，张雷敏捷地闪过，抱住刘晓飞的右腿要往下摔。刘晓飞腰部一转，左腿起来直接踢向张雷后脑勺。张雷被踢中了，一下子扑在地上。刘晓飞高喊："来啊！你不就想发泄吗？我跟你打！"

　　张雷高叫一声扑了上去，刘晓飞抓住张雷的肩膀一个后倒，随即一个兔子蹬鹰，张雷飞了过去，在地上一个前滚翻起来，转身怒吼再次冲上来。两人打成一团，都是散手高手，所以打起来很惊心动魄，拳脚不长眼睛，落到身上都是带响，落到脸上就带血。

　　"你们两个在干什么？大下雨的也不让人安生！"两个警通连的纠察在雨中飞跑过来。两人都还没彻底丧失理智，立即松开对方赶紧逃窜。纠察也只是象征性地追了一下，就找地方避雨去了。两人跑到防空洞入口狭窄的屋檐下，脸上都是五颜六色的。张雷和刘晓飞对视着，突然之间都哈哈大笑起来。笑着笑着，张雷哭起来。刘晓飞抓住他的肩膀，扇了他两个耳光："你给我醒醒！醒醒！"

　　张雷不哭了，木然地看着他。刘晓飞高喊："你听我说！你没错！"

　　张雷看着他："你都知道了？"刘晓飞高喊着："对！方子君都告诉何小雨了，何小雨当然会告诉我了！你没错！"

"我喜欢的是我哥哥的女人！"

"但是你没错！"刘晓飞拍着他的肩膀，"你哥哥已经牺牲了！已经牺牲了！她和你哥哥相爱，但是你哥哥已经牺牲了！张云，已经牺牲了！你明白没有？！"

"我不能对不起我哥哥！"

刘晓飞又扇了他一个耳光："我跟你说什么了？！你哥哥已经牺牲了！"

"她说了，她是飞鹰的女人！"

"飞鹰分队已经解散了！"刘晓飞认真地看着他的眼睛，"飞鹰已经成为历史了！"

"那你说我怎么办？！"

"如果你爱她！"刘晓飞盯着他的眼睛，"听着——如果你是真的爱她，就勇敢地去追求她！如果你没有这个勇气，就放弃她！就这么简单，你有什么想不明白的？！"

"她已经是我哥哥的女人了！"——刘晓飞被噎住了。"已经"这两字的意思，他虽然是毛头小伙子，也不可能不明白。张雷看着他，不知道怎么说。

"我没别的主意！"刘晓飞说，"你接受得了这个现实，你就去爱她！如果你接受不了，你张雷就趁早放手！也死了这条心！否则就是折磨你自己，更是折磨她！"

"她喜欢我？"

"我怎么知道？！"刘晓飞说，"我怎么知道，她是喜欢你还是喜欢你哥哥？！你他妈的是个男人，是个天杀的伞兵！伞兵生来就是勇士！就是被包围的！这些都是你告诉我的！是个男人，你就给我站起来！是苦，你给我吞！是辣，你给我忍！"

张雷年轻的脸在雨水的冲击下变得坚强起来。

"爱，你就去追！不爱，你就放手！"刘晓飞高喊。张雷一下子站起来，把刘晓飞掀个跟头。刘晓飞吓一跳："你干什么？"张雷站在雨中，仰天长啸："这狗日的战争——"

一个闷雷，雨下得更大了。张雷急促地呼吸着，大口吞着雨水。刘晓飞站在他面前："你到底打算怎么办？"张雷喊："我需要时间！我需要思考！你不要逼我！"

"我们是兄弟！"刘晓飞抓住他的肩膀，"生死兄弟！你给我记住了，是苦，你给我忍！是辣，你给我吞！"张雷不说话，闪电不断照亮他年轻的脸。半晌，张雷苦涩地说："如果我哥哥不牺牲，她就是我的嫂子！"刘晓飞提醒他："但是，你哥哥已经牺牲了。"

"他是我的哥哥，我的偶像，我心中最好的伞兵。"张雷扑在刘晓飞肩头哭起来。刘晓飞不说话，抱住张雷。张雷伤心地说："我的亲哥哥……""你也是最好的伞兵。"刘晓飞说，"你会走出来的。"在雨声当中，张雷放声哭起来。

2

"其实我一直没有告诉你，是因为你还太小。"倾盆大雨在窗外哗啦啦地下着，整个城市都被黑暗所笼罩，偶尔有几道闪电劈开乌云，带来一种苍凉的美。方子君斜靠在自己床的床头，抱着膝盖，慢慢地对面前的何小雨说。何小雨看着她："我已经长大了，姐姐。"

"我知道，而且你现在也是军人。"方子君苦笑，"军人，就是为战争存在的职业；而又有多少军人，能够经历战争？战争催化军人的成熟，也催化军人的悲剧。"

"战争已经结束了，你应该有新的生活。"

"是的，已经结束了。但是我心里的战争从未结束过。"方子君说。何小雨看着她，不是很明白。方子君叹气："你还是太小了。去我的抽屉，把烟拿给我。"

"你什么时候学会抽烟的？"虽然说着，何小雨还是从抽屉里把一盒红塔山和一个打火机拿出来，递给方子君。

"在前线的时候，后方送上来的烟都抽不完。"方子君熟练地点着一支，淡淡吐出一口烟雾，"我们都抽，谁都想让自己活得清醒一点儿，遇到炮弹可以躲快点儿。"

何小雨看着方子君突然间变得陌生的眼睛，有一种寒意生出来。

"觉得我不认识了？对吗？"方子君笑，"小雨，我问你个问题，你别介意——如果战争爆发了，刘晓飞牺牲了，你还会爱上别人吗？"

"我，我没想过这个问题。"何小雨说。

"对，你没想过，因为你没有遇到过。"方子君笑了，随即笑容消失，"但是，我遇到了。"何小雨从心底感到悲凉。方子君眼中的光芒消失了："我的爱人，在战场上牺牲了。"一道闪电将方子君的脸照得惨白，"而我没有死，这就是我的悲剧。"

"1986年，我18岁，在前线却已经待了将近一年。我已经不再惧怕鲜血，不再惧怕残肢断臂，不再惧怕死亡和炮火，也很少再流眼泪。我的爸爸，也就是你的方伯伯，是你爸爸侦察大队的参谋长。我们很少见面，因为都有各自的一堆工作。那时候，大规模的战役已经基本结束，敌人占不到正面战场的便宜，所以打起了特工战。他们主要出动小股训练有素的特工分队，对我们的军事和民政目标进行破坏、袭扰，绑架和暗杀我重要军政人员，甚至袭击医院学校，希望靠这种手段来给我方造成难以承受的压力，达到正面战场达不到的目的。

"双方的边境线绵延数千公里，犬牙交错，根本不可能全线布防。于是我们的措施就是以牙还牙，也用小股侦察分队对敌人后方进行袭扰、破坏，使对方感受到同样的压力，最后双方罢手。就这样，前线陆续来了很多来自不同军区、不同军兵种的侦察兵。他们都是各自单位的骨干，年轻气盛、身手不凡，也是跃跃欲试。在前线的女兵很少，于是，我们除了完成自己的医护工作，也承担了文艺演出、出发壮行的任务……"

3

从天边很远的地方传来炮声，忽而密集，忽而稀疏。夜色笼罩下，山谷里面小规模的文艺演出还在继续，《十五的月亮》已经唱得接近尾声。临时充当后台的帐篷里面，方子君在对着镜子做最后的化妆。帐篷帘子被掀起来，方子君头也不回："我马上就好，先报幕吧。"没回音，她回过头，穿着迷彩服没戴帽子的张云站在门口。

"你怎么进来了？这是后台，出去！"方子君站起来，毫不客气地说。张云一脸深沉地看着她，半天不说话。方子君毫不犹豫地说："再不出去，我叫人赶你出去！"

张云突然拿出一支烟，叼在嘴里："给我点支烟。"

"为什么？"

"我明天就要上去了。"张云的声音很低沉。方子君气得眉毛都要挑起来了："我告诉你，少跟我来这套！你这样的，我见得多了，到这儿的都要上去！出去！"

张云不由分说就被推了出去，方子君不客气地拉下帘子。外面传出一阵哄笑。方子君从窗户往外看去，三四个侦察兵围着张云乐。张云悻悻地把自己的一条中华烟打开，分给他们："我认赌服输！换下一个女兵，我再试试！我就不信我这根烟今天没一个女兵能给我点着……"话没说完，一茶缸凉水泼出来，浇了张云一头。方子君站在门口拿着茶缸，喊："滚！"侦察兵们哄笑着一哄而散，只剩下张云还站在那儿。他抹了一把脸上的水，转身："我跟你说，我是天杀的伞兵……"咣！茶缸子都扔他身上了："你就是伞王爷，姑奶奶也不伺候！"哗！帘子放下了。张云想怒，没怒起来，弯腰拿起茶缸子，上面写着：A 集团军医院方子君……

"这是你们第一次见面吗？"何小雨听得很入神。方子君沉浸在幸福当中，许久才开口："是啊，第一次见面。对于我来说，他们都是一样的侦察兵。我哪儿管他们是来自陆军还是空军，是装甲兵还是天杀的伞兵？你不知道，他们这群半大孩子上了前线都喜欢找女兵开逗，别提多损了！尤其是这帮侦察兵，鬼机灵！没事就跟女兵套磁，装可怜装悲壮，欺骗女兵感情，别提多可恶了！一开始我还傻乎乎地瞎感动，后来见多了，就对他们没好脸了。"

何小雨笑了："没想到，这帮家伙上了前线居然是这个样子啊！"

"女兵，在前线，就是男兵眼中的天使。"方子君笑着说，"其实，现在想起来他们也不坏，都是没怎么和女孩子接触过的大小伙子，这种心理也可以理解。"

"那后来呢？"何小雨问。方子君想想，笑了："后来？后来，他又把我气着了。"

4

张云用毛笔将自己的名字庄重地写在那面国旗上，顺手递给下一个队员。夜色已经笼罩群山，在这个小小的营地，出发仪式正在举行。张云写好自己的名字，就背着冲锋枪站回队列，这个时候看见对面列队走来一队女兵。张云在队伍里找，一下子就看见了排在前面的方子君。方子君看不清楚他，侦察兵们都是满脸迷彩，何况当时她对张云也没什么印象。首长讲话完毕，喝壮行酒。张云算了一下人头，对旁边的弟兄说："咱俩换换。"

"为啥？"

"让你换你就换，一包中华。"那个弟兄就往后错一步，张云往左跨一步，换了过来。这时女兵们拿着酒碗，庄严地走上来。方子君不是第一次参加这种仪式，但还是很认真。她向左转，就站在张云面前。张云看着她，眼睛晶晶亮。方子君没搭理他，也没瞪他，毕竟这是要上前线的勇士。张云接过酒碗，还没喝，低声说："方子君。"

方子君一愣，抬头看他。张云笑笑："我是天杀的伞兵。"

方子君立即气不打一处来。喝完壮行酒，队伍准备出发，张云突然开口了："报告！"首长就看他："讲！"张云严肃地说："我想让女兵给我点支烟。"首长想想："好的。"

张云就转向方子君，从兜儿里拿出一支烟等着。方子君咬着嘴唇，突然也喊："报告！"首长纳闷儿："讲！"方子君语出惊人："这支烟我不能点！"

"为什么？！"首长有点儿动怒。潜台词很明显——我们的勇士可能命都没了，你连支烟都不能点？！让你点是看得起你！方子君不卑不亢："这支烟，我等他回来点！我相信，他会回来！"首长释然，豪爽地说："好！"

张云一愣，苦笑。方子君得意地看着他。张云拿出钢笔，在烟上写下几个字，众目睽睽之下庄严地交给方子君："这支烟你收好了，等我回来点！"

方子君不能不接，气得胸脯鼓鼓的，低声说："算你狠！"

"烟上是我的名字，你记住——等我回来点！"张云大声说。

这种场合，勇士说什么都没人说不行。方子君咬牙切齿，但还是大声说："祝你凯旋！"随即又低声，"你回来我也不点！"

张云想想，没说话，笑了笑。分队出发了，消失在暗夜里面。方子君拿着那支烟，想扔又不敢，只能收好了。回到医院宿舍，她还拿着那支烟。她看见纸篓子，随手就扔进去。突然觉得不合适，急忙又翻出来，好在烟还完好。拿着犹豫半天，看见上面写的是"飞鹰张云"，书法很好，笔锋劲道，能在香烟上把字写成这样，显示出张云非同一般的素质。她想了半天，塞进自己床头的花瓶当中。一支烟和老山兰插在了一起，倒是别有趣味。熄灯了，方子君想了半天还是气鼓鼓的，拉上被子睡觉……

何小雨已经笑得不行了："我说，不就是支烟吗？换了我，点10支都无所谓！"

"得了！"方子君说，"你不知道这个家伙多气人！他那个架势，那种傲气，就是要我服输！换了你也不可能会答应他任何要求！别管合理无理，总之就是，这种人看了就来气！"

"那你什么时候开始喜欢他的呢？"何小雨问。

"我也不知道。"方子君陷入沉思，"对他有了担心好像是知道他的名字开始的吧？如果你对一个兵不了解，你不会有感觉，因为他们对你都是一样的；但是如果你认识了他，你对他就有感觉了，这种感觉倒不一定是爱情，可能只是一种战友之情，你不愿意他出事。但是张云太不一样，他太傲气了，傲气得我恨不得亲手给他一拳；不过，他也让我担心他会出事，和他相比，我是老前线了，我知道这种傲气可能会给他带来危险。"

5

"快！快！快！"主任高喊，"都做准备！我们的伤员马上就下来了！"

炮声清晰可辨，自动步枪声、轻机枪声、重机枪声连成一片，显示战斗很激烈。野战医院立即开始忙活，方子君和姐妹们一起在腾出手术室，准备急救器材。几辆吉普车疾驰而至，伤员们被身穿迷彩服的战友们抬下来。

"医生！医生！赶紧救他！"一个侦察兵满身血污，抱着自己的队友嘶哑着喉咙高喊，

"他肠子出来了！医生！救人啊！"方子君和几个女兵接过来。方子君麻利地撕开伤员的迷彩服，撕成碎片，大夫赶紧开始手术。方子君正在递给他剪刀，突然愣住了——飞鹰臂章！她看见伤员戴着飞鹰臂章！大夫高喊："愣什么？！赶快去接别的伤员！"方子君急忙答应一声，前去门口接伤员。她拽住一个满身血污的侦察兵问："你们是哪个部队的？"

"空降兵！"侦察兵的耳朵有点儿不好使了，声音巨大。方子君顾不上那么多，也是对着他的耳朵高喊："张云呢？！"

"什么？云爆弹？！对，是因为云爆弹受得伤！他们都是！"

"我是问——张云呢？！"

侦察兵仔细听，听清楚了，高喊："他还没下来！断后！"方子君愣了一下，手松开了。侦察兵跑过去接别的队友。方子君一咬牙，投入到抢救当中，麻利干练。但她总是仔细辨认每一个伤员的脸，没有发现张云。她的脸上有几分失落，泪水突然流出来。她含着眼泪抢救伤员，手下依旧麻利。又一辆吉普车开来，一名伤员送了下来。方子君再次迎上去，还不是张云。枪声、炮声依然密集，方子君流着眼泪在抢救伤员，压抑着心中涌动的情绪。

黄昏，方子君独自站在医院外面的山坡上，劳累了一天的她洗了脸换了衣服，却掩饰不住已经哭肿的眼睛。她突然高喊："张云——我恨你！如果你不回来，我恨你一辈子！"她喊完，全身已经没有力气了，腿一软坐在地上，大声哭起来，带着一个18岁少女的哀怨。一直到哭得没有力气，奇迹还是没有出现。巡逻过来的医院哨兵同情地看着她，握紧自己的冲锋枪远远地为她站岗。方子君的希望破灭了，转过身，摇摇晃晃走下山坡，走向自己的宿舍。这个时候才发现，姐妹们都在帐篷口站着，同情地看着她。她的眼泪又出现了，委屈地扑在姐妹们的怀里哭起来："他为什么不回来？他为什么不回来？……我答应过他，等他回来，给他点烟的……只要他回来，我给他点多少烟都可以……"姐妹们安慰着她，将她送回宿舍，她看见床头花瓶里放着的烟，又大声哭起来……

方子君说不下去了，开始抽泣。何小雨抱住她的肩膀，泪水也在陪着她一起流。

"当我看不见他的时候，我才知道，我已经爱上他了。他真的是一个大坏蛋，他闯入我的心，又不回来了……我以前从没喜欢过一个男人，从来都没有，我见过那么多出色的军人，但从来没有动过心！可是为什么我会喜欢他？喜欢他这个甚至有点儿讨厌的伞兵？"方子君哭着说。何小雨不知道该如何安慰她。因为，毕竟，张云后来还是牺牲了。她只能同情地说："别哭了，都过去了，都过去了……"

6

清晨，没有朝霞，因为今天是阴天；女兵，没有笑容，因为今天是葬礼。

方子君站在三座新坟前。她的身后是一队摘去钢盔的空降兵飞鹰侦察队员，清一色的光头、迷彩服、飞鹰臂章、56-1冲锋枪、伞兵靴。

两名勇士的遗体抢回来了，但张云依旧没有消息。已经是第三天了——没有人相信他会当俘虏，这个傲气如同飞鹰一样的年轻侦察兵会成为敌人的阶下囚。他的骄傲，足以让所有人都相信他会拉响光荣弹，会将只剩下最后一支子弹的手枪对准自己的太阳穴……所以，飞鹰侦察队已经将他列入牺牲名单。

方子君洁白如玉的脸上没有眼泪，只有神圣。她为他骄傲，她为自己所爱的男人骄傲。因为他是天杀的伞兵，他是傲气的飞鹰，他是杀敌的勇士！

方子君拿出打火机。啪！黄色的火焰点燃了，带着蓝色的迷幻色彩。飞鹰侦察队员们举起自己手中的冲锋枪对天45度角齐声射击，枪口喷出的烈焰在呼唤着自己战友的英魂。

一滴眼泪，滑过方子君的脸颊。火，还在燃烧。方子君的眼泪，却只有一滴。她的嘴唇翕动着："我给你点烟了……"突然，她泪花盈盈的眼睛睁大了。一辆吉普车歪歪扭扭开上山坡。她不奢望奇迹发生，但她还在幻想奇迹。车开到飞鹰侦察队营地前面，一个身材高大的侦察兵跳下车："妈拉个巴子的！快来接你们的人！"

"何叔叔！"方子君高喊。何志军把钢盔一摘，随手就扔一边，也不管扔到哪儿："妈拉个巴子的，你老子方峻还没死呢！你在这儿干什么？——说你们呢！赶紧来接人，张云是不是你们的人？！"

所有的人都没反应过来的时候，方子君手中的打火机已经扔出去了。何志军还没反应过来，方子君已经以最快的速度冲向吉普车。何志军吓了一跳："你个丫头片子跑什么跑？！这车上没你爸爸！"方子君哪儿还管他啊，直接跳上敞篷吉普车。两个陆军侦察兵看护着一个血肉模糊的战士。方子君睁大眼睛，那个战士已经奄奄一息。伞兵们冲上来，把战士抬下来："快！去叫医生！"

"妈拉个巴子的！一时半会儿死不了，给我找口水！路上捡着的，这小子命大，没受内伤！别看表面，吓唬人的！"何志军接过一个伞兵丢过来的水壶，看方子君眼泪汪汪就要往前跑，纳闷儿："你个丫头片子在他们伞兵的地盘干什么？"

方子君来不及跟他说，就冲入人群，抚摸着担架上张云的脸："张云！张云！是我！"

张云微微睁开眼睛，嘴唇翕动了一下，脸上绽出微笑。他在努力说着什么，方子君仔细贴在他唇边听。张云全身关节蠕动着，积蓄着力气到喉咙，吐出一个字："烟……"

方子君泪流满面："我给你点，我给你点！"她拿出那根烟，写着张云名字的烟，高喊，"火！打火机！"

何志军诧异地看着，好像明白过来了，他右手拿着一支烟还没放在嘴里，左手拿着的打火机也僵在半空。方子君一眼看见了，急忙冲过去夺过打火机："何叔叔！我用一下！"

何志军张大嘴看着她冲入人群，连说："坏了！坏了！坏了……"

车上的一个侦察兵问："大队长，那是方参谋长的女儿吗？什么坏了？"

"我说坏了就是坏了！"何志军懊恼地转身指着他们鼻子骂，"我说你们！啊？！妈拉个巴子的！差哪儿了啊？！怎么肥水流外人田啊？！多好的一个姑娘，怎么就被他们伞兵撬走了？！你们要好好反省！唉——"接着长叹一口气，痛心疾首不是一般的。

方子君把烟叼在自己嘴里，点着了，咳嗽几声，她在此前从没抽过烟啊！她把点着的烟插在张云嘴里，张云叼着烟，吸了一口，满意地笑了。方子君连哭带笑："你怎么这个时候还不忘赢我啊？我欠你的啊？！"

张云被烟呛着了，方子君急忙夺过烟："别抽了！别抽了！等你伤好再点！我给你点，你让我点多少我就点多少！"

泪水吧嗒吧嗒落在张云脸上，滑进张云的嘴唇里。张云笑了，孩子一样得意……

方子君破涕为笑。

"不是真的吧？"何小雨忍俊不禁，"这是我爸说的话？我的天哪！"

"你以为是谁啊？"方子君刮刮她的鼻子，"就是你爸！幸好啊，你跟了刘晓飞，他是陆军！你要是跟了海军陆战队或者空降兵，你到时候就看你爸脸色吧！绝对比包公还黑！"

"我爸哪儿黑了？"何小雨嘟着嘴，"那是健康！"说完自己也忍不住乐了。

"唉——还是战场上浪漫啊！和平年代，我上高中就被刘晓飞追到了，真没劲！"何小雨嘟嘴道。方子君苦笑："浪漫？浪漫，都是需要付出代价的。"

7

张云受的都不是内伤，皮肉伤恢复得很快，明天他就要回到自己的飞鹰侦察队了。这段时间，方子君当然天天照顾他，照顾得体贴入微。女人，是需要降服的；越优秀的女人越难降服，只有更优秀的男人才能成为她的男人。但是女人，一旦被降服，就会死心塌地地对自己的男人好——所以男人们不要怪你的女人对你们不好，那是因为你没本事降服她。降服一个女人不需要什么手段，往往就是那么一瞬间，你出其不意剑走偏锋，直接击中她的要害，剩下的事情就简单化了，男人就等着享福吧。

方子君显然是被张云降服。其实，方子君的傲气也不是一般的，但是张云比她更傲。开玩笑，飞鹰能不傲气吗？这种傲气是没有理由的，如同伞兵天生就傲，是他上天的缘故。张云的爷爷是伞兵，父亲是伞兵，他也是伞兵，所以这种傲气是天生的。方子君再傲气，毕竟她也是女人。或者说，还是个 18 岁的少女。22 岁的张云成为她的男人。因为，她彻底服了。

张云在病房收拾自己的行装，夜色已经笼罩这里，医院归于宁静。方子君在他的背后默默地看着他穿着崭新迷彩服的背影，忍着眼泪，脸上却有几分红晕。张云正收拾东西，突然感觉到芬芳。他已经熟悉这种芬芳，他平静地感觉到方子君在背后紧紧地抱住了他。时间在一分一秒流逝，方子君更抱紧他，因为她知道时间对她来说越来越宝贵。每过去一秒，张云就距离出发的时间接近一秒，也就距离危险更近一秒。

方子君的眼泪在默默流淌。张云不动，感受着方子君的拥抱，感受着她柔软的胸口贴着自己结实的脊背。他感觉到方子君的心跳，那么强烈。张云慢慢解开方子君的手臂，对着方子君。他的脊背挡住了从窗口照进来的月光，于是方子君就在他的影子笼罩下。黑暗当中，他看不清方子君的脸。张云伸手触摸，触摸到一脸眼泪。方子君哭出声来。

"你是坏蛋！"

"我是坏蛋！"

"你是大坏蛋！"

"我是大坏蛋！"

"你是最大最大的坏蛋！"

"我是最大最大的坏蛋！"

方了君哇哇哭了。张云紧紧抱着她，不知道自己还能说什么。方子君揽着他的脖子，张云低下头吻住方子君的柔唇。方子君的舌头一下子跳进他的嘴里，犹如小鹿一样跳动。张云不敢乱动，只是呼吸更加急促，他不得不和以前一样克制自己。毕竟，他是22岁的男人，而且比别的男人更强壮。方子君却不管不顾，流着眼泪吻着张云。张云使劲推开方子君，笑了："你再这样我喘不过气了。"

"就是让你喘不过气！"方子君又覆上他的嘴唇。张云忍耐着，感觉到方子君的嘴唇移到了他的脸颊上，吻着他刚刚剃干净的下巴。那里还有细密的胡楂儿，扎着方子君的脸和嘴唇。接着小鹿一样的舌头跳动到他的耳朵、他的脖子、他突出的喉结……张云只能强制地推开方子君："你别这样，外面有人！"

"我看谁敢进来？"方子君的眼睛在黑夜中闪烁着泪花。两个人都是急促地喘气。张云认真地说："子君，我们战后就结婚。"

方子君咬着嘴唇，半天，嘟囔出一句话："我想为你怀个孩子。"

张云像被雷劈了一样，呆住了。方子君扑上来："我想为你怀个孩子，我们的孩子。"

张云呆了半天："我会回来的，你等我——战后就结婚。"

"可是我怕……"方子君哭着堵住他的嘴。张云坚定地说："我会回来的！"

"我等不了你回来，我想给你！"方子君哭着说。

外面远处，炮兵密集射击开始，间或有高射机枪的粗重射击。方子君吻住张云的嘴，张云低下头抱住她。方子君哭泣着说："我是你的女人，飞鹰的女人……"

张云吻着她的嘴唇，吻着她的脸颊，吻着她洁白的脖子。方子君扬起头，闭上眼睛，抱着自己的男人。两人倒在行军床上，行军床立即啪一声断裂了。两人都惊了一下。外面哨兵跑步过来拉枪栓："什么声音？！"女兵宿舍那边喊："去去去！站你的岗去！没你事儿，瞎跑什么？！"哨兵悻悻答了一声是，脚步声回去了。

"没事。"方子君羞涩地笑道，"她们都帮我看着呢。"

张云眼中又是那种傲气的神情："你是我的了。"

"是的。"方子君松开张云的脖子，软软地躺在塌在地上的军被上，"我是你的了，伞兵。"

张云的野性被唤醒，哗啦一声撕开方子君军装的前襟，连内衣也一起撕裂了。方子君惊恐地低声叫了一声，捂住自己的前胸。张云的动作温柔下来，他吻住方子君的嘴唇："你是我的女人。"方子君点头，手缓缓松开了。外面的炮声还在继续，张云的手却温柔起来。方子君乖巧地将自己的身躯抬起来，让张云脱去自己的军装和内衣。她闭上眼，等待着自己的成人仪式。当张云攻入方子君的城门的时候，她痛楚地叫了一声。

"疼吗？"张云立即停下。方子君睁开眼，抚摩着张云满背的伤疤，流着眼泪："我想你，更疼。"

随着张云的攻势加强，方子君脸上的痛楚掺杂了一种复杂的表情。这种表情圣洁而又充满诱惑，在这样一个纯真的女孩儿脸上是那么矛盾地统一在了一起。一种奉献的快乐从她女性的身体深处涌现出来，她不由得叫出声音。这种声音不再痛楚，而是充满了快乐。她吻着他的耳朵，在他的耳旁低声呼唤："我，爱你……"

当男人爆发出来，方子君终于不能再忍受那巨浪的冲击高叫出来。

远处炮声又开始了，带着死神的尖啸。在提醒他们，这里还是战场……

天亮了，他走了。她站在山坡上看着吉普车远去。一直消失，也没有离去……

"你，你怀孕了吗？"何小雨睁大眼睛问。方子君遗憾地摇头："没有，我那时候不知道还有安全期。我给他的那天，正是例假头一天刚走。"

何小雨长出一口气，不知道是庆幸还是失落。

"我第一次见到张雷，确实有一种异样的感觉。"方子君说，"因为他太像他哥哥了，但我知道这不是一个人。我不能再这样下去，我会毁了张雷。我不爱他，也不可能爱。我和他哥哥曾经在一起，我怎么可能还和他在一起呢？"何小雨不知道该说什么。

"那，反正……你自己得好好合计合计，事情已经过去好几年了，就算你不和张雷在一起，你也不能一直这样下去啊。"何小雨想了半天说。方子君拉开窗帘，阳光洒进来："天亮了。"方子君脸上绽出一丝笑容，"可是，已经没有飞鹰了。"她的笑容凝固了，哭了一夜的红肿眼睛又流出眼泪。何小雨从背后抱住她："姐姐，你太苦了……"

8

黄昏的余晖中，张雷坐在学院的攀登楼上吹着口琴，吹的曲子是弘一大师李叔同填词的《送别》。刘晓飞和何小雨坐在他的身后。何小雨轻声合着口琴的旋律唱起来："长亭外，古道边，芳草碧连天；晚风扶柳笛声残，夕阳山外山。天之涯，海之角，知交半零落；一壶浊酒尽余欢，今宵别梦寒……"

空灵的歌声敲击着天堂之门。张雷的口琴声渐渐低沉下来，他看着远处苍莽的群山，眼泪慢慢流出他深陷的眼窝。一周的时间，让他消瘦了一圈儿。原本就棱角分明的脸庞，更加显得如同岩石一样坚硬。口琴是方子君托何小雨送来的，还有她的一张纸条："这是你哥哥留下的，应该你收藏。"没有落款。

张雷太熟悉这个口琴了，当时他跟哥哥学口琴就是用这个开始的。从小他们弟兄便多才多艺，无论在大院里面，还是在学校，都是女孩儿们眼中的明星。张雷很崇拜自己的哥哥，他的哥哥是那么出色，出色到了他在少年时代都不能容忍哥哥和女生谈恋爱的事实，甚至想出各种办法去破坏。因为他觉得那样的女孩儿配不上哥哥，哥哥是属于那种小说里面才会出现的完美女孩儿的……是的，方子君是这样的女孩儿，只有她配得上哥哥。但是哥哥牺牲了，牺牲在那片热带丛林深处。留下她那颗破碎的心在世间游荡。

哥哥走了，真的走了。张雷闭上眼睛，任凭泪水流淌下来。刘晓飞把手放在他的肩膀上，张雷没有回过头，只是抬手握住他的手："我没事。"

"我们还在一起。"刘晓飞声音嘶哑，"我们是兄弟。"

张雷点点头。何小雨也伸出手放在他们的手上："我们也是兄弟。"

张雷笑笑，泪水又流出来。刘晓飞说："给哥哥磕个头吧。"三人起身，张雷把口琴放在南边的楼檐上。何小雨拿出一包软中华："子君姐告诉我，你哥哥最喜欢抽这个烟。"

张雷点点头，打开烟，抽出一根点着了，插在口琴前面的砖缝里。刘晓飞也点着一支，插在张雷的烟旁边。甚至从不抽烟的何小雨也点着一支，插在张雷的烟的另一边。三根烟袅袅散着青雾，在余晖当中升腾，和背景的青山浑然化为一体。军帽都摘下来，三个人将军帽放在身边，慢慢跪下了。张雷说："哥哥，我们给你磕头了。"

"哥哥，从此以后我和张雷就是兄弟，无论生死，永不分离！"刘晓飞庄重地说。

"哥哥，我替子君姐，给你磕头了……"何小雨咬着嘴唇，努力不哭出声。

三个年轻军人，对着南方，对着那看不见的热带丛林，对着那埋着忠魂的苍莽热土，用中华民族最古老最庄重的仪式来纪念他们的兄长、这个民族最勇敢的勇士群落当中的一员——那消失在黑夜中再也没有飞回来的飞鹰。

张雷伏在楼顶，手指抠着砖缝，额头贴着冰冷的砖头，脊背抽搐着。哭声传出来，他再也无法控制自己对兄长的思念之情，放声大哭。撕心裂肺的哭声回荡在攀登楼上空。只是不知道，天堂的哥哥能不能听见？

9

"刘晓飞！"

"到！"

"张雷！"

"到！"……随着队长利落的口令，8名学员迈出队列。刘晓飞有点儿摸不着头脑，看着面前站着的队长和副院长，还有一个不认识的中校。经过心灵炼狱的张雷已经没有当初的那种初生牛犊的感觉，变得沉默老练，只有眼中还是那种不变的傲气。队长合上名单："其余的人，带回！"

副院长是少将，但是对身边的那个中校很客气："小雷，怎么样，这几个就是我们侦察指挥专业最好的学生了。人，我交给你了，但是你得给我注意安全。"姓雷的那个中校点点头，居然没说话。

等学院领导和队长都走了，操场的角落只剩下雷中校，还有学院警通连的连长。警通连长大家都熟悉，侦察专业的没少闹事，所以彼此都是熟人。只是这次祖籍山东的警通连长没有了往日那种鸟味道，变得非常严肃。戴着金丝边眼镜跟学者一样斯文的雷中校没有那么严肃，随便招招手："都坐下吧。"大家都席地而坐。

"自我介绍一下，我叫雷克明，是总参B部的。"雷中校淡淡地说，"你们现在由我指挥，一直到任务完成。"大家都打量他，也在纳闷儿是什么任务。

"两个月前，我把一个人藏在了陆院警通连的禁闭室。"雷中校摘下军帽，有条不紊地梳理自己头上已经显出秃顶的头发，"现在我接到命令，要把这个人带回北京。"

"这个人的背景我也简单介绍一下，你们也应该知道纪律。"雷中校看着他们的眼睛，大家心中不由得都是一寒，如同看见了眼镜蛇的信子。"他也当过兵，后来经商，再后来涉足走私。本来这种案子不是军队管的，但是他的关系网和利益集团涉及某些部队的高层领导，地方警方和海关都处理不了，所以案子就转到我这里来了。为了保密起见，对他进行密捕以后就秘密关押在陆院，这是个谁也想不到的地方。我不用担心他服毒自尽，或者哪天突然上吊，我想表达的意思你们都清楚了。你们虽然是学员，但也是军人，养兵千日用兵一时。你们要跟我一起秘密押解他回北京，移交给地方有关部门，你们将持有枪械，但是不到万不得已不能开一枪。"大家都听得如同天书。

"军区特种侦察大队将抽调一个排担任外围警卫和开道，你们是贴身看守，跟我在一起。"雷中校戴上军帽，"你们学的是侦察兵，就应该知道侦察兵的规矩。从现在开始，你们断绝和任何人的联系，由警通连长带你们去准备。一个小时的时间，领取武器和通讯器材。去吧！"

"起立！"警通连长起身喊，8名还没反应过来的学员起身。雷中校正要转身，突然想起来，转身对警通连长吩咐："对了，给他们准备纸笔和信封。"

大家更纳闷儿，要这个干什么？雷中校没有表情："留下遗书，有备无患。"

毛还没长全的军校学员们脑子都蒙了一下。雷中校转身走了，学员们渐渐回过味儿来。警通连长一挥手："便步走，警通连连部。记住啊，你们上厕所都必须是两人以上。不是不信任你们，这是规矩。"

在连部的会议室，警通连长把信封和纸笔交给每一个学员，看看表："20分钟时间，写吧。桌子上的烟，你们可以随便抽。"他转身走到门口坐下。屋子里面的气氛是凝重的。张雷第一个拿过纸笔，想想："报告！"

"讲。"警通连长说。张雷说："我还要一个信封。"

"给谁写？"

"对象。"张雷斩钉截铁地回答。警通连长想想："还有谁需要信封，举手。"

刘晓飞举手，还有三个学员举手。警通连长对外面的文书说一声，又拿来了5个信封。刘晓飞低声问张雷："你谈对象了？"

"只许州官放火，不许百姓点灯？"张雷难得开了一句玩笑，"写你的吧，等任务结束我再跟你说。"

刘晓飞还是为兄弟高兴的，但是时间有限，而且场合不对，他还是赶紧写信。一封给爸妈，一封给小雨。张雷写完给爸妈的简短遗书，拿过信纸，想了想，用钢笔在上面写下：方子君同志……他想了想，撕掉，又直接在纸上写着什么。张雷匆匆写完，直接装入信封，在信封上写上"军区总医院方子君同志"，塞在自己写给父母的遗书下面，交给了警通连长。警通连长也不看，直接装入一个盒子里上了封条。张雷点着一支烟，刘晓飞刚刚写完。刘晓飞好奇地问："你对象到底谁啊？"张雷奇怪地笑："我牺牲了，你就知道了。"

武器拿进会议室。每人领到一把54手枪和一支85微型冲锋枪，还有一把俗称"攘子"

的侦察兵专用匕首，接着开始领取子弹和压弹匣。毕竟是学员，有的学员压子弹的时候手都在颤抖。张雷叼着烟，仔细检查着自己的武器。他哗啦一声拉开枪膛，检查保养情况。接着熟练地往弹匣里面压子弹，手一点儿都不哆嗦——他等待真正的战斗，已经等待了很长时间。

10

禁闭室的门哗啦一声打开。

"出来吧。"雷中校的声音严肃，但是不严厉。站在他身体两侧的刘晓飞和张雷就看见一张惨白的脸。这张脸上浮出笑容："老雷，能不能别这么一惊一乍的？"

"今天你已经被正式批捕了，这是逮捕证。"雷中校拿出逮捕证，"高检委托我们把你带到北京，签字。"

他看看逮捕证，苦笑："不是不报，时候未到。我想好了，我坦白，反正我也活不了了。既然没人救我，我何必保他们？"

"这是司法程序的事情，你可以和中纪委、高检还有海关总署的同志们谈。"雷中校接过他签字的逮捕证，"老赵，委屈你一下。"

张雷走过去，给他戴上手铐。老赵看着张雷的眼睛。张雷不说话，和刘晓飞一边一个夹住他往外走。雷中校和他们三人被其余的学员围在中间，径直从警通连的连部走廊穿过去。走到楼下，看见阳光，老赵贪婪地抬起头，呼吸。一辆带警报器的丰田大面包等在那里，车上的牌照已经摘下来，车窗前面放着一个"警备"红牌。司机不是陆院的，是雷中校的人，一看也是那种精明干练的，迷彩服上没戴军衔，腰部鼓鼓囊囊的，也是揣着家伙。

"老赵，配合点儿。"雷中校说，"我不想你自己给自己找麻烦。"

"有人比你更看重我这颗脑袋。我的脑袋现在值钱了，不知道他们出多少钱买。"老赵笑了笑。雷中校指指四周的学员："这个不用你操心了，我不会让他们得手的。这些都是你的晚辈，你的小师弟，你别让这帮小弟兄作难。"

老赵点点头："我知道，你肯定研究透了——走吧，我还是个汉子。陆院养了我四年，我不会对他们下手的。"

上车后，张雷坐在老赵旁边，刘晓飞坐在他后面。老赵把手放在腿上，雷中校坐在对着他隔着通道的座位上："你们别小看这个老赵，你们还和尿泥的时候，他就是陆院侦察系的高才生。他和我还曾经是一个单位的，执行过不少任务，是真开枪杀过人的主儿。对他尊重点儿，但前提是他不找麻烦。开车。"

车无声驶出，通过陆院绿化很好的校园。出后门以后，看见门口僻静的路上停着三辆挂着伪装网的吉普车。车牌也已经卸掉，每辆车边都站着一个抱着81-1自动步枪的战士。臂章已经卸掉，但是头上所戴的当时绝对少见的黑色贝雷帽、脸上的伪装油彩和脚上的黑色牛皮战斗靴，显示着他们来自一支特殊的部队。

面包车停在这列车队后面，雷中校下车。戴着黑色贝雷帽的陈勇少尉从车上下来，两人敬礼："报告首长，狼牙特种侦察大队特战一连一排全员到齐。请您接管！"

雷中校点点头，接过文件签字："何大队还好吗？"

"是。"陈勇说。雷中校问："你要不要上车去见见老赵？"

陈勇脸上的表情不是很舒服，想了想，点头。站在引导车旁边的林锐抱着自动步枪，枪托抵肩，眼神锐利。他现在是特战一连一排一班战士，角色是第一突击手，也是突击小组的组长。田大牛坐在司机位上，看着外面，身后是乌云和其他的战士。

"别紧张，走火了可不得了。谁都有第一次执行任务，习惯了就好了。"田大牛对车边的林锐说。林锐点点头，食指从扳机位置松开了一点儿，目光所及之处没有什么异常。但是汗水还是从林锐额头流下来，流进嘴里涩涩的。

陈勇上车，走到老赵面前，敬礼："老连长。"

老赵笑了笑："没法儿给你还礼了，没想到是你送我上路。"

陈勇严肃地说："职责所在。"

老赵点头："你和老雷送我，我心里舒服点儿。走吧，路上我不会找麻烦。但是你们自己要注意，一路上情况会很复杂，他们应该是有能力得到我今天上路的情报的。"

陈勇点头："路上如果有照顾不周，你尽管开口，我会尽力满足你。"

老赵叹口气："混到今天这步，我自己也不愿意看见。一步错步步错，我没什么可说的。替我问何志军好，走吧。"陈勇掏出一包烟塞给老赵，看了他半天，转身下车。

"走！"陈勇下车以后高喊一声，吉普车开始发动。林锐拉开车门上了副驾驶的座位，持枪在胸，警惕地注视着前方。田大牛踩下油门，车离开原地出发了。陈勇在第二辆吉普车上，面包车跟在他后面，再后面是另外一辆吉普车。三辆车上都有电台，单兵都配备了对讲机。张雷坐在老赵身边，打量着这个奇怪的男人。老赵抽着烟，也不说话。雷中校也不说话，只是观察着外面的动静。刘晓飞坐在老赵后面，手里握着微冲。上车前，雷中校专门交代过，如果出现意外，在合适时机，可以将老赵就地击毙。刘晓飞问什么是合适时机？雷中校还是那么淡淡一笑："就是合适的时机，听我命令吧。"

车队拐出小路，开上大街，径直开向郊区的公路。

11

"一号车，注意前方路况。我在你后面20米，保持现在车速。"电台里传出陈勇的呼叫。

"一号车收到。"电台兵回答。林锐的眼睛始终没有放松过，右手一直抓着步枪。车队在午间的海滨公路穿行，不时掠过汽车和骑着自行车的行人。

面包车内，雷中校一直在看着后视镜。后视镜有两个骑着摩托车的年轻人一直远远地跟着，他皱着眉头思索着。张雷贴着老赵坐着，侧眼一动不动注意着老赵。老赵一直在抽烟，许久他问："老雷，看见什么了？"

"你说呢？"雷中校回过头。老赵笑笑："保密教育，要长抓不懈！"

"你会怎么处理？"雷中校问。老赵说："断掉尾巴没什么用，往北京的方向就一个。

条条大路通北京，制造假情报打幌子，真实目标另奔他路。"

"不愧是老侦察。"雷中校笑笑，"就按照你说得办。"他拿起电台："陈勇，前面停一下，你过来。"还没回答，前面一号车电台兵报告："一号车报告！一号车报告！前方出现突发情况！一辆面包车在挡路！"

面包车不紧不慢，就是不让路。田大牛按着喇叭，对方跟听不见似的。

"战斗准备！"田大牛高喊。林锐步枪抵住肩膀，枪口冲前。

"一号车，鸣枪警告！"雷中校的声音传来。

"鸣枪警告！"田大牛对林锐说。

"是！鸣枪警告！"林锐将枪口伸出车窗，对天扣动扳机。嗒嗒嗒嗒……一个长点射。但前方面包车视若无睹。田大牛高喊："一号车报告！前方车辆无视警告！请求开枪射击目标！"雷中校回答："情况不明，不许射击目标！准备冲撞！"

"是！准备冲撞！"田大牛高喊，"抓稳了！"林锐关上步枪保险，抓住车前杠，头低下来。后面的弟兄们都抓住了自己的支撑物，神情严肃。

"撞击目标车辆，清道！如果对方有动武倾向，可以射击！"雷中校果断的命令传来。

"撞击目标！"田大牛高喊。他驾驶吉普车，瞅准面包车尾部靠近道内一侧，撞击上去——咣！加固的保险杠直接撞击在面包车尾巴上。面包车向一侧偏去，但是又顽强地拐了回来。田大牛高喊："再次冲撞！"——咣！面包车被撞击到山崖一侧，车在山崖上擦出火花。吉普车和面包车在狭窄的海滨公路并上了。

"战斗准备！"田大牛高喊。车里马上哗啦啦一片拉枪栓的声音。面包车的后车门被撞坏了，但是窗户打开了。林锐一眼看见黑洞洞的枪口，一把按下田大牛的头，自己也往后一闪。嗒嗒嗒嗒……子弹打破车窗，从田大牛脑后射过去，擦过林锐的钢盔前沿。林锐毫不犹豫，步枪顺手就架在田大牛肩膀上扣动扳机！嗒嗒嗒……车里传来惨叫声。一班的弟兄们直接就在车里对着面包车齐射，大屁股班用吉普车的半面篷布和对面的面包车被射成了马蜂窝。一号车开过去，停在前面。林锐在停车的同时已经下了车，自动步枪在手，打出两个短点射。面包车前的车窗出现几个弹洞，司机歪在方向盘上。面包车失去控制，开下山崖。林锐听着下面的爆炸声，心有余悸。二号车以及其他的车辆从他们身边径直开过去，毫不减速。

"清理尾巴！前导变后卫！"雷中校的声音响起来。后面两辆摩托车刚刚过来，看见战士们已经封锁道路，步枪在肩，他们掉头就逃了。

"不要射击，防止流弹误伤。"田大牛说，"跟上队伍。"

面包车内，学员们第一次见到战阵，紧张起来。雷中校淡淡一笑："老赵，看来这趟不太好走，前面跟我换车。电台兵，通知总部，让地方公安机关收拾现场。"

林锐在车内急促喘气，田大牛一边开车一边说："都别紧张！战斗没有结束！林锐，放松点儿！"林锐咽下一口唾沫："是，班长！"

远处山坡上，一个男人放下望远镜，点点头。

12

黄昏时，车队开入一个军用仓库。雷中校指挥部队下车，仓库主任也不多说话，直接就招呼他们进了招待所。陈勇带一排住在一楼，雷中校带老赵和8名军校学员住在二楼。雷中校上楼的时候问主任："你跟附近老百姓的关系怎么样？"主任说："一直很好，我们还帮他们盖了小学，官兵都去轮流义务助教。"雷中校问："你去镇里借车，借得出来吗？"主任回答说："可以。不过镇里面有车的单位不多，装不下这么多人。"雷中校说："一辆面包和一辆吉普，别的你不用管。如果车出了问题，我们会照购买价格赔偿。天亮前，你办好这个事情。车况要好，加满油。"主任回答说："好。车开到哪里？"雷中校说："直接开进来，停在招待所门口。"

进了二楼专门为首长准备的套间，雷中校告诉老赵："你今晚就住这儿，不过他们俩得陪你。你们俩可以轮流休息，但是不能分开。"刘晓飞和张雷答应一声。

招待所一楼，每个房间住了三个战士。晚上外面都是双哨，楼顶有步枪手和狙击手值班。林锐趴在楼顶，拿着夜视仪在观察，嘴里念叨着："乌云，我现在有点儿后悔，没写遗书。"乌云的眼睛从85狙击步枪的瞄准镜离开："你不是说你胆大，子弹打不着你吗？"

"今天中午我才知道，原来子弹不长眼睛。"林锐的语气很平静，不是害怕而是一种感慨。

"现在你说这个还有啥用？现在咱连个纸笔都不能带，你想写都没得写。"乌云说着又开始扫视前方。林锐说："我就是那么一说。当我今天打死那个司机的时候，我突然觉得生命无常。我想，我应该留下遗书。那应该是我最真实的人生感受。"

乌云问："你打算写给谁？"林锐说："我爸爸，还有我妈妈。"乌云疑惑地问："你给你爸爸妈妈怎么还写两封？"林锐嘴角浮起苦笑："他们离婚好多年了。"乌云想了想："嗯，你是该写。不然，他们会互相怪罪，没照顾好你。"林锐点头："对。还有两封，写给谭敏，还有徐睫。"乌云纳闷儿："你这怎么也写俩啊？你对象不是谭敏吗？"林锐的声音很冷静："是谭敏。徐睫是我的朋友，我救了她的命，我想告诉她，只有这个时候我才理解她当时的感受。"乌云摇头："搞不懂你们城市兵，怎么那么多花花肠子。"林锐说："生命诚可贵，爱情价更高。谭敏已经考上财经大学了，等她毕业，我们就结婚。"乌云问："那你呢，到时候还当兵？"林锐看着远方："不想当将军的士兵不是好士兵。我明年就考军校，等谭敏毕业的时候，我想我会是一名优秀的军官了。她为我打过两次胎，那时候我不懂事。无论她还能不能怀孩子，我都要娶她。"

"我没那么多想法，我就想以后可以提干，实在不行就转个志愿兵。"乌云低沉地说，"把我娘接到部队来，她在草原上放羊，太苦了。为了让我当兵，她把积蓄都掏出来送礼了。她不识字，信都是托别人写的，报喜不报忧。我也不知道，她现在到底过得怎么样了。"

招待所会议室，陈勇和雷中校在地图前站着。雷中校的手指在地图上游走，片刻，他抬头："明天早上，分头走。"陈勇点头："好，你需要多少人？"

"两个学员，三个战士。"雷中校看着他的眼睛，"要最好的！"

招待所首长套间，老赵和衣躺在床上抽烟。刘晓飞坐在床边，手里还拿着微冲。张雷坐在窗户边上，看着外面出神。刘晓飞说："你去睡会吧，醒过来接班。"张雷摇头："看这个架势，这位大师哥不是善茬儿。咱俩还是都戳在这儿吧，也好有个照应。"

老赵笑了："小家伙，如果我想跑，再来10个，你也不是对手。"张雷转脸看他："我知道，但是你首先要从我和他的尸体上走过去。"老赵苦笑，问："你叫什么？"

"张雷。"张雷说。刘晓飞想制止他已经晚了。张雷说："没关系，如果你和我打，死在我的手上应该知道我的名字。"老赵问："你不想知道我的名字吗？"张雷说："不想，因为你会死在我的手上。"老赵哈哈大笑："后生可畏！下辈子我还会当兵！可惜没有酒，否则我就和你们两个后生把酒当歌！"张雷说："老赵，你是个爽快人。我敬重你是条汉子。如果有不测，我保证一枪打死你，让你不会死得痛苦。"

天色擦亮，陈勇点名："田大牛！林锐！乌云！出列！"三人在大厅站出来。

"长枪交给班副，你们只携带短枪和匕首，去换便装。"陈勇说。三人齐声回答："是！"

招待所首长套房，雷中校把两套便装扔给刘晓飞和张雷："换上吧，我替你们看着。今天，我们和大队分头走。"

20分钟后，军车队出发。远处山坡上，那个男人拿着望远镜在看。半小时后，那两辆民车也出来了。男人在思考着，拿起对讲机："跟军车！"

第七章

★

1

方子君在房间里坐立不安，莫名地心慌意乱，这种不好的预感在六年前曾经有过，当时还以为自己是因为热带丛林的气压产生的身体不适。但是在晚上，噩耗就传来了……她不敢再回想了，赶紧打开窗户深呼吸。

不久，有人喊她去接电话。方子君急匆匆地跑下去，电话里传来何小雨带哭泣的声音："姐姐！是我！我找不到刘晓飞了！我现在就在陆院，但他们都不告诉我刘晓飞去哪儿了！还有张雷，张雷也没了！"方子君脑袋嗡的一声，只听何小雨啜泣着说："他们队里都不知道他们去哪儿了，还有几个学生也没了。说是出公差，但是他们的眼神都怪怪的。"

"你找他们队长了吗？"

"找了，他什么都不肯说！"

"你等我，我马上过去！"方子君挂上电话，回去穿了件衣服就又跑了出来。她已经知道发生了什么，作为老兵，她比何小雨更熟悉军队。虽然她不能确定是什么事情，但有一点是肯定的——他们是执行秘密任务去了！侦察系的学员被抽调出来，当然不可能是什么简单的任务。她出门后还奢侈了一把，打了一辆出租车直奔陆军学院。

"你先别哭。"方子君把何小雨拉到身边，"我去找他们队长。"

"我跟你一起去！"

"小雨，很多事情你去了反而不方便。"方子君说，"你毕竟还是学员，很多事情他会跟我说，不会跟你说。"

队长不想多说话，只是说学院有规定，他们回来以前什么都不能对别人说。方子君恳切地说："同志，请你相信我！我也是个老兵，我参战过，我知道保密原则的重要性！我以我的党性和人格担保，我不会告诉任何人。"

"既然你了解保密原则，那么我更不需要解释什么。"队长说。方子君说："我有权知道，刘晓飞和张雷到底是去执行任务还是别的公差！我只是想知道这点，别的我不想多打听！如果出现什么意外，我想我应该有心理准备。"

"你是他们什么人？"队长坐在办公桌边也不抬头。方子君被问愣了——是啊，她是他们什么人啊？方子君说："我是刘晓飞的姐姐！他的女朋友是我的妹妹！"

"张雷呢？"——方子君的嘴张开又失语。队长奇怪地抬起头。方子君咬牙，声音很低："我是他的女朋友。"队长看看她的文职干部肩章，又看看成熟的方子君，眼神很奇怪："你是他的女朋友？"

"我是他的女朋友。"

"你怎么会是他的女朋友？"

"我怎么不能是他的女朋友？"——队长被问愣了。方子君平静地说："同志，我曾经是他哥哥的女朋友。"队长傻傻地看着她。她说："是的，我想你知道他哥哥是烈士。"

"我知道。"队长点头。方子君看着队长的眼睛："现在，我是张雷的女朋友。我想，我有这个资格和权利知道，我的男朋友是不是也有可能成为烈士？"

队长彻底傻眼了。方子君的声音是从嗓子眼儿冒出来的："我已经牺牲了一次爱情！现在，我想知道，我是不是可能再牺牲一次！我的两个男朋友是亲兄弟，哥哥牺牲了，我想知道，弟弟是不是也有可能成为烈士？"队长张大嘴，惊了半天。

"我只是想知道，他是不是很危险？！"方子君眼中的眼泪在打转。队长低下头，沉默。方子君征询地问："你不说话，就表示他是在执行危险的任务？对吗？"队长还是不说话。

"谢谢你，同志！"方子君感激地鞠躬，戴上军帽，转身要出去。

"等等！"队长喊。方子君回头。队长说："我很佩服你，你很坚强。"

方子君苦笑："我没什么可以坚强的，这一切都是命运的安排。"

"我会为你和他的关系保密的。"队长说。

"没什么可保密的，"方子君神情惨淡地说，"这没什么丢人的，我们只是相爱了。如果他牺牲，我要以他未婚妻的身份参加追悼会！你记得通知我！"

队长肃然，起身点头。方子君走出办公室，何小雨等在外面。方子君拉过何小雨，严肃地说："这是非战争行动，和平时期军队执行的秘密行动。我们都无权知道行动内容，这是高度保密的。"

"他，他会有危险吗？"何小雨又想哭。方子君脸上的神情很坚强："他是军人。"

"子君姐……"何小雨哭出来。方子君脸上的表情很肃穆："他们都是军人。你也是军人。我们都是军人，我们不属于我们自己，包括我们的生命，它们都属于这支军队。小雨，你记住——无论发生什么事情，都不要忘记我们已经是军人，而军人为了国家和军队牺牲，是天职！"何小雨哭着点头："我现在该怎么办？"

"等。"方子君苦涩地说。是的，等，和过去一样——等。作为军人的女人，只有一个字可以概括她们的命运，那就是——等。

2

"同志们，现在只剩下我们6个人了。"雷中校穿了一身西服，果然像个大学教授，他还是那么不紧不慢地说，"我没什么更多想说的话，你们都是军人。军人就不是吃干饭的，拿出你们的手段，来完成这个艰巨的任务！"

"保证完成任务！"5个年轻人立正，低声吼道。雷中校点点头，看老赵："老赵，你要不要讲两句？"老赵苦笑："我有什么好讲的？"雷中校淡淡一笑："你是他们的前辈，没什么对小兄弟们说的吗？"老赵指着他的鼻子骂："老雷，你个狗日的老雷！你非得逼我！我上辈子欠你的？！"骂归骂，他还是站在了队列前面。5个年轻人奇怪地看着他，不知道该立正还是别的什么。

"同志们！"老赵的声音如同洪钟，果断干练。唰——5个年轻的军人不由自主地立正。老赵看着这些年轻的脸，嘴唇翕动着，良久才缓缓地说："稍息！"

空气仿佛凝固了一般，囚徒老赵压抑着内心波动的情绪，眼睛晶晶发亮，那是因为有酝酿着的眼泪："仅仅在一年前，我和你们一样也是军人。作为一个军人，我是合格的，甚至是优秀的！无数次的出生入死，枪林弹雨、血雨腥风之间，和我的战友肝胆相照！旁边的雷克明这个王八蛋，我救过他，他也救过我，我们的交情是拿命换来的！——我无愧我的军人生涯，我也无愧侦察兵这个光荣的称号！"老赵脸上的表情很神圣，仿佛回到过去那些峥嵘的岁月，"但是，作为一个脱下军装的社会人，我犯罪了！我没有倒在敌人的枪口之下，却即将走上自己人的刑场！此时此刻，我的心情是复杂的！我不能告诉你们，我为什么走上了这条不归路，我只想说——同志们！无论你是穿着军装，还是脱下军装，都别忘记你是一个兵！——我就是因为忘记了自己是一个兵，在犯罪的深渊越陷越深！现在，他们要的是我的命！而你们这些优秀的年轻战士要保护的则是我这个罪人的命，我的内心是承受着巨大煎熬的！在利益的驱动下，他们会丧心病狂！他们的势力是巨大的，他们的手段会是残忍的！看着你们即将和我一起走上这条险途，我于心不忍啊！我甚至想要一把枪，高喊一声跟我走，我带你们杀出去——如果是在一年前，我会这样做的！但是现在，我知道不可能！"

老赵说不下去了，半天才继续说："我不会忘记自己曾经是一个兵，在你们的眼中，我看见了当年的自己！我后悔脱下军装，后悔犯罪，但是我不会后悔是你们押送我走向刑场！因为你们是军人，是我的晚辈，是我的小兄弟！请允许我用一个老兵的身份来告诉你们——一切行动听从指挥，灵活机动！完了！"

5个兵站在原地，不知道鼓掌还是不鼓掌。雷中校挥手："出发！"6个现役军人就夹着一位退役军人走出宾馆房间，脚步踩在红地毯上。中午的时候，军车队到达这个城市的郊区，他们就下车了。陈勇带着假目标继续北上，他们则进入这个城市隐没在人群之中。休息了两个小时以后，他们也出发了。雷中校带来的司机开着一辆通过当地军分区借来的地方牌照大面包等在宾馆门口，车门开着。7个人出了转门之后直接上车，林锐还坐在副驾驶的位置上，右手伸在怀里摸着手枪枪柄。面包车混在车流中出发了。车开出城市，在郊区上了国道。大家一直都没说话，老赵更没说话，只是一根接一根地抽烟。

老赵突然说："试探火力。"雷中校一愣。老赵睁开眼睛："试探火力！目的有两个。第一，试探对方的战斗决心和火力强度；第二，刺激对方过分谨慎的神经，等待对方出现错误判断。"雷中校睁大眼睛。老赵长叹一口气："对方的错误，都是为我可用的。老雷，你和我都犯错误了。"雷中校明白过来。

"他们就在等我们和大队分开。"

车上的都是兵尖子，这种对话不可能不明白是什么意思。

"现在，就很难发现他们的尾巴了。对手很专业，不是一般的专业。"老赵说。雷中校沉思着。老赵悲凉地说："我的脑袋价值起码5千万，值得他们冒这个风险。看来，他们可能从境外请了高手。我难逃此劫，没必要连累这些小兄弟。老雷，给我一枪吧。"

"我的任务是把你带回北京。"雷中校说，"至于其他的事情，不用你操心。错就错了，但是他们别想得逞！别忘了，这是在中华人民共和国的领土上！还轮不到他们逞强！"

车在前行，只是他们都不知道，到底哪个是跟踪的。他们都知道，一定有尾巴，这一次是真正的尾巴。更不知道，前方等待他们的会是什么。张雷的心反而坦然起来，也许自己的生命早就随着哥哥而去了，现在不过是在追逐哥哥而已。刘晓飞则在想何小雨能否接受自己牺牲的现实。林锐想了什么，或者什么也没想，顺手从车前挡玻璃那儿拿起烟给自己点上，随即听见哗啦哗啦声，他从怀里掏出双枪，熟练上膛，他把班副的手枪也要来了："光脚的还怕穿鞋的？！来吧，老子等着呢！"

3

战斗是在黄昏时发生的。一辆好像是坏在国道路边的拖拉机在面包车通过之前爆炸了，烈焰成为一团冲向天的火球，浓烟之中枪声就响起来了。两颗7.62毫米步枪子弹穿透车窗玻璃击中司机，司机歪在方向盘上，脚下没忘记踩下刹车。

林锐被安全带拉回座位上，头还撞在了门框上。他情急之下没有解安全带，直接掏出匕首割开带子，拔出双枪踹开车门。又一颗7.62毫米子弹呼啸而来，击中林锐右肩膀，右手的手枪就脱手了。

"狙击手！"林锐借势后倒，同时高喊一声，第二颗子弹击中车门他刚才站着的位置。

"烟雾弹！下车！"雷中校高喊一声，按下老赵的脑袋。刘晓飞甩手扔出一颗烟雾弹落在车窗外，烟雾弹喷出黑色烟雾。张雷夹着老赵，乌云开路，雷中校紧跟其后下了车。刘晓飞拉起脑袋被撞破的田大牛，田大牛清醒过来，两人踹开车窗跳出去。

一行人借着烟雾弹跑到路边树林中的一个土洼趴下，树林中出现了人影。林锐咬着牙举起左手的手枪，连连开枪，打倒两个迎面冲来的枪手。对方自动步枪响了，他急忙闪身到土坡后面。乌云跳起来，打倒第三个冲上来的枪手，尸体倒在他不远处，56冲锋枪脱手而出。张雷鱼跃出去，前滚翻拿起冲锋枪，嗒嗒嗒嗒就扫出一个扇面。近似黑暗中又传出几声惨叫，不知道多少人中弹了，也不知道对方还有多少人。狙击手又开枪了，打在张雷左腿上，他倒在地上高喊一声："刘晓飞！"冲锋枪甩手扔出去，刘晓飞跳起来接上，边射击边运动到张雷身边，试图拖他回来。又一枪打过来，擦着刘晓飞额头过去，擦破了皮，让他耳朵嗡嗡响。田大牛和乌云同时冲上来，拖着张雷到土洼里。狙击步枪封锁了他们的头顶，曳光弹的弹道清晰可辨。

"必须干掉这个狙击手！"雷中校高喊，"谁去？！"

"我去！"额头还在流血的田大牛高喊。雷中校喊："注意安全！检查武器，准备火力掩护！"大家就检查武器，刘晓飞又拿出一颗烟雾弹。雷中校高喊："掩护！"

大家闪身在土洼边上开始射击。刘晓飞丢出烟雾弹。田大牛在烟雾中如同兔子一样弹起来冲出去了。树林并不密集，讨厌的是坑坑洼洼的。田大牛低姿前进，在运动当中不断射击，准确的手枪速射让那些枪手们吃尽了苦头。突然，田大牛被什么绊了一下，他还没反应过来，绊马索连着的照明弹就爆炸了。一瞬间，他的身躯在照明弹的光芒下显得那么夺目。

"班长！"林锐和乌云几乎同时高喊。田大牛意识到不妙，正要跳开，用一连串滚翻摆脱困境，密集的子弹就打过来了。田大牛健壮的身躯在弹雨中抽搐着，一轮射击过去，他倒下了。当枪手接近他的时候，他突然又挺起上半身举起手枪，还没来得及扣动扳机，更密集的弹雨射了过来。田大牛被打得在地上抖动着，手枪终于脱手了。林锐想冲出去，被刘晓飞一下按倒了。林锐高喊："班长——"

"你冷静点儿！现在出去等于送死！"刘晓飞喊。

"现在的威胁是狙击手！"被雷中校的手枪顶着脑门儿趴在地上的老赵喊，"必须打掉狙击手！一个人不行，俩人交替掩护才冲得过去！"

"你给我闭嘴！"林锐冲到他跟前，用手枪顶住他的脑袋，"我的班长是因为你死的！我要你偿命！"

"下了他的枪！"雷中校喊。刘晓飞按住林锐，下了他的手枪："兄弟！你必须冷静！"林锐脖子上的青筋都出来了，急促呼吸着，眼睛冒火。

"他说得没错。"雷中校说，"需要两个人去！"

"我去！"林锐喊道，拖着受伤的右肩就要起身。

"我去！"乌云说，"我跟他一个班的，我们熟悉彼此的战术动作！"

雷中校看看林锐，点头。刘晓飞把手枪还给他。林锐抓住手枪，乌云正要准备起身，刘晓飞又把冲锋枪扔过来："里面还有 10 发子弹，省着点儿！"

"火力掩护！"雷中校高喊。再次掩护开始，最后一颗烟雾弹扔了出去。林锐和乌云弹起来，冲入树林。密集的枪声响起，两人的身影在枪火之间若隐若现。

"我们再坚持一小时左右，陈勇他们就能到了！"雷中校喊。老赵贴着地喊："老雷！你给我一把枪！"雷中校说："你知道这是不可能的！老赵，你就让我省点儿心吧！"老赵悲凉地长叹一声，闭上眼。

狙击手正在装填弹匣，前面不远处人影一闪。他急忙举枪，但是人影又消失了。他知道这不是幻觉，丢掉狙击步枪，又拿起身边的冲锋枪。突然左侧出现一个人影，他急忙举枪，还没射击，头顶枪声响起。来不及惨叫，他头顶就开花了。林锐从树上跳下来，又对着他疯狂射击，一直到打完这个手枪的弹匣。乌云拿起狙击步枪："林锐！掩护我！"林锐单手拿起冲锋枪，举枪架在受伤的右臂上开始射击。乌云借助夜视瞄准镜，在绿光当中寻找枪手，发现就果断射击。现场的枪声逐渐平息下来，雷中校松了一口气。远处有警车的声音，但是紧接着就是密集的枪声，还有爆炸声。

"他们有 40 火。"老赵一直在听，"还有起码 10 个人，警察不是他们的对手。"

"清点弹药，准备战斗。"雷中校说，"我们有贵客了。"

"雷克明！"黑暗当中有人高喊，大家都安静了，"你果然是个高手，你的人素质也不错。我认栽，这仗我打不下去了。再打，我血本无归。"

"那就赶紧放下武器投降！"雷中校高喊。

"如果是你，你会投降吗？你是军人，我也曾经是，我们都是一样的人。战场上只有打死的，没有怕死的！"

"好啊！那么我们就干到底！"

"我没那么傻，这是你们的地头。打到最后，我们都要完蛋。"

"聪明，那你还打个屁啊？赶紧滚蛋！"

"没可能，拿人钱财与人消灾。你把人给我，我放了你们。"

"你觉得可能吗？"雷中校高喊。一个人影举着双手站起来："我知道你没那么容易把人给我！但是我告诉你，距离这里 20 公里，是一个中学！"

"你什么意思？"

"我安了炸弹。"那人说，"你不给我人，我让 1000 多学生给我陪葬。"

"你还好意思说你是军人？！"雷中校大怒，"是军人就出来！我们刀对刀枪对枪干！"

"没可能了。"那人说，"这是最后一招，我没办法才用的。"

"我不会把人给你的！"

"5 分钟考虑时间。"那人看表，"5 分钟以后我会下命令，学校就会爆炸。我们这些剩下的人战斗到死！"

"给我一把枪！"老赵压低声音，从牙缝里挤出来。雷中校思考着。老赵低声说，"给我一把枪，我来对付他们！里应外合，夺取最后胜利！"刘晓飞和张雷都看着雷中校。雷中校从身上摸出来一把手枪："如果你搞鬼，我保证你死不痛快！"

老赵接过手枪熟练上膛，起身要走。雷中校忽然说："等等。"老赵转身。雷中校亮出手里的弹匣，刚才他拿枪的时候弹匣卸了："拿上吧。"老赵一拳打在雷中校脸上："10 年战友！10 年！你都不肯相信我？！"雷中校擦擦脸上的血："职责所在。"老赵夺过弹匣装上，再次上膛，对准雷中校。张雷和刘晓飞同时把枪对准他的脑门儿。老赵咬牙切齿地说："我告诉你——我已经看透生死！我有过荣誉，有过罪恶，有过钱，也有过耻辱！我已经活够了，今天我为感情而战！你个杂碎，记住，永远不要怀疑你的战友！"

老赵起身，走出去了。雷中校没有表情。

"我们怎么办？！"刘晓飞的枪口追随着老赵的背影，"他马上要走出射程了！"

"林锐注意。"雷中校拿起对讲机，"瞄准目标，如果他试图逃逸，击毙他！"

"收到！"林锐回答。

老赵缓缓走过去，站在那人身前。那人说："老赵，我们来救你。今天晚上安排你偷渡，你不要再回国了。"

"我知道，有人希望我永远不回来。"

"我的客人说，如果你走了，对大家都好。"

"我知道。"

"走吧。"

老赵突然拔出手枪，一枪打在那人眉心。旁边的枪手还没反应过来，老赵已经飞身而起，一个侧踹踢在他的脖子上。他手中的电台落地了，老赵一枪打碎电台。其他的枪手举起枪，老赵后倒，手枪速度很快，准确击毙面前的几个目标。对着狙击镜的乌云看呆了。老赵高喊："雷克明！滚出来吧！"雷中校站起来。老赵背对着他，丢掉手枪，举起双手："我任务完成了。"雷中校脸上不知道是高兴还是悲凉。

一列军车队开来，陈勇带人飞身下车冲进来。特种兵和学员们封锁现场，检查有没漏网的。老赵被重新戴上了手铐。带上军车以前，雷中校站在车门边看着他，老赵没有什么表情。雷中校举起右手，行了一个标准的军礼。

4

两辆军用救护车旋风一样冲进夜色中的军区总院。第一辆车上是两个蒙着白布的担架，是那位牺牲的司机和田大牛。第二辆车刚停，肩膀包扎过的林锐被扶下来，热泪满面地扑向田大牛的担架："班长！班长——"

"你失血过多，赶紧去输血！"一个大夫高喊。

"你们滚开！我要和我的班长在一起！"林锐狂暴地高喊。两个哨兵跑过来帮忙抱住林锐。一个下士高喊："兄弟，兄弟冷静点！"

"我的班长——"林锐带着哭腔。一个上士拍拍他的脸："我们都是你的班长，你别胡喊！你的班长睡着了！睡着了！你想吵醒他？！"林锐张着嘴失声。上士接着对他说："安静！他睡着了。"林锐咬着嘴唇痛哭。上士摸摸他的脸："对，他睡着了。睡着了，别吵醒他。"

张雷躺在担架上从第二辆车上被抬下来，脸色惨白，一个护士高喊："他的心跳太弱了！"大夫皱着眉说："是大腿动脉！赶紧送手术室！"洁净的走廊一片忙乱，穿着白大褂的医生和护士围着担架冲进来。张雷闭着眼睛，血色全无，没有什么生命迹象。

方子君被噩梦惊醒，她梦见有人在喊她的名字。"方大夫！方大夫！"她猛然睁开眼睛，门被急促地敲着，警卫班长在外面喊着。方子君声音发颤："什么事儿？"

"院长通知，上过前线有救治枪伤经验的医生都去集合！有伤员需要抢救！"

"好！我马上去！"方子君跳起来，急忙穿上衣服，打开门穿着拖鞋就往外跑。

张雷的心电图很弱，护士在电击心脏。

方子君走进大厅，看见地上残存的血迹和凌乱的脚印，腿软了。她脸色很白，跌跌撞撞扶着墙站好，脑子里面一片空白，嗡嗡作响。警卫班长急忙扶住她："方大夫，你怎么了？"方子君的声音很微弱："伤员叫什么名字？"警卫班长说："是特种侦察大队的兵，叫林锐。"方子君刚刚松口气，警卫班长又说："还有一个是陆院的，叫张雷。"

咣！方子君一下子晕倒在地上。

5

满头白发的院长皱着眉头看着病床上的张雷，缓缓地下指示："全力抢救，准备后事。"大家都被院长矛盾的指示弄得发蒙。院长语调深沉地说："战争时期，这样的事情很多，我们要尽全力抢救战友。但是，也要准备好他的后事，不能措手不及。通知陆院和他的家长，我亲自手术，需要他们的签字。"

阳光渐渐洒进病房，脸色苍白的方子君缓缓睁开眼睛，她的嘴唇也没有一点儿血色。张雷的队长站在她的面前，脸色凝重。方子君张开嘴，用尽全身的力气："告诉我，他还活着。"

队长点头："他的心脏始终没有停止跳动。"方子君松口气。队长又说："但是，他动脉中弹，现在也没有脱离危险。还在抢救当中，按照上级指示，现在可以把他的遗书给相关的人。"方子君睁大眼睛，嘴唇上仅有的血色也没了。

"这是他留给你的遗书。"队长把那封信缓缓放在她的枕头边上，敬礼，"保重！"他转身出去了，轻轻带上门。方子君撑起自己的身子，打开信，读着读着，眼泪流了出来。

子君：

当你看到这封信的时候，我已经和我的哥哥在一起了。

你别为我们弟兄难过，我们都是军人，军人就意味着要为国家、为军队，去战斗、去牺牲。我的哥哥牺牲在南疆战场，而我牺牲在和平年代。我不能告诉你更多关于我的任务，说实话我也不是特别清楚。但是请你相信一点——张云的弟弟是好样的，他是为了完成党和军队赋予的任务牺牲的。

关于我们的关系，我知道你的心里有个结。说实话，我也有，因为那是我的亲生哥哥。但是，我想了这么长时间想明白了，那就是——我爱你！

我爱你，子君。这一点确凿无疑，爱情是无法因为悲伤而磨灭的，也不会被更多的现实所束缚起来。我知道你是我哥哥的女人，如果我哥哥还活着，你现在已经是我的嫂子了。但是这又有什么关系？90年代的中国军人，应该有自己的头脑，应该有冲破这种束缚的勇气，更何况我也是天杀的伞兵。我爱你，虽然这句话说得有点儿晚，而且不合时宜。因为，当你看到这封信的时候，我也牺牲了。我不怕牺牲，但是我不想我死，你也不明白这一点。

我爱你，希望你早日走出过去的阴影，得到真正的幸福。

我们弟兄在天堂会祝福你，真诚地祝福你！

深爱你的人 张雷 绝笔

她起身下床，腿还在发软。扶着墙走到门口，打开就看见一楼道的人。有陆院的队长和教导员，还有一个空军大校和一个哭得泪人一样的中年妇女。空军大校站在手术室门口，脸色凝重，背着手不说话。方子君走到门外，无力地靠在墙上，看着"手术中"三个字流泪。医院的领导走过来："小方，你怎么出来了？你应该休息。"

方子君无力地摇头。空军大校回头，胸口的空降兵伞徽闪着光，和他眼中压抑的泪花光芒一样明亮。张师长的声音嘶哑："方子君？"方子君说不出话，点头。

"我是张云和张雷的父亲。"张师长嘶哑着嗓子说。

"伯父……"方子君哭出声来。空军大校扶住她，方子君感觉到这手的温暖。

"别哭！他们都是好样的！"张师长的眼神显出坚毅，"他们都是我的好儿子，我为他们而自豪！你是参战过的老兵，应该坚强！"方子君含泪点头。

"你是好姑娘！"空军大校说，"坚强起来！你还是医生，要相信医学！张雷还在抢救，他不会希望看见你哭的！"说着，自己的眼泪却哗啦啦流出来。

6

"班长，我给你点支烟吧。"林锐看着田大牛，点着一支烟。

"你最喜欢抽的石林。"他把烟插在田大牛的嘴里。太平间里，林锐穿着病号服坐在田大牛身边。田大牛闭着眼睛，掀开白布的胸口上都是弹洞。烟袅袅升起，林锐的眼泪无声流出："班长，我再也不跑了。你看我在这儿呢，我跟你在一起，你不是说我们是战友就是兄弟吗？跟亲兄弟一样亲！大哥，你是班长就是大哥。你是士兵，枪林弹雨滚过来的真正的士兵；你是硬汉，刀搁在脖子上都不会眨眼；你是兄长，拉练的时候，我脚上起疱了是你给我挑的……"田大牛闭着眼睛，嘴上的烟还在燃烧。

"班长，我的班长，我林锐长这么大别人都不服，就服两个班长。一个是老薛，一个就是你，田班长。"林锐忍不住哭出声来，"班长，你睁开眼睛看看我，我是林锐！我长大了！我再也不是那个淘气的逃兵了！我一定好好训练，你别生我的气！我5公里跑全中队第一！我多能射击最好，你不是说最喜欢看我打枪的吗？你觉得看我打枪是一种享受，说我打得那么漂亮，动作那么快，是你见过的最好的特种兵！你怎么就不喜欢看了呢？班长，以后我天天第一个起床，值日也不偷懒！野外生存，我再也不偷偷带吃的了，我把咱们班丢掉的红旗给扛回来！"

田大牛始终没有睁眼。林锐哇一声大哭起来，扑在田大牛身上："班长——你睁开眼睛看看我，我是林锐啊！都是我不好，我一直气你！我说你唱歌走调，笑话你，你怎么也不打我啊？！都是我不好啊，班长——你醒醒啊，你别睡了！咱们还要训练啊！你不是说咱们要争第一吗？班长，我给你争第一！我保证我什么科目都是第一，给你争脸！班长——你醒醒啊，你睁开眼睛看看我啊——是我对不起你，我不该气你！"

林锐跪在田大牛旁边泣不成声，鼻涕和眼泪流在一起。哭声当中，林锐看见了一双锃亮的军官皮鞋。他哭着抬起头，看见了笔挺的军官制服。接着看见一张黑得吓人的脸。

"大队长！你下命令啊！你命令田大牛班长起立！他最听你的话！"林锐抱住何志军的腿大哭。何志军抚摩着他的光头，久久无语，慢慢地，他浑厚的声音响起来："男儿当杀人，杀人不留情！"

林锐抬起泪花闪闪的脸。何志军看着他："千秋不朽业，尽在杀人中。昔有豪男儿，义气重然诺。睚眦即杀人，身比鸿毛轻。又有雄与霸，杀人乱如麻，驰骋走天下，只将刀枪夸。今欲觅此类，徒然捞月影。"

林锐的哭声渐渐停止了。何志军的声音洪亮起来："君不见，竖儒蜂起壮士死，神州从此夸仁义。一朝虏夷乱中原，士子豕奔懦民泣。我欲学古风，重振雄豪气。名声同粪土，不屑仁者讥。身佩削铁剑，一怒即杀人。割股相下酒，谈笑鬼神惊。千里杀仇人，愿费十周星。专诸田光俦，与结冥冥情。朝出西门去，暮提人头回。神倦唯思睡，战号蓦然吹。西门别母去，母悲儿不悲。身许汗青事，男儿长不归。杀斗天地间，惨烈惊阴庭。三步杀一人，心停手不停。血流万里浪，尸枕千寻山。壮士征战罢，倦枕敌尸眠。梦中犹杀人，笑靥映素辉。女儿莫相问，男儿凶何甚？古来仁德专害人，道义从来无一真！"

林锐的眼泪停止了。何志军的眼睛闪闪发光："君不见，狮虎猎物获威名，可怜麋鹿有谁怜？世间从来强食弱，纵使有理也枉然。君休问，男儿自有男儿行。男儿行，当暴戾。事与仁，两不立。男儿事在杀斗场，胆似熊罴目如狼。生若为男即杀人，不教男躯裹女心。男儿从来不恤身，纵死敌手笑相承。仇场战场一百处，处处愿与野草青。男儿莫战栗，有歌与君听：杀一是为罪，屠万是为雄。屠得九百万，即为雄中雄。"

林锐慢慢站起来。何志军看着他的眼睛："雄中雄，道不同：看破千年仁义名，但使今生逞雄风。美名不爱爱恶名，杀人百万心不惩。宁教万人切齿恨，不教无有骂我人。放眼世界五千年，何处英雄不杀人！"

林锐看着自己的大队长，脸上还挂着泪花，还有孩子的稚气。何志军拍拍他的肩膀："这是战士最好的归宿！田大牛是真正的战士，真正的战士是不会甘心老死在床上的！"

林锐看着何志军的黑脸，郑重点头。何志军缓缓地说："站直了！田大牛是不会想看见你这副哭哭啼啼的样子的！"林锐立正。

"向右——转！"——林锐向右转。何志军高喊："听我口令！——敬礼！"

两人敬礼，对去往天国的田大牛敬礼。

7

何小雨赶到医院后，第一个看到的人是何志军和林秋叶。林秋叶是被何小雨电话叫来的。但何志军怎么来了，何小雨不知道。但这都不重要了，重要的是张雷和方子君现在都怎么样了。还有就是有没有刘晓飞的消息。但看见父母站在一起，她还是愣住了，因为很久没看见他们在一起了。

何小雨风风火火地进来："爸！妈！你们怎么也在这儿？子君姐呢？"

林秋叶说："她打了镇静剂，已经睡着了。"

何小雨松了口气："张雷呢？张雷怎么样了？"

"还在抢救！"林秋叶说。何小雨喘着气："爸，你怎么也在这儿？"

"我的一个兵，在执行任务中牺牲了。"何志军低沉地说。

"啊？！"何小雨急了，"什么任务？是不是跟刘晓飞在一起？！"

"刘晓飞？"何志军想着，"哪个刘晓飞？"

"就是陆院的刘晓飞！刘凯叔叔的儿子！"何小雨快急哭了。

"哦，你是说他啊！"何志军恍然大悟。

"到底在不在一起啊？！"

"我，我不知道啊！"何志军说，他是真的不知道。何小雨一推他山一样的身躯："你这人！不知道就不知道，还跟我吊胃口！让开！别挡道！"

何志军赶紧让开，何小雨风一样噌噌噌跑过去了。何志军看着女儿的背影没想明白："刘晓飞？刘晓飞？刘晓飞是不是去执行任务和她什么关系？她着急什么啊？"

林秋叶哀怨地看着他，不说话。何志军明白过来了："坏了！坏了坏了坏了！"林秋叶看着他，苦笑，心说你刚知道。何志军痛心疾首："坏了！怎么，怎么她，怎么她跟刘晓飞……"林秋叶苦笑点头："女儿长大了。"何志军张着嘴怅然若失："长大了？怎么就长大了呢？"林秋叶问："马上就20了，你说呢？"何志军张着嘴还是怅然若失："女儿长大了？小雨长大了？"林秋叶又来气了，一捶他："你这是当的什么爹啊？女儿多大，你自己都不知道了？"

何志军反应过来，眨巴眨巴眼，自己念叨："刘晓飞，陆院侦察指挥，陆军学院——是陆军，不是空降兵，不是海军陆战队！好，是陆军就好，肥水不流外人田！我女儿要嫁，就嫁给陆军！"

"你这是什么逻辑！"林秋叶恨不得一脚踢死何志军。何小雨风一样飞到手术室门口，呼哧带喘地问："张雷怎么样了？"张雷的队长说："还在抢救。"

"刘晓飞没事儿吧？"何小雨抓住他。队长想想，摇头。何小雨松口气，又抓住队长："我姐姐呢？"

方子君还在睡，但是睡得不沉。何小雨一进去，她的眼睛就微微睁开了，眼泪滑过洁白如玉的脸颊。何小雨抱住方子君，眼泪流了下来："姐姐！"

"小雨，我的命，怎么那么苦啊……"方子君用她细若游丝的声音说。小雨抱着方子君："姐姐！你别多想，没事的！张雷一定会挺过来的！"两人抱着哭成一团。

"手术中"的灯灭了，大家都起身。张雷的父母站在门口，着急地期待着。院长疲惫地走出来，摘下口罩。张雷的母亲着急地问："怎么样？院长？"

"你别嚷嚷！"张师长呵斥她，"让院长慢慢说！"

"他很强壮。"院长说，"非常非常强壮……"大家都等着他说下面的。他接着说，"他的生命力，是我见过最顽强的！他活过来了。"

这一片耀眼的白色，是到天堂了吗？如果不是，怎么还有那么多星星？张雷微微睁开眼睛，感觉到自己浑身无力，犹如在空中飞行。

　　"他醒了！快快快！他醒了！"一个护士高喊。张雷感觉到自己身上很痛，这时才意识到自己还活着。方子君跑进病房，看见张雷醒了，脚步却慢了下来。张雷看着她美丽的脸，露出笑容。方子君站在原地，就那么看着他……张云血肉模糊，从嗓子眼儿里面挤出："烟……"——方子君回神过来，对着奇怪看着她的张雷露出笑容："你醒了？"

　　张雷脸上绽出孩子一样的笑容，却说不出话，他无力地抬起自己的手。方子君看到这只手，有些头晕目眩。就在张雷的手慢慢放下时，方子君一步冲过去，抓住了他的手。张雷笑了，眼神明亮。方子君说："你会好起来的。"她故意不去看张雷张开的嘴唇。张雷没觉得失望，因为这是他的奢望，方子君怎么可能那么轻易吻他呢？

　　医生们走进来，围住了张雷。方子君悄悄退了出来。她是真的感觉头晕目眩，无力地坐下了。护士好奇地问："方大夫，你怎么了？你该高兴才对啊！"方子君无力地笑："我是很高兴。"

　　"没想到啊，这个学员真有本事啊！"护士开玩笑地说，"我们医院最漂亮的冷美人，多少优秀军官朝思暮想的梦中情人，居然被这个学员拿下了！"

　　方子君笑了一下，撑着椅子站起来："我要去休息一下。"

　　"方大夫，你没事儿吧？"

　　"我没事，可能太高兴了。"方子君走出去，关上病房的门。她靠在墙上，两张相似的脸交织着。睁开眼睛，泪流满面。她擦擦眼泪，独自走向自己的办公室。

8

　　"准备格斗！"

　　"哈——"何小雨站在排头兵位置，刚刚马步冲拳，嘴巴就张着不动了，似是被定格了一般。军体教员怒吼："何小雨！你干什么呢？！"

　　刘芳芳在何小雨旁边，她顺着何小雨的视线看去，看到不远处停着一辆吉普车，车旁站着一个男学员，她眼睛也一亮。

　　"啊！"何小雨忽然高叫一声，军体教员吓了一跳。接着，何小雨就朝吉普车那边冲了过去。

　　刘晓飞看着她过来，没有动作。经历过生死的他已经沉默多了。何小雨一下子飞到他的身上："啊——"后面半声啊带着哭腔。刘晓飞抱住她，点点头。何小雨扑在他的身上，一口咬住他的肩膀。刘晓飞倒吸冷气："我回来了。"

　　"我知道你回来了！"何小雨抬起头大呼一口气，"再让我咬一口！"

　　"咱不带咬人行不行——"刘晓飞忍着疼又倒吸一口凉气。

　　"何小雨！"军体教员怒吼，"我处分你！"

　　车上下来刘晓飞的队长，他伸手招呼军体教员过来。他的军衔比军体院刚刚毕业的教员要高，所以军体教员不能不过去。队长对军体教员低声说了几句，军体教员看看刘晓飞，点点头："行，我知道了。"他回到队伍前面，对着目瞪口呆的姑娘们喊："看什么看？！继续训练！准备格斗——"

9

林锐坐在草坪上，看着相册发呆。打开的一页，是全班合影。穿着迷彩服、戴着黑色贝雷帽、佩戴狼牙臂章的战士们手持自己的武器，在队旗前面摆成两排，风华正茂。田大牛在最中间，露出两排白牙笑得很开心。

"林锐！"他没什么反应。

"林锐！"张雷又喊了一声。林锐回头，看见张雷在方子君的搀扶下走过来。林锐笑笑，但是没起身，转过头继续看相册。张雷走过来，方子君扶着他坐下。他看着相册，拍拍林锐的肩膀："好兄弟，他在天上会为有你这样的弟兄自豪的。"

林锐的眼泪都流光了，说："不，他不会自豪，因为我还没有做出让他自豪的事情。"

张雷拿出钱包，方子君急忙转开脸，起身看别处。张雷说："这是我哥哥，我亲哥哥。他牺牲在前线，他和你的班长现在在一起。我们都应该为他们自豪，也该为他们能在一起高兴。"林锐看看张雷，笑了一下："是的，他们都是最出色的军人。"

刘晓飞和何小雨拉着手跑进来。刘晓飞喊："张雷，你恢复挺快的啊！上次来你还卧床呢，这回居然来晒太阳了！不错啊！"

"那是！"何小雨抱住方子君，"有我姐姐照顾，能不恢复快吗？"方子君笑笑，没说话。

"嘿嘿。"刘晓飞坐在他们俩跟前，"我说你们哥俩，又干吗呢？"

他看见相册和张雷钱包里的照片，笑容消失了。

"此地别燕丹，壮士发冲冠。昔时人已没，今日水犹寒……"张雷低沉地背诵着，大家都是久久地沉默，张雷缓缓地说："上天将这些战士降生在人间，现在，他们完成了自己的使命。后面的战斗，是我们的。也许在和平年代，我们的牺牲是默默无闻，不为人知，但是这些并不重要。重要的是，战斗就是我们的使命！林锐，打起精神来，我们还在一起。"

"我们一起生死过，你是好样的！"刘晓飞看着林锐说。林锐含泪点点头："我是一班的兵，我们班长说过，一班没孬种！"

"好了，别感慨了！"刘晓飞一拍他们俩，"走吧！我请客，想吃什么，你们说！"

"我想吃一条鲨鱼，你请得起吗？"张雷说。

"好你小子！"刘晓飞倒吸一口凉气，"我就请吃红烧鲤鱼了，你爱吃不吃！"

大家哄笑，方子君扶起张雷，刘晓飞拉起林锐。几个年轻的军人说着笑着，往门外走去。

翌日，林锐就准备归队了。陈勇把吉普车停在停车场，看见林锐被几个人送出来。他高喊："林锐！婆婆妈妈干什么？那点儿小伤了不起了？"

"到——"林锐高喊着提着自己的东西跑过来，"排长，他们，他们硬要送我出来。"

陈勇沉着脸："上车。"

　　"是。"林锐上车。陈勇正要上车，突然看见那几个人当中的方子君，呆住了。方子君发现了他的目光，觉得奇怪。陈勇大步跑过去，立正敬礼，激动不已："方子君同志！"

　　"你是？"方子君诧异地问。陈勇激动地说："狼牙侦察大队，陈勇！"

　　"我认识你吗？"方子君问。陈勇握住她的手："您救了我！我一直想找到您，感谢您！没想到在这里见面了！"方子君努力回忆着，笑了："哦，哦，是你啊？现在还好吧？"

　　"好好！"陈勇笑着说，"我已经提干了，当年如果不是你救了我，我哪儿有今天。"

　　"那你好好干！"方子君的手一直被陈勇握着，不自在地说，"等你立功的喜报！"

　　张雷忍不住笑了。陈勇看他，是个学员："你笑什么？"张雷看看他的手。陈勇意识到自己的失态，急忙松开手。刘晓飞说："陈排长，我们一起执行过任务，你忘记了？"

　　"记得。"陈勇说，"你们认识？"

　　张雷故意示威似的，揽住方子君的肩膀："我是她男朋友。"

　　方子君急忙推他。陈勇惊讶地睁大眼睛，看看他的肩章，又看看方子君："真的？"

　　"还能是假的？"何小雨乐了。陈勇尴尬地笑："方大夫，我一辈子都忘记不了你的救命之恩！欢迎去特种大队玩，我随时恭候！"方子君急忙说："好的，好的，有时间我一定去。"

　　"我先走了！"陈勇敬礼，转身跑回车上，开走了。何小雨问："姐姐，你救过他啊？"

　　"记不清了。"方子君努力回忆半天，"前线我救过上千人，哪儿记得住所有人啊？"

　　"我看他好像对你有意思。"张雷笑道。

　　"张雷！"方子君厉声道，张雷不笑了。方子君说："我提醒你，我虽然是你的女朋友，但我不是你的战利品！你不要随时都要跟别人炫耀！"

　　"我……"张雷急忙解释。方子君转身一插白大褂的兜儿，走了。刘晓飞看看方子君的背影，看看尴尬的张雷："傻了吧？早告诉过你，自己家菜园子有好菜，别拿出来总显摆，自己偷着乐就行了！去追吧！"

　　张雷急忙追上去。何小雨看着方子君的背影："我总觉得不对劲。"

　　"怎么不对劲？"刘晓飞问。

　　"不知道。"何小雨想着，"有哪儿不太对劲，但我想不出来。"

　　车上，陈勇坐在副驾驶座位上，他的脑子又响起连天的枪炮声。

　　野战医院。一辆吉普车径直冲到帐篷前，两个佩戴狼牙臂章的侦察兵下车，抬下奄奄一息的陈勇。大夫和护士们围上来，将他抬上手术台。

　　"血压！"大夫高喊，方子君麻利回答血压指数。

　　"腹部中弹，穿透胃部！"大夫喊，"立即手术！"

　　手术后的陈勇躺在病床上，方子君给他喂饭。陈勇看着美丽纯洁如同天仙的方子君，眼中含泪："谢谢你，救了我。"

　　方子君笑着说："老实吃饭，这里是医院，不救你还能害你啊？"陈勇点头，吃饭。

　　"医生！医生！救人啊！"伞兵部队的飞鹰侦察队员冲进帐篷，"救人啊！他肠子出来了！"

方子君把碗放在陈勇身边："我去工作，你自己先吃！"转身就冲向手术室。

几辆吉普车接踵而至，更多的伤员被送过来。陈勇眼巴巴看着方子君的背影消失在人群中……

陈勇长出一口气："那饭，是我吃过最香的。"

"排长，你说什么？"林锐不明白。陈勇没好气地说："没事，说你就是个吃货。"

林锐不说话了。陈勇靠在座位上出神。

10

林锐和乌云的军功章是在大队部授予的，没有举行什么公开的仪式。耿辉念了颁布军功章的命令，然后把二等功军功章别在两个上等兵的前胸。耿辉说："希望你们再接再厉，秉承烈士遗志，牢记光荣传统，再造辉煌！"林锐和乌云举手敬礼，表情神圣。

"田大牛的立功报告也批下来了，根据烈士遗嘱，这枚军功章将放在大队的荣誉室。"耿辉拿出一个红色的小盒子，打开，是一枚一等功军功章。"这是他的第四枚军功章，也是第一枚一等功军功章。大队党委经上报总参B部和军区情报部、军区直工部批准后决定，授予特战一连一排一班'特战尖刀班'荣誉称号。田大牛同志的追悼会不能公开举行，但是你们一班可以全员参加。回去准备一下吧，他的父母可能明后天就过来。"

林锐的眼泪在打转。耿辉掏出一副下士肩章，递给林锐："这个是你的。"林锐纳闷儿地看着下士肩章。耿辉看着林锐的眼睛着重说："'特战尖刀班'是我大队第一个被授予英雄称号的光荣集体，为了保持烈士生前班的光荣传统，按照田大牛同志遗嘱请求——林锐，你现在开始就是'特战尖刀班'第二任班长！一连党委递交了报告，大队常委研究后决定提前晋升你的军衔。珍惜荣誉，不辱使命！""班长……"林锐又想起了田大牛，哭出声来。乌云也在抹泪。

"擦干眼泪。"耿辉亲手给林锐摘下上等兵军衔，戴上陆军下士军衔，扣好扣子。

"你现在是班长了，不要忘记你的班长是怎么带兵的！"林锐忍着眼泪，敬礼。

"特战尖刀班"的旗帜在风中猎猎飘舞。一班的全体战士站在观礼台前面，何志军亲手授予林锐这面鲜血染红的旗帜。林锐敬礼，转身面向全班战士："敬礼——"唰——班战士动作整齐划一。"礼毕——"唰——班战士军姿如同雕像纹丝不动，后面数百弟兄也是纹丝不动。陆军下士林锐手持这面旗帜，看着全班弟兄嘴唇翕动着："中国人民解放军狼牙特种大队二中队特勤连'特战尖刀班'全员到齐！现在开始点名！乌云！"

"到！"……等全班喊完了，林锐的嘴唇翕动着，泪花在闪动。大家都看着他，等待着。林锐用尽平生最大的力气高喊："一班班长，田大牛——"

"到——"全大队弟兄们立正高喊。声音在群山之间回响，林锐再也忍不住自己的眼泪，流了下来。

"同志们！"林锐颤抖着声音，"……我们的班长，永远没有离开我们！永远没有！"

战士们的眼泪都流了下来，乌云咬着嘴唇，但哭声还是出来了。林锐举起"特战尖刀班"的旗帜高喊："我们的班长，永远和我们在一起！战友战友亲如兄弟——预备——唱！"于是歌声响起来，声音带着压抑不住的哭腔："战友战友，亲如兄弟，革命把我们召唤在一起。你来自边疆我来自内地，我们都是人民的子弟。战友战友，这亲切的称呼，这崇高的友谊，把我们团结成钢铁集体，钢铁集体！"全大队弟兄们跟着一起唱起来，歌声逐渐高昂，哭腔消失了，带着一股热血男儿的豪迈，气壮山河，杀气凛然。

11

张雷快跑几步，一个利落的手撑侧跟斗，起来以后又接着一个前空翻。这一串动作看得军区总院来来往往的人目瞪口呆，方子君脸上则露出欣慰的笑容。张雷在草坪上跳起来，又是一个凌空边踢，动作干净利索。落地以后只是额头微微出汗，他孩子一样笑了："怎么样，我可以出院了吧？"主治医生微笑着说："像个皮猴儿一样，批准你出院了。"

"太好了，可把我憋坏了！"张雷跑过来，"天天这不许动，那不许动，这样的日子我可过够了！"他说着调皮地看方子君。方子君没搭理他。主治医生眨巴眨巴眼睛："你啊！没有我们小方悉心照顾，你能好得这么快？管你是看得起你！"张雷嘿嘿笑。

"好了，我回去值班了。"主治医生摆摆手，回楼了。张雷对着方子君笑："真的，感谢你。"

"这是我应该的。"方子君笑笑。张雷真诚地说："今天，我请你吃饭。"

"哟，这么正式啊？不像你啊！"

"该正式的时候就得正式。走！"

"老兵的阵地"酒家是一个 1984 年上过前线的老步兵战士开的，他本来是中央戏剧学院的舞台美术系学生，后来投笔从戎，回来后又接着上学。毕业回省城做了省电视台美工，现在已经是一把刷子了，钱也有了几个，所以开了这个酒家，刚刚开业没几天。

方子君被张雷带到这里就蒙了，与其说这里是一个酒家，倒不如说这里是一个阵地。舞美出身的老板果然审美造诣不一般，把这个酒家设在一个防空洞里面。门口是沙袋和铁丝网，穿着迷彩短裙的女服务员虽然笑容可掬，但是一转到被伪装网挂着的大门里，方子君就不行了。一张当年特别流行的海报，一个戴着钢盔的小战士的脸，美术字是"妈妈，祖国需要我"。再进去，里面是一个照壁。照壁上都是当年的新闻照片、战地自拍和各种纪念品。幽暗的光线下，逝去的岁月扑面而来，那"当代最可爱的人"的搪瓷白茶缸、子弹壳做成的和平鸽、残缺的炮弹片，一个一个都在召唤着那段战斗的青春，火热的青春。空间里回荡的音乐也是当年阵地的流行音乐，《血染的风采》如泣如诉。转过照壁，就进入阵地了。一个塑像立在布置成地下指挥部的餐厅中央。塑像雕刻得很粗糙，但充满力量，是一个戴着钢盔、光着脊梁、穿短裤的战士，消瘦的身躯都是腱子肉，脖子上的绳子系着光荣弹，虎视眈眈，左手撑地，右手提着一把 56 冲锋枪，是一个出击的姿势。塑像下面的金属牌子上写着——"兵魂"。

方子君站在塑像面前呆了半天。张雷说："老板自己创作的，一个香港老板出 20 万人民币，他不卖。"方子君点点头。

　　"张雷！"一个穿着没带红领章老军装的长发男人喊。

　　"王哥！"张雷招手。长发男人走过来："今天来了？"

　　"这是老板，王大哥。"张雷笑着说，"这是我女朋友，方子君。你今天在啊？"

　　王哥点点头："我下班没事就过来了，一会来几个外地的战友——坐哪儿，你自己选。"

　　"你们认识啊？"方子君问。王哥揽住张雷的肩膀："张雷，好小兄弟！我们前两个礼拜刚刚认识的！没说的，你哥哥就是我兄弟！你就是我的小兄弟！我听他提起过你，86 年上去的小妹妹，都别见外，这就是咱部队！咱家！"

　　"你跑出来喝酒了？"方子君皱眉。张雷笑笑："医院附近开了这么个地方，我怎么可能没情报呢？"

　　"挑地方吧。"

　　"两地书吧。"

　　"OK。"王哥点点头，招手过来一个服务员，"招待好了，两地书。"

　　方子君跟在张雷身后，穿过这个地下指挥部，犹如穿越一条时光隧道。伪装网、破旧满是硝烟的军装、打烂的猫耳洞纹丝钢、扭曲的工兵锹、老电台……还有空间回荡的音乐，一切都在把那场沉默的战争唤醒。把方子君记忆当中的战争唤醒。转到里面的防空洞过道，两边是雅间，也就是防空洞的房间。房间都有自己的名字，"八姐妹救护队"、"无名高地"、"侦察兵之家"……突然，方子君停住了，她看见靠里面有个熟悉的标志。

　　是的，没错——飞鹰臂章——放大手绘在油画画板上的飞鹰臂章。

　　张雷也停住了，低着头没说话。方子君大步走上去，看见这个房间叫"飞鹰侦察队"。她回头："是你给他出的主意？"

　　张雷点头，肃穆地说："我没想到他布置得这么快——虽然他们的任务现在还涉密，但是我想让人们记住他们。"

　　"为什么不带我来这里？"

　　"我怕你伤心。"张雷坦诚地说。方子君坚决地说："我就在这里。"

　　于是他们走入"飞鹰侦察队"。扑面而来的还是一张巨大的油画，粗糙的笔触看出作画者内心的激动。画的是飞鹰侦察队全体队员合影，虽然是从照片临摹来的，但是显然作画者融入了自己的创作激情，身穿迷彩服的战士们的手关节被放大，紧紧握着自己的钢枪，脸部庄严肃穆，略略变形，夸张了战士的淳朴和刚毅。方子君在画上那些熟悉的脸上仔细地找，其实她不用找就知道他在什么位置——是的，是他。年轻的脸上傲气十足，黑白分明的眼睛寒光迸射，线条明朗的嘴唇和英气勃发的鼻子，都是那么的熟悉……方子君的手轻轻地在他的脸上抚摩着。作画者是个艺术造诣非常高的人，不仅准确捕抓了他的形，还敏锐感觉到了他的神。方子君的眼泪在眼眶里打转。

　　"你知不知道，我有多想你……"方子君的嗓音哽咽着。张雷摘下军帽，低下头，不知道该说什么。方子君转过身，脸上泪花盈盈。

整个房间都是飞鹰侦察队的合影和个人照片，一张白纸上写着庄重的黑色宋体字：中国人民解放军空军空降军"飞鹰"侦察队，组建于 1986 年，在前线轮战一年，执行大小任务 50 多次，1987 年回防军部后解散。其中，涌现出来一等功臣 4 人，二等功臣 15 人，战斗英雄张云 1 人……

席间，方子君一杯接一杯喝酒。烛光下，她美丽的脸上泪流不止。菜居然也是当年的罐头和炊事班特色的小炒，酒是当年前线壮行的高度茅台，甚至装酒的都是印着"当代最可爱的人"的搪瓷缸子，但她还是一缸子接一缸子的喝，张雷劝都劝不住。张雷也喝了不少，两人高唱《血染的风采》，高唱《两地书，母子情》，高唱《十五的月亮》，高唱一切能想到的这场沉默的战争的歌曲。两个人都醉了。方子君趴在桌子上哇哇大哭，依旧拼命地喝酒。一直喝到王哥进来："不行了，再喝要出事了。张雷，你还清醒不清醒？"

"到！"张雷歪歪扭扭站起来，还要敬礼，"我，没事！"

"就喝了点儿猫尿，瞧你这个熊样子！隔壁满屋子都是 84 年上去的老兵，你让老大哥们儿看笑话是不是？"

"不，不是！我，我去敬老大哥……"张雷拿着搪瓷茶缸就要过去，脚下一软，差点儿倒了。王哥苦笑："行了，行了。赶紧滚回去睡觉！"

"结，结账！"张雷就在身上摸。

"回头我去陆院找战友或者你再来再说吧。"王哥拉住他，招呼另外一个女服务员扶起方子君，"走，出去，我给你们找辆车！"出来被风一吹，张雷的酒稍微清醒了点儿，赶紧道歉："对不住！对不住！今天喝多了……"

"赶紧送你对象回去，路上别和人打架。"王哥把他推上出租车，对司机说："军区总院，路上开稳点儿。"

方子君喝醉了，酒还没醒，张雷一上车，她就靠过来抱住了他的脖子，喃喃地也不知道在说什么。张雷就抱住她，他们拥抱过，也接过吻，但总让张雷感觉冷冰冰的，像这样紧抱在一起还是第一次。

车开到总院干部宿舍，张雷扶着方子君下来，她酒还没醒。张雷几乎是把方子君抱回宿舍的，而方子君真是紧紧抱着他的脖子不松手："你别离开我，别离开我……"

张雷开灯把方子君放在床上，但是方子君死活也不松手："别，你别离开我……"

"子君，你喝多了。"张雷柔声说，解开方子君的胳膊，起身关上灯，转身往门口走。方子君微微睁开醉眼，看到一个熟悉的背影。而这个穿着军装上衣的背影在开门要出去。"啊——"方子君惨叫一声，这一声太凄厉太悲惨了，让张雷一下子汗毛都竖起来了。方子君从床上弹起来，直接扑过去，抱住这个熟悉的背影大哭："啊！你不要走！你不要走！"

张雷急忙转身："我不走，我不走！你先睡觉，睡觉！"

方子君不管不顾抱住这个熟悉的身躯，捧着他熟悉的下巴，泪花盈盈地看着他那双熟悉的傲气十足的眼睛。良久，她疯狂地吻住他的嘴唇，狠命地咬，狠命地亲，舌头在他的牙齿间探索着。几乎是在一瞬间，方子君的女性温柔被唤醒了，她的吻不再那么冷冰冰，而是热辣辣的。她喃喃地说："你不要走，你不要走……"

被唤起激情的张雷紧紧抱住方子君，吻着她："我不走！我哪儿也不去！"方子君柔弱的身躯瘫在张雷的怀里，张雷用他有力的双手一下子撕开她的上衣。方子君软软倒在床上，张雷扑到方子君怀里……

月光下的方子君和女神一样冰清玉洁。张雷俯下身去，和自己的爱人拥抱在一起。方子君拥抱的，也是自己的爱人。她哭着、笑着、叫着、喊着，幸福的红晕少见地出现在她的脸上。在洪水崩破大堤的瞬间，方子君高喊着，抽搐一样高喊着："你知道不知道，我，多么想你……"

12

阳光透过窗帘洒进来，张雷微微睁开眼睛，闻到一股清新的芬芳。他忽然警醒过来，发现自己盖着粉色的被子，脑子瞬间变大了。他急忙坐起身，发现自己全身赤裸，再一看，是在方子君的房间，马上意识到发生了什么。屋子里没有人，他的军装和内衣叠得整齐，放在枕头边上。他立即穿衣服，刚刚套上那件印着"中国空降兵"字样的 T 恤就发现桌子上放着一封信。他急忙冲过去，拿起那封信，信没封，上面写着"张雷亲启"。打开信封，叠得很仔细的一只纸鹤无声地滑落在他的手上。张雷的脑袋嗡嗡响，手哆嗦着打开信，是方子君娟秀的字体。

张雷：

我不知道该如何面对你，只好给你写信了。

你是一个优秀的男人，一个优秀的军人，一个值得很多好女孩儿去爱的热血儿郎。我以为我可以爱你，我以为我可以战胜很多也许不该在我们之间的障碍去爱你，但是……我错了。

你没错，错的是我方子君。我不该尝试着去爱你，因为我们之间的障碍其实是不可能战胜的。因为，我已经没有爱情了。我的爱情，都给了一个叫张云的男人，你的哥哥。

我是一个革命军人，我并不是在乎那些封建的束缚，因为那在我看来是很可笑的事情。

我的爱都给了他，给了那只不会再飞回来的飞鹰。我不可能再去尝试爱一个什么男人，无论他多么优秀，多么出色，都不可能再占领我的心。所以，不是你的错，是我的错。

我的错，就在于没有认识到这一点。我答应做你的女朋友，是出于一种冲动，或者说是一种女性天生的献身精神。当你处在危险当中，天生柔弱的我会答应你的一切要求，合理的或者无理的。在前线的时候，这样的例子很多，我的很多姐妹都把自己的感动当作爱情，将自己献身给即将走上战场和死神搏斗的战士。

是的，我不否认他们是真正的勇士，但那不是爱情，那只是一种感动。一种女性天生的献身精神，牺牲精神。一种因为感动，而自愿去献出一切的精神。所以，我并不爱你，我只是被你感动。被你在和死神搏斗感动。

还有另外一点是我一直不敢提及的，就是你太像你哥哥了。在某种程度上，因为对他的思念，让我将这种感情移植到了你身上，于是这种感动就掺杂了复杂的因素。

但是，你就是你——张雷——你不是任何人。你是个优秀的男人，不应该成为一个替代品。去吧，去寻找你真正的爱情，属于你的爱情。我不属于你，我也不属于那只飞鹰了，因为我背叛了他。

我因为自己的柔弱，把自己摆上了灵魂的祭坛。也许，我的后半生要在一种忏悔中度过，终老一生。但是，这是我应该得到的惩罚。

我们不要再见面了，见面只会让我们尴尬，也会让我的灵魂再次受到鞭挞。

由于我的柔弱，我失去了守护那只飞鹰的资格。也失去了成为你的姐姐的资格，张雷。

方子君

张雷放下信，脸上说不出是什么表情。

刘晓飞和何小雨站在主楼门口，看见张雷穿着军装提着自己的东西从里面出来，面色阴郁，都感到很奇怪。

"哎，子君呢？"刘晓飞脱口而出。何小雨一拉他，刘晓飞看她一眼很奇怪。

"吵架了？"刘晓飞关切地问。张雷不多说话，只是淡淡两个字："走吧。"

刘晓飞还想问，何小雨急了："我说你哪儿那么多问题啊？你改名十万个为什么得了！"刘晓飞被噎住了，还想说话，张雷开口了："你们别吵，我和子君分手了。"

"分手了？为什么？！"刘晓飞很震惊。张雷看着他的眼睛，许久，低下头。何小雨拉住刘晓飞："走走！回你们陆院去！你真给练成头脑简单四肢发达了？！"

刘晓飞最怕何小雨，就不敢说话了。三人走出门口。张雷突然回头，去看那幢主楼。他看见那间办公室的窗帘一下子拉上了。他的喉结蠕动着。

"我不是张云，我是张雷。"他一字一句地说，目光变得坚定，"总有一天，你会知道的！"

第八章

---⭐---

1

　　林锐穿着常服扎着武装带，与一群班长们跨立站在操场上，大檐帽下的脸上没有表情，眼睛射着寒光。1992 年冬天，又是几辆解放卡车开进了特种侦察大队的操场。穿着冬训服的新兵们提着自己的东西下了车，对这个陌生的地方好奇地东张西望。林锐和那些班长们一样用那种军队特有的喊番号喊出来的嘶哑嗓子高喊着，一直到这些跟窝冬鹌鹑一样的新兵在他的面前站成一排。林锐眯缝着眼睛，仰起下巴："都给我听好了，我只说一次！我叫林锐，是你们的班长！从今天开始，你们不是老百姓了，是军人！我不管你们在家个什么德行，这里是部队！是龙，你得给我盘着！是虎，你得给我卧着！"

　　新兵们瞪着眼睛看他。林锐跨立在他们面前，还是那么冷峻地看着他们稚嫩的脸："知道我们是什么部队吗？！"

　　新兵们互相看看，一个新兵就说："特种部队！"

　　"对，特种部队！"林锐厉声说，"但是你下次要注意先喊报告班长！——知道什么是特种部队吗？"

　　"抓舌头，搞破坏！"又一个新兵喊。

　　"喊报告了吗？"林锐的声音不大却很凌厉。

　　"我……"那个新兵害怕地瞪大眼睛，"我，我脑子笨……"

　　"20 个俯卧撑！现在开始！"林锐说。

　　"是，班长。"新兵回答却不动。

　　"为什么不做？"

　　"报告班长，啥是俯卧撑？"新兵不好意思地问。林锐恨不得踢他一脚，但还是一个前倒，给他做了两个示范："就是这个，做！自己数数！"

　　"是，班长！"那个兵显然来自农村，很朴实，趴地上就做："1、2、3……"

　　"特种部队，就是特别能吃苦、特别能战斗的部队，是执行特殊任务的尖刀部队！"林锐继续说，"特种部队是什么铸造的？！是钢铁的精神！是不怕死的精神！是闪电，是利剑，是敌人噩梦一样的影子！"

"报告班长，做完了！"那个兵站起来满脸红光兴奋地说。林锐问："累不累？"

"不累！"那个兵居然很高兴，"比在家种地轻松多了。"

"再来 50 个！"林锐说。

"是，班长！"他又趴下要做。

"你叫什么名字？"林锐觉得好笑。

"……5、6……田大牛！ 9、10……"那个兵做得很兴奋。

"你，你再说一遍？"林锐一惊。

"田大牛！"

"起立！"林锐喊。这个兵起来，满脸红光，头顶冒白气。林锐走到他面前，仔细看他，这个兵嘿嘿直笑。林锐的声音在颤抖："你怎么叫田大牛？！"

"我娘给我起的，说我家缺劳力，我要壮得像头牛！"这个兵还是嘿嘿笑着。

"你为什么叫田大牛？！"林锐翕动嘴唇。那个兵很纳闷儿："班长，这是我娘起的……"

"今天开始，你改名！"林锐高喊。那个兵很意外："班长，为啥啊？"

"《三大纪律八项注意》第一条——一切行动听指挥！"林锐喊，"别问为什么，执行命令！"

"是！班长，我改名！"那个兵喊完了，"我改啥啊？"

"田小牛！"林锐高喊。

"是！田小牛！"那个兵只能答应，"班长，我能继续做'俯卧撑'了吧？"他说"俯卧撑"三个字很奇怪，显然还不熟悉。

"做吧。"林锐的声音缓和下来，看着田小牛俯下身子做俯卧撑，眼神很奇怪，"改 20 个。"

"是，20！"田小牛喊着，做着。

林锐压住自己的情绪："特种部队的荣誉，是烈士的鲜血铸造的！在战争时期，我们就是战区司令部首长手中的尖刀，要捅向敌人的心脏！在和平年代，我们就是人民共和国的一道看不见的钢铁长城，要去完成各种急重险难任务！我们——是光荣的特种兵！"

操场上都是新兵和班长们嘶哑的吼声。

2

"下一个科目——81-1 自动步枪速射，表演开始！"女解说员的声音从喇叭里响起，英文同声翻译也传出来。

"预备——"指挥员举起红旗。趴在地上穿着迷彩服戴着钢盔的张雷，右手持枪，左手扶地，对着前方的谷地虎视眈眈。

"开始！"红旗唰地落下。张雷一下子弹出去，如同一个迷彩色的影子一样，冲过面前 10 米的开阔地。在突然的一瞬间，谷地 100 米处弹起一排钢板靶。张雷唰地滑出去，卧姿射击。当当当当当！ 5 枪，5 个钢板靶应声落地。

"……自动步枪速射，是人民解放军侦察兵的一项基本技能。陆军学院侦察系对学员提高了要求——在一分半钟内，要完成两个弹匣60发子弹的射击，并且要求命中率在80%以上……"

左侧又挑出两个靶子，张雷跪姿射击，两个靶子应声落地。不时跳出的不同位置的靶子都被张雷准确击倒。张雷变换着各自射击姿势，通过面前100米的开阔地，枪在手中，犹如和他成为一体。灵活的军事动作让观众们看得眼花缭乱，掌声在观礼台响起。一个弹匣打完后，张雷的左手已经从胸前的弹匣袋拔出第二个弹匣，用备用弹匣直接撬掉打空的弹匣，在不到一秒的时间完成了上膛准备。枪声再次响起，名目繁多的各种靶子都是应声落地。

观礼台上的各国武官们不由得都站起来，掌声雷动。张雷立姿射击，前方50米处弹起的一排钢板靶准确地全部倒下。钢板靶落下，弹出"WELCOME"这排英文字母组成的"欢迎"将表演推向高潮。

"停——"张雷立定，在原地验枪，然后唰地利落甩在后面，背着自动步枪纹丝不动。

身着各国军装的各国武官们都走下观礼台，围住了还在喘气的张雷。张雷眼神都不带动的，脸上的汗珠淌下来，呼吸均匀。记者们围着现场拍个不停，闪光灯频起。

"非常好！"一个武官用英文说，"你是我见过的最出色的军人！"

"谢谢，先生。"张雷用英文回答，"我不过是中国人民解放军的一个普通学员。"

"你的军事技能令人感叹，愿意去我们国家担任教官吗？"另外一个武官问。

"我是中国士兵，我苦练军事技能是为了保卫我的祖国。"张雷说，"我个人没有兴趣去训练外军，当然如果组织派遣我，我会去，那是服从命令。"

"像你这样优秀的军人，你们军队给了你很高待遇吗？"那个武官问。

"先生，"张雷看着他回答，"这和待遇无关。我是中华民族的儿女，世世代代生活在这片土地上。祖国养育了我，我从军报效祖国，是为了尽我作为一个中华儿女的义务。"

那个武官点点头，伸出大拇指："好！非常好！中国陆军有你这样的军人会很骄傲！"

"我为我是中国陆军的一员而骄傲！"张雷回答。

"这是什么？"另外一个武官好奇地指着张雷胸前的伞徽。

"中国人民解放军空降兵跳伞资格徽章。"张雷回答。

"你是伞兵？"

"上学以前是伞兵。"张雷说。那个武官兴奋地指着自己胸前："了不起，我也是伞兵！伞兵是真正的男人！你的这个徽章卖给我如何？"

"军人的荣誉，非卖品！"张雷不卑不亢地说。

"我出100美元！"

"对不起，先生。"

"1000美元！"——张雷看着他："你出再多的钱，也不可能买到一个军人的荣誉！"

那个武官张大嘴想了半天，笑了："战士，你是一个真正的战士！我敬佩真正的战士！"他摘下自己的伞兵徽章，别在张雷胸前："这个作为礼物送给你，希望你会喜欢。"

张雷想想，看着武官给自己别上他的伞徽，敬礼："先生，我也有一件礼物送给你！"

武官好奇地看着他。张雷摘下自己的伞徽，别在武官的胸前："我不能出卖我军人的荣誉，但是可以作为对一个老伞兵的敬重，送给你！"

闪光灯闪成一片。武官乐得嘴都合不上了，抓住张雷的手："谢谢！谢谢！"

张雷淡淡一笑，站好。

刘芳芳拿着军报，头版下方的照片是各国武官去陆院参观时的新闻照——张雷在和一个武官握手，旁边的武官们看着他都是笑容满面，有的还伸出了大拇指。刘芳芳高喊着去水房找何小雨。

"你看，你看，你看军报上的这个人是不是上次那个张雷？"刘芳芳问。何小雨说："就他啊？还上军报？我还是去洗衣服吧。"但刘芳芳硬拉着她看，何小雨随便看了一眼，眼睛就睁大了："哟！还真是哎，这家伙不得了啊！上军报了？！"

"我说得没错吧？"刘芳芳扬扬得意，"就是张雷！"

"是就是呗！你得意什么啊？"何小雨白了她一眼。刘芳芳脸一红："你管我呢！我乐意！"何小雨问："我说，你是不是看上他了？"

"说什么呢！我爸爸说了，我没毕业不许谈恋爱！"刘芳芳红着脸说。

"那就当我没说，我洗衣服去了。"何小雨进了水房继续洗衣服。但刘芳芳还一直站在她身边，一会儿又吞吞吐吐地问："小雨，我……我想问问你，你和张雷是不是很熟？"

"熟啊，我兄弟！"何小雨说。刘芳芳鼓足勇气问："那，他有没有女朋友？"

"这个啊……"何小雨卖起关子，刘芳芳着急地问："快点儿说啊。"

"有——"何小雨拖长声音。刘芳芳脸都绿了："啊？"

"过！"何小雨这才说完。刘芳芳就打她："你，你吓死我了！那你给我说说这个张雷，他，他怎么样啊？"何小雨想想："张雷？伞兵油子、军人世家、军事素质过硬、调皮捣蛋、喜欢跑军医院认识女兵，还有……就是一个花心大萝卜！"

"啊？！"刘芳芳张大嘴。何小雨扑哧笑了："好了，不逗你了。他啊，人还不错，对感情挺执着的，刚刚和女朋友分手，应该说现在还在痛苦时期，你这时候出现，可能有戏！"

"说什么呢。"刘芳芳低声说。何小雨说："但我提醒你啊，他眼光可高了！"

刘芳芳紧张起来："小雨，你说他能看上我吗？"何小雨笑出声来："暴露目标了吧？还跟那儿装！"刘芳芳红着脸："你，你，我恨死你了！"

"我说不好，不过我们刘芳芳也不错啊！"何小雨说，"也是咱们军医大学一朵花啊！"

两个人正在闹，集合的哨子响了。两人连忙跑了出去。

3

林锐蹲在一排武器跟前，正对着穿着冬训服和大头鞋的新兵说话。新兵们都睁大了眼睛，傻傻地看着面前的一排五花八门的武器。田小牛激动地喊："报告班长！我们啥时候能打枪啊？"林锐站起身，看着他："你打过枪吗？"

"报告班长！没有！"田小牛说，"但是我从小时候就开始打弹弓，一直打到现在，我们村就数我弹弓打得准！"新兵们一阵哄笑。

"笑啥啊？许海峰不也是打弹弓打出来的吗？"田小牛看新兵们。

"你还知道许海峰，不简单啊！到时候有的是让你们打的，打到你烦！"林锐顺手抄起一把81-1自动步枪，"这是国产81-1自动步枪，口径7.62毫米，弹匣容量30发，和下面的81-1班用轻机枪是一个枪族，大部分零件可以互换。"田小牛贪婪地看着，眼睛直放光。林锐又拿起一把带瞄准镜的大枪："国产85狙击步枪，口径7.62毫米！是单兵远程杀伤武器，射程可以达到1000米左右。因为狙击步枪具有远程杀伤性能，而且隐蔽性好，所以狙击手又被称为——'刺客'！"他看着恨不得把狙击步枪吃掉的田小牛，笑道："田小牛！"

"到！"田小牛急忙站直。林锐把枪扔给他："体会一下！"田小牛伸手抱住，激动不已："哎呀妈呀！当初我们村打麻雀要是有它，那可不得了啊！"新兵们又是哄笑。林锐恨不得给他一拳："打麻雀？你有点儿出息没？！这个玩意儿打麻雀，麻雀都成肉片了！"他一把将枪抢过来，田小牛傻傻看着被抢走的狙击步枪，很有点儿意犹未尽的感觉。

"国产85微声冲锋枪……"林锐继续介绍。田小牛还是看着狙击步枪，咽唾沫。旁边的唐山新兵董强问："看啥啊？""看枪，我就喜欢那个枪。"田小牛痴痴地说。来自城市的董强就笑："那叫狙击步枪！"

"对，对，狙击步枪！"田小牛说，眼神还是盯着狙击步枪。

"你这样的土包子也能当特种兵？"董强笑着说，"猪都能上树！你还是打麻雀去吧！"

"咋？！"田小牛一瞪眼，"是骡子是马，牵出来遛遛！土咋了？庄稼还得大粪养呢！"

"田小牛！董强！"林锐站起来厉声喝道，"你们两个在干什么呢？"两人急忙立正。

"100个俯卧撑！"林锐说。两人开始做俯卧撑。

乌云带着自己班的新兵跑步过来，唱着《特种兵之歌》："夜色当中，我们是一把利剑；黑暗当中，我们是一道闪电……"

"立——定！"乌云高喊。队伍站住了。乌云用利索的口令让他们在武器前站好："站好了！都给我看着点儿！——林锐，蹭你个光，要不下午我还得去提武器，麻烦得要死！"

林锐点点头："我们差不多完了，你讲吧。"

乌云的带兵方法和林锐完全不同，嘿嘿笑着看自己班的弟兄们："说，你们想学啥？"

"报告班长！就那个！"一个新兵一指狙击步枪。

"对！班长就讲那个！""那个大枪！""狙击步枪！"……

"你们还真找对人了。"林锐说，"你们班长，就是真正的狙击手。"

乌云蹲下，一把提起狙击步枪："看好了啊！给你们变个戏法儿！"三下两下，步枪变成零件。新兵们都看呆了。"再给你们变回来啊。"乌云又给装好，新兵们鼓掌。

"球！"乌云说，"这算个球！林班长十八般武艺样样精通，这都跟玩儿似的。"

"林班长表演一个！"一个新兵喊。新兵们鼓掌。乌云看林锐："咋办？"

林锐笑笑："把我眼睛蒙上。"

田小牛拿出手绢将林锐的眼睛蒙上，小声问："班长，留个缝儿不？"

"浑蛋！"林锐骂。田小牛急忙给他蒙好。乌云检查了一遍："好，我拆啊！"

林锐点头。乌云蹲下，在油布上把81枪族、85狙击步枪、85微声冲锋枪、54手枪全都拆成了零件，起身高喊："好！"林锐蹲下，在面前摸索着零件，手上动作很快。没几分钟，就把所有的武器都装好了。林锐起立摘下手绢："完成！"乌云挨个儿拉开枪栓试射一下空枪，高喊："全部装好！"新兵们疯了一样鼓掌："林班长！太棒了！"

田小牛最激动，看林锐像看天神一样："哎呀妈呀！这得练多少年啊！"

林锐把手绢扔给他："只要你们用心，一个月全都能做到！"新兵们激动地互相议论。

"立定！带开继续训练！"林锐高喊。

"唱首歌！夜色当中，我们是一把利剑——预备——起！"乌云高喊。

"……擒拿格斗跳伞潜水我们样样精通！射击爆破攀登侦察我们什么都行！嘿嘿，我们是中国特种兵……"这一次新兵都跟疯了一样，唱得地动山摇。

4

"战士们的士气不错。"耿辉看着训练场，"林锐现在居然会带兵了。"

"是啊。"何志军在双杠上做练习，一把年纪做得还不错，"毛孩子们都长大了，我们这帮家伙也得赶紧给他们找到用武之地啊！"

"你还在惦记那个事儿啊？"耿辉笑了。何志军从双杠上下来，小李递给他毛巾，他擦着汗："在特战一连搞个试验分队，集中人力、物力、财力进行局部战争情况下新战法的研究，形成教案在全大队推广，如果条件合适，还可以在全军特种部队推广——有什么不好？我就想不明白为什么经费就批不下来！"

"上级也有上级的考虑，我们的报告没有通过，还是再等等看。"耿辉说。

"等？！你可以等，我可以等——战争能等吗？！"何志军急了，"敌人能等吗？！如果战争明天来临，你耿辉敢不敢拍着胸脯说我们做好了准备？！你敢，我不敢！当代战争的战例已经证明，特种部队的科技含量越来越高，我们还是老一套，依靠战士的勇敢当敢死队？！对，我们不怕死——但是我们的死有价值吗？！能影响战争的胜利吗？！"

耿辉苦笑："你跟我发火有什么用，我又不管经费。"何志军噎了一下："对，我不该跟你发火。我是军阀作风，我道歉，但是问题总要解决吧？我们的科技练兵总得进行啊！你不也老说，一支不能掌握高科技战争的部队不能迎接未来战争的挑战吗？"

"我再去磨牙吧。"耿辉说，"没办法，这些事情总得解决，发火解决不了问题。"

"对，我有个想法跟你研究研究。"何志军挥挥手，小李走远了。何志军低声说了几句，耿辉就急了："你这是克扣军饷！不行，不行，这事儿捅出来，你我全都完蛋了！"

"我这不和你研究吗？上级也没说不批啊，只是说时间——等时间到了，我们把伙食费补回去不就得了？"何志军说。耿辉着急地说："我说何大队长！你知道这是什么问题？

这是经济问题！是要犯错误的！"

"我说你这个人怎么这么死较真儿啊？最早承包到户的时候，不也是瞒着上面吗？实践怎么证明的？中央不是还包产到户了吗？作为一个革命军人，思想要有前瞻！要看见未来的战争而不是自己的乌纱帽！"何志军说。

"这个事情，我不能同意！"耿辉说，"这是原则，不能让步！"

"你说了不算！"何志军急了，"常委会，投票表决一下！"

"常委说了也不算！"耿辉说，"这涉及全大队官兵的切身利益！"

"那就全大队开会，我来发言！让全大队官兵说了算！出了问题，我一个人承担！"何志军说。耿辉说："如果全大队官兵都不同意呢？"

"那就扣我何志军一个人的伙食费！"何志军高喊。

当天下午就召开了全大队大会，何志军站在观礼台上对自己的部下喊道："同志们！"唰——都立正。何志军敬礼："稍息。"

"临时召集大会，是有一个迫在眉睫的事情需要解决。"何志军的声音洪亮，"我想和大家商量一下，这个月开始，伙食费减半。"底下议论纷纷。

"事情是这样的，为了未来特种作战需要，我们大队需要在第一没有现成教材、第二没有一手资料的情况下，进行特种作战战法研究。"何志军说，"我向总部和军区都打了报告，但是由于各种原因，经费不能到位。但是战争不等我们啊！同志们！如果明天战争来临，我们都要第一批冲上战场，去敌后出生入死，但是我们做好准备了吗？——没有！"下面鸦雀无声。何志军大声说："敌人是什么？敌人是纸老虎，对！但敌人是武装到牙齿的纸老虎，是第一流现代化武器装备起来的纸老虎！敌人的特种部队，有半个世纪的历史，我们呢？——一年！敌人会因为我们刚刚组建只有一年而发慈悲吗？不会！他们一样会跟我们作战！会跟我们玩儿命！会跟我们刺刀见红！我们依靠老一套战法，能打赢现代战争吗？——不能！我们是什么？是特种部队！是为了战争而组建的！如果我们打不赢明天的战争，历史会把我们全体钉在民族的耻辱柱上！我们就是鸦片战争中的清军！就是抗日战争中的东北军、中央军！我们不配做中国人民解放军，因为我们输了！"

下面的官兵听得眼睛都在冒血，恨不得现在就赶紧打，好证明自己不是孬种。

"所以，为了明天的战争，我们今天就要做好一切准备！"何志军说，"我希望回去以后，包括新兵连，所有官兵都要讨论、都要发言，然后把意见汇总上来！我的讲话完了！"

下面还是鸦雀无声。耿辉不得不感叹，何志军的讲话具有的煽动性，自己还是有差距的。

"报告大队长！我能提个问题吗？"林锐突然高喊。何志军说："讲！"

"如何保证，战士们从嘴里省下的伙食费，用在新战法研究上？"林锐出列，不卑不亢。何志军大声说："好你个林锐！是条汉子！如果这个方案真的实施了，我要组织战士代表做审计工作！每一分钱花在哪里，都要明明白白！你林锐，就是第一个战士代表！还有问题没有？！"

"没有！"林锐高喊。何志军说："归队！"

"我看不用等回去了，部队训练任务还很重，与其下面再开小会，不如大会上解决，好让大家能多休息休息。"耿辉说。何志军说:"可以。"耿辉喊:"无记名投票!就在这里,我眼皮子底下,哪个干部也不许多嘴!大家把各自的意见写下来,交上来当场唱票!"

于是各个单位文书就赶紧把纸笔都拿过来做投票。投票结束,唱票完毕。全票通过。何志军对大家敬礼:"我何志军——谢谢大家了!"

"勿忘国耻!牢记使命!"林锐第一个喊出来。

"勿忘国耻!牢记使命!"战士们齐声吼道。

5

陈勇下了公车,兴冲冲直奔军区总院。打听到方子君在妇产科,他就直接奔去妇产科。方子君正在办公室里看病历,陈勇小心地敲敲门。方子君头也不抬:"进来!"陈勇推门进去,看着她笑道:"方大夫?"方子君看看他:"坐吧,你是哪位孕妇的家属?"陈勇顿时涨红了脸:"方大夫,是我……"方子君看着他,想起来了:"哦,你是那个那个?"

"陈勇!特种侦察大队的!"陈勇急忙说。方子君笑着说:"对对,陈勇!名字到嘴边想不起来了!"陈勇高兴地说:"您工作忙,可以理解。我是专程来看您的!"

"怎么样,伤都痊愈了吧?"方子君问。陈勇兴奋地说:"已经好了!不然我能进特种侦察大队吗?"方子君笑了笑,给他倒了一杯水水:"我记得你是狼牙侦察大队的?"

陈勇接过水:"对。我们是最后一批下来的,一直到停战。"方子君感叹:"再看见你们这些老兵,那些日子像做梦一样。"陈勇说:"是啊,我也没想到能活着回来,还能再看见您。"方子君说:"别您您的,我应该跟你差不多大,你这么叫反而显得我多老一样。"

"是!"陈勇说,"我是专程来看您,不,你的!我还给你一样东西。"

"什么?"方子君不明白。陈勇从军挎拿出饭盒和勺子,上面印着方子君的名字。方子君看了一愣:"哟!你居然还留着!"陈勇认真地点点头:"是啊!我一直留着,保存得很好!这几年调动了不少部队,但是这个一直带着!"方子君接了过来:"难为你了!"陈勇又拿出一个用子弹壳做的排箫:"这是我亲手做的,送给你!"方子君接过来:"谢谢!可我不会吹啊!"陈勇说:"那你就做个摆设,你还喜欢什么就告诉我,我给你做。我那边子弹壳多得很,我也爱好这个!"方子君收好:"那我就谢谢你了。"陈勇沉默半天:"这几年,我一直在找你,想当面感谢你。"方子君说:"别这样说,我是卫生员,救护伤员是我的职责。"

"我以为,你都结婚了。"陈勇说。方子君黯然,笑道:"我是老大难,嫁不出去!"

"瞧你说的!"陈勇急了,"你怎么可能嫁不出去呢?再说,你现在不也有男朋友了吗?上次看见的那个学员?"

"我们已经分手了!"方子君断然地说。陈勇赶紧道歉:"哦,对不起。"

"没什么。"方子君笑笑,"你还有别的事儿吗?"

"没了。"陈勇急忙起身,"我知道你忙,我就是来看看你,当面向你表示感谢!"

方子君也起身:"谢谢你啊!以后有时间可以来玩。"

陈勇激动地走出总院，想起方子君说的"以后有时间可以来玩"就兴奋不已。他看见一个花店，进去买了一束百合，想回去送给方子君。结果他在总院门口看到了张雷。他连忙闪身到树后，探头观察。张雷站在门口，犹豫半天，走进门岗，拿起电话拨了妇科办公室的号码："喂？是我。"

　　"哦，你有事吗？"方子君的语气很平静。

　　"今天是我生日。"

　　"生日快乐。"

　　"我想见你。"

　　"对不起，我没时间。"

　　"我明白。"张雷低沉地说，"打搅了，希望你幸福。"

　　"你也是。"——张雷放下电话，走出去。陈勇看着他上了公车，又低头看看自己手中的百合花，一直站到了黄昏。直到方子君下班出来，陈勇才敢喊："方大夫！"方子君诧异道："陈勇，你怎么在这儿？"陈勇笑着说："我马上要回部队，正好路过。"方子君看到了百合花说："好漂亮啊，这花是送给女朋友的？"陈勇说："是送给，送给一个战友的女儿，结果他们全家旅游去了。你要是喜欢就送给你！"

　　"那怎么合适？"方子君急忙推辞。陈勇说："我回部队，不能带着花儿。送给你吧，希望你永远跟百合花一样纯洁美丽！"方子君接过来："那我就谢谢你了。"陈勇如释重负地往后退着走："谢谢你！我走了！再见！"

　　"再见！"方子君摆手。陈勇幸福地跑向公交站，回头看到方子君抱着花走了，他笑了。

　　张雷的生日宴会上，何小雨为给刘芳芳创造机会，把刘芳芳也带来了。但张雷一直闷闷不乐，虽然他强颜欢笑，但还是热闹不起来。吃过饭后，四人一起去公园遛弯。张雷和刘晓飞在前面走，何小雨和刘芳芳在后面。刘芳芳很紧张，看着张雷的背影眼神都是羞涩的。何小雨推她："你倒是上去说话啊！你不说话怎么熟悉啊？"

　　"我不知道说什么啊？"刘芳芳着急地说。何小雨说："说什么都可以！我去给你创造机会，你自己要把握！"何小雨趁机拉走了刘晓飞，还一直对刘芳芳挤眉弄眼。

　　此时，只剩下他们两个人了。张雷低下头正要走，想起后面还有人，问："你，你叫什么来着？"刘芳芳红着脸说："刘芳芳。"张雷说："吃饭的时候我没注意，名字没记准。不好意思啊。"

　　"没关系。"刘芳芳说。张雷问："你和小雨是同学？"

　　"嗯。"两人就无语了。张雷看看湖边的长椅："去那儿坐会儿吧。"

　　两个人就坐在了长椅上，她看到张雷拿出烟来，皱眉问："你抽烟？"张雷一笑："啊。也是最近学会的。"刘芳芳说："抽烟对身体不好。我在家的时候，我爸爸就不敢抽烟。我妈妈现在老给我打电话，说我爸爸现在可猖獗了，烟不离手，就等我回去教育呢！"

　　张雷乐了："你是你们家的领导啊？"

　　"那是！"刘芳芳眉飞色舞起来，"我爸爸领导部队，我妈妈领导保姆，然后我领导他们两！"

"你爸爸是团长？"张雷笑。刘芳芳回答："不，军长。"

张雷吓了一跳，烟呛着了，咳嗽两声。刘芳芳问："你怎么了？"

"没事！没事！"张雷摆摆手。

"那你就别抽了，再说你是侦察兵，抽烟伤害肺，对你训练没好处。"刘芳芳说。

"好，好，现在不抽了。"张雷掐灭烟。两人又沉默了。夕阳下，张雷的脸还是那么冷峻。刘芳芳看着张雷的侧面，有点儿出神。张雷看着波光粼粼的湖面，一叶扁舟滑过，感叹地吟道："一蓑一笠一扁舟，一丈丝纶一寸钩。一曲高歌一樽酒，一人独钓一江秋。"

刘芳芳眼睛一亮："你喜欢古诗？"

"嗯，我哥哥喜欢，我也喜欢。"张雷说。刘芳芳说："我也喜欢古诗。我从小就能背《唐诗三百首》，再大点儿我会背的就更多了。我特别喜欢古诗的意境，现在的诗人做不出来。古人寥寥几笔，就能感受到一种空灵的意境，不需要更多的文字，让人回味无穷。"

"那你怎么上军医大学了？"张雷问，"我看你更适合学中文。"

"生在兵家，长大当兵。"刘芳芳说，"我自己也习惯了，我爸爸从小就把我当兵训，只有到了中学，我才能穿裙子。再大点儿，他就没法儿拿我当兵管了。"

"然后你就管他了？"张雷说。刘芳芳笑："对啊！"两人的气氛融洽了。刘芳芳接着说："我还喜欢唱歌，忘了告诉你，我跟小雨是二重唱，每次文艺会演都要上台的！"

"那你唱一个。"张雷笑着说。刘芳芳左右看看："在这儿啊？"

"怕什么？"张雷说，"当兵的，死都不怕，还怕唱歌？"

"好！"刘芳芳站起来，"我就唱首《十送红军》吧！"

张雷点头："好啊！我从小就喜欢这首歌！"

刘芳芳摘下了军帽，站到了离他五六米远的地方，脸红扑扑的。张雷开玩笑地说："要报幕吗？"

"你别笑，我唱不了了！"刘芳芳低头说。张雷说："好好，我不笑！我严肃！"

刘芳芳找了找音高，开始唱："一送（里格）红军，（介支个）下了山，秋风（里格）细雨，（介支个）缠绵绵……"刘芳芳的歌声十分优美。张雷开始在笑，后来就认真在听。刘芳芳唱得进入状态，早先的羞涩也就没有了，精神焕发出来绝对是光彩照人。

刘晓飞和何小雨从远处回来，刘晓飞看到刘芳芳在唱歌说："怎么还唱起歌了？"何小雨拉住他："别过去，有情况。"刘晓飞纳闷地问："什么情况？"何小雨更严肃了："这就是情况！"刘晓飞想想，明白了："是这个情况啊？但，张雷不是还喜欢子君吗？"

"子君姐是不可能跟张雷在一起了，她自己说的。"何小雨黯然，"可能是我们都想错了，她还是不能忘记张云。"

刘晓飞摸摸脑袋："唉，如果我牺牲了，不知道你会不会对我也这样？"

"乌鸦嘴！"何小雨跳起来打他，"再说我急了啊！"

刘芳芳唱完后，张雷鼓掌："好！"刘芳芳脸上的光华消失了，又变得羞涩了。这时，何小雨才敢出来："咦，你们在文艺会演呢？"刘晓飞跟在她后面拿了一把花儿。刘芳芳害羞地说："我们在这儿随便聊天呢！"

"哪儿来的花儿啊？"张雷纳闷儿地问刘晓飞。刘晓飞说："那边花坛摘的。"

"不怕罚款啊？！"张雷说。

"小雨喜欢，我就摘了。"刘晓飞的话音刚刚落，那边工作人员跑着喊："你们哪个部队的？！不像话！站住！"张雷高喊："快闪！"刘晓飞拉起何小雨就跑。张雷跑了几步，回头看到刘芳芳，他急忙回去握住刘芳芳的手："跟我走！"刘芳芳跟着张雷跑，他的手大而温暖。她在心里感叹，那句"跟我走"真是太男人了！

6

"好！""好！"田小牛和董强几乎是同时起立高喊。林锐走过来，两支81自动步枪已经装好，放在了桌子上。剩下的新兵还在流着汗组装枪支，乱成一团。林锐拿过两支枪都检查了一下，点头："不错，继续努力。"

田小牛和董强对视一眼。田小牛憨笑："你比我还是快一点儿。"董强不搭理他。

"今天的训练，田小牛第一。"讲评的时候，林锐说。

"报告！董强比我快！"田小牛急忙说。林锐说："我的眼睛不会看错。董强最后的枪通条没有装好，太匆忙了。"董强咬牙不说话。

解散后，田小牛急忙找董强："董强，你确实比我快。"

"少跟我来这套！"董强说，"我懒得搭理你！"

"董强，咱俩是一个班的战友，也就是兄弟，班长老这么说。"田小牛恳切地说，"你何必老这么说我呢？有啥对我不满意的就直接说，我要错了我就改。"

"谁是你的战友？"董强说。

"咋？我还说错了？一个班的不是战友是啥？"

"你知我为当特种兵准备了多少年？5年！我从初一就开始立志当特种兵，我准备了5年！我没命锻炼，拼命看书！家里的军事书籍摞起来比我还高！你呢，你准备了多少年？"董强瞪着眼睛说。田小牛眨巴着眼："我？我没准备，如果不是当兵的话，我都不知道啥是特种兵。"

"所以，你不配做我的战友！"董强哼了一声走了。田小牛看着他的背影老半天，摸摸脑袋："神气啥啊你？一个脖子支个脑袋，你不也是个人吗？我哪点儿比你差了？不就因为我是农民，嫌弃我土吗？没我们农民，你城市人吃啥啊？"他嘟囔着走了。

下午就要实弹射击，田小牛激动得光洗手。宿舍里，董强还在看书，看见田小牛出来进去的不满意了："我说你没完了？打个枪你至于吗？"

"哎呀！你可不知道，我从小就看我们村儿民兵连的老民兵们神气，拿着56半训练，那个美啊！"田小牛憨厚不记仇，"让我摸一下他们都不肯，我就说长大后我也要当民兵！没想到现在不仅不是民兵，还是特种兵！我已经写信给我们村儿那帮老民兵了，他们那个56半我不稀罕，我现在是特种兵！要打81杠！打85狙击步枪！还有85微声冲锋枪，连声音都没有！手枪、盒子炮、子弹管够！还有匕首枪，他们见都没见过！"

"农民！"董强冷笑一声，拿书盖上了脸。田小牛笑着说："我知道我就是农民，这辈子能当特种兵，我知足了！"

射击训练场，陈勇是射击辅导。全体新兵都在后面列队，老兵们上去检查了枪支，都退后。陈勇说："特种兵，枪就是生命。打不好枪就当不了特种兵，不仅要打好，还要打精！下面给你们看看示范！林锐！"

"到！"林锐身上长短家伙都有，他跑步过来。

"特种兵多能战术射击——准备！"

"是！"林锐从背后抄起81杠，屈膝准备。陈勇高喊："开始射击！"

林锐快步通过射击地线，立姿两枪打掉两个钢板靶，随即跪姿打掉两个钢板靶。新兵们还来不及鼓掌，陈勇高喊："步枪卡壳！"林锐在跑动当中甩步枪到身后，手枪已经在手。他接着两枪，20米处的两个酒瓶子已经爆了。林锐前滚翻出枪射击、侧滚翻出枪射击、后倒出枪射击、鱼跃出枪射击，要了一溜够，各种眼花缭乱的靶子打了一个遍。最后手枪也丢掉了，拔出腰间的91匕首枪对着10米目标跪姿射击，打完匕首枪里的四发子弹，接着一个鱼跃前滚翻起身的时候甩出匕首枪，直接当作飞刀扎在前面5米处的靶子上，才起立。

"射击完成，验枪！"陈勇高喊。林锐这边验枪，这边新兵们已经在疯狂地鼓掌。董强跃跃欲试。田小牛问："排长，我们是不是也这么打？"

"没学会走，不能跑。"陈勇说，"那还不是全部射击科目，还有很多特技射击，现在就不给你们看了。你们还是从卧姿射击开始，一步一步来。"

田小牛和董强还是并排卧着，并且紧挨着。董强拿着步枪瞄准前面的靶子。田小牛按照班长的指示拿好步枪。装着10发子弹的弹匣发到新兵们手上。陈勇高喊："开始射击！"枪声响成一片。射击完成，新兵们起立，老兵们验枪。报靶子，董强99环，大家鼓掌。董强很得意地看田小牛，田小牛还是憨笑："你肯定打得比我好，你比我懂枪。"

"田小牛——"报靶员那边高喊，"100环！"

掌声雷动。董强脸上的笑容消失了。田小牛也不敢相信："看错了吧，班长？"

"没错。"林锐放下望远镜，对乌云说："我们班发现了一个天才，以后跟你训练了。"

乌云拍拍田小牛的头："好小子，准备当狙击手吧！"

田小牛不敢相信地问："我，我当狙击手？！"

董强脸色铁青："报告班长！"

"讲！"林锐说。董强说："我申请当狙击手！"

"训练还没结束，你们的专业还没确定。"林锐说。董强不服气："那为什么定他？"

"你知道什么是天赋吗？"林锐说，"从小没摸过枪的农家孩子，靠打弹弓养成的射击习惯，他打的是活动的鸟儿。这种习惯，你有吗？"

"我没有这种习惯，但是我有信心成为狙击手！"董强说。

"算了，算了，他也不错，我都要了！"乌云憨笑，"看他们俩最后谁更好。"

林锐点头："你们都跟乌云班长射击小课训练吧，最后定一个是狙击手。"

董强咬牙说："是！"

"我不当狙击手了，让给董强吧。他为了当特种兵准备了 5 年，我啥都没准备，我没资格当狙击手。"田小牛真诚地说。林锐生气地说："胡闹！你以为这是你们家菜地？说谁种地就种地？这是部队！组织让你干什么就干什么，哪儿那么多废话！"田小牛被问傻了。

"你俩都去参加狙击手课程训练，最好的是狙击手，剩下那个是观察手，也就是狙击手的助手。"林锐说。两人都喊："是！"

董强恨得咬牙切齿，田小牛抱歉地对他说："董强，这是组织安排的，我没法……"董强推开他："让开！"田小牛一脸无辜地说："这是组织安排的，我有什么办法？"

7

林秋叶走进新凯悦饭店大堂，看见自己的秘书招手就走向咖啡厅。秘书晓敏站起身："林经理，这位是廖先生，这位是林秋叶，是我们的项目经理。"

林秋叶笑着和廖先生握手："廖先生，一路辛苦了。"

廖文枫笑着用带有闽南口音的普通话说："不辛苦，这一路我走过了很多从小就知道的历史名城，也是对祖国有了一个新的认识。以前光从老人和书本上了解祖国，现在真的来了，就得好好走走。"

三人坐下，林秋叶递上名片："廖先生心系祖国大陆建设，从台湾来投资内陆城市，是需要魄力的。我代表集团，也代表本市人民，感谢你对我们集团的信任。"

廖文枫摆摆手："哎！我哪儿有那么崇高啊，大陆是一个很大的潜在市场啊！我是看上这里的市场，商人是追逐利益的嘛！何况这里还是我的祖国。"

"廖先生真是爽快人，我相信我们的合作一定能够成功。"林秋叶说。

"林女士，这样好了，晚上呢，我请你们集团刘总还有你的全家一起吃顿便饭，大家熟悉一下，以后好开展工作。"廖文枫笑着说。

"刘总应该没问题，只是我的丈夫现在不在省城。"林秋叶说。

"哦？不知道您丈夫是做什么工作的，出差了吗？"廖文枫说。

"我们林经理的丈夫可是个传奇人物！南疆保卫战的战斗英雄，现在是特种部队的部队长！"晓敏快人快语。

"晓敏！"林秋叶制止她，对廖先生笑了笑，"我丈夫是现役军人，他和我长期两地分居，所以不能来参加廖先生明天的晚宴了！"

廖文枫遗憾地摇头："这样啊！其实我很希望可以和您的丈夫见见面的，我在台湾的特种部队也当过兵，海军陆战队特勤队。不过，林女士千万别误会，在台湾每个适龄男生都要当兵的，我也不能例外。刚才听晓敏小姐说您丈夫是军人，还是特种部队的，我自然就希望可以一起聊聊从军的经历了！"

"廖先生这么热情，等合适的时候，我会安排他和您见面的。"林秋叶笑着说。廖文枫点头，喝咖啡。

车上，林秋叶皱着眉头："晓敏！你今天多什么嘴啊？干吗说我丈夫的事情？"晓敏从前座回头问："何叔叔是特种部队的啊，我哪里说错了吗？"林秋叶说："没错，但是你不该说！你别忘了，廖文枫是台湾人！"晓敏纳闷儿地问："台湾人怎么了？"林秋叶表情严肃："我跟你说不明白！廖文枫是台湾人，你就不能跟他说有关咱们军队的任何事情！尤其我老公还是特种部队的，更不能说！"林秋叶说。晓敏说："我说林经理，至于吗？人家是爱国台商啊！咱们不还有统一战线这一说法吗？"林秋叶断然道："你知道不知道这个问题的严重性？我当了20年兵，军队的事情我难道还不比你清楚？别问为什么，总之以后凡是关于我老公的事情一概不许提！"晓敏嘟囔一句，再也不吭声了："台湾人，不也是中国人吗？"林秋叶没说话，看着窗外。

晚宴上，廖文枫举止得体大方，而且和刘凯签订了投资意向书，表示一旦正式合同签订，资金会很快到位。林秋叶心中的忐忑才小了很多，或许自己是多虑了，这20年兵当得紧张过头了。

8

"今天我们常委们要碰一下头，关于组建我大队战术试验分队的事情。"何志军简单明了地宣布了会议议题，"大家都有什么看法，可以畅所欲言。"

"我先说吧。"耿辉说，"组建这个战术试验分队的意义我就不用多说了，我们现在面临的是如何组建以及如何开展战术探索训练研究的问题。我们大队目前的干部情况是这样的，70%有大专以上学历，剩下的大多是战士提干或者经过短期培训。而那些大专学历里面也1/3是函授课程，这是历史造成的，因为当时我们这些干部都在前线参战。我们抽调什么干部来组成这个战术试验分队的骨干，是个大问题。"

何志军点头："是个大问题，科技练兵，没有科技含量的干部搞不了。"

参谋长点着烟："我同意政委的意见，而且现在部队训练任务太紧张了，老兵、新兵青黄不接。能干的干部不能抽调到战术试验分队，不然基层连队就没办法正常训练了。我们今年还有军区和总部的5次重大演习任务，这些干部都是一个萝卜一个坑。"

何志军看看大家："其余人还有什么看法？"大家的看法基本和这个差不多。何志军说："没干部，是个大问题。我有个主意，来和大家商量一下。"耿辉笑着说："你何大队肯定是有主意了，才会和我们商量。没有充分准备，你不会摆出来，说吧。"

"我们没干部，但是我们守着科技干部的宝库！距离我们大队30公里，就是陆军学院。陆院的侦察系，是我们很多干部的老家。那里的教员都是干什么吃的，我不说你们也都知道。他们这么多年，就是在研究特种作战，可以说有不少自己的设想，也有真正的行家。"何志军激动地说。耿辉说："你是说，从陆院借调干部？这涉及干部管理体制的问题，陆院直属总参A部，他们的干部不是我们军区的人。如果借调他们的教员，这个中间要走的手续可不简单啊！"何志军眨巴眨巴眼睛："换个思路。我们出经费、人员、装备、场地，给他们做科研试验，让他们当作自己的课题研究。反正30公里，我们有车，车接车送。

招待所再布置好点儿，愿意住就住，不愿意住送回。"

"好啊你！跟我们还打埋伏啊？"耿辉笑。何志军说："时机不成熟的话，我是不会说的。"参谋长问："他们陆院会同意吗？人家也有自己的教学任务。"何志军说："放心，他们没有不同意的。他们的学员毕业了，去哪儿？他们就不往我们大队送人了吗？他们还是不打算和我们军区情报部打交道了？侦察业务，也就是这么几个单位，他们教员明白着呢。你看吧，我敢保证他们不仅会同意，而且还得带学生来实习，好让我们多要人。"大家哄笑。

"我们需要干部啊！"何志军感叹，"我们太需要年轻的、有文化的、内行的干部了！这是双赢啊，同志们，这一步棋一定要走好！这对我们大队的建设影响深远啊，可以说如果成功，那么狼牙大队的历史将会改写！中国陆军特种部队的历史将会改写！"大家认真地听着。何志军合上笔记本："都那么严肃干啥？常委会结束，走，打球去！一连那几个小子又痒痒欠收拾了！上次还叫嚣裁判偏向我们常委队，这回给他们尝尝厉害！"常务们哄笑，起身纷纷出去。耿辉走到何志军面前，竖起了大拇指："何大队长，你是这个！我永远甘心情愿地做你的兵！"何志军拍拍他："我的兵算球？老老实实做人民子弟兵才是正经！走，打球去！"

篮球场上，何志军和那些大小伙子一起冲撞抢夺，身手还是那么敏捷。

9

"轰！"手榴弹在远处炸开了。田小牛震了一下，捂住耳朵："妈呀！真是响啊！"
董强不屑地一笑："还没打40火呢！那个更响！"
"你打过？"田小牛问。董强说："没，电视上看过。"
这时，林锐拍拍手从前面走回来："看见了没，实弹就这样扔。我不要求你们远，不要求你们准，只要求你们扔到安全范围以外。第一次投实弹，大家都别紧张，扔出去就可以了。记住，67木柄手榴弹的杀伤半径是7米！"
新兵们蹲在战壕里还是紧张。乌云笑笑，在战壕上面蹲下，看新兵们："球！我第一次扔也紧张，现在习惯了，没事儿。就那么一下，然后卧倒。手榴弹从引子开始着，到爆炸有3.5秒钟的时间，我和林班长就在两边，一边一个。要是脱手，我们马上捡起来扔出去。一点事儿都没有，我们扔了100多颗了，这不还好好的吗？"大家哄笑。林锐点点头："一班开始！田小牛！"
"到！"田小牛起来，还是紧张。林锐叫他跳出来，看他："军姿怎么站的？"
"报告班长，腿……"田小牛不好意思地笑了，"腿有点儿软。"
新兵们哄笑，董强笑得最厉害。
"谁也不是天生的特种兵，没事。"林锐说，"准备投弹吧，其余人低头。"
田小牛走到投掷区，接过林锐递来的手榴弹，沉甸甸的是实弹不是教练弹。他不好意思地笑笑："班长，你们就在边上吧？"

"对，投吧。"林锐说。田小牛又看看乌云，在自己另外一边，安心了。

"投吧，屁事儿都没有。"乌云笑着点了支烟，"干部不在，我抽支。怕什么，真没事。"看见乌云班长还抽烟，田小牛跳得扑通扑通的心就放下了。他握紧手榴弹，拧开后面的盖子，把扣环套在小拇指上，一切都按照动作要领默默地来。林锐说："你自己觉得什么时候可以了，就投。我们不催你。"田小牛左手摸摸心口，右手抓紧手榴弹，向前跑去。嗖——手榴弹出手了。田小牛卧倒，呆呆地看着黑色的手榴弹在空中滑过一个漂亮的抛物线，旋转着去亲吻地面——轰！一团黑色的硝烟起来，可以清楚地看见弹片飞出来。田小牛感觉踩着的地都一颤，飞尘满脸。他惊喜地笑着："没事！我没事！扔出去了！爆炸了！"乌云拉他起来："行了，你下去吧。"田小牛高兴地站起来："这下给我们村儿老民兵连长写信可有的写了！我都扔真手榴弹了！"田小牛回去还很高兴，董强不屑地看他："好玩儿吗？"田小牛说："好玩儿！"董强说："赶紧玩，去了农场种地就玩不了了！"田小牛不吭声了，这个时候他不想吵架。

"董强！"林锐喊。董强站起来，敏捷地跳出战壕，立正。林锐表扬他："精神面貌不错！紧张吗？"董强利索地说："报告！不紧张！作为一个特战队员，投弹是基本科目！我会漂亮完成！"林锐满意地点点头："行！你去吧！"董强说："是！"

林锐和乌云还是一人站一边。董强自信地拿着实弹，拧开盖子套上扣环。他起步开始助跑，林锐和乌云都没当回事儿，都很相信他，觉得这么简单的科目他不会出事。董强助跑到投掷线旁的时候，脚下突然被土坷垃一绊，向前栽倒。手榴弹就脱手了！冒着青烟的手榴弹就在距离他前面不到1米的地方打转！

"我操！"林锐高叫一声，飞身上去，一个鱼跃去抓手榴弹。没想到乌云比他更快，乌云一把抓起手榴弹大步向前跑去。林锐高喊："乌云！扔！"乌云跑了几步甩手出去。轰！手榴弹在空中炸响。林锐睁大眼睛，张开嘴却无声。乌云没来得及卧倒，站在硝烟不远的地方摇摇晃晃。林锐撕心裂肺地高喊："乌云——"乌云回过头，满脸是血，好像还笑了一下。林锐跳起来冲向乌云。乌云歪歪扭扭倒下了。林锐抱起乌云："乌云——"

董强目瞪口呆地看着，更多的脚步从他身边跑过去。林锐背着乌云疯跑，一辆大屁股吉普车以最快速度冲过来。陈勇亲自开车，林锐抱着乌云上了后面，还有几个班长也上去了。吉普车像兔子一样冲出去了。林锐高喊："乌云，你别睡着！你不能睡着！你要醒来！"

乌云微微睁着眼睛，说不出话，满脸是血。一个班长拿出急救包，但乌云流得血太多了，根本不管用。林锐用手给乌云捂着身上的伤口，撕心裂肺地大喊："乌云——是兄弟你就别睡着——啊——"

10

军区总院的大门径直冲进一辆披着伪装网的大屁股吉普车，撞倒了一片停在楼前的自行车。陈勇跳下车根本不管这些，招呼奔出来的医生和护士把担架抬过来。后门被里面的战士一脚踹飞了，林锐和五六个老兵抬着血肉模糊的乌云从里面下来。看自行车的老太太本来准备过来骂，一看这个架势赶紧回去了。跟血人一样的林锐高声喊着："乌云！你醒醒！你不能睡着！你必须醒来！我命令你！"——乌云始终半睁着眼睛。

"都让开！""都让开！让开！"凶神恶煞一样的几个老兵冲进大厅高喊，他们的迷彩服和身上的血让所有人都赶紧退到了墙根处。接着，抬着担架的护士冲进来，林锐俯身在担架边呼唤着乌云。陈勇在对医生大声说着："手榴弹！是手榴弹！凌空爆炸！"

林锐追着担架一直到手术室门口，护士拦住他："你不能进去！"

"那是我的兄弟！他是我的下铺！"林锐红着眼喊。眼看林锐就要打人了，几个老兵上来急忙抱住他。一个老兵对脸色煞白的护士道歉："对不起！对不起！"护士赶紧进去了。"手术中"三个字亮起来。

"都报一下自己的血型！"陈勇毕竟是老兵，经验丰富。

"我是 O 型！万能输血者！"林锐喊，"抽我的！"

"你嚷什么？！"陈勇劈头喊，"给我安静，这是在医院！"

林锐喘着气安静下来。其余的老兵也赶紧报血型，有 A 型、B 型、AB 型，总之是齐全了。陈勇点点头，松口气："我也是 O 型。"方子君正好从电梯里出来，看见这边乱成一团就走过来，看着这些身上沾着血的兵，问："出什么事儿了？"

"哦，是方大夫。"陈勇看她，但是脸上没笑容，"我的一个兵，受伤了。"

"严重吗？"方子君关切地问。

"还不知道，手榴弹凌空爆炸。"陈勇沉郁着脸。方子君倒吸一口凉气。

"他是为了我啊——"林锐泣不成声，"他是为了我啊！他是抢我的手榴弹啊！我们说好了，我管手榴弹，他管保护新兵啊！他为什么要和我抢啊！为什么啊——"

方子君也流下眼泪。陈勇痛苦地蹲下，重重砸自己的头。

"方大夫。"一个护士小心地走过来，"主任让你马上过去，有个病人。"

方子君擦擦眼泪，也不好对痛苦中的陈勇说什么，只能默默地走了。门一下子开了，浑身血的大夫走出来。战士们围上去七嘴八舌地问："大夫！怎么样？""大夫！"……大夫说不出话来。林锐突然跳起来高喊："都安静！安静！"大家都安静了。林锐冲过人群，异常冷静地对大夫说："大夫，告诉我，他怎么样了？"

"伤员情况严重，失血过多，需要马上输血！"大夫说。

"输我的！"林锐一把挽起迷彩服的袖子，"我是 O 型！万能输血者！"

"我也是！"陈勇说。大夫着急地说："伤员不是 O 型！"

"那是什么血型？"陈勇红着眼睛，"我们这几个兵 O、A、B、AB 都有！你到底要什么血型？！"大夫着急地说："伤员是罕见的 AB 型 Rh 阴性血！"

11

"AB 型 Rh 阴性血？是什么血型？哪里有？！"林锐高喊。大夫说："我已经让人马上打电话给省中心血库！如果有的话，我让医院尽快去取！"

"我们有车！我去取！"陈勇喊。大夫说："你们先别着急，中心血库未必有！这个血型很罕见！"一个医生跑过来："卫大夫！省中心血库打来电话，他们那里还有 1000 毫升 AB-Rh 阴性型血液！让我们赶紧去取！"陈勇一把拉住这个医生："你跟我走！去中心血库！来三个兵跟我走，路上应付突发事件！"三个兵就噌噌噌跟着去了。陈勇跳上吉普车，脸都被吓白的医生被拉上副驾驶的座位。陈勇高喊："坐稳了！医生！"吉普车野蛮倒车，咣一声撞上了花坛，接着直接掉头，冲向门口。

"给我站到车外边去！"陈勇狂按喇叭高喊，"让他们让路！"

两个兵爬出车厢，站在车门边加固加宽的脚踏板上，挥手高喊："让开！让路！"——行人纷纷侧目，穿着迷彩服浑身是血的士兵在这个城市并不多见。路上的车赶紧闪到一边去，陈勇也不减速，直接踩油门到底。车风驰电掣地在路上行驶，让路上的交警都傻了，但是没一个敢上来拦的，一个交警把情况报告上级。上级沉默了一会儿就下令："肯定是部队训练出事了，派人开路。"

陈勇拐过一个十字路口，两辆闪着警灯但没拉警报器的摩托车迎面而来，两个战士就高喊："我们是救人！救人！"

摩托警挥挥手掉头，和吉普车并行。摩托警高喊："去哪儿？！"

"省中心血库！"一个兵喊。

"跟着我们！"两个摩托警加大油门冲向前面，拉响了警报器。陈勇流着眼泪，踩着油门跟着两个摩托警兄弟。摩托警拿着麦克在喊："前方车辆马上让开！马上让开！"摩托警开路，吉普车紧紧跟在后面，直接就杀向中心血库。陈勇跳下车，拉着医生冲进大楼。工作人员都被吓了一跳，医生说明来意，他们马上让主任下来。主任跑下来，陈勇冲过去："主任！救人啊！我要血！AB 型 Rh 阴性血！"

主任缓过神儿来，马上说："同志！抱歉啊，一分钟前，全部的 AB 型 Rh 阴性血被送到第三医院了。中华大街出了车祸，有一名伤员是 AB 型 Rh 阴性血！"

陈勇的脸立即白了。一个兵哭着喊："把血追回来！乌云要不行了！"

陈勇压抑着心中的悲伤："我要电话！电话！"

耿辉冷静听完陈勇的报告："不行！坚决不行！"

"政委！乌云马上就不行了！"

"救人也有先来后到！地方同志先来的，血就是他们的！"

"政委！"

"陈勇！你给我听着，不许蛮干！不然，我扒了你这身军装！我说到做到！"耿辉高喊，"我马上就和大队长去医院，你立即给我回医院！"

"政委……"陈勇几乎窒息了，"政委，就让我救救乌云吧……他们家就这么一个儿子……"何志军劈手抢过话筒："陈勇，你给我听清楚了！立即给我回医院，这是命令！"

"是……"陈勇哭着，无力地跪在地上。电话忙音。陈勇放开电话，仰天长啸："啊——"三个兵都跪下了，抱着陈勇哭得不能自已。陈勇哭着高喊："我的兵，也是人啊——"

12

陈勇脑袋晕晕乎乎地跟三个兵走在医院走廊，远远看见"手术中"三个字的灯正好灭了。他们四个一激灵就扑过去："乌云！乌云啊——"

"喊什么喊，都给我站好了！"何志军不知道什么时候来的，黑着脸喝道。四个兵都在他的面前站好了。

"整理自己的军服，有个兵样子。"耿辉严肃地说。四个兵就急忙整理自己的军服。

"何大队，政委！乌云呢？"陈勇着急地问。门开了，大夫走出来，摘下口罩，大家都围了过去。"手术很顺利。"大夫第一句话让陈勇差点儿没栽地上，"伤员的命保住了，不过皮肤受伤很严重，烧伤厉害。右手小拇指需要再做接指手术，其余的还需要观察。"

何志军点点头："谢谢你，大夫。"陈勇惊讶地问："大夫，血找到了？"

大夫点头："有献血者，1000毫升！1000毫升啊！"

陈勇还没来得及问，乌云已经被推出来了。大家都围上去跟着走了，只有陈勇呆呆地站在原地。他的目光转向手术室的门，一辆担架车缓缓推出来——是献血者。陈勇呆呆地看着。白色的担架车，白色的床单，白色的被子。一张苍白美丽的脸，苍白如同洁玉，美丽如同百合花。

"方大夫？"陈勇的嘴里喃喃说出这三个字。方子君闭着眼睛，躺在担架车上被推着缓缓接近陈勇。美丽的睫毛盖着她闭上的眼，原本红润的唇一点儿血色也没有。黑色的长发如同黑色的叶子一样散开，在她美丽如同百合花的脸旁。

"1000毫升啊……"陈勇跟傻子一样喃喃地说，"你这么瘦弱，有多少个1000毫升……"

昏迷当中的方子君被护士推着，从陈勇身边无声滑过。陈勇面对被推走的方子君，这个百战余生的勇士，双腿一屈，啪一声跪下了。他脸上的眼泪无声地流着。真正的勇士，只对天使下跪。

第九章

———————— ★ ————————

1

"你们谁身上带钱了？"陈勇径直走到自己的兵跟前问。林锐在兜儿里掏掏，还有 30 块，其他兵翻来翻去总共只有 20 多，还有不少是毛票。陈勇都拿过来："算我借你们的！"他走到政委跟前说："政委，我要借钱。"

耿辉看看他："多少？"陈勇说："1000。"耿辉问："借那么多钱干什么？"陈勇说："我发工资还你。"耿辉想想："好吧，我正好带着钱准备应急的。你先拿去，不过陈勇你要注意别乱花。乌云和方大夫的营养品，咱们部队都是报销的，用不着你自己花钱。"

陈勇点点头："我保证不乱花一分钱！"耿辉从公文包拿出钱点了点，给他。

"谢谢政委！"陈勇说，随即招呼，"来个兵跟我走！"

一个老兵跟着陈勇上了吉普车。陈勇开着车出来，停在了一家花店前。当女店员看着一个满身血污的穿着迷彩服、脚蹬军靴的光头黑脸少尉和他的光头黑脸兵走进来，不禁有些害怕地问道："同志，您，您有事儿吗？"啪！陈勇把兜儿里的钱拍在桌子上："百合花，所有的百合花！"

陈勇又开着吉普车去了其他的花店，直到把钱花光了才开车回医院。老兵看着车后面放着的各束百合花，眼睛发直："排长，买这个干啥？"陈勇不说话，只是开车。

陈勇和那个老兵抱着满怀的百合花大步走进医院，引来无数人的目光。耿辉睁大眼睛看着两大堆百合花走近病房，喊住他："陈勇！你借钱是为了买花？"

"对。"陈勇说，"方大夫，只有百合花配得上！"

耿辉点点头："该送，我怎么给忘了呢？——开发票没有，我给你入账。"

"没开。"

"你怎么不开发票呢？收据也行啊！"耿辉说，"这是该花的钱！——你别管了，那 1000 块你不用还了，我想办法给你兑上。你自己花了多少钱，回头告诉我，我都给你兑上账。"

"政委！"陈勇急促地呼吸着，"钱是什么？身外之物！方大夫是什么？白衣天使！战场上她救了我的命，现在她又不顾自己的身体救了我的兵！这个钱，我该花！"耿辉看着他半天没说话，良久才说："好吧，今天算你的。明天开始，大队出钱买花，这是命令！"

陈勇没说话，带着老兵抱着百合花径直走进方子君的病房。护士本想拦着，但看到那么多的百合花时也愣住了。她嘘了一声，两个军人乖巧地点头。三个人就轻手轻脚地把百合花布置在整个病房，白色的百合花盛开在方子君的身边。

方子君还在昏迷当中。陈勇站在她的面前，鼻子一酸，又落下眼泪。他轻轻地把一朵百合花放在方子君的脸旁。方子君的脸白得吓人，却依旧美丽得如同玉石雕砌的天使。三个人慢慢出去，陈勇是最后走出去的，他把门轻轻地带上。

方子君躺在满是百合的花床上，犹如童话当中的仙女。

2

何志军坐在医院办公室，对面是乌云的主治医生。他问："大夫，乌云的情况到底怎么样了？"

"你的兵没有生命危险了，马上要进行断指再植手术。等他身体恢复一些，就可以进行皮肤移植手术。"医生看着病历欣慰地说，"基本上，等于没什么大碍。他日后的生活不会受到什么影响，身上留下伤疤是肯定的，脸上和手上的烧伤也会留下一些疤痕。"

何志军点点头："那他还可以正常训练吗？"

"看是什么训练了。"医生说，"如果是一般的训练，没什么问题，但如果是射击训练，他的右手小指是接过的，肯定会受影响。我知道你们是特种部队，但是这个兵可能不适合再在特种部队服役了，日后给他安排到非作战单位吧！"

"能不能想想办法，大夫！他是我手下最出色的兵之一！我不能让他的军人生涯就这样结束，我会内疚一辈子！"何志军恳切地说。医生无奈地说："何大队长，这是科学。奇迹也是需要建立在科学的基础上的，别的不说，接过的手指头和没受伤过的能一样吗？"

何志军无语，心情非常沉重。医生继续说："其余可能造成的后遗症现在还不知道，我们还需要观察。"何志军抬起头："他还能当狙击手吗？"医生摇头："除非你何大队长准备让这个兵无辜牺牲在战场上，否则，我不建议你这样做。"

走廊里，耿辉迎着何志军："医生怎么说？"

"乌云恐怕是当不了特种兵了。"何志军说，"等他伤好后，安排他在车库搞维修吧，他退伍以后也好有个一技之长。"

3

董强躺在床上不吃不喝，只是默默流泪。田小牛端着一碗热腾腾的鸡蛋挂面进来："董强，起来吃点东西吧？"董强流着眼泪自言自语："都是我的罪过……"田小牛把碗放在桌子上，坐在董强床边的马扎上："董强，你别多想了，你也不知道脚底下有个土坷垃。排长不是说了吗？乌云班长的命保住了，你也不会离开部队。"

"我有罪啊！"董强放声哭出来，"我对不起乌云班长！他是多好的一个班长啊！"

田小牛也哭了："董强！乌云班长不会想看见你不吃不喝的，他那么憨厚耿直，他会想看见你精精神神的！你起来吃口东西，就当你是为了乌云班长吃！"

"小牛……"董强哽咽着，"我也对不起你啊！你干吗对我这么好！"

"啥话啊这是！"田小牛说，"我是农村来的，本来就土啊！你说我都说得对啊，你老说我不对的地方，这不，我都改了吗？我现在讲卫生，还知道吃饭不能只顾自己吃还要顾别人，还知道每天早上要刷牙、晚上要洗脚，这不都是你说我，我才改的吗？我该感谢你才对啊，再说了，咱们是一个班的，就是战友就是兄弟！是兄弟，就算你说错了我，我也得担待，不然还是什么兄弟啊？"

"小牛——"董强抱着田小牛哇哇大哭起来。

"好了！好了！"田小牛擦擦眼泪，依旧憨笑着说，"起来吃饭，身体不能垮了。身体要是垮了，你就没法儿当特种兵了！快起来吃饭！"

门外响起军靴踏在地上的声音，林锐走进来。田小牛急忙起立，董强也从床上爬起来："班长！"林锐看着他们俩，坐在他们对面的床上，招手："坐，坐下。"两个兵赶紧坐下。林锐摘下自己的黑色贝雷帽，坐在他们俩面前久久无语。两个新兵都不敢说话。林锐良久才缓缓地说："乌云是我的兄弟，我的下铺。他出事，我比谁都心疼。他是个蒙古汉子，真爷们儿！我们当新兵的时候，我被当时的干部整，他能拔出刀子来为了我拼命！执行任务的时候，他是我的侧翼，他掩护我从来也没有胆怯过！"

董强哭着站起来："班长，我有罪！"

"坐下。"林锐脸色很平静，"我来，不是想问罪的！"

董强坐下擦着眼泪。林锐点着一支烟，抽了两口，吐出来："从感情上来说，我把你董强打成一摊烂泥都不为过；但是从道理上说，我不能那么做。因为我是班长，你们都是新兵。你们的年龄比我小，还不懂事，我不能那么粗暴。"

董强泣不成声，田小牛也在抹泪。

"我问你，董强——你为当特种兵准备了几年？"

"5年。"董强说。林锐点头："那你为做人准备了几年？"董强被问愣了。林锐看着他："想当兵，先做人；想当一个出色的特种兵，先做一个出色的男人！男人有什么？男人有和大海一样宽广的胸怀！你来自城市，小牛来自农村，这是你们命中注定的差距，但这不是你歧视他的理由！部队就是五湖四海的兵组成的钢铁集体，互相不团结，能打什么仗？！小牛是你的下铺，是你一个班的战友，就是以后要一起拼命的弟兄！你董强再出色，当你中弹负伤的时候，谁把你背回来？当你一个人孤零零被隔离在敌后，谁会突破重围把你救回来？当你牺牲以后，谁会替你照顾你的父母、你的家人？——是小牛这样的战友，这样的弟兄！你好好想想我的话！再好好想想，你怎么去做一个真正的男人，一个真正的特种兵！"

林锐站起来，他们俩也站起来。林锐戴上帽子："记住我的话。好好训练，好好生活，好好去做一个男人！乌云班长回来，我希望你有一个好的精神面貌！"

"是，班长！"董强说。林锐点点头，戴上帽子出去了。

"董强，吃饭吧。"田小牛把挂面端过来。董强接过来，坐下，大口大口地吃着。吃着吃着，他的眼泪吧嗒吧嗒落进碗里。他噎了一下，田小牛急忙去给他倒水。

4

百合花散发着淡淡的芬芳，护士正在给百合花浇水，清晨的阳光照在水珠上，折射出美丽光芒。方子君微微睁开眼，扑面而来的都是洁白的百合花。她翕动着嘴唇，但是说不出来话。护士回头，看到她醒了立刻喊起来："方大夫，你醒了！"方子君无力地笑着，目光落在枕边的百合花上。护士说："这都是特种侦察大队那个兵的排长送的！他们非常感谢你！还说你一醒就赶紧给他们大队打电话！你等等，我去叫医生！"方子君看着百合花，无声地流下眼泪。

三菱吉普车急速开来，停在医院门口。穿着常服的何志军和陈勇大步走在走廊，旁边跟着医生。何志军问："情况怎么样？"医生说："小方身体本来就很虚弱，这一次肯定是元气大伤。需要静养很长一段时间，至于能不能完全恢复，我们都不好说。"

何志军沉着脸，不再说话。

"好闺女！"何志军走进病房后，第一句话就是这个。方子君看着何志军默默流泪。

"是我们老侦察兵的女儿！"何志军坐下，握着她冰凉的手。方子君哭着点头："何叔叔！"何志军擦擦她的眼泪："你放心！我已经给你阿姨打电话了，今天晚上就会接你回家休息！小雨也快放假了，让她专门在家陪你！你的身体，一定要恢复，还要比以前更好！"方子君点头。何志军又叮嘱几句，起身："我时间紧迫，现在去见院长，谈一下乌云同志医疗费的事情。陈勇，你陪方大夫说说话。她救了你，还救了你的兵！你要好好感谢她！我走了！"咣咣咣，大步流星，脚步山响，这就是何志军的风格。方子君看着何志军出去，脸上还在流泪。陈勇坐下，看着方子君轻声地问："方大夫？"方子君笑了："我没事。这不好好的吗？"

"政委已经跟大队干部们都说了，谁家是在农村的，赶紧给你送土鸡和柴鸡蛋过来，好好补补身子。"陈勇缓缓地说，"你需要什么营养品就告诉我，我来安排。"

"这么客气干什么，我是医生，救人是我的天职。"方子君笑着说。陈勇忍着眼泪："战场上，你救了我；现在，你救了我的兵。为了我的兵，你的身体搞成这样，我心里难受啊！"方子君说："陈排长，我们都是军人。你的兵也是我的战友，这些话真的见外了。"

"方大夫！"陈勇流出眼泪，"我陈勇是个粗人！从小在少林寺长大，没那么多花花肠子！总之一句话，从今往后，我就是你的人！你一句话，出生入死，刀山火海，我陈勇要是眨一下眼睛，就不是爹生娘养的！"方子君笑了："瞧你说的，我们都是革命军人，都是部队的人。"

"不！"陈勇说，"我陈勇就认两个人——一个是我们大队长，他是我佩服的真爷们儿！真汉子！第二个，就是你！你是我见过的最美丽的女人！不仅外表美丽，心也美丽！我陈勇这辈子值了——敬佩一个真爷们儿，喜欢一个真女人！"

方子君苍白的脸上出现红晕："你这是说的什么话？"

"方大夫，我知道我配不上你！"陈勇豁出去了，"我也不存那个非分之想！我就是告诉你，无论是要我出生入死还是刀山火海，都是你一句话的事情！"

方子君笑着说："陈排长，你的心意我心领了。"

陈勇点头："你心领就足够了！我是个武夫，除了打仗不会别的！我知道你可能一辈子都用不上我，我说出来就好受多了！能和你做战友，我知足了！"

"我们是战友。"方子君微笑着说，"我们一起从战场上下来的，是生死战友！"

"嗯！"陈勇起身，"谢谢你，方大夫！我去看看乌云！有时间我还会来看你，你放心，我陈勇不会烦你，我就是把你当战友！"方子君笑着点头。陈勇转身戴上军帽出去，在门口撞上了一个人。陈勇的脸黑了："你？！你来干什么？！"

5

"我怎么就不能来？"抱着一束百合花的张雷奇怪地问。刘晓飞、何小雨和刘芳芳三个人都站在他身后，诧异地看着陈勇。陈勇问："你跟方大夫不是分手了吗？"张雷说："这个事情和你解释不清楚，我们还是朋友。我是来看看她的，她身体怎么样了？"

"你不能看！"陈勇跟个门神一样站在那儿，"方大夫现在很虚弱，你去了会刺激她！"

"我说，你是她什么人啊？我来看她跟你有什么关系？"张雷本来就郁闷，这下更没好气了。陈勇噎了一下，接着说："我说了，你不能就不能看！"张雷说："凭什么？就因为你是少尉我是学员？你不是我的直接领导，这也不是战争状态，我可以不听你的命令！"

"行了！行了！"何小雨分开他们，"你们都别吵！这是医院，子君姐要休息！"

张雷和陈勇只得咽下这口气。张雷说："我还是她的朋友。我想去看她，让开！"

"如果没有方大夫的话，我不会让你进去！"陈勇瞪着他，两人跟斗鸡似的。何小雨急了："我说！我可以进去吧？"陈勇说："可以。"

"搞不懂你！"何小雨甩了一句，径直进去了。

"想动武？"陈勇不屑地一笑，"10个你也不是我的对手！"

"你搞明白，这是医院！"张雷说，"不是动武的地方！"

"好，你说地方我奉陪！"陈勇说。刘晓飞丈二和尚摸不着头脑："陈排长，你好像跟张雷有误会？我们只是听说子君病了，来看看她。"

"这不关你的事情！"陈勇扬起下巴，"得到了不知道珍惜，我就是要教训教训这个浑蛋！"

"我明白了！"张雷笑了，"你把我当情敌了？你喜欢方子君？"

"住口！"陈勇断然喝道，"完全不是那么回事！"

何小雨走了出来："行了！行了！都多大人了，还跟孩子似的要干架？！尤其是你，还是军官呢，这点儿素质都没有？！你这就是我爸带的兵啊？！回头我教育他！"

"你爸爸？"陈勇蒙了。

"我叫何小雨，自己猜我爸是谁！"何小雨说，"现在子君姐让我们四个都进去！"

陈勇彻底蒙了。四个人就进去，张雷进去的时候和陈勇对视着，眼神带有挑衅的味道。陈勇压着火，在外面等着。

张雷把花放在床头，何小雨坐在床前。剩下的三个就站在她后面，看着病床上的方子君。何小雨抱着方子君的胳膊说："子君姐，放心！放假我陪你！"方子君笑了笑，眼神余光看见张雷，很不自然。张雷想说话，没敢说。刘晓飞说："子君，我跟我爸爸说了，让他在东北的办事处给你去找老山参。还有别的什么补品，我都让他尽快找到，赶紧给你送来。"

"我没事，"方子君笑道，"你们别搞得我跟老太婆似的！"

"子君姐姐！"刘芳芳把手里的一枝百合花递给方子君，"你的事迹在我们学校都传开了，你舍己救人，我们老师都要我们向你学习呢！"

"别这样说，我只是做我该做的。"方子君说。

"子君……"张雷觉得再不说话就不像话了，"你，注意身体，安心休息。"

方子君脸上很不自然，掩饰地笑着："我很好。"张雷点点头，不再说话了。

"你们都出去吧，我和子君姐说说话。"何小雨说，"这么多人，空气都不好了！"

三人出去了。张雷刚刚走出门口，就遇到陈勇。陈勇压低声音："楼顶平台，我等你。"张雷一愣。陈勇转身就走，甩下一句话："是男人就上来找我！"张雷愣在原地，还没反应过来。刘芳芳说："他什么意思啊？张雷，别搭理他！"

"我跟你一起去！"刘晓飞把军挎交给刘芳芳。

"我自己去。他是找我，你们别管。"张雷说，刘晓飞还是跟着。张雷转身厉声说："站住！你给我听着，我自己去！你再走一步，我就不认你这个兄弟了！"刘晓飞站住了。张雷大步流星走向电梯。刘芳芳着急地说："这都怎么回事啊？都是当兵的，打什么架啊？"

"我也搞不明白。"刘晓飞说，"但是他说了自己去，我不能去。"

"那我去！"刘芳芳就去追，刘晓飞一把拉住她："芳芳！如果你想得到张雷的爱情，你就要记住——他的骄傲是骨子里的，他不容许任何人可怜他！他说了自己去，就是自己去！"刘芳芳脸上一阵红一阵白："你们，你们这些男兵都是干什么啊？！"

6

军区总院的楼顶其实就是直升机平台，上面可以停一架大型的运输直升机。陈勇站在偌大的 H 字母的中心位置，双手放在背后跨立，傲慢地看着入口。张雷从小门走出来，慢慢走向陈勇，在他身前 5 米的地方站住了。楼顶的风很大，两个人都是站立在风中。陈勇说："我从不打无名之辈，报上你的名字。"

"张雷，陆军学院侦察指挥专业 17 队学员。"张雷也是傲气十足。

"陈勇，狼牙特种侦察大队特战一连少尉排长。"陈勇说。

"打算怎么个玩法？"张雷淡淡一笑。陈勇脱下自己的军装上衣："我不欺负你是学员，现在我不是少尉军官，我就是我，陈勇自己。"张雷也脱下上衣丢到一边："说实话，我觉得你很傻。两个男人为了一个女人决斗，在这个时代说出去会让人笑话。"

"你怕了？"

"怕？"张雷脸上还是那种笑容，"伞兵怕什么？我就怕对手太少，我生下来就是伞兵，就是被包围的！"

"我不是要和你决斗！"陈勇说，"我是喜欢方大夫，但我从未想过要得到她！我配不上她，能和她做战友，我就已经很知足了！但是我不允许你伤害她！你伤害了她，就要付出代价！"

"伤害？你怎么知道我伤害了她？"

"难道还是她伤害了你？！"陈勇怒吼。

"陈排长，在你的思维当中是不是男女朋友分手就是因为一方伤害了另外一方？我和方子君之间，不是那么回事，我们有很复杂的原因，而你也无权知道！"张雷开始穿衣服，"你的思维太简单了，不配做我的对手。"

陈勇用脚尖挑起军装上衣，右手抓着，当成软鞭朝张雷抽过去。张雷闪开头，但还是被扫了一下，左脸颊火辣辣地疼着。陈勇虎步站好，右手拿着上衣摆好姿势："我已经攻击你了，天生的伞兵！来啊，还击！"

张雷冷冰冰地看着他，哗地脱下上衣丢掉，摆出一个散手的姿势。陈勇不屑地笑着说："还有点儿底子。"两个剽悍的男人虎视眈眈，纹丝不动，都在等对方先出击。何小雨疯跑上来，后面跟着刘芳芳。何小雨站在入口处高喊："张雷！你们这是干什么？！"

"都别管！这是男人之间的事情！"张雷高喊，"都下去！"

"少尉！我告诉你，你这是在违反军纪！"何小雨对陈勇喊。

"你可以告诉你爸爸，我陈勇又打架了，我甘愿接受任何处分！"陈勇高喊，"但是现在，你们都下去！这是战场，是两个男人之间的战争！"

"张雷，不要打架好不好？"刘芳芳带着哭腔喊。

"他已经说过了，这是战争！"张雷纹丝不动，"我是绝对不会不应战的，除非我死！"

陈勇嘴角浮起一丝笑意："我可以让你一只右手。"张雷高喊："不需要！"陈勇丢掉上衣，右手背在后面。"啊——"受到侮辱的张雷怒吼一声扑了上去。陈勇左手挡开张雷的直拳，腿下走着少林武术的步法。张雷左右出拳起腿，却打不到陈勇一丝一毫。

"技击之道，尚德不尚力，重守不重攻！"陈勇像教学一样高喊，"盖德化则心感，力挟则意违，守乃生机，攻乃死机！"啪！张雷脸上不知道什么时候已经中了一拳，眼前一片金星。

"攻我者怒气上涌，六神暴跳，而不守于舍；于是乎神轻气散，而其力自不能聚，纵一时鼓噪，以镇宁临之，不须与攻杀，片时即自败矣！"啪啪！陈勇一个冲拳打在张雷胸前，着力后立即化为掌再推一把。张雷后退几步，居然倒在地上。陈勇右手还是背在后面，左手起势，金鸡独立，右腿在前摆出一个白鹤亮翅。风呼呼地从他身上吹过。张雷起身，高叫一声又扑了上去。

"用火不戢将自焚，学技不晦将自杀！"陈勇高喊着出腿，腿一出，张雷绝对是眼花缭乱。"彼攻我守，则我之心闲，我之气敛，我之精神勇力，皆安适宁静；于是乎生气蓬勃，任人之攻，无所患也！"陈勇喊完以后，直接一个弹踢，张雷立即飞了出去。陈勇长出一口气，收手。张雷倒在地上，坚持想站起来，但刚爬起来又倒下了。陈勇穿上自己的军装，面无表情地走了。何小雨和刘芳芳冲上来抱起张雷。刘芳芳都急哭了："张雷！张雷！你没事吧？"张雷咬着牙，擦去鼻子上的血，眼神在冒火。

"别走！"张雷高喊一声，站起来往前追。陈勇头也不回。张雷走了几步又倒下了。

"看在都是军人的面子上，你没有内伤！"陈勇头也不回地喊。张雷跪起来，扶着地面响起来："啊——"咣！他又倒下了。骄傲的张雷痛苦地高喊着，暴躁地捶着地面。张雷被刘芳芳和何小雨扶下去，刘晓飞还站在那里等着他。张雷低下头，刘晓飞走过去："你输给他不丢人。我问过了，他是少林俗家弟子，从小在少林寺长大的。在咱们军区，还没有能打得过他的。"张雷吐出一口血唾沫，脸上浮出笑意："果然是好汉子！子君有他照顾，我放心多了。"何小雨摇头叹气："你们男兵啊，头脑简单四肢发达！"

7

特种侦察大队的操场上一片庄严肃穆。穿着崭新常服的新战士在进行军人宣誓，领取领花、军衔肩章和帽徽。新兵连训练结束，各个单位都在等待迎接新兵。

"田小牛！"林锐高喊。"到！"田小牛兴奋地出列。

"董强！"

"到！"董强犹豫了一下，出列。

"特战一连，'特战尖刀班'！我还是你们的班长！"林锐说。两人都很高兴，满脸放光。林锐说："背好背包，跑步跟我走。"田小牛与董强跑步跟着林锐到了兵楼前，一班的老兵们都已经在前面列队准备欢迎新战友。"特战尖刀班"的红旗在他们队列前飘扬。

"你们入列。"林锐说，两个人入列。

"同志们——稍息！"林锐高喊，"从今天开始，我们又有了两名新战友——田小牛、董强！现在我们表示欢迎！"哗哗哗一片掌声。田小牛和董强都很激动，巴掌都拍红了。

"'特战尖刀班'的荣誉，是烈士用鲜血铸就的！"林锐严肃地说，"希望你们不骄不躁，发扬在新兵连养成的特种兵精神，在这个光荣的集体中成为一名真正的特种兵！"哗哗哗又一片掌声。

"现在，全班点名——乌云在医院，所以不点名了。"林锐强调。全班肃立。

"田小牛！"林锐先从新同志点起。"到！"田小牛挺起胸膛高喊。

"董强！"

"到！"董强脸上的表情很神圣。林锐依次点下去，全班都点完了。田小牛和董强都等着林锐说话，脸上表情都很幸福。

"一班班长——"林锐高喊。田小牛纳闷儿，咋？班长自己点自己？——"田大牛！"

"到——"全班老兵同时高喊，田小牛和董强都傻了，脑袋被震得嗡嗡直响。

林锐看看他们，说："记住，这是'特战尖刀班'的第一任班长、一等功臣、革命烈士！他是我的班长，我们'特战尖刀班'的班长，永远的班长！我们的荣誉称号，就是用他的命换来的！以后全班点名，喊到他的名字时一起答到！明白没有？！"

"明白！"两个新兵高喊。田小牛激动不已，我居然和烈士重名？难怪班长让我改名。

林锐和老兵们带着他们进了一班宿舍，安排了床铺。林锐拿出两套特种侦察大队特制的迷彩服和黑色贝雷帽递给他们，还有臂章和胸条，又扔给他们两双靴子。两个新兵赶紧换上新衣服，高兴得和刚刚出壳的麻雀一样。田小牛说："乖乖！穿皮鞋走路是这个感觉？"

董强笑着给他戴好贝雷帽："什么好东西到你嘴里都变味儿了，看你把帽子戴得跟厨子一样！"田小牛和董强都浑身洋溢着按捺不住的幸福。

"咱真是特种兵了？"田小牛看着董强，不相信地问。董强说："咱真是特种兵了！"

"我非要穿着这身儿在我们村儿走一圈不可！妈呀！我让他们民兵连的老民兵们都看看，当年你们不让我当民兵，现在我是特种兵了！"田小牛感觉很扬眉吐气。老兵们听后一阵哄笑，这时战备警报响起，林锐从外面进来喊："紧急拉动！"全班老兵急忙从铺上拿起钢盔和背囊往外跑。田小牛一边接过林锐扔过来的钢盔和崭新的91背囊，一边大声喊："咋？刚当特种兵就要打仗？狗日的干！老子也让侵略者知道，我田小牛不是吃素的！"

"紧急拉动！"一个老兵把背囊替他在后面紧紧，"何大队练我们了，卡时间的！全大队要在规定时间里，全员全装出发到指定地点，不然就要挨收拾！快走吧！"

田小牛和董强跟着老兵出了楼道，冲入枪库取枪。接着一把81杠、一把54手枪、一把91匕首枪和指北针、匕首、弹匣等，全都装备在了两个新兵身上。两人都极度幸福，感觉到了当特种兵的快乐。出了楼道门可不得了了！田小牛和董强惊讶地看着全大队的老兵们全副武装在大院里跑动，车库的车都开出来了。战备警报在高声尖叫着，纷乱的脚步声、鼓鼓囊囊的战斗装具、干部和班长们凌厉的口令声，这些让整个大院真的充满了战前的紧张气氛。

"你们两个！跟上队伍！"林锐高喊，带着一班出发了。一直到登上大屁股班用侦察吉普车，田小牛和董强都觉得好像在做梦一样。看着外面车队掀起的烟尘，看着满车全副武装的老兵，再看看自己的装束，都激动起来。董强抚摩着自己的狼牙臂章，激动地笑了。林锐坐在副驾驶的位置上，正对着班用电台高喊："狼头，狼头，短刀一号呼叫。一班已经出发，在前面开路。完毕。"车开出大院，呼啦啦一阵狂奔，后面是车队。

"班长，咱们要去哪儿啊？"田小牛问。林锐说："去一号地区待命。紧急拉动就是练我们的反应速度，我们是特种部队，要随时准备打仗。这也是快速反应的一部分——唱首歌！夜色当中，我们是一把利剑——预备——起！"

全班战士们狼嚎一样的歌声响起来："夜色当中，我们是一把利剑；黑暗当中，我们是一道闪电。高山挡不住我们的脚步，深水淹不没我们的信念……"

歌声当中，田小牛和董强激动地对视着，他们终于确信自己已经是一个特种兵。

153

8

断指再植手术以后的乌云满脸伤疤，他脸色苍白地躺在病床上。闪光灯在他身边闪烁着。大队新闻干事小崔放下照相机："乌云，这位是军区《战歌报》的蓝记者。她是专程来采访你的。"30多岁的蓝记者声音柔和："乌云同志，你的英雄事迹让我很感动。军区首长和总部首长都希望尽快整理出一篇报道，可以让更多的指战员们向你学习。"乌云没理他们，只是看着自己的右手："我是不是不能再当特种兵了？"崔干事低着头："大队长和政委已经吩咐过了，你出院以后可以继续在大队，在车库维修班。"乌云抬头看他："不！我不离开一班！"

"乌云。维修班和一班宿舍很近，你可以经常来玩。你还是我们一班的人，我们都是你的战友。"一直站在后面的林锐开口了。乌云喊："林锐！我不能去维修班！我要留在一班！你是不是因为我受伤，不要我了？"

"怎么可能呢？！"林锐激动地说，"你生是一班的人，死是一班的鬼！"

"那好，我不离开一班。"乌云说。崔干事低沉地说："乌云，你不能再做狙击手了。"乌云看着自己的右手，委屈地哭起来。林锐低下头，眼圈发红。哭了一会儿，乌云说："你们都出去，我和林锐单独谈谈。"崔干事和蓝记者对视，蓝记者站起身："好的，我们在外面等。乌云同志，不要太难过了，虽然你不再是狙击手，但你还是个出色的特种兵。"

门在后面轻轻关上了。林锐穿着迷彩服，戴着黑色贝雷帽，双手跨立看着乌云。乌云在病床上流着眼泪看着他。林锐忍着要流下的泪水："乌云，你为什么……为什么要抢我的手榴弹？"

"林锐，我知道你聪明。"乌云哭着说，"你脑子那么好使，回去一想就能想明白。"

林锐点点头，眼泪流了出来："你真傻啊！"

"我知道我傻！"乌云哇哇大哭，"但我真的是想立功啊！林锐，你是城里人，你不知道我们草原牧民生活多苦啊！我就是想立功，多立功，然后提干！就可以把我妈接过来！"

林锐流着眼泪："所以你要抢我的手榴弹？"

"对，我一开始就想好了。"乌云泣不成声，"我想成为活着的苏宁！我觉得我的军事素质肯定比炮兵少校要好，我更年轻，反应也更快，我不会有事！"

"那你为什么在一开始不说，你来抢手榴弹？"

"那样就不是英雄了。我不说，抢了你的手榴弹，我就是舍己为人。"乌云哭着说，"3.5秒啊！时间足够我捡起来扔出去啊！我没想到啊，手榴弹会凌空爆炸！我是自作自受啊！"

"你别这样说！"林锐抓住他打自己脑袋的左手，"你救了我的命！那颗手榴弹本来是应该炸到我的！"

"林锐！我……"乌云泣不成声。林锐流着眼泪抱着他："好兄弟！你是我的好兄弟！我告诉你，这个事情没人知道！没人知道！你是英雄，你是真正的英雄！你救了我的命！我一辈子都会记得你的大恩大德！不许再说了！记住，对任何人都不许说！"

乌云哭着点头："林锐，只有你不会出卖我！"

林锐看着他的脸，拍了拍："傻话。擦擦眼泪，一会儿记者进来不许说这个！听见没有？！你是真正的英雄！不管怎么样，你救了我！我不允许任何人对不起你！"

乌云哭着大喊："林锐！"林锐抱住他也泪如雨下："以后不许再这么傻了！我会给你想办法多立功的，你有什么事情多和我商量！记住了！"

乌云大哭着点头。林锐擦擦他的眼泪，也擦擦自己的眼泪，起身走到门口，拉开门说："蓝记者，崔干事，乌云准备好了。"

9

省财经大学门口，下课的谭敏跟着同学们一起到学校门口的那排小饭店打饭。谭敏走到小饭店门口的橱窗前："半份土豆丝，二两米饭。"

"哎！这就好！"——谭敏觉得这个声音很耳熟，抬头一看，不禁脸色一变，岳龙拿着饭盒看着谭敏，露出笑容："谭敏！"谭敏脸色顷刻发白，岳龙走了出来："是我啊，岳龙啊！不认识了？"谭敏赶紧点头："认识。我，我换一家打饭！"岳龙拿着饭盒进去："别别，今天我请客！想吃什么随便点！"

这时，忽然有人喊道："谭敏！"谭敏回头，看到穿着迷彩服、戴着黑色贝雷帽和蹬着军靴的林锐笑着从人群中挤出来。林锐跑到她面前："我一下车就看见你了！"岳龙拿着饭盒走出来："林锐！"林锐看见他一愣。

"岳龙啊！"岳龙高喊，抓住林锐的手，"你不认识了？！"

林锐张大嘴想了半天："我操！你，你怎么现在开饭店了？"

"一言难尽啊！"岳龙拍拍林锐的胸条，"嘿！不得了，中国陆军特种部队？！你真当特种兵了？"

"是啊，我来军区总院看战友，归队前来看看谭敏。"林锐说。

"都进去，里面坐！今天我请客！"岳龙拉着他进去，"谭敏，你也进来啊！我这儿又不是渣滓洞和白公馆！小常，赶紧招呼前面，我陪老同学吃饭！让后面做几个拿手菜，把我的剑南春拿出来！"

小饭店里还有个雅间儿，岳龙拉林锐和谭敏都坐下。很快，酒和菜都上来了。岳龙给林锐和谭敏都倒上。谭敏说："谢谢，我不喝酒。"岳龙拿起酒杯："老熟人见面，喝一杯吧！当年是人小不懂事，我现在已经变了。说实在的，当年咱们打来打去其实为啥？不就是为了谁能在光明桥头弹个吉他唱个歌，调戏调戏过往的女生吗？多大仇啊？我先干为敬！"岳龙一饮而尽。林锐笑着："我操，不得了，你岳龙也幡然悔悟了？"

"就许你林锐当特种兵，不许我岳龙洗心革面重新做人？"岳龙笑着拿起酒杯，两人一干二净。林锐问道："你毕业以后怎么样？"林锐问。岳龙黯然地说："没毕业，因为打架伤人，被警察叔叔抓进看守所了。家里把房子都卖了，又借了好多钱才把事儿给平了。我关了半年才出来，老娘得了心脏病，老爹一把年纪，现在还在蹬三轮。我看我不能那么活了，就来省城的一个建筑队干活儿，然后打工加上借钱，开了这么个饭店。"

林锐拍拍他的肩膀："别想那么多了，慢慢来，会好起来的。我们都长大了，都该懂事了。岳龙，以后有什么需要我帮忙的，你就找谭敏转告我。"

　　"现在还有啥需要你个特种兵帮忙的？"岳龙笑着说，"我又不打架了，不需要找人平事儿了！倒是你，小时候打架就是精，现在打出名堂了！打到特种部队了！"两人都哈哈大笑起来。岳龙真诚地说："以后谭敏就来我这儿吃饭，学生食堂黑得要死！你们就把我这儿当成自己家！放心，第一不白吃，第二不要黑心钱！"

　　"那我就谢谢你了！"林锐举起酒杯，"谭敏就在你对面上学，你多照顾她！毕竟都离开家了。"

　　"放心！"岳龙也端起来，"干！"三人都拿起酒杯，谭敏也喝了，喝得脸红扑扑的。

　　公车来了，林锐要走了。谭敏的眼睛哭得像兔子的红眼睛一样。林锐要上车："我走了。"谭敏一把拉住他抱在怀里，踮起脚尖吻他。林锐深深地吻着谭敏，许久松开："我走了！"然后他去追刚刚离站的公车。公车停了一下，车门打开，林锐敏捷地跳上去，拉着车门框子探出身子站在车门边回头。谭敏还在哭。林锐左手拉着车门框子，右手举起，行了一个潇洒的美式军礼——从光碟上学来的。林锐看着她，手放下，转身上车。车门关上了。公车开走了，谭敏哭得泣不成声。

10

　　"张雷！刘晓飞！系主任让你们马上去一趟！"

　　"哎！来了！来了！"张雷一边摘散打手套，一边接过同学扔来的外衣，对面的刘晓飞已经跳下散打台子。跑步的时候，刘晓飞问："是不是上次打架的事儿让主任知道了？"张雷说："不知道。到时候再说。"刘晓飞苦笑："怎么说啊？"张雷想了想："实话实说。"

　　他们俩跑步到门口，看到系主任坐在办公桌前，沙发上还坐着侦察指挥教研室的郑教员，还有一个不认识的上校。刘晓飞和张雷喊报告进去。系主任问："就是这两个人？"郑教员点头。系主任说："好，考试已经考到最后一门，明天考完就跟你去。"两人都不知道是怎么回事。系主任说："我给你们介绍一下，这位是军区特种侦察大队的耿辉耿政委。"耿辉起身，看着他们俩。两个小家伙就蒙了。耿辉笑着说："你们两个可是名声在外啊！"

　　"报告！"张雷心一横，说，"打架是我，跟刘晓飞没关系！"

　　耿辉一愣："打架？打什么架？"

　　系主任脸就绿了："你们两个又打架了？"

　　"报告！"张雷说，"是我！这次没刘晓飞的事儿！"

　　"跟谁打架？"系主任问。张雷说："您都知道了。"

　　耿辉看着他们俩："打架？侦察兵不打架倒是奇怪了，赢了还是输了？"

　　"输了。"张雷说。系主任都奇怪了："哟！你俩也会输？"

　　"是我一个人打的，没刘晓飞。"张雷说。耿辉问："感觉如何？"

"对手实力太强，我心不服但是打不过。"张雷说，"他也是胜之不武！堂堂少尉军官，少林俗家弟子，对我这个军校学员，就算赢了也不光彩！"

耿辉倒吸一口凉气："你跟陈勇打架了？"

"啊。"张雷不明白，"政委您不都知道了吗？"

"我回去收拾他！"耿辉说，"我怎么可能知道？又没人跟我汇报。"

"啊？！"张雷和刘晓飞几乎同时喊出来。耿辉问："还敢不敢跟他打？"

"敢！"张雷说，"打不过无非是一死而已！"耿辉和郑教员都笑了。

"你这个家伙，怎么到处惹事？"系主任说，"考试完了，都关禁闭！好好反省！"

"我撞个木钟。"耿辉说，"这两个人让我很欣赏，能不能考试完了就借给我？"刘晓飞和张雷都看着耿辉。郑教员说："是这样的，军区特种侦察大队打算跟我们教研室联合做一个课题。组建一个战术试验分队，进行新战法研究，我本来打算带你们两个去，在战术试验分队实习。如果你们不愿意，我就换人。"

"愿意！"张雷脸上都放光。刘晓飞也赶紧说："我也愿意！"

"你们两个给我记住，你们出去就代表着陆院！代表着侦察系！"系主任说，"那是人家特种侦察大队的地头，出了事没人罩着你们！不许再打架了！"

"是！"两人回答得都很痛快。

11

"敬礼——"林锐高喊一声。戴着军功章的乌云在何大队和耿辉政委等干部的陪同下，走进自己的一班。乌云还是那么憨厚地笑着，但是脸上、手上和脖子上的伤疤却在无言诉说着他经受过的痛苦。乌云举手还礼。"礼毕——"唰———班战士把手放下。

"干啥这么正规？都不认识了？"乌云笑道。董强走上前："乌云班长！"

乌云笑着摸摸他肩膀上的列兵军衔："好像长高了？"

"班长！"董强哭出来，"你受苦了！"

乌云拍拍他的脸："没事，训练那么累，我正好休息休息。"

田小牛拿出一袋子红枣和熟鸡蛋："乌云班长！这是我让我妈给你煮的鸡蛋！这个红枣是我们村儿的老民兵们送你的，他们都说你是真正当兵的！"

乌云接过来，吃了一个红枣："甜！真甜！我说你们都高兴点儿，我这不回来了吗？"

战士们看着他右手接过的小拇指，都哭了。门外，耿辉告诉何志军："乌云不去车库。"

"怎么？"何志军问。耿辉说："他说他不想离开一班，就是不当狙击手了他也愿意。"

何志军点点头："那当爆破手吧，这样对他也好，退伍了去矿山或者企业工作，搞定点爆破和定向爆破的收入也是很可观的。"耿辉点点头。

领导们走了。班里，董强坐在乌云身边，大家都很开心。田小牛说："乌云班长，我们都分到一班了。我就在你对面铺上，咱俩睡对头！"乌云笑笑，看见林锐在窗前发呆："怎么了，林锐？"林锐低声说："下午是射击训练，我打算搞个仪式。"乌云眼神黯淡起来。

"田小牛已经被定为一班的狙击手，你向他授枪。"林锐低沉地说，"这把狙击步枪，跟随你一年多，是你的第二生命。我想应该有一个仪式。"乌云不说话，田小牛已经站起来："报告班长！我不当狙击手！还是乌云班长当狙击手吧！"

"田小牛！"乌云站起来高喊，"坐下！"田小牛坐下。乌云举起右手，大家都看见他的右手小指上的伤疤。乌云说："我的手已经不灵活了，狙击手是枪手之王，而我的手已经不能再那么灵活了。我下午会亲手把枪交给你，希望你成为一个出色的狙击手！"

"乌云班长！"董强含着热泪站起来，"是我不好！都是我不好！"

"车轱辘话别来回说！"乌云怒了，"这是我的命！知道吗？咱当兵的，就是在刀尖上舔血！这就是我的命！"

林锐看着乌云，递给他一支烟，给他点上："在我心里，你永远是最好的狙击手！"

乌云笑了笑，却有一滴眼泪流下来。

后山靶场。一班战士全副武装地站在地线外，身后其他班的战士在搞射击训练，枪声噼里啪啦。林锐高喊："乌云！"

"到！"乌云背着狙击步枪出列。林锐看着他，敬礼。乌云还礼。林锐高喊："田小牛！"

"到！"田小牛背着81-1自动步枪出列。林锐高喊："授枪！"

乌云摘下自己的85狙击步枪，抚摩着黑色的枪身和红色的护木，脸上的表情是复杂的。田小牛看着乌云，眼泪汪汪："乌云班长，这枪我要不起。"乌云抬起头，笑了笑："这把枪，跟着我走南闯北，跋山涉水。我熟悉它，就跟熟悉自己一样。现在交给你，希望你好好珍惜，努力训练，做个好狙击手！做个枪王！"乌云双手把枪递过去："拿着！"

田小牛摘下自己的81-1自动步枪，双手递过去。两人都是右手持枪，左手去抓住对方的枪身，然后回手握住自己的新枪。乌云依依不舍地看着狙击步枪。田小牛背上狙击步枪，敬礼。乌云背上81-1自动步枪，敬礼。

林锐一直低着头不说话。两人转身，入列向右看齐站好。林锐抬起头，看着乌云："你现在开始是爆破手。"乌云点点头。

"一班！准备射击训练！"那边陈勇在喊。林锐带一班过去，进入射击区域。

"小组战斗射击！第一小组，准备！"——林锐摘下步枪，身旁是一个微声冲锋枪手和一个机枪手。"开始射击！"——微声冲锋枪手抢先一步冲出去，低姿跑过开阔地，借助依托物跪姿射击。两声清脆的撞针撞击声，弹壳弹出，30米外的一个人头靶落地。林锐紧跟上去，向前冲出去更远，举枪立姿两枪，又两个靶子倒下。机枪手的机枪已经架好，咚咚咚咚封锁模拟对方塔楼。林锐和微声冲锋枪手交替掩护冲入对方靶场，开始射击不同的靶子，一切都是严格规定过的射击动作和路线。实弹就从他们身边飞过去，两人都没有任何犹豫。

"狙击手速射！准备！"——乌云条件反射地往前迈步，摘下枪才发现是81自动步枪。田小牛拿着狙击步枪看着他："乌云班长，给你打吧？"

"去！"乌云踹了他一脚。田小牛就跑出去，董强提着81自动步枪，胸前挂着85激光测距仪跟在他身侧。乌云看着狙击手小组开始不同动作和不同距离目标的射击，闭上了眼睛。那把昔日属于他的狙击步枪低沉的吼叫，打在他的心上。

第十章

---★---

1

晓敏把合作的协议给了廖文枫，廖文枫接过文件，看了两眼，直接签字。晓敏怪地问："您不仔细看看吗？"廖文枫说："我信得过你。"晓敏低下头："谢谢廖先生的信任，不过生意还是生意。"廖文枫把合约给她："我信得过祖国大陆的生意人，不会欺骗我的一片爱国热忱。第一笔资金明天就可以到位，我们的项目可以先启动起来。"廖文枫倒了两杯加拿冰酒，递给了她一杯。晓敏接过来问："马上就是春节了，不知道廖先生打算几号回台北？我好给您订去香港的机票。"廖文枫喝口酒："海峡两岸都是中国人，却还要在英国的殖民地中转，这是中国人共同的悲哀啊！我决定了！不回台北，就在省城过年！我要在自己的老家，在祖国过年！这里就是我的家！"晓敏听到后激动地站起身："廖先生，您的爱国热忱真让我感动！我会向集团刘总和林经理汇报，给您好好安排这个春节！一定让您有家的感觉！"廖文枫笑着点头。

"不如这样，您打电话让您太太一起到省城来过年好了！"晓敏说。廖文枫眼神黯淡起来："我太太已经去世 5 年了。"晓敏急忙道歉："对不起，廖先生，我不知道。"廖文枫低沉地说："5 年来我无时无刻不在思念她……算了，不说这个了。谢谢你，张小姐！"晓敏说："叫我晓敏好了。"廖文枫笑了："好的，晓敏。你过年怎么安排？"晓敏说："我？我过年就在本市，我家就在这里。"廖文枫笑道："不知道能不能去你家吃顿年夜饭？大陆的年夜饭，我还从来没吃过。"晓敏高兴地说："当然可以！只是我们家条件不是很好，我怕您不习惯。"廖文枫说："我也是苦出来的，台南的农民家庭出身。这些不算什么，只要可以感受到过年的感觉就可以了。过年的时候，一个人孤零零的，确实很难受。"晓敏笑着说："那没问题！我亲手给你包饺子吃！"廖文枫看着她："一言为定！Cheers！"两个高脚杯碰到一起。

华明集团林秋叶办公室。林秋叶看着合约点头："这样我们的合作就具有法律保障了。晓敏，你立了第一功！"晓敏笑道："是廖先生爽快，他信任我们。"林秋叶问："信任？"晓敏说："是啊！林经理，您真的紧张过度了！我看廖先生是一个爱国台胞，他是诚心诚意要和我们一起搞好省城的建设。"林秋叶说："晓敏，你记住这句话——商人爱国，但是也爱利益。爱国是本性，追逐利益却是本质！尤其现在是和平建设时期，没有利益的话，他是不会签的！"晓敏嘟着嘴："林经理，我知道了——不过，我还是觉得您太紧张了。"林秋叶叹口气："也许吧。当了20年兵，有些都成习惯了——他问我丈夫的事情没有？"晓敏说："没有，一句都没有。"林秋叶点点头，没说话，然后晓敏就走了。

2

何志军去陆院接了教员和学员，带着他们顺带着回家看看。何志军人没进屋声音先到："我的俩闺女！"何小雨一下子冲出来抱住何志军的脖子撒娇："爸——"

"哎呀！我闺女又出落水灵了！"何志军掐掐何小雨的脸。何小雨一眼看见后面的郑教员、张雷和刘晓飞，马上就下来了，特不好意思地说："爸，来客人怎么也不提前告诉我？"刘晓飞就眨巴眨巴眼睛。何志军进来："啥客人啊！你郑叔叔不是自己人？"何小雨看到刘晓飞进来，脸就红了。

林秋叶从厨房出来："哎呀，都来了啊！老郑，赶紧坐，好长时间没见你了！晓飞也来了啊？"刘晓飞说："阿姨好。"林秋叶招手："坐坐！这个小伙子没见过，你同学？"

"阿姨，我叫张雷！"张雷利索地敬礼，"和刘晓飞是同班的。"

"都坐！都坐！"林秋叶说，"小雨倒水！"何小雨就赶紧倒水，倒到刘晓飞那里时踩了他一脚。刘晓飞没准备，惨叫了一声。何小雨明知故问："怎么了？"

"没事，没事。"刘晓飞看着大家，以笑掩饰，"我自己踩自己了。"

"说你智商低，你还不承认。"何小雨给刘晓飞倒水，转向张雷。

"谢谢。"张雷接过杯子，低声问，"她呢？"

"谁啊？"何小雨装糊涂。

"方子君。"

"在屋里休息呢。"何小雨说，又低语，"说真的，你放弃吧。你再出现，对子君姐是一种折磨。真的，让她活在过去太残忍了。"张雷无语，默默地喝水。

何志军去看了方子君。随后方子君披上军外衣往外走，便看见了张雷，愣住了。张雷慢慢站起来。方子君避开了目光，张雷神色一黯。

何志军在厨房里帮林秋叶忙活，何小雨往外端菜。何志军忽然问："我问你，闺女！你是不是跟刘晓飞那什么？"何小雨一下被问傻了，拿着菜戳在那儿："爸，你说什么呢？"

"你知道我说什么。你还是学生，不是毕业了。所以这种事情我得问，我是你老子，我不能问吗？"何志军说。林秋叶说："你别把孩子吓着！以后抽个时间专门谈不行吗？"

"我也得有时间啊！我好不容易跟闺女说句话，你插什么嘴？出去招呼客人去！"何志军说。林秋叶嘟囔一声："你还有理啊？成天也不着家，回家就审我闺女！我闺女是你抓的特工啊！怎么着，我知道他们俩的事儿！我同意了！"

"妈——"何小雨不知道说什么好了。

"你这跟我吵什么吵啊？"何志军苦笑，"我说了我不同意了吗？我说了吗？"

"你同意你还问什么？孩子的事情他们心里有数，孩子们都大了！"林秋叶说。

"是啊，我的小雨长大了！"何志军看着何小雨慈爱地说，"鸟儿大了，翅膀硬了要飞！闺女大了，出落水灵了要嫁！——不过我可嘱咐一句，在你们没有到正连级别以前不能结婚，要踏实工作！"

"爸！"何小雨涨红脸，"你们这都说什么啊？！我一句也听不懂！"何小雨掉头就出去了。何志军和林秋叶看着女儿的背影哈哈大笑。何志军自语："一不留神，过几年该当外公了？"林秋叶说："你还好意思说？我问你，刘晓飞，你觉得怎么样？"

"不错，是个好兵！"何志军说。

"我问你是不是个好男人！"

"好兵肯定是好男人啊！"何志军纳闷儿地说，"你看看我，是个好兵吧？不也是个好男人吗？"

"你要是好男人，天底下就没男人了！"林秋叶气鼓鼓地说，"还好意思说！"

林秋叶端起菜就出去了，何志军在厨房纳闷儿："我怎么不是好男人了？"

"咱们狼牙大队是总部战略预备队，过年肯定是战备，都回不了家过年了。所以今天呢，不是过年，但是是年夜饭！"何志军端起酒杯，"这个桌子上的都不是外人！老郑，我多年的老兄弟！一起出生入死！林秋叶，我老婆！这个不用说了！剩下的，都是我们的晚辈，下一代的军官们！我们都是或者曾经是中国人民解放军的军人，我们在这个中华民族传统的节日坐在一起，来祝贺新的一年的到来！来，为了祖国平安，干杯！"

大家举起了酒杯，碰杯，都喝了。方子君白皙的脸上出现红晕："何叔叔，我就这一杯，不能再喝了。"何志军说："好！那你就多吃菜！"何小雨赶紧给方子君夹菜："吃这个！营养价值高！"

座位是何小雨安排的，何志军居中，林秋叶在左边，方子君在右边。何小雨自然坐在方子君身边，右边是刘晓飞，然后是张雷。郑教员在林秋叶旁边。这样就把方子君和张雷隔开了，但也产生一个问题，就是方子君和张雷面对面。方子君不看张雷，只顾低头吃菜。何小雨踢了刘晓飞一脚，刘晓飞条件反射弹起来。

"怎么？我的凳子上有钉子？"何志军眼一瞪。

"不是！不是！"刘晓飞急忙拿起酒杯，"何大队长，我敬您一杯！"

"你看看这个孩子，在家叫什么大队长！"林秋叶说，"你小时候叫他什么？你忘了你追着你何叔叔讲战斗故事的时候了？屁大点儿的时候就追着喊何叔叔，现在居然叫大队长了？"

"阿姨，我……"刘晓飞不好意思地笑。

"啊，你愿意叫啥就叫啥！"何志军说，拿起酒杯，"你个毛小子，有一套！居然敢对我后方下手！我还没专门找你谈话呢！你倒招我！"刘晓飞脸都吓白了，不知道怎么说。

"谈什么啊谈？"何小雨一瞪何志军，"有什么好谈的？"

何志军大黑脸立即笑了："不谈！不谈！没啥谈的！今天咱们过年，喝酒！——刘晓飞，你给我好好干！我的眼睛看不见别人也得看见你！记住了！"

"是！"刘晓飞坚定地说，"何大队长，您放心吧！"一老一少，两个军人一饮而尽。

"何大队长，我也敬您一杯！"张雷端着酒杯站起来，"我一直都仰慕您，今天能和您喝杯酒，是我的光荣！"

何志军也站起来："张雷！我希望你也能成为一条像你哥哥那样的好汉！喝！"

方子君的手哆嗦了一下，筷子掉了一支。两人喝完酒，坐下。张雷看看方子君，方子君脸上的红晕消失了，还是那种惨白。

"老何，咱俩怎么喝啊？"郑教员端起杯子。

"咱俩不能用这个！"何志军拿起酒瓶子就往跟前的小碗里倒。郑教员苦笑："早料到了，我都带药了！"他把药拍到桌子上，"跟你何志军喝酒，我每次都要准备喝趴下拉倒！"何志军哈哈大笑，两个老哥们儿拿起小碗就给干了。

何小雨又踹一脚刘晓飞，刘晓飞急忙起身敬林秋叶，林秋叶笑着说："你看这孩子，怎么就这么客气了呢？你跟刘总还有你妈妈说了没，你过年在特种侦察大队？"

"说了。"刘晓飞说，"他们同意。我妈有点儿不愿意，我爸说我已经是军人了，就要服从组织安排。阿姨，您喝一半，我喝完。"

"好好。"林秋叶喝酒。张雷看着方子君，想说话，又不敢说。门铃响了，何小雨起身去开门："哎哟！我说谁呢！芳芳，你怎么来了？"刘芳芳穿着军装和大衣进来："我怎么就不能来啊？哟，你们家今天有客人啊？"

"什么客人，都是自己人！"林秋叶起身急忙去拉刘芳芳，"把衣服挂上，帽子挂这儿！赶紧入座，来了就一起吃！算我们家年夜饭！"

刘芳芳脱了军大衣和军装外衣，里面穿着黄色高领毛衣。之后她就被何小雨按到张雷边上坐下。何小雨介绍说："爸，这是我的同班同学刘芳芳，我的铁哥们儿！"

"好好！我这一看你们都当兵，我就高兴！这算我的三闺女啊！先喝一杯！"何志军说。刘芳芳赶紧说："何叔叔，我不会喝酒。"

"不会喝，学！"何志军哈哈大笑，"当兵不喝酒哪儿行？不多喝，喝一杯！"

刘芳芳只好拿起酒杯："何叔叔，阿姨！还有在座的哥哥姐姐，我敬你们！"

何志军看她喝了，高兴地说："好！绝对是我的三闺女！老郑，你不许和我抢！"

"我有一个闺女就够了，是吧，小雨？"郑教员对何小雨眨巴着眼。

"是——"何小雨拉长声音，"爸——"

大家哈哈大笑，只有方子君脸上没什么笑容，出着神。张雷也没笑，低下头想着什么。林秋叶急忙转移方子君的注意力："大丫头，尝尝妈给你做的春卷！这是你一直都爱吃的！多吃点儿！"

"嗯。"方子君无力地笑笑。张雷看着只觉得心如刀绞，却不敢说话。

"本来我找小雨是来商量一件事情！既然何叔叔也在，我就直接跟您说了！"刘芳芳大方地说。何志军纳闷儿："什么事儿啊？还要找我？"

"我和我爸爸商量了一下，我打算寒假去特种侦察大队见习！我想在大队医务所做个见习女特种兵，不知道何叔叔同意不同意？"刘芳芳真不愧是军长的女儿，见过世面，举止落落大方。何志军急忙倒酒给她："好啊！痛快！我欢迎啊！愿意来特种侦察大队，我当然欢迎！以后毕业也来，我们大队没女干部！你要来了，就是第一个！不过，你要做好吃苦的准备，我不会照顾你的！"

"我知道。"刘芳芳端起酒杯，"我也是军人的女儿，我知道特种部队肯定是很苦的。我先敬何叔叔一杯！"两人喝完酒，何志军问："你爸爸是哪个部队的？"

"哦，他在后勤工作，是个普通干部。"刘芳芳说。何小雨忍住笑，吃菜。张雷也诧异地看刘芳芳，刘芳芳对他调皮一笑，她喝了酒的白皙脸庞上浮现出两朵红云，在黄色高领毛衣的衬托下更加显得楚楚动人。刘芳芳说："你以为，只有你敢做特种兵？我也敢。"

张雷笑了，端起酒杯由衷地说："有志气！"

刘芳芳端起酒杯："现在别说太早！是不是有志气，特种侦察大队的训练场上见！"

两人喝酒，何小雨乐了，再看方子君，方子君脸上的表情很复杂，她起身说："对不起，我有点头儿晕，我先回屋休息了。"何小雨急忙起身扶方子君："我送你回去。"张雷看着方子君和何小雨进了房间，随手把门关上了。

方子君坐在床上半天不说话。何小雨靠在门边看着她，许久才说："姐姐，你跟我说句实话，你到底喜欢不喜欢张雷？"

"我真的不知道。"方子君苦笑。何小雨着急地说："那你为什么跟人家分手？现在刘芳芳进来了，是我鼓捣的，怎么收场啊？！"方子君说："我看他跟刘芳芳挺好。真的，我的心伤痕累累，我也不是一个纯洁的女人，我配不上张雷。"

"全都乱套了！"何小雨眉毛都挤到了一起。方子君靠在床上："一点儿都不乱，我心里很明白。我想，他跟刘芳芳在一起才能得到真正的幸福。你是对的，小雨。我之所以这样痛苦，就是因为没有你的那种果断，我和张雷不合适。你出去吧，我想安静一会儿。"

何小雨无奈地说："那想你到底怎么着啊？"

"我想安静一会儿。"方子君盖上被子，"替我把灯关上。"

"唉！"何小雨一跺脚，拉了灯转身出去了。

黑暗当中，方子君低声抽泣起来："我喜欢谁，我不喜欢谁，我自己都不知道……老天，我到底做错了什么，你要这么惩罚我……"

3

凌志轿车高速开到山顶，廖文枫开车技术非常漂亮，直接一个急转弯停在了公路边上，一步到位。廖文枫跳下车，站在山风当中看着脚下的城市和远处的大海，万家灯火犹如点缀在城市的明珠，在微微的夜幕中眨巴着眼睛，一片安详宁静。

"真美！"廖文枫感叹。晓敏下车把外衣给他："廖先生，您也不穿上外衣？"廖文枫穿上外衣，很绅士地点头："谢谢。"他转向城市，"只有在这里，才能感觉到大陆之广阔，祖国之辽远！"晓敏问："台湾不美吗？"廖文枫说："美。但是那里非常拥挤，在台湾，我是不可能看到这么远的大陆的！"晓敏问："廖先生这么喜欢大陆，没考虑过把事业转移到大陆吗？"廖文枫说："如果条件成熟，我会的。当然，我首先要征得董事局的同意，这是一个艰难的过程。两岸隔阂多年，互相都不了解，不过我很有信心！"晓敏说："你一定会成功！"廖文枫笑笑，看着晓敏："如果我的事业转移到大陆，我也会把家安在大陆！"晓敏说："那最好了！"廖文枫看着晓敏的眼睛，火辣辣的："我会重新开始我的生活。"晓敏躲开他的目光，声音低了："那当然好。"廖文枫笑了笑，打开车门："上车！我们去吃海鲜！"晓敏犹豫着说："接待费我能动的限额有限，我先给林经理打个电话可以吗？"廖文枫说："说什么呢！我请客！"晓敏说："那怎么好意思呢？您是客人！"廖文枫说："什么客人！我现在不是台商，你也不是华明集团的秘书——现在我是廖文枫，你是张晓敏。我个人请你吃饭！"晓敏说："不行！不行！"廖文枫说："那我换个说法。晓敏，你愿意和我约会吗？"晓敏一愣，看着他，脸红了。

"我邀请你和我共赴晚宴，可以赏光吗？"廖文枫说。晓敏问："你，你经常这么约女孩子吗？"廖文枫诚恳地说："不，我妻子去世以后，你是第一个被我约的女孩儿。"晓敏红着脸："为什么你会约我呢？我只是个普通的女孩子！"廖文枫说："你美丽温柔，善良贤惠，我希望可以有更多的机会和你接触，而不仅仅是商业上的来往。"晓敏呆了，不敢说话。廖文枫问："是不是因为我来自台湾那个资本主义花花世界，所以你不信任我？"晓敏急忙说："不是这样的，我，我不是这个意思。"廖文枫笑了："上车。我约你吃饭。"晓敏想想，上车了。

4

军号嘹亮，大院里一片口令和脚步声，特种侦察大队又拉开了一天的序幕——5公里越野。三菱吉普车开进大院，刘芳芳第一个下车，张雷把背包递给了她，刘芳芳接过来，好奇地打量着这里。全副武装的战士们正排着队往外跑，此起彼伏的歌声嘹亮而威武。

"三闺女！我的部队怎么样？"何志军掐着腰，骄傲地对刘芳芳说。刘芳芳利索地转向何志军，举手敬礼："报告大队长！我现在不是您的三闺女！我是军医大学见习学员刘芳芳，请您指示！"何志军也严肃起来："好！今天开始，你就在我大队见习！——哨兵！跑步，去叫医务所秦所长过来！"

不一会儿，医务所秦所长戴着钢盔、背着背包、扛着枪一路跑过来，满头是汗敬礼报告。何志军还礼后，一指刘芳芳："这是你的兵，带走吧！先去装备处领她的钢盔、武器和背囊，马上参加训练。"

秦所长一看是个女兵一愣，刘芳芳敬礼："报告秦所长！军医大学见习学员刘芳芳向您报到！"秦所长还礼，看何志军："她，她也训练？"

"废话！特种侦察大队的老鼠都得给我起来跑5公里！但是标准不一样，她跑3公里。"何志军说。秦所长说："是！"

"报告大队长！我不需要照顾！"刘芳芳说。何志军看着她："这不是照顾。这是上级对全军特种部队的训练大纲规定的！女兵有另外一套训练标准，这是上级的规定！执行规定！"刘芳芳敬礼："是！"

"去吧。"何志军一挥手。刘芳芳看了一眼张雷，转身跟秦所长跑远了。张雷和刘晓飞对视一眼，转向何志军："报告！我们也要求参加训练。"

"嗯，可以。"何志军说，"你们跑步，去找特勤队一排排长陈勇，告诉他，我要你们一起训练。早操结束来大队会议室报到。"

"是！"张雷和刘晓飞都犹豫一下，但还是答应着转身跑了。郑教员就笑："你老何果然是把这支部队带得有声有色啊！要不，我也去训练？"

"你训练个鸟？我还得留着你的精力动脑子呢！"何志军哈哈大笑，"走，咱们吃早饭去！"

5

刘芳芳穿着迷彩服戴着钢盔，全副武装，背着91大背囊在山路上一出现，立即就引起一阵骚乱。说骚动都是轻的，确实是骚乱。小伙子们的歌声和喊番号立即都变调了，瞠目结舌地看着刘芳芳跟着秦所长跑入医务所的队列。刘芳芳白皙的脸上满是汗水，头发也湿了，贴在脸旁。田小牛傻傻地看着。董强问："看啥啊？"田小牛看着感叹："真好看啊！是咱大队的吗？"董强就看："是个学员，实习的吧？"林锐高喊："注意队列！跟上！"他们就都不再说话，继续跑，不过都在看刘芳芳。

刘芳芳双肩被大背囊勒得很疼，钢盔也没怎么戴过，带子扣在下巴处，呼吸都不是很通畅了。她咬牙坚持着跟在秦所长后面跑，脚步都是混乱没章法的。秦所长回头看着她："把枪给我吧。"刘芳芳倔强地摇头。秦所长解开自己的武装带："你拉着！"刘芳芳甩开："我没事！"突然，她的左右两边出现两只帮她托着背囊的手，刘芳芳立即感觉轻松了。她回过头，看到张雷和刘晓飞。他们已经换上迷彩服，轻装跟上来了。

"注意呼吸节奏！"张雷低声说，"呼吸和脚步要一致！调整呼吸！"

刘芳芳调整自己的呼吸，感觉舒服了一点儿。

"武器给我！"刘晓飞摘下她的步枪。张雷没说话，帮她解开背囊前面的卡扣，摘下背囊，又自己背上。张雷说："我们去一排报到！你轻装跟着吧，我们空手没法儿见人。秦所长，借你们的东西用一下！"

"去吧，下山的时候还给她就成！"秦所长说。刘晓飞和张雷加快速度，健步如飞地从他们身边跑过去了。刘芳芳轻松了很多，跟上了秦所长。秦所长说："跑到前面3公里的位置，你就停下吧。等我们便步走回来的时候，你再跟着。"脸色煞白、呼吸急促的刘芳芳点头："是。"秦所长同情地说："你刚刚来特种侦察大队，这速度你还不能适应，慢慢来。别太拼命了，特种兵不是一天练成的！"刘芳芳已经不能再逞强了，跑到3公里的时候停下了，扶着树大口大口地喘气。后面的队伍跑过她身边，都侧脸看她。

一排正在冲刺，林锐举着一班的"特战尖刀班"红旗跑在最前面，张大了嘴怒吼着："冲啊——"一班的弟兄们就怒吼着加速。两个迷彩色的影子从旁边冲上来，跟林锐几乎并排了。三个人几乎同时冲过5公里的标志线。林锐缓下来才注意到那两个人，一看就乐了："我操！我当是谁啊？！"刘晓飞和张雷过来抱住他。

"你们怎么来了？"林锐把红旗交给田小牛，笑着问。张雷拍拍他的肩膀："我们得在特种侦察大队待完寒假，搞战术试验分队。行啊，现在是中士了！"林锐笑着说："中士也是兵！别看你们没星星也没杠，你们是干部！"刘晓飞捶他一拳："又毁我们！"

陈勇压着一排的阵脚跑过来，看见张雷愣了一下。张雷笑了，刘晓飞看见张雷笑了，他也笑了。陈勇的脸就黑了。林锐看看他们，不知道他们是怎么回事："你们认识啊？"张雷笑得很奇怪："认识。而且很熟——陈大排长，陈大高手，我们又见面了！"张雷说着走过去。林锐拉住刘晓飞："你们怎么认识我们排长的？"刘晓飞说："张雷和他打了一架。"林锐惊了："啊？！我操——跟他打架真没打赢过的啊！"刘晓飞也走过去："对，输了。"

陈勇冷眼瞧着张雷伸出的右手。张雷说："何大队长交代，我们早上跟你训练。"陈勇看了他半天，没办法，只能简单握了一下。接着对林锐怒吼："林锐！你队伍怎么带的？整队，准备带回！"林锐知道排长气不顺，就赶紧答应一声，开始整理一班的队伍。陈勇问刘晓飞："跑到我们特种侦察大队来干什么？"张雷笑："你这样说，可不客气啊！是何大队长亲自去陆院请我们来的，搞战术试验分队，我们算是助理教员。现在，告诉我们去跟哪个班训练？"陈勇张张嘴，没说话，半天才说："你们去一班吧，跟一班完成早上的训练。"

"说不准，我们还得打交道呢！"张雷笑得很奇怪，说完敬礼，跟刘晓飞站到一班的队伍去了。

队伍唱着歌儿下山。刘芳芳缓过来了，摘下钢盔别在腰带上，脸庞白里透红。她的齐耳短发湿漉漉的，贴在脸颊上，穿着迷彩服站在山路边，显然成了一道风景。谁都要往这儿看。一班的队伍下来了，张雷和刘晓飞并没有停住脚步，将步枪和背囊摘下来，利索地递给刘芳芳。刘芳芳抱着背囊和枪，笑了，清晨的阳光下更显得娇媚动人。张雷恰好在这个时候回头一笑，还眨巴眨巴眼睛。刘芳芳立马脸红了，接着绽放出更美丽的笑容来。

6

"你们的代号是——'猫头鹰'！"何志军看着面前的官兵严肃地说。

郑教员穿着迷彩服，戴着中校肩章，身边是刘晓飞和张雷。再往后，居然是黑着脸的陈勇和从特战一连抽调上来的十几个兵，林锐的一班是全员抽调上来的。猫头鹰臂章被发下来，这是一个圆形的黑色臂章，上面是一只抓着匕首的猫头鹰。

"你们是一支特殊的战术试验分队，你们的唯一使命就是探索和研究各种新战法、各种新思路。"何志军说，"特种作战和特种部队到底该如何发展，说实话不是我们考虑的问题，那是军事科学院的事儿。但是，我们怎么去打赢现代条件和可以预见的未来条件下的特种作战——这是摆在我们面前迫在眉睫的问题！对于我们全军来说，特种部队还是个新鲜玩意儿，它的使命、职责、作战指挥模式以及各种规模战争的合成作战，还需要我们去挖掘、去探索！同志们，你们的使命是光荣的，任务是艰巨的！希望你们开拓新思维，打开新思路，走出一条带有中国特色的陆军特种部队的战法研究和训练实践道路来！"大家鼓掌。

"这位是陆军学院侦察系侦察指挥教研室的郑教员，也是我的老战友！有文化，是硕士研究生毕业！从今天开始，他就是你们'猫头鹰'战术试验分队的总顾问！"何志军拉过郑教员介绍。郑教员敬礼："更多的，我不多说了，何大队说得都很清楚。我带来两个人，算是我的助理教员，都是我们陆院比较出色，思维也比较反常规的年轻学员。他们还需要跟你们多学习，在部队多实践。刘晓飞，张雷！"刘晓飞和张雷向后转，敬礼。大家鼓掌。陈勇脸上的表情不那么自然。林锐看着两位哥哥，边鼓掌边竖起大拇指。

"行了，人我交给你了，装备也是你的。"何志军对郑教员说，"你就甩开膀子干吧！需要什么资料、人员、装备车辆，包括经费支持，你就说话，我会尽力满足你们！但是——我要看到成绩，明白吗？"

"明白。"郑教员和何志军握手。

"年后就要看到！年后的 93 春雷演习，我就要使用这些新战法。"何志军说。其实他心里也有隐忧，用伙食费搞科研毕竟不是长久之计，必须尽快得到上级主管部门的支持，不然不仅战术试验研究进行不下去，更严重的后果就是东窗事发，自己和耿辉的乌纱帽保不住不算，连整个大队都要蒙受耻辱，那多少年都翻不过身来了。

郑教员转向这些剽悍的战士，说："同志们，我们先上理论课。知己知彼才能百战不殆，所以你们首先要认识外军特种部队的发展和他们的现状……"

车库改装的多媒体教室，在放着各国特种部队的视频图像。张雷在介绍："苏联信号旗特种部队，直属苏联红军总参谋部，组建于 1981 年。曾经在阿富汗战争中崭露头角，具有山地特种作战的丰富经验。主要从事破坏敌军事工业设施、暗杀绑架对方重要军政人员、敌后制造心理混乱等特殊任务，这是一支纪律严明、行动果断的特种部队……"

7

三菱吉普车无声地停在一个僻静的小院门口，刘勇军下车。随从参谋按响门铃，公务员出来开门，看见是刘军长就敬礼："刘军长，首长在等您。"

刘勇军进入小院，看见老爷子穿着迷彩服在拿锄头翻地。刘军长立正："首长！"

老爷子抬起头笑道："老了，这样活动活动也是运动。小明，你接着弄，仔细点儿。"

军容齐整的刘军长跟着老爷子走进客厅，保姆立即把茶端上来。老爷子穿着迷彩服就那么往沙发上一坐，拿挂在脖子上的白羊肚手巾擦汗。老爷子喝口水，说话了："军委的正式命令，年后就下来。"刘勇军毕恭毕敬："是。"老爷子吩咐："你现在就可以和新任军长交接工作，正好过年，你带他去军常委和下面几个师常委家走走，互相熟悉一下。"刘勇军说："我一定照办！"老爷子欣慰地说："我是看着你从士兵成长为将军的，现在你又要从军指挥员的岗位走上军区领导岗位。你很年轻，要虚心学习，但是也要保持你年轻的锐气！我们军区在军队当中的地位我不多说，你不会不清楚。任命你们这批年轻干部，是我军干部年轻化进程当中的一个重要举措。你要学会从全局去把握，眼光高一些，去关注战略层面的问题。这可不是我提你当连长，让你带队伍去打冲锋。"

"首长，您的指示我一定好好执行！"刘勇军双手放在膝盖上点头。老爷子说："我军面临的新时期形势下要如何整合改革，你应该清楚。你是国防大学的硕士，也跟军事代表团，出去见过世面，还在南疆保卫战打了几次硬仗。要充分发挥自己的长处，虚心接纳批评和不同意见。在机关工作，和你在下面当军长独当一面是不一样的。要团结，懂吗？"

"是。"刘勇军说。

"你这次过年，除了安排工作交接，也要思考几个问题。"老爷子把杯子放在桌子上，"第一，各个集团军的训练改革；第二，陆航从空军分过来以后的干部待遇和家属就业，还有原来空军物资的安排和机场的接管；第三，也是我比较关心的，就是军区特种侦察大队的建设。"刘勇军在本子上仔细记着。老爷子敲敲脑袋："对了，说到特种侦察大队，我想起来了。听说，特种侦察大队居然去了个女实习医生，当了见习特种兵？"

刘勇军就笑："首长，这点儿小事，您怎么会知道？"

"何志军也算是我一手提拔起来的，他前天来提前拜年的时候随口带出来的。"老爷子笑着说，"春节战备，他是走不开的——不过，我可没揭穿是你刘勇军、未来的刘参谋长的女儿。你的工作倒是出奇创新，让芳芳去做实地调查，给你提供一手资料。"

"我可真的没这个想法。首长，我不是搞情报出身的，这种思维我还真的没有。"刘勇军笑着说，"芳芳在军医大学的同学是何志军的女儿，她也不知道是怎么回事，一直缠着我说要去特种侦察大队见习。我说：'那你就去找你同学，看她爸爸愿意不愿意，不许打我的旗号。你也长大了，要学会怎么在部队办事。'我还告诉她，特种部队是很苦的，可跟她见过的部队不一样。没想到，她真的去了！"

"我们看见下一代的成长，总是很欣慰的。"老爷子点点头，"下一代不怕苦，去锻炼，我们要支持。孩子大了，我们不能总护着，要让他们在部队的汪洋大海中，学会怎么自己去撑船！"刘勇军给老爷子添水："首长说的是。"

8

连着几天下来，刘芳芳确实有点儿顶不住了。特种部队真的跟别的部队不一样，不仅仅是出早操、晚体能的问题。医务所和战斗单位虽然任务不同，但是也有自己的达标测试。所以医护人员都是半天值班，半天训练，而这半天训练则和军体课完全是不同的。刘芳芳虽然生在兵家，但是谁家也不可能把女儿当特种兵练啊！她每天都会偷偷地哭，有时候也在想自己这么做值不值得。值班的时候也别想多休息。按说特种侦察大队的医务所一直是比较轻闲的，都是体壮如牛的小伙子，如果是轻伤，他们自己擦点儿红药水就行了，感冒什么的也都不吃药。所以刘芳芳听秦所长介绍工作的时候还心里暗乐，值班的半天可以稍微休息下，如果没人还可以趴在桌子上睡一会儿。可等值班开始了，她才知道不可能了。特种侦察大队来了个女医生，就跟少林寺来了个女弟子差不多。消息一下子传遍了各个单位，几乎是一瞬间，特种侦察大队的医务所在休息时间就变得热闹起来。

好不容易有了空闲的时间，刘芳芳就出来走走。大院没多大，刘芳芳没走多远就走到了后门，她出了后门，走到通往野外综合训练场的山路上。后门的哨兵看见刘芳芳出门一愣，想拦没敢拦，刘芳芳也没注意。远处传来爆破声或靶场瞫里啪啦的枪声，她看着已经变得光秃秃的群山，心中甚是觉得委屈，眼泪就掉了下来。她不知道自己跑来这里吃苦受罪到底值不值得。哭着哭着，忽然看见空中有架和模型一样可爱的小飞机飞过。整个飞机只有一个偌大的涂成迷彩的三角翅膀，声音很低，低空从山谷之间飞过。三角翼直接扑向山顶上的一片空地，空地中央是大队的卫星电视接收站。刘芳芳眼睁睁看着两个敏捷的身影跳下三角翼，手中的步枪嗒嗒嗒嗒喷出烈焰。附近的几个兵应声栽倒，刘芳芳捂住嘴惊叫一声。三角翼停稳，开三角翼的瘦高个子跳下来高喊："一分钟！炸毁雷达站！"

刘芳芳一听就听出来了，是张雷！几乎在同时，从附近的枯草里跃出几组三人一队的战士，扑向卫星电视接收站。空包弹响成一片，这个卫星接收站立刻被搞得乌烟瘴气。模拟炸弹安上，扑地冒出一堆青烟。张雷边打边跑回三角翼，那俩战士也跟着上了三角翼，又飞走了。刘芳芳跑到山顶上，看见战士们围在郑教员跟前看他在夹子上写着什么。

"郑叔叔！"刘芳芳喊。拿着秒表的郑教员抬头，笑着问："你怎么来了？"

"我还以为今天没电视看了呢！"刘芳芳说，"看你们搞得这么热闹！"

战士们哄笑，刘芳芳跳着跑到郑教员跟前："你们这是干什么呢？跟电视接收站过不去啊？"郑教员说："在试验空中立体渗透。"刘芳芳指着刚才三人一组出来的战士们："那他们怎么都从草里钻出来了呢？"郑教员苦笑："如果我再有10架三角翼，就可以运送30人的作战分队了。可惜没有啊，我们只能模拟。"

三角翼已经飞回来了，滑行在空地上。张雷、刘晓飞和林锐跳下三角翼，跑了过来。张雷高喊："怎么样？"郑教员说："还可以。如果三角翼和动力伞可以装备部队，那么战斗力的提升是换代的。"刘晓飞看见刘芳芳说："哟！我们的女特种兵也来了啊！"

"就许你们满天飞，不许我来看看了？"刘芳芳。战士们围在刘芳芳身边哄笑。陈勇皱皱眉头："好了！好了！还是个队伍样子吗？林锐！整队！"林锐急忙整队。张雷看着三角翼："可惜啊，我们就一架，还是缴获的。"郑教员点点头："是啊。只能让何志军去跟军区申请了，再有10架就可以形成作战能力了。目前只能送三人小组去敌后侦察，训练驾驶员也得需要点时间。"

"女特种兵，上过天吗？"刘晓飞调侃。刘芳芳说："切！有什么新鲜的？除了歼击机和强击机，还有什么飞机是我没坐过的？"

"那你试试这个，绝对过瘾。"刘晓飞一脸坏笑。

"谁怕谁啊？张雷，能不能带我飞一次？"刘芳芳说。张雷看看刘晓飞："你就别逗她了，这个玩意儿安全系数并不高。而且风很大，在天上可并不舒服。"

"没事！"刘芳芳的脾气上来了，"我就要试试！"

张雷苦笑，看向郑教员。郑教员说："她想飞就飞一次吧，训练结束了。"

张雷戴上钢盔："走吧，搞不懂你，这个东西有什么可坐的。"

刘晓飞急忙把钢盔和风镜都递给刘芳芳："我可不是故意激你啊！回头可别告诉小雨！"

"放心吧，我从不出卖战友！"刘芳芳戴上钢盔，又戴上风镜。张雷启动三角翼："坐好了啊！"刘芳芳紧张地点头。三角翼开始滑行，不一会儿就起飞了，处于失重状态的刘芳芳大呼小叫。张雷头也不回地说："说了不让你上来了吧？我们只能绕个圈子降落了，这只有一片空场。"刘芳芳抱住张雷的腰，脸色煞白："不会掉下去吧？"

"不会。"张雷很有信心地说，拉高三角翼。刘芳芳慢慢地睁开眼睛，看见了广阔的大地："哎呀！真漂亮！"张雷笑："没见过世面吧？我跳了120多次伞，飞过100多次动力伞和三角翼，这个不好看！"

"你傲什么？"

"我傲？我傲是因为我高！我是伞兵，天生就是从高处俯瞰地球的！"张雷哈哈大笑。

"你？哼！"刘芳芳不说话了。张雷急忙说："开玩笑的，别介意！"

"哼！"刘芳芳说，"我记住你的话了！"

张雷苦笑："女特种兵，咱的心眼儿能不能不那么小啊？"

"我？我够大度了！"刘芳芳高喊，"换了别人，谁还能包容你！"

"什么意思啊？你包容我什么？"张雷纳闷儿。

"不知道算了！"刘芳芳咬牙，看着下面的群山。

"注意啊，降落了！"三角翼在坑坑洼洼的地面上噌噌噌飘着降落了。刘芳芳紧紧闭着眼睛，抱着张雷的腰。张雷半开玩笑说："行了！行了！别依依不舍了！落地了！"

刘芳芳一把松开他，脸红了："谁依依不舍了？"

张雷跳下来，接过刘芳芳的手拉她下来："好了，快吃饭了，你赶紧回去吧！"

"你们呢？"刘芳芳问。张雷苦笑："我们？我们要苦练打、走、藏！这顿饭，肯定是在训练场就着风沙吃了。"

9

台灯下，方子君在看书，却怎么也看不进去。门外响起轻微的敲门声，她抬起头说："进来！"林秋叶进来："看见门缝有灯光，我就知道你还没睡。"方子君笑笑，把书合上坐起来："阿姨，我白天睡多了。"林秋叶随手拿过书，是路遥的小说合集《人生》。她念着扉页上柳青的名言："人生的道路崎岖而漫长，但关键的却只有那么几步。"

方子君听着，苦笑："其实这几步往往不是自己可以选择的。"

林秋叶看着她，把书放在一边："子君，你今年24了吧？"方子君笑笑："还有两个月，就到25了。"林秋叶感叹："7年了。"方子君眼皮一挑："阿姨，您说什么？"

"我是说，你守护着一个梦，有7年了。"林秋叶慈爱地看着她，"无论从哪个角度讲，你的青春，女人最美好的7年青春都交给了你的初恋。"

　　方子君不说话。林秋叶说："我明白，你不能忘记他。"方子君点头，异常冷静，这次没有哭。林秋叶说："那你把他放在心里，放在最深的地方，给他留一块净土可以祭奠。他的灵魂会安详的，他绝对不想看着你这样独自守护着一个不可能实现的梦。"

　　方子君从抽屉里摸出烟，点着了："阿姨，对不起，我抽一支。"

　　"抽吧，你长大了。"林秋叶说，"而且你是从战火里走出来的，这是可以理解的。"

　　方子君的手颤抖着点着烟："阿姨，我知道你想和我说什么。"

　　"你的个人问题，我从来也不过问。"林秋叶说，"我知道你的心里有个结，这个结别人打不开，只能依靠你自己扛过去。7年，你用你的青春守护着他，你不觉得这已经足以告慰他的在天之灵了吗？"方子君吐出一口烟，泪水无声地滑落。

　　"人的一生，有几个7年？我并不是要你忘记他，我相信你也做不到。你是个重情义的女人，是那种会一生一世守护着一个男人的女人。你没有什么奢望，你只是希望可以和他组建一个清贫但幸福的家庭，在某个部队的营盘里安静地过自己的日子，生儿育女……"——方子君终于泣不成声，肩膀抽搐着。

　　林秋叶说："哭吧，哭出来会好受一些。"方子君抬起泪眼："阿姨，我该怎么办？我该怎么办？"林秋叶问："你喜欢张雷吗？"方子君点头，又摇头："我不知道，我自己都不知道……"林秋叶慈爱地问："因为他是张云的弟弟？"

　　方子君摇头："不是这样的，阿姨，我也是军人，我没那么封建！"

　　"因为他像他哥哥？"——方子君点头："太像了，而且那种傲气是一样的。"

　　"所以你在怀疑，你对他的不是爱情？"

　　"对。"方子君说，"我对他的可能不是爱情，是一种精神寄托。"

　　"你有没有换一个角度想想呢？"林秋叶启发她，"张雷是个优秀的军人，也是个优秀的男人。我从他的眼神里，看出他对你的依恋。这种依恋，是不会骗人的。你先不要把话说得那么死，和他保持距离接触，掌握自己的分寸。我相信，你会明白自己到底是不是爱他的。"

　　"阿姨！已经晚了！"方子君扑在林秋叶怀里大哭，"我已经，已经和他……"林秋叶看着她。方子君哭着说："那天，我们都喝醉了，我把他当成了他哥哥……"

　　林秋叶脸上很平静："你认为这是不可逾越的障碍？"

　　"不是吗？"方子君满脸是泪，"我是个随便的女人！我怎么去面对他，怎么去面对张云的在天之灵？我现在连怀念张云的资格都没有了！"

　　"你有资格！"林秋叶说，"从古至今，女人都是男人的附庸，为什么你不能站出来证明这个道理是错的？你是你自己的，你有权利去选择自己的爱人，也有权利选择自己的生活！你已经付出了7年的青春，无论是张云还是张雷，他们都不能忽视你的这种牺牲！7年对一个女人意味着什么？你想过没有？不要说你喝醉了，就是你没有喝醉，你又有什么错？"——方子君傻傻地听着。

林秋叶语重心长地说："我们这一代人都已经为了军队，为了战争，付出了太多！可是你还年轻！你绝对不能这样活，你应该得到幸福！把自己的自信找回来，你是方子君，你是老侦察兵的女儿！你还是个漂亮的成熟的女人，非常出色！"方子君擦着眼泪。

"无论你怎么想，明天你都要跟我去特种侦察大队。"

"啊？！"方子君张大嘴。

"我们集团也放假了，我决定带小雨还有你去特种侦察大队过年！"林秋叶说。

"那我回医院！"方子君惊慌地说。林秋叶断然说："不行！你必须跟我去！"

"为什么？"

"因为，我是你的母亲！"林秋叶含着眼泪抚摩着方子君的脸，"闺女，你就是我的亲女儿！"方子君扑在林秋叶怀里大哭："妈——"

"都过去了，全都过去了！"林秋叶流着眼泪抚摩着方子君的后背，"你吃了那么多苦，都过去了！"方子君哭着点头。

10

"呀——"大队后院训练场上，张雷和田小牛在角力，两个人梗着膀子，脖子上都是青筋暴起。刘晓飞和战术试验分队的官兵们围在边上看着，呼啦啦叫好着。三角翼停在他们身后的空地上，陈勇自己在琢磨。

"啊——"张雷怒吼一声，田小牛后退几步，但还是坚强地顶住了。周围都是其余单位的战士们在组织自己的活动，生龙活虎。

耿辉站在家属楼的后阳台上拿着望远镜在看，脸上有着笑容，老婆李冬梅在忙活着："我说，这包饺子你也不帮把手啊？我这忙得要死，你在那儿看风景？"耿辉眼睛不离开望远镜："这是我的工作嘛！部队的士气，还有过年的气氛，我都得掌握。过年是部队最容易出事的时候，我不盯着怎么行？"李冬梅气鼓鼓地说："就你有理！"这时，耿辉7岁的儿子耿小壮拿着竹竿子，满头是包地冲进来，极其兴奋地说："我把马蜂窝给捅了！"

"你没事捅马蜂窝干什么？！"耿辉心疼地走过去，"马蜂窝招你了啊？"

耿小壮嘿嘿直乐："我看看它们到底怎么蜇人的。"

李冬梅放下手里的擀面杖，赶紧走了过来，心疼地说："赶紧跟我走，去找你刘姐姐上点儿药！你这孩子，怎么跟生猛海鲜似的管不了啊？！"耿辉站在门口苦笑，视线挪到茶几上的饺子。想了半天，他拿起电话："我要大队政治部。"

操场上，张雷一闪身，田小牛冲了出去。张雷脚下使个绊子，田小牛扑倒在地。张雷上去按住田小牛，田小牛哎呀乱叫："张助理，你要赖！"

"不要赖我怎么赢得了你？"张雷松开他笑，"你力气太大！"

田小牛起身嘿嘿笑着。

李冬梅拉着涂了满头紫药水的耿小壮，和刘芳芳出现在训练场另一边门口，往家属院走去。正好耿辉下来，耿小壮拉着爸爸去和战士们玩。刘芳芳与李冬梅告别后，就去找张雷他们。刘芳芳看着三角翼，对张雷说道："哎，我想再让你带我飞一次！"

"我说了不算！"张雷努努嘴，"政委说了才算！"

刘芳芳就跑向跟战士们玩老鹰抓小鸡的耿辉，耿小壮在最后的尾巴上，哈哈乐着。刘芳芳高喊："政委！我想让张雷带我去天上转转！"耿辉说："去吧！去吧！注意安全！——好小子，看我抓住你！爸爸来了！"耿小壮哈哈笑着抓住战士的迷彩服躲开。

"走吧！"刘芳芳说。张雷拿起套在三角翼上的钢盔和风镜给她："我说，我真不明白你，这个玩意儿有什么好玩儿的？"

"我喜欢！"刘芳芳一仰下巴。张雷坐上去，刘芳芳也爬上去坐好，抱住张雷的腰。

"不用抱这么紧，没事！"张雷说。刘芳芳脸一红，松开了。三角翼一启动，刘芳芳就高叫一声抱紧了张雷的腰。三角翼起飞了。刘芳芳闭着眼睛，抱着张雷的腰，陶醉在幸福当中。张雷没注意她，只是看着下面。一辆银白色的奥迪从山间公路开来，停在大队门口。奇怪？张雷纳闷儿：怎么会有民车啊？

何志军戴着"值班首长"的臂章，正在大队值班室查看总参某部、军区情报部的两级情况通报，对讲机就放在桌子上。内线电话响起，何志军抓起来："喂，我是何志军！""大队长，我是警通连小汪。""讲！""您爱人来了。"

"什么？"何志军脑袋发蒙，"你再说一次！"

"您爱人来了！"小汪的声音是激动的，"还有您的两个女儿，现在就在门口。我要开门必须有您的命令！"

"不可能吧？没打电话跟我说啊？"何志军说着已经戴上军帽，"我马上过去！"

林秋叶站在警戒杆外面，看着何志军庞大的身躯一路飞奔过来。何志军看到她们，喜不自禁地说："我说你们来这儿，咋也不先给我打个电话啊？"

林秋叶给了司机一个过年的红包，司机就开车走了。何志军搓着手围着老婆和两个女儿转："哎呀！哎呀！过年了啊！来两个兵帮忙拿东西！走走，咱们进去！"大队长的爱人来了，兵们都从窗户处往外伸头看，高叫："嫂子好！"何志军摆摆手："这帮浑小子！"林秋叶也摆摆手："你人缘还可以啊！"

"那是，这都是我的兵！"何志军笑，"我爱兵如子嘛！"——方子君和何小雨都在寻找着各自想看见的人。何志军说："走走，先回家休息。晚上一起吃年夜饭！"

"爸，我想跟子君姐随便转转！"何小雨说，"你这儿没啥保密的吧？"

"保密啥啊，又不是二炮部队，就几个破人、几杆破枪！"何志军说，"随便转，完了找个兵领你们回家！"

"哎！"何小雨拉着方子君跑了。她喊住一个兵："我说！看见刘晓飞了吗？"

"刘晓飞？"那个兵摸摸脑袋，"不认识！"

"陆院的，来这边搞战术试验分队的！"

"哦，刘助理啊！"那个兵一指，"在后院训练场呢！"

"走！"何小雨拉着方子君就跑。方子君不好意思了："跑那么快干吗？""你说呢？"

何小雨眨巴眨巴眼睛，方子君低下头被她拽着跑。训练场的哨兵远远看见俩女孩跑过来，还以为自己眼花了。"不用敬礼了！稍息——"何小雨跟他摆摆手，拉着方子君冲进去了。哨兵揉揉眼睛，以为自己在做梦。训练场一片热闹，战士们都在围成各自的圈子搞自己的竞技运动。两人进去找了一圈没找到，倒是被战士们看了个够。

"站住！口令！"刘晓飞和林锐突然从她们身边的人群当中跳出来。

"我的妈呀！你想吓死我啊？！"何小雨踢了他一脚。方子君只是笑笑。

"你们怎么来了？"刘晓飞问。何小雨说："我们怎么不能来？张雷呢？"

刘晓飞看看方子君，有点儿不明白，指着天上："那不！"

方子君抬头看去，一架三角翼正在降落，直接冲向训练场中心的柏油马路。何小雨拉着方子君就跑过去："嘿！好玩儿啊！子君姐，我们也去坐坐！"

"我说！"刘晓飞急了，"你先跟我说清楚！"

"说什么说！这么好玩儿，你别拦着我！"何小雨头也不回。刘晓飞痛心疾首地说："完了！完了！"

"怎么了？"林锐不明白。刘晓飞喊："撞车了！"

"哪儿有车？"林锐左右看看。

三角翼滑行停稳，张雷跳下来，摘下钢盔和风镜。方子君脸上现出红晕，脚步也慢了。随即张雷伸手，很绅士地接住一个女孩儿的手。女孩儿也是穿着迷彩服，跳下三角翼很兴奋，摘下钢盔和风镜。方子君的脸就白了。何小雨也站住了："芳芳？！"

刘芳芳笑着看她们俩："你们也来了啊！咱们三姊妹齐了，今年过年热闹了！"

张雷看见方子君，手松开了。方子君挤出笑容："我身体不太舒服，先回家了。"她转身就跑。张雷看着方子君，想喊没喊出来。刘芳芳奇怪地看着何小雨："怎么了？"

何小雨看着他们，呆了半天，一挥手："你们都别问我！"她掉头跑去追方子君。张雷待在原地，不知道怎么办才好。

第十一章

————————★————————

1

　　方子君跑到没人的后山，何小雨在后面追她："子君姐！你别跑那么快！你身体还没恢复！"方子君跑着跑着，腿一软，扶着一棵树慢慢靠着喘气。何小雨跑过去："子君姐！事情是我搞砸的，我去跟他们说！"方子君拉住她："你不许去！我成什么了？"何小雨比谁都着急："那你说怎么办啊？"

　　"我说过，他和刘芳芳挺好的，我根本就不该来！"方子君咬着牙说，"非要我来，好！现在丢丑的是我，是我！"

　　"子君姐，都是我的错！"何小雨说，"我去跟刘芳芳说，要骂就骂我一个人好了！"

　　"你站住！"方子君厉声说，"你去了，我就不认你这个妹妹！"

　　"那到底怎么办啊？"何小雨快急哭了。

　　训练场上，张雷闷闷不乐。刘芳芳看看他，看看远处，明白了什么。刘晓飞走过来，张雷看看他，没说话。刘晓飞顾不上那么多了，拽起张雷："你还有闲心坐下？赶紧去追啊！"林锐过来一踹他："追啊！怎么比田小牛还木？！"

　　"到！"田小牛起立，"班长，你叫我？"

　　"没你的事儿，坐下！"林锐一挥手。张雷反应过来，把钢盔塞给林锐，接过刘晓飞递来的作训帽，掉头就去追。刘芳芳看着他的背影，没说话。刘晓飞内疚地看着刘芳芳："芳芳，我和小雨……"刘芳芳挤出笑容："我回医务所值班去了。"林锐看着刘芳芳的背影："看来这个年很多人不好过了……"——陈勇坐在地上，看看这边，又看看那边。

　　"这都什么事儿啊？"刘晓飞一脚踢飞手里的钢盔。

　　张雷跑到后山，远远看见方子君和何小雨站在那里，高喊："小雨！子君！"

　　方子君看到张雷，掉头就走："告诉他，我不想见他！"

　　何小雨为难地说："子君姐，这个话我怎么说啊？"

　　"就照我说的说！"方子君说。张雷跑过来，何小雨拦住他："子君姐说，她不想见你！"张雷敏捷地绕开她过去了。

"子君姐，这不怪我！他太快了！"何小雨喊，喊完就下山了，嘴里念叨着，"拦得住我也不拦！你们的破事儿自己解决去，我再也不管了！"

方子君站在树林边上，背对张雷。张雷跑过去，站在她身后："子君。"

方子君立刻走了。张雷一把拉住她："方子君同志！我能不能和你说几句话？"

"我和你没什么好说的！"

"我和刘芳芳是纯洁的同志关系！"

"你的意思是我和你不纯洁了？"——张雷被噎住了。

"放手！"方子君厉声说。张雷放手。

"我警告你，张雷！以后不许再找我！"方子君说完就走。张雷高喊："可是我爱你！"方子君站住："我不值得你爱。"

"不！"张雷真诚地说，"我爱你！在我心里，你是纯洁的天使！"

方子君抬起头忍着眼泪："可能我对你有过一些错觉，但是都结束了。"

"还没有开始，怎么能结束！"张雷坚决地说，"我是个普通的军人！我没有什么更多的想法，我只是爱你！我愿意和你在一起，走过人生的日日夜夜！你等我毕业，等我毕业了，我们就结婚！"

方子君摇头："这是不可能的，那时候我都28了！你还年轻，你应该拥有像刘芳芳这样的女孩儿。"

"年龄是什么差距？"张雷大声问，"在我眼里，除了死亡，没有任何事情可以构成你我之间的差距！死亡只会把我们的肉体分开，但是我们的精神会一直在一起！我爱你，子君！"——方子君的肩膀在颤抖着。

"我是张雷，我不是我哥哥的替代品！"张雷站着大声说，"我爱的是一个叫方子君的女孩儿，她是我心中的梦！白云一样纯洁，蓝天一样广阔！那就是你的心，我看得见！"

方子君捂住脸。张雷摘下自己的作训帽，举在头顶："我对军徽发誓——我爱你！"

方子君哇哇大哭。张雷慢慢走过去："现在，希望你可以接受我的爱！"

"你别过来！"方子君突然回头伸出右手阻止。张雷急忙站住，小心叫了一声："子君？"

"我需要时间，我们之间需要时间！我心里有疙瘩，你等我解开好不好？"方子君哭着说。张雷戴上作训帽："好，我等！我会一直等！"

方子君痛苦地哭着，张雷默默地站着，他低声说："我会等下去的，无论有没有希望。"

医务所值班室。刘芳芳趴在桌子上哭着，门开了。何小雨探头进来："芳芳？"刘芳芳抬头看是她，接着哭。何小雨为难地坐在她跟前："我说你怎么也哭啊？大过年的，怎么你们都哭啊哭啊？"

"小雨，你跟我说过他没女朋友的。"

"他是没女朋友啊！"何小雨说。刘芳芳哭着说："我该怎么办？他是我第一个喜欢上的男孩儿！"

"现在都乱了！"何小雨打了自己脑袋一下，"我说你能不能先不哭啊？这是在特种侦察大队，让别人知道了不好！"

"我是不是很可笑？"刘芳芳说。何小雨内疚地说："不，可笑的是我，到处添乱！芳芳，好小伙子多得是！陆院有的是，特种侦察大队也有的是！咱再找一个……"

"小雨！你胡说什么，你当我是什么人啊？！"刘芳芳急了。这下，何小雨内疚极了："我说错了还不行？那你说怎么办？不能把张雷给劈开吧？我就搞不懂，这么尾巴翘天上的家伙，你们都有什么好喜欢的？"

"你不是我，你也不是方子君。"刘芳芳擦擦眼泪，"你不会明白的。"

"我是不明白啊！我要早明白，我就不裹乱了！"何小雨说。刘芳芳擦干眼泪，恢复常态："和你说不清楚。算了，今天年三十，先过年吧。"外面已经噼啪响起鞭炮声。

2

张雷在前面走，方子君和他保持着距离走在后面下了山。然后，方子君在战士的带领下朝何志军的家走去。张雷望着她的背影发呆。方子君到了何志军的家，心里舒服多了。林秋叶从洗手间出来，咨询地问："怎么样？"方子君看到林秋叶，还很不好意思。林秋叶看她的神情比之前好了许多，心中也大抵明白了，便笑笑没说话。

这时，门开了，何小雨拉着换了便装的刘芳芳进来。何志军起身："哟！二闺女、三闺女都回家了？我们家仨丫头都齐了啊！这个年好，是我过得最热闹的！"

"何叔叔、林阿姨。"刘芳芳说，眼睛还红着。她和方子君对视一眼，都互相闪开。

"咱这一家子都到齐了，也该去大食堂了！该吃年夜饭了！"何志军说道。林秋叶说："你就穿这个去啊？"何志军看看自己身上的常服："啊？不穿这个穿什么！"

"过年了！换身衣服！穿上试试！"林秋叶打开自己的包，拿出一套黑色唐装。何志军急忙摆手："不行不行！这跟地主老财似的！"林秋叶说："你懂什么？这叫中国传统文化！赶紧穿上！"何志军还在摆手，三个丫头一起上来拽他："你就穿上吧！过年了！"

"好好！"何志军乐得合不住嘴，"我们丫头说什么就是什么！我穿！"

3

"大队长！是大队长！"何志军穿着一身黑色唐装后面跟着一个红色唐装老婆还有仨穿着各色便装的丫头一出现，立即引起官兵们一阵惊呼。

"大队长你真帅！"一个小兵高喊。何志军哈哈乐着："帅个鸟！过年了！咱也过年！"

郑教员大老远地走过来："我的老天爷啊！我还以为谁要结婚呢！"

"你个老郑，一把年纪了，说话也没遮拦！"林秋叶说。

"我认识你这么多年，好像是你第一次不穿军装啊？"郑教员惊讶地说。

"非逼我换上的！"何志军说。

"过年嘛！"林秋叶说，"你今天又不值班，穿穿便装有什么不行的？"参谋长跑步过来惊讶地说："大队长，都在大食堂呢！就等你了！嘿——真帅啊！"

"帅个鸟啊帅！"何志军说，"通知常委，11点准时都去站岗！"参谋长答是转身去了。

"怎么了？什么站岗？"林秋叶问。何志军说："我的规矩。11点开始守岁，所有常委全部去站岗，把战士换回来！让他们过年！"——走进大食堂，一片惊呼声。何志军穿着唐装笑着举手作揖："过年好啊！过年好！同志们都辛苦了！"

战士们好奇地看着穿唐装的大队长，嘿嘿笑着。耿辉差点儿没栽一个跟头，哈哈笑着："有你的啊，老何！过年的气氛一下子就有了啊！"

何志军笑着挥手，走上讲台，下面立即安静下来。何志军穿着黑色唐装站在讲台上，背后的幕布是一个巨大的狼牙臂章标志。左联是：恭贺新春特战神勇所向无敌合家欢，右联是：热爱祖国军号嘹亮坚守岗位呈英豪。横批是：新春快乐。干部来队家属在前面的桌子旁，各个单位按照次序排在后面，都站在圆桌旁。何志军咳嗽两声，全场安静。远远有鞭炮声传来，间或礼花。何志军高声说："同志们！过年好！"

"过年好！"官兵们齐声喊。

"又是新的一年即将到来，在这个中华民族的传统佳节中，我代表大队常委向战士们拜年了！"何志军举手作揖，"没穿军装就不行军礼了，同志们辛苦了！"

底下战士们哄笑："大队长辛苦！"

"今天，我们在一起度过新年！同志们，我们都来自五湖四海，为了一个共同的目标走进这个绿色的营盘！这是缘分啊！"何志军深情地说，"作为狼牙特种侦察大队的一员，我们走过了那么多的风风雨雨，坚守在祖国的战备岗位上！此时此刻，已经是万家团圆，但是我们还在这里，在这个深山里面，在这个远离城市热闹喧哗的山沟深处！我们的人生价值，就体现在这里！因为我们是军人，是中国陆军特种兵，我们随时等候着祖国的召唤！等候着祖国一声令下，妈拉个巴子的，我们就冲上去干！管他是谁，只要敢侵犯我们的祖国，我们就跟他刺刀见红、血战到底！同志们有没有信心？！"

"有！"战士们齐声高喊。

"好！我听见了，祖国没有听见！"何志军高声问，"有没有信心？！"

"有！"声音地动山摇。

"好！今天没有酒，因为我们是应急机动作战部队！我们要随时等候作战的命令，所以我们不能喝酒！"何志军端起饮料，"我们把饮料当作酒，来干一杯！庆祝新年，干！"

一片响亮的喝饮料声。何志军高喊："痛快！壮志饥餐胡虏肉，笑谈渴饮匈奴血！同志们，在新的一年，让我们继往开来，为了祖国，努力！"

林秋叶在底下笑："这个家伙，还那么能煽呼！"

耿辉眨巴眨巴眼睛："他这一手，我还真学不了，我来真功夫。"

方子君看到了一直在注视自己的张雷，低头躲开了。张雷笑笑，看台上。

"吃饺子了！"耿辉高声喊，"炊事班上饺子！"——热腾腾的饺子端上来摆在每个桌子上。耿辉高声说："这不是普通的饺子！你们知道这都是谁包的？——是她们！"耿辉将手指向前排桌子旁的军嫂们。战士们看着军嫂高声喊："谢谢嫂子！"

"这个饺子，叫军嫂饺！"耿辉高声说，"我们的十几个军嫂，用了整整一下午来给大家包饺子！为什么？因为你们在军嫂们的眼里都是小弟弟！都是刚刚离开家的小弟弟！同志们，让我们高举手中杯，来感谢我们的军嫂！"

"感谢嫂子！"战士们齐声吼。军嫂们震了一下，有的开始抹泪。

"厉害啊！"何小雨感叹，"特种侦察大队的军政主官都不得了啊！"

"皮毛！"何志军站在她身边，眨巴眨巴眼睛。

"文艺演出开始！"耿辉高喊。一个班的威风锣鼓队高喊着上台，把会场的气氛掀到高潮。

"你的节目呢？"耿辉问刘芳芳。刘芳芳正在召集孩子们，来了这个跑了那个。"马上好——小壮，你给我过来！"刘芳芳拉住耿小壮，"马上上台了，知道不知道？"

威风锣鼓队高喊一声，一起来了个前空翻落地终场锣鼓响。刘芳芳一拍耿小壮："去，带小朋友们上去！"拿着鲜花、画着红脸蛋的七八个很小的孩子就跑上台了，最后一个刚刚 5 岁走得比较慢，大家哄堂大笑。刘芳芳在下面举手："好了，好了，站好了就开始！"

"怎么，小合唱啊？"耿辉笑着问。

耿小壮亮亮嗓子，拿着鲜花往前一站："诗歌朗诵，《我的爸爸，是一个特种兵》！"后面的孩子们跟着用稚气十足的嗓子喊："我的爸爸，是一个特种兵！"会场马上就安静了，军官们看着自己的孩子。

> "我的爸爸，是一个特种兵！
> 他爬高山游大海，他卧冰雪走沼泽。
> 我的爸爸，是一个特种兵！
> 他风里来雨里去，他为人民保祖国。
> 我的爸爸，是一个特种兵，
> 他是特殊材料铸就的爸爸。
> 他从不怕苦，他从不怕累，
> 因为，他知道他的背后就是我！"

童声朗诵当中，军官们看着自己的孩子都是眼泪汪汪。

> "我的爸爸，是一个特种兵，
> 他是钢铁一样的战士，
> 他是飓风一样的勇士，
> 他肩负着特殊的使命，承担着祖国的安危。
> 虽然他不能陪在我的身边，
> 但是我为我的爸爸自豪，
> 因为他是一个真正的军人，
> 一个真正的特种兵！

我爱我的爸爸！

我的爸爸，是一个特种兵！"

耿辉的眼睛也湿润了，没想到刘芳芳来了这么一手。干部们都是眼泪哗啦啦地流，看着自己的孩子在台上，父爱泛滥。5 岁的那个孩子哭出来，举着鲜花高喊："爸爸——爸爸抱我！"崔干事一下子冲上台，抱起自己的儿子，眼泪哗啦啦地流："好孩子！"——孩子们一下子就散了，直接冲下台去。爸爸们站起来迎到台前，抱住自己的孩子亲了又亲，战士们高声喊好，部队士气高昂。

"真棒！绝了啊！"何小雨激动地对正擦眼泪的刘芳芳说，"你怎么想出来的？"

"没什么，我想我爸爸了。"刘芳芳哭着说。张雷看着刘芳芳，低下头很内疚。方子君也没说话。

新春年夜饭吃得很热闹，到 10 点半的时候何志军一吹哨子，常委们就在他面前站成一排。何志军一挥手："老哥儿几个，走吧！"常委们在何志军"一二一"的口令声中大步出去了。

门口的哨兵站着军姿。换了常服的何志军大步走来，在他面前立定，敬礼。哨兵敬礼，走下岗台。何志军伸出双手，接过小战士的步枪。小战士敬礼，转身走向大食堂。何志军把步枪挎在胸前，走上岗台站好。刺刀在月光下闪着夺目的寒光。耿辉在另外一个门口换岗——特种侦察大队的新春之夜，就是这样度过的。

当电视上的主持人高声说："我们代表全国人民向驻守在祖国边防、坚守在祖国需要的地方的解放军指战员和广大武警官兵拜年！"——欢呼声几乎把大食堂的房顶掀起来。

4

"来来来，吃饺子！"张晓敏的妈妈热情地把刚刚出锅的饺子夹到廖文枫碗里。

"谢谢伯母。"廖文枫尝了一下，"哟，是虾馅？"

"晓敏说你是台湾人，吃不惯我们大陆的猪肉韭菜，我们就给你准备了虾馅的！"张母笑着说。晓敏不好意思地低下头，廖文枫的眼睛火辣辣的。

"来我们穷家过年，也没什么好招待的！"张父拿出一瓶五粮液，"这是我一直藏着的，没舍得喝！今天过年，咱们就把它给喝了！"

"您太客气了，伯父！"廖文枫笑着说，拿出一瓶人头马，"我也给您准备了礼物！人头马一开——好事自然来！祝愿伯父、伯母在新的一年心想事成，万事如意！"

"你说你还这么客气，准备什么礼物啊？快收起来，你是生意人，有场面要应付！留着在场面喝吧！"张母说。廖文枫打开人头马给张父倒上："酒逢知己千杯少嘛！不知道伯父会不会喝得习惯，算是小侄的一点儿心意，尝尝新鲜！"

"好，尝尝！"张父品了一口，味道怪怪的，但还是说："不错！不错！"

"伯母，这是给您准备的！"廖文枫拿出一件大衣，"也不知道您喜欢不喜欢。"

"还给我什么啊？"张母的脸笑成一朵花，"这么年轻的颜色，我穿不出去，穿不出去！"

"伯母，谁说您老？"廖文枫说，"谁说您老，我跟他算账去！"

晓敏看着廖文枫左右逢源，脸上露出笑容，带点儿羞涩也带点儿自豪。12 点的钟声响起，外面一阵鞭炮礼花声。廖文枫兴奋地说："我想出去看看！"

"那，晓敏你陪廖先生去吧！"张父说，"路上黑，注意安全！"

晓敏和廖文枫走到家属院外面的护城河旁，看着满天的礼花。晓敏激动地说："真漂亮！"

"晓敏！"廖文枫一把拉住她的手。晓敏红着脸低下头："廖先生，你，你抓疼我了。"廖文枫一把将晓敏抱在怀里，注视着她说："我喜欢你。"

晓敏低下头："我只是个平凡的女孩儿，你怎么会喜欢我呢？"

廖文枫托起她的下巴，嘴唇凑上去，晓敏没能多开，于是闭上了眼睛——满天都是礼花。

5

大年初一凌晨四点，战备警报拉响了。守岁回来都已经睡下的战士们都被惊醒，随即就是一片嘈杂声。刘芳芳爬起身就去摸迷彩服，刚刚穿上又去摸钢盔，一不小心踩到了放在地上的靴子的鞋带儿，径直栽了下去。额头在桌子角儿磕了一下，丝丝疼，但她也顾不了那么多了。她套上靴子，快速系好鞋带儿，扣戴上钢盔，就从上铺没人的床上拉下自己的背囊背上了。出了门，秦所长已经把她的武器都取来了，帮她都披挂好，借着月光发现她额头流血了。

"哎呀！你受伤了！"秦所长从兜儿里取出一个急救包撕开给她按上。刘芳芳接过手："我没事！走吧！"

林秋叶披着外衣站在阳台上看大院一片热闹，苦笑。何小雨揉着睡眼出来："妈，怎么了这是？第三次世界大战爆发了？"

"紧急拉动——你爸爸又痒痒了。"林秋叶苦笑。方子君从窗户往外看，看见一片跑动的人影。车库那边车灯亮了，有干部就骂："关上！给轰炸机指示目标是怎么的？！"战争气氛让她紧张，脸色发白。林秋叶走进来，扶着她的肩膀："没事，是紧急拉动。"

"他们不会上前线吧？"方子君紧张地问。林秋叶说："不会的，现在是和平年代。"

林锐把枪扔给张雷和刘晓飞："走了！年也过不安生了，咱们是先头分队！"战术试验分队跟兔子一样从楼里冲出来，匆匆点名以后就跑向训练场登车，医务所的队伍和他们擦肩而过。张雷眼尖，一眼看见刘芳芳额头捂着白色的绷带："你受伤了？"刘芳芳没搭理他，径直跟队伍跑了。

一直折腾到天亮，各个单位的车才陆续从集结地域回到大队。还不算完，在训练场集合听何志军训话。何志军戴着钢盔站在观礼台上："过年了，拉拉大家的战备弦！还不错，没因为过年就都忘了自己是干什么吃的！各单位带回，搞下卫生！上午军区领导会来慰问大家。解散！"于是都散了。

刘芳芳回到宿舍，摘下钢盔，看着镜子里自己额头上的绷带，她委屈地趴在枕头上哭了。

军区领导们的车队鱼贯停在主楼前。何志军和耿辉出来迎接，老爷子带队。老爷子也没上去和他们握手，说："你们那闲话我不扯，走！去看看各个部队！"刘勇军也跟在里面，谁都知道他年后就是军区参谋长了。他左顾右盼，身后的宋秘书低声问："要不跟他们大队领导说说，叫芳芳过来见见？"

"胡闹！知道那是我闺女，她还能在这儿锻炼吗？"刘军长说，"别吭声，见得了就见，见不了拉倒！"

一行领导去到班里看望了战士，老爷子很认真地检查了战士们过年的文艺活动安排计划。接着去了炊事班，又去了车库和维修所。最后，老爷子突然提出："去医务所看看。"大家都一愣，因为往年没这样的安排。但是老爷子的命令是不可能违背的，于是何志军和耿辉带着他们走向医务所。秦所长急忙集合医务所的人员都出来列队迎接，刘芳芳头上缠着绷带、眼圈还发红就出来了。老爷子看了一眼刘芳芳，就听秦所长介绍。刘勇军站在老爷子身后心如刀绞，宋秘书想走过去，被他用眼神制止。刘芳芳忍着眼泪站在队列当中。秦所长介绍完了，老爷子挥手："你就是那个自愿来见习的女特种兵？"

刘芳芳跑步出列，敬礼："首长好！军医大学学员刘芳芳！"

"嗯。"老爷子点点头，"苦不苦？"

"不苦！"——刘勇军有点儿受不了地低下头。

"怎么受伤了？"老爷子又问。刘芳芳回答："早上紧急拉动，我撞在桌子上了。"——刘勇军睁大眼睛看着她的伤口，却只能看见白色绷带。

"一个女孩子，不容易啊！"老爷子感叹。刘芳芳说："报告首长！战场上只有战士，不分男女！"

"好！"老爷子颔首，笑道，"有点儿意思！今天过年，你有什么话想对你父母说吗？"

刘芳芳眼泪汪汪，看着人群之中的刘勇军。老爷子说："想说，你就说吧。我们都是你的长辈。"

"亲爱的爸爸，妈妈……"刘芳芳的眼泪落下来，"今年过年我不能回家陪你们，我和战士们在一起，保卫着我们的祖国。从小爸爸就教育我，作为一个革命军人，要热爱自己的祖国，要甘于为了自己的祖国去牺牲、去奉献。今天，我已经开始了自己真正的军人生涯，在祖国需要的大山深处开始无私奉献的光荣之旅。很多道理，我过去不明白，现在我明白了。爸爸，过去有多少个春节，你不能陪我和妈妈度过，我曾经恨过你。现在，女儿也离开了家，在这样的一个营盘里度过自己第一个独立的春节。女儿明白了，什么是无私奉献，什么是甘于牺牲！过去我想不到，今天我想到了——爸爸，让我给你这个老兵敬一个军礼！"唰——她抬起自己的右手，眼泪哗啦啦流过脸颊。老爷子第一个举手，将校们都举起自己的右手。刘军长的右手在颤抖着，泪水无声从他的脸颊滑落。

"有你这样的女儿，你爸爸会欣慰的！"老爷子放下手，"好好干！"将校们转身走了。刘芳芳看着爸爸的背影，泣不成声。

182

6

　　陈勇穿着崭新的常服，下巴刮得泛青，站在家属楼底下来回转。不时有干部和家属经过："陈排长，新年好啊！"陈勇就赶紧说："新年好！新年好！"一直磨到快吃晚饭，他才打定主意，转身回自己的排里去。何志军正好走回来："哟，陈勇？你跟这儿干什么啊？"陈勇急忙立正："我，我来拜年。"何志军笑着说："你小子现在也学会拜年了？我一直以为你根本就不懂得人情世故呢！我家去了没？"陈勇说："没。"何志军脸上就不好看了："怎么？给别人拜年，不给我拜年？"陈勇急忙说："不是，不是，大队长！我谁家都没去，就是想给您拜年！"何志军纳闷儿了："那怎么不上去啊？"陈勇实话实说："我，我不敢……"何志军说："走走，家去！我家又不是雷区，死不了你！"陈勇答应着跟何志军进了楼道。

　　林秋叶正在让两个丫头摆桌子，门开了。何志军进来冲外面喊："进来！进来！"林秋叶就纳闷儿地过去："谁啊？哟，陈勇啊！你怎么不进来啊？进来！进来！"陈勇不好意思地笑着就进来了："嫂子好！新年好！"他说着就敬礼。林秋叶哭笑不得："我说你这孩子都到家了，还敬礼干什么？大过年的你再把我吓着！"陈勇嘿嘿笑着，满头是汗。何志军就进来坐在沙发上："进来！进来！大闺女，倒茶！"

　　陈勇小心地进来，坐在沙发上，双手接过方子君的茶："谢谢！"方子君就笑："我说何叔叔，你对部下也太厉害了吧？看陈勇这一头汗！"

　　"把帽子摘了！"何志军说，"屋里暖气热。不过，你出这么多汗干什么？"

　　"大队长，这是我第一次，第一次给别人拜年。"陈勇尴尬地笑着说。何志军说："好事啊！你成熟了！在部队混，千万别学我！要多去首长家转转，逢年过节露个头。不是什么走不走关系，这是正常来往！"

　　"你什么都明白，你怎么就做不到啊？"林秋叶苦笑，"看看你现在，这么长时间不才是个团级？"

　　"我已经这样了，就不能再让陈勇走我的老路了吧？"何志军哈哈笑着，"难得有个和我对脾气的干部，我不教他谁教他？"陈勇点头笑："是，大队长，您说得对！"

　　"现在过年，部队要……"何志军就要讲话。林秋叶说："得了！得了！有工作，办公室说！现在还是过年呢！赶紧都过来吃饭！"

　　"提抗议了！"何志军起身，"吃饭！"

　　"大队长，我回去了！"陈勇急忙起身。林秋叶说："回去干什么啊？到点了，就在家吃吧！"

　　"怕啥啊？怕影响？身正不怕影子斜！我何志军都不怕别人说我拉嫡系搞山头！你个排长能算什么气候？坐！"何志军说。陈勇只好坐下。何小雨发筷子，方子君大大方方地坐在陈勇身边。一股芬芳袭来，陈勇急忙坐直。方子君纳闷儿地问："我听说你是少林俗家弟子吗？怎么胆子那么小啊？"

"陈勇可是战场上的一把好手！"何志军严肃地说，"可不别小看他！有名的孤胆英雄，敌人可是出过 20 万人民币买他的头！"

"你的头那么值钱啊？"方子君笑了，"改天我割了卖钱去！"

"你要，就拿去！"陈勇认真起来。何小雨和方子君都哈哈大笑，林秋叶也忍不住了。何志军忍了半天还是笑了，数落方子君："你知道我的干部实在，没事要人家脑袋干什么？吃饭！"大家就都吃饭。

"子君姐，明天是初二，咱们去山上玩去！"何小雨边吃边说。方子君说："大冬天的，山上有什么好玩儿的？"

"好玩儿！"陈勇抢着说，"往南走 15 公里，有一段古长城！那段长城没开发过，有一种天然的美！那个地方就得冬天去，夏天去的话，绿油油的不好看！冬天去，可以站在长城上听风声，特别苍凉！"

"是吗？"何小雨眼睛亮了。

"对！"陈勇说得来劲儿了，"那里还有野兔！我们训练的时候下套子，抓住过不少，石板烤兔子，你们没吃过吧？"

"我说什么来着？"何志军笑着说，"你们这帮浑小子，训练的时候又玩来着吧？"陈勇不好意思地笑了。何志军顺手抄过一个夹子，"我看看值班安排啊！明天是老耿的班，晚上是我。陈勇，明天你们排是不是战备？"陈勇回答说："不是，初四是我们。"

"成，明天陈勇开车。"何志军说，"我们全家都去古长城玩去！"

"爸！你太伟大了！"何小雨乐了。何志军苦笑："伟大啥？这不你们来了吗？我不也得好好陪你们玩一天吗？何况这也不是什么过分的事情。"——林秋叶就觉得好感动。

"那把芳芳也叫来！"何小雨。何志军说："成！"

"还有刘晓飞和张雷，一起叫上吧！"林秋叶心细，说。

"可以，他们都是和陈勇一起的，他不战备，他们也不战备。"何志军说，"那就得两辆车了？那辆车谁开啊？"

"他们俩侦察兵还不会开啊？"何小雨说。何志军一本正经地说："他们俩没驾照！"

"那叫上林锐吧。"陈勇说，"他开车比较稳。"

"行，就这么定了！"何志军说，"吃饭，吃完了我跟陈勇都回去值班！"一时无语，大家都赶紧吃饭。

7

两辆三菱越野吉普车在平原上掀起漫天尘土，一左一右齐头并进。陈勇开着左边的那辆，刘晓飞坐在他身边，林秋叶、何小雨和何志军坐在后面。何小雨看着那边的车摇下玻璃："我们比一比！"

"看谁快！"那边刘芳芳也高喊。何志军说："速度不能超过 100 迈！"

"明白。"陈勇拿起对讲机，"林锐，100迈为限！"

"收到。"林锐放下对讲机，戴上墨镜，兴奋地喊："都抓稳了啊！"他换挡，四轮驱动起来，车像兔子一样窜出去。他身边坐着张雷，后面是刘芳芳和方子君。张雷从后视镜看见了方子君，笑了。方子君白了他一眼，拿纱巾裹住脸，偷笑。刘芳芳看见了，但当作没看见。

蜿蜒破旧的古长城在山头静静矗立着，似乎在诉说着一个难圆的梦。两辆吉普车齐头并进，一个急刹车几乎同时停在下面。

"不到长城非好汉！"何志军下车感叹，"果然有道理！"

陈勇站在他身边："大队长，上去更好看！"

"妈拉个巴子的，上！"何志军一挥手，拉住林秋叶就上山。

"不等等孩子们？"林秋叶看着那边忙着照相的年轻人。

"等啥啊？他们才不等咱们呢！"何志军说，"走吧，咱也年轻一回！"

陈勇看看那边的方子君，又看看大队长，急忙背上背囊跟上作保障。

"给我们三姊妹照一张！"何小雨拉过方子君和刘芳芳站好了，三个姑娘一合计，同时高喊："永远青春！"

"好！"刘晓飞按下快门，"哎！哪位大小姐给我们哥儿仨来一张啊？"

"我来吧。"方子君接过照相机。刘晓飞、张雷和林锐穿着迷彩服站在长城前面，举起自己的右手高呼："勿忘国耻！牢记使命！"——三个姑娘被逗得哈哈大笑。

"哎呀！我的妈呀！"方子君捂着肚子笑，"我还以为'文革'呢！"

三个小伙子不好意思地互相看看："那我们喊啥？"何小雨看着刘晓飞，眼珠儿一转："那你们三个喊——我爱你！"

"不行，不行，这个不能喊。"刘晓飞马上说。何小雨不高兴了："干吗不能喊？"

"好好，我喊，我喊！"刘晓飞说，"你们俩呢？"

"反正我有对象，喊了也不怕。"林锐说，"张雷呢？"

"如果需要，我可以喊100句，1万句！"张雷的眼睛火辣辣地看着方子君。方子君脸红了。刘芳芳看着，低下了头。何小雨大声说："好好，就喊我爱你！子君姐准备了！"

三个小伙子面对镜头，齐声高呼："我爱你——"声音在山间回荡。

"哟！"何志军在山上回头，"年轻人真能整啊！我也来一嗓子！"

"你喊啥？别胡喊！"林秋叶拽他说，何志军清清嗓子，高喊："林秋叶，我爱你——"

林秋叶立即脸红了："胡闹！这个能喊啊？"陈勇憋住笑，低头故意看四周。下面的6个年轻人哈哈大笑。何小雨在下面喊："爸爸，你太伟大了——我们永远爱你！"

何志军指着何小雨："看，丫头都说我伟大！"

"你也不怕人家笑话？"林秋叶嗔怪。何志军说："20年的革命夫妻，喊两嗓子喊不坏！都是我老婆孩子，那么大了还怕喊？"

底下的年轻人也准备爬山。何小雨喊："革命一帮——对红啊！一个男士拉一个女士！"

"我才不需要他们拉。"方子君说，"这山，比老山差远了！"

"你们都是干部，我是小兵，不合适。"林锐说，"我在底下擦车。"

"得了！"何小雨说，"你还说这种话？早就是兄弟了！我先走了，你们看着办！"

刘晓飞拉着她噌噌噌上去了。张雷看看上面，看看方子君，笑："我们俩吧。"方子君看看刘芳芳，还没说话，刘芳芳已经拉住林锐："走！林锐带我上去！"林锐为难地看着张雷，刘芳芳怒了："你走不走啊？！"林锐只好上山。

"就咱俩了。"张雷挠挠头。方子君低下头："这对芳芳不公平。"

张雷想半天，也没想出来应该怎么说。方子君自己往山上走去："上去吧，不然叔叔和阿姨等着急了。"张雷急忙在后面跟着，怕她摔下来。爬过一段古长城的残骸，方子君脸色有点儿发白，坐了烽火台边。张雷急忙过来："你身体还没完全恢复，还是让我拉着你吧。"方子君看着蜿蜒的古长城："芳芳是真心喜欢着你的。"

张雷为难地低下头，坐在她身边："我把她当小妹妹。"

"和我保持一米以上距离。"方子君说，"咱们说好了的。"张雷看看她，起身坐开。

"我说过，我们之间需要距离，也需要时间。"方子君苦涩地说，"你和刘芳芳之间不需要这个距离和时间，你会如何选择？"

"这还需要问我？你知道答案。"张雷苦笑。方子君说："我方子君从不容许自己成为一个竞争者。我不喜欢和别人竞争，更不喜欢成为失败者。"

"问题是根本没有竞争！"张雷说，"我根本就不喜欢刘芳芳！"

"可是她喜欢你！"方子君说。张雷转向她："子君！陈勇也喜欢你，你喜欢他吗？"

"这不一样！"方子君躲开他的眼睛。张雷逼近了："一样！"

"你，你给我离开点儿！保持距离！"方子君推他。张雷一把抓住她的手："你看着我！看着我的眼睛！"方子君看了一眼就低头。

"我爱你！"张雷一字一句地说，方子君觉得头有点儿晕。张雷轻地轻抚摩她的脸，声音柔和下来："我爱你。"

方子君抬起泪眼："真的？"

"真的！"张雷说。

"你发誓？"

"我发誓！"

"那也不行！"方子君断然说，但是还没说完，张雷的嘴唇已经堵上来了。

"你浑蛋！"方子君拼命踢他、打他。张雷紧紧地抱住她吻着。渐渐地，方子君的胳膊松下来了，抱住张雷，泪水流进张雷的嘴里。

他们再出现在大家面前时，张雷拉着方子君，方子君的脸上红扑扑的。刘芳芳忍住眼泪，看着远山。正在做石板烤兔子的陈勇愣了一下，但又低下头继续翻兔子肉。在长城的烽火台上，这些军人们围着篝火坐好。何志军说："唱歌！唱歌！不唱歌不热闹！"

"唱什么？"何小雨小心地拉住刘芳芳问。刘芳芳在揉眼睛，忍着眼泪说："唱那首《闪亮的日子》吧。"

方子君内疚地低下头。张雷拿过林锐手中的吉他，低沉地说："我来伴奏吧。"

张雷娴熟地弹出前奏，何志军马上说："这啥歌儿，挺好听啊！"

"你别闹！听歌！"林秋叶说。何志军就老实了，听歌。刘芳芳和何小雨手拉手靠着，轻轻合着吉他节奏唱起来："我来唱一首歌，古老的那首歌；我轻轻的唱，你慢慢的和；是否你还记得，过去的梦想，那充满希望、灿烂的岁月……"歌声当中，何志军的脸色逐渐变得凝重。林锐、张雷和刘晓飞的声音也逐渐跟进来："你我为了理想，历经了艰苦；我们曾经哭泣，也曾共同欢笑；但愿你会记得，永远的记得，我们曾经拥有闪亮的日子……"——沧桑的旋律，浑厚的歌声，从这一群现代年轻军人口中唱出，在古长城上回荡。

8

刘芳芳在值班室里坐着出神，门开了，刘芳芳一看，是田小牛："进来！探头探脑干什么？"田小牛嘿嘿笑着："刘大夫！张助理让我把这个给您。"刘芳芳接过来，是一封信。她急切地打开，看田小牛还站在这里，就急忙说："你回去吧！"

"是！"田小牛敬礼出去了，刘芳芳起身关上门，抽出信。

芳芳妹妹：

请你允许我这样称呼你，毕竟我比你要大。

从我认识你开始，我就一直很欣赏和喜欢你这个小妹妹。你出身将门，却为人随和，善良可爱。你为了锻炼自己，到特种侦察大队这样一个艰难的环境中来自我磨炼，这种精神是可贵的，这种行为是值得赞赏的。

但是，我一直把你当作妹妹，从未有过任何非分之想。也许我是自作多情，如果是这样，请你千万不要介意。最后希望你可以得到自己理想的爱情，我和子君会真心祝福你！

哥哥 张雷

眼泪哗啦啦流下来，刘芳芳扑在桌子上。哭了一会儿，她自言自语地说："张雷，张雷！我告诉你，我恨你！……我恨你！我，我喜欢你……"她又接着哭起来。

9

地方慰问团敲锣打鼓进了大门，徐公道和徐睫走在中间。徐公道和迎接上来的何志军握手："老连长！我和闺女来看你了！"大家走向主楼，徐睫跟何志军说："何叔叔，我想去看看林锐可以吗？"何志军挥手叫过崔干事："你去把林锐叫来！"徐睫笑着说："别叫！别叫！我去看看就可以了！"

崔干事领着徐睫走到一班门口："我叫他？"

"别叫了！我看看他！"

187

"别吓着啊！"崔干事笑着说。徐睫没听明白，就轻轻推开门："哎呀妈呀！"

林锐从床上坐起来："徐睫？你怎么来了？"

徐睫拍着心口："我说你们这都是干吗啊？躺着跟装死似的？"

"战备。"穿着迷彩服的林锐满身都是装备，脸上也画了迷彩。徐睫看看一个班的战士都坐起来嘿嘿冲她乐。林锐把放在身边的81步枪背起来："出去说吧。"

徐睫站在门口，看着满身武装拿着钢盔的林锐出来："嘿！现在还真的看不出来了！谁能知道你这个特种兵还养过猪呢！"

林锐笑了笑："我现在当班长了！"

"不错！不错！"徐睫满意地点头，"你要当军长才有面子！"

"林锐，我去了啊！那边还得照相！"崔干事笑笑，"一会儿你派个兵送徐小姐回去！"

"是！"林锐敬礼。徐睫拍拍他的胸脯："行啊，长得很壮了啊！"

林锐笑着："我今天不能陪你下去了，我战备，必须在班里待着。"

"没事，我就是看看你！"徐睫笑着说，"对了，跟你说一声，我可能要出国了。"

"出国？"林锐惊了一下。徐睫说："我爸的生意需要我帮忙，我半年在国内、半年在国外吧。国外读学位比较灵活，我就可以帮我爸打理生意了！"

"不错啊！"林锐真心地说，"哪儿像我，是个傻大兵！"

"知道自己傻就行！"徐睫笑着伸手，"给我留个纪念吧！给个纪念品！"

林锐想想，摘下自己的臂章："这个送给你！"

"这什么破玩意儿啊？"徐睫失望地说。

"特种兵的臂章，特种兵的荣誉和勇气的象征。"林锐说。

"对了，老薛呢？"徐睫问。林锐说："去年年底复员了，我去送他了。老薛一直戴着这个臂章，复员了也没摘下来。"徐睫不语，收好臂章："我收下了！这是我给你的！"林锐接过来，是本英语书，他看了一眼，只是拼出了"莎士比亚"这个单词。他苦笑："我，我看不懂啊！"徐睫说："看不懂学啊！等你学会了，考军校那是小意思！"

"谢谢！"林锐真诚地说。

"战备拉动！"值班员突然从屋子里冲出来吹哨子。

"我走了！"林锐推徐睫，让她站在楼道边，"我们练习反应速度！你靠边点儿站，别被撞着！"随即他一阵风一样冲出去了。徐睫还没明白，满楼道几乎一瞬间都出现了武装战士，神情严肃地冲出屋子，都往楼梯跑。徐睫躲在边上，看见这些战士跟迷彩色的风一样从眼前掠过，军靴在楼道里踩出纷乱的节奏。她从楼道窗户往下看，看见林锐在命令战士报数。徐睫笑了。林锐抬头看她一眼，笑笑，带队走了。

10

"老连长，我这次来也是和您道别的。"徐公道坐在大队长办公室的沙发上，留恋地说。

"道别？道什么别？"何志军喝口茶，纳闷儿地问。

"我的生意重心要全部迁移到国外了，可能回国的机会少了。"徐公道说。

"这是好事啊！"何志军笑道，"我们中国的商人把生意做到国外去，好事！走出亚洲，冲向世界！这是值得庆祝的！我给你预备茅台，看见你的名字在报纸上，我等你回来庆功！"

"老连长，从我当兵开始，你就一直照顾我。"徐公道眼泪汪汪诚恳地说，"如果没有你的栽培和照顾，我徐狗娃也找不到人生的方向。是你，教育我成为一个革命战士，对党和人民绝对忠诚的革命战士！无论我走到哪里，都不会忘记你对我的教导！"

何志军看着他："狗娃，你怎么这么奇怪啊？大过年的，怎么说的话都这么沉重？"

"我只是舍不得。"徐公道笑着擦去眼泪，"老连长，我还有一个请求——你看是不是过分。"

"讲！"何志军说。徐公道说："我想让你再给我喊一次操。有你给我喊操，我走到哪里都踏实，都忘记不了革命战士的本色。"

扎着武装带的何志军大步走到观礼台上。徐公道穿着没有肩章和臂章的迷彩服扎着腰带，右手持上着刺刀的81步枪站在他的面前。

"徐狗娃！"

"到！"

"知道不知道军人的天职是什么？"何志军眯缝着眼。

"服从命令！"

"对！"何志军说，"服从命令！祖国和人民的一声命令，前面就是刀山、就是火海，你也要给我闯！"

"报告连长！我知道了！"

"你说一遍！"

徐狗娃嘶哑着嗓子："祖国和人民的一声命令，前面就是刀山、就是火海，我也要给你闯！"

"不对！"何志军喊，"不是给我闯，是给国家闯！"

"明白！"

"把这个给我牢牢记在心里！"何志军高喊。徐狗娃高声喊："是！"

"开始出操！"何志军高喊，"军人，要行得正，站得直！军姿怎么站，还用我教你吗？看看你现在这个腐败的肚子，给我收回去！胸脯给我抬起来，你是我的兵，不要丢我的人！"

"是！"徐狗娃高喊，挺胸收腹。

"肩枪——"何志军喊。徐狗娃利索地肩枪，动作有些生疏，但还是很快。

"齐步——走！"——徐狗娃摆臂齐步走。

"向右——看！"——徐狗娃高喊："一——二——"同时哗地出枪，齐步变正步，落地有声。

"向前——看！"——徐狗娃正步变齐步。

"立定！"何志军满意地点头，"脱下军装这么长时间，难得你还记得！"

"老连长！"徐狗娃高喊，"我就是脱下军装，也忘不了我是你的兵！"

"刺杀还记得不记得？"

"记得！"

"准备用——枪！"

"杀——"

"弓步上刺！"

"杀——"徐狗娃抬起右脚，原地猛力下踏，左脚向右侧跨出一步，左转身同时，左臂上挡后摆，右手挥刀猛力上刺，成左弓步。他的刺杀动作在何志军严厉的一连串口令下杀声震天，步伐有力……家属楼和训练场门口站满了官兵和家属。

"上步侧刺！"

"杀——"

"好——结束！"——徐狗娃收枪，右脚靠拢左脚，恢复立正姿势，后手正握刀，看着何志军。何志军的嘴唇在颤抖："你是我见过最出色的老兵！这么多年来，你没有忘本！你一个动作都没做错！"——徐狗娃的眼中有泪花在流。

"我要给你授勋！"何志军高声说，大步走下观礼台。徐狗娃看着何志军站在自己面前。何志军摘下自己的臂章，给徐狗娃戴上："你是我大队第一个荣誉特战队员！第一个！"

徐狗娃敬礼。徐睫在训练场门口看着，擦去眼泪。

"连长！无论我走到哪里，我都不会忘记这个荣誉称号！"徐狗娃高喊。

"好好干！把生意做到全世界，让老外看看，咱们徐狗娃不是吃素的！"何志军拍拍他的肩膀。徐狗娃张张嘴，想说没说出来。何志军不满意了："有话你就说！"

"连长！"徐狗娃忍着眼泪，"我徐狗娃无论走到哪里，都不会忘记自己是一个革命战士！我对党绝对忠诚，绝对……忠诚！"

何志军点点头："好！你徐狗娃是个好兵！你致富不忘本，牢记我对你的教导！有你这样信念的商人，我就见过你一个！你会是我们老侦察一连的骄傲，也会是我们狼牙特种侦察大队的骄傲！收操！跑步走，把枪还给警通连小汪！"

"是！"徐狗娃自己喊着番号去了。

徐睫默默擦去眼泪，低下头想着什么。

11

一个安静的小院，院子里都是家具和各种居家用品。几个干部和战士在忙活着，一辆奥迪停在院门口，刘参谋长——刘勇军从车里下来。这几个兵急忙立正："参谋长！"

刘勇军还礼："这是搞什么？"

"阿姨在搬家。"一个干部回答。刘勇军没说话，走进客厅，一片忙乱。老婆萧琴跟个陀螺一样带着保姆转来转去，满屋子灰。萧琴指挥着战士把一个老鹰标本放在茶几边上：

"放那儿！放那儿！可不敢给他弄坏了，这是俄罗斯的一个军长送的！跟宝贝似的！"

"呵，这就开始忙家了？"刘勇军苦笑，"公务班是你叫来的吧？这不胡闹吗，赶紧让他们回去。"

"那你说找谁搬家？"萧琴问。刘勇军说："搬家公司啊！"

"得了吧！"萧琴说，"找搬家公司你又开始叫唤了！说你是重大涉密人员，怎么能随便找地方的搬家公司？给你安个窃听器什么的可不得了！——你这套啊，我都知道，就是觉得我累不死吧？"

刘勇军苦笑，想想老婆说得也对："那一会儿做几个好菜，我请这几个战士吃顿饭。"

"还用你说？"萧琴说，"都安排好了，一会儿我亲自下厨！"

"书房收拾好没有？"刘勇军问。

"第一个收拾的就是书房。甩手大掌柜，赶紧去书房看你的文件去！别在这儿碍手碍脚！"萧琴就轰他。刘勇军苦笑，提着公文包上楼了。

刘勇军正在书桌前看文件，手里拿着点着的烟。一杯绿茶放在他手边，萧琴轻轻拿去他手中的烟，按在烟灰缸里熄灭："芳芳不在，你就不得了啊！"

刘勇军笑笑，合上文件夹，封面的"绝密"两个字就出现了。他打开保险柜放进去："跟你说过多少次了，我的书房不能随便进，进要敲门。"

"你老婆能是特务？"萧琴嗔怪。刘勇军锁好保险柜坐回去："这是起码的规矩。说吧，我知道你又要跟我念叨一下闺女的事儿。"

萧琴坐在刘勇军对面："老刘，春节芳芳不能在家，十五怎么也得回来吧？"

"她去特种侦察大队见习，怎么好十五回家？"刘勇军为难地说，"别说我张不了嘴，就是芳芳的脾气你也知道，她根本不会回来。我要下命令，她肯定跟我翻脸。"

"当初不让她考军校，你可倒好！"萧琴说，"非要她考！还是我坚决，才没让她报通讯专业！不然以后被分到山沟通讯连，我哭都不知道去哪儿哭去！学医，我觉得怎么也能进个医院啊！怎么还没毕业，你就把她扔特种侦察大队去了？那是女孩儿去的地方吗？"

"怎么是我给她扔特种侦察大队的呢？"刘勇军说，"明明是她自己要求的！关系也是她自己找的，我没帮她半点儿啊！"

"那你也有责任，你为什么不拦着她！"

"萧琴，孩子大了！"刘勇军说，"去基层部队锻炼锻炼，对她以后有好处！"

"那也不能去特种侦察大队啊？！那都是一群牲口啊！"

"怎么说话呢？！"刘勇军一顿杯子，"那是我的战士！我的兵！"

萧琴不敢说了，嘟囔着："又不是我说的，大家都这么说。"

"谁说的也不对！"刘勇军起身背着手生气地踱步，"那是我麾下的一支部队！特种部队是艰苦，是训练严格，但他们都是人！都是一样的解放军官兵！你萧琴，今天晚上给我写个深刻检查！"

"我写还不行？"萧琴急忙起身，"你别生气，一生气你心口疼的毛病又要犯了。"

"我说你这个萧琴，你也是当过兵的人，怎么就一点儿四六都不懂呢？别人能说，你能说吗？传出去，特种侦察大队的官兵怎么想？刘勇军的爱人说我们一群牲口？"刘勇军无奈地说。萧琴委屈地说："那不是大家说他们体力好吗？都说——特种侦察大队的女人是男人，特种侦察大队的男人是头牛，是牲口！"刘勇军扑哧笑了："还有什么？"

"战场上最后一个倒下的，就是特种侦察大队的。"

"原来这是好话啊？"刘勇军笑了，"我跟你道歉。"

萧琴委屈地说："你怎么一点儿都不等人家把话说完？怎么跟茶馆里坐不住的听评书的人一样，还没听完就起来叫唤。有什么好叫唤的，我说完了吗？"

"好好，我道歉！"刘勇军忙安抚妻子。

"道歉就算了，我哪儿惹得起你？"萧琴说，"说真的，芳芳什么时候能回家？"

"过完十五，开学前吧，回来住两天休息休息。"

"啊？！"萧琴急了，"那才能住几天啊！她上学你不让我去看，现在放假也见不着！你怎么那么不顾别人的感情！不行，我要去看芳芳！"

"胡闹！"刘勇军脸一黑，"有你这么胡闹的吗？你去特种侦察大队，还让不让人家过年了？那不都得围着你转吗？"

"我不说我是刘勇军的老婆还不行！"萧琴快急哭了。刘勇军说："不行！就你那个嘴，没几句就得摆出官太太的架子！为什么我让你转业，你就没想过？虚荣心太强！"

萧琴抹泪："你当了师长，我就得转业；你当了军长，我连工作都不能找，说我贪图小利，怕被人策反；你现在当了军区参谋长，我居然连女儿都见不着了？给你做老婆，我有什么好处？！"刘勇军想了半天："萧琴，芳芳现在也是军人了！"

"可是她还没毕业！"萧琴哭着说，"她还是学生，你就把她扔进特种部队！你好狠心啊，那是个丫头啊！那要是小子，我才不管你！我不管，我要去看芳芳！"

"不行！"——正在争执时，电话响了。刘勇军抓起电话："喂，哪里？"

里面不说话，只有女孩儿的抽泣声。刘勇军一下子站起来："芳芳？！"

"爸……"刘芳芳委屈地哭着。

"芳芳，别哭！你说！"刘军长说，"一个革命军人，哭什么？"

"把电话给我——"萧琴几乎是以闪电般的速度夺过电话，声音颤抖着，"芳芳，芳芳是妈妈！你快说，你怎么了？"

"没事，妈妈……"刘芳芳压抑着哭声，"你过年还好吧？"

"好好！"萧琴抹着眼泪，"我就是想你，想得妈直哭……"

"妈，我也想你……"刘芳芳拼命压抑着哭声。萧琴忍不住大哭："孩子啊，你吃得好不好？睡得好不好？你可千万别再累病了！"

"妈，我挺好的……"刘芳芳哭着说，"我不和你们多说了，你让爸爸注意身体，少抽烟。我还得值班，我去了……"

"芳芳！芳芳！"萧琴高喊，但是只有电话忙音了。萧琴把电话摔下来，跟头母兽似的怒吼："刘勇军！我告诉你——你不让我去看女儿，我就跟你离婚！"

第十二章

———————★———————

1

陈勇在打磨子弹壳，桌子上的和平鸽花瓶已经快要完成了。田小牛高喊："报告！"陈勇抬起头："进来。"田小牛拿过几枚60迫击炮的弹壳："排长，这是你要的。"陈勇闷闷地说："放这儿吧。"田小牛看着排长做的花瓶，说："排长，你做的真漂亮！送给对象的吧？"陈勇说："少多嘴，想跑5公里了？出去！"田小牛急忙敬礼出去。陈勇把60迫击炮的弹壳放到花瓶空着的位置，正好。他笑了，哼着《沂蒙山小调》打磨炮弹壳。

攀登楼跟前，张雷在给方子君展示攀登技巧。方子君在下面看着，给他卡秒表："7秒！"张雷顺着攀登绳滑下来："我还可以再快！"

"少吹了。"

"不信？你再卡表！"张雷对着手吐口唾沫，搓一搓就要上去，方子君准备卡表。陈勇轻轻咳嗽两声，张雷和方子君回头，看见陈勇抱着和平鸽的花瓶站在那儿。张雷笑："陈排长，有事儿吗？"

"我找方大夫。"陈勇。方子君笑："找我？你说吧。"

"嗯。"陈勇把和平鸽花瓶递过去，"送给你的！"

"送给我？"方子君不敢接，"这个礼物太贵重了！"

"方大夫，过年你来我们特种侦察大队，我事先也没准备。"陈勇说，"你是我的救命恩人，我们还是战友。这个是我送给你的新年礼物，希望你收下！"

"陈排长，谢谢你啊！"张雷伸手就接。

"住手！"陈勇突然怒了。张雷的手停在半空。

"我是送给方大夫的，不是送给你的！"陈勇一字一句地说。方子君急忙接过来："我收下了！收下了！你们别吵！"

"你跟方大夫还没结婚！就算结婚，我也只是她的战友，不是你的！"陈勇看着张雷说，"我送她的礼物，你不许碰！"

张雷忍住火气，被方子君拉到身后。她真诚地说："谢谢你啊，陈排长。"

"你今天下午就要回去了，我也没什么别的礼物。"陈勇看着和平鸽花瓶，"这是我的一点儿心意，亲手做的。希望你喜欢！"

"我很喜欢。"方子君说。陈勇笑了："那就好！"

方子君笑着说："我们是战友，以后你可以来找我玩。"

陈勇点点头，退后一步，突然行了一个庄重的军礼。方子君还礼。陈勇转身跑步走了。张雷感叹："陈勇的心是纯洁的。相比之下，我很惭愧。"

"你知道就好。"方子君抱着花瓶说，"以后学成熟点儿，别动不动就跟人显摆！"

"是！"张雷笑，"我还得爬呢！卡表！"

方子君卡秒表："开始！"张雷噌噌噌开始爬。陈勇跑到训练场门口，回头，看见方子君欢快地喊："加油！加油！"他看见方子君快乐的笑容，笑了。于是转身又愉快地跑了，还喊着番号。

2

林锐坐在桌子前查着《英汉词典》，旁边放着那本《莎士比亚戏剧精选》。刘晓飞拿着篮球进来："林锐，走！打球去！"

"你们去吧，我看会儿书。"林锐头也不回地在书上写着单词汉语。

"看什么呢，情书吧？这么聚精会神的？"刘晓飞走进来，拿起书一看，"我操！没搞错吧？莎士比亚原版？！"

林锐把书抢过来："别闹，我这刚刚查个单词，就不知道在哪儿了！"

"我说你什么时候对戏剧感兴趣了？"刘晓飞纳闷儿地说，"还直接就看英文的？"

"徐睫送的。"林锐查着词典。

"就是你救过的那个女孩儿？"刘晓飞问。林锐头也不抬地回答："对。"

"她是不是对你有意思啊？"刘晓飞开玩笑地说，"那可是老板的女儿！你跟她结婚，以后就等着吃香的喝辣的！"

"对于你这种行为，我只有一个单词来形容！"林锐抬起头认真地看他。

"什么？"刘晓飞问。

"Philistinism（庸俗）！"

刘晓飞想想，笑了："你现在可以啊！口语还不错啊！"

"学而时习之，不亦悦乎？"林锐头也不抬，"你玩去吧，我还得查完今天的100个英语单词呢！你别说，《罗密欧和朱丽叶》还真好看！我现在快爱上莎士比亚了！"

"你慢慢学习吧，我玩去了！"刘晓飞出去了。林锐继续看书，查字典。

"报告！"

"进来。"林锐头也不回，"说，什么事儿？"

"你现在班长架子蛮大的啊？"——林锐一听，猛然跳起，转身惊喜交加："乌云！"

乌云背着背囊笑着："看什么，不认识了？"

林锐急忙抱住乌云："我操！你怎么连个信都不写？"

"写啥啊？"乌云卸下背囊，"工兵教导团跟这儿有多远啊？"

"赶紧坐下，田小牛！田小牛！"林锐喊着，出去找，"田小牛，你死哪儿去了？！"他又回来，骂，"这个家伙死哪儿去了？我给你倒水！"

"到！"穿着短裤和迷彩短袖衫的满头大汗的田小牛从窗口冒出来，双手抓着窗框子，"班长，你找我啊？"

"你怎么爬上来了？"林锐大惊，"让参谋长看见，咱们班又得挨训！"

"我爬楼梯还不如这个快！"田小牛嘿嘿笑着，翻身从二楼窗户上来，"班长，你找我啥事儿……乌云班长！"田小牛跑过去，"我可想死你了！"

乌云哈哈笑着："你个小牛啊，越来越厉害了！现在连楼梯都不用了！"田小牛嘿嘿乐着："我刚刚挨了批评。"

"怎么了？"乌云问。

"我训练休息的时候上厕所，每回都爬楼。"田小牛不好意思地说，"被参谋长抓住了。"

林锐哭笑不得："还好意思说啊？那楼梯不是让你走的？"

"咱不是特种兵吗？"田小牛说，"特种兵上厕所走楼梯像话吗？"

"少废话，赶紧倒水！"林锐说。田小牛急忙倒水。

"年后咱们就是93春雷演习，咱们班就等你回来呢！"林锐帮乌云铺上被褥。

"咱们排还是尖刀吗？"

"当然，而且咱们现在是战术试验分队，这回啊，有很多新战法我们都要实践！"林锐说，"给兄弟部队一个好看！"

"那敢情好！"乌云放下杯子，"可我什么都没跟你们一起练啊！走走，带我补课去！"

"你先休息休息，明天再说！"林锐说。

"休息什么？力气是草原上的泉水，舀了就有！"乌云一拉他，"走！"

田小牛抓起自己的迷彩服："等等我，我也去！"

三人跑出去，桌子上放着《英汉词典》和《莎士比亚戏剧精选》。

3

大队敌情控制室。偌大的93春雷战术沙盘已经做好，何志军站在沙盘前仔细看着，耿辉站在他身边。参谋长的指示棒落在沙盘上："93春雷演习，是我军区第一次三军联合渡海登陆实弹演习。根据军区通报，参演部队将包括陆军A集团军和B集团军，以及军区直属电子对抗团、防化团、陆航大队和特种侦察大队，空军第A军和第C强击机师，海军一个驱逐舰支队、扫雷舰等保障舰只若干、海军陆战旅和海军航空兵一个师。此外，还有二炮A基地参加，他们会出动一个战术导弹旅。目前所知道的情况就是这样，还不清楚他们在演习当中的部署和任务范围。"

"连我们是红军还是蓝军，现在也不知道。"何志军苦笑。耿辉严肃地说："93春雷演习意义重大，我们必须在这里有出色的表现。军委和总部首长也会莅临演习现场，展现特种部队战斗力的机会就在我们眼前，我们一定要把握好！"

"我看这样。"何志军说，"我们自己先纸上演习一次——郑教员你辛苦一下，和参谋长一起拿出两套方案来。一个是红军，一个是蓝军，作为特种侦察大队在登陆和抗登陆当中的作用都要谋划出来。然后在你们的方案的基础上，组织参谋人员和各个单位军事主官进行沙盘推演，互相对抗！这样，到命令下来的时候，我们才会游刃有余！"

"好。"郑教员点头。

"时不我待，争分夺秒。"何志军一挥手，"全大队要做好随时出发的准备！"

何志军大步出了敌情控制室，耿辉跟着："今天家属开始陆续回去了，你要不要去送一下？"

"我送不了了，你去吧。"何志军停在作战指挥室门口，"替我送送老婆和闺女！"

"对了，刘芳芳的母亲可能中午过来，要不要见一下？"

"一个丫头片子，老娘来看看很正常。"何志军说，"见什么？这对她成长没好处！"

耿辉笑笑："也好，那我也不见。让秦所长安排吧，吃住都在大队招待所。毕竟这是咱们第一个女特种兵。"

"你安排吧。"何志军说着进了作战指挥室。耿辉下去了。

林秋叶带着何小雨、方子君正要坐上来接她们的轿车，耿辉快步跑过来："嫂子！丫头们！"林秋叶说："哟，大政委亲自来送啊？"

"别埋汰我了，嫂子！"耿辉说，"大队长在作战室，部队的年已经过完了，马上就要准备演习，事情比较多。他让我告诉你，千万别生气，等他回家给你赔罪！"

"最后一句是你的话吧？"林秋叶说。耿辉无奈地笑："是。"

"你要是方便，就叮嘱他按时吃药。"林秋叶说，"我那边工作也多，你们出去演习，我也跟你们联系不上。你当政委的就多费心。"

"我的分内之事！"耿辉说，"俩丫头，也不跟叔叔道别啊？"

"叔叔再见！"何小雨说，"没事我就来找你玩！不找我爸爸，他太凶！"

"好！"耿辉说，"我跟李东梅说，咱家小壮有姐姐了！"众人大笑。

"耿叔叔，你也注意自己的身体。"方子君低声说着，"你去总院偷偷体检的事儿，我就不跟何叔叔汇报了，你自己多注意。"

耿辉笑笑："我没事，你多休息多保重！"

一辆普通的桑塔纳轿车停在大队门口。哨兵敬礼："同志，请问您找谁？"

"我找刘芳芳！"萧琴摇下车窗，"我是她的妈妈！"

"请您出示证件！"——萧琴一摸，没带："我没带！"

"不好意思，来客要登记，需要证件。"哨兵说。穿着便装的宋秘书有点儿不高兴了："她确实是刘芳芳的母亲。"

"我知道。"哨兵礼貌地说，"但是按照规定，没有证件，我不能放行。您的证件也可以。"

宋秘书从兜儿里一摸，是军官证，想想参谋长的规定就不敢拿出来："我也没带。"

"那我不能放你们进去！"哨兵敬礼，转身回去。

"哎！"萧琴喊，"你这个小同志怎么这么不讲道理？"

哨兵为难地说："这样吧，我打电话给医务所，让刘芳芳来签字，这样您就可以进去了。"

"好吧！好吧！"萧琴压着火。恰在此时，林秋叶与俩丫头和耿辉告别，车出门了。

"她们的车怎么能进去？"萧琴问。哨兵说："哦，那是我们大队长的家属。"

"大队长？"萧琴嘟嚷着，"多大的官儿啊！"

耿辉看见了，走过来："怎么回事？"

"报告政委！这是刘芳芳的母亲，没带证件！"哨兵敬礼。耿辉走过来，萧琴急忙下车："政委，您看我这怎么整啊！我真的是她妈妈啊，我出来的时候着急，没带证件！"

"司机带了吗？"

"我也没带。"宋秘书说。耿辉说："驾驶证也可以。"

宋秘书不好说连驾驶证都没带，掏出军队驾驶证递过去。耿辉打开，上面写的是军区司令部机关，照片上是少校。他抬头看看司机，又看看萧琴，车是地方牌照，心里觉得不好。他摆手对哨兵说："放行！"他交还驾驶证，宋秘书收好，开车进去了。

"政委，不用登记啊？"哨兵看着很不明白。耿辉看着车进去，没说话。

4

刘芳芳正在值班室坐着，对面是秦所长。她干净利索地在给秦所长交代工作，秦所长看着记录点头："别说，我现在还真的舍不得你走呢！干脆毕业了就来我们特种侦察大队算了！虽然这里跟大医院比艰苦点儿，但对于学野战救护的医生来说，这可是一块宝地！而且我们大队干部男女比例严重失调，也不利于工作开展啊！"后面半句是玩笑话，刘芳芳只是惨淡的一笑，接着交代工作。门外响起敲门声，秦所长头也不抬地说："进来！"

门被轻轻推开了，表情复杂的萧琴站在门口，声音颤抖："芳芳……"刘芳芳抬头，站起来："妈！"萧琴扑上来："我的宝贝女儿啊——"刘芳芳抱住母亲也哭了："妈！你不是中午来吗？怎么现在就来了？"

"我哪儿等得了啊？"萧琴拉着女儿仔细看，"你爸说他的车不能给我用，非让我打车，还是你宋哥借了朋友一辆车，我们才来的！"

"妈！"刘芳芳拉着母亲，"我爸身体还好吧？"

"好好！就是你不在家没人管他了，他就一直对我呼来唤去的！"萧琴擦着眼泪，"让妈看看，我的宝贝女儿怎么现在这么黑了？瘦了？"

秦所长笑容可掬："你好。"

"妈，这是我们秦所长！"刘芳芳介绍。萧琴伸出手："好好！"

"芳芳在这里表现很好，不怕苦不怕累！"秦所长说，"官兵们都很喜欢她，很舍不得她走啊！"

"哦。"萧琴脸上露出习惯的微笑，"秦所长，多谢你这段时间对芳芳的照顾。你们有什么困难尽管提出来，我会跟我们老刘说。"秦所长睁大眼睛，看看刘芳芳又看看萧琴。

"妈——你说什么呢？！这是我领导！"刘芳芳急了。萧琴一拍额头："哦，忘了！忘了！对不起啊！秦所长，我一激动就不知道说什么好了。"

"我爸是后勤干部，求他的人多，所以我妈也就这个样子了！秦所长你别搭理她，她是人来疯！"刘芳芳气呼呼地说。秦所长笑了："可以理解，可以理解。"

"秦所长，我先跟我妈去宿舍待一会儿。"刘芳芳拉着母亲说，"我回来再跟您交接！"

"去吧！去吧！"秦所长急忙说。人走了，秦所长还跟那儿纳闷儿，这什么人啊，这么牛？

回到宿舍，宋秘书把车上的东西都搬下来送进来，刘芳芳的房间立即成了零食的海洋。刘芳芳抓起巧克力就吃："妈，你给我买这么多零食干什么？"

萧琴坐在她对面，看着刘芳芳变得消瘦的脸，心疼地抚摩着她额头隐隐的伤疤："这是怎么回事？"

"没事，我们拉动的时候，我不小心磕了一下。"刘芳芳大大咧咧地说。

"萧阿姨，我在车上等您。"宋秘书说，"芳芳，我在外面啊！有什么要帮助的，你就说话，我跟情报部的那几个干部还是比较熟悉的。没人欺负你吧？"

"他们谁敢啊！"刘芳芳站起来，摆个姿势一踢腿，"宋哥！你现在都未必打得过我了！我是女子特种兵！"

宋秘书笑："好好，你厉害！我在外面，有事说话。"

"赶紧坐下！赶紧坐下！"萧琴看宋秘书关上门，招呼刘芳芳坐在腿边仔细看，抹着眼泪。

"妈，你别哭啊。"刘芳芳说着说着自己也哭了，"我这不是好好的吗？你别哭啊……"

萧琴看着刘芳芳手腕摔出来的紫青，泣不成声："芳芳，咱回去吧！咱不在这儿吃苦了……你在这儿吃苦，妈受不了啊！"

"妈，我真的没事……"刘芳芳擦着眼泪，"我长大了，我没事……"

"芳芳，跟妈回家！谁也不能让你再吃苦了，妈发誓！"萧琴抱住女儿，"我去跟你爸拼命！我不让你再来特种侦察大队了！"

"妈，我是不想再来了——"触到了伤心处，刘芳芳抱住母亲哇哇大哭。

"怎么了？！"萧琴一惊，"谁欺负你了？！"

"没有，没有，我就是想你……"刘芳芳抱着妈妈大哭。

"孩子，你告诉妈！"萧琴很严肃，"谁欺负你了？！"

"真的……没有！"刘芳芳大哭着摇头，"妈——我心里难受啊！……我喜欢他，我就喜欢过他一个男孩子啊……"

"谁？！"萧琴跟老虎一样精神起来，"谁欺负你了？！哪个男兵？！妈收拾他！"

"他没欺负我……"刘芳芳说，"他不喜欢我……妈，我心里难受啊……"

萧琴脸上的表情平静下来："你跟妈说，你最信任妈妈。告诉妈妈，怎么回事？"

刘芳芳哭着点头，一五一十跟妈妈说起来。

宋秘书在车里抽烟，萧琴走出来，后面是刘芳芳。萧琴对刘芳芳说："你等一下，我跟你宋叔叔说一声。"刘芳芳点头，等在边上。萧琴进车关上车门，压低声音说："小宋，你帮我查两个人。"宋秘书问："谁？"萧琴说："一个是方子君，军区总医院的大夫；一个是张雷，陆院侦察系17队的学员。"

宋秘书挠挠头："这个倒是不难办，军区总院的政治部副主任和我是哥们儿，陆院也有几个熟人。只不过我查他们什么啊？为什么查？通过什么手续？"

"私人关系查，不通过组织。"萧琴叮嘱，"什么都查，历史、家庭背景、社会关系。"

宋秘书看一眼芳芳，想着什么。萧琴问："能不能办？"

"可以。"宋秘书说，"什么时候要？"

"越快越好！记住，不能告诉老刘！千万千万！"萧琴说。宋秘书还是有点儿为难："萧阿姨，这不符合手续。"萧琴眼巴巴地看着他："我是一个母亲！我以一个母亲的身份恳求你，这关系到我女儿的幸福！"宋秘书想了半天，点头："我查。"

"谢谢！"萧琴出去，拉住芳芳："走，我们去四处转转！小宋，我跟芳芳随便走走！你不是要打电话吗？去找个地方打电话吧，中午我们就在侦察大队的食堂吃饭了！我也看看他们特种侦察大队的伙食怎么样！"

"好！"宋秘书点头，"中午11点我准时到食堂，我去打电话了。"他开车走了。

"走吧，妈！"刘芳芳诉说了心中的积郁，开朗多了。

"走走！我也看看这个你爸爸心尖子一样的特种侦察大队到底是什么样子！"萧琴拉着女儿走了。

主楼。耿辉在办公室放下望远镜，脑子在运转着。他打开桌子上的军区领导花名册，在里面查着姓刘的干部。有十五六个军区机关正师以上干部姓刘，他在想着到底是谁。刘勇军的命令虽然已经下来，但是花名册没有更新。所以，耿辉并未想到新任少壮派参谋长刘勇军少将。

5

"张雷！大队长和政委找你！"崔干事跑到训练场喊。张雷跑过来："来了！找我？稀罕啊，找我什么事情？"崔干事笑道："我怎么知道，我要知道都当政委了！快去吧！"

张雷到水龙头那儿洗了把脸，喝点儿凉水，大步跑过去了。远远在路上看见刘芳芳和她的母亲，笑着打招呼："芳芳！"刘芳芳挤出笑容："训练完了？"

"我去趟办公楼！"张雷笑着跑过来，"这是你母亲吧？阿姨好！"他敬礼，"我手脏，就不和您握手了！我去了！"

萧琴看着张雷的背影："他就是张雷吧？"

"嗯。"刘芳芳低头，"妈，是我不好，我不该胡思乱想。我应该听你们的话，毕业了再谈恋爱。"

"别多想了。"萧琴说,"以后再说吧。"刘芳芳低着头不说话。

张雷跑步到办公楼门口,对敬礼的哨兵随手还礼跑进去了。何志军和耿辉都在作战指挥室,张雷高喊:"报告!"

"进来!"何志军头也不抬。张雷进来,敬礼:"大队长,政委!张雷奉命来到!"

"稍息。"何志军看着他。张雷跨立。耿辉问:"你是伞兵世家?"

"对。"张雷说,"1950 年 9 月 17 日,我祖父所在的部队改编为空军陆战队第一旅。同年 9 月 29 日,刚刚训练了 11 天的中国空降兵便组织了中国伞兵的第一个跳伞日,我祖父是第一批从天而降的解放军战士,我祖父所在营营长崔汉卿第一个跃出机舱,他被称为'天下第一腿'。我父亲 1963 年参军,在空降兵神鹰师服役至今。我哥哥张云 1983 年参军,在军直侦察大队服役,牺牲在南疆保卫战前线。我 1989 年参军,也在军直侦察大队,1991 年进入陆军学院侦察系学习至今。"

"光荣的伞兵世家——你父亲现在是什么职位?"耿辉突然问。张雷一愣。

"讲。"何志军面无表情。

"空降兵神鹰师大校师长。"张雷很纳闷儿,问这个干什么。何志军说:"我要找你走个后门。"张雷眨巴眨巴眼睛:"大队长?您在说什么?"

"找你走个后门。"何志军低声说,"找你父亲帮忙,借点儿东西。"

"什么?"张雷不明白。何志军看着他的眼睛:"三角翼和动力伞,各借 10 个。"

张雷很为难:"大队长,您也明白,这是部队的装备啊!怎么可能借呢?"

"所以要走后门。"何志军说,"我可以交押金,损坏了,我原价赔偿。"

"我们大队可以开个正式手续给你,"耿辉说,"你要完成这个任务。"

"我不可能完成!"张雷想到自己老子的那张严肃的脸就害怕,"我爸爸原则性太强了!何况这是军队特殊作战装备,又不是车!"

"完成不了也要完成!"耿辉说,"你们'猫头鹰'战术试验分队能不能展现自己的研究成果,就在此一举!"

张雷张着嘴,这个任务太不可思议了,两个严肃的主官要求自己找父亲走后门?

"我要给我爸爸先挂个电话。"张雷说,"先跟他商量商量。"

"可以,晚上你可以在大队作战值班室打军线长途。"何志军说,"但是任务一定要完成,还要尽快完成!我们从接触新装备到可以掌握作战,也需要时间!有点儿眉目,我立即派人去神鹰师接装备!去吧,回去好好想想怎么说!"

"是!"张雷敬礼,转身出去了。张雷走在路上满脑子情况,真不知道怎么说。

中午,作战部队唱着歌,在各自食堂门口等待开饭。机关干部三三两两进入机关食堂,萧琴、刘芳芳和宋秘书走进机关食堂,耿辉坐在里面吃饭,看见刘芳芳过来打招呼:"芳芳,你母亲啊?"

"对啊,政委!"刘芳芳说,"这是我妈妈,这是耿辉政委!"

"我们已经见过面了。"萧琴笑。耿辉笑着说:"我们特种侦察大队条件不好,但是芳芳表现很好。不愧是军人世家啊！"

"老刘也常常这么说。"萧琴习惯地微笑，"我看你们特种侦察大队精神面貌和营房建设都很好，是军区直属部队的楷模。老刘在下面军里的时候，常常在说一个部队好不好，从这些就可以看出来。"

耿辉观察着萧琴的言谈，也笑："谢谢了，我们还有很多工作做得不够——来了，我们就一起吃吧。我吩咐炊事班开个小灶，我们在里面吃。"

"不用了，政委！"刘芳芳笑着说，"我和我妈妈随便吃点儿就可以了！我们还着急回去说话呢！"

"那好吧。"耿辉笑着说。

"政委，我们过去了！"刘芳芳拉着母亲走过去，坐在桌子旁边。宋秘书去打饭，在宋秘书面前，芳芳很悠然自得，显然已经习惯宋秘书打饭了。耿辉注意看着，嘴里念着："在下面军里的时候？——哟！"耿辉一拍额头，想起来了，他匆匆走了。

"妈，这是特种侦察大队的饭菜，我吃着还挺香的。"芳芳边吃馒头边说。萧琴数着菜的种类："小宋，特种兵的伙食标准是多少？"宋秘书想想："在我们军区陆军单兵是最高的。"

"你看看这个伙食标准是多少呢？"萧琴对桌子上的饭菜努努嘴。宋秘书看看，明白了。他沉默了一会儿："萧阿姨，这种情况不算少见。某些部队是有截留伙食费的恶习，发现过也处理过。"

"这是喝兵血！"萧琴的声音从牙缝里挤出来，"我要向老刘仔细汇报！"

"妈——"刘芳芳急了，"你别这样！特种侦察大队非恨死我不可！"

"他们喝兵血，我还不能汇报了？！"萧琴很生气，"芳芳，这是原则问题，你怎么这么糊涂？"

"妈！特种侦察大队截留伙食费，是为了搞战术试验分队！他们本着如果明天战争来临的危机感，自我磨炼部队，有什么不对的？我还想说军区不给经费不对呢！"刘芳芳说。宋秘书说："这个报告我看过。军区前一段手头紧，所以没批，但是没说不批。可能过段时间就批了吧？"

"就是搞训练，也得有正常的手续！要严格按照制度来，尤其是财务上的事情必须清楚！"萧琴严肃地说，"不批，你也不能截留伙食费啊？这是从战士牙缝里面抠出来的！你妈转业前干了那么多年财务，这点儿法律意识都没有吗？"

"妈！"刘芳芳快急哭了，"就算不对，你也不能让我挨骂啊？！"

"你糊涂！"萧琴急了，"这是违法犯罪，你知道不知道？！"

"萧阿姨。"涉及军区作战部队的事情，宋秘书不得不说几句了，"特种侦察大队这么做是不对，不过很多部队都有过这样的先例。我看这个事情还是别现在捅出来，找个合适的时间，我约他们大队领导侧面谈谈，看看是不是有什么方法可以解决。不符合规章制度的习惯，纳入规章制度不是处理几个人那么简单，您看呢？"

萧琴想想："也好——但是小宋，这件事情不能那么简单，这是很恶劣的行为。"

"是，我知道。"宋秘书苦笑。刘芳芳感激地看宋秘书，宋秘书眨了一下眼。

下午，萧琴要回去了，刘芳芳抹着眼泪送她到大门口。

"芳芳，跟妈回去吧？"萧琴哭着说。刘芳芳摇头："妈，还有几天我就结束了。你就让我坚持下来吧，别让人瞧不起我！"

"我苦命的孩子啊——"萧琴抱着刘芳芳哭，"芳芳，你就是妈的心头肉，我绝对不允许任何人欺负你！你放心吧！"

"妈——"刘芳芳扑在母亲怀里，"等我回家了，好好伺候你和爸爸，我想你们……"母女依依惜别。

办公楼上，耿辉把望远镜交给何志军："你知道你三闺女是什么人？刘勇军参谋长的女儿！"

"不会吧？"何志军拿起望远镜看看，"小雨没告诉我啊！"

"老何，现在的小丫头都不知道轻重。"耿辉叹气，"领导我不怕，我怕的就是这种领导的老婆或者女儿！"何志军的心情也很沉重。

"我看把刘芳芳安排在大队部吧，也就几天了。"耿辉说。

"你看错这个丫头了。"何志军说，"这个丫头是能吃苦的，有刘参谋长的作风！我们现在一动，才是真正伤了这个丫头的心啊！"

"你还叫她三闺女？"耿辉苦笑。何志军说："叫，为什么不叫？我喜欢这个丫头，这个丫头也喜欢我！跟她爸爸有什么关系？"

"我最佩服你的，就是这个！"耿辉拍拍他的肩膀，"宠辱不惊。"

"别说反话啊，我告诉你！"何志军把望远镜给他，"我听得出来！"

"还是操心正事儿吧。一颗红心，两手准备吧。张雷要是借不出来，我们怎么整？也得有对策啊！"耿辉笑笑说。何志军苦笑："怎么整？一根绳子一把刀，爬悬崖！"

6

晚上，张雷坐在作战值班室，想了半天要了家里的号码。是老妈接的，也顾不上寒暄，张雷就问："我爸在吗？"

"你爸在部队呢，过年都战备！"

"好，我知道了。"张雷跟妈妈随便说了几句就挂了。往部队值班室打电话是张雷从小的大忌，他太熟悉这个老子了。但是想想没办法，拿起电话又要了父亲部队师值班室电话。对方可能是个参谋："喂，哪里？"张雷回答说："我找张师长。"对方问："你是哪里？"张雷迟疑地说："我，我是张雷。"对方并不认识他："张雷是谁？"张雷回答说："你就告诉他，我是张雷。"对方说："好，等一下。"过了一会儿，参谋回来说："你打这个号码找他吧。"张雷接着要了刚才给的号码。电话响了两声，张师长接起来："喂？"

"爸！是我。"

"你个小子怎么过年连个电话都不打啊？陆军特种侦察大队那么好玩儿啊？乐不思蜀

啊？"张师长笑道，"现在想老子了？怎么样？没给空降兵丢人吧？"

"没有！没有！"张雷说，"爸，我有个事儿找你帮忙。"

"找我帮忙？哪个你认识的兵又捣乱了？"

"不是，不是，我想找你借点儿东西。"

"什么东西？"张师长很纳闷儿。

"三角翼,还有动力伞,各要10个。"张雷咬着牙说。张师长沉默半天："你脑子进水了？那是我的吗？那是军队的！是国家的！胡闹！"

"爸，也是军队借！他们特种侦察大队的何大队长和耿政委想借，演习用。"张雷苦笑着说。张师长急了："这不是胡闹吗？部队的作战装备是随便借的？都是军政主官了，怎么那么不明白？我有这个权力吗？"

"爸，这个忙你就看能帮不？"张雷说，"他们大队长和政委开口肯定也是不容易，也和我们战术试验分队的研究成果有直接关系！爸，你就想想办法吧！反正都是为了军队建设，为了军队发展……"

"这个忙我帮不上！"啪！电话挂了。张雷拿着电话苦笑自语："我说什么来着？找他走后门，没戏！"他放下电话，想了想拿起来："我要军区总医院。"那边电话响了半天，方子君才拿起来："喂，妇科。"

"方大夫，由于你太漂亮，所以我病了！"张雷笑着说。方子君在那边笑："贫嘴！怎么找着机会给我打电话了？拿下作战值班室的参谋了？"

"没，是大队长和政委亲自批准我到作战值班室打电话。"

"胡说吧你就，谁信啊！"

"真的。不过任务没完成，我现在还不知道怎么说。"张雷黯然下来。

"什么任务？"——张雷不说话了。

"哦，那我不问了。你注意身体，回来再找我吧。我这儿有个孕妇需要临床观察，我先去了。"那边电话挂了，张雷慢慢放下电话。电话忽然响了，张雷吓了一跳，拿起来："喂？哪里？"

"是 A 军区特种侦察大队吗？"是父亲的声音。张雷喜出望外："爸！是我啊！"

"你个浑小子，刚才怎么电话占线？"

"我，我打个电话。"

"这样，我长话短说——我刚才跟你在空降兵研究所的赵叔叔联系过了，他们有一批最新研制的三角翼和动力伞，已经通过鉴定。我把情况说了一下，他们答应借给特种侦察大队演习使用，但条件是要派科技干部来跟踪采数据！这个费用我估计得特种侦察大队出了，你去问问何志军，他愿意不愿意出？"

"好好！"张雷说，"我敢说他肯定愿意！好好，我知道了！"

7

　　林锐站后门晚上 2 点的夜哨，这个时间最安静，他总是在路灯下看书。《罗密欧和朱丽叶》看了一半了，他真迷上这个剧本了，翻着词典查来查去。田小牛抱着 81 自动步枪站在后门发呆，看看班长，看看天，把脸缩在军大衣的领子里哈气："班长，看啥呢，这么仔细？还是那本洋文啊？"

　　"嗯。"林锐站在不远处的路灯下闷闷地说。

　　"班长，啥时候我也能看懂洋文书啊？"田小牛好奇地问。

　　"每日一句的英语，你都记住了吗？"林锐说。特种侦察大队鼓励战士要学习英语和闽南语，所以每天吃晚饭前都组织战士学那么一句英语常用对话。田小牛睁大眼睛："学会了，班长！"

　　"你叫什么名字？怎么说？"林锐问。田小牛一本正经地说："卧死油儿内幕！"

　　林锐扑哧一乐："你这叫什么英语？你抓了俘虏，俘虏都能被你气死！"

　　"抓了俘虏他还气死！"田小牛摘下步枪上刺刀比画，"班长，你看我的！——一点他胸口胸条的位置，他马上得说名字；一点他的右手，他马上得说什么兵种；一点他脑门儿，他马上得说他都知道啥！——怎么样，我这招肯定行！"

　　林锐笑："我说——就算他说了，你听得懂吗？"

　　田小牛睁大眼睛想想，笑了："我把这个给忘了！"

　　"那不白说吗？"林锐继续看书。林锐翻过一页，一张精致的书签掉下来。他低下头，捡起来，上面写的不是英语，曲里拐弯儿的是一行别的洋文。他看半天，没明白。

　　"口令！"田小牛拿着步枪一个激灵，高喊。

　　"冰山！"耿辉拿着手电走过来，"林锐，你这个哨怎么带的？"

　　林锐急忙立正。耿辉走过来拿过他的书："莎士比亚？你学外语我没意见，但是你不该带哨的时候学！"

　　"是！政委！"林锐说。耿辉拿过他手里的书签："这是什么？"

　　"书里面的。"

　　耿辉看看："这是俄文，你看得懂吗？"

　　"看不懂，政委。"林锐说。耿辉拿着念出来："никто не забыт, ничто не забыто 。"

　　田小牛听傻了："政委，这是写得啥啊？"耿辉翻译过来说："你们的名字无人知晓，你们的功绩与世长存。是刻在莫斯科红场无名烈士纪念碑上的铭文——你从哪儿弄来的？"

　　"报告政委，这本书是徐睫送的。"林锐说。耿辉拿过书仔细翻翻，没什么异常，把书又还给他。"徐睫还懂俄语，不简单啊！"耿辉仔细对着灯光看看书签，也没什么异常，就还给林锐。林锐说："我也不知道。"

　　耿辉点点头："你们继续站岗吧！林锐，以后值勤的时候不许看书，明白不？"

　　"是！"林锐把书放兜儿里，挂上枪跑步去站岗。耿辉嘴里念叨一句："你们的名字无人知晓，你们的功绩与世长存？"林锐心里也在念叨。耿辉想想，没想出来什么问题，走了。林锐在思考着，也没什么答案。耿辉走了几步回来："对了，明天你们排跟我去省城车站接张雷，他去空降兵研究所带设备和研究人员回来了。晚上来的电话，我就没通知陈勇。你明天早上起来就去找他，让他带车带人7点去主楼前集合。"

"是！"林锐说。耿辉走了，林锐开始念叨："你们的名字无人知晓，你们的功绩与世长存？——是说我们吗？我们好像还没什么功绩啊？"

"班长，你念叨啥呢？"田小牛在对面问。林锐闷闷地说："没事，站岗！"

8

晨色渐起，穿着睡衣的廖文枫站在落地窗前发呆。屋里没有开灯，他的背影显得很孤独。窗外可以看见火车站的车来车往。晓敏揉着惺忪的睡眼从床上起来："文枫，你怎么醒了？"

"我失眠，你睡吧。"廖文枫回头淡淡笑着说。晓敏披上睡裙起来，赤着脚走在地毯上，从后面抱住了廖文枫，还在打盹儿。廖文枫笑笑，拍拍她的手："睡不着了？"

"你起来了，我就睡不着了。"廖文枫把她抱到前面，吻了她的额头一下："我的乖宝宝，怎么那么淘气？"晓敏抱住他的脖子："就赖着你！"廖文枫一把抱起她，走到床前："那你就别怪我折腾你了！"……

8点半，晓敏还在酣睡，廖文枫已经洗漱完毕。他打着领带，又拿出放在柜子里的一个手提箱，打开取出一个相机包。他看看晓敏还在睡觉，笑着走过去吻了她一下，起身出去了。

酒店对面的家属院楼顶，廖文枫穿过密密麻麻的电视天线大步走到边沿。他蹲下，打开相机包，取出长焦镜头装在相机机身上，对着车站广场和车站寻找着什么。一辆三菱吉普和几辆军卡已经徐徐开进车站，停在货运出口前。廖文枫的手按动快门，采用连拍——林锐从第一辆卡车上跳下来，耿辉已经在和张雷带来的两个研究员握手了。张雷介绍说："这是A军区特种侦察大队的耿辉政委！这位是空降兵研究所的赵研究员，谢副研究员！"

"欢迎！欢迎！"耿辉急忙敬礼，"你们是雪中送炭啊！"

"哪里，都是解放军，都是一家人！"赵研究员穿着便装笑容可掬，"我们还应该感谢你们，给我们一个难得的产品实践机会！"

"大队长已经安排，在大队给你们接风！"耿辉急忙伸手，"走走！都上车！"他带着客人上了三菱吉普车——廖文枫的相机在聚焦车牌，却发现牌上罩了个迷彩罩。再去看军卡，也是在车牌上罩着迷彩罩。他无奈，只好拍摄战士卸货和装货。

"班长！"田小牛兴高采烈地说，"有这个东西，我们是不是就能飞上天了？"

"对！你就可以跟你们村儿老民兵们说——现在你不仅是陆军了，还是空军了！"林锐说。田小牛乐得合不上嘴："那敢情好！"

"等夏天海训，你再潜水，你就海陆空俱全了！"董强开他玩笑。田小牛一听，激动极了："哎呀妈呀！这兵当的，值啊！三年兵把海陆空三军都给当了！"众兵哈哈大笑，乌云却眯缝着眼睛蹲在地上不说话。林锐走过去："怎么了？乌云？"

"你别动。"乌云低声说，林锐站着面对他，他说："我们说话，你给我支烟。"

林锐递给他一支烟，并帮他点着，乌云抽了一口："有人在拍照。"林锐一激灵。

"在那边家属楼楼顶，方位角东南，顺光对我们。"乌云低声说，"距离70公尺，他看我们很清楚。"

"你确定？"

"你应该相信老狙击手的眼睛。"乌云低头抽烟，"我们现在不能乱动，一动他就会发觉。"

林锐也蹲下抽烟："排长，过来抽支烟吧？"

"我不抽烟！"陈勇摆摆手。林锐拿着烟喊："这支烟——你得抽！"

陈勇觉得奇怪，就走过来："你不是知道我戒烟了吗？"

"排座，恐怕你得开戒了。"林锐不回头地说，"蹲下点着吧。"

陈勇看看他，不知道他是不是活腻歪了。但他还是蹲下了，接着烟被点着。远远看去，就是三个兵蹲在一起抽烟。

"有拍照的。"林锐低声说。陈勇不动："方位？"

"东南，70公尺。"乌云说。

"长焦照相侦察的话，他看我们非常清楚。"陈勇吐出一口烟。

"怎么办？"林锐问。陈勇说："货物都有包装，他拍不出来什么。你看准了？"

"没错，他采取顺光，我们是逆光。"乌云说，"只有两种可能，第一是凑巧，不过这个几率不大；第二，就是照相侦察老手！"

"我明白了。"陈勇在琢磨。林锐说："我们现在问题就是不能动，一动他就会跑。"陈勇寻思着，林锐转转眼珠子："排长，对不起了。"陈勇抬头看他，还没明白过来。林锐一个耳光就上来了。陈勇一愣，随即反应过来："反了你了？！"乌云也凑进来，上来就给林锐一脚。林锐闪身躲开，三个人打成一团。兵们和周围的车站工作人员都惊了。陈勇没用功夫，就是乱打："差不多了，你跑！"林锐掉头就跑，陈勇和乌云就上去追。

廖文枫在上面看着他们追打，很纳闷儿。

林锐翻过车站墙头，陈勇和乌云也翻过去了，三个人出了车站就贴着墙猛跑。

"快！把军装脱了！"陈勇边跑边喊，"贴着墙根走，人多的地方穿过去！"突然，斜刺里开出一辆车，差点儿撞着他们。陈勇三人被挡了一下，都敏捷躲开了，司机伸出头怒喝："你们找死啊？！"林锐就骂："明明是你超速！市区让这么开吗？"

"算了，算了，走走走！"陈勇叫他们赶紧走。

下面的动静吸引了廖文枫，他看见了三个兵冲过来，急忙收起相机起身下去。他走入楼道，把相机扔进垃圾通道，听着相机包咣咣咣掉下去。他将夹克和领带都脱掉，扔进垃圾通道，一边快速下楼一边戴上眼镜，又从手提袋里拿出中山装穿上。三个穿军用绒衣的兵从家属院的门口直接冲进到楼道口，林锐差点儿撞倒一个穿着中山装、戴着黑框眼镜的中年干部："对不起！对不起！"

"你个小同志怎么这样？"中年干部捂着脸，一开口一嘴淮南话。

"同志，你见到可疑的人了吗？"陈勇问。

"可疑？我看你们就够可疑的了！"中年干部拉着陈勇，"你们是干什么的？"

"我们是当兵的！"陈勇着急地说，"我们有事，真对不起啊！"

"你们撞了我就想走啊？你们是哪个部队的？我要找你们领导！"中年干部捂着脸不依不饶。陈勇说："我们现在说不清楚！这样，你先等等，我们从楼上下来带你去医院！走！"三个兵就冲上去了。

楼顶到处都是密密麻麻的电视天线。陈勇一脚踹开破旧的小门，林锐一个前滚翻进来，乌云紧跟其后。三个兵排成三角队形在楼顶搜索。空无一人。陈勇搜索到楼边，看着下面一览无遗的车站。林锐摸摸边沿的灰："有人在这儿待过。这个地方的灰蹭掉了。"

乌云看看下面："这个位置是选择过的，如果我是狙击手的话也会这样选择。无论我们在哪边卸货，他都可以看得见。"陈勇叹口气："走吧，他已经走了。"

"那个人！"林锐明白了过来，"那个人一直捂着脸！我没撞他脸！"——三个人开始疯狂往楼下跑，到了底下，就看见满院子来来往往的居民。陈勇沮丧极了："操！"

"早知道我留下了！"乌云气急败坏地踹了一脚垃圾箱。林锐眼珠儿一转，打开垃圾箱拼命在垃圾里刨。他们也明白过来，开始刨。居民们好奇地看着。什么都没有。

"这儿有条领带。"乌云找出来，"崭新的，不像这里的老百姓扔的。"

"登喜路的！"林锐拿过来，"这是名牌，这儿的老百姓买不起！"

陈勇沉着脸："马上给大队长打电话报告！"

酒店房间。晓敏在看电视，门开了。穿着衬衣、拿着手提袋的廖文枫疲惫地进来，看见晓敏惊讶的眼光，笑笑："我去吃早饭了。"

"怎么出这么多汗？"晓敏纳闷儿地问。廖文枫很随意地把手提袋放回衣柜，抱住晓敏："顺便锻炼了一下。我的小宝宝感到孤单了吗？"晓敏靠在他怀里："你身上什么味儿啊？"

"男人味儿！"廖文枫笑道，吻住了晓敏的嘴唇。

9

登喜路领带放在办公桌上。冯云山坐在何志军和耿辉的身边，听完了陈勇等三个兵的汇报。在抽烟的军区政治部保卫部长问："老冯，你有什么看法？"

"你先说吧。"冯云山淡淡地一笑，"我抽支烟理一下思路。"

"我看，这应该是个特嫌事件。何大队长，耿政委，你们的兵警惕性很高，值得表扬。"保卫部长说："保卫祖国安全，这是应该的。就看你们有什么想法，需要我们大队怎么配合？"

"从我们军队的角度看，要抓紧防谍保密教育。"保卫部长说，"特种侦察大队技术含量高、人员素质高、军内地位高，在常规陆军部队里算是一个出其不意的杀手锏。境外特务组织把特种侦察大队当作情报搜集的要点完全不出乎我们的意料，我们的内部保卫工作要做好，官兵要树立国家安全意识，对外接触要保持清醒头脑——尤其是涉密人员更要做到一切都要向组织汇报！"

"我们的安全保密教育每个月都会进行，这次我们会专门再抽出时间进行集中教育。"何志军说。保卫部长说："保密工作要作为你们常委日常工作的重头来抓，要专人负责。我们要排除一切特嫌隐患，这次的三个同志，我看可以报军区嘉奖。同时，重大演习在即，我们要配合地方国家安全机关的同志搞好这方面的工作。需要配合调查的一定要配合，做到随叫随到——老冯，你说说吧。"

"刚才成部长已经说了，我就不多嘴了。"冯云山看着登喜路领带，"这个事件，我们已经立案专项调查。部队这方面，加强保密教育、配合我们调查都是必须的，不过更多的侦察工作还是交给我们来做。你们专心搞好军队的训练和演习，我们军地一起来努力。对于我们，处理这种事情更是义不容辞的职责。"

"冯处长的意思，我已经明白了。"何志军点头，"部队在做好防范工作的前提下，要搞好训练。"

"对！"冯云山说，"特种侦察大队密级高，所有关于你们特种部队的特嫌事件都由我来专项负责。我们以后可能会经常打交道，老何、老耿，希望我们紧密合作！你们安心搞训练，这种拍苍蝇的事情，交给我！"

何志军笑了："有你这句话，我就放心了！不过要是需要，我可很乐意再帮你抓特务！"

冯云山淡淡地笑："如果需要，少不了麻烦你们。"

"你们回去吧，这个事情先不要乱说。"耿辉说，"大队常委开会以后会专门布置，注意保密！"

"是！"三个兵敬礼。出了主楼，陈勇就开始懊恼："我怎么就那么笨呢？为什么不留个人呢？"

"算了，排长。"林锐说，"吃一堑，长一智！"

"到手的军功章哦！"乌云拍拍林锐的肩膀苦笑。

"干脆这样，你把我踹河里去，然后再救我。"林锐嘿嘿一乐。

"我倒是真想！"乌云笑着，"但是政委也得信啊！"

10

"我飞起来了！我飞起来了！"田小牛激动得跟吃了屁一样在空中高喊。张雷在底下拿着高音喇叭喊："注意操作要领！别分心！"田小牛操作着动力伞从训练场起飞了，满大院、满楼都是脑袋在看。田小牛的激动不是一点半点的："我飞起来了！"

"降落！降落！"张雷高喊。田小牛开始降落，没降落稳，背后的动力伞发动机拽了他个屁股蹲儿，林锐和董强跑过来扶起他。董强激动地问："小牛！咋样？！"

"我飞起来了！"田小牛高喊，"我——小牛，飞上天了！"大家哄笑。

"我们的战士掌握技术要领挺快的啊！"穿着迷彩服、戴着空军文职干部肩章的赵研究员笑着说，"都很聪明，不愧是特种兵！"

"咳！都是牛犊子，给一鞭子就跑得快！"何志军哈哈大笑。那边陈勇驾驶着三角翼远远着陆，又起飞。谢副研究员在做指导，拿着高音喇叭追着喊。

"张雷！"张雷回过头，看见刘芳芳背着背囊站在训练场门口。他把喇叭交给刘晓飞，跑步过去。两个人走到训练场外面的僻静小路上，避开哨兵的视线。

"我要走了。"刘芳芳眼角还泛红。

"这么着急回去啊？"

"我妈想我了，我也想我爸爸妈妈。"刘芳芳说。

"过几天就开学了，你也早点儿回去吧。"张雷说，"做做准备。"

"嗯。"刘芳芳点头，"你别怪我，好吗？"

"我怪你什么啊？"

"给你添乱。"刘芳芳低下头。

"乱？"张雷笑了，"你别这么说，我们是哥们儿啊！"

"你还把我当哥们儿吗？"刘芳芳抬起头。张雷笑着说："当然，我们是好哥们儿啊！"

"好，那我以后还找你们玩！"刘芳芳笑着说。张雷说："好啊！"

"这个给你，我走了你再看！"刘芳芳把一封信给他。

"嗯。"张雷接过来，"回家多休息休息，在特种侦察大队这段时间你也累坏了。"一句关心，就让刘芳芳哭了。张雷就不知道说什么了。刘芳芳说："你闭上眼睛。"

张雷看着刘芳芳。刘芳芳说："闭上。"张雷闭上眼睛。刘芳芳在他的嘴角迅速地一亲，掉头就跑了。张雷睁开眼，摸着嘴角。他打开信，里面是刘芳芳娟秀的小字：

> 我曾经爱过你，
> 爱情也许，
> 在我的心里还没有完全消失，
> 但愿它不会再去打扰你，
> 我也不愿再使你难过悲伤，
> 我曾经默默无语地毫无指望地爱过你，
> 我既忍着羞怯又忍受着妒忌的折磨，
> 我曾经那样真诚那样温柔地爱过你，
> 但愿上帝保佑你，
> 另一个人也会像我一样爱你……

张雷抬起头，快跑几步站在小路上——桑塔纳轿车已经开远了。张雷拿着信，默默地看着车开远。

第十三章

─────────★─────────

1

破晓的朝霞映红海面，滩头阵地各种设施一应俱全。两架涂着斑驳陆离迷彩色的米－8直升机径直飞过滩头上空，远处的战斗舰只、登陆舰只在集结，抗登陆部队在进入战壕和掩体。更深的二线阵地，铁甲快速抗登陆兵团在陆续进入阵地。再远的地方就看不见了，但是可以预见到层层的封锁。

93春雷演习，一触即发。直升机直接降落在导演部的山顶临时机场，老爷子穿着迷彩服戴着作训帽，在刘参谋长等高级军官的陪同下，走向导演部的掩体。导演部的作战沙盘上，各个部队的集结情况都在上面。老爷子听着汇报，认真地看着沙盘。

"目前，各个演习部队都按照预案在陆续进入演习现场。"总导演汇报说，"但是，担任红军特种大队的军区狼牙特种大队……失踪了。"

"失踪了？"老爷子一抬头。总导演说："对。"

"红军司令部知道他们的去向吗？"刘参谋长问。总导演说："知道，但是不肯说。"

"为什么？"老爷子问。

"他们想给蓝军造成突然打击，怕我们导演部泄密。"总导演苦笑。这种情况在以往的演习当中不多见，不过确实也有。老爷子甩出来一句："这个何志军，搞什么搞？"

"首长，要不要密语呼叫，让他出来汇报。"刘参谋长问。

"不。"老爷子制止他，"我倒要看看他有什么花招儿。"

军官们走向面朝海面的瞭望台，整个海面犹如诺曼底登陆前的犹他海滩。

2

"华明一号"货轮渐渐靠近晨色中的码头，偌大的海锚沉重地扑进大海的怀抱。华明集团的经理林秋叶站在码头上，晓敏给她撑着伞，遮挡着细密的雨滴。海关高副关长满脸坏笑："林经理，你这可是招我犯错误啊！不检查就通关，这是什么性质的问题，你知道吗？"

"得了！"林秋叶笑着说，"你要的部队介绍信、情况说明都已经给你了！海警那边也都拿到相同的手续了，这也算你们给部队建设做贡献了。"

"我们刘总不是说了吗？今天晚上请你们吃饭，算是答谢了！"晓敏在旁边笑着说。

"真搞不懂现在的部队，为了演习，什么稀奇古怪的招数都使得出来。"高副关长看着货轮停泊很无奈地笑着，"我们当兵那时候，多纯洁啊！"

"要不怎么叫特种部队啊！"晓敏在一旁笑。

货轮靠稳，吊车开始起吊集装箱，下面有货柜车已经在等了。开始升空的集装箱里面，已经吐得只剩下酸水的战士又吐成一片。林锐高喊："忍着！都不许出声！不然被发现就麻烦了！"田小牛捂着自己的嘴，吐在手里。

穿着便装的何志军和耿辉大步走下舷梯。两人都是西服，风度翩翩。

"穿上这个衣服，你还挺像个人啊！"林秋叶笑道。何志军苦笑："什么人啊？整个儿一个走私分子！我都快不会走路了，还是穿军装舒服。"

"这是高副关长，也当过兵。"林秋叶介绍。

"南海舰队榆林基地，正营转业。"高副关长和何志军、耿辉握手。后面紧跟着下来的是参谋长、郑教员、陈勇、刘晓飞等。都是穿着便装，戴着墨镜，神情警惕。

"谢谢支持！"耿辉真诚地说。高副关长笑道："天下当兵是一家，何况还是公事。"

货柜车都已经装好，林秋叶签字。高副关长也签字，挥挥手，货柜车队出发了。林秋叶和晓敏开车带着，到岔路口分开了。林秋叶把车停在旁边，挥挥手。何志军坐在货柜车里挥挥手，车队径直走了。晓敏好奇地问："他们去哪儿？"

"不知道。"林秋叶说，"对了，廖文枫问没问你今天干什么来了？"

"没有。"晓敏说，"我就说来帮你办点儿私事。"

"晓敏，我叮嘱你的话千万别忘了。"林秋叶说。

"放心吧。"晓敏说，"关于何叔叔的事情，他一句都没问！"

林秋叶点点头："你也不能说！"

"我傻啊我？"晓敏笑着说，"您对我天天三次教导，我耳朵都出茧子了！走吧，咱们还得去市政府谈地皮的事儿呢！"奥迪车开走了。

远处山头，廖文枫穿着运动服站在一辆山地车旁，他放下拍摄货柜车队的长焦照相机，苦笑："果然有一套！"他打开旅游地图，在上面寻找着。他再抬头看看远处的海面，武装炮艇已经挂着红旗拉起了警戒线，海岸边的空中也有直升机在巡逻。虽然看不见地面的警戒线，但是可以想到肯定是重重封锁。

"进不去了。"廖文枫感叹。他蹬着自行车回去，这个硬圈套，他可不想碰。

3

"我们现在已经在蓝军纵深后方的后方了。"何志军放下望远镜，耿辉跟他一起站在仓库顶上。他兴奋地说："他们不会想到，我们会从他们后方的后方开始扎入心脏！"

"嗯，所以我们要做好后方工作！"何志军眨巴着眼，"做好自己老婆的工作，就是战争胜利了一半！"两人哈哈大笑。

仓库里面，集装箱已经打开。昏暗的光线下，战士们开始做各种战斗准备。两个空降兵的研究员在指挥战士们组装、调试动力伞和三角翼，参谋长和郑教员面对着围着地图的军官在布置战斗任务。参谋长说："午夜开始，发动攻击。行动代号'北国苍狼'，各个作战单位的代号是苍狼一号，开始按照战斗序列排列。我们要保持绝对的无线电静默，化整为零，完成各自的战斗任务，然后死守！我们的援军会在凌晨1点开始登陆，如果顺利，你们死守不会超过4个小时。"

"如果超过4个小时，援军没到呢？"一个干部问。参谋长抬头看他一眼，淡淡的四个字："死战到底！"

林锐在压空包弹，脸上的迷彩油已经画好，他冷冷地看着自己的战士们："丢弃除了水以外的所有生活物资，我们要缴获敌人的来用！多带弹药，蓝军地面部队都是我们军区的精锐集团军，这会是一场硬仗！子弹打光了，用拳头和枪托！被蓝军按住了，用牙咬、用头撞！不许一个人被俘，只能按照演习规则阵亡！明白没有？！"

"明白！"战士们怒吼，眼睛都冒火。

何志军和耿辉大步从楼梯上走下来，官兵们起立。参谋长跑步到下面敬礼："报告大队长同志！狼牙特种侦察大队特战队员全员到齐，正在进行战斗准备！请指示！"

何志军挥挥手："继续准备！"

"是！"参谋长敬礼，跑步回去。战士们又开始忙活。林锐带着战士们背着步枪，开始调试动力伞和三角翼。陈勇、刘晓飞和张雷蹲在地图前，看着参谋长。参谋长严肃地低声说："午夜开始的所有攻击行动，其实全部是为了你们'猫头鹰'战术分队做疑兵的！当然，他们会完成自己的任务！我也相信他们会把蓝军搞得乱七八糟，而且死战到援军抵达！但是你们不要忘记你们的使命和责任……大队长，政委！"参谋长和郑教员急忙起立，三个军官也起立。穿着便装的何志军和耿辉都蹲下。何志军挥挥手："蹲下说吧。"大家就都蹲下了，围着在地图前的大队长。

"我们现在整个大队等于已经深入敌后了。"何志军说，"这就是我们要死战的阵地！蓝军的电力、后勤供应、油料供应、机场、导弹旅阵地、雷达站等都在我们的攻击目标以内，午夜时分，一旦战斗打响，整个蓝军后方会乱成一团！你们就要在混乱当中出击，兵分两路——一路由陈勇率领，使用三角翼攻击蓝军总司令部；一路由刘晓飞、张雷两名学员率领，林锐担任副手，他毕竟熟悉部队，使用动力伞打掉蓝军设在滩头的前沿指挥部！然后你们要死守，死守到我们的登陆部队可以占领这些要点，任务就完成了！"

"在战术上，这等于自杀。"张雷冷冷地说。

"对。"何志军黯然地说，"那怎么办呢？我们没有那么强的海航和陆航力量，可以接应特战分队出来。这是客观现实，但是我们一样要完成任务！"

"引导海航轰炸、指引导弹攻击，这些特种部队可以完成的任务，我们一样都没完成。"张雷说，"我们现在就等于是敢死队，是人造的智能炸弹、电视制导导弹……只有进去，没有出来。"

"我们没有啊！"何志军说，"你以为我不心疼？！航空母舰，我们有吗？！海军巡航导弹，我们有吗？！我们什么都没有，就这么几杆破枪、几个破人！"

"张雷说得有道理。"耿辉说，"但问题不是我们这个层面可以解决的，国家和军队都很穷，我们现在只能来用自己的牺牲和勇敢来弥补这个差距！"

"我不怕死，只是希望我的死有价值。"张雷站起身，戴上钢盔，"希望若干年后，我们不用在战争当中执行这种必死的任务！"

"会有那一天的！"耿辉拍拍他的肩膀，"责任和使命，在你们这一代军人身上！记住你今天的悲愤——若干年后，当你成为特种部队的指挥员，你会为你今天的悲愤感到骄傲！因为我们的军队强大了，现代化了！"

张雷敬礼："勿忘国耻！牢记使命！"

11点将至，各个分队都陆续点名出发，或者乘坐大轿车，或者乘坐货柜车离开了仓库。看着他们的背影，靠在仓库货物麻袋上抽烟的张雷，嘶哑着嗓音低沉地说："燕丹善勇士，荆轲为上宾。图尽擢匕首，长驱西入秦……""这就是我们的使命。"刘晓飞坐在他的身边，吐出一口烟，"犹如你天生就是伞兵，你生下来就是被包围的一样。"

"我好像也是现在才开始思考特种兵的价值。"林锐坐在张雷那边，抬起头吐出烟圈，"我们被扔进这个虎狼之师，经受着常人难以想象的艰难训练，被冠以各种荣誉和光环。我们面对着死亡，面对着伤残，面对着可能被俘虏而受的巨大耻辱……我们每次出击，都要告别亲人和爱人的眼泪，然后投身进入无尽的黑暗，可能从此不再归来。我们为了什么，这样去牺牲呢？"

"一个信仰，一面旗帜和一句誓言。"张雷淡淡地说。

"我和高中同学聚会的时候，他们会笑我。"刘晓飞笑了，"如果我上了地方大学，学个好专业，毕业以后可以跟我爸爸做生意赚钱，可以过不错的生活。而我的未来，就是在深山里，苦守着清贫，苦守着寂寞，当自己年华老去，再回首一看，可能一辈子也没经历过战争就这么过去了——但是我不会后悔，因为我们的身上都流淌的男人的热血，心里都有一个铁血的梦！当我老去，我会告诉自己的孙子——在这面鲜艳的军旗上虽然没有你爷爷的鲜血，但是却有他的青春！他把青春献给了这面旗帜，永不褪色的八一军旗！"

"血是红色的，梦是绿色的。"林锐也笑了，"当我们投身黑暗，在枪林弹雨之中与死神接吻，伤痕就是我们最好的勋章！"

"都成诗人了？"张雷笑。三个哥们儿哈哈大笑。张雷伸出右拳："必胜！"刘晓飞和林锐伸出右拳，三个拳头撞击在一起："必胜！"嘶哑的吼声，让不远处的战士们都睁开眼睛，看到没事又都闭目养神。三个人抽着烟，等待着战斗命令的下达。

参谋长大声下达了战斗命令，三人和战士们一起起身，背上自己的步枪和装备，跑向动力伞。仓库的大门拉开了，陈勇率领的三角翼分队首先起飞，动力伞分队在他们后面也起飞了，外面的黑暗当中，已经是枪林弹雨，战火弥漫。

滩头指挥部的战斗没有什么悬念，失去电力供应的蓝军前沿阵地刚刚接通备用发电机，十几个背着动力伞的战士已经无声地从天而降。他们直接降落在蓝军滩头前沿指挥部头顶，从上往下对这个堡垒发动了攻击。

"催泪弹！"林锐冲着里面打了一梭子，闪身到堡垒边高喊。田小牛和董强每人拿4颗催泪弹直接就扔进去。林锐睁大眼睛："我操！你要不要里面的人活了？"

"反正不死人，我过瘾。"田小牛嘿嘿笑。里面噗噗几声，白烟在黑暗当中居然很显眼地冒出来。

"防毒面具！"林锐都被呛着了，咳嗽着急忙戴上防毒面具，"妈的！田小牛，你再用力过猛，我踹死你！"里面跑出来几个蓝军士兵，围在上面的战士们一阵扫射。蓝军士兵们都咳嗽着在地上跑。田小牛着急地喊："你们都死了！都死了！倒下啊！"一个上士摆摆手，咳嗽着："你们，太过分了！"

张雷和刘晓飞带着戴好防毒面具的战士们冲入堡垒，见人就打。林锐带另外一个战斗小组也进入堡垒，逐屋搜索。枪声和催泪弹的爆炸声响成一片，蓝军的抵抗也很顽强，但是显然没想到红军特战分队会从天而降，防御阵地主要对外，没有对头顶，所以攻击势如破竹。

"准备坚守待援！"张雷高喊。机枪哗啦啦架好，高射机枪摇平。远处的海面，登陆舰队已经在接近。第一波次的水陆两栖坦克已经下水，和登陆艇一起直扑海面。蓝军还在抵抗，但由于失去统一指挥，所以显得很凌乱。第一波次的海军陆战旅顺利登陆，战斗激烈，但是蓝军显然大势已去。田小牛眨巴着眼睛："完了？不过瘾啊！"

那边的消息从电台传来，陈勇也已经打掉了蓝军总司令部，但是损失惨重。三角翼在空中按照演习规则被打掉的就有5架，15个战士下地只有干看着，剩下的5架强行迫降成功。陈勇带人冲入总司令部，坚守到了援军到达。蓝军副司令等都被俘了，陈勇的分队基本上也差不多了，属于惨烈类型。

"看来是结束了。"张雷从堡垒顶部站起来。此时，已经是凌晨。他的脚下，可以看见各个登陆部队在按照预案登陆。场面壮观，水陆坦克、两栖吉普车、登陆艇、气垫船等机动运输战斗力量在靠近滩头，排成队列的海军陆战旅在登车往纵深挺进。陆军集团军的大部队也在上岸，空中是成群的战斗机和轰炸机在低空往纵深直穿——由于红军特种部队的打击首脑、全面开花战术，蓝军的防御阵地崩溃了。张雷看着这壮观的场面，点燃一支烟。

"我们还得走！"林锐从下面上来，"快去准备！"

"怎么了！"张雷丢掉烟跟着他跑。

"大队长有命令！"林锐说。三个主要分队领导围在电台前。

"根据航空侦察，蓝军机动装甲兵团在三线建立了防御阵地，而且已经在组织战斗部队准备反扑。蓝军司令不在总司令部，他建立了两个司令部，他的司令部在三线装甲兵团中心位置！"何志军的声音从电台传出来。三个人看着地图。"如果蓝军装甲机动力量投入战场，我们的滩头阵地将会受到致命威胁！陈勇的分队已经失去战斗力了，我手头的可以快速跟上的力量只有你们！我命令你们，不惜一切代价打掉蓝军后备的司令部！"何志军高喊。电台安静了，三个人都在沉默。

"操！怎么打？"张雷摘下钢盔，狠狠砸在地上，"那是坦克部队！我们就算是铁金刚，也要被碾成粉末！"——刘晓飞看着地图："我们必须马上出发，如果蓝军的装甲机动兵团在我们的主战坦克上来以前发动攻击，水陆坦克是挡不住的！"——"通知战士们赶紧给动力伞加油！"林锐命令乌云，"清点弹药准备出发！快！"乌云答应一声去了。张雷冷静下来，拿起钢盔站起身："现在天已经亮了，我们使用动力伞，等于是自杀攻击。"

"你们的名字无人知晓，你们的功绩与世长存！"林锐突然说，他俩都都看他。林锐戴好钢盔系着带子，"莫斯科保卫战，一批一批的无名英雄扑向纳粹的坦克部队，用他们的肉体来迟滞敌人的钢铁车轮！他们也知道是自杀，但是他们更清楚——他们的肉体迟滞敌人的进攻一秒钟，就是为最后胜利的到来拉近了一秒钟！"

张雷戴好钢盔："必胜！"——"必胜"三个年轻人嘶吼道。外面乌云在指挥战士们加油，张雷看着远处山顶的直升机："那是哪个部队的直升机？"刘晓飞说："那是演习导演部。"

"林锐，去找陆战旅要辆卡车！我们冲过去！"

"你的意思是？"刘晓飞问。

"抢了他们的直升机！演习导演部的直升机，蓝军不敢打！"张雷高喊。

林锐跑到下面，拉住一个海军陆战队的上尉："红军特种部队！给我一辆卡车！"上尉挥挥手，叫来一辆装着物资的军卡。林锐拍拍他的肩膀："谢谢！"卡车开过来，没有减速。战士们直接就攀上车边，翻身上车。张雷和刘晓飞跳上驾驶楼，林锐开着车直接冲向演习导演部。他们都眼睛血红，杀气震天。

"连长，他们疯了吧？"一个海军陆战队的小兵张大嘴。上尉张着嘴："不是他们疯了，就是我疯了！"

演习导演部，老爷子正在观察着各个部队登陆，不时地点头："何志军打得不错，完了后要他汇报。"——一辆卡车高速冲来。刘勇军一指："那是干什么的？！怎么冲这里来了？！"话音未落，卡车径直停在导演部门口，张雷头一个冲进来端着81自动步枪。林锐和刘晓飞带着战士们冲进来，摆开扇面对着里面的首长们，警卫参谋和秘书唰啦啦拔出手枪上膛——双方剑拔弩张，一触即发。

"你们干什么？！"刘勇军挡在老爷子身前。"将军同志！"张雷眼睛血红，"战争期间，你们的直升机被我们征用了！""没天理了？！"刘勇军怒吼，"都给我放下武器！""现在是战争！"张雷高喊，"按照战争规则办事，立即交给我直升机和驾驶员！""我送你们上军事法庭！"刘勇军上来就给了他一个耳刮子。张雷嘴角出血，倔强地看着他："演习就是战争，这是你们教我们的！"

"直升机给他。"老爷子的声音在后面响起来。刘勇军回头。"按照战争规则办事。"老爷子淡淡说。张雷立正敬礼："谢谢副司令！""你是哪个部队的？！姓名！"刘勇军怒吼着问，"演习完了我找你算账！"

"张雷，陆军学院侦察系侦察指挥专业17队学员！"张雷敬礼，手从钢盔沿放下来，转身带着战士们出去了。两架涂着演习导演部标志的直升机起飞了。

"这是战争的游戏规则。"老爷子看着瞠目结舌的将校们苦笑着说,"我们教给他们的,他们只不过是在按照我们的话去做。"

4

值了一天夜班的方子君眼睛红红的,疲惫地走向自己的宿舍楼。她不时地和路过的同事打招呼,勉强笑着,强撑着自己还没完全恢复的身体。一辆军牌奥迪轿车停在宿舍楼前,她没在意,绕过轿车走向楼道门口。车门开了,萧琴下来,笑容可掬:"方子君大夫。"

方子君回头,看着这个中年女人。她奇怪地问:"你好,我们认识吗?"

"我们是不认识。"萧琴笑着说,"你和我女儿认识。"

"你女儿?"

"我是刘芳芳的母亲。"——方子君看看车牌,是军区司令部的首长车,再看看萧琴:"阿姨,您好!您有事儿吗?"

"怎么,不请我上去坐坐吗?"萧琴笑着问。方子君在思考着。

5

演习导演部的两架首长直升机出现在蓝军坦克部队上空,准备死战到底的战士们从战车上抬起头看。各自部队的红旗都在飘扬,政工干部们在进行激情洋溢的战前动员:"……不是因为我们是蓝军,我们就是演习的配角!这是真正的战争,我们要死战到底!你们看——首长们亲自莅临战区上空,来看我们的表现!我们一定打出我们钢铁八团的威风来!"装甲兵们看着头顶的首长直升机嗷嗷叫——直升机里面,红军的特种兵们握紧了步枪,围拢在舱门准备出击。

蓝军后备司令部。司令员正在对着作战沙盘布置,一个参谋进来报告:"司令员同志,演习导演部的首长专机来了!"司令员有点儿意外:"这个时候来?参谋长苦笑:"可能是来给我们作战前鼓劲的,仗打到这个份儿上,我们也是拼死决战!"

"走,去迎接首长!"司令员挥手,高级军官们都跟着出去了。蓝军主官们站在临时机场边上,面色凝重。两架直升机缓缓降落了,蓝军司令带着主官们迎着螺旋桨的飓风走过去,舱门缓缓打开,蓝军司令高喊:"敬礼——"主官们敬礼。一支黑洞洞的 81 自动步枪枪口出现在他们面前——蓝军司令张大嘴。

"啊——"张雷扭曲着脸高叫着打出一个扇面。蓝军部队还没反应过来,张雷和刘晓飞带着战士们就冲出直升机,一阵狂扫。林锐带人从另外一架飞机飞身而出,怒吼着杀向蓝军司令部。"有一手!"蓝军司令的脸白了。张雷大步走上来,撕下他的胸条:"你们都阵亡了!"特种兵们围上去,撕下他们的胸条。

林锐带战斗小组冲入司令部的地下掩体一阵扫射,电台兵扑向电台高喊:"立即回援司令部!立即回援司令部!"乌云冲上去一脚踢开他,按在地上枪口对着他:"告诉他们,司令部没事！"电台兵倔强地看着他。乌云举起枪托，林锐伸手抓住："胡闹！这也是我们的战士！"他拉起电台兵，电台兵的眼中都是热泪："班长，算我自杀吧！我不当俘虏！"林锐无语，慢慢撕下他的胸条。田小牛带着战士们疯狂捣毁蓝军司令部的通讯设施。林锐苦笑："已经晚了。蓝军的坦克部队已经在逼近我们。"

外面，蓝军主官们都撕下了胸条，站在山上看风景。张雷拿着望远镜，看着钢铁兵团在聚集，后队变前队往司令部开来。蓝军司令走到他身边："你们已经赢了。放弃抵抗吧，没有用。特种部队再剽悍，也不是坦克的对手。"

"剽悍的人生不需要解释。"张雷淡淡一笑。刘晓飞站在他身边。张雷高喊："弟兄们！我们端了蓝军两个指挥部，击毙了起码 6 个将军！我们打掉了他们的指挥中枢，我们的任务已经完成了！"特种兵们慢慢围在他的身后。"四面八方都是蓝军的坦克部队！"张雷高声说，"你们都看见了！起码一个坦克团在包围我们！我们是投降还是死战到底？！"

"死战到底！"特种兵们迷彩服已经变得破破烂烂，脸上的迷彩油都模糊了，只有黑白分明的眼睛透着血丝。林锐高喊："就是让坦克把我们碾成肉末，我们也绝不投降！"十几个年轻的战士拿着 81 自动步枪等各种轻武器，站在山头上看着四面八方的坦克部队完成了包围，开始组织战斗队形向山头开来。林锐大笑高喊："唱首歌儿！夜色当中——预备——起！"

嘶哑的歌声响起："夜色当中，我们是一把利剑；黑暗当中，我们是一道闪电。高山挡不住我们的脚步，深水淹不没我们的信念。我们是黑夜的精灵，我们是平地的飓风，我们是看不见的影子，我们是中国特种兵……"

战士们看着逐渐逼上来的坦克，面无惧色，脖子青筋暴起在高唱着《特种兵之歌》。歌声逐渐被淹没在钢铁猛兽的车轮声中。只有他们毫不畏惧的眼睛，犹如黑夜当中的闪电，闪烁着刺目的光芒。

6

"我来，是有话想对你说。"萧琴接过方子君递来的杯子，还是笑容可掬。"阿姨，有什么话您就说吧。"方子君慢慢退后，靠在写字台背对窗户站着。萧琴仔细地打量方子君："你真的是一个漂亮的女人，很有魅力的女人。"方子君不说话。

"难怪兄弟俩都这么喜欢你。"萧琴还是笑容可掬。方子君的心被扎了一下。

7

坦克的车轮已经碾过司令部前面的警戒战壕。特种兵们冷眼注视着，握紧了手中的步枪。坦克的车长掀起盖子，惊讶地看着他们。张雷、刘晓飞、林锐和身边的战士们背对背站成一个圆圈，都面无表情。车长颤抖着声音说："铁虎 1 号报告，敌人不肯投降。他们好像要和我们拼命！"张雷看着坦克一点点逼近，脸上浮起狡黠的笑意："听好了！——

换工兵锹！"大家无声地丢掉步枪，拿起身后背囊上挂着的工兵锹，握在手里。张雷脸色突然一变："坦克履带！杀——"——"杀——"喊声震天。

8

"你是一个非常有手段的女人，我们芳芳比不了你。"萧琴笑着说。方子君咬着嘴唇："阿姨，我不明白您的意思。"萧琴的笑容变得冷峻："不是吗？两个出色的青年军官，还是亲生兄弟，都成为你石榴裙下的俘虏？"方子君不说话，眼中开始带泪。萧琴脸上渐渐没有了笑容："芳芳非常单纯，单纯的跟一张白纸一样。她没有经历过爱情，她的心是透明的！"

方子君把脸撇开，不让她看见自己的眼泪。

9

"杀——"特种兵们怒吼着扑向面前的钢铁战车。车长们都惊了。张雷第一个冲上去，工兵锹塞入第一辆坦克的履带。履带转动了几下，工兵锹扭曲了，但是塞住了轮轴，坦克熄火了。张雷大笑着跳上坦克，揪住目瞪口呆的车长。车长揪住他的领子高喊："哥们儿，你疯了？！"

"我不会被俘的！"张雷高声吼道，手中的一颗催泪弹就丢入坦克。"我操！"车长急忙跳出来，里面的战士疯狂地从白烟中往外钻。张雷哈哈大笑，抓住车上的高射机枪嗒嗒追着扫射狂奔的装甲兵。

10

"我希望你放过芳芳的初恋！"萧琴冷冷地说。方子君颤抖着声音说："这不可能！我爱他！"萧琴站起来厉声说："你没有资格爱他！你是一个不纯洁的女人！"

方子君闭上眼睛，眼泪顺着脸颊淌下来。

11

坦克部队显然对这些跳来跳去的特种兵无奈了，有 5 辆坦克被工兵锹塞死了轮轴。坦克团长怒声命令："给我抓住他们！"

钢铁战车都停下了，装甲兵们都跳出车追打特种兵。现代化的战场立即变成斗殴场。双方都是血红着眼睛，抢起拳头互相撕扯着。一片混乱。

12

"无论你说什么,我都不会放弃自己的爱情!"方子君咬着嘴唇几乎咬出血来。

"你从小在部队长大,对军队,对军装肯定有着不一样的感情。"萧琴脸上浮出笑容。方子君转过头,睁大泪眼看她。萧琴怒吼:"我明天就可以让你脱了军装,滚出部队!"

13

哗——张雷的迷彩服上衣和迷彩短袖衫一起被两个装甲兵抓住撕开了,他拼命挣脱出来,光着膀子、戴着钢盔、血红着眼睛摔倒一个扑上来的装甲兵。林锐抱住一个装甲兵起身飞踹,踢倒后面扑上来的装甲兵。刘晓飞用工兵锹的木头柄和几个装甲兵打在一起。特种兵们的衣服都被撕烂了,一个被按倒,几个特种兵冲上来救。他们保持着圆形的松散战斗队形,背靠背和如同潮水一样涌来的装甲兵搏斗。他们的眼睛都是血红的,声音都是嘶哑的,嗓子里面只有一个声音:"杀——"

坦克团长默默地看着和自己的上百装甲兵肉搏的十几个年轻的特种兵,脸上的表情由愤怒变成感动。很多装甲兵站在他身边的坦克上,也在默默地看着。团长的声音突然低下来:"他们不想被俘!满足他们的愿望。"旁边的副团长点头,爬上身边的一辆坦克拉开高射机枪的枪栓:"全部后退!"

在前面扭打的装甲兵们听到命令,陆续挣脱出战团,退后了。十几个特种兵弟兄孤零零地站在坦克的包围当中。副团长命令:"机枪准备!"哗啦啦,一片拉高射机枪的声音——张雷看着面前的钢铁战阵,突然爆发出笑声。刘晓飞和林锐也笑出来了。特种兵弟兄们笑出声来,这笑是由衷的——"开火!"团长高声喊。嗒嗒嗒嗒……十几挺坦克高射机枪喷出烈焰,空包弹壳飞得老高。年轻的特种兵们在枪声当中没有像触电一般抽搐,只是发出了由衷的嘶哑的笑声。这笑声让所有人都感到震撼,感到鼻子酸酸的。

枪声停止。张雷举起右拳高喊:"我们没有被俘!"刘晓飞激动得都跳起来了,抱住了身边的林锐:"我们牺牲了!"特种兵们欢呼雀跃,互相拥抱在一起,似乎在庆祝自己在这场演习当中成为阵亡者——装甲兵们却都沉默了。

14

方子君抬起头已经是泪流满面:"我17岁参军,新兵的时候就上了前线!我是从战火当中爬出来的,我能从战争中活下来已经很幸运了!是的,我留恋这身军装,但我已经是死过一次的人了!如果非要我做选择,我可以脱下这身军装!我对得起军队,对得起国家,我问心无愧!我在地方也会是一个出色的医生!——但是你不要想这样就可以把我和张雷分开，我爱他！我爱他！"

萧琴笑着看着她："你爱他？你能给他带来什么？""我全部的爱！一个幸福的家！"方子君的声音变得坚定起来。"你知道老刘的位置，如果张雷成为我的女婿，他在军队可以说会一帆风顺。张雷希望成为职业军人，成为将军——只要他和芳芳在一起，这个并不是非常难的事情。"萧琴的语气很平静。方子君仰起高傲的美丽的脸冷笑："你太小看他了！你知道他是什么？他是一只高傲的鹰！你的这些所谓的好处，在他的眼里一文不值——相反，他会唾弃你，因为你把他看成了势利小人！""是吗？你的意思就是我是势利小人了？你看看这个再说。"萧琴还是那么笑着。方子君看着她把一份打印好的东西放在桌子上。只看了一眼，她的脸就白了。

15

张雷擦去眼中的泪花，笑着站直了，面对坦克团长敬礼："上校同志，我们已经牺牲了！按照规定，我们退出演习！"刘晓飞、林锐撕下自己的胸条。特种兵们笑着撕下自己的胸条。看着这群虎狼一样的战士，坦克团长无声地举起右手贴在帽檐上。副团长高喊："敬礼——"唰——装甲兵们在车上车下齐刷刷地举起右手。特种兵们脸上的笑容消失了。"全体注意——"林锐高喊，"敬礼——"唰——十几个满身伤痕的特种兵举起自己的右手，贴在钢盔的边沿或者自己的光头太阳穴上。

团长放下右手。副团长高喊："礼毕——"林锐高喊："礼毕——"

现场一片肃静。蓝军司令和他的高级军官们走过来。蓝军司令看着这些满身伤痕却坚强的战士，点点头："我很遗憾，你们不是我的兵！"

"首长！"张雷敬礼，真诚地道歉，"对不起！"

蓝军司令的嗓门提高一倍："但是我很骄傲——你们是中国人民解放军的军人！"

16

"你知道这份材料的分量。"萧琴还是那么笑容可掬，"可以毁掉很多人的前程！"

方子君拿着材料，仔细地看着。标题是《A军区特种大队常委违法克扣士兵伙食费情况报告》。方子君的脸越来越白。"你可以舍得军装，我不知道何志军舍得不舍得。"萧琴微微靠后，欣赏着被打掉傲气的方子君。方子君看着萧琴："他们是为了搞训练！""但是他们违法了！法律只看结果！"萧琴严肃地说。方子君气得嘴唇发抖："你卑鄙！"

"我是卑鄙？"萧琴冷笑着说，"我是为了我的女儿。为了我的女儿，我什么都可以做！哪怕是卑鄙的事情！这份材料是我花了一周时间详细调查出来的，证据确凿。你可以想象，老刘看到这份材料会多么震惊！也可以想象，军区在处理这种问题上，会绝对痛下杀手！"方子君的嘴唇抖动着："你在拿这个和我做交易？！"

"对！"萧琴厉声说，"就是交易！你不答应我，我立即让这份材料公布于众！让首长们都看看，他们当作心肝宝贝的特种大队出了什么事！你知道这对于特种大队意味着什么？！——何志军、耿辉，包括几乎所有的常委都会脱下军装转业！"——方子君的心一震。"刚刚组建的特种大队将会蒙受这个耻辱，他们多少年都会成为笑料，翻不过身来！"——方子君愤怒地看着萧琴，嘴唇颤抖着却说不出话来。

17

高级越野车组成的车队疾驰而至。"敬礼——"在场的军人们举起右手向首长们敬礼。老爷子在刘勇军等高级军官的陪同下走过来，边走边还礼。"礼毕！"军人们肃立在原地，军姿站得都很好。老爷子看着面前狼藉的战场，看着熄火的坦克，看着这群衣服被撕烂、伤痕累累、伤口还在流血的特种兵们，久久无语。刘勇军也很惊讶，看着傲气的张雷不说话。老爷子慢慢走过去，挨个儿打量这些伤痕累累的战士。林锐对老爷子行注目礼，面容严肃。老爷子突然露出笑容："我记得你，你以前在农场养过猪。"林锐敬礼："报告首长！中士林锐，现在是狼牙特种侦察大队特战一连一排'特战尖刀班'班长！"

老爷子点点头，替他戴正钢盔。张雷、刘晓飞对走到面前停下的老爷子敬礼。老爷子笑着说："你们两个红牌哼哈二将，现在可以把我的直升机还给我了吧？"张雷和刘晓飞都不好意思地笑了。"首长，我们向您道歉。"张雷说。老爷子问："道歉？为什么道歉？你们是按照我的要求进行战争，为什么要给我道歉？我下次记得把演习导演部藏起来就可以了，不用道歉了。"蓝军司令跑步过来敬礼："首长！""走吧，我们进去谈这次战役你们的问题。"老爷子径直走向蓝军司令部。

军官们都跟着，从特种兵面前经过。刘勇军走到张雷跟前："张雷，我记住你了！"张雷说："首长，对不起！"刘勇军脸上露出笑容，摸摸他的脸："疼不疼？""首长，我早忘了！"张雷笑着说，"当时光顾着发急了！如果我们再晚点儿，蓝军坦克部队就把我们的滩头阵地给打掉了！"刘勇军的声音很柔和："还有几年毕业？""两年。"张雷说。刘勇军不说话，往里面走。他走了几步，突然回头："毕业了，愿意不愿意做我的参谋？"张雷很为难。刘勇军看着他的眼睛："说实话。"

"报告首长！我不愿意。"张雷说。"理由？"刘勇军没有生气，只是看着他的眼睛。"我的目标，是成为一名真正的特战军官！"张雷诚恳地说，"我要下部队带兵！"刘勇军点头："好好干！我记住了你的名字，你会是个出色的军官的！""谢谢首长！"张雷立正，敬礼。刘勇军还礼："对了，你挨了我一巴掌，也应该记得我的名字——我姓刘，刘勇军！原来是A军的军长，现在是军区司令部参谋长。我们会再见面的！"他转身进去，张雷傻在原地。张雷记得这个名字，因为刘芳芳告诉过他，她父亲的名字。

18

　　"何志军是你的养父，是一个当了20年兵的职业军人。"萧琴还是那种笑容，"你不可能不知道，他对军队的感情。我都可以想象，当他被剥下军装的那种无所适从，那种惶惶不可终日的窘迫。我从侧面了解过他，他可以说是一个模范军人，军队就是他全部的精神和现实世界，是他的灵魂支柱。"方子君不说话，眼睛已经被泪水占据了。

　　"你可以想象，他失去了这个灵魂支柱会是什么样子。"——方子君闭上眼睛，泪水了流出来。"你的养父失去了他的灵魂，这个结果是你一手造成的！"萧琴的声音变得严厉。方子君急促地呼吸着，捂着胸口。萧琴站起来不紧不慢地继续说："还有耿辉，多好的一个政工干部！他在军区的口碑，都快成了活着的焦裕禄了！他已经得了癌症，胃癌早期——你是知道的。因为他来检查不愿意惊动别人，是通过你找的肿瘤科主任。如果治疗得当，加上心情舒畅，生命是可以挽救的。如果他的军装在这个时候被脱下来，你是大夫，你不会不明白这会对病人造成什么样的影响！他的病情会恶化，他的生命将会一下子失去动力，而且他的辉煌政工干部生涯会蒙受耻辱！他到死也会背着这个耻辱！——而这，也是你一手造成的！"

　　方子君无法呼吸，抓住桌子边缘滑倒在地上，靠着桌子跪在地上大口喘气。

　　"你会成为罪人！他人和你自己都不可饶恕的罪人！"萧琴严厉地说道，"而这，"她仰起下巴，"都是因为你可笑的爱情！"方子君高喊："你不要再说了！不要再说了！啊——"她痛苦地抽泣着。萧琴满意地看着这个结果，眼中也有眼泪："我实在不愿意这么做，可是为了我的……女儿！我什么都做得出来——你给我记住了，每个字都给我记住了！我萧琴这辈子，最疼的就是我的女儿……如果她不开心，我就会让伤害她的人付出百倍的代价，我说到做到！所有的人，都要付出代价！你，和你身边所有的人，都会在这件事情上被毁掉！"

　　"你为什么要这样做？！为什么？！"方子君绝望地哭着喊。

　　"因为，我爱我的女儿！"萧琴把眼泪咽下去，声音颤抖着说。

　　"你给我出去——"方子君高喊，"出去！我不想再看见你……"

　　萧琴慢慢走到门口："我是想出去，因为我也根本就不可能喜欢你！我给你时间考虑，如果我看不到满意的结果——那么你会亲眼看见所有的一切和所有的人都被毁掉，就是因为你心中那可笑的爱情！"萧琴摔门走了。方子君靠在桌子上大声哭着，撞着自己的头："为什么？为什么会这样？我到底犯了什么错？老天你为什么要这样惩罚我？啊——"她的哭声，凄惨而又绝望。

19

"旗开得胜！"三扎冒着白沫的啤酒碰在一起。三个小伙子仰脖灌下啤酒，抹抹嘴巴，都是喜不自禁。"这次我们真是痛快！天降群狼，直接干了蓝军俩司令部，还征用了军区首长的直升机！我敢说，他们从没见过我们这样的鸟兵！"林锐兴奋地说。刘晓飞脸上冒着红："多少年也没见过！因为咱哥儿仁没凑到一起啊！""把81杠往舱门口那么一架！"张雷比画着，"嗒嗒嗒嗒——我就报销了他们三个将军和四个大校！"三个年轻军人哈哈大笑。

"不背诗不足以表达我现在的心情！"张雷一下子站起来，一脚踏在凳子上摆出姿势，想半天没想起来什么诗。林锐和刘晓飞哈哈大笑，张雷也乐了："你们打扰我的思路，该罚啊！"

"得了吧，就你那点本事，哄哄女孩子还可以，哄我们俩——差点儿事儿！"刘晓飞搂着林锐说。张雷一比画，开始深情朗诵："葡萄美酒夜光杯……"

"得得得，你歇了，歇了！"林锐打断他，"下来喝酒！站那么高，你以为就是穆铁柱了？"张雷扑哧一乐，下来拿起倒满的啤酒："下一次，我们弟兄再合作！必胜！""必胜！"吭！三扎啤酒碰到一起。还没喝呢，老板娘进来："快快快，藏起来，有纠察！"仁人急忙放下啤酒，噔噔噔上了二楼阁楼。警通连小汪带着俩兵走进小酒店："老板娘，今天有我们的兵没？""没有！没有！没有！"老板娘满脸堆笑，"怎么可能啊？你们不是说了吗，不许你们的兵出来喝酒！我怎么敢违反你们的规矩，店还开在你们门口呢！""我怎么老远就听见有人叫唤？"小汪直接就进了里面的小雅间，看见杯盘狼藉："这谁吃的？""哦，是刚刚走的三个客人。"老板娘笑着说。

小汪看看阁楼，直接就上去了。他打开门，里面没人，只有几筐鸡蛋和两只绑在筐子上的老母鸡在咯咯嗒嗒。他看看，就出去了。

"走吧。"小汪挥挥手，三人走了。三轮摩托嘟嘟走了。老板娘赶紧上了阁楼，果然没人，她很纳闷儿。

"走了吗？"老板娘一抬头没吓死，三个兵撑着四肢在阁楼的木质天花板上，大气也不敢出。"走了，走了，我的小爷爷们！你们别把我这破楼给撑坏了！"三个小伙子跳下来，嘿嘿笑着下阁楼了。刚刚坐下，帘子就开了。小汪笑容可掬："哥儿几个，喝着呢？"

20

夜色当中，方子君没有开灯。她坐在窗前，没有什么表情，月光照亮她惨白的脸。她只是一支接一支地抽烟。桌子上的烟灰缸已经满了，旁边也掉着零散的烟头儿。三个空烟盒扔在桌子上。她抚摩着桌子上的相框，已经换成张雷的照片。他穿着迷彩服，扛着81杠，歪戴着作训帽，刚刚跑完5公里浑身是汗，却傲气十足伸出大拇指。方子君笑了，抚摩着张雷的脸："你知道吗？你有多淘气？"

21

衣着普通的廖文枫站在山上，拿着长焦照相机对着山下对面的部队大门。咔嚓了几张哨兵和里面可以看见的大楼等建筑物以后，在大门旁边四处看着。镜头落在了小酒店上，他咔嚓了一张。老板娘正在打烊，收拾东西。廖文枫背着背包走过来，开口就是一嘴标准的本地方言："老板娘，还有吃的吗？""哟，对不起，打烊了！"老板娘笑着说，"火都关了。""有凉菜也中啊！"廖文枫说，"我在山里转了一天了，凑合吃点儿算了。"老板娘说："那我给你弄个凉拌牛肉吧。进来坐。"

廖文枫进去，选择对着门口的方向坐下。他看着门口，这个方向可以清楚看到部队的围墙。老板娘端着东西出来，问："这么晚了，你在山里转什么？""哦，我是省旅游公司的，最近在这里搞景点勘察。"廖文枫说，"你这个小酒店生意不错吧？"

老板娘苦着脸坐在门口："好啥啊！按说挨着部队吧，当兵的哪儿有不喝酒的？我就借钱租了村里的这个门脸儿，谁知道他们部队规矩这么严，不许喝酒！就是偷偷跑出来几个，也成不了气候啊！而且每次发现了都要抓回去处理，也就越来越少人出来喝酒了！我看啊，马上就得关了，还欠了一屁股债！"廖文枫吃着，好像不注意她说话。老板娘抱怨说："唉，这可怎么整啊！"

"这什么部队啊，管这么严？"廖文枫问。老板娘说："说是炮兵教导团，可我也纳闷儿，怎么就没见过他们的大炮呢？倒是后山总是噼啪枪响个不停，晚上也打。"廖文枫问："我看你里面还有雅间？"老板娘说："是啊。要不，你进来看看？"

廖文枫跟她进去，里面还没收拾。老板娘说："刚才有三个兵出来喝酒，这不就被抓回去了！搞不明白，你说他们炮兵教导团的兵抢什么飞机啊？还说报销了什么什么将军的！"廖文枫眼睛一亮，看看上面："还有阁楼啊？"老板娘说："那不，你要愿意也看看吧。我当仓库用的。"

廖文枫上去，打开阁楼的窗户。可以看见大队院内的基础训练场，不过黑乎乎一片什么都看不清楚。他笑着下去："我看这个地方挺有发展的，你也别关门。"老板娘苦着脸说："发展？什么发展？"廖文枫似乎是不经意地说："这里附近的山里风景不错，要是搞成风景区，再有度假村，那不就是发展吗？谁都从你这路上过，你不赚钱赚海了吗？"老板娘喜出望外："真的啊？你们要在这里搞旅游开发？"廖文枫说："有这个想法，可能得一段时间吧。"老板娘又失望了："唉，远水解不了近渴啊！"廖文枫说："这样吧，我先入股。我是看好这里了，你也蛮能干的，你也别关门。先把小酒店开下去，等以后发展起来了，算我原始股啊！"

"真的啊？那敢情好！那敢情好！"老板娘喜笑颜开。廖文枫说："我先入3000吧。明天我给你送钱来。"老板娘乐得不知道怎么说话了："好好！"

22

"本事不小啊，你们？"正在巡哨的耿辉扎着武装带，冷冷地看着这三个被小汪带回来的小伙子。三个家伙都低着头。

"刘晓飞，张雷——你们是陆院的人，明天就回去了，所以我不说你们！林锐！你是老兵还是班长，上个月刚刚入党！你就给我搞这个？！你让我怎么在全大队官兵面前交代！"

林锐抬起头："政委，我……"耿辉说："你你你什么？！你知道不知道这是什么性质的问题？！大队怎么规定的？！我们是一线作战部队，应急机动作战部队，24小时随时待命，要滴酒不沾，随时保持清醒的头脑！你喝多了怎么打仗？"

"是，政委我错了。"林锐低声说。耿辉指着他的鼻子数落："还有！你作为班长，居然带着两个来实习的学员翻墙头出去喝酒！知法犯法？你还是新兵吗？是不是不信我再派你去养猪？！"两个学员忍不住扑哧一笑。耿辉说："笑什么笑！"他们都不敢笑了。

"你们都是军人，要知道什么是令行禁止！都是人尖子、机灵鬼，大队为什么禁酒，你们比谁都清楚！为什么还要去喝酒？讲！"耿辉大声问。张雷老实说："报告！我们高兴，没地方发泄。"

"没地方发泄，你干吗不去爬攀登楼啊？不去跑障碍啊？那我不批评你们，反而要表扬你们，喝酒不是找抽嘴巴子吗？"耿辉厉声说，"而且还出去喝酒！大队怎么教育的？就是在普通部队，也不能熄灯以后翻墙头出去喝酒啊！何况这是特种部队！"三人当然都不敢吭声。耿辉痛心疾首地指着林锐的鼻子，"林锐，你这个处分是跑不了了！你们两个，我管不了，交给郑教员处理！——还有，我为什么反复强调不能出去喝酒？为什么？你们谁知道这个道理？酒后吐真言啊！喝多了你们就会胡说八道！你们的脑子都装着东西呢，同志们！这点保密意识、安全意识都没有，你们也想做职业军人？！"

傲气的张雷诚恳地说："政委，我知道错了。"刘晓飞也说："我也知道了。"耿辉问林锐："你呢？"林锐说："我更知道错了，明天早操以后我在全大队作检查。"耿辉说："你刚刚因为特嫌事件受到军区嘉奖，又犯这种毛病！你让我怎么说你啊！"

23

头疼欲裂的方子君流着眼泪，在稿纸上写下："张雷，对不起，我不能和你在一起了……"
她的眼泪吧嗒吧嗒落在稿纸上。她扑在稿纸上哭着，眼泪浸湿了稿纸："为什么让我爱上你啊，为什么……"照片上的张雷还是那么傲气地笑着，一点儿都不知道方子君的烦恼。方子君哭着哭着没有声音了，倒在稿纸和烟头儿当中。

第十四章

───────★───────

1

"快！送急救室！"大厅的门吭地被许多护士撞开，躺在担架上昏迷的方子君被抬进来。那个曾经和她一起唱歌的女兵着急地跟着，医生大声问："怎么发现的？"

"早上我叫她去吃饭，没动静！我就开门了，我们俩互相都有钥匙！她就倒在桌子上了，周围都是烟头儿！她抽了起码 5 盒烟，一晚上！"女兵回答说，医生高喊："尼古丁中毒！准备抢救！"——行人匆匆冲入急救室。

2

高级轿车在特种侦察大队的主楼前停了两排。主楼门口的哨兵持枪站在岗位上，枪刺闪着寒光。会议已经召开两个小时，完成汇报的郑教员拿着稿子从投影前面下来。房间里烟雾缭绕，将校们都在沉思着。老爷子开始说话了："以我们军区司令部的名义，给空降兵研究所写封感谢信。另外，特种侦察大队准备个详细的报告，我要认真看看你们的战法研究成果投入实际运用的可行性研究。"

"报告首长！已经准备好了。"何志军起身，把文件夹送过去。"你何志军找我化缘，肯定是准备充分的。"老爷子笑，将军们也哄笑。老爷子继续说，"这个经费，军区专项解决。特种大队侦察是崭新的部队，装备和训练都有许多变数，要特殊情况特殊处理。"

"我会亲自安排调研。"刘勇军在老爷子身边欠身说。老爷子翻着报告："嗯，这个事情你要负责到底。何志军如果再找我哭穷，我要找你。"将校们又一阵哄笑。老爷子看着何志军和耿辉："说到钱，我要问一句。你们上个阶段搞战法研究、训练等的有关经费，从哪里来的？"何志军和耿辉都愣了一下。老爷子的眼睛是锐利的，何志军不得不起立实话实说："我们截留了一半的伙食费。"

"当你的天兵一出现，我就猜到了。"老爷子说，"你何志军和耿辉又不是印钞机，特种侦察大队也不是银行，从哪儿能变出这么多钱来？""这是我同意的，首长。"耿辉说。老爷子说："你不同意他也没这么大的胆子。这种事情一个人是不敢做主的，手续也不允许。"何志军挺直胸膛："我是军事主官，训练的事情是我来抓，主意也是我出的。要处理，处理我一个吧。"

"我是党委书记！"耿辉急了，"我是最后拍板的，党指挥枪不是枪指挥党。我在这件事情当中负有主要责任！"老爷子苦笑："瞧瞧这一对军政主官，果然穿了一条裤子！"将校们哄堂大笑。刘勇军看着他们说："这个事情，在军区副司令就和我研究过了。处分是肯定要有的，你们也要向全大队官兵公开作检查。不过，你们这种自觉自愿搞军事研究军事改革的精神，我们司令部机关是支持的！——但是你们记住，下不为例！"

"是！"两个主官兴奋地说。

3

方子君脸色苍白地躺在白色的枕头上，输液管插在左手手背。何小雨低下头："子君姐？你怎么了？"方子君长出一口气，苦涩地笑："我没事。"

"怎么抽那么多烟啊？你身体还没恢复呢，不要抽烟好不好？"何小雨心疼地擦泪。方子君摸着她的脸，眼睛含泪："好，姐姐听你的。"何小雨说："张雷他们队去打靶了，我晚点儿再给他打电话。""不！"方子君的表情变得恐怖，"你不要告诉他！""怎么了？"何小雨很惊讶，"你们不是和好了吗？"方子君久久无语，沉默。

"又怎么了？"何小雨都急了，"你们这对冤家到底在搞什么啊？"

"我跟他，不可能了。"方子君平静地说。何小雨睁大眼睛。"不可能了……"方子君闭上眼睛，一滴清泪流出来。

4

还穿着迷彩服的张雷如同绿色的旋风一般冲入医院走廊，抓住人就问："方子君在哪个病房？"护士说："二楼 121。""好，谢谢！"张雷三步并一步冲上楼梯。何小雨正好拉门出来。张雷问："小雨，子君怎么样了？"何小雨拉住他很严肃地问："我问你，你是不是欺负子君姐了？"张雷睁大眼睛："你说什么呢？"

"我警告你，张雷！子君就是我亲姐姐，我不许任何人欺负她！你要是不肯对她好，你就放了她！她够苦的了！"何小雨咬牙切齿地说，张雷惊讶地问："我说你这人怎么那么奇怪啊？我怎么欺负她了？心疼还来不及呢！""她不想见你！"这次何小雨很坚决。张雷急了："何小雨，你长点儿脑子好不好？我根本就没有和她单独在一起的机会，怎么可能欺负她？你给我让开！"

张雷一使劲，何小雨就被推到一边去了。门一打开，方子君就惊恐地睁大眼睛。张雷笑着进去："子君，你怎么了？"方子君的语气很坚决："出去！"张雷站住了，看看自己没什么不对："怎么了？""你给我出去！"方子君咬紧牙关。何小雨推张雷："子君姐让你出去！"张雷纹丝不动,惊讶地看着方子君。方子君别开脸:"我不爱你,你出去！""方子君！"张雷怒了,"你知道你在说什么?！""我知道。"方子君深呼吸,"我们不合适。"张雷仔细看着方子君。

"我再说一次,我们不合适！"方子君的声音抬高了。"你烟抽多了,脑子不清醒,我不怪你。"张雷的声音柔和下来,"我在外面等你,我6点必须回陆院。我等到6点,你稳定下自己。"张雷咬咬嘴唇,转身出去了。何小雨看看张雷,看看方子君,真的是不知道发生了什么事情。她向前一步:"子君姐,你……""你也出去！"方子君脸上没有表情,"我现在不想见任何人！"何小雨呆住了。"出去吧。"方子君声音缓和下来,"我想自己一个人安静一会儿。"何小雨慢慢退后,站在门口:"子君姐,有什么事儿你跟我说啊!你别总是一个人扛着啊!""把门关上。"方子君不看她。何小雨无奈,关门。

张雷站在外面看着窗外的院子抽烟。何小雨无奈地问:"你到底怎么回事啊?"张雷愁眉苦脸地说:"我真的不知道!我没得罪她啊!"何小雨正要继续问,刘芳芳跟俩女学员抱着鲜花跑过来了:"小雨!张雷!"何小雨露出笑容:"哟,你们怎么来了!""我们听说你姐姐病了,就赶紧来看看!"一个女学员说。刘芳芳看见张雷,哀怨地转过眼睛。张雷根本就没注意她,还在想着心事。

"她现在情绪不好,不想见任何人。这花儿我先替她收下,好吗?"何小雨说。刘芳芳着急地问:"那我去看看她可以吗?我是她的小妹啊!""不行!不行!"何小雨赶紧摆手,"子君姐的脾气可古怪得很,她要是认准什么事儿,八头牛都拉不回来!连我她都能吼,你进去,更没戏!""我就试试!我爸吼我吼习惯了,我不怕这个。"刘芳芳接过鲜花。

门轻轻地被推开,刘芳芳抱着鲜花站在门口,小心地叫了一声:"子君姐姐?"方子君冲里面躺着,背对着她,没说话。刘芳芳关上门,蹑手蹑脚走过去,把花放在床头柜上。方子君的肩膀轻轻地抽动着。刘芳芳奇怪地看着,低下头,听到细细的抽泣声:"子君姐姐,你怎么了?"方子君咬着枕头,把眼泪拼命忍下去。

5

"特种侦察大队我以前没来过,但是我没少听见你们两个的名字。"刘勇军背着手走在部队院子里,"一个是战斗英雄,一个是模范政委——你们是威名远扬啊!"

"哪儿的话,参谋长。"耿辉笑,"我们都是最普通的部队干部。""是啊,我们这支军队需要的就是你们这样普通却又尽职的干部!"刘参谋长看着远处训练场上生龙活虎的战士们感叹,"和平年代,坚守寂寞不是所有干部都可以做得到的!"

"那是特战一连在搞训练!"何志军说,"他们现在训练的科目是营救人质,这是我们自己搞的新科目,训练大纲上没有。这个训练是一把双刃剑——战争时期,可以营救敌后被俘的重要军政官员;和平年代,可以协助地方公安机关处理紧急突发暴力事件。"

"不错。"刘参谋长仔细看了看训练动作,"你们很有前瞻性,这种既能提高部队战争职能战斗力，又能方便地方维护社会安定的训练要多搞！虽然你们不是武警部队，但你们是陆军特种部队——在世界各国，军方的特种部队处理地方涉枪暴力突发事件的例子数不胜数。这个作用要加强，这样你们在和平年代也能有真枪实弹锻炼队伍的机会，是保证战斗力的好事。"何志军笑："参谋长，我心里这点儿小猫儿小腻都被你看穿了。"

"我也是临时补课。"刘勇军说，"我以前是研究大机械化兵团作战的，很少接触情报和特种作战，这次找了一堆资料和录像看了看。还是个外行，我是外行领导内行，你们也得接受我的领导啊！"三个人都笑了。

"特种侦察大队要扩编。"刘勇军看着训练场上的战士似乎是随意地说。何志军和耿辉都一愣。刘勇军说，"总部和军区对93春雷演习的研究结果就是这个。由我来告诉你们有两个原因——第一，我以后是你们的军区直接主管，经费等问题由我最后处理；第二，副司令今年就退休了……"何志军和耿辉都是一愣，目光转向主楼。刘勇军继续说，"军委已经同意他退到二线，担任军区顾问。重大战略问题，还是要请教他的意见。不过你们部队建设这种细节的问题，以后就不能麻烦他了。"何志军和耿辉都沉默。

"作为你们的领导，你们不熟悉我，我也不熟悉你们。不过我很信任和欣赏你们，希望你们把这支部队建设成为真正的可以屹立在世界军队之林的王牌特种部队！"刘勇军淡淡地说。何志军敬礼："请首长放心，我们会努力。"刘勇军点头："他也是我的老领导，我心里也很难过。今天晚上，我们几个一起坐一坐，你们是值班部队首长，可以不喝酒。"何志军和耿辉点头。

"现在谈部队扩编的事情。"刘勇军抬起头，"这是我今天来这里和你们俩单独谈的正经大事。你们的番号由'特种侦察大队'改为'特种大队'，级别虽然还是正团，但是编制要扩大，人员要增加，技术装备要增多！现在的特战队员将成为骨干，该提干要提干，该提升要提升！我给你们政策，把名单尽快报上来！你们将要真正成为我战区战略考虑范围内的杀伤性武器！成为一把捍卫和平的利剑！"

他们的目光都落在主楼上那个醒目的闪电利剑标志上——中国陆军特种部队的通用标志。

6

"姐姐，你怎么了？"刘芳芳小心地问，将手轻轻放在方子君的肩膀上。方子君跟触电一样哆嗦了一下，往里闪了闪。刘芳芳的手停在空中，奇怪地看着方子君。方子君咬着枕巾把眼泪吞下去，擦干净了。刘芳芳慢慢坐在床头的椅子上，看着方子君。方子君缓缓坐起来，刘芳芳急忙把枕头帮她竖起来，让她靠上。方子君闭着眼睛，坐好了。刘芳芳坐在她的旁边，轻轻抓住她的手。方子君没什么反应，刘芳芳却感觉到一股凉意。这双白皙修长的手跟冰一样凉，没有温度。刘芳芳急忙抓住她的手，用自己的手暖着："姐姐，你冷吗？"

方子君疲惫地睁开眼睛。她的眼神似乎一夜间老了10岁一样。刘芳芳看着方子君，心里不由打了一个哆嗦。方子君仔细看着刘芳芳，目光是复杂的。"你……爱他吗？"方子君翕动嘴唇，轻轻吐出这几个字。刘芳芳很纳闷儿："姐姐，谁啊？""张雷。"——刘芳芳一愣。

"你告诉我，你爱他吗？"方子君的声音变得清晰起来。刘芳芳沉默半天，脸红了又白，淡淡地说："姐姐，你说这个干什么？都过去了。"

"我只是想知道，你爱他吗？"方子君认真地问。刘芳芳低下头哭出声来："我当然爱他……我从来没爱过，我不知道爱是这么痛苦！我从来没这样去惦记一个人，我想对他好，可是都不知道该怎么对他好！他也不喜欢我，他喜欢你！姐姐，你都知道的，你干吗非要问我啊？"

方子君看着刘芳芳，嘴角浮起一丝苦笑："你会对他好吗？"刘芳芳抬头看她，眼睛里是惊讶。"答应我，如果你们在一起，你要对他好……"方子君的声音在颤抖。刘芳芳不知道她是什么意思，睁大泪眼看着她。"他很优秀，也很调皮，你要学会宽容，也要学会坚强。"方子君绝望的语气让刘芳芳感到心里颤抖，"他是一只飞翔的鹰，高傲顽强。他不需要怜悯，也不需要同情。他需要的是爱，是挑战性的爱，所以你不要对他绝对服从，但是也不能和他一直对着来，要学会最后让步。他喜欢满足征服的快感，没有难度会让他沮丧；而一直不能征服会激发他的斗志，会让两个人之间的关系僵化到冰点——他是绝对不会让步的，所以只能你让步……"

"姐姐！你跟我说这些干什么？！"刘芳芳问。方子君的心在流血，她仔细看着刘芳芳："因为，我在把他的心交给你！"方子君的声音是坚定的。刘芳芳以为自己听错了："什么？！""我不能和他在一起了。"方子君眼中没有眼泪，只有一种空洞的绝望。刘芳芳急了："为什么？他那么爱你！"

"我，不爱他了！"方子君闭上眼睛。"这不可能啊！"刘芳芳纳闷儿，"姐姐，你是不是受什么刺激了？这绝对不可能啊！你现在是在说胡话吧？"

"我很清醒！"方子君睁开眼睛厉声说，"正因为我清醒，我才不能和他在一起！我跟他不合适！……我比他大，我们之间不会幸福的！而且我对他没有爱情，我是在怀念我失去的爱人，我在欺骗他的感情！也在欺骗我自己！"刘芳芳张着嘴，不知道方子君到底是怎么了。方子君把千言万语咽下去，只说了一句，"所以，你——要对他好！"刘芳芳哭着说："姐姐！你别再说了，我什么都没听见！都没听见！你是病糊涂了！我没听见！"

"你给我听着！"方子君一字一句地说，"从今天开始，我不会再见张雷！就算不能不见，我也不会单独见他！我跟他之间，已经结束了！你如果相信我的为人，就记住了！"

"姐姐！"刘芳芳站起身，"你为什么要这样啊？"

"这是我的命！"方子君说，"你不要多问了！——你记住一点，不要现在去追求他！他需要时间去接受你，你选择在他最需要安慰的时候，用一种成熟的姿态出现！不要让他觉得你还是个小妹妹，你就成功了一半了！你很漂亮，也很温柔，只是还不够成熟！女人的魅力有很多种，但是张雷喜欢的不是你这种！你明白吗？"

刘芳芳哭着退后："不不不！我不明白！""你站住！"方子君头发晕，"我还没说完！""姐姐，你不要对我说了！我好害怕！"刘芳芳摆着手退后。"你，站住……"方子君伸出手，却倒在枕头上。刘芳芳扑上来把她抱起来："姐姐！你怎么了？说话啊！"

方子君抓住她的手，无力地说："你能答应我，对他好吗？""我能！我能！"刘芳芳赶紧说，"你到底怎么了？我去叫大夫！"方子君苦涩地笑："那我就放心了。"刘芳芳哭着抱紧她："姐姐，你怎么了啊？你身上怎么这么冷啊？""没什么。"方子君变得平静，"我的心已经死过一次。这一次，我也当心死了吧。这没什么，我挺得过去的……"

张雷一直站在外面抽烟，看看手表，马上6点了。他对何小雨说："我得回去了。你多照顾她。""你不等着见她了？"何小雨同情地问，"也许她会改变主意的。"——"我说过等到6点，就是6点——大丈夫，言必信，行必果！"张雷淡淡地说，转身走了。何小雨着急地喊："我说，你跟她赌什么气啊？！"

"我没赌气。"张雷回头苦笑，"明天我再来，只是我今天必须回去了。不然队长会让我知道什么是禽兽教官的，走了。"何小雨松口气，自语："还好！还好！"

7

"从即日起，特战一连扩编为特战一营！"何志军严肃地看着大队的全体官兵，"特战一连代理连长、一排排长陈勇提升为特战一营副营长，代理特战一营营长职务！正式任命很快就会下来，你从少尉正排直接提升为中尉正连！但是你的实际职务却是副营，而你要代理的却是正营的职务。你知道这个担子的分量吗？！"

"报告大队长！知道！"陈勇出列，敬礼高声答道。

"部队马上要扩编，我们的架子要搭起来！"何志军说，"干部的任命由大队常委统一讨论上报军区，批准后下达，士兵提干的事情由政委来组织！"

耿辉上前一步，看着士兵们。士兵们的眼睛都火辣辣的。林锐脸上没有表情。乌云睁大眼睛，紧张地看政委。耿辉说："根据军区关于特种侦察大队扩编为特种大队的紧急命令要求，我们大队要将一批优秀士提升为军官。这是非常情况下的非常决定！我们需要大量的基层干部，今年陆军学院和陆军参谋学院的大批毕业生会进入我们大队，但是不够！远远不够！我们需要熟悉大队现阶段训练的基层指挥员，所以我们要从战士当中选拔！"士兵们听了，都挺直了胸膛。耿辉继续说，"提干历来是各个部队都头疼的大问题！因为提干去送礼、去行贿，拉关系走后门已经屡见不鲜！提干以后部队战士的情绪也会很大，各种流言蜚语都对部队建设产生了极其恶劣的负面影响！所以我们大队常委开会研究后决定，这次士兵提干不由营党委推荐！"士兵们听了都睁大了眼睛。

"推荐名单——由战士自己推荐！"耿辉说，"你们自己来选择出你们认可的排长，因为如果明天战争来临，你们将要跟着他出生入死！他的头脑、他的作战决心和他的指挥能力，直接关系到你们每个人的生死！你们无法选择战争或者和平，但是你们可以选择自己信赖的基层指挥员！"士兵们听了都昂起了头颅。耿辉说，"具体程序，下面会发文件！我希望你们认真对待！"

一排的战士们都偷偷看林锐，林锐虽尽力使自己平静，但是眼睛冒着激动的光。乌云看看林锐，低下头。

8

"乖乖，我要是穿上军官制服，戴上那么闪闪发光的少尉肩章……"田小牛浮想联翩，"我的妈呀！我们村儿的老民兵们非疯了不行！我田小牛也当军官了！是干部了！"董强伸手摸摸他的额头："没发烧啊？"

"胸口再挂上军功章，穿的是三接头，连手提包都是真牛皮的，上面写着 A 军区狼牙特种大队……"田小牛继续遐想，"那十里八村来提亲的媒婆不把我们家门槛给踏烂了啊？"战士们都哄笑。董强系好腿上的沙袋站起来，踢了踢田小牛的屁股："起来撒尿了。"

"大白天我起什么夜啊？"田小牛问他。"那大白天你做什么梦啊？"董强用枪托敲敲他的钢盔，"提干轮得着你？那我都能当军委主席了！"田小牛嘿嘿笑着系上沙袋："那你说能是谁？"

董强努努嘴："还能有谁？"田小牛看去，不远处林锐已经系好腿上的沙袋，在压腿、踢腿做准备活动，身手敏捷。乌云坐在他们俩身边的马路牙子上，系好沙袋站起来踢了几下腿。田小牛笑着说："我看乌云班长也不错啊！乌云班长，我选你！"

"胡说八道！"乌云笑笑，"通知不是说了吗，不许互相拉票！你爱选谁选谁，跟我说干什么？"乌云拿起步枪跑到那边开始做准备活动。

"乌云班长是不错，但是跟林锐班长比还差了那么一点儿。"董强说。

"差啥啊？"田小牛问。董强敲敲他的钢盔："脑子！"

"不都有吗？"田小牛摸摸钢盔，"你没有啊？"

"所以说你是朽木不可雕也！"董强拉他起来，"走吧，该开始了！"

林锐举着"特战尖刀班"的红旗走到大家面前："全体起立！"一班的战士们都起立围拢过来，眼神火辣辣的。"今天你们的眼睛怎么都那么奇怪啊？"林锐看着大家纳闷儿，"那么严肃干什么？5 公里每天跑两次，你们不都疲了吗？"

"班长，我选你！"一个战士冒出来一句。"我也选你！"另外一个战士说。"我们都选你！"几个战士喊。"我也选你，班长！"董强高喊，"跟着你打仗我们安心！"林锐看看大家，笑道："胡说，是想跟着我翻墙头出去喝酒吧？这个月的津贴，我都给对象买礼物了，没你们的份儿！别一到月底就跟我说好话，没戏！"战士们哄笑。"还有我，告诉你们啊，我都为这事儿挨处分了，以后也不可能带你们出去喝酒了！"林锐说，"你们也别跟我犯浑啊，让我抓住非收拾不可！站好了，准备跑步了！"乌云站在队伍里面，大家都对林锐的口令令行禁止。他没说话。

"老乌！"林锐笑着推他，"你想什么呢？"乌云抬头："啊？到！"林锐拍拍他，笑了笑，带着大家到起跑线。"走了！"前面的干部喊了一声。队伍开始运动，林锐扛着红旗健步如飞，带着一班跑在整个大队前面。

9

　　方子君匆匆走在回宿舍的路上。张雷从树后闪出来，悄悄跟到后面。方子君没有意识到，还是继续走着。张雷突然伸手蒙住她的眼睛："哈哈，这次被我逮着俘虏了吧？"方子君浑身一抖，冷静下来。张雷等着她闹，结果她没动，很奇怪。"放开。"方子君冷静地说。张雷松开手，跳到她面前，笑着看她。方子君的脸上没有表情，目光看着远方。张雷诚恳地问：

　　"子君，你到底怎么了？我要有什么不对的地方，你说啊！"

　　"我没什么。"方子君说，"我有事，先走了。"张雷一把拉住她的胳膊。"你放手！这是在部队医院，不是地方公园！"方子君还是不看他。张雷拉过来她："你看着我的眼睛！看着我的眼睛，告诉我——到底怎么了？！"方子君不看他："放手！听见没有！"张雷急了："我不放，你是我的！"

　　"我是我自己的！"方子君断然说，"我从现在开始，谁的都不是！我就是我自己的，我自己一个人过得挺好的！""子君！这不是你啊？！"张雷将她拉到面前说。方子君的眼睛很平静："学员同志。我是正连文职军官，现在我命令你——放手。"

　　"我就不放！"张雷不相信自己的耳朵。"这是一个军官的命令！"方子君斩钉截铁地说。"我不服从！"张雷深呼吸坚定地说。啪！张雷左边脸挨了一巴掌。方子君看看自己的右手，再看看张雷，苦涩地笑："这就是你违抗命令的结果！"张雷呆在原地，方子君挣开他，转身要走。

　　"这不是真的！"一向高傲的张雷突然带着哭腔喊。方子君背对着他在走，心里被扎了一下，眼泪涌出来，但是脚步没有停止。张雷看着她的背影，带着哭腔高喊："我是爱你的——"方子君闭上眼睛，任眼泪流淌，脚步还是没有停止。"方子君，我爱你——"张雷在后面高喊，声音带着撕心裂肺的痛楚。方子君默默地流泪，默默地走着。站在远处的陈勇纳闷儿地看着，他已经戴上了中尉肩章。

　　"啊——"张雷彻底崩溃了，眼泪涌出来。这喊声撕裂了方子君的心，却没有停下她的脚步。张雷再也控制不住自己，跑向方子君。方子君听到背后的脚步声睁开泪眼，她看见了前面的陈勇。

　　"中尉！你……替我拦住他！"方子君一字一句地说。陈勇无语，走过来和方子君擦肩而过。方子君在擦肩而过的时候低声说："不许伤他！"陈勇一愣，点头走向迎面跑来的张雷。张雷根本不管他，径直冲向方子君，陈勇伸手一个少林擒拿手抓住了张雷的肩膀。张雷被他生生拉住了。

　　"你放开！"张雷高喊。陈勇看着他："方大夫让我拦住你。"

　　"你给我放开，这是我们俩之间的事情！"

　　陈勇不说话，手下使劲。张雷出拳，陈勇左手挡住："你听着——你跟我打架不可能有任何好处！站在这里，老实待着！方大夫如果想见你，她会让我放开你的！如果她不想见你，你不可能从我这里过去！"张雷看着这个门神一样的中尉，绝望地对方子君的背影喊："方子君，为什么你要这样？我不会放弃的，我会等你！一直等下去——"方子君已经走入楼道，她腿一软扶着栏杆哭起来。

10

陈勇默默地站在写字台前面，方子君趴在枕头上无声地流泪。陈勇低声说："他还在下面。"方子君咬着枕巾。陈勇小心问："要我下去叫他吗？""不……"方子君摇头，目光坚定起来。陈勇低声说："方大夫，我是武夫也是粗人，不懂那么多曲里拐弯儿的事情。虽然我不喜欢他，但是我看得出来你喜欢他，我不知道你这样做是为了什么。我希望，你可以快乐幸福。如果是他对不起你，我去收拾他；如果不是，你这样折磨自己，苦了自己也苦了他，我心里也不舒服。"

"陈勇，很多事情你是不会明白的。"方子君坐起来平静自己。陈勇不说话，从挎包里拿出一个子弹壳做的飞鹰："这个，本来是我给他做的，准备送给他。虽然我不喜欢他，但他是你的爱人，我们是战友。我不想把关系搞得太僵，因为我希望一辈子是你的战友。"

方子君看着他把飞鹰放在桌子上。陈勇站直："我从小在少林寺长大，除了打拳什么都不会。男女之间的事，我更琢磨不透。我只是希望，你可以快乐幸福，这会是我最大的欣慰！我走了！"陈勇啪地立正，敬了个标准的军礼，转身出去。门轻轻带上了。方子君看着飞鹰，闭上眼睛。

陈勇大步走出楼道，走到站在方子君窗户下面的张雷面前。张雷带着恨意看着他。陈勇说："我走了，部队还有很多事情。我是来军区办事，顺便看看方大夫的。我希望，你不要伤害她。"张雷看着他："我从未伤害过她！""那就好。"陈勇也盯着他，"那你就继续不要伤害她，不然我和你拼命！"说完，不等张雷说话，径直走了。

张雷在下面默默地站着。归队时间到了，他看着没有灯光的方子君宿舍，嘴唇翕动着："子君，我知道你是爱我的。可是，这是为了什么啊？我会等下去，一直等下去，等你回心转意。我得回学院了，希望你可以给我打电话。真的。"张雷戴上军帽，转身走了。

方子君站在房间里默默地看着张雷的背影渐渐远去，目光落在桌子上那只用子弹壳做的飞鹰上。桌子上已经摆着很多子弹壳做的工艺品，花瓶里面插着百合花。张雷的照片还在，不过蒙上了一层薄薄的白纱布。方子君苦涩地说："这是我的命，命是抗衡不了的……"

11

"听我命令啊——"林锐对穿迷彩短袖衫和短裤的弟兄们笑着说，"咱们的足球得这么踢！突击小组还是跟着我，是前锋，乌云和火力支援组是后卫，田小牛和董强你们俩踢中场，电台兵守门！明白没有？！"

"明白！"大家笑着喊。

"班长，这是踢球还是打仗啊？"田小牛挠挠脑袋，"怎么我觉得跟战斗编组一样啊？"

"踢球——但是我们踢球的目的是什么？"林锐说，"娱乐，对了！娱乐的目的是什么呢？更好地去训练、去准备打仗，那我们娱乐的同时练习一下各自战斗位置的配合有什么不好的？球场上形成的默契也会带到战场上，这是潜移默化的。走吧！给三排的家伙们一个好看！"战士们嗷嗷叫，跟着林锐跑入沙滩球场。围观的战士们敲锣打鼓嗷嗷叫，挥舞着红旗。

海浪哗啦啦扑着沙滩。耿辉穿着迷彩服站在不远处背着手，看林锐发表完刚才的赛前鼓动满意地笑了。特种大队的海训正在进行，黄昏之中的海训野外营地一片热闹。林锐带着战士们在沙滩足球场上生龙活虎，不时地下着果断的命令，一班的战士也不知道是踢球还是打仗，嗷嗷叫着，士气高昂。

陈勇在边上自己打树，树叶哗啦啦响。耿辉喊："陈勇！""到！"陈勇跑步过来，满头是汗。耿辉问："你们特战一营的提干推荐名单出来没有？"

"我们营还需要名单？"陈勇眨巴眨巴眼睛。耿辉说："废话！哪个营不需要名单？"

"不是林锐吗？"

"谁说了？"耿辉问。陈勇纳闷儿地说："这还用说吗？这不用推荐都知道是他啊！战士们都说咱大队就算只有一个战士提干指标，那也是他的啊！"

"胡闹！"耿辉怒了，"你是不是没有组织？"

"是。"陈勇说，"我觉得不用组织啊，选也是他，不选也是他，我们营海训科目多……"

"你再说一次？"耿辉问，"你知道什么是战士的民主权利吗？那照你这么说，咱们国家就不用搞人大选举了，也不用那么多人大代表在人民大会堂选举国家主席了！"

"是，我错了。"陈勇低头。耿辉指着他的鼻子说："你现在是营长了！别让我一天到晚指着你鼻子骂，要学会成熟，学会做工作！和平年代管理部队比战争时期要难得多！你别跟那儿的树过不去，破坏绿化了，赶紧回去准备组织怎么推荐！"

"是！"陈勇敬礼，转身跑了。耿辉消消气，觉得肚子有点儿疼，捂住深呼吸两下。

"政委！"小汪跑过来，"这是军区直工部的急件，请你签字！"耿辉拿过来看了看，点头，签字。小汪问："政委，你的脸色怎么不太好？我去叫秦所长吧？"耿辉说："这几天在海边蚊子多，没休息好。你去吧，不用麻烦医务所。""是，我晚上给您送花露水过去。"小汪敬礼。"明天海上运动射击，你把警戒线要布好。"耿辉叮嘱，"伤了老百姓可不得了，一早你就拉好警戒线别让渔民过来。"小汪答是，转身走了，耿辉捂着肚子蹲下，豆大的汗珠冒出来。

"政委，你怎么了？"刚刚换下来的乌云光着膀子跑过来。

"没事，我在捡贝壳。"耿辉伸手在沙子里挖，"给儿子带回去。"

"我替您挖！"乌云蹲下来挖，"政委，您要是喜欢贝壳，明天早上我去退潮的沙滩给您捡，那边贝壳都是刚刚冲上来的，特别好看！"耿辉笑笑，也没往心里去。乌云不说话就是在那儿刨，找贝壳。

晚点名开始，陈勇看着自己面前这个小小的不满编的营，很快点完了。他咳嗽两声：

"下面我得说说关于战士推荐提干候选人的事儿！咱们营前一段训练任务重，我也就没组织，今天政委催我了，我就赶紧组织组织。每个连有一个提干指标，由所在排的战士推荐产生，然后上报营和大队常委，接着是军区直工部，然后任命才能下来。但是我们营现在不满编，只有一个连，所以也就只能有一个提干名单了。提干是每个战士都关心的大事儿，所以我希望大家都认真对待。一周时间大家仔细考虑，一周以后全营无记名投票。解散！"大家就解散。

田小牛从供水车那边提着桶走回来，乌云急忙接住："我给你拎！"田小牛赶紧说："乌云班长，今天我是小值日！我怕班长骂我！"乌云嘿嘿笑着："林锐敢骂你？我骂他！给我，给我！"田小牛的水桶被抢过去了，看着乌云的背影纳闷儿："太阳从西边出来？老兵替新兵做值日？"

帐篷里面，乌云在发淡水："都注意了啊！先洗脸洗手再洗脚，淡水就这么多，可别给糟蹋了！"林锐在灯光下看《莎士比亚戏剧精选》，他已经可以朗读了。他纳闷儿地看乌云："今天不是你值日啊？"乌云笑着说："我闲着没事，让新兵同志多休息休息。"水分完了，乌云提着空桶走了。林锐喊他："乌云，你自己的水呢？"

"我？"乌云笑着回头，"我不需要。"

"这不胡闹吗？你不洗漱啊？"林锐问。

"淡水少，分给同志们吧。"乌云笑，"我是老兵了，这点儿觉悟还是有的。"

林锐纳闷儿看他，不知道怎么回事。田小牛洗完脸洗脚："乌云班长真够意思！"在他上铺的董强扑哧一笑，田小牛问他："你笑啥？"董强伸头小声说了一句："项庄舞剑，意在沛公啊——"田小牛挠挠头："啥？"董强笑着摇头："跟你说了，你也不知道。还是不说了。"田小牛擦擦脚起来，爬他床上："你赶紧说，不然晚上睡不着了。"董强拉他过来："乌云班长为什么现在成雷锋了？意思还不明白啊？他想跟林锐班长争提干指标！"田小牛看看乌云在外面清理垃圾的背影，看看董强："你这是以小人之心度君子之腹！"董强好奇地看着："哟，不简单啊！你怎么也会说了？""跟你学的。"田小牛嘿嘿一笑，下床，"乌云班长不可能是那样的人！"——林锐还在看书，但是眼睛已经飘向外面倒垃圾回来的乌云身上。

凌晨，军号刚刚响，耿辉就出了帐篷。他深呼吸，转腰，脚下有什么东西绊了他一下，他低头看是一个麻袋，打开来一看，里面都是湿漉漉的贝壳。耿辉一愣，想起来了。他苦笑："这个乌云，怎么也动起花花肠子来了？"

12

"我是一个兵，来自老百姓……"穿着潜水服、光着脚的战士们唱着歌、踩着沙滩列队回到营地。陈勇挥挥手："没啥说的，解散！都冲澡去！"

"哦——"战士们欢呼着开始脱潜水服，叠好放在地上，光着屁股跑向用塑料布围成的临时浴室。担任保障的战士走过来收好潜水服和氧气罐、脚蹼等，陈勇也脱光了跑进浴室："10分钟啊！都赶紧洗！淡水紧张！"——哗啦啦，头顶的莲蓬头洒下淡水。田小牛呼啦啦给自己身上抹着香皂，乌云笑着过来："小牛，转身！"

"干啥啊？乌云班长？"田小牛问。

"转身。"乌云把他拉过来，在他背上开始擦肥皂。

"哟！这可使不得啊，班长！"田小牛赶紧躲，"我咋能让你给我搓澡呢！"

"过来吧你！"乌云拉过来他，给他擦背，"这个力量行不？"

"行，行！"田小牛喜不自禁，"我的妈呀，果然是革命军队啊，老兵给新兵搓澡了！"

林锐正在打肥皂，听见这个转过头。他看见乌云在笑着给战士们轮流擦背，他不忍心看下去，转过脸冲水。乌云笑着过来："林锐，我给你擦背！"林锐看着他，看着他满身的烧伤伤疤，久久无语。乌云拉他："转身。"林锐鼻子一酸，拉乌云转身，自己给他擦背。头顶的水冲在林锐的脸上，他的泪水也流了下来。他拿肥皂抹过乌云背上那些严重烧伤留下的疤痕，声音颤抖着："乌云，你这样没有用的！"乌云一愣，回头笑："说啥呢？"

"乌云！"林锐忍着眼泪擦着他的背，"你把我当兄弟的话，就相信我说的——这样没用的，还会给人看笑话。"乌云脸上的笑容消失了，转过头低声说："林锐，你比谁都了解我。我实在是不想再回草原放羊了，我娘身体也越来越不好了，我得把她接出来。"

"那你这样有用吗？"林锐说。乌云闭上眼睛："有用没用，我努力过了。林锐，我不是想和你争。我们是兄弟，生死兄弟！机会就这一个，悬在我的头顶，我肯定是想抓住的。抓住了，我这辈子就是国家干部，抓不住，我可能还要回草原。我娘太苦了……"

林锐默默地听着，擦去眼泪。乌云转身，面对林锐说："我不是要你让给我，你别那么想。我只是想自己也努力一次，输了就输了。"林锐点头。乌云笑着说："你赶紧洗吧，咱们就10分钟。"乌云又去给别的战士擦背了，林锐在头上和脸上都抹上了肥皂，抬头冲洗，眼泪默默地流着。

13

黄昏当中，耿辉与林锐在沙滩上散步。耿辉背着手说："按说我不该越级找你这个班长谈工作，不过作为政委有些事情我得和你谈谈。"

"是，政委。"林锐跟在他身边。

"你们班的乌云，最近情况好像不太正常。你没发现吗？"耿辉看着波光粼粼的海面说。林锐说："政委，乌云一直都是这样热心的。"

"我不是说他热心不热心。"耿辉说，"他是个憨厚的好同志，我知道。我想说的是，由于这次提干推荐的事情，他的思想可能产生某种波动。"林锐不敢说话。

"你怎么看？"耿辉看他。林锐说："我没什么看法。"

"乌云是你一起当兵的战友，还救过你的命。"耿辉淡淡地说，"你能没什么看法？"

"正因为这样，我才更没什么看法。"林锐说。耿辉问："你打算让给他？"

林锐半天不说话，良久才说："政委，我还可以考军校，就是考不上退伍回家，我还在城市，可以找到工作。但是乌云不行，他退伍了就是牧民，还得回去放羊。他母亲因为送他参军花光了所有的积蓄，现在也是含辛茹苦。"

耿辉听他说完，转向海面："你喜欢看名著，听过雨果的一句话吗？"

"您说。"

"世界上最宽广的是海洋，比海洋还要宽广的是天空，比天空更宽广的是什么？"

"人的心灵。"林锐说。

"你以为你让给乌云就是心灵宽广吗？"耿辉问他，"那样恰恰是心胸狭窄的表现。你心里只装得下战友情意吗？你心里装得下这个吗？"耿辉点点林锐所戴的作训帽上的军徽，轻轻地说，"这个，是什么？是一个中国军人的信仰！我们来到这个部队，责任是什么？是建设一支枕戈待旦的特种部队！这个军徽就是我们的最高信仰，我们个人在这个信仰面前都是渺小的。我们所做的一切都要为这个信仰而努力！"林锐看着政委。耿辉继续说："我知道你牺牲自己都无所谓，不愿意伤害乌云的心，但是你要对得起这个信仰！谁更适合？谁更能成为我们这样一支特种部队的中坚力量？你自己心里有数。"林锐低下头。

"我不多说什么，你很聪明，会懂我说的话的。"耿辉转身走了，"你在海边好好想想吧，我们是为了什么在这里的，不是为了一个两个战友，是为了祖国和军队。"

林锐站在海边，看着波澜壮阔的大海，心里也在起伏着。

14

特战一营推荐提干候选人无记名投票在营地外面的一个树林里召开，陈勇简单说了几句，就让大家最后思考半小时写选票。战士们都坐在沙地上拿着发下来的选票，有的也互相议论几句。陈勇黑着脸说："不许说话！"

林锐看看乌云，乌云强行挤着笑容看着大家。林锐低下头。投票即将开始，乌云突然站起来，大家都看着他，乌云慢慢脱去自己的迷彩服，然后是短袖衫。乌云就这么赤裸着上身看着林锐，眼巴巴的。一身的伤疤就露在大家面前。林锐鼻子一酸，低下头。他再抬起头已经是泪花闪闪，他在选票上写下"乌云"两个字。他第一个站起来走到投票箱前扔了进去，转身对大家说："我选乌云。"依照林锐在战士们当中的威望，大家不可能不知道这句话的分量。乌云看着林锐，嘴唇颤抖着："林锐！"

"我选你！"林锐坚定地说。陈勇看着他们俩，低下头没说话。林锐看着大家："我就说一句话，乌云是我的兄弟，是你们的兄弟！"在他的眼神注视下，战士们都低下头。沉默许久，很多战士都在改自己的选票。

"对不起，林锐。"乌云哽咽着说，"我不是故意让你看我这身伤疤，我太想提干了，你原谅我……"

"我知道。"林锐给他裹上迷彩服，"不用多说了，我说过不会伤害你的。"

大队部的大帐篷。耿辉看着特战一营送上来的名单，对着陈勇怒吼："这怎么回事？！"

"战士自己选的！"陈勇低头说。耿辉说："你把林锐给我叫来！"

"是！"陈勇转身，耿辉又叫住他："算了！"

陈勇回头，耿辉疲惫地坐在椅子上："天要下雨，娘要嫁人，由他们去吧。明天，我就报军区直工部。你让林锐好好复习，准备今年考军校。"陈勇低声说："是。"

耿辉看着陈勇出去，觉得胸闷肚子疼。他把自己的肚子顶在桌子角，从抽屉里拿出药吃下去，又喝了口水。流着冷汗的耿辉长叹："不争气的家伙啊……"

15

北京。总参大院，三军特种部队部队长会议已经接近尾声。何志军合上自己的公文包，从座位上起身，副部长叫住他："何志军！你到我办公室来一下。"

"是。"何志军跟着副部长走进办公室。副部长让他坐下："总部领导很关心你们狼牙大队的建设，你们大队也确实做出了不错的成绩。现在你们大队已经扩编，你们是兵强马壮啊！"

"都是首长们的关心，这是我们的分内事。"何志军说。副部长笑笑说："和你谈正经事儿，针对你们扩编的新局面，为了加强你们大队的领导力量，总部决定给你派一个精干的主抓训练的副大队长。"何志军一愣。副部长看着他的样子就笑："我们这次选的人是精中之精，也是总部首长反复研究过的。他学历也比较高，是参谋学院的硕士，在特种作战和情报作战上也很有造诣。出国执行过任务，也当过外军特种部队的教官，眼界很开阔。"

何志军不说话。副部长乐了："我知道你不乐意。自己当独立大队的大队长习惯了，所以不希望再来个副大队长——我问你一句，你正团几年了？"何志军眨巴眨巴眼睛想想："快6年了。"副部长问："你能一辈子当那个大队长吗？你要做好第二梯队的准备工作，总部和你们军区首长都研究过你的提升问题。这是给你吹个风，你今年就提副师，还在你们军区做情报部副部长，主抓特种作战。"何志军不敢相信自己的耳朵："这，这怎么就给我提了呢？"

"铁打的营盘流水的兵，到了该你提的时候自然会给你提。"副部长笑着说，"我先介绍一下你新来的副手。秘书，叫他进来。"

一个中校匆匆走入办公室，站在红地毯的中央敬礼："报告！"

副部长奇怪地笑着："你们认识一下。"

"小雷子！"何志军已经站起来张大嘴哈哈笑了，"怎么会是你呢？"

雷克明中校还是那么淡淡一笑："不是我能是谁？"

"太好了！太好了！"何志军抓住他的手转向副部长，"这个副大队长，我要了！我要了！"

副部长笑道："你们一起走吧，雷克明的任命，你们军区领导已经同意了。他在我们部门一线工作的时间太久了，也该换换地方了。"

"好好！"何志军笑着说，"我带你打兔子去！回去让你嫂子给你做红烧兔子！看你这个脸瘦的，走走走！——首长，我们走了啊！"副部长挥挥手："去吧！去吧！"

16

方子君从宿舍出来，张雷又在门口坐着。她不说话径直走，张雷在后面跟着。方子君说："我说过你不要再来了。"张雷还是那么调皮地笑着："这是军区总医院，我来也没人说不行。"方子君头也不回："我是不会答应你的。"张雷说："这是你的问题。我的问题是喜欢追你。"方子君冷冷地说："我不是小女孩，这没用的。"张雷嬉皮笑脸地说："那我不管！这是我的自由。"方子君快步走着："你不要影响我工作！"张雷说："你到办公楼跟前我就停下。你又不是不知道。"方子君无语了，低头快速走。她走到办公楼门口，看见一辆奥迪轿车慢慢停在楼门口。穿着少将制服的刘勇军和萧琴下来，走向大门。方子君眼前一晕，差点儿没倒下。张雷急忙过来扶住她："你怎么了？"

"放开！"方子君触电一样跳到一边去。萧琴冷冷看着。刘勇军也听到这声喊，转头看见张雷悻悻地站着，在看旁边的女医生。刘勇军脸上露出笑容："张雷！"

"首长！"张雷没法儿躲，只能跑步过来立正敬礼。刘勇军捶了他胸脯一下："我说过，我们会再见面的！小伙子怎么现在这么瘦？好像营养不良啊，怎么回事？来这儿看病？"

"我，我，啊。"张雷只好说是。

"这位是？"刘勇军看着方子君。方子君也没法儿躲了，只好过来敬礼："首长好！……阿姨好！"

"你们认识？"刘勇军看看萧琴又看看方子君。萧琴笑容可掬地说："她是芳芳的朋友。对吧，子君？"方子君面无表情地说："是。"萧琴问："我一直很关心你，你现在身体怎么样了？"

"还好……首长，阿姨，我去工作了！"方子君咬牙敬礼，转身跑进去。张雷不敢在刘勇军面前乱动，只好站着。萧琴笑着说："我们芳芳也认识他。他和芳芳是好朋友。"

"是吗？"刘勇军意外地说，"你说说这个世界有多小？你和芳芳是高中同学？"

"不是，我是从部队考上军校的。"

"哦，原来是哪个部队的？"刘勇军笑着问。张雷回答："空降军。"

刘勇军有点儿意外："你是伞兵？"

"是。"张雷说，"我家都是伞兵。"

刘勇军仔细打量他，脑子在想着："好！好！"张雷纳闷儿，好什么啊？刘勇军笑着说："我去检查了，你在外面等着！出来跟我走，去我家吃饭！"张雷更纳闷儿，吃什么饭啊？

刘勇军和萧琴走进楼道，刘勇军笑着说："我说呢，芳芳一直对军事都不关心，怎么突然这段时间缠着我要空降兵的资料看呢！还问我，她能不能去学跳伞，给我吓了一跳！原来就是因为这个小伙子啊？"萧琴笑着问："你觉得这个小伙子怎么样？"刘勇军满意地说："不错！大智大勇，日后必成大器！"

张雷还戳在车旁边傻站着，陈勇走过来："你跟这儿干吗呢？"张雷看看陈勇："等人。"陈勇笑笑，不解释要往里面走。方子君正好大步走出来，看着奥迪车发晕。陈勇和张雷都纳闷儿看着她。

"张雷，你不要再来找我了！这是我最后一次警告！"方子君大声说。众目睽睽之下，张雷很窘迫。陈勇小心地说："方大夫，这种私人问题你们还是找地方单独说吧。周围都是人。"

"就是因为有人我才这样说！"方子君流着眼泪断然说。张雷的脸都发白了："子君，我到底做错了什么？"方子君说："你没错，是我的错！"

"方大夫，你们俩的事儿我不好多嘴，不过这样吵不合适。"陈勇看看奥迪车，"这是首长车，让军区首长看见了不合适。"

"我就是要给她看见！"方子君大声说，已经泣不成声。

"方子君！"张雷大声说，"只要你不结婚，我是不会放弃的！"

方子君低下头抽泣，突然扬起头："是吗？"

"对，只要你不结婚，我永远不放弃！"张雷坚定地说。

方子君突然转向陈勇："陈勇，我问你！"

"到！"陈勇立正。

"你……"方子君头发晕，她坚强地站住了："你愿意娶我吗？"

第十五章

———★———

1

"你愿意娶我吗？"一个晴天霹雳就直接劈在张雷头顶。方子君泪眼盈盈地看着已经彻底傻掉的陈勇。陈勇半天才冒出来一句话："方大夫，你没喝酒吧？"

"我现在很清醒！"方子君流着眼泪声音很大，很多人都看这边，"陈勇，你愿意不愿意娶我——就一句话，如果你愿意，明天就去登记！"

"方子君！"张雷怒吼，"你知道你在说什么？！"

"我知道……"方子君闭上眼睛。张雷的脸都白了："你会后悔的！"

"那也是我一个人的事情！"方子君睁开眼睛，咬紧牙关说。

"方大夫，你现在不冷静。"陈勇沉默了半天说，"有什么事情都下去说吧。"

"不！"方子君看着他大声说，"我现在就要让所有的人都知道，也让她知道，我方子君——不喜欢张雷！不……喜欢他！我讨厌他，我恨他，我不愿意看见他！"

"这不是真的……"张雷的脸煞白，慢慢后退着看着自己心爱的女人。

"这是真的！"方子君斩钉截铁地说，"我们不合适……我喜欢陈勇，他和我一起上过战场……我们是一个时代的军人，而你……不合适……"

"这不是真的！"张雷高喊，眼泪已经流下来。方子君忍着眼泪，突然一下子抓住陈勇的手。陈勇浑身都哆嗦了一下："方大夫？！"

"这是真的！"方子君一字一句地说。

"不！不！"张雷大叫着退后，转身就跑。方子君头晕目眩，晕倒了。

"方大夫！方大夫！"陈勇抱住她高叫着，"医生！医生！救人啊！"

方子君眼前一黑，彻底失去了知觉。

2

"告诉我，这不是真的……"张雷喃喃地说。刘晓飞抱住他："张雷！你别这样！"

"这不是真的！"张雷怒吼着用脑袋去撞击攀登楼的墙，额头上再次流血。几个同学急忙冲上来抱住他，直接就按在地上。张雷怒吼着，但是不能乱动，他的两只手抓住地面抓着尘土，都抓出了血："这不是真的——啊——"

"这怎么回事？"队长跑过来，"让别的队看笑话是不是？"

"他女朋友要嫁给别人了。"一个同学低声说。队长也一愣："军区总医院的那个？"那个同学回答说："对。"队长寻思着，觉得不可思议："不可能啊！那姑娘我见过啊，挺好的啊！"同学低声说："这不发生了吗？他一回来就撞墙，谁也拦不住。"队长蹲下，看着被按在地上挣扎的张雷："张雷？张雷，你听见没有？"张雷看着他，表情依旧扭曲着。

"你不配做个军人。"队长说完，起身就走。大家都诧异地看队长，队长走了几步回头："都放开，让他撞！撞死也别拦着他！"大家看着队长，慢慢松手了，都保持警觉，随时准备扑上去抱住他。队长站在原地冷冷看着张雷站起来，张雷的常服已经掉了好几个扣子，额头在流血。队长冷冷地说："把你的领花和肩章都给我摘下来！"

张雷不动。队长突然怒吼："刘晓飞！动手！"刘晓飞着急地喊："队长！"

"动手！"队长再次怒喊，刘晓飞无奈，只好转向张雷，手伸向他的领花。张雷一巴掌就打开他。队长问："为什么不让摘？"张雷红着眼睛："我是军人！"

"在编制上你是现役军人，但是你不配穿这个军装！"队长不屑地说。张雷呼吸急促地看着队长。队长冷冷地说："军人是什么？军人是战争的宠儿！是在死神面前不会皱眉头眨眼睛的硬汉！你是吗？"

"我不怕死！"张雷高喊。队长不屑地笑："对，你是不怕死。但是你怕活着。"

张雷看着队长。队长看着他说："活着，比死更艰难！人生的路很漫长，你有勇气在战争时期去死，有胆量在和平年代活着吗？"

"我有！"张雷怒吼。队长的声音很平淡："那就活给我看。不要以为你张雷是伞兵就有多了不起，就不该遇到挫折——这个院子里面都是军人，有过比你更曲折经历的多得是。你别丢军人的人了，先摘下领花和肩章再去撞墙。"队长转身就走，张雷看着队长的背影急促呼吸着。刘晓飞小心地给他拂去身上的灰尘，系好风纪扣，整理他的常服。

"我是军人。"张雷看着刘晓飞和同学们说。同学们连声说："对对，你当然是。"

"把帽子给我。"张雷说。刘晓飞把地上的军帽捡起来，拂去灰尘交给张雷。张雷戴上军帽，深呼吸："我是军人，是战争的宠儿！"

大家看他。张雷的脸上平静下来："我是硬汉。"他推开同学们，慢慢地走着。同学们看着他的背影，都无言。

"这都怎么搞得啊？"刘晓飞自语。张雷突然站住，回头面对同学们高喊："我有勇气在战争时期去死，就有胆量在和平年代活下来！"

3

陈勇默默地看着躺在病床上的方子君。方子君慢慢睁开眼睛，已经没有眼泪，眼中无光。陈勇戴上军帽："我去把他叫回来。"

"陈勇！"方子君说，"你不要叫他，不要……"

陈勇慢慢转身："你一直在叫他的名字……"方子君无力地闭上眼睛。陈勇站在她的床前："告诉我发生了什么？"

"你帮不了我的。"

"我会不惜一切代价。"陈勇说，"哪怕是我的生命！"

方子君苦涩地笑："谢谢你，陈勇。可是你真的帮不了我的……"

"我能为你做什么？"陈勇问。方子君长叹："我没有退路了……"

"那不是你的真心话。"陈勇看着她说，"我不会趁火打劫的——我陈勇在战场上是一刀一枪杀出来的英雄，在你的面前我也不会是个卑鄙小人！"

方子君感激地说："陈勇！"

"我喜欢你，也尊重你。"陈勇恳切地说，"如果你需要，我可以为你做一切事情！——告诉我，我可以为你做什么？"

"我必须和他分手。"方子君平静地说。陈勇问："为什么？"

"我不能告诉你。"

"那我不问，你说怎么做？"

"他不会死心的。"方子君说，"我需要让他彻底死心！"

"你说。"陈勇看着她。方子君问："你愿意和我结婚吗？"

"我没想过这个问题。"

"愿意，还是不愿意？"

陈勇沉默半天："……你知道答案。"

"我跟你结婚。"方子君苦涩地说。

"你爱他。"

"是的，我爱他，但是我不能爱。"方子君说。陈勇低头，又抬起头来："如果你需要，我可以这样充当这个角色。但是，我会先写好一份离婚协议交给你。"

方子君看着他。陈勇说："你随时可以签字。而且，我也不会碰你——我陈勇是个粗人，也没文化，但是有一点我很清楚：感情的事情不能勉强。我不问你为什么，也不会去问你这样做的真正目的。只要你方子君交代的事情，无论对错，我没有不办的。这个任务我会完成，你保重！"

陈勇退后一步，啪地立正敬礼。方子君问："你为什么会这样？"

陈勇站在门口，手放在门把手上没有回头："因为，我爱你。"

方子君感激地看着他拉开门出去，委屈地哭了。

4

雷克明和何志军走在大院里正说着话，耿辉匆匆从后面走上来："你们二位很悠闲啊？"

"怎么了？"何志军问。

"出事了。"耿辉无奈地说，"我们上报军区直工部的士兵提干推荐名单被打回来了。"

"怎么回事？"何志军纳闷儿。耿辉说："直工部卡了硬指标，不是高中毕业的不行。我们推荐的士兵有两个是初中毕业，还有一个是小学文化。"

"你怎么那么糊涂呢？小学文化你推荐他干什么？那不明摆着让军区将我们吗？"何志军问。耿辉说："是乌云。当时我也糊涂，不想伤害他。"

"这不是更大的伤害吗？战士都做好提干的准备了，可能都给家里写信打了电话，亲朋好友都知道了——现在倒好，他怎么跟亲朋好友交代？在咱们部队还好说，他们都是老兵，没人敢随便说个不字。"何志军来回踱步说，耿辉说："现在也没别的办法了。直工部同意对那两个初中毕业的战士进行文化基础和军事技能考试，如果可以达到基层干部的标准可以考虑——乌云，他们根本不考虑。"

"我记得他。我来和他谈吧。"雷克明说。何志军说："你刚刚到大队，对这些工作还不熟悉。这种恶人还不能你去当。"雷克明说："就因为不熟悉，我才更合适。你们熟悉反而不好说话。"何志军点点头："那好吧。注意方式方法，乌云是个很憨厚耿直的战士。"

"特种部队对基层指挥员的要求，他也确实不能胜任。他虽然能吃苦，但是不具备外语和基本文化基础，没有培养的前途。"雷克明看着乌云的材料说。何志军背着手看着训练场上的战士们感叹："感情用事，往往才会真正伤害了感情啊。"耿辉苦笑："如果我坚决点儿，就不会有这个事情了。我要在常委会上作检讨。"

"我去了。"雷克明看完材料心里有底了，走了。何志军看着他的背影："新官上任三把火，这第一把他就要烧到战士的头上了。老雷是有心在大队树立自己一贯的冷面杀手形象啊——那我们空下一个名额，军区怎么说？"

"点名要林锐。"耿辉说，"我还挨了批评，说这样的战士如果不能提干是我们工作的失职。"何志军苦笑："不是你的，争也没用；是你的，怎么让都是你的。"

5

"来来来，抽烟！抽烟！"大家坐在训练场上休息，大汉淋漓的乌云笑呵呵地给班里弟兄散烟。林锐拿过来烟一看是石林，大惊："我操！你日子不过了？"田小牛嘿嘿笑着点着烟："咳，这算啥！等咱们乌云排长走马上任，那就是国家的人了，拿工资了！一个月1000多呢，到时候抽石林都是赖的！"大家哄笑。乌云乐得合不上嘴："等我命令下来，我请大家抽红塔山！"林锐笑着骂他："烧包吧你就！照你这么发烟，你就当了团长工资也不够你造的！"

董强看看乌云，再看看林锐，无奈地叹息。眼光敏锐的林锐看着他："怎么了？"董强提起枪走到林锐面前蹲下："班长，要我说实话吗？"林锐不动声色："说。"董强看着林锐说："我恨你。"林锐还是不动声色："为什么？"董强苦笑着说："你让我们全体在战场上进入险境。他是出色的特战队员，但是不具备指挥才能，我不愿意跟着这样没脑子的排长上战场。"林锐牙齿里面挤出两个字："浑蛋。"

"班长，你让我说实话的。"董强说完起身走了。林锐叫住他："你给我回来！听着，这个话不许对任何人说！军人以服从命令为天职！乌云以后是我们的排长，就是绝对直接领导，不许你在下面乱说！你给我记住了！"

"是。"董强闷闷不乐地说。林锐说："我跟你们一起上战场，记住这个！走吧。"

乌云已经站在圈子中间，开始忘情唱歌："从草原来到天安门广场……"歌声当中，雷克明的身影出现在训练场上。林锐第一个看见他："起立！"大家赶紧起立，乌云也急忙站到队伍里去。雷克明目不斜视，快步走过来，光学镜片后面的眼睛锐利而充满寒意，似是天然而生。林锐跑步到他面前立正敬礼："报告副大队长同志！特战一营一排正在组织室内近战训练，请指示！一排代理排长林锐！"

雷克明还礼："稍息吧。""是！"林锐敬礼转身跑步到队列前面："稍息！"接着跑步入列。

"同志们！"雷克明站在队列前面，"请稍息！我今天看了你们的训练，速度不够快！你们的手下、脚底下都是软绵绵的，根本就看不见力度！你们是在玩游戏？这是在准备打仗！你们的面前就是敌人，就要往死里打！心慈手软就是害了自己也害了战友，明白了吗？"

"明白！"战士们齐声怒吼。"继续训练！"雷克明说。林锐出列组织："一排继续训练！各个小组立即到位！"战士们迅速动着。

"乌云，林锐，你们过来一下。"雷克明一招手。乌云和林锐看看他，纳闷儿地走过去。他们身后，空包弹已经噼啪开始响，战士们按照战斗编组鱼贯进入汽车轮胎搭建的室内近战训练场。雷克明看着乌云淡淡地问："乌云，军队是什么？"

"是钢铁集体。"乌云纳闷儿地问，"副大队长，您问这个干什么？"

"钢铁集体就是由钢铁的纪律凝结成的，我们每个人都是这个战争机器上的一个螺丝钉。"雷克明说，"我们都是为了这部战争机器运转通畅，都有各自的职责，缺一不可。"乌云看着雷克明。雷克明脸上没有什么表情，说："我是想告诉你——由于你的学历不够，你的提干推荐，被军区驳回了。"

乌云犹如被雷劈了，木然了。林锐也睁大了眼睛。"军区直工部点名要林锐，很遗憾。"雷克明的声音永远是不高不低、不紧不慢，"你是老兵，不需要我多说什么。军队有军队的硬性规定，这些我们谁都没有办法。"乌云的脑袋嗡嗡响，什么都听不见了。雷克明继续说："我批你半天假，可以休息一下。站直了，你是经过战斗考验的老兵，别让新兵同志看笑话。失败没什么丢人的，被失败击倒才丢人。把枪交给林锐，去吧。"雷克明转身走了。

乌云张大嘴，耳朵还在嗡嗡响。林锐看着乌云："乌云？"乌云的脸上没有表情，喃喃地说："我已给我妈写信了……"林锐低下头："我去找大队长和政委！"乌云一把拉住他："你还觉得我不够丢人吗？"

"乌云，你别这么说！"林锐看着他。乌云木然地说："我为了提干，什么都豁出去了。也包括你，我的兄弟……"

"我没什么！我今年就考军校了！"林锐着急地说。乌云惨淡地一笑："我没脸见人了。"

"胡说！我看他们谁敢说你！"林锐严厉地说。乌云把枪交给他："我回宿舍休息。"

乌云独自在训练场走，脚步跌跌撞撞。林锐高喊："田小牛！"

"到！"田小牛从里面抱着步枪出来，"班长啥事儿？"

"把枪给我，你跟着乌云班长！"林锐高喊。田小牛急忙摘枪："是！班长，怎么了？"

"少废话，一步也不许离开！"林锐命令。

"那他上厕所呢？"

"你给他拿纸在边上站着！"林锐厉声说，"去！"

"是——"田小牛拉长声音敬礼，转身就跑去追乌云。乌云跌跌撞撞走着，忽笑忽哭，田小牛去扶他："乌云班长你咋地了？"乌云推开他，笑声和哭声都很凄惨。战士们都从训练设施出来看着，目瞪口呆。林锐心如刀绞。乌云高声唱起了一首蒙语歌曲，苍凉的旋律、嘶哑的歌声在训练场上空回荡。

6

"我说你是不是真的脑子坏了？"何小雨瞪大眼睛看着方子君。

"你别管，这是我的事！"方子君大步走着。何小雨一把拽住她："姐姐，我是你妹妹！张雷是我兄弟，你得跟我说清楚！"

"这本来就说不清楚……"方子君掰开她的手，说，"你回去吧！"

"方子君！我怎么就没想到你是这种人！"何小雨站在后面厉声问。

"我，就是这种人！"方子君不回头，咬牙说。何小雨急哭了："我不相信！"

"你已经看见了。"方子君走了。

"老天爷，你瞎眼了啊？！"何小雨气得跳脚，"你赶紧看看这都是什么事儿啊？！"

方子君流着眼泪大步走着。后面，何小雨高声喊："方子君！你如果不回心转意，我就不认你这个姐姐！"方子君站住了一下，感到头晕。何小雨看见了希望，哭着说："姐姐！你不要这样要我了好不好？"方子君大步走了："不是我要你，是命要我。"

走到宿舍跟前，方子君看见了一辆银白色的奥迪轿车。林秋叶下来看着她，方子君笑笑，却流下眼泪。林秋叶关切地问："大闺女，到底怎么了？"方子君扑上去抱住林秋叶委屈地哭了："妈——"林秋叶拉她进来："车里说，这里人多。晓敏，你先下去吧。"

车门关上以后，林秋叶拉着她的手问："你怎么突然要结婚了？"

"妈，你别问了……"方子君哭着趴在她肩膀上，"你就是我的亲妈，何叔叔就是我的亲爸爸……"

"我们当然是。"林秋叶耐心地看着她。方子君问她："我是不是好女儿？"

"是。"林秋叶点头。方子君埋头在林秋叶怀里："我会孝顺你们的……"

林秋叶抚摩着她抽泣抖动的后背："大闺女，到底怎么了？"

"妈，我没事，你抱我一会儿就好了……"方子君喃喃地说。何小雨跑过来，在车前速度慢了。林秋叶问："你喜欢陈勇吗？"

"妈，你不要再问了。"方子君甜甜地闭着眼睛笑着，"你抱我一会儿就好……"何小雨看着方子君偎依在母亲的怀里，鼻子一酸。林秋叶招手，何小雨上车在另外一边抱住方子君："姐姐，我不该那么说你……"

"我很幸福，真的。"方子君闭着眼甜甜笑着，"我有妈妈，有妹妹，还有爸爸……有你们，我足够了……"林秋叶很纳闷儿，看着方子君："到底怎么了？"

"别问了，妈。让我睡一会儿。"方子君闭着眼说。林秋叶拿出大砖头手机交给外面的晓敏："关上，一个小时以内我什么电话都不接。"

方子君偎依在母亲的怀里，妹妹抱着她，甜甜地睡去了。她觉得，这是她最安全的角落。张雷的爱情热烈，却带有意料不到的危险——只有亲情，是最安全的。

7

"大队长，政委，副大队长。"陈勇进了作战指挥室的门敬礼。

"陈勇，有事儿吗？"何志军从地图前面抬起头。

"这是我的结婚报告。"陈勇双手递过去。耿辉喜出望外："你要结婚？！"

"哟！想不到我们的少林和尚是这帮小兔崽子第一个要结婚的啊，哈哈哈……"何志军高兴地搓手，拿起杯子喝水，"我不看了，批准！老耿签字。"

耿辉拿过结婚报告只看了一眼就吓了一跳。何志军喝着水问："哪家姑娘啊？"

"方子君。"陈勇回答。噗——何志军吐了一地图。

雷克明想想："是不是老方的女儿？当时在前线跟伞兵谈对象的丫头？"

"对。"耿辉说，"就是她。"

"这是好事儿啊！"雷克明脸上浮现出难得的笑意，"烈士的遗孤和我们的战斗英雄结婚，这个证婚人你们都别跟我抢啊！我当定了。"

何志军擦擦嘴，看着陈勇："妈拉个巴子的，你没吓死我！又废了我一张地图。"

陈勇敬礼："大队长。"

"好小子啊！"何志军搓着手走到陈勇面前，"果然是孤胆英雄啊！这个敌后隐蔽行动搞得不错啊，居然我也没看出来半点儿兆头？都从我的后院下手了？怎么我的后院就那么吸引你们这帮臭小子吗？"

耿辉对雷克明说："方子君是何志军的养女。"雷克明惊讶地说："老何，这就是你的女婿啊！怎么好事都让你赶上了？你不还有个丫头吗，我给我儿子预定上！"

"已经被人包围了，正在围点打援。你那儿子，跟生猛海鲜似的，还是算了。"何志军苦笑。雷克明哈哈大笑："什么时候结婚？"

"八一。"

"好！"何志军点头苦笑，"八一结婚好！军人结婚就要在八一，以后再生个小兵！记住——不能要闺女，操不完的心！还得整天惦记是不是被人给摸到后院了。这个丫头，怎么这么大的事儿也不跟我说呢？我要知道是你，能不同意？"

"我们也是刚刚决定的。"陈勇说。"这一转眼闺女都结婚了哦。"何志军感叹，"拿过来，我签字。"耿辉把结婚报告递给他，何志军看着结婚报告，"你现在已经是副营干部，应该成家了。好好疼子君，她吃过的苦太多了。别看你武功高，你敢动子君一个手指头，我把你的皮给扒了！——我等着抱外孙子！"何志军签字。

"这八一马上就到了啊？我马上让政治部安排。"耿辉拿起电话，"家属院也得给陈勇调个单居。对了，老何、老雷，我们得赶紧跟地方幼儿园和教育系统搞好关系了。这眼看干部们都一天天大了，这些问题也都很快要触及到了。"

"兔崽子们都长大成人了！"何志军笑着说，"我们大队马上就有自己的下一代了，多快啊！"

"我去政治部了，你们先聊。"耿辉笑着出去了，何志军追着喊："军区的那帮记者爷爷也给我叫来啊，这是在总部都挂号的战斗英雄！"

"忘不了，军报的我都给你叫来！"耿辉头也不回地乐呵呵说。何志军呵斥陈勇："你个新郎官还跟这儿戳着干吗？我给你准婚假，去我家报到！先跟我老婆汇报汇报，过她那关！"

"是！"陈勇敬礼，转身出去。何志军笑着回味："美女配英雄啊！好！"

"别臭美了，你的闺女还不知道多黑呢！"雷克明换掉桌子上湿透的地图，重新铺了一张。何志军急了："哎——你这怎么说话呢！我的仨闺女，一个比一个漂亮！"

8

"全体都有——向右看齐！"穿着少尉军官常服的林锐厉声下着口令。"向前看！"——队伍唰地抬头向前。林锐跑步过去："副营长同志！特战一营全体官兵集合完毕，请指示！值班员一排排长林锐！"

"稍息。"陈勇还礼，走上前去。"同志们！"唰——战士们立正。"今天开始我休婚假。"战士们一傻，然后开始嗷嗷叫。"营长！我们要吃你的喜糖！""祝贺营长！"……陈勇脸上没有笑容，大家的欢呼逐渐沉静下来，诧异地看着他。陈勇说："现在营干部少，我不在的时候，林锐要带好部队。解散！"大家诧异地看着陈勇转身走了。队伍逐渐散开。林锐看看陈勇的背影，也没想明白。乌云默默地摘下自己的帽子："一班，带回做值日。"

林锐转向乌云："乌云！""到！"乌云戴好帽子转身立正。林锐笑着说："我和你说会儿话。"

"是，排长！"乌云跑步过来敬礼。林锐苦笑："我说你那么正规干什么？我是谁，有几两猫尿，你还不知道？你干吗啊，成心损我是不是？"

"排长，你还有事儿吗？我要带一班去做值日。"乌云还是站得很直。

"乌云！"林锐看着他，"你干吗啊？我是林锐啊！"

"是，你是一排少尉排长林锐。"乌云说。林锐看着他："我们是兄弟，你为什么要这样？"

"我不配和你做兄弟！"乌云斩钉截铁。林锐深呼吸："你不许这么说！"

"这是事实！"

"你不许这么说！"

"是。"乌云声音低下来，"我服从命令。"

林锐哭笑不得："老乌！你是蒙古汉子，蒙古汉子的心胸比草原还广阔！"乌云的声音很低沉："我也不配做个蒙古汉子……"林锐命令："你跟我走！"乌云在后面跟着。林锐带着他进了澡堂子，里面空无一人。林锐带着乌云进来："脱。"

"排长？"

"脱！"林锐怒吼。乌云不说话，开始脱衣服。林锐看着他一件一件脱下来，一身的伤疤显露出来。林锐也开始脱衣服，也是满身伤疤，不过比乌云好得多。林锐指着自己的右肩膀："这是狙击步枪的弹洞。是你给我拖回去的。"

"是。"乌云说。

"这是刀砍的，在那一瞬间是你给了那个家伙一枪，所以没砍到我的动脉。"林锐指着脖子上的刀疤含着眼泪说。乌云低下头："是。"

"这是野外生存的时候毒蛇咬的，你给我吸出了毒液，让我可以活下来！你的嘴都肿了，连水都喝不了！"林锐眼泪汪汪举起自己的胳膊。乌云再也受不了，蹲在地上哇哇哭了。林锐怒吼："我们一起走过的艰难岁月，你难道都忘了吗？！"

"我没忘，我没忘……"乌云大哭着，"林锐，我都没忘！我记得谁都清楚！这些天来我一夜一夜睡不着，想的就是我们在一起的那些事儿！我对不起你啊，林锐！我背叛了我们之间的兄弟情义，我知道你心软，就对你下硬刀子！我不是蒙古汉子，不是军人，我不是男人，不是人啊！我被魔鬼迷住了心啊！"

"你给我站起来！"林锐怒吼。乌云哭着站起来。林锐吼道："你是蒙古汉子！你是军人！你是男人！你是我最过命的兄弟！你给我站直了！站直了！"

乌云站直了，但还在抽泣着。林锐一把拿起地上的凉水管，打开水龙头，凉水一下子喷出来。他拿着水龙头直接就对准乌云，强大的水流击打在乌云的脸上、身上。林锐高喊着："你是乌云！你是蒙古汉子乌云！你是特种兵乌云！你是我最好的兄弟乌云！你给我醒醒！醒醒！"

乌云在冰凉的水流冲击下哇哇大哭。林锐高喊："我们生在一起，死在一起！"压抑的乌云在水流冲击下高叫出来："啊——"

"你身上的伤疤就是我心里的——"林锐高喊着冲击乌云的伤疤。

"林锐！"乌云突然高喊。林锐低下水龙头。

"我还能和你做兄弟吗？"乌云看着他问。林锐的嘴唇翕动着："生死兄弟。"

"林锐！"乌云大哭着跪下了。林锐开始穿衣服："我在外面等你，我希望走出来的是我的兄弟乌云！而不是一个唯唯诺诺的胆小鬼！"

林锐穿上三接头皮鞋大步出去了。乌云跪在澡堂哇哇大哭。

9

纤细白皙的手拿起口红旋转出来。美丽的嘴唇翕动着，口红画出了漂亮的唇线。眉笔拿在手里，在细致地描着眉毛。外面的军乐声隐约传来。方子君看着镜子里自己美丽的脸，放下了眉笔。何小雨穿着军装戴着伴娘的胸花进来问："子君姐，你好了吗？大家都在等你。"

方子君点头，起身穿上崭新的军装上衣。"真漂亮。"何小雨感叹，"果然都说得没错——新娘是最美丽的。"方子君挤出笑容："走吧。"

大厅里已经是一片热闹，穿着军装和没穿军装的嘉宾都在互相打着招呼。何志军和林秋叶一个军装一个便装笑容满面，在迎来送往。最显眼的是还有一个小交响乐队，雷克明穿着燕尾服做指挥。《解放军进行曲》在他的激情指挥下响彻整个礼堂，雷克明指挥得很陶醉，不多的头发上还喷着发胶，因此头发随着他的指挥甩来甩去。抱着酒壶站在边上的董强对田小牛说："听说了吗？咱们新来的副大队长是音乐学院毕业的，学指挥的。"

"不可能吧？"田小牛疑惑地眨巴眨巴眼，"那咋当了特种兵了呢？"

"我原来也怀疑，不过看他这两把指挥的刷子，半路出家根本不可能。"董强看着雷克明的动作，"据说他当时是文艺兵，在前线体验生活，后来跟他住一起的老班长牺牲了，尸首都没抢回来。他就拿起冲锋枪当侦察兵了，后来就当了指挥员。"

"乖乖，特种部队真的是什么人都有啊！"田小牛感叹。

雷克明看新娘出来，敲敲面前的谱子，举起手。他的指挥棒一挥，《结婚进行曲》就响起来。陈勇戴着新郎的胸花，旁边的伴郎是林锐，慢慢地走上前。耿辉是主婚人，他笑着面对着走上来的新人。雷克明的指挥棒落下，音乐结束了最后一个音节。

"今天，是我们A军区狼牙特种大队一个大喜的日子！"耿辉笑着高声说，"我们的战斗英雄、特战一营副营长陈勇中尉，和战场救护队的老兵、军区总医院的正连文职干部方子君同志，喜结良缘！"

雷克明一挥指挥棒，鼓手敲了一阵密集的鼓。官兵们嗷嗷叫。耿辉高声说："他们相识在战场，相爱在和平，相知在我们特种大队！让我们举起手中杯，祝福他们白头偕老！"

大家举起手中杯，不过特种大队的官兵都是雪碧。方子君脸上没有什么表情，白皙的脸平静如水。陈勇看着她，黝黑的脸一样平静如水。耿辉高喊："干！"雷克明举起指挥棒，《喜洋洋》音乐起。

"新郎新娘，喝交杯酒！"耿辉高喊。陈勇和方子君面对面站着，陈勇手里的杯子是饮料，方子君手里是白酒。陈勇低声说："不管怎么样，我陈勇今天很高兴。能和你有这么一回，我知足了！"方子君不说话。摄影记者们都举起了照相机在准备。方子君举起酒杯，陈勇也举起来，两个人的手臂挽在了一起，交叉过来。方子君闭上眼睛，喝下这杯酒，眼泪顺着眼角流出来。陈勇无语，喝下饮料。闪光灯亮成一片。

奥迪轿车停在礼堂门口，刘勇军、萧琴和刘芳芳下车快速走进来。官兵们都起立，何志军和耿辉都迎上去敬礼。雷克明也赶紧放下指挥棒，走过去。何志军高喊一声："敬礼——"所有军人都敬礼。"来晚了！来晚了！"刘勇军哈哈笑着，"我那会啊没完没了，这不一散会就赶紧过来了！祝贺！祝贺啊！"

"首长。"陈勇敬礼。刘勇军捶他一拳："好小子！媳妇很漂亮，我们好像见过？"

"是。"方子君淡淡地说。

"军区总医院！"刘勇军拍拍自己额头，"哦，你就是方子君啊！你是芳芳的大姐，对吧？"

"对。"方子君点头。刘芳芳笑着递给她一束百合花："子君姐姐，这是我送你的。"

"谢谢。"方子君道谢。

"方大夫，你果然是个美人。祝贺。"萧琴笑着说。方子君看着她，很平静："谢谢。"

"请首长讲话吧。"耿辉笑着说。刘勇军大步走上台子："好好！同志们！我说两句！"唰——都立正。"别那么拘束，都放松！"刘勇军笑呵呵挥手，"虽然你们是我的部下，但是今天是陈勇结婚的喜日子，我是来蹭喜酒喝的！"官兵们哄笑。

"特种大队从无到有，到今天发展壮大，我们的青年干部已经组织了自己的家庭，这是可喜可贺的大好局面！"刘勇军大声说，"我们扎根山沟，建设山沟，现在又成家在山沟！同志们，作为老兵我要说一句话，就一句——军人不仅要无私奉献，还要学会去幸福的生活！人生的道路很漫长，祝福我们的新人幸福地生活在一起，在我们的绿色军营一起走向美好的明天！"官兵们都鼓掌。"好了好了，不多说了。"刘勇军笑着挥挥手，"说多了就喧宾夺主了！我还有一个会，喝杯酒就走！"他下台，田小牛急忙把酒杯递过来。

"参谋长，您派女儿来特种大队卧底，这一手可够狠的。"耿辉笑着说。

"什么卧底啊，就是来你们这儿锻炼的！"刘勇军摆摆手，"你们放心，我刘勇军是带兵出身，不会给你们搞阴谋诡计那一套！我女儿说了也不算，再说她提到关于你们的都是好话！这不还当了你何志军的三闺女了吗？我闺女的大姐结婚，我能不来吗？"

何志军笑："首长归首长，这闺女可是我的！"大家哈哈笑。

"我跟新人喝杯酒，你们别缠着我谈工作，今天我不听。"刘勇军笑笑说，"新郎、新娘，我今天还有重要会议，所以不能跟你们喝尽兴。我把老婆和女儿留下陪你们喝好！改天我单独请你们！"

"首长忙，谢谢首长。"陈勇说。方子君点头道谢："谢谢首长。"

"祝贺你们！"刘勇军和他们碰杯，"我干了！"

"我们老刘现在轻易是不喝酒的，他身体现在一直不是很好。"萧琴笑着对方子君说，"这次是专程从军区会议间隙赶来专门喝这杯喜酒的！"

方子君不说话，陈勇道谢："谢谢首长。"

"胡说八道！"刘勇军笑着说，"我身体好得很！"

"子君姐姐，陈哥哥，祝福你们。"刘芳芳拿着酒杯过来。

"芳芳。"方子君看着她。

"姐姐？"

"记住我的话。"方子君和她碰杯。刘芳芳一愣。

"首长，我喝！"方子君端起酒杯一饮而尽。

"好！痛快，是特种兵的老婆！"刘勇军哈哈大笑也一饮而尽，放下酒杯，"我走了，老婆和闺女留着陪你们！慢慢喝！"

"敬礼——"官兵们举手敬礼。刘勇军右手放在帽檐上，大步走出去上车走了。萧琴刚刚想说什么，发现方子君的脸色变了，注视着门口。她转过去，脸色也变了。

10

"记住，你是天杀的伞兵！"刘晓飞低声说。张雷不说话，慢慢往里走。他瘦了，整个人瘦了一圈。他们的身后，是两纵队捧着满怀百合花的军校生。绿色的军装，红色的肩章，橘色的校徽，白色的百合花。他们都是军容齐整，黑色的皮鞋擦得锃亮，脚步一致。20多名军校生捧着白色百合花鱼贯而入。

张雷捧着一把裹着红色绸带的65伞兵刀，刘晓飞捧着一个花篮，慢慢走到新人面前。所有人都安静下来，看着这群军校生。张雷走到陈勇面前站住，双手递给他伞兵刀："宝刀赠勇士——虽然这不是什么宝刀，却是我哥哥留下的。"陈勇庄重地接过伞兵刀，抽出来，上面刻着一个小小的飞鹰。

"希望你，像这把刀的主人一样爱她！"张雷低声却是坚定地说。陈勇看着他："我会。"张雷点点头，他转向接过花篮还发着呆的方子君，挤出笑容："祝贺你。"方子君强撑着。

"他是军人，我也是。"张雷一字一句地说，退后一步，举起右手敬礼。陈勇还礼。刘芳芳看着他们，不知道这到底是怎么回事。何志军笑着招呼他们："来来来，喝一杯！这帮小子还挺能整啊！都别走，都留下喝酒！"

"大队长，我们不能留下喝酒了。我们是请假出来的，队长让我们必须限时回去，我们告辞了。"刘晓飞说。军校生们把百合花篮放在自己身旁，摆出了一条百合花的通道。他们无声向后转，慢慢向后走。两队绿色军装、红色肩章、黑色皮鞋的军校生走过那条百合花的通道。方子君看着张雷的背影，嘴唇在翕动着。张雷坚定地走着。方子君一直注视着，一直到他们的背影彻底消失。她闭上眼睛，眼泪无声地流出。萧琴低下头，但是看见女儿，她又抬起来了。方子君睁开眼睛，挤出笑容，颤抖着声音说："我，今天很高兴……来了这么多朋友……我身体不太舒服，我先去休息了，好吗……"

耿辉赶紧说："好好，去吧，你献血以后身体一直比较弱。"

方子君慢慢转身，何小雨不敢说话陪着她走。走了几步，方子君就晕倒了。

11

方子君躺在里屋的床上昏昏沉沉，何小雨关上门出来，陈勇坐在那儿抽烟。何小雨说："我说，你就别抽了。新婚之夜，你要照顾好子君姐姐。她吃的苦太多了，身体也不好，你自己看着办吧。我走了。"

陈勇点点头，掐灭烟。方子君昏昏沉沉，意识当中知道门开了。陈勇站在床前看着方子君，月光下她的脸洁白如玉。方子君抓着被子不敢动。陈勇没说话，转身轻轻出去了。他从柜子里拿出一床军被，在沙发上躺下，看着墙上的双喜大红字，苦笑了一下，关上沙发旁的台灯。方子君躺在屋里，听着外面鼾声响起来。她轻轻地开始抽泣，声音很低，不一会儿也沉沉睡去了……

凌厉的战斗警报是在凌晨响起的。特种大队的战斗警报分级别，除了各级战备以外，还有专门针对各个营分队的不同警报。这个是专门拉特战一营的。陈勇一下子翻身起来，一边脱身上的常服一边走到窗口，大院里已经一片忙乱，他一边换迷彩服一边拿起电话："特战一营？我陈勇，怎么回事？！"

"不知道，副大队长刚才来电话，我们要带实弹！"接电话的是林锐。

"好，我知道了！"陈勇放下电话，穿上军靴系好靴带。

方子君从里面出来，脸色发白："怎么了？"

"没事。"陈勇笑了笑，"可能是拉动，你睡觉吧。早饭我一会儿让文书给你送家来，下午你就回医院，参谋长正好去军区开会，你搭他的车走。""不会是打仗了吧？"方子君颤抖着声音问。"不会，现在是和平年代。"陈勇戴上作训帽，走到门口回头："存折在柜子里面我的军装底下压着，我在部队除了抽烟不怎么花钱，有两万多，密码是我们部队番号；还有一个白金戒指，本来打算在婚礼上给你戴上，不过我怕你不喜欢就藏起来了。都在一起，你需要的时候就拿出来。我走了！"

"陈勇！"方子君叫住他。陈勇在门口站住。方子君艰难地问："是不是要打仗？"

"我不知道。"陈勇说，"也可能是非战争行动。"

"你……注意安全。"

"我会的。别为我担心。"陈勇说，方子君说："一定要回来！"

陈勇心里一颤，立即觉得结婚真好！他转身："我发誓，我会回来！"方子君点点头："去吧！"陈勇敬礼，转身出门了，他的脚步声在楼道里响起来。方子君看着沙发上狼藉的被子和茶几上堆满了烟头的烟灰缸，腿一软靠着门边慢慢地滑下来。她已经经不起任何折腾了。

陈勇大步跑在忙乱的大院里，特战一营在林锐利索的口令声中已经集结完毕。战士们都全副武装，林锐把陈勇的钢盔、步枪、手枪扔给他。陈勇挎上，跑到队列前面："都到齐了没有？"

"齐了！"林锐说。

"走走！"陈勇一挥手，带着队伍跑了。在车场准备登车的时候，何志军和雷克明大步走了过来。何志军穿着常服，雷克明穿着迷彩服戴着钢盔，但是没有戴臂章和军衔。

"报告大队长同志！特战一营全员到齐，请指示！"陈勇敬礼。

"稍息。你说吧。"何志军说，雷克明敬礼，跑步到队列前面："放背囊！"唰——背囊都被摘下来，放在了身旁的地上。雷克明又喊："摘去军衔和臂章！"战士们摘去军衔和臂章，塞在兜儿里。雷克明看着大家说："这次是恶性涉枪暴力事件。省公安厅向我们求援，具体情况路上说。管好你们的嘴巴，一句话也不许多说！上车！陈勇，林锐，上我的车！"

战士们利索地登车。一辆吉普车开来，停在雷克明身边。雷克明转向何志军："大队长，还有什么要交代的？"何志军说："没什么了，你是老手。注意安全，去吧！"

雷克明、陈勇和林锐敬礼，上了那辆卸下车牌的吉普车。雷克明上车的瞬间，车顶的警报器凌厉地拉响。雷克明坐的吉普车打头，特战一营的吉普车和卡车都跟在后面。车队径直穿过大院，冲向大门。

方子君站在窗口看着，脸色发白。陈勇在看情况电传，雷克明坐在前面侧脸："和尚，昨天开荤了？"陈勇尴尬地笑笑，看电传。雷克明看他的窘迫样子，也笑笑。车队在山路上鸣响着警报器，风驰电掣。

12

化工厂已经是戒备森严，层层公安和武警部队将这里包围得水泄不通。附近的居民正在疏散，派出所民警和地方干部忙成一团。军区防化团早就赶到了，穿着防化服、没戴连体帽的战士们在外围席地而坐，听政工干部讲话："党和人民考验我们的时候到了！如果出现万一，我们要冲入险区将损失降低到最小程度！"消防队的战士站在消防车上拿着水龙头做准备，防化车在周围喷洒着白粉做预防，被武警战士拉着的狼狗撕扯着链子，哪个车过都要汪汪汪叫。特种大队的车队旋风一样在警车的开道下冲入警戒线。战士们都没有下车，卡车的篷布都拉着。雷克明和陈勇、林锐敏捷地跳下吉普车，在警察的引导下快步跑到几辆面包车围着的临时指挥部。没有更多的寒暄，市委书记和公安局长就简单交代了更准确的情报——4名劳改犯人抢劫了值班武警的两支81-1自动步枪和将近100发子弹，同时撬开了劳改农场矿山炸药库，得到了雷管和炸药。他们本来准备逃逸，结果被追击到了这里，事态反而更严重了。

"其中一名犯人一直表现很好，担任了排险安全员。"劳改农场的政委说，"他很熟悉炸药和雷管操作。"

"有没有人员伤亡？"雷克明问。

"我们农场武警中队一名战士牺牲，另外一名战士重伤，还在抢救中。"农场政委说，"还有就是进攻的时候，牺牲了一个武警战士，两名民警中弹，不过都不致命。"

"犯人有没有军事训练背景？"陈勇问。

"没有这方面的记录，不过有一个以前是偷猎的枪法很好。"

"知道了，照片给我们。"雷克明接过照片和地形图，"条件是什么？"

"提供直升机，放他们出境。"

"他们在什么位置？"林锐拿着望远镜在观察，"有确切情报吗？"

"不清楚。"

"我们得先侦察。"雷克明说，"林锐，你去安排一下。记住，不要进去！""明白。"林锐跑向自己的车队。雷克明淡淡地说："我们不能在化工厂里面开枪，让战士们准备白刃战。""是！"陈勇敬礼，转身跑回车队。

"收枪，文书留下看着。"陈勇回到车队说，"里面不能开枪，准备白刃战。"

步枪、手枪和匕首枪都被交上去了，战士们都拔出自己的匕首。陈勇卸下步枪和手枪，打开背包，取出跟随自己多年的飞刀绑在腰上，又抽出一把寒光闪闪的柳叶刀："我亲自带你们进去。"

"他们有枪吗？"交枪的时候田小牛问。陈勇说："有。"

"如果他们开枪呢？"田小牛问。

"躲，或者挨枪子。"陈勇甩下一句，走了。田小牛拿着匕首脸发白。

"特种兵，不是光拿来给你们村儿老民兵炫耀的。走吧，兄弟，下去待命。"董强拍拍他的钢盔。田小牛跟着董强下车，跟弟兄们坐在附近的地上。

"里面有炸药。"林锐对乌云说。乌云笑笑："交给我。"

"拿出你的手段。"林锐拍拍他的肩膀。田小牛手忙脚乱地在戴单兵防毒面具，乌云看着他笑了笑："你干啥？"田小牛说："这不是化工厂吗？我怕毒气泄漏。"乌云一指里面："你自己看看，有用吗？"田小牛一看，里面都是高耸的密封罐子，脸色更白了："妈妈呀！这，这得多少毒气啊？！"

"记住啊，不要紧张。"林锐拿着匕首蹲在大家面前，"有的有战斗经验，有的没有，新兵同志要跟着老兵，枪响不要乱。他们只有四个人，两条枪，子弹也是有限的，而且在化工厂他们自己也有忌讳。我们虽然没有武器，但是我们的优势是近战格斗技能好。只要让我们贴着身子了，就一下子给我直接攮死他！不要犹豫，不要怕见血！"大家仔细听着，新兵当然紧张。"匕首大家经常练，飞刀也有不少同志会。"林锐说，"你们就当作靶子，千万记住一点——这是战斗，不是你死就是我活！直接一下子就是要害，不然死的是你！明白吗？！"

"明白！"声音不齐。"明白吗？！"林锐怒吼。"明白！"声音高了。

"我也是从新兵过来的，我理解你们。"林锐说，"没有枪在手里就觉得胆子不壮，但是别忘了我们是特种兵！特种兵就是用毛巾也能杀人！你们都为自己是特种大队的兵自豪，现在就是来证明给所有人看，你们的自豪不是吹出来的是杀出来的！"大家都听着，信心足起来了。

"报告排长！"田小牛起立。林锐看着他："讲。"

"我要上厕所。"田小牛苦笑着说。林锐说："去。还有谁要上厕所，都去那边树丛里面解决。"几个新兵去了。林锐开始布置："现在打乱原来的编制，进行战斗编组。格斗技能好的同志做第一突击队，狙击手和机枪手40火手这些做第二突击队，爆破手做第三突击队，我们杀过去以后准备排爆。"林锐看看手表，"可能还有时间，大家的信都写了吧？"

"写了。"大家的声音都很低沉，参差不齐。"我要再写一封。"乌云举手。林锐说：

"你去吧，找文书要纸和信封，写好了封口给他。还有谁要写的一起去，半个小时时间。"几个战士跟乌云去了。

陈勇拿着柳叶刀站在雷克明身边。雷克明看着地图："这种白刃战，你肯定是要亲自带队了。我换便装和他们谈判，他们肯定是不会让我带人的。我带对讲机进去，会想办法给你们暗号。你要先找到枪手，干掉两个枪手以后就好办了。还有炸药，这个很麻烦。"

"威力有多大？"陈勇问。雷克明说："看装在哪儿了，我希望他们不懂行。如果安装到位，不光我们和站在这里的军警，还有那个城市——今后几十年都会是噩梦。"陈勇转向不远处的城市，高楼林立。

13

"同志们，别的我没什么多说的了。"陈勇看着站立在自己面前拿着匕首的战士们，"我们是特种兵，就是吃这碗饭的。这就是真正的战场，杀人或者被杀，没有别的选择。"战士都握紧手中的匕首。陈勇又说，"我带第一小组左翼，林锐带第二小组右翼。按照刚才的战斗梯队排开，准备出发。"陈勇带着 20 多个战士跑步过去了。

"生存，还是死亡，这是一个问题。"林锐看着面前的化工厂长出一口气，突然冷笑着冒出来一句英语。这是莎士比亚所写的戏剧《哈姆雷特》的经典台词，是他从徐睫送他的那本书上学会的。田小牛眨巴眼睛问："班长，你说啥？"

"我说——"林锐冷笑的脸色变成凝重，举起右手的匕首高喊："必胜！""必胜！"战士们举起右手的匕首，瞪大血红的眼睛高喊。林锐带着战士们排成战斗梯队，各个梯队相距 5 米，保持战斗队形，低姿穿越武警把守的警戒线。军警们都看着他们狰狞的脸从面前一擦而过，坐在远处的防化团战士们也站起来，看着他们矫捷的逐渐消失的背影。

穿着便装的雷克明盘腿坐在一个车间的值班室里，对面是一个光头囚徒。雷克明的双手被绑在后面，对讲机也放在面前的地上。两个人的谈判不是那么通畅，却也不是特别艰难，总之还是你一句我一句。雷克明的语气很平淡："我们这么谈是没用的。我只是个派来和你们谈条件的，不是来做决定的。你不让我和外面联系，你们的要求就无法转述，上级也就没办法研究你们的条件。"光头问："你是老手，专门吃谈判饭的？"

"算是吧，行行都得吃饭。"雷克明说着，他被绑在后面的手在转动着，勾住了自己的袖子。光头问："我要直升机，要你做人质，要 100 万现金，你们能做到吗？"

"你以为是美国电影？直升机是那么好叫的？就是要给你 100 万现金，得多少领导签字？这都需要时间。"雷克明苦笑着说。光头红着眼睛："没那么多时间，一个小时。不然我要这里都完蛋。""时间太紧，不可能做到。"雷克明淡淡地说，右手食指已经勾住一根金属丝拉出来，在背后细细切绳子，"5 个小时。""两个小时！"光头急促呼吸着，拿起对讲机按下通话键，"你告诉他们只有两个小时！"

陈勇带着战士们翻过围墙近乎无声落地，低姿跑过开阔地，靠在罐子后面。耳机响了："客人有话要说，我们有两个小时的时间准备现金和直升机，降落地点在第一车间外面的空地。四个客人都在……"陈勇挥挥手，战士们跟着他接近第一车间。陈勇已经看见那边搜过来的林锐，互相给了个手语。林锐点头，陈勇这边开始搭人梯上房顶。林锐挥挥手，他的人在四处散开。乌云站在林锐旁边，林锐看他一眼低声说："你怎么来了？去第三突击队去！"

"在你身边最安全。"乌云笑了一下。林锐苦笑，就没说话。乌云跟在他身侧，握紧手里的匕首。

"浑蛋！"光头一拳打在雷克明脸上，"你玩我？！你居然敢出卖我？！"他哗地拉开81自动步枪的枪栓对准雷克明的脑袋，"信不信我宰了你？！"雷克明躺倒在地上，手已经快解开了，他看都不看枪口："既然来了我就不怕死！"

"那我就成全你！"光头说着就要扣动扳机。雷克明右脚脚后跟在地上使劲一踢，皮鞋的鞋尖立刻弹出一把锋利的弹簧刀。他眼睛一下子射出寒光，直接就抬脚踹去。

"啊——"光头大腿被刺中，他惨叫一声倒地，自动步枪枪口就抬高了，只打了一发子弹。雷克明双手已经解放，他起身一转双腕，钢丝绳就勒住了光头的脖子。光头的眼睛越睁越大，舌头逐渐耷拉下来。雷克明狠狠地勒着，一直到他彻底完蛋。

"大哥……"一个家伙刚刚闻声跑进来，雷克明已经站起身飞身踹去。这一脚直接就踹在他的咽喉，落地的时候雷克明在空中变踹为顶膝，一下子落在他的咽喉上，清脆的一声咔吧。雷克明起身拍拍手，戴好眼镜好像什么都没发生一样。

房顶的枪手刚刚举起81步枪，陈勇的飞刀已经过去了。两把飞刀扎在他的胸口，他惨叫一声掉了下去。落在地上还要挣扎，田小牛直接就飞身上来一匕首刺他的后背："我日你奶奶——"田小牛红着眼睛拔出匕首又扎下去："我再日你奶奶——"还要日的时候，董强一把拉住他的手："行了行了，他已经死了！"

田小牛红着眼睛问他："我是不是特种兵？！"董强赶紧说："是是，你是特种兵！"

提着81步枪的雷克明从里面出来："两个完了。"林锐报告："外面一个。"

"还有一个。"雷克明的眼睛四处寻摸，他眼睛一亮："在那儿！"

一号车间门口的罐子顶部，一个穿着囚服的囚徒大声笑着："我操你们所有人大爷！"嗤——导火索点着了，他抱着炸药包哈哈大笑。陈勇将柳叶刀甩出去，刀刺穿他的胸膛，他的笑声戛然而止，掉了下来。炸药包落在毒气罐子旁边，导火索还在嗤嗤燃烧着。

"都给我闪开！"林锐高喊一声，大步跑上去抱起炸药包就往空地跑。乌云突然斜刺冲出来一下子撞到他，抢他手里的炸药包。林锐怒吼："你干什么？！"

"我是爆破手——"乌云高叫着一脚踢在他脸上，林锐眼前一黑，反应过来时，乌云已经抱起炸药包跑向空场。林锐起身就追："乌云——""啊——"乌云高喊着冲到空场上。

"乌云！"林锐一个前扑卧倒，"丢掉赶紧回来！"乌云转身看着他，眼睛血红高喊："林锐，我欠你的今天还你——"话没喊完，炸药包"轰"的一声爆炸了。

林锐睁大眼睛张大嘴，耳朵已经失聪。片片人体和衣服的碎片，落在他的身上和面前。空场上空空如也，除了血肉模糊的碎片，其他的，什么都没有。

14

林锐：

　　我的好兄弟，当你看到这封信的时候，我已经不能和你说话了。我多要的一个信封，就是为了给你写信。从新兵连开始，咱们就在一起。你就是那草原上刚刚出壳的雄鹰，而我则是刚刚出栏的牛犊。我敬佩你的勇气和你的聪明，我愿意和你在一起，那些艰难但是快乐的日子是我做梦都会珍惜的。

　　我乌云不会说话，不会办事，我对不起你。我很感谢你还拿我当兄弟。如果我欠你的，这辈子还不了，下辈子我乌云给你当牛做马也要还你。对了，替我转告咱们嫂子，我乌云也永远记得她的救命之恩。这辈子我欠的人太多了，只能下辈子慢慢还吧。

不配做你兄弟的乌云

　　火焰燃烧着。林锐看着这封信化成灰烬，缥缈的青烟飞上天空。

　　"乌云，你怎么那么傻啊……"林锐穿着陆军少尉常服跪在乌云的墓前，喃喃地说，眼泪无声地滑过他的脸颊。雷克明慢慢出现在他身后："乌云烈士的抚恤金已经下来了。"林锐说："我要请探亲假，副大队长。"雷克明拍拍他的肩膀："嗯。去内蒙古的车票，我已经派人送到你排里去了。我知道，这一次你是非去不可的。"

　　"乌云，我的好兄弟。"林锐磕头，头贴在水泥地上久久不动，泪水流到水泥地上洇湿一片，"是我欠你的，我一辈子也还不起……"

　　"我给总部打了报告，这是今天上午刚刚电传过来的特批乌云中士追授为陆军少尉的命令。"雷克明拿出一张命令，"你去交给他母亲吧。"

　　"副大队长……"林锐的头敲击着水泥地面，他哽咽着感激地说。雷克明把命令放在他头前的地上，拿出一个沉甸甸的信封压上："这是大队常委的一点心意。"又一个信封压上，"这是我的。"林锐磕着头，手指抠在水泥地上压抑地哭泣。

　　"乌云是个好战士。"雷克明站起身看着这个僻静的山头上小小的烈士陵园，特种大队这几年陆陆续续添加的几座新墓，"他们都是好样的。"林锐抬起头看那一个个熟悉的名字：田大牛、乌云……他们的音容笑貌仿佛都在眼前。

　　"我们要永远记住他们。"雷克明退后一步，啪地立正敬礼。林锐看着那些熟悉的名字，头又磕在地面上，泪如雨下。"敬礼——"陈勇在身后高喊。啪！一片整齐的立定声。特战一营各个单位的红旗都放低到 45 度角，战士们举手敬礼。

　　陈勇把一个信封放在雷克明刚才的信封旁边："里面是两万块钱，你替我交给乌云的母亲。"又一个信封放在上面，"这是子君的。"

　　"排长，这是我们的。"田小牛把一个档案袋放在旁边，"有零有整，总共是 5438 块 7 毛。我们出不了大院，没法儿去银行换，你路上找个银行给换一下吧。"

"乌云，弟兄们来看你了……"林锐的头还贴在地面上，压抑着自己的哭声，"你永远是我们的好兄弟！"墓碑上的乌云憨厚地笑着。

15

大队部也是一片肃静。何志军把烟掐灭在烟灰缸里，面色凝重。

"乌云的事迹，军区已经在整理。"耿辉低声说，"荣誉称号马上就会下来，地方政府也准备在乌云牺牲的地方立一块碑作为永久纪念。"

"我的战士，已经牺牲了……已经牺牲了。"何志军闭上眼睛说，耿辉说："这是为了活着的人，为了更多的战士可以学习和纪念乌云。"何志军闭着眼睛点点头："好，你弄吧！记住，这样的事情还是让雷克明多出面，这是他和部队熟悉的机会。我就要离开我的狼牙大队了……"

"命令下来了？"耿辉问。何志军说："下个月。说实在的，我真的不想提副师，不想离开这里。"耿辉说："在这个节骨眼，我就不祝贺你了。你还是特种大队的业务领导，还是要经常回来的。"何志军点头："我会的。我会和老雷多谈谈，训练还是要加大力度和强度！类似的牺牲，尽量避免发生！尽量避免发生……"

"对了，军区直工部通知，这批提干的士兵要去参谋学院短训。"耿辉说，"林锐就不用回大队了，他去乌云家以后直接去参谋学院报到吧。"何志军点点头："可以。"

16

列车呼啸着掠过大地。穿着少尉军官制服的林锐背着91大背囊下了到达草原的长途车，当地武装部的部长牵着一匹马在等他。他翻身上马，挥动缰绳。两匹骏马在黄昏的草原上飞奔。武装部长用半生不熟的汉语说："前面那个蒙古包，就是乌云的家。"

"她知道乌云牺牲了吗？"林锐收慢坐骑，黯然地问。

"知道。"武装部长说，"我们和民政局给她送过牌匾和东西。"

林锐看着破旧的蒙古包，心里一阵发酸。断断续续的歌声从蒙古包门口传来，一个衣着褴褛的老妇人坐在门口唱歌。武装部长翻译："儿子啊，你是那草原的羊羔，你偷跑出去吃草，草不好吃，还是回来吃奶吧……"林锐受不了了，翻身下马大步跑过去。老妇人对他伸开双臂，林锐一下子跪在她的面前："妈妈，对不起！我没有照顾好乌云！"

老妇人深陷的眼窝淌着混浊的泪，她抚摩着林锐的军装，嘴里嘟嘟囔囔。

"她说，乌云只是出去吃草去了，还会回来吃奶的。"武装部长低声翻译。林锐低下头，眼泪大滴大滴地落在草丛中："妈妈，我是乌云的战友，就是乌云的亲兄弟……我没有照顾好他，是我不好……您骂我吧，打我吧……"

武装部长低声翻译成蒙语。老妇人抚摩着林锐的脸嘟嘟囔囔，武装部长翻译："你是乌云的战友，乌云从草原飞出去，有你和他在一起，我放心。你是好孩子，乌云不懂事，乌云写信告诉我，全靠你才能当上军官。"

　　林锐低下头抽泣着："妈妈，都是我不好，我恨我自己！"老妇人听了武装部长的翻译，唱起了一支歌。武装部长低声说："儿子就是天上的星星，妈妈就是月亮，无论走到哪儿，看得见星星的地方就看得见儿子，看得见月亮的地方就看得见妈妈……"林锐扑在地上："妈妈——"

　　夜色当中的蒙古包，油灯下，林锐坐在蒙古包里，拿出那些信封递给乌云的母亲。乌云的母亲打开，看看是钱，都推了回去。林锐固执地塞进她的衣襟里面。

　　晨色渐起。乌云的母亲走出蒙古包，看见穿着迷彩服的林锐在劈柴。她笑着端出一碗奶茶，林锐擦擦汗走过来喝奶茶。一望无际的草原，林锐纵马牧羊。乌云的母亲站在蒙古包前眺望远方，林锐纵马回来，下马。乌云的母亲拉着他的手进去，已经给他做好了饭。林锐坐下，吃手抓羊肉喝奶茶，结果噎住了，喷了出来。乌云的母亲笑了，他也笑了。

　　晚上。林锐在熟睡，那双粗糙的手抚摸着他的脸。眼泪吧嗒吧嗒滴在他的脸上，乌云的母亲抚摸着林锐的脸念念有词。

　　早上，林锐起来，看见乌云的母亲拿来一身蒙古服装，他换上衣服，乌云的母亲给他穿着嘟囔着。林锐钻出蒙古包，敏捷地上马，整个就是一个蒙古小伙子。乌云的母亲看着他的背影，笑着念念有词。

　　黄昏。林锐在练拳，乌云的母亲坐在蒙古包前面看。几个小伙子纵马过来，邀林锐摔跤。林锐和蒙族小伙子摔在一起，学着蒙古摔跤的动作，乌云的母亲慈爱地笑着、看着。

　　晚上。林锐把自己的照片递给乌云的母亲，乌云的母亲仔细地将他的照片和乌云的照片挂在一起。

　　早上。换好军装的林锐背着背囊翻身上马，和武装部长纵马走了一段。林锐勒马掉头，看见乌云的母亲还在那里挥手。他举起右手，在马上行了个军礼，咬咬牙纵马跟武装部长走了。

　　车站。武装部长送林锐上车，林锐叮嘱："麻烦你们多去看看她，我会寄钱过来的，需要什么你们直接给我写信、打电话。她要是病了，需要钱你赶紧说话。"武装部长点头："放心吧，我们也有政策照顾的。"

　　车启动了，林锐在卧铺车厢把背囊打开取洗漱用品。他在里面一摸，脸色变了。他的右手慢慢掏出来，是个用布裹好的小包裹。他打开，里面就是那些装钱的信封。林锐扑到窗户上，看着外面掠过的草原："妈妈——"列车在大草原上呼啸而过。

17

　　省城。背着大背囊的林锐下了车找到公用电话，拨了号码："我是林锐，接大队部……政委，我是林锐。乌云的母亲，不肯要这些钱，连抚恤金都不肯要……好，我给他们武装部寄去，你给他们打个电话吧。"

　　从邮局出来的林锐坐上了公车，大背囊被放在他的腿间。他看着窗外出神，这个时候上来一位老妇人，林锐急忙让座。老妇人道谢，林锐看着她的满脸皱纹鼻头一酸，转过脸去。他的表情有忧伤，有期待。

公车停在财经大学门口，林锐兴冲冲地下车。他背着大背囊戴上帽子，整理整理自己的军装，准备进入校园。他一眼就看见谭敏笑着往外跑，他也笑了，赶紧走过去，却发现谭敏不是在冲着自己的方向笑，他疑惑地看着谭敏从身边的人群跑过去。一辆蓝鸟停在路边，一个男人站在车外捧着玫瑰。谭敏兴冲冲跑过去，扑在那个男人的怀里。林锐定睛一看——岳龙！他大步跑过去，车已经开走了。林锐满脸都是难以置信，他打了一辆车跟着。他在车里看着前面蓝鸟车里放的玫瑰花，还有谭敏偎依在岳龙肩膀上的背影，眼睛睁大了。

幽雅的西餐厅。穿着西服的岳龙和谭敏含情脉脉地相对而坐，吃着西餐喝着葡萄酒。谭敏更漂亮了，长发披肩，眼睛水灵灵的，不时被岳龙逗笑。穿着少尉军官常服的林锐背着大背囊看着他们木然地走进餐厅。

"先生，您几位？"侍者问。林锐说："我，找人。"

"请问您找哪位？"侍者看看他的一身军装和破旧的大背囊。林锐看他一眼，眼神里面的锐利让他胆寒，侍者不禁退后。岳龙对着门口坐着，正在和谭敏说话。谭敏逗得前仰后合，岳龙说得兴高采烈。林锐慢慢走过去，站在他们不远的地方看着，看着。岳龙觉得身边有人注视，侧脸，惊喜地说："林锐！你什么时候来的？"

林锐不看走过来伸出手的岳龙，只是看着谭敏。谭敏的脸色白了，惊讶地站起来："林锐……"

"谭敏。我一直希望，我看见的不是你。"林锐的嘴唇翕动着。岳龙说："林锐，你都看见了。我岳龙不是想撬你的女友，我们……是真心的……"林锐看着岳龙握住了拳头，眼神冒着寒光。岳龙说："林锐，我们可以坐下谈谈。你和我动手，占不了便宜。"

林锐嘴角浮起一丝冷笑。岳龙说："现在是什么时代了，林锐。你以为还是我们小时候在光明桥头打打杀杀啊？你动我，警察马上抓你。我现在是区政协委员……"

"流氓也能当政协委员？"林锐冷笑。岳龙很镇定地说："林锐，我瞒着别人不瞒你，我是走黑道的。我身边的人都有家伙，你动一动，这里就热闹了。"

林锐眼角的余光看见附近不同的地方站起来几个小伙子，手都揣在兜儿里。

"值得吗？"岳龙苦笑，"你是解放军军官了，为了什么？林锐，我敬佩你是条汉子，所以我们可以坐下谈。换了别人，我不会这样谈。"

"岳龙，谭敏是好女孩儿。"林锐说，"你不要带她走黑道！"

"我不可能一辈子走黑道。"岳龙恳切地说，"去年我做了几笔大的，真的赚够了，我不贪心，现在已经在转轨了。林锐你相信我，我会对谭敏好的。"

"你以为你洗得干净吗？你的钱带着血！"林锐说。岳龙说："你应该相信我岳龙的能力。这个店就是我的，你在这里动手不可能有任何便宜。"

"我告诉你，岳龙！"林锐说，"别以为有家伙我就怕了你，我林锐什么脾气你也知道！就你这个破店，这几个破人，还有这几杆破鸟枪，在我眼里还成不了什么气候！我今天不和你动手是不想连累谭敏，她还是学生！"他转向谭敏："谭敏，跟我回学校去！"

谭敏看着林锐，害怕地说："不，不！"

"我不打你！"林锐着急地说，"你跟我走，这个地方不能待！"

"林锐，林锐，我求求你，我……我不是故意的，我和他是真心的……"谭敏说。

"你也得看跟谁！"林锐的声音提高了，"你能跟黑道的吗？！"——周围的食客都起身看这边，岳龙一挥手："盘点，关门。"食客们都出去了，岳龙的手下关门。十几个小伙子就站在餐厅四周，手插在兜儿里或者拿着铁棍。林锐拉住谭敏："你跟我走！""我不——"谭敏挣开他，"他说了他要改行的！"林锐看着谭敏，心都碎了。

"林锐，现在不是你能不能带走人，是你还能不能站着出去的问题！"岳龙的眼中露出凶光，"我敬佩你是条汉子，但是你别欺人太甚！谭敏是我的女人！"

林锐看着谭敏："你跟我走。"谭敏躲到桌子后面："不！"

"我现在走出去，你跟着我就出去了。你不跟着我，可能永远都出不去了！"林锐含着眼泪说。岳龙冷笑着问："你自己出得去吗？"

"岳龙，我没你有钱。"林锐点点头，"我也没你有势力！但是我告诉你——在我手上死的人比你现在的人加起来还多！你如果想试试，就来！我是现役军人，出了事自然有军事法庭处理我；但是你别忘了，我还有战友兄弟！你知道我是特种部队的，你就该知道我的手段有多狠毒！"林锐一巴掌拍在大厅的钢琴上，钢琴的腿咣地就断了，零件散了一地，钢琴壳子上有一个偌大的被拍裂的手印。所有人都后退一步。

"我现在走出去，谭敏要跟就跟着我，你敢拦着我们，你岳龙走到天涯海角都要做噩梦！"林锐大步走向门口，没有人敢动他。林锐一脚踢开门出去了，站在外面，谭敏没有跟出来。林锐眼前发黑，嘴唇翕动着："怎么会这样？是我变了，还是社会变了？"

第十六章

————★————

1

　　火锅咕嘟咕嘟冒着热气。林锐、刘晓飞和张雷三个弟兄围着火锅喝酒。林锐喝高了，看着这两个哥哥傻笑："张雷被甩了，我也被甩了，晓飞，你什么时候被甩啊？"张雷甩他一拳："别他妈的胡说！你就不能说人点好！"刘晓飞苦笑："喝多了说胡话。送你回去吧？"林锐拿着酒杯说："我不回去，我要跟你们两位哥哥喝酒！我命令你们——我是少尉！陆军少尉！陆军特种兵少尉！中国人民解放军陆军特种兵少尉！你们是学员，就得听我的！我命令你们——陪我喝酒！"两个哥们儿看着他，苦笑。

　　林锐趴在桌子上苦笑着："少尉？少尉算他妈的什么？还不如一个混黑道的？我他妈的算什么干部？这也叫干部？我不过就是个傻大兵！我们为什么争啊？乌云为什么牺牲的啊？就为了争我肩膀上这一杠一星，就为了争这个！他就把命给送了！——这个算什么？还不如一个走黑道的流氓！……祖国，我们都是为了祖国，祖国在我心中……我们在祖国心中吗？你在吗？你在吗？我在吗？我林锐在祖国心中吗？我出生入死，我为了祖国，我在祖国心中吗？！啊哈哈哈……"林锐趴在桌子上苦笑着，大哭，"我们吃了多少苦，经历了多少危险，从枪林弹雨中走出来，去和持枪歹徒打白刃战！那是白刀子进去，红刀子出来啊——我们为了保卫祖国，为了保卫人民，我们牺牲了多少？我们爬冰山卧沼泽，冬练三九夏练三伏，迷彩服是破了一身又一身啊！结果现在战士们都不敢穿自己的迷彩服上街，因为比民工还破！我们是什么？是中国陆军特种兵——中国陆军的军中之星，可是……在社会上我们是什么？——傻、大、兵！啊哈哈哈……在那个山沟里面，就在那个山沟里面——发生了多少故事，有谁知道？有谁同情？有谁理解？有谁知道我们的战士就是为了争一个永远在这个山沟里当傻大兵的机会，把自己的命都给搭上了？！你知道吗？他知道吗？他们知道吗？"

　　"我们不需要任何人知道！"张雷一拍桌子站起来。

　　"唱高调！"林锐哈哈笑着哭。张雷一脚踹在他胸口，林锐倒在地上："你，你敢打我？"刘晓飞抱住张雷："算了，算了，他喝多了。"

"你不配做个军人。"张雷冷冷地说。林锐看着他不相信地问："你，你说什么？"

"我说——你不配做个军人。"张雷的语气很平静。林锐爬起来："你再说一遍？在我们那个山沟，在我们那个山沟还没人这么说过！我林锐不是最出色的军人，谁是最出色的军人？！"

"把你的领花肩章摘下来。"张雷的口气很冷。林锐指着他的鼻子，脚底下还在晃："你胆子够大的啊！你知道你在对谁说这个话？你在对中国人民解放军 A 军区狼牙特种大队特战一营一连一排少尉排长林锐说这个话！你在对最出色的陆军特种兵林锐说这个话！信不信我让你马上就废在这儿！"

"军人是什么？"张雷冷笑，"是战争的宠儿！是面对死神都不皱眉头眨眼睛的硬汉！你是吗？""我不怕死！"林锐高喊着撕开自己的军装，露出一身伤疤，"你看看，这哪个伤疤不是一个故事？！不是一个从死亡阴影里爬出来的故事？！"

"可是你怕活着！你有勇气在战争时期去死，但是你没有胆量在和平年代活下来！"张雷吼道。林锐高喊："我不怕——"

"那你就给我站直了、站好了，把军装穿好了！"张雷嘶哑着嗓子吼。林锐晃着，开始穿军装："穿就穿！谁怕谁啊？"

"你怕你自己。"张雷拿起一杯凉茶泼在他的脸上。林锐抹了一把脸："我死都不怕，还怕谁？怕我自己？可笑！""你怕你自己受不了这种刺激！"张雷看着他的眼睛说，"你看着我，看着我！你知道我死了多少次？我怎么过来的？！看看我，看看我的头发，看见没有？少白头！我以前是什么头发，怎么就一夜之间变成少白头？！——我也失恋了！我也活下来了，你怎么就活不下来？你怕吃苦？！"林锐高喊："我不怕！"张雷说："那你就活个样子给我看看！"

林锐系好剩余的扣子，从地上捡起帽子戴上，努力坐好、坐直了："我告诉你们——我有勇气在战争时期去死，就有胆量在和平年代活下来！我是中国陆军特种兵少尉林锐！最出色的特战队员！"

"哟哟哟！"何小雨说着就拉着刘芳芳进来，"半条街就听见你们在喊，你们当这儿是训练场啊？"

"小雨，你来得好！"林锐抬头伸出手指头，"你说说，你什么时候甩刘晓飞？"

"我甩他？"何小雨惊讶地问，"我的妈呀！他快粘我身上了，我甩得了吗我？"

"不甩就好……"咣！林锐趴在桌子上睡着了。刘晓飞苦笑："喝多了。张雷你也行啊，把队长骂你的都用这儿了。"

"他怎么了？"刘芳芳问，"提了少尉不是挺一帆风顺的吗？"

"失恋了。"张雷淡淡地说，"我送他回参谋学院。"

"我们俩送他回去吧。"何小雨招呼刘晓飞，"你跟芳芳也很久没见了，陪她聊会儿天吧。我们一会儿就回来。"刘晓飞和何小雨架起一摊泥似的林锐，刘晓飞背上他出去了。刘芳芳看着张雷，她的头发留长了，也化了淡淡的妆："怎么，不认识了？"

"认识。"张雷苦笑，"没见你化过妆。"刘芳芳笑笑，叫服务员进来收拾一下倒下的东西。她坐下："你们基本没怎么吃啊？就喝酒来着？"

"嗯。"张雷说，"他叫我们出来，逮着酒就喝，没治了。"

"你失恋的时候是不是也这样？"刘芳芳问。

"我？"张雷苦笑，"不如他，我没酒喝，一夜一夜睡不着。"

刘芳芳心疼地看他："现在呢？"

"人还活着，心死了。"张雷说，"也不知道她现在怎么样了，好不好。"

"好了，别想了。"刘芳芳说，"想是你自己难受，吃点儿东西吧。"

张雷纳闷儿地看着刘芳芳给自己大方地夹菜："你变了啊？"

"怎么变了？我还是我啊。"刘芳芳说。张雷纳闷儿看她："不是小丫头了，有点儿女人的味道了。这不像我认识的你啊？"

"有魅力吗？"刘芳芳笑笑。张雷说："有。不过也没有。"

"怎么说？"

"对于别人有，"张雷苦笑，"对于我，没有。我的心死了，而且你怎么着也是我的妹妹。"

"你在拒绝我？"刘芳芳一点儿都不示弱。张雷惊讶地看她："我说你现在可以啊！怎么变化这么大啊？这还是你吗？"刘芳芳笑着问："你在拒绝我，对吗？"

"我知道了——你提前跟我过愚人节！"张雷哈哈笑。刘芳芳坦然地说："张雷，我喜欢你。"张雷傻了一下："现在够乱的了，有的分有的合，你就别裹乱了。我说真的，我心已经死了。你对我好，我都知道，但是我不可能喜欢你。"

"为什么？"

"因为，"张雷的脸很平静，"我爱她。"刘芳芳就不说话了。

"你还是做我的小妹妹吧，这样我适应也习惯。"张雷说。刘芳芳笑笑："成，我什么时候说不成了！来，喝酒！"张雷拿着杯子惊讶地说："我算知道什么是刮目相看了！"

"人，总会长大的。"刘芳芳拿着酒杯眼睛水盈盈的，"不是吗？"

2

崭新的大校肩章静静地躺在军装的肩膀上。一双粗糙黝黑的手拿起这套军装，套在山一样的身躯上。领带打好，领花再次对正。军帽戴在这张黝黑的脸上，眼中是一种留恋，一种期待，一种坚毅。何志军最后一次走出属于自己的这间办公室："走！"等在外面的耿辉上校和雷克明上校一左一右跟在他的身后，三双军官皮鞋在空无一人的楼道上踩出一致的节奏。办公楼前的武装哨兵啪地一声立正，举手敬礼。何志军和身后的两个上校举手还礼。

八一军旗猎猎飘舞在整个队伍的上空，上千名特战队员全副武装，目光炯炯有神，对走上观礼台的军区情报部副部长何志军大校行注目礼。何志军对刘勇军和老爷子敬礼。刘勇军还礼，穿着不配戴领花肩章的将军制服的老爷子只是习惯地抬起右手挥挥手，没有贴在自己已经没有军帽的太阳穴上。老爷子淡淡地说："对你的部队，说几句吧。"何志军利索地向后转，啪地立正举起右手敬礼。"敬礼——"台上的雷克明高喊。唰——上千特战队员举起右手，向自己昔日的大队长敬礼。何志军看着这些面孔黝黑的战士们，嘴唇翕动着。"礼毕！"随着雷克明一声命令，唰地一声队伍的右手整齐放下。训练场上鸦雀无声。"同志们！"何志军的声音有些颤抖。唰——战士们立正。何志军的声音刚毅当中带着掩饰不住的激动，"我说几句。请稍息。"特战队员们握着自动步枪等待着。

"我何志军，就要离开咱们这个山沟里的军营了！"他刚说出第一句话，下面的老兵就有忍不住热泪夺眶而出的。何志军看着这些战士们，心潮起伏，"从我的内心深处来说，我舍不得这里！舍不得你们！我何志军不是那么看重肩膀上是不是能再多一颗星星的人，绝对不是！我想带你们训练，也想带你们作战！我想一辈子跟你们在一起，在这个山沟里扎根，在未来的战场上指挥你们浴血奋战！同志们，请你们相信我——"下面的哭声响起来了。何志军压抑着自己的情绪，"但是，我们都是军人！军人是什么？军人就是党的战士，是国家的战士！我们每个人都是军队这部庞大的战争机器上的螺丝钉！我们要服从命令！党要你去什么岗位，你就要去什么岗位！军队要你做什么职务，你就要去做什么职务！我今天离开这里，就是听从组织的召唤，去新的岗位再次实现自己在军旗前的誓言！同志们，擦干你们的眼泪，挺起你们的胸膛，在自己的岗位上兢兢业业，保卫好我们的祖国！随时等待着祖国和人民的一声命令，去出生入死，去做一个好兵！一个真正的军人！"

何志军抬起右手敬礼。泪光闪闪的战士们抬起右手敬礼。军旗在哗啦啦飘舞，警通连小汪手持军刀、戴着黑色贝雷帽、穿着迷彩服、脚蹬军靴，指引三名旗手正步踢上观礼台。小汪在何志军面前挥刀行礼，唰地一甩军刀："报告何副部长！授旗仪式申请开始——"

"可以开始！"何志军敬礼。小汪一闪，旗手正步上前。何志军双手接过这面军旗，转向雷克明。雷克明上前一步，敬礼。何志军郑重地说："雷克明同志，从今天开始，你就是A军区狼牙特种大队的部队长！希望你带好这支部队！"

"请何副部长放心！"雷克明双手接过军旗。何志军看着军旗离开自己的手，心中被割去了什么似的难受。宋秘书看看手表："首长，差不多就可以结束了。您和何副部长都要参加下面的作战会议。"军区司令部的车一辆一辆开来，停在观礼台前。刘勇军跟在老爷子后面下了观礼台，老爷子上车前转向这支虎狼一样的部队。战士们对他行注目礼。老爷子苍老的右手慢慢抬起来，贴在自己没有军帽的太阳穴上："我是一个已经退出现役的老兵，请允许我作为一个老兵敬个军礼！"

"全体注意——敬礼！"参谋长高喊。战士们举起右手，贴在黑色贝雷帽沿上。

"你们的信念是什么？！"老爷子突然高声喊。

"勿忘国耻！牢记使命！"方阵齐刷刷回答。老爷子满意地点头，目光转向刘勇军："我放心了。"刘勇军鼻子一酸，亲自上去给老爷子打开车门，送老爷子上车。他自己上了第二辆车。何志军看着战士们，稍后，他打开第三辆车的车门，迅速上去。

"全体都有——敬礼！"雷克明举起右手高喊。在这个黑色贝雷帽的迷彩方阵中，在这一片齐整的军礼中，哭声压抑着、传染着。何志军坐在车里，控制着自己的情绪。一直到车进入军区机关大门，他才反应过来，自己真的已经离开这山沟了。一切都跟一场梦一样，从这里出发，又回到这里。只不过，自己已经带出了一支具备雏形的陆军特种部队。

作为军人，他的心里已经有底了。

3

"林锐，有人找你！""到！"正在沙盘上作业的林锐起身戴上作训帽，跑步出去了。那辆蓝鸟轿车停在林荫小路上，旁边有一队学员扛着步枪和靶板，高唱着《打靶归来》，正经过这里。林锐穿着迷彩服蹬着军靴跑步过来，和学员们互相还礼。谭敏从车上下来，声音颤抖着："林锐！"林锐脚步慢下来，站住了。他想了想，大步走了过去："谭敏，你找我？有事儿吗？"谭敏低下头："我们想向你道歉。"

"不需要。"林锐淡淡一笑，"路是你自己选择的，我无权过问。"

"林锐，你别这样说！"谭敏眼圈红了，"我也是没有办法……"

"他逼你了？"林锐一愣。谭敏哭着摇头："没有……是我受不了了！学校里都是一对一对的，只有我每天都去看你来信没有！晚上回到宿舍就不敢出去，怕你把电话打到我们宿舍传达室……你知道不知道我的日子是怎么过的呢？"林锐低下头："我是军人。"

"我知道你是军人，可我不是啊！"谭敏哭着说，"我为什么要这样呢？"

"你和我分手，我理解。"林锐抬起头，"但是你不该选择他！"

"为什么？"贴着太阳膜的车窗无声摇下，戴着墨镜的岳龙坐在后座问。

"你自己知道。"林锐冷笑。岳龙下车说："我已经在收手了！我是真的喜欢她！我从小就喜欢她！我缠着她，我骚扰她，那是因为我喜欢她！我没有想和你争，从小我就争不过你，我知道！但是当她遇到拦路抢劫的时候，你在哪儿？就在学校大门口遇到拦路抢劫的时候，你林锐在哪儿？！当她需要关心、需要安慰的时候，你林锐在哪儿？！当她的母亲病重需要钱的时候，你林锐在哪儿？！她父亲下岗需要工作的时候，你林锐在哪儿？！她交不起学费的时候，你林锐在哪儿？！你在吗？你不在！只有我在，这就是现实！我肯对她好，我愿意对她好，为了她，我什么都可以做！对，我是走黑道了，我是贩毒了，我是贩枪了，但我都是为了她！为了她能过好的生活！你林锐做得到吗？！你回答我！"

林锐看谭敏："你为什么不告诉我？我就是卖血也会帮你的！"岳龙冷笑："你身上有多少血？！你自己看看你身上有多少血？！你卖得了多少钱？！"林锐看着岳龙。岳龙红着眼睛说："我来，不是想对你说对不起！我没对不起你，是你对不起她！对不起她！"

"林锐……"谭敏哭着说，"我知道你在部队想好好干，我不想分你的心……"

"谭敏，你和谁在一起，我无权过问。但是你要明白，你跟他就是一条不归路！"林锐说。岳龙看着林锐问："我可以为了她犯罪，你可以吗？！"

"我不能。"林锐对谭敏敬礼，"对不起，我是军人！……再见。"

"林锐！林锐！"谭敏哭着喊。林锐大步走着，内疚占据了他的全部内心。他回头："谭敏，我希望你想清楚——他是贼，我是兵！你不要让他再犯法了，好好跟你过日子！——

不然也许有一天，我会亲手毙了他！"

"我的罪，杀我十个来回都富余。"岳龙冷冷地说，"有她给我送终，我知足了。"林锐不说话，转身大步走着。谭敏被岳龙拉在怀里，哭着。

"你下你的海哟，我蹚我的河；你坐你的车，我爬我的坡……"林锐声音颤抖着唱起一首歌儿，"既然是来从军哟，既然是来报国，当兵的爬冰卧雪算什么……"谭敏睁大泪眼看着他穿着迷彩服的背影。中国陆军少尉林锐的声音坚定起来，嘶哑的歌声让林荫小道显得那么空旷："什么也不说，胸中有团火，一颗滚烫的心啊，暖得这钢枪热！什么也不说，胸中有团火，一颗滚烫的心啊，暖得这钢枪热！你喝你的酒哟，我嚼我的馍，你有儿女情，我有相思歌！只要是父老兄妹欢声笑语多，当兵的吃苦受累算什么！什么也不说，祖国知道我，一颗博大的心啊，愿天下都快乐。"林锐的声音哽咽了一下，他的嘶哑嗓音又响起来："什么也不说，祖国知道我！一颗博大的心啊，愿天下都快乐，愿天下都快乐……"他的身影孤独而又坚定，军靴踩在林荫道上落地有声。

4

"我这不说了吗，我身体肯定没问题！你看！"何志军一边穿军服一边对林秋叶嚷嚷。林秋叶一边看检查结果，一边笑着点头："还不错！"方子君看着何志军走过来："叔叔身体还是那么好。"何志军拿过林秋叶手里的军帽戴上："对了，你婚假没完怎么就回来了呢？是不是那小子欺负你了？你告诉我，我收拾他！"

"没有。"方子君笑笑。何志军说："那就好。我下去在车上等你啊！"何志军就噔噔噔地下楼了。林秋叶拉着方子君坐在办公室："子君，妈跟你说说话。"

方子君躲开林秋叶的眼睛。林秋叶问："你告诉我，你幸福吗？"

"我挺好的啊！"方子君笑着说。

"那就好。"林秋叶点点头，"我就怕你有什么事情瞒着我。"

"没有，叔叔在底下等你呢！你快去吧！"方子君笑着说。关上门，方子君靠在门上喘气。门声响了，她开门，是护士："方大夫，这个病例你签一下字。"方子君看看，签字。护士笑着说："方大夫，我们都在等着你那位来给我们送喜糖呢！这个陈大中尉也太不像话了，没追着你的时候恨不得每个周末都来医院，追上了就不见人了！"方子君笑笑："你去吧。"护士奇怪地看看方子君，出去了。方子君坐在办公桌前沉思着，拿起电话习惯地拨了个号码。

"陆军学院侦察系，你要哪里？"对方喂了好几声。方子君冷醒过来，果断地扣下电话。她稳定一下自己，拿起电话重新拨。

"特种大队总机，你要哪里？""转特战一营。"响了几声，陈勇的声音响起："喂？"

"我是方子君。"——陈勇惊喜地问："是你？你找我？！"

"对。"方子君内疚地说，"你准备点儿喜糖，周末来我们医院发一下。"

"好好！"陈勇赶紧说，"我下午过去，晚上我请你们科室全体女孩儿吃饭！"

"晚上我值班，你就回部队吧。"陈勇沉默半天："是，我执行命令。"

电话放下了，方子君捂着额头深呼吸。

5

雷克明走在训练场上，观察着特战一营的训练。陈勇跑步过来："报告大队长同志！特战一营正在进行楼房攀登训练，请指示！"雷克明还礼："继续训练！"

"是！"陈勇向后转，"继续训练！"雷克明走到攀登楼跟前，试试绳子："我没别的事儿，就是想活动活动！"陈勇急忙拉过来一条绳子："大队长，安全带。"雷克明看都不看他，起身开始攀登。他的动作果断干练，利索标准，几秒钟以后，他已经噌噌噌站在楼顶了。田小牛和董强正在上面偷偷抽烟，一下看见大队长上来，急忙直接把烟在手里掐灭攥着起立："大，大队长！"雷克明看看他们："轮不到我说你们，训练完了自己找陈勇去。"两个兵回答："是！"雷克明站在攀登楼上压腿活动，伸伸腰，突然他停住了。

"大队长，你在看啥啊？"田小牛也凑过来看。雷克明眼镜后面的眼睛看着墙外隔着马路的那个小酒店，正在装修。

"那是村里的一个小饭店，老板娘做的烤山鸡那是一绝啊！"田小牛咽咽唾沫，董强拉拉他的衣服。雷克明看看他们俩，再看看那个小酒店："你们去过？"

"半年前，偷偷出去过。"田小牛不好意思地说，"后来管得严了，再没人去过了。"

"半年前？"雷克明的眼睛看着小酒店，"陈勇，你上来！"陈勇噌噌噌爬上来："大队长？"雷克明问："我们这儿的老百姓生活水平怎么样？"陈勇说："一般，还要再偏下点儿，山区。"雷克明眼睛射出寒光："有几个老百姓能经常去吃的？我们的兵不去吃，她怎么会有钱？没钱怎么装修得起？！你下去，告诉政委在大队部等我！"

"是！"陈勇滑下去了。

"大队长，你的意思是？"董强睁大眼睛，"不可能吧？老板娘就是本地人！"

"我说什么了？"雷克明看看他，"我什么也没说。"

"是，大队长什么也没说。"董强赶紧立正。雷克明在身上摸，没带烟："把你的烟给我一支。"两个兵急忙掏出身上的两包石林："大队长，我们没好烟。"

"一支就够了。"雷克明抽出一支点着了，走到楼边坐下，看着那个小酒店。小酒店正在装修，老板娘跑前跑后的。

6

耿辉在吃药，额头上都是冷汗。他喝了一口水，把肚子顶在桌子角上，低声呻吟着。当脚步声在楼道响起来，他又精神起来，刚刚站起来，门就开了。雷克明摘下作训帽打开柜子，开始换便服。耿辉问："怎么了，老雷？"雷克明打着领带说："有问题，外面的小酒店有问题，我得去看一下。"耿辉想了想："你是说有特嫌？"雷克明回答说："而且是重大特嫌！这里县安全局你熟悉吗？"耿辉说："接触过，他们也来过。不过我们的事情一般都是安全部直接过问，他们没问过业务方面的事情。"雷克明一边戴隐形眼镜一边问："那就直接通知安全部，谁负责？"耿辉说："冯云山。"雷克明笑笑："过年一起吃饭，都没说什么。他肯定知道我来这里当大队长了，居然也不和我交流交流——就这样吧，你通知冯云山，让他立即来我们这里。我先去看一下，如果有可疑的，我找个碴儿先扣下再说。"耿辉问："你自己去啊？"雷克明回答说："还有陈勇，我让他去换衣服去了。""好。"耿辉拿起电话。

穿着便装的雷克明大步走出办公楼，哨兵瞪大眼睛看着这个风度翩翩的大学教授，都忘了敬礼。雷克明看看他，笑了一下。哨兵急忙敬礼，雷克明戴上墨镜："稍息吧。"雷克明的那辆还是原色却挂着伪装网的三菱吉普车开了过来，陈勇在上面，他也穿着便装，雷克明看了一眼就乐了："和尚，你从哪个战士柜子里翻出来的？你没便装吗？"陈勇看看自己这不合身的西服笑道："我没便装，当兵以后就没买过衣服。"雷克明摘下墨镜给他戴上："那你就当哑巴吧，别说话。"雷克明上车，车径直从后门出去了。

三菱吉普车在山上绕了好大一个弯子，雷克明和陈勇下车撕掉了伪装网，将它装在车后面。雷克明打开车后面的一个袋子，里面都是车牌，什么牌都有。陈勇眼睛都直了："大队长，你这是百宝箱啊？"雷克明挑挑，选出一个北京牌照："多少年都在我车上，习惯了。就它吧，换。"陈勇急忙动手摘去军牌，换上地方牌。雷克明看看手表，快到吃饭时间了："走，我去会会那个老板娘。"

三菱吉普车绕了一圈，开到饭店门口。雷克明下车，陈勇跟在他后面。雷克明一口很流利的北京话："老板娘，有吃的没有？"老板娘笑着说："哟，现在在装修呢！"雷克明笑着说："我们有口热饭就可以，跑了一天的路了。"老板娘说："那里面坐吧，我给你们做点儿面条凑合吃，不要钱了！"

雷克明和陈勇走进去，在里面坐下。雷克明看见了阁楼的门关着，笑着问："现在生意不错吧？在山里都开始装修了！"老板娘笑着说："咳，还不是等着旅游区开吗？"雷克明眉毛一跳："旅游区？"

"是啊！省旅游公司打算在这里开发啊！"老板娘进去做饭去了。雷克明低声说："这种事情应该和我们部队商量的。阁楼有问题，准备一下。我上去，你在下面策应。"雷克明起身就上去了，老板娘看见了："哎，上面有人！"陈勇拦着老板娘，雷克明一脚踢开阁楼的门，同时袖子里面藏着的匕首已经在手了——里面空空如也。窗户开着，可以看见大队后操场，桌子上的烟灰缸还有几个烟头儿，一个还在烧。雷克明走过去，看见阁楼下面有个草垛有人落下的痕迹。他回头："陈勇！带部队搜山！"

7

"你从天上掉下来的？"雷克明在大队部正在等陈勇的报告，看见冯云山已经跟两个便装的同志进来了。冯云山笑着和他握手："我就在省城。你个老雷啊！尽坏我的好事哦！"

雷克明想想："怎么了？又撞车了？"冯云山苦笑："对，这个人是我们养着的金鱼。你闯我的鱼缸干什么？"雷克明苦笑："操！不早说！早说我管你那闲事干什么？"冯云山说："你又不是不知道我们情报工作的规矩，不是你坏我的事情，烂我肚子也不告诉你。赶紧让你的部队回来吧，我还留他有用呢！"雷克明苦笑着拿起电台："短刀，立即收鞘。"陈勇急促地说："大队长，我们已经看见他的脚印了！"雷克明严厉地说："收鞘，这是命令！"陈勇回答说："是，收鞘！"雷克明问："他不会跑了吧？我已经惊动他了。"冯云山自信地说："不会。"雷克明问："为什么？"冯云山回答说："他花了那么大心思，构筑起来围绕你们特种大队的关系网，不动一动是不甘心的。这个你也应该明白，我走了。"

雷克明送他们出去，陈勇的车队回来了。陈勇跳下车过来敬礼："大队长，就差那么不到 100 米了！这小子也很能钻山，不是一般人，受训过。"冯云山："他以前是台军海军陆战队特种部队的，也是丛林专家。注意保密，县安全局会封了那个饭店。你们别出去说，就当什么都不知道。"陈勇敬礼，眼神放光："明白！我倒是真想会会这个丛林专家！"耿辉挥手："赶紧回去吧！武器入库，清点弹药。"陈勇带队走了，冯云山和他们俩告别上了自己的车。雷克明看着耿辉苦笑："得，警惕性太高也不是啥好事！"

"你是老特务遇见新问题！"额头上有冷汗的耿辉拍拍他的胸膛。雷克明还在笑，突然笑容凝固了："老耿？！"耿辉额头在冒着冷汗："我没事！"雷克明看着他似乎不经意地捂着肚子，一把撕开他的军装。两条武装带紧紧贴身勒着耿辉的腹部，勒得都发青。雷克明对哨兵高喊："叫我的车！去军区总医院！"哨兵脸色发白背上枪跑向车库。

"我不去医院……"耿辉伸手说着，已经站不住了。雷克明抱住在软下去的他："老耿！"

"你不该，看出来……"耿辉苦笑着说，"你看出来了，我就撑不住了……"

"老耿！"雷克明心急如焚伸着脖子高喊，"车呢？！我的车呢？！车来了没有？！"

8

耿辉睁开眼睛，第一眼看见的是耿小壮。耿辉笑着想坐起来，但是坐不起来，一下子倒在枕头上："儿子……"耿小壮问："爸爸，你怎么了？你不是一下能把我扔起来再接住吗？"耿辉苦涩地笑着："爸爸累了，起不来了。"李东梅抹着眼泪问："老耿，你为什么不告诉我，你身体不好？你早说啊，早说我辞职过来照顾你！"耿辉笑："我没事，身体很好，就是太累了。我们大队从初创到现在……"李东梅心疼地说："咱不说你们大队好不好？你现在要休息。"耿辉问："我们大队的来了吗？"李东梅说："来了，在外面。何副部长也来了。"耿辉说："去叫他们进来。"

走廊里面。何志军在踱步："不惜一切代价，一定要给我治好！"肿瘤科主任着急地说："何副部长，癌症不是山头，你说打就打下来！你们为什么不早点儿送来？现在都扩散了！我跟你暗示了多少次，耿辉的身体来我这儿做过检查，你为什么不让他休息？！"

"那你为什么不告诉我，他是癌症！"何志军急了。肿瘤科主任的声音软下来："我答应过他！不然，他不认我这个战友……我给他开了药，是我的错！我有罪！"何志军眼睛冒火："我要是手里有枪，我就毙了你！你！你！你！"肿瘤科主任内疚地说："来找我做检查能是什么病啊？我看他身体素质不错，而且当时检查还没严重到需要住院那步！"

"咳！我太粗心了啊——"何志军在墙上撞头，雷克明拉住何志军："现在不是说这个的时候，赶紧想办法救人！医生，到底怎么样？"

"还有三个月。"主治医生说。何志军惊了："多少？！""三个月。"

陈勇哭起来，身后的林锐也哭起来。李东梅出来："老耿让你们进去。"几个人匆匆进去。耿辉躺在病床上看他们进来，让小壮出去："爸爸谈工作。"门关上了，四个军人站在他的床前。何志军内疚地说："老耿，我……"耿辉打断他："现在不是说我的病的时候。现在我来安排一下，大队今年和明年的政治工作计划我已经做出来了……"

"政委，你要多休息！"林锐说，"我就在参谋学院，晚上我来陪你！"

"住嘴！"耿辉厉声说，"轮不到你说话！"

"老耿！"雷克明说，"你还是先休息，有精力的时候我们随时会过来。"

"你们听我把话说完！"耿辉急了。大家都安静了。耿辉说，"三件大事必须做！第一，立即让副政委代理政委，同时让军区直工部安排新政委人选。党委书记不可一日无人！"

"我会打报告。"雷克明翕动着嘴唇。耿辉点头："第二，大队今年还有两次重大演习，出去演习和看家的部队要合理安排，不能让有的战士当兵三年一次演习都没有参加！"

"是。"雷克明说。耿辉强忍着痛说："第三，家属随军问题……计划生育工作要抓到实处，家在农村的干部要……重点谈话……"

"老耿！你别说了！"何志军着急地说，"赶紧休息！"

"三件大事必须做……"难受劲儿过去了，耿辉抓着雷克明的手。雷克明点头，何志军抓住他伸出的另外一只手。耿辉眼睛放光："我们这支部队，从无到有，从有到壮大，中间走过了多少风雨……要记住，我们要建立一支真正可以屹立在世界军队之林的中国陆军特种部队！勿忘国耻，牢记使命！"

"政委！"陈勇着急地说，"我们都记住了，你不要再说话了！"

"陈勇，你是少林俗家弟子出身，离开少林寺在社会上惹祸，后来进了部队。"耿辉看着他说，"如果不是来了部队，你现在是什么？你要记住这一点，部队培养了你，造就了你！还给了你一个家！不然，你现在可能就在监狱！甚至是刑场一颗子弹突突了你！要记住，命运对你的眷顾，是要你为了社会做出贡献！"陈勇含泪点头："是，我记住。"

"林锐，你过来。"耿辉招手。林锐走过来："政委！"

"把眼泪擦干！"耿辉指着他的鼻子说，"你现在是中国陆军特种兵少尉林锐！不是新兵蛋子，不是逃兵，也不是农场养猪的林锐！你是带兵的，要带兵在第一线出生入死的！你的英语考得怎么样？"

"过了六级了。"林锐含着眼泪说。耿辉说："好，你要继续努力！我看着你一步步从一个捣乱的新兵成长为一个解放军军官，我会继续看着你！提干只是第一步，你还是要去考学！要考本科，考研究生！要读到博士，才有资格做下个世纪的特战军官！——擦干你的眼泪，站好了！记住，我在看着你！"林锐站直："是！政委，我记住，我不让你操心！"耿辉点点头："把我儿子叫进来。"

李东梅带着儿子进来："老耿！"耿小壮问："爸爸，你到底怎么了？"耿辉坦然地说："爸爸得了癌症。"耿小壮好奇地问："癌症是什么？比敌人还可怕吗？"

"看看，这才是我的儿子！小壮，爸爸累了，要休息。以后要听妈妈的话，记住了？"耿辉对儿子说。耿小壮一本正经地说："妈妈说得对，我就听；不对，我就不听。我听爸爸的。"耿辉苦笑："爸爸可能说不了你了。"

耿小壮好奇地看他。耿辉岔开话题问："还记得你在我们大队过年的时候，朗诵过的那首诗吗？"耿小壮笑了："记得，芳芳阿姨写的，《我的爸爸，是一个特种兵》。"

"朗诵给爸爸听。"

耿小壮站在屋子中央，清清嗓子，看看大家。耿辉问："怎么了？"耿小壮说："我是给你朗诵，不给他们听。"何志军含着眼泪说："好，我们都出去。"四个军人都退后一步，敬礼，出去了。耿小壮站在屋子中央，开始朗诵："我的爸爸，是一个特种兵！他爬高山游大海，他卧冰雪走沼泽。我的爸爸，是一个特种兵！他风里来雨里去，他为人民保祖国。我的爸爸，是一个特种兵，他是特殊材料铸就的爸爸。他从不怕苦，他从不怕累，因为，他知道他的背后就是我！……"

走廊外面。刘勇军在院长、宋秘书等陪同下大步走来，四个军人立正敬礼。刘勇军对院长说："他家人在里面，我先不进去了！这是我们军区的一面旗帜，这面旗帜不能倒！一定要治好！"院长黯然地说："首长，我们会尽力。"

听着耿小壮的朗诵，耿辉欣慰地笑着，却是眼泪汪汪。"我的爸爸，是一个特种兵，他是钢铁一样的战士，他是飓风一样的勇士，他肩负着特殊的使命，承担着祖国的安危。虽然他不能陪在我的身边，但是我为我的爸爸自豪，因为他是一个真正的军人，一个真正的特种兵！我爱我的爸爸！我的爸爸，是一个特种兵！"

耿辉无力地鼓掌，伸手抱住跑过来的儿子。李东梅忍着不敢哭出声。耿小壮说："爸爸，我长大了也当特种兵！你当我的政委！妈妈当大队长！"耿辉笑着："好儿子！有志气！"

9

米-8直升机在山谷上空飞过。上千特战队员全副武装，戴着黑色贝雷帽、穿着迷彩服、脚蹬军靴，一律是白色手套，胸前佩戴白花。迷彩色的方阵矗立在山上，和群山融为一体。

廖文枫和晓敏的车在底下的山路行驶，警通连的武装哨兵伸手示意停车。廖文枫在车上问："怎么了？"哨兵敬礼："对不起，部队重大军事行动，交通中断一小时！"廖文枫四处看看，已经停下十几辆车。他看着直升机，下车站在路边。晓敏下车站在他身边："有什么好看的？"廖文枫看着群山之间的点点隐约的白花："好像是葬礼。"晓敏撇撇嘴："葬礼有什么好看的？晦气！""我也当过兵。"廖文枫甩了一句，认真看着。

直升机在山上盘旋着，缓缓降落在那个小小的烈士陵园的空地上。"敬礼——"雷克明高喊。

唰——小汪举起军刀。

唰——上千特战队员举起右手。

唰——山路上拦截交通的哨兵们向着烈士陵园的方向敬礼。

老百姓们都惊讶地看着。廖文枫默默地看着。

直升机的后舱门打开，落在地上铺成桥，卷着的红色地毯一下子铺出来。两个手持漆成银白色的56半自动步枪的礼兵踢着正步缓缓下来了，枪刺闪着寒光。耿辉穿着常服的笑容出现在战士们的面前，只不过已经成为凝固的黑白回忆，在一瞬间定格。抱着耿辉遗像的耿小壮面色凝重地走出来，他穿着一身李东梅连夜改小的迷彩服，一双黑色的小皮靴，甚至在头顶还戴了一顶小小的黑色贝雷帽。

公路上，廖文枫脸色凝重，缓缓举起右手敬礼。

哭声传染在特战队员们之间。抱着裹着党旗的骨灰盒的李东梅，在穿着常服的方子君和何小雨的搀扶下出现了。举着军刀的小汪在默默流泪。胸口戴着白花的老爷子、刘勇军和何志军等军区机关首长们出现在后面。拿着相机的崔干事流着眼泪，拍不下去了。小汪带着三个军旗手踢着正步指引方向，队伍缓缓走到墓穴前，军人们在周围站好。

"老耿，你累了，该休息了。"李东梅亲吻了骨灰盒一下。

"报告！"队伍里面突然有人高喊。大家都看那边。林锐跑步出列，敬礼："报告！政委还不能入土为安！"

"讲！"何志军怒喝。林锐流着眼泪高喊："我们还没有成为一支可以屹立在世界军队之林的王牌特种部队！我请求，将一部分骨灰留在大队荣誉室，来激励我们努力！激励我们向前进！等有一天我大队真正成为中国陆军的骄傲，将他剩下的骨灰再全部安葬！"

高级军官们互相看看，然后都看李东梅。李东梅流着眼泪点点头。林锐敬礼，从身后的背囊当中取出一个手工制作、外面涂着迷彩色的骨灰盒："这是我们排一班长田小牛同志亲手做的！"

李东梅颤抖着双手捧出骨灰，轻轻放置在林锐手中的骨灰盒里。林锐站得很直，任凭眼泪流淌。雷克明敬礼，双手接过李东梅递来的迷彩骨灰盒。

"鸣枪——"小汪高喊。一个班的战士跑步出列，手持81自动步枪对天45度角连续单发。枪声当中，土缓慢地落在骨灰盒上，骨灰盒慢慢看不见了。枪声还在继续。廖文枫还在敬礼，面色凝重："虽然你是我的敌人，但是我尊重你。"

军旗猎猎飘舞。一个墓碑立起来——"革命烈士 中国人民解放军A军区狼牙特种大队首任政委耿辉上校长眠于此"！

10

"刘参谋长转发给您的紧急命令！"一个参谋大步走入军区情报部何副部长办公室，将一份绝密电报放在他的桌子上。何志军只看了一眼，眼睛就放光："给我要特种大队！"

特种大队作战值班室。电传嗒嗒嗒嗒打出来。雷克明接过电传，签字，仔细看。他脸上没什么特殊表情，只是眼睛在镜片后面闪烁着光。

参谋学院，林锐跑步到侦察系办公室接电话："好，我知道了！我马上回大队！"

军区总院，陈勇在勉强笑着发喜糖。方子君坐在桌子前也在挤出笑意，同事们跟陈勇开着玩笑。电话响起，一个护士拿起来，转向陈勇："陈大中尉，找你的电话怎么打这里来了？"

陆军学院侦察系，系主任拿着电话严肃地说："明白了，我们一定选最好的人！"电话放下，他就高喊："给我找张雷和刘晓飞！"

各个野战部队的侦察分队主官们的电话、加密电报在同一时间在 A 军区的整个军队通话线路和电台之间飞翔——所有的这一切忙碌，都源于那份上级的紧急命令。

11

"陈勇！"方子君追了出来。陈勇回头，看着方子君，脸色凝重。方子君的脸色真的发白了："到底什么事儿？"陈勇说："大队长没有说，只是说接到上级的紧急命令，让我立即赶回部队！""是不是要打仗？"方子君问。"我不知道。"陈勇摇头，脸上没有表情。

"你告诉我！"方子君着急地问。陈勇说："我是应急机动作战部队的干部，我随时等候着军队的命令。上级不告诉我是什么任务，我是真的不知道！"

"你答应过我，一定要回来！"方子君说。陈勇点头，从上衣口袋取出那份写好的离婚报告："合适的时候，你签字。我不知道什么任务，也不知道去多久。我不希望拖累你！"

"你把我当什么人啊？！"方子君着急地问。陈勇看着她的眼睛说："当作一个女人！你是一个普通的女人，不是观音！你的爱情是你自己的，不是所有要上战场的军人的！——我知道你善良，但是感情是感情！如果我去的时间比较久，没有消息，你就赶紧签字！"

"陈勇！我对不起你！"方子君哭了。陈勇把离婚报告塞到她的手里："现在别说这个了，我必须马上回去！你自己多保重！"陈勇转身跑向外面。方子君嘶哑着嗓子喊："陈勇，你一定要回来——"陈勇大步跑着，咬着嘴唇。

12

"来啊，来吧！"刘芳芳招手对门外的人说，"你怕什么啊？"

"我不是怕。"张雷说，"是不合适——你妈妈请我吃饭，算怎么回事呢？"

"还有我爸爸呢！"刘芳芳纳闷儿。张雷说："我奇怪的就是这个。如果是作为上下级，我和你父亲认识并且算有接触，请我吃饭，我没什么犹豫的；但是我不认识你母亲，她出面请我吃饭，你父亲作陪——这算怎么回事？"

"我们不是好朋友吗？"刘芳芳问。

"是好朋友，但是没好到你母亲要请我吃饭的份儿上啊。"张雷说。

"你都到门口了，怎么能不进去呢？"刘芳芳着急了，"我怎么跟我妈说啊？"

"刚才是和你赌气，你说我不敢来你家，我说我敢。现在我到你家了，我来过了。好了，我走了！"张雷说着就走，刘芳芳在后面着急喊："张雷！我怎么跟我妈妈说啊？"

"就说我有任务！"张雷不回头地说。"是不是还得我亲自到门口请你啊？"萧琴笑眯眯地站在小院门口。张雷只好站住了，回头敬礼："阿姨好。"萧琴笑着说："来了就进来吧。我请你吃顿饭，大家聊一聊。"

张雷无奈，只能进去。他站在客厅，刘芳芳接过张雷的帽子挂上："你坐！"张雷坐在沙发上，萧琴在他对面坐下，张雷起立。萧琴抱起身边的白猫摸着："坐吧。"张雷坐下，目不斜视。萧琴笑着说："我们芳芳老是提起你，老刘也提起你很多次，我就想咱们不如一起吃顿饭。既然你是芳芳的朋友，我们一起吃饭也没什么。"

"是。"张雷说。刘芳芳笑着说："我去跟保姆准备，在餐厅！你跟我妈妈聊聊。"刘芳芳去了，张雷还坐在那儿。萧琴笑着说："喝茶。看你热的，风纪扣打开吧？"

"我习惯了。"张雷说。萧琴笑着说："我们芳芳现在都缠着老刘要去学跳伞了，说迷上跳伞了！我就说那还不如找个伞兵出身的男朋友呢！"

"我们伞兵部队确实有很多优秀的军人，我不过是最普通的一个。"张雷斟酌着用词，不卑不亢。

"可是我们芳芳喜欢的是你。"萧琴笑着，意味深长地说。张雷不说话。萧琴笑着，话里有话，"我看过你的档案，你是一个出色的优秀青年干部的苗子。好在我们老刘还有伯乐的美称，他爱才，尤其是值得培养的青年干部。这次军区副司令空缺，军委办公厅的朋友说很可能他就要破格提前晋升中将副司令了。军委领导很看好老刘，他年轻，刚刚46，而且会带兵。"

"是。"张雷目不斜视，"刘参谋长的威名，我在学院图书馆的南疆保卫战战史读到过。"

"是啊。那你想过没有，我们芳芳可是军区内外多少青年军官心中的梦中情人？"萧琴笑着说。张雷还是那么不卑不亢地说："刘芳芳同学年轻漂亮，而且善解人意，肯定有不少的追求者。"萧琴听了，脸上有些许不快，她稳定了一下，还是笑："那你呢？"

"我？"张雷笑笑，"我有爱人。"

"可是我听说，她已经结婚了。"

张雷看看她："不是听说，是确实已经结婚了。阿姨，您不也参加那次婚礼了吗？特种大队的陈勇中尉的婚礼。"

"哦，对对对！"萧琴敲敲脑袋，"方子君！军区总院著名的冷美人！"

"对，就是她。"张雷说。

"可是她已经结婚了啊！"

"她结婚不结婚，都不耽误成为我心里的爱人。我心里没有位置去容纳别的女人。"张雷不卑不亢地说。萧琴冷笑着说："幼稚！真幼稚！你为自己的前途考虑过吗？"

"没有。我是军人，服从命令为天职。"张雷说，萧琴笑道："服从？让你转业你也服从？”

“如果组织在合适的时候需要我转业，我会服从。”张雷说。

“如果一毕业就转业呢？”萧琴忽然说，张雷看看她：“没这个可能。”

“为什么？”——张雷说：“我是一个出色的军人，这个自信我是有的。”

“有句话你听过没有——说你行你就行，不行也行。”

“说不行就不行，行也不行。”张雷接下句。萧琴笑道：“你这不挺明白的吗？”

“阿姨，有一点你可能没搞清楚。”张雷笑着说，“我在档案里面填我的家庭关系，父亲写了革命军人。”

“是啊，怎么了？”

“他是师长。”张雷笑着说。萧琴不为所动，继续笑着在施加压力：“师长又怎么了？”“他是空军空降兵的师长！”张雷笑着说，“不归A军区，我大不了回空降兵。空降兵也在组建自己的特种大队，我有用武之地。”

萧琴被打了一下，笑道：“可是你没考虑过更好的前途吗？眼光不要光放在特种部队，那不过是个团级部队。你可以升到更高的位置，去实现自己作为职业军人的人生抱负。”

“阿姨，恕我直言。”张雷的脸上浮现出习惯的坏笑，“第一，您不是哪级部队单位的干部部门负责人；第二，您不是我们学院院办负责人——所以，您没有权利过问军队内部的人事安排。”

“你！”萧琴从未遇到这样的硬钉子。张雷站起来戴上帽子：“我告辞了，转告芳芳——我和她连朋友都做不成了。我毕业就回空降兵，以后不要再来找我了。”他大步往前走，留下傻眼的萧琴。刘芳芳笑着出来准备叫他们吃饭，纳闷儿地问：“这是怎么了？”

“芳芳。”张雷回头，“你是个好女孩儿，希望你以后不要变，再见。”他大步出去了。

“妈——”刘芳芳急了，“你都跟他说什么了？！”

“我没说什么啊！”看见女儿出来，萧琴气馁了，“我就说希望你们可以在一起啊，这样他毕业也有……”“妈——”刘芳芳彻底被气爆炸了，指着萧琴的鼻子，“爸爸跟你说过多少次了，不要摆官太太的架子，你就是不听！在张雷面前你还摆这个架子，你诚心要捣乱是不是！”刘芳芳出去追张雷，萧琴疲惫地坐下：“我的傻丫头啊，不是为了你，妈会跟这个浑小子多说一句话吗……”

张雷大步在院子里走，刘芳芳追过来：“张雷，张雷，你听我说啊！我妈是人来疯！她见了部队的人就这样，我爸爸说过她好多次了！你听我说啊，我绝对不是那个意思啊！”

“没什么好说的！”张雷面无表情地说，“我回学院，你回家吧。”

“张雷——你听我说啊！”刘芳芳绝望地说，她刚刚拉住张雷，奥迪车就开来了。刘芳芳急哭了：“我爸爸回来了，求求你给我点儿面子行不行啊？！”张雷看见首长车，站住敬礼。刘勇军下车：“张雷，你怎么在这儿？芳芳，你哭什么啊？”

“首长，我有任务要回学院，告辞了！”张雷说。刘勇军说：“赶紧去吧。芳芳，你别拦着了，这是刚刚下来的命令。”张雷站住，回头：“什么？！”

“有重大军事行动，军区直属特种大队、军区各个侦察部分队和你们学院侦察系所有学员进行选拔，组成特别分队啊！"刘勇军说，"这个是你应该知道的啊？怎么，没人通知你吗？"

"谢谢首长！"张雷敬礼，转身就飞跑。刘勇军纳闷儿："怎么他不知道啊？"

"他知道什么啊，早上就被我叫出来了！"刘芳芳告状，"你赶紧回去管管妈妈，她不知道胡说什么了，把张雷得罪了！"

"走走，先回家！这个萧琴，又胡闹！"刘勇军拉着女儿上车。

张雷拿着军帽疯跑出首长大院，狂奔到马路上。

13

"你们明年就毕业了，有什么打算吗？"林秋叶笑着问。

"我去野战军！做战地医生！"何小雨拿起保龄球笑着说。林秋叶无奈："你个女孩儿去什么野战军啊？那你就去特种大队好了，距离省城也近，回家也方便！"

"我才不去呢，我看不上！"何小雨撇着嘴说，"就那个破地儿我看不上！还是我爸爸的老部队，去了肯定是被照顾！——我呀，要去真正的集团军！合成化军队，飞机、坦克、大炮全齐，多壮观！我要去做大战役的战地医生！"哗——甩出去，全中。何小雨跳起来："太棒了！"

刘晓飞笑笑："还有看不起我们特种兵的，难得！"他甩出去，还剩下一个，他挠挠脑袋。何小雨说："看看，特种兵怎么了？看看你们这帮人，整个一个头脑简单四肢发达！以后是高科技战争，才不稀罕你们去抓舌头搞破坏呢！卫星加上导弹，全齐！"何小雨说着自己也乐了，"妈，你别跟我爸说啊，不然我非得被骂！"

"你也知道啊！"林秋叶笑着拿起一个保龄球。手机响起，林秋叶接了："对，和我在一起呢！——晓飞，你何叔叔找你。"

"找我？"刘晓飞拿过电话，"何副部长。"

"电话里我不和你多说，我知道你们今天出来玩，现在立即回陆院报到，有重大军事行动。"何志军声音发抖。

"明白了。"刘晓飞把电话还给林秋叶，脸色凝重，"我有事，先走了。"他跑过去换鞋，何小雨急忙追上去。刘晓飞戴上军帽跑出保龄球馆，何小雨抓住他："到底怎么了？"

"我不知道。"刘晓飞脸色凝重，"军区情报部副部长打电话要我回学院，肯定是大事。"

"晓飞——"何小雨抱住刘晓飞，吻他，"你不能出事！"刘晓飞紧紧抱住何小雨，和她接吻。片刻，他松开，梳理着何小雨的头发："等我回来！"刘晓飞松开何小雨，大步跑下台阶，没有走大铁门，直接从铁栅栏敏捷地翻出去。他飞奔的身影迅速消失在外面。

林秋叶走出来，何小雨还在哭。她抱住女儿："别哭了，习惯了就好了。"

何小雨哭着埋头在母亲怀里："妈，我怕！"

"别怕了。"林秋叶苦笑，"我早说过，这是轮回。"

第十七章

―――――★―――――

1

　　"爱尔纳·突击国际侦察兵比赛是享誉国际的特种兵交流和竞技的舞台，也是号称'惊险惨烈超乎想象'的'死亡突击'比赛。"陆军学院侦察教研室郑主任身着迷彩服，面对抱着81步枪坐在地上的300多名来自A军区各个特种、侦察部分队和陆军学院侦察系的精英官兵神情严肃地说。他们来自不同的部队，特种大队的官兵都戴着黑色贝雷帽，所以比较醒目，占据了总人数的一半儿以上。一面国旗飘扬在郑主任身后的营地上空。这是一个湖泊旁边的山地半岛，远处的波光粼粼清晰可见。半岛戒备森严，搭建着帐篷营盘，附近就是一个破败的村落残垣。本来这是A军区空军的一个靶场，因为地形、地貌复杂，并且可以进行实弹射击，所以被这次集训临时拿来作为集训队驻地的。官兵们的目光都炯炯有神，注视着戴着奔尼帽的郑主任。

　　陈勇坐在队伍前排的上尉和中尉队伍里面，抱着步枪，双手放在膝盖上不动声色。林锐在第二排的少队队伍里面，黑色贝雷帽下的眼睛充满斗志。再往后是两排红牌学员，刘晓飞和张雷在队伍里面一动不动，眼神中的渴求却一览无余。接下来就是士兵队伍了，志愿兵占据了一半儿之多。田小牛和董强坐在队伍里面，董强眯缝着眼睛似乎浑身都在积蓄力量。田小牛虽然不动，但是喜不自禁，嘴里低声念叨："哎呀妈呀！要是能出国比赛，这回了村儿里，那帮老民兵还不把我给抬起来扔天上去？我代表中国特种兵去世界上比赛了，他们想都不敢想啊！我在他们眼里那就是天兵啊！"董强笑笑，没说话。

　　两辆三菱吉普车开入营地，哨兵敬礼。

　　"起立！"担任值班员的陈勇高喊。300多名集训队员起立，对两辆车行注目礼。第一辆车下来的是穿着常服的何志军，他咣地把门关上，大步走向队列前方。第二辆车下来的是穿着迷彩服的雷克明，他戴着有色的近视眼镜，看不清他脸上什么表情，他走过来和郑主任站在一起。

　　"同志们！"何志军高喊，队伍立正。何志军敬礼："请稍息！"大家都看着他。"情况大家已经知道了。"何志军面色严肃，"人家把邀请函发到咱们国防部，我们能不去吗？——不能！就算人家不请我们，我们也得提出参加比赛！为什么？因为我们是中国军人，我们要在世界军队占据自己的一席之地！我们要告诉全世界，我们中国特种兵、侦察兵不是吃素的！是能打仗的！"大家都眼神发光看着他。"这仅仅是一场比赛吗？——不是！"何志军声音很高，"这是展现我们中国陆军特种部队、侦察部分队精神风貌的一个舞台，展现我们中国人民解放军不畏艰险、勇往直前的一个阵地！我们走出国门，代表的就是中华人民共和国，代表的就是中国人民解放军的数百万将士！这就是我们身上的担子，同志们有没有信心？！""有！"吼声地动山摇。

"我看过你们所有人的材料，你们都是出色的，非常出色！"何志军感叹，"如果让我带着你们这些战士上战场，我相信战无不胜！你们都是全军区和陆军学院的精英，都是最出色的战士！但是——我们不可能派出这么多的战士去参赛，妈拉个巴子的，人家会问你们这是来比赛还是来打仗啊？"大家哄笑。"所以我们要选拔！"何志军高声说，"选拔最出色的组成参赛代表队！郑主任，按照比赛规定，我们可以有多少队员参赛？"

"何副部长！"郑主任高声说，"按照爱尔纳·突击组委会的比赛规章，每个代表队可以组织两个参赛小组，每个小组4人，一共是8名参赛队员！报告完毕！"战士们都倒吸一口凉气。

"听见没有？！8个！"何志军高喊。"听见了！"怒吼还是地动山摇。"要从你们这300多精英里面再精中选精，选出八大金刚来！"何志军看着他们高声吼。大家都鸦雀无声。田小牛的脸已经白了："8个……"

"我们的集训采取淘汰制！"何志军高声说，"集训时间是6个月！淘汰是不间断的，最后剩下的8个，才是代表我们中国陆军去参加爱尔纳·突击比赛的八大金刚！同志们明白没有？！"——"明白！"

"我给你们选了个总队长，选了个总教官！"何志军高声说，"总教官不用说了，是郑主任！总队长是他——我军区狼牙特种大队大队长雷克明上校！"雷克明跑步到前面，举手敬礼，一张嘴一串英语。

"听懂了没有？！"何志军高声问。当然有听懂的，不过没人敢回答。何志军急了："妈拉个巴子的，都没听懂？！"林锐高声说："欢迎你们来到魔鬼训练营，记住——最好的一天就是已经结束的一天，而明天是最坏的！"

"对，就是这个意思！"何志军说，"妈拉个巴子的，我也没听懂，你懂了！不错！下面我就把你们交给我军区'爱尔纳·突击'集训队的总队长雷克明了，他是个什么人？——就是你见过最狠毒的、最残忍的、最不人道的那么一个魔鬼！我的话讲完了！"大家鼓掌。

雷克明跑步到前面，冷冷看着大家，张嘴就是英语："从今天开始，你们不是人！"大家都无声，这句比较简单，还都能听懂。雷克明面无表情地说："你们是牲口，是公牛，是你所知道的一切最悲惨的动物。很多年后，你们会对曾经参加我的魔鬼训练营而自豪；但是从这一秒开始，你们除了后悔没有别的。如果你们没有觉得后悔，不是你们的错，是我的错！"

田小牛眨巴着眼睛，没听明白，脸上苦死了："完了，完了，第一个被刷的就得是我啊。"董强低声说:"意思是要把我们训练成牛。"田小牛乐了:"那还训啥啊,我从小就是头牛!"

雷克明训完话,用英语高喊:"先做准备活动——武装越野20公里!"大家都惊了,20公里?没跑过啊!"开始!谁是最后一个,今天就被淘汰!"雷克明高喊。哗啦啦,全出去了。

"老雷,交给你了。"何志军说,"全看你的了!"

雷克明笑笑:"——这是速成啊,参加爱尔纳·突击比赛的都是历史悠久的特种部队。不过,就是爬,也得给我把前三名爬回来!""好!"何志军拍拍他,"我走了,你们辛苦!"雷克明和郑主任敬礼,看着车开走了。

"怎么弄?"郑主任问。雷克明淡淡一笑:"往死里弄。最后一个今天就打背包回去。"

山路上,集训队员在拼命跑着。喘息声、脚步声、武器的撞击声响成一片,几百双军靴踏得土路上灰尘四起。

2

子君:

　　请你允许我这样称呼你,虽然我知道你可能不喜欢。不过我们是战友,我这样叫你也不算过分,对吗?我要告诉你的是——我们接受的任务不是战争,是为了出国参加国际特种兵比赛而进行的集训选拔。我把我可以告诉你的都告诉你——我们这批集训队有300多人,除了我们特种大队,陆军学院和军区各个野战部队的侦察分队也都输送了自己的种子队员。

　　张雷也在我们集训队里面,他是学员队的队长,显然他是非常出色的。虽然我不喜欢他,不过我不得不承认,他是一个出类拔萃的军人,这是军人之间的惺惺相惜。我不知道你为什么不能和他在一起,我也不会问,你方子君做的事情肯定都有自己的理由。如果你需要我转告他什么话,就告诉我,我一定会转告的。你自己也可以给他写信,就按照我的地址写,最后写学员队就可以。

　　离婚报告我不知道你签字没有,我希望你认真考虑这个问题。当时我答应你有些冲动,但是我不能不答应你。因为你是方子君,这就是唯一的理由。我曾经试图用我的爱来感动你,但是我想不太可能了。我这些天想的很明白,感动不是感情。我们都是战场下来的军人,还有什么是我们看不透的呢?希望你幸福,不用为我们担心。如果需要,我会照顾张雷的,不会让他看出来,你放心。

战友:陈勇

方子君拿着信,不知道该说什么好。她在办公室站起来心潮澎湃,看着这封简单的信,泪水落下来。方子君翕动着嘴唇低语:"都是我的错。陈勇,不要受伤……"泪水打湿了信。

3

"这是几？"郑主任举着三根手指用英语问。累得眼睛都发直、浑身被汗水湿透的陈勇看着郑主任的手，满脸的迷彩油都被汗水冲开了。他努力辨认着，用英语回答："3！""好！"郑主任拍拍他的肩膀，"过！"陈勇跑步过去，从桌子上拿起54手枪，颤抖着手组装好，装上弹匣，跑到两个山崖之间悬挂的两根木头上站好。左手拉着上面的木头，脚踏在来回晃悠的下面木头上，瞄准20米外的靶子。当当当当当！5枪3中。他把枪插好，走过去，跑向下一个障碍。

"这是几？"郑主任举着4根手指用英语问。这个中尉努力辨认着："5！"郑主任脸上没有表情："淘汰！"中尉两眼发直，晕了过去。郑主任高喊："卫生员马上抬走！"

下一个是张雷。郑主任举着两根手指问："这是几？"张雷高喊："胜利！"郑主任拍拍他的肩膀："过！"张雷跑过去组装手枪，手也在颤抖。

"这是几？"郑主任举着5根手指问林锐。林锐也是呼哧带喘，说："5！""过！"郑主任高喊，"快点儿！最后5名还是要淘汰的！"林锐也跑向桌子。

刘晓飞的奔尼帽都歪在头上，汗流浃背地跑过来。郑主任举着4根手指："这是几？"刘晓飞用步枪撑着自己："4！"郑主任问："还能坚持吗？""没问题！"刘晓飞干咳一下，跑向桌子。

董强和田小牛背着背囊，浑身都被汗水湿透了，几乎是同时跑过来的。郑主任举着三根手指头："这是几？"田小牛眼睛发直，怎么也看不清楚。郑主任高喊："最后一次，这是几？"董强不经意地踢了他后靴跟三下，田小牛马上用他的牛式英语高喊："斯瑞！""好！过！"郑主任举起5根手指头面对董强，"这是几？"在董强的身后，陆陆续续跑着戴着奔尼帽、穿着迷彩服的剽悍的军人们。超负荷的训练让他们的身躯那么疲惫，在庞大背囊的重压下，他们的脚步都是蹒跚的，只有奔尼帽下面的眼睛黑白分明，布满血丝。

4

"喂？军医大学吗？我找刘芳芳，让她接一下电话好吗？我是她的妈妈。"萧琴坐在沙发上拿着电话，声音发颤。外面响起车声，刘勇军下车大步走进来。萧琴还在拿着电话："什么？她不接？麻烦你告诉她，我是她妈妈好吗？……她说谁的电话都接，就是不接我的？为什么啊？我是她妈妈啊……喂！喂！"啪，对方挂电话了，电话忙音。

刘勇军把帽子和公文包交给公务员，冷冷地看着萧琴。萧琴坐在沙发上撑着头掉泪："我是她妈妈啊，她怎么就不接我的电话呢？"刘勇军坐在中间的长沙发上，公务员迅速把茶放在茶几上。刘勇军点点头，看着萧琴不说话。萧琴问："老刘，你能不能去找找军医大学的领导？让他们帮忙劝劝女儿？"

"你不是能耐吗？"刘勇军把杯子一顿，"你自己去找啊！"

"老刘，我错了还不行？"萧琴擦着眼泪，"你就帮我去找找他们领导，好吗？"

"这种事情，找人家领导算怎么回事？"刘勇军站起来在客厅踱步，"我怎么说？我说我女儿离家出走，不回来了？你萧琴以为什么事情都是找领导可以解决的？"

"那，那你说怎么办？"萧琴可怜巴巴地看着刘勇军。

"你不是能耐吗？"刘勇军指着她的鼻子，"你不是比我还领导吗？你见了军衔和职位比我低的，不都是领导？啊？！你比我还能耐，你比我还领导！"

"老刘，现在不是斗气的时候！"萧琴可怜巴巴地说，"我写检查还不行啊？"

"我告诉你——萧琴！现在不是检查的问题！你太不像话了！"刘勇军声色严厉，"有你那么跟人说话的吗？我不是光说张雷的问题，我是说你跟很多人的问题！我工作忙管不了你，以为你没工作在家待着就惹不了祸，没想到你更厉害了？啊？！"

"老刘，我……"萧琴气馁地坐在沙发上。刘勇军厉声说："权力是什么？权力是军队赋予我的，你有吗？你什么级别？你可以随便在我不在的时候动我的车、我的司机？你凭什么坐奥迪？昨天我和司机谈话了，他跟我汇报了你最近的动态，你现在不得了啊你？！"萧琴不敢说话。刘勇军指着她的鼻子说："军区机关，下面的部队，你想去哪儿就去哪儿？！你知道不知道这是什么性质的问题？！你居然还敢和我的干部谈话？！居然敢整特种大队的黑材料？！"萧琴脸色一惊，看刘勇军："老刘，我没有……"

"军区的干部都给我汇报了！"刘勇军举起茶杯就砸碎在地上，哗啦啦一地水，"你有什么资格去调查？！有什么资格去询问我的干部？！"公务员小岳无声地拿着墩布过来擦地。萧琴颤抖着声音说："你先出去，等会儿再擦吧。"

"怕什么？！"刘勇军怒了，"怕丢面子？！——小岳！""到！"小岳立正。"给你一个任务！"刘勇军看着他，"能不能完成？！""能！"小岳斩钉截铁地说。"从现在开始，萧琴不许出大门一步！"刘勇军颤抖着声音说，"你给我看好了，出去了，我就处分你！"小岳张大嘴，看着首长，又看看萧琴。"能不能完成？！"刘勇军怒吼。"能！"小岳立正。

"老刘，我……"萧琴颤抖着声音，"我不是犯人，我是公民！你没有权利限制我的人身自由！""对，你有人身自由！"刘勇军怒气冲天，"你可以走出去——出了这个门，你就别再给我回来！"萧琴脸白了看着刘勇军。刘勇军怒视着她："特种大队的黑材料怎么回事？！"

"我也是想帮助你工作……"萧琴辩解。刘勇军气得手都发抖："你有什么资格帮我工作？我郑重告诉你，萧琴——我不是林彪，你也不是叶群！我刘勇军不搞老婆当办公室主任那一套！你给我记住了，这是你最后的机会！"萧琴低下头不敢说话擦眼泪。

"材料呢？你交给哪个部门了？"刘勇军问。萧琴说："我没交……"

"为什么不交？"刘勇军有问，萧琴低头撒谎："我怕人家说你搞裙带关系……""你还怕这个？！"刘勇军一脚踢飞身边的一把椅子，哗啦啦砸碎了玻璃，"你萧琴还怕人家说我搞裙带关系，搞枕头风？！你给我老实交代！"

"我真的是怕这个……"萧琴不敢说真实原因，"老刘，你别生气，你的身体……"

"你给我坐下！"刘勇军怒吼，"小岳，给我收拾东西送到军区司令部首长值班室！我今天晚上就去值班室住！从今天开始，你不跟我说清楚，别想见我！"他戴上军帽指着萧琴怒吼，"我是带兵的！我不能让我的兵在前面冲锋陷阵，我老婆在后面整他们的黑材料！"他拿起公文包大步走了。外面车门响，车走了。萧琴追到客厅门口，无力地靠着看着敞开的大门。

"阿姨，我，我去收拾东西了。"小岳小心说，"这是首长的命令，我得执行。"萧琴不说话，流着眼泪。她身后的小岳轻声地上楼了。萧琴哭着说："我不也是为了这个家吗……你们怎么都不理解我呢……"

5

刘芳芳和何小雨抱着课本在校园里走着，后面有人喊："芳芳！"两人回头，穿着衬衣和军裤的刘勇军大步笑着走过来。何小雨有礼貌地说："刘伯伯好。芳芳，我去上自习了。"刘芳芳喊："你在八教等我。"

刘勇军笑着看女儿，刘芳芳脸上没有笑容，也不看他。

"芳芳，能陪我散会儿步吗？"刘勇军笑着说。

"刘参谋长时间宝贵，我耽误不起。"刘芳芳敬礼，"首长，我去自习了！"

"芳芳，我现在不是参谋长！"刘勇军急忙叫住她，"你瞧，我专门把军装脱了放车里，车也没开进来。我走着来找你的，我现在是你的爸爸。"刘芳芳看着父亲额头的汗："……你心脏不好，干吗要走那么远啊？我们学校可大了，你走了好久了吧？"

"没多久。"刘勇军笑道，"散散步，对我身体也有好处。你能陪爸爸散散步吗？"刘芳芳不说话，心已经软了。"走吧。"刘勇军笑着说，背着手看着黄昏的花园，"很久没这么和你散步了。"刘芳芳不说话，抱着课本跟在后面。

"爸爸的工作越来越忙，你也穿上军装了，见面的机会少了。"刘勇军感叹，"还是爸爸当团长、师长的时候好，都在家属院，你没事就到师部找爸爸。爸爸开会，你就在外面跟战士玩，困了就在我的值班室睡觉……"刘芳芳鼻头一酸，泪掉下来。

"爸爸知道，你恨爸爸，对吗？"刘勇军问。刘芳芳低声说："没有。"

"你恨爸爸，干吗当将军，干吗有这么大的权力。"刘勇军看着她，"你妈妈年轻的时候其实不是这样的，她年轻的时候也是师部的一朵花，很单纯。生你的时候难产，吃了不少苦，所以我也比较迁就她。你是不是在想，如果爸爸没有那么大权力，妈妈就不会变成这样？"刘芳芳不说话。"其实爸爸跟你一样，也是一个普通的军人。"刘勇军苦笑，"拿破仑有句话——不想当将军的士兵不是好士兵。爸爸当了将军，算是个好士兵——没想到，反而不是个好爸爸了。"刘芳芳笑了："哪儿的话，我知道你疼我。"

"你妈妈变成现在这样，我有责任，我对她教育不够。"刘勇军说，"不过反过来说，她毕竟还是你的母亲，我的妻子，对吧？"刘芳芳不说话。

"她还是疼你的。"刘勇军说，"只是不知道该怎么对你好了……"

"我不会原谅她的。"刘芳芳低声说，"张雷本来就是个很傲气的军人，他不可能会向这些东西低头的。她看低了张雷，侮辱了他，也等于侮辱了我。我喜欢的就是他的这种傲气，她怎么能这样对待张雷？"

刘勇军苦笑："这个张雷啊，真的有那么好吗？"刘芳芳问："他要不好，你干吗总是会提起他呢？你不也是会说，生个儿子就要跟张雷一样吗？"刘勇军哈哈大笑："那是因为我欣赏他，他敢在那么多将军面前高喊——'将军同志，按照战争规则，我征用你们的直升机'！——我从未见过这样的兵，从来没有！"刘芳芳笑了，笑容里面有些许自豪。

"下周我去军区爱尔纳·突击集训队视察，我会去和他谈谈。"刘勇军说。

"啊？！"刘芳芳急忙说，"你可别和他谈！他可不会屈服你的，他肯定会恨我的！"

"我知道。"刘勇军笑道，"你爸爸带了一辈子的兵了，兵都是什么类型，我还不知道吗？我不是作为将军，是作为你的父亲——他的一个朋友的父亲来和他谈。你应该相信我，在战场上，你爸爸的一句话可以让成千上万的士兵去赴汤蹈火！不了解士兵，我做得到吗？"

"那你打算和他谈什么？我可不要你说我喜欢他，他会看不起我的！"刘芳芳眨巴眨巴眼睛问。刘勇军苦笑，说："当然不会。你是我刘勇军的女儿，哪儿有我去求他娶你的道理？！他有傲气，你怎么就没有？你的身体里流的是我刘勇军的血，我怎么带兵的？你都忘记了吗？"刘芳芳说："这又不是打仗！"

"你错了，芳芳。"刘勇军说，"男人和女人之间，才是战争呢！或者他征服你，或者你征服他。如果他根本就不想征服你，你就是把所有防线都给他放开了，他也根本不进来！那么，你为什么不换个思路呢？不要老是示敌以弱，这种兵，你越弱他越没兴趣！真正的男人，喜欢征服强者！"刘芳芳回味着父亲的话。

刘勇军疼爱地看着女儿："按说我不该现在跟你说这些，如果不是看张雷也确实不错，我是不会同意的。我不是那种溺爱女儿的父亲，我把你送到军校，送到特种大队锻炼，是希望你可以成为真正的军人！我这样做还有一个考虑——芳芳，你从未遇到过挫折，如果这是一次失败，对你未必不是好事！失败才会给你人生的经验，才会去反思！"

"爸爸，我是你的女儿！"刘芳芳坚定地说，"我不会失败的！"

"好丫头！"刘勇军笑了，"要有这个志气！我走了，晚上还要开会！"

"爸，我送你出去吧。"刘芳芳说。"不用了，你抓紧时间学习。"刘勇军摆摆手，"好好珍惜你的青春，学习科学知识！以后毕业了，好为军队做贡献，张雷的事情不要分心——是你的，怎么都是你的；不是你的，怎么也不会是你的！""嗯。"刘芳芳坚定点头。

刘勇军大步往回走，突然回头："有时间记得给你妈妈打个电话！我也住在军区值班室了，让她好好反省反省。她现在肯定不舒服，你是她的女儿，在这个时候不要丢下她。你是未来的医生，遇到病人要耐心、要客观，要帮助她治好这个心病。我们还是个家，对吧？"刘芳芳犹豫了一下，点头。

"我走了。"刘勇军笑笑，大步往回走了。刘芳芳看着父亲的背影，鼻子一酸："爸爸，你别忘了吃药！""忘不了！"刘勇军不回头乐呵呵地说。

6

"还剩下 41 个！"雷克明用英语高喊，"明天开始实战考试，完全按照比赛要求！剩下 20 个，去海南参加最后的集训！在这 20 个里面最后选择 8 个！"41 个穿着迷彩服累得呼哧呼哧的精锐战士睁着黑白分明的眼睛，脸上全是迷彩油、汗水和泥水。

"你们的表现，只有一个单词可以形容！"雷克明冷笑着，"垃圾！"战士们恶狠狠地看着他。雷克明冷笑："不服气？明天拿出你们的手段来，给我看看啊！"

张雷怒视着他，用英语高喊出来："胜利！"41 个战士齐声怒吼："胜利！"

"胜利不是喊出来的，是打出来的！"雷克明说道，"都去洗澡，我不想看见你们的脏样子！5 分钟，最后一个从澡堂出来的，淘汰！没洗干净就敢出来的，淘汰！解散！"

大家跟疯子一样甩掉身上的装备，跑向充当浴室的大帐篷。雷克明点着一颗烟，脸上没什么表情。没多久，张雷第一个全身赤裸湿漉漉地跑出来。雷克明头也不抬地问："洗干净了吗？"张雷立正："是，总队长！"雷克明随手捡起身边的一把步枪，撩起一摊泥巴甩过去："没干净，再去。"张雷咬着牙："是！"转身跑了。

不一会儿，41 个战士都全身赤裸地站在雷克明面前。雷克明冷冷地看着："最后一个，出列。"第 41 个含着眼泪出列。"收拾东西，今天晚上，车送你回部队！"这个战士号叫一声大哭起来。

"弱者，战场上无人同情。"雷克明冷酷地说，"解散！"陈勇面无表情在套被汗水湿透的迷彩短袖衫。张雷在远处冷冷地看着他。刘晓飞低声说："他是总分第一名。"

"比我高 0.5。"张雷说，"明天，我们把这个分追回来！"

"我要撑不住了，董强。"田小牛站着喃喃地说。

"狗屁！"董强把他的衣服甩给他，"赶紧穿，我们已经挺到现在了！"

田小牛木然地穿着："给我一枪吧。"林锐盯着他："少废话！你已经吃了这么多的苦了！赶紧给我穿！"田小牛含着眼泪穿衣服："我就操这个爱尔纳！"

7

倾盆大雨哗啦啦铺天盖地地下着。雷克明看看手表，看看阴沉的天气，嘴角浮起一丝笑意："老天助我啊！"郑主任苦笑："我都有点儿不忍心了。为了一场比赛，这些战士付出的太多了。"雷克明说："这是一场比赛。我们不是非要争第一，这些战士都没接触过外军特种部队的训练设施和训练标准，外军天天练的就是那个，我们都是临时抱佛脚。没有几年的经验积累这个第一是拿不到的，这个我很清楚。"

"那你为什么还要练他们那么狠呢？"

"这是中国陆军特种部队第一次在全世界亮相。"雷克明冷冷地说，"多少名并不重要，重要的是我们要告诉全世界——我们中国陆军特种部队是一支不怕死的虎狼之师！"

一个少校冒雨跑步到临时观礼台前用英语报告："报告总队长、总教官同志！所有裁判都已经到位，申请比赛开始！"

"可以开始。"雷克明还礼。少校正要跑步过去，一辆三菱吉普车开来。雷克明和郑主任都起立，何志军穿着常服下车大步走来。司机跟在他身后打伞，何志军一把推开伞走过雨地，走上观礼台。雷克明问："老何，你怎么来了？"

"我能不来吗？"何志军看着大雨说，"我把会挪到下午了。"

"整个考核需要四天三夜。"雷克明说，"你可以抽时间来看。"

"我看着他们开始吧。"何志军站在观礼台中央，举起望远镜，湖面上一片苍茫水色，什么都看不见。雷克明点头，用英语对那个少校说："可以开始！"少校敬礼，跑步到一个帐篷里面。他拿起电台话筒，用英语命令："比赛开始！"两发红色信号弹打入雨天的上空。湖面的滩头阵地，机枪开始密集射击。何志军关切地问："实弹吗？"

"是。"雷克明说，"射击高度 1 米 6，比比赛要求低 10 公分。"

何志军面色忧郁："急救措施准备好了吗？"

"是。"雷克明说，"准备了两个救护队，30 个病床和足够的血浆。"

何志军不再说话。雾色当中，隐约出现橡皮艇的影子。

"注意高度！"陈勇高喊着低姿在橡皮艇最前面。头顶有子弹嗖嗖嗖嗖飞过去，他眼睛都不眨一下。林锐在他侧后方手持步枪观察着前方，董强在他另外一侧。最后面是田小牛，在操舟。他们身旁是其余的橡皮艇。

张雷看着前面下着命令："注意，上岸以后跟我走！躲开炸点！下雨以后标志物不明显，千万要小心！"刘晓飞抹着被雨水淋湿的脸，继续持枪注意前方。

橡皮艇陆续接近岸边。陈勇第一个翻身下水，其余的战士也都下水，拉着橡皮艇用极低的姿势往岸边走。一颗子弹擦着陈勇的钢盔顶部过去，他高喊："再低！"大家又低了点儿。张雷也下水了，他在齐膝的水里低姿前进。刘晓飞和另外两个学员下水以后拉着橡皮艇向岸边靠拢。随着集训队员开始登陆，炸点陆续响起来。由于下雨，没有翻开沙尘的爆炸效果，只是低低地翻起湿沙。四人一个的小组小心但是迅速地通过滩头，向纵深挺进。陈勇小组还是第一个，张雷小组紧随其后。何志军站起来，看着小组陆续进入深山老林。

"四天三夜，200 多公里。"雷克明站起来说，"林子里面有一个机械化步兵团加一个侦察营的假想敌。"何志军点点头，苦笑叹气："老了，没你狠了！"

"这种训练，我军也是第一次接触。"雷克明说，"如果不是为了比赛，我们不会这么练。国情不同，作战习惯也不同，不过交流还是有好处的。"

"对啊，走出去！"何志军眼睛发亮，"去交流去学习，也让他们认识一下我们中国陆军特种部队的精神风貌！有人让我说能拿第几，我说不拿倒数第一就是胜利！——这个话不能告诉队员，不然影响军心！"

"就看军区首长怎么想了。"雷克明淡淡一笑，"如果非要你立军令状呢？"

"那我就写——如果拿了倒数第一，我下马！"何志军狡猾地笑。三个人哄堂大笑。密林里面已经开始有枪声和狼狗吠叫。

8

陈勇带着自己的三个组员拼命地跑着。密林里面一片忙乱，嘈杂的人影穿梭着。牵着狼狗的战士们冒雨追击这群集训队员，戴着蓝色钢盔的裁判裹着雨衣，在不同的地方冷眼观察着。空包弹在大雨中嗒嗒嗒嗒撕开水雾，A集团军调来的这个军直侦察大队一营和夜老虎团早就不满特种部队平时的飞扬跋扈，这次终于逮着机会，所以几乎不用动员，所有人都已经处于绝对的亢奋状态中了。一个小组在强行摆脱追击的时候，陷入步兵们的重围。他们跑入沼泽试图摆脱追击，不料从沼泽里面突然跳出十几个战士直接就给他们按倒了。泥水吃了不算，胸条也被撕下来，扣分，然后放人。满身泥水的A军侦察大队一营营长肖乐少校看着被自己亲手抓住的狼狈不堪的集训队员被放掉，哈哈大笑："电台兵，传我的命令下去！每抓住陈勇一次，准假一个礼拜！快快快，我要给这个家伙一个好看！"

密林间的公路上，步兵战车两辆一组在巡逻。车队两边都跟着各一个排的战士，走在最前面的是吐着舌头、浑身毛皮湿透的大狼狗。前面几个试图穿越公路的集训队员像猴子一样嗖嗖从密林冲出来跑上柏油公路。狼狗汪汪汪叫着，步兵战车上的机枪嗒嗒嗒嗒喷出烈焰，跟在车旁的步兵们松开狼狗。两条大狼狗狂吠着追去了，步兵们在后面紧紧跟着，高喊着："解放军优待俘虏！"两辆步兵战车不能进林子，在公路边停着，机枪手对着树林嗒嗒嗒嗒一阵扫射。

潜伏在路边树上的张雷拨开面前的树杈，隐藏在迷彩油当中的眼睛黑白分明。他伸出右手，对下面打了手语。刘晓飞卧倒在灌木丛中抬头看着他，会意伸手，示意后面的两个组员隐蔽好。两辆步兵战车漫无目的地顺着公路开着，嗒嗒嗒嗒不时地冲着灌木丛和树林扫射。步兵战车过去以后，张雷顺着湿漉漉的树干无声地滑下来。

"下雨对我们长途奔袭不利，不过也有好处，军犬鼻子失灵了。不然摆脱军犬是个大问题。"刘晓飞说。张雷苦笑："看见没有，兄弟部队下了大力气了。抓一次扣分，多抓几次我们的分就是负数了。"刘晓飞说："那怎么办？看这个架势，一次不被抓是不可能了。"

"可能。"张雷看着远去的步兵战车两眼放光。刘晓飞说："你别惦记了，比赛规章可没有允许我们缴获假想敌的装备。老老实实钻林子吧！"

"也没不允许。"张雷看着步兵战车说。

"那也靠近不了，两辆步兵战车互相是依托，他们很聪明。"刘晓飞说。

"那就两辆全给绑了！"张雷拎起步枪，"来个人跟我走！"

步兵战车正在巡逻，前面出现背着同伴的一个集训队员。机枪手哗啦啦对准他们，张雷高喊："我们的队员受伤了，要马上去医院！"带这两辆车的是个连长，他探头看看："步枪丢掉，下去两个兵接人。"两个兵过来背起那个受伤的队员，张雷的胸条被撕掉。连长下来打开后舱门让他们抬人进去，张雷突然出手了，一套漂亮的组合拳脚，三个步兵就倒在了地上。另外一辆步兵战车上的机枪手刚刚把机枪掉转过来，刘晓飞从旁边的树上飞出来，直接就抱着他的上身拽出来滚到地上。最后一名队员上了步兵战车，一颗发烟手榴弹就扔下去了。连长的手枪被张雷拔出来，他怒气冲天："你们违反规则！"

"战争没有规则可言！我被你们俘虏一次，扣我的分就是，但你们现在是我的俘虏了！"张雷从他身上一把夺下公文包打开，看了一眼，眼睛就亮了："中头彩了！这是他们的布防图！"

陈勇带着自己的三个组员还在像疯子一样穿越密林。前方密林里突然跳出来两个手持81自动步枪的战士："不许动！"陈勇毫不犹豫就出手了，打倒两个战士以后连着两下点穴，两个战士就感到穴位酥麻，顿时失去了力气，枪也掉了。林锐、董强和田小牛冲上来就要上绳子。陈勇说："不用了，一个小时以后穴位自然解除，我们走！"

刚刚从密林里钻到公路上的肖乐身后的电台响了："黑猫一号，这里是黑猫九号。我们刚刚巡逻到这儿，潜伏哨的两个战士好像被人点穴了，对方有武林高手！"肖乐马上就乐了："啊哈哈哈！终于让我知道你在哪儿了，走走走！抓武林高手去！"他带着几十个战士们开始跑路。远处公路上有两辆步兵战车迎面开过来，肖乐高喊："过来！过来！我是军直侦察一营长肖乐，你们被我征用了！"

9

"我操！"张雷低声喊了一句。另外一辆车上冒充机枪手的刘晓飞眼睛也直了。

"是肖乐！"张雷说，"他认识我们！"

"别说话！"刘晓飞对下面驾驶战车的学员说。面对几十个战士，他们没法儿逃逸，只能硬着头皮开过去。肖乐挥挥手："上车，我们去抓少林高手！"战士们呼啦啦都上了后车厢，车装不下就上了车顶坐着。肖乐一个箭步上了张雷的车顶，戴着坦克帽的张雷暗暗叫苦，但是不敢说话，只能低着头。肖乐抹了一把被雨水淋湿的脸："走走走！去九号地区！"张雷不说话，故意偏着头。肖乐摘下钢盔摸摸头发，倒倒水想再戴上，突然觉得这个侧面有几分熟悉，疑惑地看过去。张雷躲也没法儿躲了，嘿嘿笑着转头："肖大哥，我们又见面了！"肖乐看看他的脸，看看他穿着装甲兵的中尉迷彩服，笑了："我操，张雷？是你？你怎么会当了装甲兵了呢？怎么毕业了吗？升得够快的啊？"张雷硬着头皮嘿嘿乐："伞兵没啥意思了，就当装甲侦察兵了。我现在在装甲团侦察连，这个军衔不是我的，是我们连长的。出来的时候太匆忙，穿错衣服了。"

"哦。"肖乐脸上带着装出来的笑容，转向那辆战车。戴着下士军衔的刘晓飞抱着机枪嘿嘿笑，肖乐也嘿嘿笑："哥俩一个升官一个降级，看来你们很有点儿故事啊！"他脸色突然一变，"抓人！"在车顶上的兵马上就按住了张雷和刘晓飞，里面也打起来了。千钧一发之际，一个身影荡着藤条飞出来，直接踹在肖乐肩膀上，肖乐抓住机枪差点儿栽下去，那个身影稳稳在车顶落下。周围的兵刚刚冲上来就被他旋风一般踢下去，陈勇看着抓着机枪的肖乐："哥们儿，我在这儿呢！"肖乐努力想爬上来，但是太滑了。这时林锐也跳上另外一辆步兵战车，连踢带挥枪托，几个兵被他打了下去。田小牛和董强从后面飞跑过来，打开车厢上车里面咚咚咣咣一阵乱打，有兵被打飞出来。不一会儿，里面安静了。

两辆步兵战车高速行驶，把后面的追兵都甩在了后面。肖乐抓着机枪苦笑："你们犯规了！"陈勇蹲下拉他上来："你一句话的事情。你是想现在让我们都滚蛋，还是想接下来跟我玩？"肖乐狠狠地说："成，我接下来跟你玩！我非抓住你不可！"陈勇笑笑："我等你。"他一个呼哨，林锐拍拍刘晓飞的肩膀，和董强跳下车，一个滚翻起身进了林子。田小牛也从后面探头出来："营长，咋地？""走！"陈勇高喊，田小牛就下车滚了几下，起身进了林子。张雷看着陈勇，脸上说不出什么表情。"我不指望你感激我，但是这种小聪明最好少玩。"陈勇说完就飞身下车了，他没滚翻直接就开跑，哗啦啦进了林子。张雷看着他的背影，面无表情。

"走吧，我不会报告上去的。"肖乐蹲在车上看着张雷，"步兵团那边我去说，他们团长和我很熟，但是你自己别再这么干了，战场上小聪明会死人的，走吧。"两辆步兵战车停下了，张雷面无表情跟自己的小组下了车，钻进林子。一路上张雷不再说话，就是疯跑，等到了一个隐蔽的树丛，一个学员提出看看缴获的布防图，张雷一把拿过布防图直接就撕得粉碎，地图的碎片被他抛向空中，被雨水打在地上，不一会儿就陷入泥里面。张雷恼羞成怒地高喊："走！"

10

倾盆大雨还是下个不停。何志军拿着饭碗看着窗外的大雨发呆："连下两天了……四天三夜啊……已经连着两天下雨了……"林秋叶问他："你不好好吃饭在这儿念叨什么呢？什么四天三夜？"方子君往嘴里扒拉着饭，也停下了，看着何志军。何志军回过神儿来说："我的战士出国比赛的集训，这次考核要四天三夜。考核的地方地形和地貌非常复杂，中间有20多个科目，他们长途奔袭要200多公里……"方子君认真地听着，脸色有点儿发白。

"你不老说恶劣天气好练兵吗？"林秋叶笑着说，"这不正合你的意思吗？"

"这不一样！"何志军放下饭碗叹气，"这次考核完全按照比赛规定来，这个爱尔纳·突击国际侦察兵比赛，在国际上很有名，号称是'死亡突击'。是世界特种部队的奥运会，以往的比赛有过受伤甚至人员死亡的情况……"方子君的脸越来越白。

"陈勇也去了吧？"林秋叶看看方子君，问何志军。何志军点头："去了。现在表现还不错，按照现在的发挥出国参赛是肯定的。"方子君拿的筷子掉了一支。"他是个人总分第一，还有一个你们也认识——是陆军学院侦察系的张雷，是总分第二。"何志军吃着菜不经意地说。方子君手里另外一支筷子也掉了。林秋叶注意看她，何志军大大咧咧，"算了，不说这些了，明天我去比赛现场看看。哎，大闺女，你怎么不吃了？没事，陈勇什么身手你该知道，他不会有危险的，作战经验丰富得很，考核算什么？——我真正担心的是那些没上过战场的战士，还有陆院的学员，都不知道天高地厚……"方子君慢慢站起来，脸色煞白。

"怎么不吃了？"何志军看她。

"我，我吃饱了，我想回医院了。"方子君掩饰地笑。

"那吃完再走啊，我开车送你。"林秋叶说。

"不用了。"方子君笑笑，起身穿军装，拿起门边自己的雨伞，"叔叔，阿姨，我走了。"何志军诧异地看着她出去："这丫头怎么了，我都说了不用担心陈勇，这种比赛在他那儿都跟小孩子过家家差不多。"林秋叶苦笑："吃饭吧，女人的事情你不懂。"

方子君撑着伞走在雨中，天上不时地有耀眼的闪电闪过。她的军裤湿了，眼泪也流了下来。她看着漫天的阴云："老天爷，你到底要怎么惩罚我？"她跌跌撞撞几乎全身都湿透了回到宿舍，打开门看见满桌子的子弹壳工艺品，她靠在门边默默地看着这些，又看见了被自己用白纱盖住的张雷照片。她闭上眼睛。

11

大雨当中，原来安静的河流变得湍急。陈勇带着自己的组员上了橡皮舟，高喊着号子在湍急的水流中划着。一个巨浪打来，橡皮艇翻了，四个人都落了水，田小牛抓住橡皮艇："我日你奶奶八百次！不许走！"田小牛跟着橡皮艇往下游冲去，董强一把抓住田小牛的背囊，林锐和陈勇抓住董强的步枪，但是四个人都被冲得站不稳，陈勇用步枪勾住了河边的一棵树耷拉下来的树冠。他的胳膊青筋暴起，高喊着，生生把三个人和一条橡皮艇拉到岸边。岸边戴着蓝色头盔的裁判无情地扣除了他们的分数。四个人拖着橡皮艇上岸，嘴唇都冻得发紫。陈勇睁着血红的眼睛，哆嗦着手拿出水壶："都赶紧喝一口！"林锐接过来，喝了一口呛着了："二锅头啊？！"

"喝，暖暖身子！"陈勇在大雨中捡起一根树杈扔下去，树杈马上被冲走了。董强传给田小牛，田小牛连喝三口，脸上红了。一条橡皮艇哗啦啦从上游下来，张雷和刘晓飞他们坐在上面也是艰难控制着橡皮艇的方向，几次差点儿翻船。陈勇看着远去的橡皮艇，哆嗦的嘴唇咬紧了："下水！"

四个人又拎着橡皮艇下水，陈勇先跳上去，其余三个人高喊着号子撑船离开岸边，随即翻身上船。风浪当中，四人拼命撑船。后面陆续出现别的橡皮艇，都在风浪当中颠簸。

何志军穿着雨衣站在吉普车边上，他放下望远镜高喊："天气预报怎么说？"参军说："雨还得下。"何志军脸色凝重："通知炊事班，准备酸辣汤！放在路边让队员随便取！"参谋说："何副部长，不行啊！"何志军看他："怎么不行？"参谋为难地说："雷总队长有命令,除非受伤或者死亡,否则不许违反比赛规则！"何志军怒吼："我说了算！""是！"参谋敬礼跑步向电台车。但何志军改变了主意，高喊："回来！我说了不算，比赛规则说了算！"

张雷、刘晓飞四个人提着橡皮艇蹒跚地到了终点，丢掉橡皮艇奔向下一个目标。雷克明站在岸边冷冷地看着他们，旁边的裁判在打分。张雷拉起一个摔倒的队员，咬牙喊："快到了！准备过雷区！"四个人都是嘴唇发紫，由于长期不能摄取热量，造成他们现在都像在冰窖里一样。雷克明看着他们奔向密林，眼睛转向下一组队员。

12

朝阳逐渐在群山之间升起，刘参谋长的眼睛注视着终点的位置。终点已经围了几十个官兵，还有两个救护队，都在拿着担架准备着。何志军站在终点线上，身边是面无表情的雷克明。第一个小组的四个身影在山路上出现了。陈勇背着两支步枪，林锐背着一个背囊，还扛着一个背囊。董强拉着脚崴伤了的田小牛，跟在两个人后面进行最后的冲刺。军靴踩在泥泞的地上，田小牛摔了一跤，董强也顺带着摔倒了。林锐回身拉起董强，因为精疲力竭，也被顺带着摔倒了。陈勇停下脚步，回去拉他们，也摔倒在地上。四个人都已经进入最疲劳的状态，这个时候倒下真的很难站起来了。四个人呼哧带喘，结伴爬向终点。

第二个小组出现了，张雷和刘晓飞等四个学员蹒跚地跑向终点。路过陈勇他们的时候，张雷脚步慢了，停下回头。陈勇睁着血红的眼睛看着他："走！"张雷伸出右手。陈勇高喊："这是比赛！走！"张雷无言，跟着前面的三个队友走了。突破终点以后，四个学员都栽倒了。官兵们蜂拥上来扶他们坐起来，拿矿泉水浇着他们的头顶和脸，救护队撕开他们的军装，给他们听心跳、量血压。救护车鸣笛开进来，四个担架抬走了他们。看着已经彻底累垮的部下，刘勇军心疼地低下头，又抬起来，目光坚毅。

陈勇咬牙高喊："坚持！""一——二——"后面三个兵就努力喊，爬两下——"坚持！"——"一——二——"……距离终点线越来越近……"坚持！"——"一——二——"……四个人几乎是同时爬过终点线，随后彻底晕了过去。大家蜂拥上来，抬起他们送上救护车。雷克明冷峻地看着他们，接过裁判递来的分数表。何志军的腮帮子抖动着："都是好样的！"

"我只要8个。"雷克明看着分数板没有表情，"已经有答案了。"

"那你还要20个去海南集训？"何志军纳闷儿。雷克明淡淡地笑："中国乒乓球为什么在世界所向无敌？因为他们有一个专门的行当——陪练。"何志军看着后面拼命跌跌撞撞接近终点的队员，有的栽倒了，但又撑着枪爬起来，却又栽倒了，被队友拖着甚至是架着往终点跑。他低下头，再抬起来是炯炯有神的目光："通知各个部队——所有参加集训的队员，别管所在部队多忙，今年统统可以休探亲假。"

13

下午1点的时候，集训队员都已经恢复了，甚至中午就有活蹦乱跳在湖边踢球的了。在踢球的自然是已经自知会去海南最后选拔的队员，大多数知道自己无望的队员都没起床，看着帐篷顶发呆。刘勇军在何志军、雷克明的陪同下视察了集训基地，并且亲自探望了还在病床上休息的集训队员。面对那些无望参加最后选拔的队员的泪水，刘勇军也是黯然神伤。他走出大帐篷，看着在湖边踢球的那些队员，突然问："最后的名单定了没有？"雷克明不敢瞒着参谋长："定了。"刘勇军点点头："都是谁？"雷克明汇报了一下名字，听到有张雷，刘勇军放心了。

　　最后去海南集训的名单宣布了，40个穿着崭新迷彩服的队员在聆听一个少校高声念着这20个幸运儿。被念到名字的战士并没有沾沾自喜，而那些没被念到名字的战士却已经有忍不住流下眼泪的。田小牛张大嘴，一直到念到他的名字，他才醒悟过来："真的？我可以参加最后的选拔了？"董强拉拉他，田小牛看看董强："我能参加最后选拔了？"眼泪哗啦啦地从他脸上滑过，他哭着跪下了，"我能参加最后的选拔了——"

　　有的入选的战士也开始流泪。这两个多月，他们吃的苦太多了，这种随时会被淘汰的巨大心理压力，超过了对他们身体超负荷训练的压力。在最后一轮的体检当中，居然有四个因为心脏出了问题被淘汰。雷克明没有表情，只是举手敬礼。何志军举起右手。刘勇军举起右手："无论你们最后有几个人出国参加比赛，你们都是勇士！"

　　在场的教官们和担任辅助工作的官兵都举手敬礼。40个勇士如同地震一样爆发出撕心裂肺的哭声，这种艰难的训练是以前从未有过的。出国参加比赛的战士会成为军内外的明星，而其余被淘汰的战士将永不被人知晓，也没人会问他们曾经付出怎样巨大的努力。

　　"敬礼——"陈勇高喊。唰——剩下的20名集训队员站成两排，对远去的卡车敬礼。卡车带走了20个被淘汰的战士，他们脸上已经没有眼泪，只有军人的刚毅。他们举起右手和幸运儿们还礼，真诚地祝福自己的战友。集训基地开始拆除，明天集训队将会移师海南，在酷似爱沙尼亚的地形地貌环境中进行最后的训练和选拔。一片忙乱之中，张雷已经收拾好自己的东西，把大背囊放在卡车上。

　　"张雷。"张雷回头，看见穿着运动服的刘参谋长。

　　"到。"张雷立正敬礼。刘勇军笑着问："怎么样？陪我去跑步？"张雷看看远处在指挥搬家的雷克明，刘勇军笑到："每天晚饭前跟战士跑步是我的习惯，我跟雷克明说过了。"张雷就穿着迷彩服跟刘勇军去跑步，后面跟着宋秘书和两个战士，不过距离都很远。在湖边的柏油公路上，张雷小心地跟在刘勇军身侧稍后一点儿。刘勇军跑得很专心，呼吸均匀，额头冒着细密的汗珠。

　　"老了，走几步。"刘勇军笑笑，减慢速度。张雷就减慢速度，跟着刘勇军。刘勇军笑着说："我跟你年龄一样的时候，是全师的5公里第一。现在不行了，我的公务员都比我强。"

　　张雷笑笑："首长是老当益壮。"刘勇军笑了："你这不很会说话吗？谁说你不近人情了？"张雷也笑："首长，您是高级将领，还是A军区的作战领导。我尊重您，而且如果不会说话，在部队是没法儿混的。"刘勇军感到很意外地说："哟。我真没想到啊，这话是从你嘴说出来的。"张雷说："首长，我希望和您一样，成为一个职业军人。我在军队长大，我并不是不知道军队的游戏规则；只是如果超越这个游戏规则，我也不会奉陪。"

　　刘勇军点点头："那就说明你知道我来找你的目的？"

　　"不知道。"张雷说，"刘参谋长的威名我早就听说了，南疆保卫战的战场上的一员猛将。我相信这样的猛将是一个真正的军人，不会给一个晚辈出一个完成不了的难题。"

　　"呵呵，不简单。"刘勇军转转腰，"先给我架起来，然后我就没法儿说别的，对吧？"

张雷笑笑："首长，我是雕虫小技而已。"

"说得不错。"刘勇军说，"我不可能给你出难题，更不可能命令你去做和军队无关的事情。我现在也不是军区参谋长，是一个普通的丈夫，也是一个普通的父亲。"

张雷看着他，不说话。刘勇军说："我要找你有两件事情。第一，我替萧琴向你道歉。我已经狠狠批评她了，并且让她现在闭门思过，如果你需要，我会让她向你当面道歉。"

"谢谢首长，不需要。"张雷说。

"第二，我替我女儿求个情。"刘勇军看着波光粼粼的湖面，"我不是希望你承诺什么，芳芳是个什么样的女孩儿，你也应该有所了解。我只是作为一个父亲，来替她求情——萧琴的错，不等于她的错。你还和她做朋友，好吗？"张雷不说话。刘勇军苦笑，"我知道这对你很难，不过我绝对没有命令你的意思，我只是希望你考虑一下。芳芳从小在干部家庭长大，没遇到多少挫折，但是也没有更多的朋友，更不要说异性的朋友。作为一个父亲，我只是希望她可以健康成长起来，不强求什么。如果还有做普通朋友的机会，不要拒绝她，好吗？"

张雷点点头："好。"刘勇军拍拍他的肩膀："这就好。你们明天去海南，如果你有出国参赛的机会，回国以后我请你吃饭。不是作为军区参谋长，是作为一个朋友的父亲，你可以接受我的邀请吗？"张雷想想，看着诚恳的刘勇军，点头："好。""走吧。"刘勇军笑笑，"我们往回跑吧。"张雷跟着刘勇军往回跑，宋秘书和那两个战士远远地跟着。

14

大海掀起温柔的波涛，拍击着美丽的沙滩。一个连的海军陆战队士兵穿着海魂衫和迷彩裤喊着整齐的番号跑过，远处海军舰艇在入港。椰林之间，搭着数顶小小的帐篷，旁边站着的穿迷彩服的武装士兵居然是陆军军衔。他们的臂章上面是一个猛虎的虎头，上面是一圈细密的黑体字：A军区爱尔纳·突击集训。帐篷里面，正在宣布最后出战爱尔纳·突击国际侦察兵比赛的名单。

"陈勇！"何志军高声念。"到！"陈勇从马扎上起立，跑步到那排桌子前。雷克明起身把比赛使用的狼头袖标别在他的迷彩服袖子上。

"林锐！"——"到！"林锐跑步上前。

"张雷！"——"到！"

"刘晓飞！"——"到！"……

"董强！"——"到！"

7个人在前面站成一排。何志军偏偏在这个时候喝了口水，底下的战士们都睁大眼睛看着他，何志军喝完水，看着名单："嗯，最后一个。"居然又喝了口水，才说，"田小牛！"田小牛眼睛绝对是直了，张大嘴看着何志军。何志军笑道："你不去换人了啊！"田小牛哆嗦着站起来："……到！"他跟做梦一样晕晕乎乎跑步上前，雷克明把狼头比赛袖标给他别上，田小牛看着自己的袖标，渐渐回过神儿来了，站直了，喜不自禁。何志军一挥手，很巴顿地说："你们8个，三天后出征爱尔纳！"8个战士站得很直，底下战士拼命鼓掌。

沙滩上，集训队员和海军陆战队的"虎鲨"两栖侦察队的最后一场沙滩足球赛正在激烈进行。最后一个月的集训，"虎鲨"侦察队没少和他们打交道，追得这帮陆军的小子满丛林乱跑。何志军在旁边和"虎鲨"的队长说着话，雷克明在场上当裁判。政委和两个穿便装的人信步走过来，远远站住了。一个海军士兵跑步过来，举手报告："基地政委要陆军的一个同志过去。"

"怎么了？我们的小子惹祸了？"何志军问，那个士兵回答说："不是，政委说有熟人要见他。"何志军纳闷儿了："谁啊？""林锐。"何志军冲场上喊了一嗓子："林锐！"

林锐急忙把球传给张雷，光着膀子跑过来："到！何副部长，有什么指示？"

"把你军服穿上，基地政委要见你。"何志军说。林锐疑惑了："见我？"何志军问："你在海南有亲戚？"林锐穿着迷彩服说："没有啊！我家的亲戚都是北方的啊，黄河以南就没亲戚了。"何志军说："先去吧。"林锐戴上奔尼帽，穿上军靴，跟着海军战士跑步过去了。

政委是海军少将，笑眯眯地看着他过来："你叫林锐？"林锐敬礼："是。"政委说："有朋友要见你。你们聊，我还要开会。"林锐看那两个穿着便装的人，一个是中年男人不认识，另外一个戴着墨西哥风格的草帽和大墨镜，穿着花裙子。林锐仔细看。花裙子女孩儿笑了，摘下墨镜："不认识了？"林锐被吓得栽了一个跟头："我的妈呀——徐睫？！"

15

"你，你怎么跑海南来了？！"林锐惊喜地说。徐睫笑着说："海南我不能来啊？我在海南有业务，刚刚到就听说你们军区特种兵骨干集训，准备出征爱尔纳国际侦察兵比赛。我就来看看，当年的养猪兵是不是也有资格参加集训啊？"

"这是军事机密啊！我们来海南都不许对外说的，你怎么会知道？"林锐睁大眼睛问，徐睫转转眼睛："又不是打仗，那么紧张干什么？我爸爸和海南军方关系很好，所以我就知道了！"林锐笑笑，海南驻军的事情不关自己的事儿，只要不是自己说的就可以。

"小徐，我去那边车上等你。"中年男人转身的时候看看林锐笑着说，"你就是那个养猪的小少尉啊？我们小徐可特别惦记你呢。"徐睫推他一把："去去去，赶紧回车上去！"

林锐笑笑："你送我的书，我都看完了。"

"不是吧？"徐睫睁大眼睛，"我琢磨着你怎么也得看几年的啊？"

"我也没那么傻不是？"林锐嘿嘿笑笑。

"怎么样？被淘汰了？"徐睫问。林锐回答说："哪儿能呢！我入选了！"

"真的！"徐睫一摘墨西哥草帽，抱住林锐狠狠亲一口，"你太棒了！"

林锐吓了一跳，徐睫松开，看他的傻样儿："不至于吧？解放军同志，好像我没冒犯你吧？"林锐苦笑："这是在部队，海军的同志们都看着呢！"徐睫看看周围好奇的海军水兵，笑了："别忘了，这是在热带！"水兵们一边收缆绳一边嘿嘿乐，一个上士就喊：

"那边树林没人！"徐睫招招手，拉起林锐就跑。林锐只好硬着头皮跟着跑进树林，不光手出汗，全身都出汗了。徐睫笑着说："你别以为我怎么你啊！我只是觉得你确实很棒！"

"那，那你在国外跟好多人都这样吗？"林锐突然问。徐睫被问愣住了，随即笑了："看不出来啊，你人不大想的不少啊？——我严肃告诉你，不是！"

林锐问："那你怎么对我这样？"徐睫咯咯乐："因为你是我弟弟啊！"林锐嘿嘿笑："我可没说你是我姐姐。"徐睫问："看完书什么感觉？"

"莎士比亚太伟大了！"林锐激动地说，"太优美了，他是一个伟大的作家！"

"给我背诵一段，我听听你英语进步如何？"徐睫背着手问。林锐想想，开始用英语背诵："没有受过伤的才会讥笑别人身上的创痕……"徐睫笑笑，用英语说："口语很纯正啊！继续！"林锐看着她，不好意思地笑着继续："……轻声！那边窗子里亮起来的是什么光？那就是东方，朱丽叶就是太阳！起来吧，美丽的太阳！……"他的眼睛变得坚定，看着徐睫。徐睫慢慢退后，和他对着《罗密欧和朱丽叶》的台词："唉……"

"她说话了。啊！再说下去吧，光明的天使！"林锐继续说着，眼睛注视着她，"因为我在这夜色之中仰视着你，就像一个尘世的凡人，张大了出神的眼睛，瞻望着一个生着翅膀的天使，驾着白云缓缓地驰过了天空一样。"徐睫慢慢退后，靠在树上："告诉我，你怎么会到这儿来，为什么到这儿来？花园的墙这么高，是不容易爬上来的；要是我家里的人瞧见你在这儿，他们一定不让你活命。"

林锐的眼神变得火辣辣的："我借着爱的轻翼飞过园墙，因为砖石的墙垣是不能把爱情阻隔的；爱情的力量所能够做到的事，它都会冒险尝试，所以我不怕你家里人的干涉。"徐睫绕到树后看他："要是他们瞧见了你，一定会把你杀死的。"穿着迷彩服的林锐摘下奔尼帽，露出贴着头皮的清楚儿："你的眼睛比他们20把刀剑还厉害；只要你用温柔的眼光看着我，他们就不能伤害我的身体。"

"我怎么也不愿让他们瞧见你在这儿。"徐睫抱着树错开脸。

"朦胧的夜色可以替我遮过他们的眼睛。只要你爱我，就让他们瞧见我吧；与其因为得不到你的爱情而在这世上挨命，还不如在仇人的刀剑下丧生。"林锐缓步上前，右手丢掉奔尼帽，伸手放在树上徐睫的手的上方。徐睫的声音真的发颤了："谁叫你找到这儿来的？"

"爱情怂恿我探听出这一个地方；它替我出主意，我借给它眼睛。我不会操舟驾舵，可是倘使你在辽远辽远的海滨，我也会冒着风波寻访你这颗珍宝。"林锐的右手大胆地放在了徐睫白嫩细腻的手上。徐睫躲开他的眼睛："幸亏黑夜替我罩上了一重面幕，否则为了我刚才被你听去的话，你一定可以看见我脸上羞愧的红晕……"

林锐一把拉她到树前："姑娘，凭着这一轮皎洁的月亮，它的银光涂染着这些果树的梢端，我发誓——"徐睫竖起左手的食指放在林锐干燥脱皮的嘴唇上："啊！不要指着月亮起誓，它是变化无常的，每个月都有盈亏圆缺；你要是指着它起誓，也许你的爱情也会像它一样无常……"林锐的嘴唇已经覆盖住她的嘴唇，徐睫推着他，用汉语说："剧本没这个！"林锐松开她，火辣辣地看着她的眼睛："我是这场戏的导演……如果需要，导演可以对剧本进行修改！"

"傻大兵，你不是有女朋友吗？"徐睫笑，点着他的额头。

"已经分手了。"林锐说，"其实，我早就意识到了——我喜欢你，只是自己都不敢承认。我知道你在国外，我是现役军人也不能写信给你，也不知道该往哪儿写。"

"我跟你是不可能的。"徐睫笑着推开他，"去找一个好姑娘吧。"

"你不是中国公民了？"林锐问。徐睫笑着说："我当然是中国公民，要看我的身份证吗？"林锐笑了："那就没什么问题。只要你是中国公民，我们之间没什么障碍，除非你有男朋友了。"

"我没有男朋友，也不会有。"徐睫笑笑，"我还有事情没做完。"

"那我等你。"林锐说。徐睫看着他，有几分感动，却又错开脸："我们像从前那样不好吗？"林锐一把将她拉过来："我爱你！"徐睫闪开眼睛："我不可能爱你！"

"因为我是傻大兵？你是富翁的女儿？"

"不是！你怎么能这样看我？"徐睫生气了。林锐问："那是为什么？！"

"你以后就知道，也可能永远不知道。"徐睫苦笑，"我们还像从前那样好吗？"

林锐一把抱住她，看着她的眼睛："不好！"徐睫哀怨地错开眼睛："你非要逼我……"

"我不知道下次什么时候才能见到你！"林锐急促地说，"我不知道你什么时候回国，什么时候有时间来找我，我爱你！"

徐睫看着林锐年轻刚毅的脸，泪水流了出来。两只细腻如藕的胳膊抱住了他黝黑粗壮的脖子，徐睫突然哭出来："林锐，我喜欢你——从你救我那一刻开始我就喜欢你，那时候我知道你有女朋友，可是我还是喜欢你……"

林锐抱住徐睫："我们现在已经在一起了，不是吗？"

"不！"徐睫突然推开他，"我不能和你在一起！"

"为什么？！"林锐问。徐睫说："你会陷入无穷尽的等待。我不能让你这样！"

"我会等下去！"林锐坚定地说。徐睫问："一年两年你能等，一辈子你能等吗？"

"我能！我能等！"林锐抓住她说，徐睫哭着抱住林锐："林锐——"

那个中年人出现在树林旁边，吹了个口哨："我们要去赶飞机，今夜必须到北京。"

徐睫推开林锐，笑着流眼泪："你如果愿意，就等我；如果等不下去，就和别的女孩儿在一起，我不会怪你的。"她说完转身走了。林锐高喊："我会等你的！我发誓——"黑色奔驰轿车开走了。

林锐回到赛场笑呵呵的，何志军看着他很奇怪："谁啊？"林锐笑着说："徐睫。"

何志军想想："怎么跑海南来了？"林锐笑着脱衣服："她在海南有业务。何副部长，我上场了。"何志军看着他光着膀子在场上跟疯子一样跑，精神十足，摸摸脑袋也乐了："你们这帮小子啊，怎么都对我身边的丫头下手了呢？"

第十八章

★

1

爱沙尼亚首都塔林（Tallinn）国际机场。和所有的国际机场一样，大厅里总是人来人往，英文和爱沙尼亚的广播来回播送着，登机牌翻滚着传送着信息。一群记者散乱站在通道出口处，调试着设备或者交换着名片。中国驻爱沙尼亚大使馆武官穿着笔挺的陆军军官常服，站在出口对面。他身边是武官助理、翻译和几个使馆工作人员，围着他站成一个半圆，用身体挡住了记者。一个女记者背对通道，在对着电视镜头用英语说着："世界各国的特种部队都有着神秘的传奇色彩。爱尔纳·突击国际侦察兵比赛可以说是一次各国特种部队之间的奥运会，有着独特的传统。经过两年艰苦的独立战争，爱沙尼亚成为独立的民主国家，在浴血奋战中，有一支名为'爱尔纳大队'的特殊侦察部队，活跃在森林与沼泽地带，在历次战争中成功地保护了当地居民，并且有效地进行多次侦察任务，爱沙尼亚民众一直视'爱尔纳'为不屈不挠奋斗精神的象征……"

"来了来了！"一片英语等各种语言的惊呼声，记者们都蜂拥到通道出口。11名身穿中国陆军常服、戴着统一的墨镜、背着91迷彩大背囊的剽悍男人在通道的自动传送带上排成两列纵队，徐徐接近通道口。何志军和雷克明并排站在最前面，胸前佩戴着圆形的标志牌——中间是个狼头，上面写着汉语和英语的"爱尔纳·突击"。陈勇和张雷并排在他们身后，接着是林锐和刘晓飞等。陈勇、林锐提前晋升了一级军衔，分别是上尉和中尉，而张雷等四名陆院学员也已经佩戴了中尉肩章。最后是董强和田小牛两个士兵，但是常服都换成了毛料军官服，军衔都是中士。面对此起彼伏闪烁的闪光灯，何志军低声却是严厉地说："传下去——我们的每一步，都代表中国陆军！给我走扎实了！"11名中国陆军军人在闪光灯和记者的惊呼当中鱼贯走出通道，在武官面前迅速站成横队。何志军注视着大家："听我口令——向右看齐！向前——看！报数！"

"一！"雷克明高喊——"二！"翻译高喊——"三！"陈勇高喊……记者们都好奇地看着，中国陆军响亮的口令声响彻整个塔林国际机场大厅，候机的乘客也好奇地围拢过来。两名巡逻的警察也走过来，站在人群当中。

"十！"田小牛憋红了脸，高喊。11 名平均身高 1.82 米的中国陆军军人在大厅成为耀眼的明星，他们的黝黑脸庞、他们的草绿色军装、他们的八一军徽，甚至是他们的三接头皮鞋都成为围观者争相拍摄的焦点。何志军向后转，敬礼："报告武官同志！中国人民解放军 1995 年度爱尔纳·突击国际侦察兵比赛参赛代表队集合完毕，请您指示！领队何志军大校，副领队雷克明上校！"武官敬礼："稍息！"何志军转身："稍息！"他跑步到队列里，向右看齐对正站好。

武官大步走上前："同志们！"唰——整齐地立正。闪光灯狂闪。武官敬礼："稍息！——同志们，开放的中国走向世界，开放的中国人民解放军也要走向世界！参加爱尔纳·突击国际侦察兵比赛，是我军对外交流活动当中的一个重要内容！首长亲自签发了参赛命令，国防部、外交部都在关注着这次比赛！"代表队官兵目光炯炯有神。"你们代表着我们 300 万解放军官兵，代表着 11 亿中国人民！希望你们发扬我军的优良传统，坚定顽强，在这次国际比赛中展现我们中国人民解放军的良好精神风貌！我的话完了！"武官再敬礼。代表队官兵们哗啦啦鼓掌。"出发！"武官命令。武官助理跑步到前面带队。

"向右——转！"何志军高声命令。唰——绝对的整齐划一。"起步——走！———二——一！"随着何志军的口令，这一列中国陆军军人纵队开始走向大厅门口。人群自然分开，让出一条通道，又自然合拢，追随着他们的脚步。队伍两边都是闪光灯和激动的记者，专程赶来迎接的华侨和来这里经商的中国商人擦着眼泪挥舞着手中的中国国旗。

"唱首歌儿——"何志军高喊，"向前向前向前——预备——唱！"

嘶哑的歌声在塔林国际机场开始回荡，震动着每个人的耳膜："向前向前向前！我们的队伍向太阳，脚踏着祖国的大地，背负着民族的希望，我们是一支不可战胜的力量！我们是人民的子弟，我们是人民的武装！从无畏惧绝不屈服英勇战斗，直到把反动派消灭干净！毛泽东的旗帜高高飘扬！听，风在呼啸军号响！听！革命歌声多嘹亮！同志们整齐步伐奔向解放的战场，同志们整齐步伐奔赴祖国的边疆！向前！向前！我们的队伍向太阳！向最后的胜利！向全国的解放！……"

《中国人民解放军军歌》响彻异国首都国际机场上空，记者们和华侨们追随着这支 11 人队伍，无数话筒伸向他们的嘴边，而他们目不斜视，坚定的步伐、整齐的歌声和冷峻的脸让所有人都感觉到一种来自一支具有优良传统的军队的良好素养。中国陆军代表队登上大厅门口的大轿车，在记者们的追逐下前往比赛大本营——距离首都塔林 70 公里的爱沙尼亚国防军高乌特拉村军事基地。当天的爱沙尼亚《独立报》带有彩幅照片的头版头条占据了几乎整个第一版，标题是——中国陆军特种部队惊现爱沙尼亚。

2

酒店房间的电视上正播放着英语新闻，画面是中国陆军特种部队代表队高唱军歌走过大厅上车。拿着冰酒的廖文枫看着画面，脸上也有些许激动。新闻播完了，他还在出神，甚至眼中也有些许泪光。晓敏裹着浴巾从浴室出来擦着长发："怎么了？看你那么激动？"

"中国！"廖文枫的声音很嘶哑，"他们代表中国军队！"

晓敏好奇地看屏幕，看不明白。廖文枫笑笑，揽过晓敏吻着。晓敏推着他："我头发没干呢！你今天怎么这么高兴？""我高兴，是因为我也是中国军人！"廖文枫激动地吻着晓敏的脖子。晓敏推着推着松开手，闭上眼睛，仰起脖子抱住了廖文枫。

新闻画面一转，是台湾局势。廖文枫一下子抬起头，眼睛射出光。街头一片混乱，一些民众在游行，当年逃台的大陆老兵痛心疾首地在镜头前哭喊，胸前戴着大牌子：我要回家！廖文枫浑身都在颤抖，晓敏睁开眼睛："怎么了？"

廖文枫慢慢松开她，点着一支烟。晓敏坐在他的腿上："你到底怎么了？"廖文枫淡淡地说："我安静一会儿，你先去睡觉吧。"晓敏看着他，还是起身了。廖文枫独自坐在客厅，伸手关了灯。荧屏上的光照在他的脸上，他根本就不关注电视的内容。烟灰缸一会儿就满了。

第二天，晓敏穿着睡衣揉着睡眼出来："你一夜没睡啊？"廖文枫还坐在电视跟前，拿着烟。晓敏坐在他的身边："你到底怎么了？告诉我啊！"廖文枫抱住她，看着她的眼睛："不管发生什么事情，我只需要你记住一句话——我是真心爱你的！"晓敏看着他很奇怪："到底怎么了啊？"廖文枫抱住她："没什么，我只是在想——誓言和道义，到底哪个更重要。"

3

"升国旗——唱国歌！"一面小小的国旗被缓缓拉上旗杆。

"起来！不愿做奴隶的人们！把我们的血肉，筑成我们新的长城……"年轻的军人们歌声嘶哑却整齐，响彻爱沙尼亚国防军高乌特拉村军事基地的国际侦察兵比赛选手营地上空。在这个密林旁的草地上已经驻扎了各种各样的野战帐篷，30多面各国国旗在朝霞当中飘扬着。正在早锻炼或者跑步的各国特种兵选手好奇地看着这个来自古老东方国度的军人们对着五星红旗举起右手敬礼，有的鼓掌，有的吹口哨："Ok！ China！"

"礼毕——"何志军高喊。他向后转，背后就是那面国旗。8名年轻的参赛队员身着迷彩服戴着奔尼帽，右臂是爱尔纳比赛袖标，精神抖擞。他穿着迷彩服戴着黑色贝雷帽——雷克明也是同样装束，站在他身后看着这些肩负着历史使命的8名中国特种兵——他们举起右手敬礼。唰——8名队员举起右手还礼。

"同志们！"何志军高声说，"现在我们已经身在异国他乡，身在这个特殊的战场！这次比赛，是全世界精锐特种部队的一次奥运会，我们是初次参加。比赛的意义和你们肩上的重担，我就不多说了，你们都很清楚！我们的武器装备和世界发达国家特种部队相比，还有差距；我们的日常训练手段和这些老牌的特种部队相比，也有很大不同，部队的历史和传统不同，有这种差异也是自然的——但是，我们是中国特种兵！我们的作风就是一往无前勇夺胜利！祖国在看着你们，全军特种部队和侦察部分队的官兵在看着你们，你们的亲人也在看着你们！"队员们肃穆地听着。"同志们！你们是第一批走出国门的中国特种兵，你们是中国特种部队的骄傲和先行者！在此，我预祝你们在比赛中能发挥出最佳水平，获得优异成绩向祖国人民汇报！"何志军敬礼。队员们鼓掌。

"下面开始宣誓。"雷克明淡淡地说。陈勇对着国旗举起右拳："我宣誓——"

"我宣誓！"7名队员举起右拳。

"我是中国人民解放军陆军特种兵！"陈勇高喊。

"我是中国人民解放军陆军特种兵！"

"我忠诚我的军人职责，牢记我的入伍誓言！在任何情况下都要勇往直前，排除万难去争取胜利！在比赛当中——灵活机动，意志坚定！遵守纪律，勇敢顽强！……"……嘶哑的宣誓声音在营地上空回荡。各国特种兵们看着这个整齐的由6顶迷彩帐篷组成的中国兵营，还有这11个神情严肃、庄严宣誓的中国军人，都安静下来静静地看着。

下午是大赛组委会组织的各国特种部队武器装备展示和交流活动，营地前面的空场上摆满了琳琅满目的武器和装备。中国代表队在一个地方铺开迷彩布，依次放着81自动步枪、85狙击步枪、54手枪、匕首等，还有指北针、望远镜等侦察兵装备。田小牛蹲在自己的装备前，把手枪拆开笑着说："伙计，这怎么跟摆地摊差不多啊？"董强捅捅他："少废话，干部们都不高兴。"田小牛看去，看见何志军看着外军的装备忧心忡忡。

"奥地利产AUG自动步枪，1972年定型装备部队。"站在他身边的雷克明缓缓地说，"是世界上最著名的自动步枪之一，初速970米/秒，全枪长790毫米，枪管长508毫米，全枪空重3.6公斤，配用弹种为5.56毫米SS109弹。装备部队以后不断改进，加装了单兵白光瞄准镜，经受过海湾战争的实战考验。"何志军蹲下，拿起这把自动步枪，外军的一个特种兵给他讲解示范着。拆装方便，使用简单，尤其是单兵白光瞄准镜和夜视瞄准具都是射手第一时间实施快速反应射击的保证。

"差距啊……"何志军放下枪站起来，目光转向别的国家特种部队的武器，有M16A2步枪、AK74步枪、L85A1步枪等，最关键的倒不是枪，而是基本都使用了制作精良的各种光学瞄准镜。作为一个老侦察兵，他当然知道这意味着什么。

"他们还有专用的GPS。"张雷站在自己的武器装备前低声说。刘晓飞声音也很低沉："我们只有地图和指北针。"陈勇嘴角浮起一丝苦笑。

"北方工业公司的5.8口径系列枪族还在定型试验当中。"雷克明说，"那会是我军第一代小口径步枪，配件也很齐全。不过这次我们只能用自己的眼睛和苦练的本事了，武警特警1988年派代表队去奥地利参加国际反恐怖特警比赛的时候也遇到了同样的问题——他们的77手枪在解救人质考核当中出现了卡壳故障，影响了最后的分数。"

"工欲善其事，必先利其器啊！"何志军感叹，"我们回去看看我们的家伙。"

几个不同国家的特种兵蹲下来看着中国的81自动步枪，田小牛熟练地给他们拆装，做射击示范动作。一个外军特种兵比画着81步枪好奇地问："你们的瞄准镜呢？"张雷淡淡一笑："我们没有瞄准镜。"

"什么？"外军特种兵们都看他，一个站起来："没有瞄准镜怎么打？"

"这个，和这个，加上目标——三点一线！"刘晓飞拿起步枪告诉他。

"太原始了，不可思议！"外军特种兵感叹，"GPS呢？"

"这是指北针。"林锐拿起来说。外军特种兵好奇地说："上帝！这是国际特种部队的比赛！你们在用这些装备你们的特种部队？"张雷笑笑，没说话。

"行不行，赛场见。"憋了半天的陈勇说话了，"林锐，你给我原原本本翻译过去！"

听了林锐的翻译，一个足有1.9米高的外军特种兵笑笑起身，跟座山似的站到陈勇面前，伸出蒲扇一样的右手："很高兴认识你，上尉。"陈勇笑着和他握手，两个人都在用力。没多久，外军特种兵脸憋红了，终于忍不住叫了一声。陈勇松开手，笑着说："我也很高兴认识你。"田小牛忍住笑，低声说："跟我们营长比力气，不是去澡堂子跟师傅比搓澡吗？"

何志军和雷克明走回来，蹲下。何志军看着自己的指北针、步枪和手枪等装备严肃地说："同志们！大家都看见了，我们在武器上有着明显的差距，这说明我们走出国门参加比赛是正确的，只有发现差距才能迎头赶上……"

翻译跑过来，脸都白了："何副部长，雷大队长！"何志军命令："跑什么？站好了！"

"是！报告！刚刚接到大赛组委会的通知，比赛规则有变化！比赛内容也做了调整！"翻译拿着一堆文件喘着气敬礼。何志军一下子站起来："什么？！你再说一遍！"

"比赛规则和比赛内容调整了将近50%！"翻译着急地说。

4

"怎么会这样呢？"何志军一把抢过文件却看不懂，交给林锐，"你赶紧翻译一下！"林锐拿过来低声读着，脸色也很凝重。队员们都站起来围在他的身边，他读完了说："根据外军的训练内容调整，他们对这次比赛的科目和细则进行了调整，增加了北约轻武器组合、自动步枪立姿无依托连发射击、乘车投掷手榴弹精度测试、敌后战场救护和疏导伤员心理等科目，同时对其余科目的比赛要求也进行了修改——何副部长，雷大队长，我们在国内集训的内容有一半在这里没有用！"何志军看着他们，心里难受："怎么会变这么多呢？"

"外军的训练体系比我们要灵活，他们的训练大纲是经常变化的。"雷克明说，"譬如我去外军特种部队执教，他们马上就在训练大纲中增加了中国搏击，不需要通过上级单位的批准。他们调整这些是很正常的，不算特殊情况。"大家都是半天没说话。

"我们现在没有别的办法了。"何志军看着这些脸色凝重的代表队员，"我们的武器性能不如他们，对地形地貌的熟悉程度几乎是零，对比赛内容现在也不能完全掌握……同志们！真正的考验来了！"大家都看着他，目光坚定。"还有三天就要比赛，我们只有一个办法——针对修改的科目，练！"何志军声音坚毅起来，"翻译，你去找武官协调爱沙尼亚驻军，希望他们可以给我们提供训练设施以及场地，再去找找友好国家的代表队，希望他们提供北约系统武器给我们练习组装拆卸；雷克明，你现在就开始组织外语好的同志研究这个修改后的规则，马上拿出针对性方案来，晚上就开始练习！"各自都答应着。

"特种部队在敌后要不断遇到变数！"何志军看着大家，"同志们，你们给我坚定一点认识——这里就是战场，这是一场没有硝烟的战争！明白没有？！""明白！"年轻的特种兵们齐声吼道。

入夜，当其他国家的特种兵们都纷纷开始洗漱准备休息的时候，中国代表队营地却开始集合。背着武器装备和大背囊的队员们跑出帐篷，跑步向当地驻军的训练场。出发前，何志军叮嘱："东道主同意我们在他们休息的时间使用他们的训练场，你们要珍惜这个机会！明白吗？！""明白！"队员们整齐地低声吼着。"跑步走，不要喊番号。"何志军说，"其他国家代表队还要休息！"中国代表队队员背着大背囊和武器装备无声地跑过国际侦察兵营地。

一个外军特种兵拿着牙刷满嘴沫子问："他们干什么去？"另一个外军特种兵钻出帐篷："上帝啊，他们不是要训练吧？马上就比赛了，体力会透支的！"

训练场上。在雷克明大声的英语口令当中，代表队员们在泥地当中摸爬滚打。何志军黑着脸背着手站着，面色严肃。夜色很深，满身泥水的中国代表队列队轻声跑回。钻进各自的帐篷，田小牛直接就把自己扔在行军床上，呻吟着："我退伍回家，肯定没人跟我抢民兵连长了……"董强坐在地上靠着床头，脱下短袖衫："瞧你那点儿出息……"说着说着就歪在床头，打起呼噜来了。张雷脱下军靴，拽掉湿透的袜子，脚上的皮又烂了。身边的刘晓飞已经歪在床上睡着了，浑身湿透的军装都没脱下来。

"我们的苦还没开始。"林锐苦笑着说，"我仔细看了大赛组委会给的资料。比赛地区地理环境不是一般复杂，低海拔森林沼泽地、原始森林、次森林覆盖面积达到70%，湖泊、沼泽地众多。在夜间的温度会达到零下10摄氏度左右，最关键的是，大部分地区根本就没有路。"陈勇拿毛巾擦着自己健壮的上身："没有路，我们走出来就是路。特种兵走的就是没人走的地方，我们走过去了就是路了。"

张雷哆嗦着手点着一支烟："地图送来了吗？"林锐说："人家根本不给地图。大赛组委会给当地的地图出版社打了招呼，严禁印刷比赛地区的详细地图。他们手里的作战地图要等比赛开始前才会给我们，而且是英文和爱沙尼亚语的，我们根本就没接触过那些地名。"

"我们两个小组不能一起走。"陈勇说，"如果全军覆没就没脸回去见人了，我们分开走——相互距离不超过1公里，如果一个小组出事，另外一个小组要策应一下；如果策应不了，就赶紧走自己的。必须保证有一个小组可以到达终点！"

大家都不说话。陈勇看张雷："你看呢？"张雷站起身看着陈勇，两个人对视着半天没说话。陈勇伸出右拳："为中国陆军的荣誉。"张雷也伸出右拳："为中国陆军的荣誉。"两个拳头撞击在一起。海滨的一轮红日被撞击出来，背着大背囊的中国陆军特种兵们高喊着番号在沙滩上疯跑。奔尼帽下黑白分明的眼睛，黄色的皮肤，高喊的嘴里迸发出清晰的汉字："一——二——三——四！"

在沙滩上做准备活动的一支外军特种兵代表队都抬起头看着他们跑过来。队长嘴里嘟囔着："这会是一场艰辛的比赛。"满头大汗的队员问："为什么？我们不是每年都来吗？"队长看着跑过来的中国特种兵们："因为他们——中国陆军。"

奔尼帽下的黄色脸孔逐渐清晰，年轻而又充满斗志。中国军靴在爱沙尼亚的沙滩上踩下清晰的脚印。

5

"爱沙尼亚在哪儿啊？"萧琴拿着放大镜，脱了鞋穿着袜子跪在一幅巨大的世界地图上找。刘勇军戴着眼镜坐在沙发上看《卫国战争史》，不时地记着笔记。

"老刘，你帮我找找啊！"萧琴气馁地放下放大镜，"这爱沙尼亚在哪儿啊？我怎么找不到啊？"刘勇军看都不看她说："你也不看看那是哪年的地图。国际局势风云变幻，分久必合，合久必分——爱沙尼亚是1991年才独立的，那是88年的地图！我扔阁楼上你非要找下来！"

"你不早说！"萧琴一屁股坐在地图上，"你早说啊，我就不找了！"

刘勇军笑笑："我看你这样找，倒是蛮可爱的！"萧琴急得都要掉泪了："你就会笑话我！我知道女人头发长见识短，我都认错了，你怎么还笑话我！"刘勇军哈哈大笑："这才是你——萧琴，这么多年了，我难得在你身上发现你当年的影子！"萧琴不好意思起来："老夫老妻了，说这个干什么？——小岳，把首长小会客室的世界地图和地球仪给我找来！"

小岳无声地把地图和地球仪送来，萧琴拿着放大镜仔细找。刘勇军脱了鞋走上地图，蹲在萧琴旁边看她仔细找，乐了。萧琴举着放大镜仔细找着，眼角的鱼尾纹更细密了，鬓角也已经花白。刘勇军心里涌起一丝柔情，伸手去抚摩萧琴的眼角。萧琴急了："哎呀，你干什么！我这儿正找爱沙尼亚呢！等会儿芳芳回来，我连爱沙尼亚都不知道在哪儿，怎么跟她说话啊？"刘勇军笑，伸手揽住萧琴的肩膀："这样多好？我们都一天天老了，孩子也长大了。操心操心孩子，不比什么好？让我怎么说你啊！"

"老刘！"萧琴脸红了，"小岳在呢！"

"报告！首长，我去擦车了！"小岳忍住笑，跑了。

"这个机灵鬼！"刘勇军笑笑，"萧琴，我发现——你比以前更好看了！"

"都多大年纪了还说这个！"萧琴推他。

"多大？我刚刚46，你也才不过43吗？"刘勇军笑着，"多大？"

萧琴红着脸被刘勇军揽着肩膀："都是我错了，以后我不会那样了。"刘勇军又严肃起来："错了知道改就好，张雷那边我已经说好了，回国以后我请他吃饭——你要当面向他道歉！"萧琴点头："嗯。"刘勇军笑了，在萧琴脸上亲了一下。

"哎哟！"正在进门的刘芳芳见状一愣，在地板上滑了一下，差点儿摔倒了。刘勇军急忙松开萧琴，站起来背着手："啊，回来了？"萧琴红着脸整整头发，站起来："芳芳回家了？"刘芳芳看着父母的尴尬样子捂着嘴："我什么都没看见！我什么都没看见！你们继续！我上楼换衣服！"她噔噔噔就上楼了。

"让你帮我找爱沙尼亚，你这不诚心让芳芳看笑话吗？！"萧琴急了，"我自己找！我不信找不到！"刘勇军看着萧琴举着放大镜认真地看地球仪，呵呵笑了。

晚上。刘勇军家的餐厅里点着蜡烛，看上去很温馨。萧琴忙活着摆菜、放碗和放筷子，刘勇军穿着衬衣、军裤走过来："哟！真丰盛啊！"萧琴瞪他一眼："先别动筷子，等芳芳！"

"好好！"刘勇军放下筷子，笑着看萧琴忙活。刘芳芳穿着便装从楼上下来，在楼梯就呆住了。萧琴招手："芳芳，快下来吃饭啊！"刘芳芳稳定一下自己，下来了，坐在刘勇军对面，脸上没什么笑容了，拿起筷子就吃。刘勇军笑笑，看看萧琴，摇摇头，也拿起筷子吃饭。萧琴看着刘芳芳，满脸堆笑："芳芳，爱沙尼亚……"

"爱沙尼亚怎么了？"刘芳芳一顿碗，"难道你还要去和爱沙尼亚总统谈工作？！"

刘勇军扑哧一声笑了。萧琴尴尬地笑："妈不是那个意思，妈是说……妈知道爱沙尼亚是 1991 年独立的，在欧洲的波罗的海，有 45226 平方公里……"刘芳芳好奇看她。萧琴笑笑问道："妈是不是说错了？"刘芳芳转开脸，吃饭不说话。萧琴笑着继续说："爱沙尼亚的首都是塔林，时差和我们有 6 个小时……'爱尔纳·突击'国际侦察兵比赛始于1992 年，是各国特种兵的比武大会……"刘芳芳的眼泪吧嗒吧嗒落在碗里。

"芳芳，妈知道错了。妈都改，妈背了好几天爱沙尼亚地理历史，你想知道啥，妈都会。"萧琴笑着说。刘芳芳丢下饭碗，趴在桌子上哭。萧琴赔笑说："你就原谅妈吧。妈已经写了 100 多份检查了，给你爸爸写了 40 多份，给你写了 60 多份！你爸爸已经通过我的检查了……"

"我可没说你通过了啊！"刘勇军笑。"你别添乱！"萧琴急了，转向芳芳又是满脸堆笑，"芳芳，再给妈一次机会还不行吗？就一次？"

刘芳芳抬起头，满脸都是泪水，抱住萧琴："妈——"母女俩抱头痛哭。

刘勇军呵呵笑着："哟！全家团圆啊！吃饭，吃饭，吃完了有节目——我找来了爱沙尼亚历次爱尔纳·突击比赛的录像资料！这次我们的代表队就是在这些地方比赛的！你们可以身临其境观察一下他们是怎么比赛的！"

刘芳芳破涕为笑："爸爸，你太伟大了！"

"快吃！快吃！"萧琴擦着眼泪，"吃完了看爱沙尼亚！看爱沙尼亚！"

6

"爱沙尼亚……"方子君在宿舍的床上摊开一张巨大的世界地图，台灯对着地图，旁边还放着几十本地理和军事书籍。她睁大眼睛仔细地寻找着，当找到了，就在上面用红笔画了个记号。敲门声响起，她头也不抬："进来！"何小雨抱着一堆书进来，放在桌子上："都在这里了！我把我们图书馆能找到的跟爱沙尼亚沾边的书都借来了，可累死我了！"

"辛苦了，自己倒水！"方子君一把把书都摊在桌子上，看着书名，"你怎么借来的都是芬兰和苏联的资料啊？"何小雨愁眉苦脸地说："咳，1991 年刚刚独立的！根本找不到独立成书的资料！"方子君点点头，打开一本战争历史仔细看。

"子君姐，问你个问题可以吗？"何小雨喝了口水，坐在椅子上小心地问。方子君不抬头："问。"何小雨问："你到底在关心哪个？"方子君抬起头："什么意思？"

"陈勇，张雷——你到底在关心哪个？"何小雨小心地问。

方子君低头看书："我没必要告诉你。"

何小雨叹口气："我一直觉得我很聪明，没想到其实我最傻……"

方子君笑笑，继续看书，目光迅速在字里行间找。何小雨着急了："姐姐！你到底是喜欢谁啊？"方子君抬起头看着她："小雨，你记住一点！我已经结婚了！"何小雨张大嘴。

"我可以告诉你，两个我都关心——一个是我的丈夫，一个是我爱过的人！"方子君低头继续看书，拿笔记着什么。"什么逻辑啊？"何小雨苦笑，也拿起一本书仔细翻着。

7

"一共是 258 元整。"女店员笑着说。"谢谢。"廖文枫笑着拿出钱交上，抱着一大堆欧洲地理和历史书籍走出新华书店。晓敏在车旁等他，给他打开车门。廖文枫把书都堆在后座上："你开车吧，我看看书。"晓敏开车："你要去欧洲发展啊？""没有。"廖文枫在《地理辞典》里寻找爱沙尼亚，"我想知道爱沙尼亚到底是什么地方。"

"爱沙尼亚？怎么了？"晓敏问。廖文枫笑笑："就是这次中国人民解放军特种部队代表队去参加国际特种兵比赛的地方。"晓敏撇撇嘴："我知道爱沙尼亚——唉，我都不知道你到底退伍没有。"廖文枫一激灵，抬头看她："什么意思？"晓敏苦笑："你是个商人，可是却还那么关注军队。我真怀疑，商人怎么会那么关心军队呢？"

"你没当过大头兵，不会理解的。"廖文枫笑笑，"我是国民革命军海军陆战队特勤队出来的，也是特种部队。我对这些事情，当然会有不一般的爱好。"他继续看书，晓敏开车苦笑："真搞不懂你们这些当过兵的人啊！刘总的儿子在爱沙尼亚，林经理的爱人在爱沙尼亚——你呢，心在爱沙尼亚！"

8

爱沙尼亚米尼萨达玛海军基地码头。结束开幕式后的各国特种兵代表队在进行出发前的阅兵。当中国特种兵代表队走过观礼台，随着陈勇一声响亮的"向右——看！"中国特种兵 8 人方阵怒吼着齐步变正步。庄严肃穆的黄色脸孔，落地有声的中国军靴，整齐划一的出枪动作，会场掌声四起。站在观礼台上的中国武官举起右手敬礼，观礼台下的中国代表队领队何志军和雷克明举起右手敬礼。

阅兵式结束，各国特种兵们交换纪念品。和普通人想象的不同，走入开放的中国军队并没有遭受到任何敌意。爱沙尼亚特种部队司令赠送给何志军一组精致的印有爱沙尼亚军徽的咖啡杯，何志军拿过雷克明手里的一个红色的盒子递给他，一本正经说："牛栏山二锅头。56 度！"爱沙尼亚特种兵司令听翻译说完哈哈大笑，当场就打倒了两个半杯，递给何志军一杯。翻译正想说话，何志军一举手打断他："这个不用你翻译了，喝酒嘛！来！"何志军拿起那个半杯和爱沙尼亚特种兵司令一碰，一饮而尽。爱沙尼亚特种兵司令哈哈大笑，也一饮而尽。

"能喝啊！"田小牛眼睛都直了。雷克明淡淡一笑："这是北欧，这里的人别的不喜欢就喜欢烈酒。当兵的就更喜欢了！你送茅台，他们反而不喜欢。"

张雷拿出一个中国空降兵伞徽送给一个前来交换纪念品的外军特种兵，别在了对方胸前，对方喜不自禁。这种东西老百姓可能觉得不值钱，但是当兵的不可能不喜欢，都觉得是无价之宝。于是，一顶棕色贝雷帽就扣在张雷头顶，双方拥抱合影。

"这是我们陆军学院的校徽。"刘晓飞递给站在自己面前的外军特种兵。这个特种兵惊喜地说："我知道。中国的西点军校，我的荣誉！"于是一把丛林匕首就挂在刘晓飞腰带上了。

董强和田小牛实在没办法了，一个送了领花，一个送了肩章。外军特种兵很是高兴，送给他们崭新的印有自己部队徽章的训练 T 恤或棒球帽。

礼仪活动结束了，各自的队员在准备装备，准备登上停泊在岸边的登陆舰出发。

"走之前，给你们看一样东西。"何志军脸上严肃起来。大家都围着他站着，雷克明站在他身后，何志军慢慢打开翻译手里捧着的一个迷彩布包着的盒子，耿辉的黑白照片放在这个盒子正中。所有人都安静了。何志军的声音颤抖着说："这是老耿的另外一半骨灰！他要看着你们比赛！我事先不告诉你们，是怕影响你们训练；现在告诉你们，是要你们给我记住——你们的政委在看着你们！他在爱沙尼亚的天空看着你们！"8 个代表队员的脸都很严肃。何志军眼中闪着泪花："如果你们可以在比赛当中脱颖而出，证明了中国陆军特种兵的实力，老耿就在这里——就在爱沙尼亚入土为安！以后每年来比赛的中国特种兵都会知道，曾经有那么一个政委，他为了中国特种部队把自己都熬干了！记住了没有？！"

"记住了！"8 名队员怒吼。

"出发！"何志军把盒子包好，"不要让老耿失望！"

8 名队员背上自己的步枪和装备，站成一排。何志军和雷克明敬礼。队员们还礼。

那边，各国特种兵按照次序陆续登上登陆舰。陈勇带队向右转，跑步上军舰。缆绳收起，登陆舰缓缓离开码头。8 名中国特种兵代表在舰舷旁站成一排，随着陈勇的一声口令，举起右手敬礼。何志军和雷克明面对逐渐远去的部下，举起右手庄严敬礼。

9

晨雾当中，阳光洒下来，可见度很好。担任裁判的芬兰维和观察员团的军官们戴着蓝色的头盔或者蓝色贝雷帽，站在高尔卡海湾的各个角落，随意交谈着。各国记者们在警戒线外扛着摄像机和照相机准备着，各种语言喧嚣着。何志军和雷克明穿着中国陆军常服戴着墨镜，他们刚刚出现在警戒线外就引起记者们的注意："中国人民解放军！是中国陆军特种部队的军官！"面对记者围上来的话筒和摄像机，何志军和雷克明一言不发，径直走向观礼台。观礼台下的爱沙尼亚哨兵们拦住了记者，一个记者用半生不熟的普通话高喊："大校先生，这是中国陆军特种部队首次在世界面前武装亮相，你真的没什么说的吗？"何志军回过头看着这个显然在中国留学过的金发记者："我们中国军队有句话——说多少都没用，要看做得如何。谢谢你的关心。"

何志军和雷克明站在观礼台上的各国军官当中，举起了望远镜。遥远的海面上，炮艇在游弋着，拉着警戒线，空中有两架直升机在巡逻。救护队员们穿着潜水服、背着氧气瓶、抱着头盔坐在直升机打开的舱门口，随时准备跳入海中救人。电台的信号在空中穿梭着，一双双各种颜色的眼睛在注视着平静的海湾。雷克明观察以后说："模拟水雷的密度比我们集训的时候要大。他们给各国的比赛资料都是故意降低难度的，就是为了考验各国队员的应变能力。"何志军忧心忡忡地说："后面肯定还有变数啊！"两发红色信号弹打起来。观众们一片喧哗，指着海面非常兴奋。30 多艘橡皮艇出现在海平面上。不时有小组碰到了模拟水雷，彩色染料炸开，弄了他们一身。芬兰裁判手里无情地在扣分，观众们也在惊呼。第一个靠岸的是一个东欧国家的伞兵突击队，他们在机枪的扫射下绕过炸点完成了规定战术动作。在观众的掌声中向纵深的丛林挺进，消失了。

"注意炸点！"张雷高喊着翻身下水，在齐膝的水中和刘晓飞等拉着橡皮艇靠岸。何志军的望远镜追随着他们，心里有些欣慰。接着是另外两个国家的代表队，陈勇小组的橡皮艇在浪中打了个转，这个时候才调整过来方向上岸了。身手敏捷的各国特种兵们在炸点和机枪的围剿中完成了抢滩登陆，陈勇带着自己的三个兵迅速通过炸点，挺进，进入纵深。

"保持队形！"陈勇高喊。在观众的掌声中，各国特种兵代表队陆续上岸，比赛从滩头转向纵深的原始丛林。

"去 B 点吧。"雷克明放下望远镜，"我们开车过去，他们就得钻林子了。"

何志军神色严肃地放下望远镜，匆匆下了观礼台走向吉普车。

丛林当中已经响起或者稠密或者稀疏的枪声、犬吠声和高喊声。

10

嗒嗒嗒嗒……嗒嗒……密林里已经是一片混乱，各国特种兵选手在爱沙尼亚边防军的围剿下狼狈逃窜，树枝在空中摇摆着。在这第一道关卡，布置了将近 900 名熟悉地形的爱沙尼亚边防军，几乎每 100 米就有一个班的兵力在搜索，不时地有选手落入重围，被撕掉胸条。一组选手顽强跑着，被后面追兵追到小路上，迎面飞来一枪托，第一个选手被击中面部，仰面栽倒，身披插满杂草的伪装网的几名爱沙尼亚特种兵从灌木丛中钻出来，画着油彩的脸上两只眼睛在闪亮。面对黑洞洞的枪口，这组选手不得不放弃抵抗，任凭扣分。

军犬吐着舌头，在搜索着水塘边上的草丛。爱沙尼亚边防军士兵拿着 AK74 步枪在互相叫喊着，他们在水塘边上发现了脚印。嘈杂的叫嚷声中，一个军官指着上山的小路，爱军士兵跟着他跑向山上，军犬还在水塘边闻着，被训导员使劲一拉脖子，嗷一声哀嚎，跟着他走了。一直到彻底安静下来，平静的水塘才出现细密的水纹。芦苇秆儿轻轻地从水里冒了出来，露出刘晓飞画满迷彩伪装油彩和黑白分明的眼睛。他混在芦苇丛里，确定周围都安静了，才轻轻用手撩撩水面。张雷和其余的两个学员嘴里叼着芦苇秆儿从水塘里露出脑袋，钻到芦苇丛里小心地趴下。刘晓飞用手语告诉他安全。张雷拿起步枪挥挥手，示意他探路。刘晓飞戴上湿透的奔尼帽起身，低姿钻到芦苇丛边上。当他确定周围确实没有动静的时候，以最快的速度嗖嗖钻进对面的密林。其余三个中国选手紧跟他钻入密林。

陈勇带着自己的小组疯狂跑过开阔地，后面十几名爱沙尼亚边防军拉着枪栓打着空包弹在狂追。张雷在远处看见了，用手语示意大家准备，随即四支自动步枪嗒嗒嗒嗒对天射击，枪声和爱军装备的 AK74 自动步枪明显不同。追逐陈勇的爱军被吸引了，叫喊着往这边跑来。张雷带着自己的组员撒丫子就跑。陈勇带着小组钻进密林，对面草丛里站出几个爱沙尼亚特种兵叫喊着，用步枪比画他们举手。陈勇问："规则没说不许打人吧？！"林锐喊："没说！"

陈勇二话不说快跑几步，一脚踢在右侧的树上弹跳起来，在空中一个利索的龙摆尾，两个爱沙尼亚特种兵捂着脸就倒下了，剩下三个围上来，陈勇干净利索逮着哪儿卸哪儿。托着下巴的一个，扶着膀子的一个，还有一个抱着右脚腕子就倒下了，嗷嗷乱叫。"跑跑跑！"陈勇对目瞪口呆的队员们喊，嗖嗖嗖，他们就钻了林子。

在 B 控制点等待选手们完成第一站出来的何志军和雷克明惊讶地看见 5 个爱军假想敌躺在担架上被抬出来了，扶着膀子、托着下巴什么的在哀号。两人相对苦笑，爱军的医生很着急，看了这个看那个，束手无策，不知道是什么怪病。

"你去告诉他。看看这附近镇子有没有治跌打的中医，最好请来跟随比赛全程，还有要这样受伤的。"何志军对翻译苦笑着说。雷克明忍住笑："和尚给逼急了。"

直升机在空中盘旋着，紧紧跟着张雷小组在丛林狂奔。张雷高喊："怎么发现我们的？！"

"不知道！"刘晓飞手持双枪跳过一棵倒在地上的腐烂的树。他刚刚落地，树上跳下来一个人影直接把他扑倒了。张雷鱼跃过来，撞倒这个从天而降的爱沙尼亚特种兵，随即又从树上和旁边的草丛中跳出十几个隐藏很好的爱沙尼亚特种兵，步枪哗啦啦都上了栓。枪口从不同角度顶住了四名中国队员的脑袋，眼睛冒火的张雷几人只能看着自己的胸条被撕掉一块。

"走吧。"带队的军官挥挥步枪。四个人又钻进林子。刘晓飞怒吼："再撕几次我们就被淘汰了！"天上直升机又在盘旋。张雷挥挥手："卧倒！"大家都卧倒。直升机就在头顶盘旋，大绳抛下来，几个爱沙尼亚特种兵滑降下来在树林搜人。

"他知道我们在这儿。"刘晓飞压低声音喘着粗气说，"不然不会跟这么紧。"

"一定有跟踪信号。"张雷看着大家，眼睛落在四人手腕上的电子表上。刘晓飞问："这是大赛提供的呼救手表啊？让我们顶不住的时候求救的，不应该有问题啊？"

"是呼救用的，但是平时也会有信号传出来的。"一个学员说，"我上学前当过通信兵。"张雷摘下手表，思索着。

爱沙尼亚特种兵们搜索到了他们刚才的位置，信号跟踪器的反应加强了。带队军官举起右手，大家一起喊着扑向一个灌木丛。冲进去以后，发现没有人，只有四个放在地上的呼救手表，中间是一个闪亮的中国陆军军徽。带队军官倒吸一口凉气，拿起电台呼叫："总部，眼镜蛇四号呼叫。中国代表队有一个小组丢弃了呼救器，我再重复一遍！中国代表队有一个小组丢弃了呼救器！他们在爱沙尼亚最原始、最恶劣的森林丢弃了呼叫器！他们放弃了任何呼救的可能性！"他的目光转向密集的险象环生的丛林，喃喃地说："他们就是死在里面，也不打算向我们求救了！"

11

齐膝深的冰水一脚踩下去，透心凉。董强咬牙往前探着，用一根粗树枝试着沼泽的坚硬程度。在他身后，陈勇、林锐和田小牛都手持步枪低姿对着各自的方向。

"第一小组没有动静了。"林锐忧心忡忡，"是不是被淘汰了？"

陈勇面无表情："就是剩下一个人，也得爬到终点。"

董强滑了一下，树枝一撑就下去了，他急忙站直，看着树枝被沼泽吞噬进去，回头苦笑："不能走。"田小牛脸色发白："树枝都立不住，我们人更过不去了。"

"这种地方才没有伏兵。"陈勇背起步枪站起来，"想不扣分只能从这儿走。"

林锐拉住他："过不去的！"陈勇说："田小牛放警戒线。砍树枝子做木排，把装备放在木排上我们拉过去。"

田小牛拿起步枪跑入丛林。林锐苦笑，拔出开山刀砍树："刚才我都多余说。"

张雷带着自己的小组沿着小溪涉水前进，这样可以防止军犬追踪。水冷刺骨，每个队员的嘴唇都发紫，尖兵刘晓飞一挥手，大家都蹲在水中只露出脑袋，张雷慢慢涉水过去："怎么了？"刘晓飞说："河。"

一条大河确实是波浪宽而且水流湍急，河上有钢架桥，但桥上有戴着蓝色贝雷帽、穿着棉风衣的裁判们在抽烟说话，显然从这里走是要扣分的。有几个代表队从河边树林钻出来，疲惫地走上了桥。裁判们在写着什么，看来是在扣分。刘晓飞捡起一块大石头丢河里，没什么水花就下去了。刘晓飞说："深，而且急。"张雷咬着嘴唇，看着外军代表队过河："没假想敌，晓飞去问一下，过桥要扣多少分。"刘晓飞站起来跑步过去，一个裁判看着他过来准备在板子上写字。刘晓飞急忙说："等等。我不是要上桥，我是想知道从这儿过要扣多少分？"裁判说："80。"刘晓飞一惊："80？！"

张雷听完就说："不能过桥，我们每被抓一个人扣20分，这过一次桥要80分！等于我们又集体被俘了一次！"

"游吧。"刘晓飞开始脱衣服，嘴唇还在打冷战。张雷拿出攀登绳绑在他的腰上，拍拍他的肩膀。只穿着短裤的刘晓飞一下子就跳入湍急的河流当中，奋力游向对岸。桥上的裁判们有一个惊叫一声，都凑到桥边看。刘晓飞奋力地在湍急的水流中挣扎着，不时得躲过上游漂来的木头什么的。其余三名中国特种兵选手站在岸边无声地看着，张雷手里拿着攀登绳。

一个裁判惊呼："现在多少度？"一个花白胡子的裁判说："地面温度零下1摄氏度，水里起码是零下10摄氏度。这帮中国孩子玩儿命了！"

一棵腐烂的大树树干从上游冲下来，径直扑向正在河里挣扎的刘晓飞。刘晓飞看见了，他冷静地踩水向对岸游。三个中国特种兵选手也不说话，都是无声看着。张雷抓紧了手里的绳子，准备不时之需。木头越来越近，裁判们惊叫着，要刘晓飞躲开。木头横着就扫过来，在木头撞击刘晓飞头部的一瞬间，刘晓飞敏捷地低头潜下水。裁判们目瞪口呆，有的在胸前比画着十字，有的已经摘下了自己的蓝色贝雷帽。突然，一个光头从水里冒出，甩出一头水花。刘晓飞已经游到对岸岸边，抓住了岸边的树杈，冲着对岸的张雷他们高喊："啊——"

裁判们的掌声雷动，口哨不断。在裁判们的掌声当中，刘晓飞把攀登绳固定在岸边的大树上拉紧了。张雷把攀登绳拴在自己这边的大树上，背好背囊，拿出滑降扣扣在攀登绳上。他快跑几步，双手抓住滑降扣就在湍急的大河上空从攀登绳上如同猴子一样滑了过去！裁判们被中国特种兵的毅力和身手震得目瞪口呆。另外两名队员也滑了过去，刘晓飞接过自己的装备和武器，开始穿衣服。一个队员问："绳子怎么办？"张雷看看湍急的大河："留下吧！"四个人背好装备开始向更纵深的森林挺进。

"男孩，为什么你们不过桥？"一个裁判高声问。刘晓飞回答："80分，我们丢不起。"

"可是大多数代表队都是宁愿丢弃这80分也不会从这样的河中游过去啊！"

"这就是东西方军队的差异。"刘晓飞回头说，"我们的信条是使命重于生命！"

裁判指着那条悬挂在大河上空的绳子："在实战当中，你们会丢下绳子吗？"

"不会。"张雷停下说，"我们会砍断绳子，防止追兵。"

"那为什么要留下呢？"裁判问。张雷指着身后茫茫的群山说："后面还有代表队。他们也需要过河，我想他们也不希望被扣80分。我们走了！"四个队员嗖嗖钻入丛林消失了。裁判们站在桥头看着他们消失。一个裁判拿起笔，在记分板上激动地写着："我见到了一群可爱的士兵，这群士兵属于一支陌生的东方军队。他们不仅具有超常的军事素质和顽强的战斗决心，而且具有博大的胸怀。拥有这样一群士兵的军队，是伟大的！"

四个泥人在沼泽里跋涉，拖着堆放着背囊和武器的木排。当他们接触到坚硬的地面，就加快了速度。四个人都疲惫地倒在草丛里，陈勇顽强地拉过木排："赶紧装备好自己，我们还有路要走！"林锐咬牙脱下军靴，倒出里面的泥巴，还有一只蝎子："妈的，我说怎么这么疼！"他一把拿起来蝎子直接就咬断了，揪掉毒钳子塞进嘴里生吃了："高蛋白，补充一下营养！不错！"田小牛咽着唾沫，在自己倒出来的泥巴里找，啥都没有。

"馋了？"董强把枪扔给他，"走吧！"

四个人刚刚站起来，就看见对面笑呵呵站着俩爱沙尼亚边防军。陈勇痛心疾首地喊："我操！"爱沙尼亚边防军走到筋疲力尽的中国特种兵跟前嘟囔了一阵英语。

"他们说什么？"陈勇问。林锐沮丧地说："他们说，很佩服我们的勇气，这个沼泽没人敢走。所以他们没安排什么人看着，就他们俩。"

陈勇吐出一口气："天命啊！准备被扣分吧！"

田小牛苦笑着拿出自己的水壶，打开来递给陈勇："喝一口吧，暖暖身子好走路。"

陈勇拿过来闻闻："怎么是二锅头？""我自己偷偷装的。"田小牛笑。陈勇喝了一口，长叹一声，满嘴酒气。两个爱沙尼亚边防军眼睛就直了，拼命嗅鼻子。陈勇眼睛一亮，举起水壶："林锐——告诉他们，都来一口！"林锐苦笑着翻译。一个爱军士兵就拿过来喝了一口，竖起大拇指："Ok！"两个兵就开始喝，还抢。"我这儿也是！"董强急忙递给陈勇。陈勇拿起一满壶酒，对两个爱军边防军说："林锐，你给我翻译——这个酒Ok，我们也Ok，所以酒留给你们Ok。你们Ok了，我们也得Ok，大家都Ok！"林锐忍住笑，把这个中英交杂的话翻译过去："这个酒你们留着喝吧，我们希望可以和你们成为朋友。"

俩假想敌面面相觑，看看四周。一个爱军接过陈勇手里的酒："Go！Go！"

"什么狗？"陈勇急了，"还想要狗肉？！"

"走吧！"林锐一拍他，"让咱们走！"——四个中国特种兵撒丫子就跑了。

12

天色擦黑的B控制点，何志军和雷克明都是忧心忡忡看着密林的出口。裁判和记者们都在闲聊等待着，摄像机都提在手里或者放在地下。站在高处的裁判放下望远镜高喊："第一组到了！"所有人都紧张起来，哨兵手拉手站开拦住激动的记者，裁判们走上前来，后面紧跟着医生和担架兵。何志军和雷克明站在警戒线外，紧张地看着出口。四个疲惫的身影出现了，所有人都眼前一亮。泥泞的迷彩服已经看不出款式和颜色，脸上也是厚厚的泥巴，枪都横背在肩上架在背囊上面——但是他们黑白分明的眼睛让所有人都惊呼起来："China！CPLA！"

陈勇带头，后面是林锐和董强，田小牛殿后。四个中国特种兵咬着牙奔向B控制点，医护人员们上来给他们做检查。他们都站着任医护人员检查心脏和脉搏，裁判走到他们面前逐次伸出手指，他们都准确地回答。

"陈勇！"何志军高喊，"你站好了，摄像机在对着你！"

陈勇站直了，拉上敞怀的军服，露着白牙笑着，对着镜头敬了个礼。

酒店房间。黑暗中，廖文枫注视着海外电视台的现场直播。面对敬礼的陈勇，他的眼中不知道是什么感情。

"神速的中国军团！"主裁判看着记分板，"神速！"检查完毕的陈勇带着自己的小组穿越记者围成的人墙，冲向公路那边的河流。他们提起一个橡皮艇下水了，动作整齐划一，喊着号子划桨前进。掌声还没停止，第二个小组也出现了。

"还是中国！"惊呼声连连。浑身湿漉漉的张雷带着自己的组员冲过B控制点的白线，让医生检查身体。面对镜头，他伸出右手做了个胜利的手势。队员们虽然很疲惫，但是精神状态极佳，都是一嘴白牙笑着。何志军和雷克明对视笑起来，记者们已经围上他们了。

"我们不接受任何采访。"雷克明将何志军的车门关上，自己也上车了。"走走走！去C点！这帮小子！"何志军上车以后严肃的脸都笑烂了，"去C点，看他们什么时候到！"

后面陆续有各国代表队出了丛林。记者们蜂拥上去，一个女记者背对现场在做报道："爱尔纳·突击国际侦察兵比赛第一控制区的比赛结束，来自古老中国的解放军特种部队的两个小组成为长途渗透奔袭的冠亚军。在场的各国军事专家都将他们称为'神速的中国军团'，他们的渗透和奔袭能力得到公认。CBN 环球新闻记者现场报道。"

酒店房间，廖文枫激动地开了瓶葡萄酒。

爱沙尼亚边防军和特种部队比赛假想敌联合指挥部。夜。

"首次参加比赛的中国代表队长途渗透得分很高。"担任总指挥官的特种部队司令看着成绩表苦笑，"这恰恰证明我们反渗透的失败。"

"他们速度很快，而且胆子很大。"步兵团长说。特种部队司令下令："今天晚上开始，集中机动力量搜索中国特种兵。哪怕隔 500 米也要追，要赶着他们跑！抓不住也要让他们消耗力气，不能这么容易就得到胜利！"

"您认为他们会是冠军吗？"

"不会。"特种部队司令摇头，"他们的装备不行，在后面的技术科目会遇到难度——如果他们有其余参赛国的装备，就不需要再比了。"爱沙尼亚驻军的营区警报大作，一批一批边防军和特种部队士兵奔出帐篷登车。车灯划破夜空，在丛林当中穿梭着。

13

夜色包裹着低海拔密林，空气湿度大，温度低。田小牛在树上放哨，他驱赶着困意。陈勇他们三个枕着背囊躺在背风的山石后面小憩。突然，陈勇的眼睛睁开了，他仔细听着，一下子坐起来："走！"林锐一个激灵起来抓着步枪："哪个方向来的？"

"四面八方！"陈勇一脚踢起来董强。田小牛跳下树："我没看见来人啊？！"

"有猎狗，不是军犬！"陈勇说，"走走！这个最难甩！"四个人背起背囊就跑。四面八方的手电突然亮了，嘈杂的人影出现。陈勇确定一个方向："冲出去！"四个人跟在他后面往密林深处冲，前面出现人影。陈勇一枪托打倒，更多的人冲出来，他们都是左打右扑，不肯束手就擒。一张网从天上飞下来，罩住了陈勇，陈勇还要挣扎，网已经收紧了。林锐踢倒一个冲上来的假想敌，更多的手从背后出来，将他按在地上。他被揪起来，随即看见董强和田小牛也被抓住了。几条猎犬围着几个穿着便装拿着猎枪的老猎人欢快地跑着。陈勇苦笑："他们雇用当地猎人了。他们更熟悉地形，猎犬在山地也要比军犬好使。"

四个人被带到空地上，步兵团长亲自撕了他们的胸条。步兵团长苦笑："抓住你们真不容易。"四个中国特种兵都无语。步兵团长挥挥手："走吧，后面给你们也布下了天罗地网，好运。"陈勇就带着他们无声地跑了。

张雷那边情况也很糟糕，猎犬和老猎人太熟悉地形了。他们疲于奔命，但是两只当地猎犬紧追不舍。军服都被树杈子刮烂了，猎犬却越来越近。刘晓飞跑到前面，高喊："没路了！"张雷到前面一看，是悬崖。悬崖很深，四个人都是倒吸一口凉气。后面的追兵也越来越近，往别的方向跑是来不及了。张雷咬牙高喊："下！"

猎犬追到悬崖边上狂吠。猎人和追兵追过来，看着万丈悬崖都很吃惊，议论了一会儿，牵着狗走了。现场一片寂静，似乎什么都没发生过。一只手啪地从悬崖下面伸出来，抓住了石头的棱角。刘晓飞的眼睛露出来，没什么动静了，他吹了两声口哨。四个吊在悬崖上的军人就背着沉重的装备爬上来，在悬崖边上喘气。刚才他们下了悬崖，依靠自己顽强的臂力和意志如同壁虎一般撑住了。

"他们冲我们来了。"张雷看看追兵走的方向。刘晓飞苦笑："起码一个营的搜索队。"

汪汪汪——狗叫声又密集起来。"我操！又回来了！走啊！"刘晓飞脸色大变，提起枪就跑。四个队员跟兔子一样钻进丛林。

C点控制站，何志军和雷克明看着通报，都是脸色沉郁。雷克明说："昨天晚上两个小组都被抓住了三次，成绩下来了，现在是第七和第九。"何志军不说话。雷克明说："下面是手枪速射，看他们能不能扳回来。他们的手枪打得都是不错的，不知道这次能不能正常发挥。"何志军看着远方的密林，看着正在疲惫跑向C控制站的陈勇小组高喊："把我车上的国旗给我拿出来！快点儿！"

陈勇带着自己的组员跑着，突然眼前一亮———面鲜艳的五星红旗在控制站的人群上空飘扬——在爱沙尼亚上空飘扬。何志军不说话，站在自己的车顶挥舞着五星红旗。陈勇眼睛立即湿润了，浑身都是力气："走！"林锐把步枪扛在肩上高喊："祖国在看着我们！拼了！"董强举起步枪："祖国，我来了！"田小牛高叫一声："妈——你告诉村里的老民兵们，我代表祖国了——"

四个中国特种兵跟疯子一样嗷嗷叫着冲过C控制站的人群，冲那面鲜艳的五星红旗下方，冲进更深的密林。何志军还在挥舞那面国旗。朝霞当中，张雷小组也钻出了密林，浑身被剐烂的军装，满脸被剐伤的道子。刘晓飞的左胳膊包着急救纱布，其余两个队员也都是伤痕累累。张雷翕动着嘴唇："看见没有，我们的国旗！"刘晓飞咬着牙："我们不能服输！走啊！"张雷举起步枪高喊："拼了！"四个中国特种兵也是嗷嗷叫着冲过人群，刘晓飞拽住一个医生用英语高喊："狂犬疫苗！快！给我打上！我被狗咬了！"

"你要退出比赛观察！"医生哆嗦着手拿过疫苗输入针管。

"不！"刘晓飞高喊。医生的手哆嗦着找不到位置，刘晓飞一把抢过针扎在自己胳膊上，边跑边推。推完了直接就扔掉空针管，嗷嗷叫着去追赶自己的队伍。

"你给我拿着！"何志军高喊，把国旗抛向刘晓飞。刘晓飞跳起来接过旗杆，扛着五星红旗追上队伍，旗杆传过他们四人小组每个队员，落在张雷手中。张雷扛着国旗，带着三个队员疯子一样嗷嗷叫着跑向手枪射击场。鲜艳的五星红旗引导着四个浑身泥泞和伤痕累累的中国士兵，跑向自己的目的地。所有在场的观众和记者都目瞪口呆。

陈勇拔出手枪在检查，他冷冷地看着越跑越近的五星红旗高声说："这是我们中国陆军特种部队在世界上的第一枪！"他哗啦上膛，大步跑向悬挂在悬崖上的两根木头。摇晃的木头上，他走得很稳，对于武术功底很深的他来说这个并不难。他走到中间，出枪瞄准20米外的靶子。时间在这一刻仿佛静止了，陈勇站在摇晃的木头上，左手抓着上面的木头，举枪瞄准。当当当当当！连续5枪，5个CD大小的人头靶子落下。

"就这样打！"陈勇高喊一声过去了。林锐第二个上去了。张雷跑到手枪射击场前，从旗杆上卸下国旗叠好了，庄严地放入自己怀里。他看着自己的队员："这面旗帜，会跟我们跑完全程！刘晓飞，上！"刘晓飞拔出手枪检查，上膛，冲上了木头。当当当当当！……

"东方的神枪手军团。"主裁判放下望远镜,"精彩的军事表演。全部 8 名队员 40 枪 36 中,在这样的疲劳状态下。"

"现在陈勇小组总分第四,张雷小组总分第五。"雷克明看着通报,"这个成绩已经可以向总部和军区交代了。"何志军看着远处在进行步枪速射的选手们:"比赛还没结束,我们不能高兴得太早。"

14

下了夜班的方子君揉着红了的眼睛走向自己的宿舍,门边站着一个人,她也没注意就往里走。"方大夫。"那人叫了一声,方子君转头,看见是满脸堆笑的萧琴。方子君退后一步,脸马上白了:"是你?你,你来干什么?"

"我来,我来是想……"萧琴还未说完,方子君就厉声打断她:"我已经按照你的意思去做了!现在给我走,我不想见到你!"

"方大夫,我是来向你道歉的!"萧琴追着她上楼。

"不需要!"方子君果断地说,快步上楼。萧琴着急地说:"我有事求你!"

"我和你没有任何关系!"方子君面无表情开着自己的门。萧琴哀求说:"我真的有事求你!"方子君冷笑:"求?你求我?这次你想怎么着?我告诉你,我已经结婚了!这就是答案,你不要骚扰我!"咣!她进门把门关上了。方子君靠在门上喘气,觉得胸闷。

萧琴站在门外尴尬地轻声说:"方大夫,我知道你恨我,我本来也不敢再来见你。我坐了大老远公车,来找你就是为了向你道歉。"方子君靠着们闭上了眼,眼泪流了出来。

"方大夫,我知道你恨我。"萧琴的傲气彻底没有了,低三下四地在门外说:"我自己也恨我自己,我恨我自己卑鄙。"方子君靠着门流着眼泪。"一切都已经发生了,我后悔也来不及。"萧琴真诚地说,"我也不可能不让你恨我,这一切都是我造成的,我有罪!"

"你走!"方子君在门里挤出来两个字。萧琴也抹着眼泪:"我会走的。我来不是让你原谅我,我知道你也不可能原谅我——我对你造成的伤害,可能已经无法弥补了。"

方子君闭上眼睛,急促喘气。萧琴尴尬地黯然地说:"我不配再跟你说话,我知道。我自己都恨我自己怎么那么卑鄙!"

"你到底还想怎么样?"门里的方子君爆发出来高喊。萧琴捂着嘴哭出来:"我只是想求你,不要告诉芳芳,我曾经来找过你!我害怕,我害怕失去芳芳!我害怕失去这个家庭!我有罪,我知道!只要你需要,我可以死!我只求你不要告诉芳芳,不要告诉她,她的母亲是个卑鄙的人!我会彻底失去她!我求你了,方大夫……"方子君在门里抽泣着:"你走……"

"这是一个绝望的母亲最后的请求!"萧琴哭着说,"方大夫,我求你了!我害怕失去芳芳,失去我的家庭!我已经改了,我都改!"方子君抽泣着看着天花板,头晕目眩。

"我给你跪下了!"萧琴哭出来,跪在方子君的门口。方子君一惊,打开门。萧琴跪着趴在地上,抽泣着:"这是一个绝望的母亲最后的请求……"方子君看着跪在自己面前的萧琴，无力地靠在门边流泪。方子君一指楼道："你走！"

萧琴不敢抬头："我请求你，不要告诉芳芳……"

"我不会告诉她，我也不会告诉任何人……"方子君流着眼泪，"你走！"

萧琴抬起头，满脸老泪："对不起！"

"走！"方子君怒吼出来。萧琴站起来，迟疑地看着她，看着这个悲愤的女人。方子君深呼吸压抑自己的情绪："我不再说第三次！"咣！门关上了。萧琴无力地扶着墙面，慢慢拖着双腿走向楼道。方子君靠在门上，绝望地哭着，痛楚地哭着。她再也受不了这种心中的压抑，高喊出来："我到底犯了什么错——啊——"她扑在枕头上大哭起来，床头的关于爱沙尼亚的资料掉了一地。

15

"问他，他怎么了？"陈勇黑着脸对林锐说。洼地里，躺着四个戴着妇女和老人面具的男子，搞笑的是装女人的男子居然还穿着裙子，脚下都穿着军靴，显然这都是爱沙尼亚军队的士兵假装的伤员。林锐问一个焦躁不安的"妇女"，那个"妇女"大叫着指着自己的胳膊。林锐苦笑："他说枪伤。"陈勇喊："胳膊伤了治胳膊！"

田小牛拿出急救包刚刚撕开过去，就被这个"妇女"踢开了，力量很大，而且田小牛没防备，就被踢倒了，撞在一块石头上，后背贼疼。"我操！你敢踢我？！"田小牛举起枪托。林锐一把抓住："放下！现在我们的科目是战场救护和心理疏导！"

"按住他，包扎！"陈勇下令。董强扑上去按住他的胳膊，林锐按住另外一只胳膊。"妇女"大叫着踢来踢去，田小牛一屁股坐在他腿上咬牙切齿："我让你踢！给我包好了！"几下子就给包好捆上了。田小牛说："好了！完成了吧？"

林锐看看英语的比赛说明："没完，我们还得进行心理疏导。"田小牛纳闷儿："啥？"

"安慰他们，一直到他们安静下来。"林锐苦笑，蹲下在他们面前柔和地用英语说话。不说不要紧，一说就开始喊叫，哭天喊地。林锐大声说着英语，不管用。

"你这安慰他们安慰到2000年也没戏！你起来！"陈勇着急地看表，林锐起来看陈勇。陈勇说："你翻译——你们Ok，我Ok；我不Ok，你们都别想Ok！"林锐纳闷儿，但还是翻译过去："你们好，我好；我不好，你们都别想好。"四个人又开始哭天喊地。

"操！"陈勇挽起袖子，"不给你们看看，你们不知道马王爷有几只眼睛！"林锐急了拉住他："中队长，你别乱来！"陈勇一脸坏笑推开他："我乱来啥啊？我安慰他们还来不及呢！"

四个男人都看着他。陈勇蹲下，笑着抓住那个叫唤得最凶狠的"妇女"手腕："你不Ok是吧？"林锐在旁边翻译。"妇女"疯狂点头，继续哭天喊地。陈勇笑着，摸着穴位，手下使劲。"妇女"高叫着，突然叫不出来了，疼、麻、酥一齐袭了上来，浑身跟蚂蚁爬一样。陈勇笑着问："你Ok了吗？Ok不Ok？"

"Ok！Ok！""妇女"不用林锐翻译就喊起来。陈勇松开手，笑着拍拍他的脑袋："Ok

了就好。"他站起来转向剩下的三个"伤员",笑着问:"他 Ok 了,你们 Ok 了没有?"他们都喊着"Ok",惊恐往后退。

"这不都 Ok 了吗?"陈勇背上步枪,"写报告,齐了!"林锐苦笑,开始写英语报告。

那边遇到的情况差不多,四个"伤员"极端不配合。张雷他们使出了擒拿技术才都按好包扎,心理疏导怎么也疏导不了。四个队员急得满头冒汗,刘晓飞刚刚按住这个,那个又跳起来。刘晓飞喊:"操!成心的都是!"

张雷蹲下来看着他们四个,脸上没有什么表情。四个伤员都看着他,不知道他想干什么。

"我们都是军人。"张雷用英语说,"我们的任务是安抚你们,你们的任务显然是不被我们安抚。这样好了,作为军人咱们打个赌——你们起来,跟我打,四个一起上。我赢了,你们都安静,我任务完成;你们输了,我们走人,扣分。"

四个爱沙尼亚兵都看着他,面面相觑。张雷起来脱掉外衣,又脱掉迷彩短袖衫,把国旗放在自己的衣服上:"来啊。"四个爱沙尼亚兵不起来,还是大呼小叫。张雷冷笑:"懦夫。"军人最怕这种刺激,外军也一样。马上有个五大三粗的"妇女"起来了,摘下面具,脱掉裙子,活动着手脚。其余三个也起来了,都是五大三粗。刘晓飞说:"他们显然不是一般部队的,看动作应该是特种部队的。你这招不行!"

"行不行已经这样了!"张雷用拳头蹭去额头的汗珠,"打不死我,他们就别想赢!"

三个队员靠后,让开洼地中央。四个爱沙尼亚士兵各自占据一个角落,对视一下,同时扑上来。"啊——"张雷怒吼一声出拳了。五个剽悍的男人打成了一团。

终点已经围了好多人,有裁判,有记者,也有爱沙尼亚当地的居民。何志军和雷克明站在人群外面,脸上都没有表情。翻译沉不住气看表:"四天三夜要结束了。"

两个主官都不说话。

洼地。张雷被扔出人群,满身是血,鼻青脸肿。四个爱沙尼亚大个子笑笑,起身要走,张雷突然一下子站起来了:"我没输!"四个大个子无奈地苦笑。张雷又冲上来,脚步跌跌撞撞,自然又被打倒。四个大个子刚刚转身,张雷又站起来了:"我没输!"四个大个子很无奈,一个无奈地问:"为什么?"张雷用英语一字一句地说:"为中国陆军的荣誉!"

终点。陈勇小组第一个出现在人群的视线当中。"最后 6 公里奔袭!冲啊!"陈勇高喊一声。四个已经精疲力竭的中国特种兵开始疯跑,完全不像已经经过四天三夜非人类折磨的比赛选手。主裁判张大嘴:"不可思议!"四个中国特种兵冲过终点线集体就倒下了。医生们冲上来抬起他们:"Are you ok?""Ok!"陈勇翕动嘴唇,晕过去了。

"最后一个科目 6 公里奔袭的第一名。"雷克明看看通报。何志军着急地问:"总分呢?"

"还没出来!"雷克明说,"团体总分要等第二小组到终点才能计算。"

洼地。张雷又被扔出去了。四个大个子无奈地看着他,都没转身。张雷果然又站起来了,眼睛都成了一条缝:"我没输!"一个大个子趋前一步,张雷坚持摆出散手姿势。大个子掏出一包烟,递给他一支。张雷嘴叼着,眼睛都睁不开了。大个子给他点着烟,张雷坚强地站着抽了两口:"再来!"

"我们安静。"大个子说,"中尉,你们可以写报告了。"张雷很意外。大个子苦笑:

"我们可以打倒你，但是打不倒你的精神。我也是中尉，希望我们成为朋友！"

大个子伸出右手，张雷看着他，眼睛肿着，但还是露出笑容伸出满是血的右手。

终点。何志军和雷克明焦急地等着。有代表队已经跑过去了。突然，一面鲜艳的五星红旗出现在地平线上，何志军和雷克明都是眼睛一亮。光着膀子的张雷鼻青脸肿，扛着砍下的树枝做成的旗杆，五星红旗在他的头顶飘扬。刘晓飞扛着他的枪，另外一个队员扛着他的背囊。"为了祖国——冲啊！"张雷用尽自己的力气高喊，四双中国军靴踩在爱沙尼亚的土地上，踩起泥水溅起雨水。四双年轻的眼睛黑白分明，在已经看不出本来肤色的黄色脸孔上闪烁着永不服输的光芒。四个年轻的中国战士扛着自己的国旗，怒吼着跑向6公里外的终点。张雷光着膀子跑在最前面，浑身的鲜血还在流淌，他张大嘴怒吼着："啊——"

刘晓飞跌倒了，另外一个队员拉他起来。两个人都跌倒了，但是都撑着枪站起来了，追赶这面红色的国旗。张雷跌倒了，跪在地上，但是国旗没有倒。跑在他身边的队员接过了国旗，挥舞着："同志们——胜利就在前方——冲啊——"张雷爬起来浑身泥泞，怒吼着接过国旗，继续前进。所有的裁判、记者和爱沙尼亚军民都惊讶地看着这个扛着国旗的中国小分队。

何志军举起右手敬礼。雷克明举起右手敬礼。主裁判举起右手敬礼。在场的所有军人举起右手敬礼。

当张雷冲过终点线，他腿一软一下子跪下了。国旗却没有倒，他撑着国旗急促呼吸着，血和汗水掺杂在一起落在地上。最后一个中国队员冲过终点线。四个人围在一起，蹒跚着扶着国旗抱头痛哭。医护人员冲过去却无法把他们分开，他们伤心地哭着，号啕大哭。

何志军分开人群走过去："起立！"四个年轻的队员坚持着站起来。张雷哽咽着："何副部长，对不起……"何志军抚摩着他脸上的伤痕："好样的！"他伸手接过国旗，张雷一下子栽倒了。其余三个队员也都摇摇晃晃栽倒了，医护人员这才扑上来把他们抬上担架。

"伟大的中国陆军！"主裁判走过来，敬礼。何志军手持国旗，还礼。

"张雷小组是最后6公里的第六。"雷克明说。

"第几都无所谓了。"何志军声音发抖，"他们都是英雄！"

五星红旗在他头顶猎猎飘舞。

16

爱沙尼亚赛区的一个角落，五星红旗飘舞。11名中国军人站成一排。爱沙尼亚特种部队司令站在他们身边。何志军高喊："敬礼！"

爱沙尼亚特种部队司令高喊一声，在场的几名爱沙尼亚军人敬礼。

"老伙计，你就在这里安息吧。"何志军低沉地说，"从此之后，每年来比赛的中国特种兵都会从你身边跑过去，你会看着一代代的中国特种兵成长起来。"

他们的面前是一个小小的金属墓碑，用中英文刻着：中国人民解放军陆军特种部队耿辉上校安葬于此。

第十九章

---★---

1

首都国际机场。波音 747 客机降落在跑道，慢慢滑行到停机坪。候机大厅里，齐聚了很多军人。从将军到士兵都有，这是很少见的大场面。大横幅打在他们背后，上面写着"欢迎出征爱尔纳·突击国际侦察兵比赛的中国代表队凯旋"。刘参谋长喜笑颜开，萧琴站在他旁边，他正和老爷子说着话。刘芳芳和何小雨抱着鲜花穿着军装站在欢迎的女兵当中，靠得很紧说着话。何小雨问："这次他们是第几？"

"陈勇他们小组是第三，张雷、晓飞他们是第五。"刘芳芳说，"中国队最终成绩是总分第三名。不过，陈勇得了比赛的最高荣誉'卡列夫勇士奖杯'；张雷得了'最佳军事技能表现奖'，挪威国防部长赠送他一把军刀。"何小雨笑着说："看你乐的！跟你得了那把刀似的！"

"你们晓飞也不错啊，他写的英语报告被大赛组委会列为样板了！"刘芳芳说。

"哟！看不出来嘿，他英语有那么好啊？"何小雨乐不可支。

"军事英语，和咱们平时学的、说的都不一样。"刘芳芳笑着说。

一辆银白色奥迪停在大厅门口，林秋叶下车，接着是穿着军装的方子君。方子君脸色发白，抱着一束鲜花。她头有点儿晕，林秋叶看看她："你怎么了？"

"没事。"方子君笑笑，跟林秋叶走进去。

"子君姐！"何小雨举着鲜花喊着，"不是值班吗？"

方子君笑着过去："我把班调开了，这么大的事情我得来接。"

刘芳芳笑着拉住方子君的手："子君姐姐！"

萧琴看见方子君，脸上一白，低下头。方子君错开眼睛看着刘芳芳，给她摆摆领花："芳芳，你跟鲜花在一起真漂亮。"刘芳芳红脸低下头："你别这么说，谁都说你是咱们军区第一花！"方子君笑笑："我可当不起，老了！结婚的人了，未来是你们的！"

"你来接陈勇？"何小雨问。方子君说："废话！我不接陈勇接谁？"何小雨笑笑，没说话。方子君拉住刘芳芳低声说："芳芳，我跟你说句话。你要对张雷好，明白没有？"

刘芳芳睁大眼睛。"就这一句，记住了啊！"方子君笑笑，拍拍她的脸走了。刘芳芳看着方子君的背影发傻。何小雨挥舞着鲜花："傻什么啊？来了！晓飞！"

"奏乐！"军乐队队长一举指挥棒，《解放军进行曲》就响彻大厅。何志军和雷克明带着军容齐整的队员们笑着招手在人群当中走出通道。陈勇抱着那尊"卡列夫勇士"奖杯，张雷戴着"最佳军事技能表现奖"的奖牌走在他身旁。女兵们迎接上去，给凯旋的勇士们献花。女兵们一动，就现出来后面的方子君。抱着一束鲜花的方子君穿着绿色的军装，军帽下洁白如玉的脸依旧美丽动人。陈勇和张雷几乎同时看见了她。

"晓飞！"何小雨把花塞在他手里，在他脸颊上亲了一下，"你太棒了！你是我的骄傲！"刘芳芳站在张雷面前，羞涩地说："张雷。"张雷笑笑，眼睛还看着方子君。方子君开始冲着这边走，陈勇和张雷都看着方子君，方子君缓步走到陈勇面前，把鲜花放在他怀里："祝贺你。"陈勇激动得想敬礼，但是两只手都占着。他一着急，把"卡列夫勇士"奖杯递给方子君："这是你的！"方子君脸一红，接过勇士奖杯。陈勇倒花到左手，啪地对方子君立正敬礼。闪光灯狂闪。张雷错开眼睛，压抑自己的情绪。刘晓飞一拉他，他看见面前的刘芳芳，挤出笑容："谢谢你。"刘芳芳把花塞给他，敬礼："祝贺你！"张雷还礼。

"看看你都瘦了！"林秋叶心疼地对何志军说，何志军笑着说："哎呀，我算啥啊！这帮小子才算吃苦了呢！这回我们得了第三，下次啊一定要拿第一！"

"还下次呢，也不看你多大年纪了！"林秋叶嗔怪。刘勇军搓着手："你们的亲热话说得差不多了吧？"何志军急忙敬礼："首长！"雷克明高喊："集合——"

队员们背着大背囊抱着鲜花站成一排，向右看齐向前看报数。刘勇军目光炯炯有神："同志们！你们出征爱沙尼亚，虽然没有得到冠军，但是让世界看到了我们中国陆军特种兵的风采！世界各地的报纸、电台、电视台都在报道你们，把你们称之为'神速的中国军团'、'东方的神枪手军团'！你们为祖国为军队赢得了荣誉！我们在这里祝贺你们！"刘勇军敬礼，队员们还礼。

"你们都是好样的，好样的！"刘勇军点头，"名次不是最重要的，重要的是你们让世界认识了中国陆军特种部队！你们是祖国的骄傲，是军队的骄傲，是中国全体特种部队和侦察部分队的骄傲！"大家静静看着他。"希望你们再接再厉，在今后的工作当中获得更大的辉煌！我的话完了！"刘勇军敬礼，在掌声当中说，"下面请即将去北京干休所休养的老首长讲话。"

老爷子走上前，笑着看着他们："我没什么更多要说的，刘勇军这么能说，把我的话都说了。"大家哄笑。"你们从无到有，从有到让世界认识你们，走过了多少风雨啊！"老爷子感叹，"现在世界已经知道了中国有这样一支陆军特种部队，你们要牢记自己的职责和使命，继续前进！"

"勿忘国耻！牢记使命！"队员们高喊。

"这次参加爱尔纳·突击国际侦察兵比赛的四名陆院应届学员，军区和陆院已经研究过了，统统进入特种大队！并且将会担任重要的基层作战指挥职务！"刘勇军高声说。大家鼓掌。张雷和刘晓飞对视，露出骄傲的微笑鼓掌。方子君也在抱着勇士奖杯鼓掌，脸上是会心的微笑，泪水滑落下来。张雷的目光转向了方子君，在两人目光相触的瞬间，方子君躲开了。

2

南海渔村最大的包间早早就被华明集团的刘总订了出去，值班经理专门吩咐刘总特意交代过这是贵客，谁都不许怠慢。入夜以后客人们来到，服务员目瞪口呆地看着一群面孔黝黑的军人们走入富丽堂皇的大厅，这里不仅有大校、上校这种说得过去的中高级军官，大多数都是上尉、中尉，甚至还有两个是中士。值班经理也愣了一下，但还是迎了过去，微笑着领他们进了"天涯海角"。刘凯和妻子早早等在那里，见到他们进来急忙站起来迎上去。刘晓飞跳过来："爸，妈，都来了！"

"好好！你这个任务完成得好！"刘凯喜笑颜开，"赶紧坐！老何，你坐上首，你老婆在和客户谈判，一会儿就过来。"

何志军哈哈笑着，拉着刘凯："你是请客的，我们是客人！你坐上首！"

"咱们就别那么客气了吧？"刘凯笑着拉他过去，"雷大队长坐旁边，我坐这边。在军区大院一个大楼上班一个食堂吃饭好几年，还跟我讲这个？"

"换别人请，我们就不来了！"何志军摘下军帽递给田小牛，"你老刘请客，我是一定要来的！晓飞是个好兵，你培养得好！"

"还是你们厉害！把这个小子打成了好钢！"刘凯笑着吩咐上菜，"你丫头呢？"

"在路上呢！"何志军笑。

"我们都是看着小雨长大的，这是个好女孩儿。"刘凯的老婆笑着说。

"废话！"刘凯说她，"话都不会说了，何志军的丫头能不好吗？"

大家都哈哈大笑，刘晓飞笑着不敢说话，只是给父母和首长们倒茶。刘凯拿起酒杯笑着说："这回啊，我请你们大家吃饭，不为别的——我这个不成器的老兵，为你们能够为中国军队在国际上赢得荣誉，表示一下祝贺！来，大家先干一杯！"大家都喝。杯子还没放下，门开了，穿着军装的方子君进来了："哟！这都喝上了？我来晚了，医院那边刚刚住进一个孕妇，我得安排了才能过来！"

"我大丫头来了啊！——坐那儿！坐那儿！给你留着呢！"何志军一指陈勇边上的空位，"哎呀，我说你这个妇产科大夫整天忙着伺候孕妇，什么时候你也能当把孕妇啊？"

大家哄堂大笑。张雷没笑容，但是也没说话。方子君不好意思地笑笑，余光扫过张雷，走过他身后坐在陈勇旁边："我说何叔叔，您这么大年纪开我的玩笑啊？这不工作都忙吗？"

"工作归工作，这孩子归孩子啊！"何志军大笑，"陈勇！"

"到！"陈勇起立。何志军一本正经地说："给你个任务！今年让我当上外公！"

陈勇一愣，不敢说话。何志军故意瞪眼："怎么？完成不了？"

陈勇看看方子君，咬牙："报告！保证完成任务！"

"好！为了我未来的外孙子，我敬你们夫妻俩一杯！"何志军大笑举起酒杯，陈勇和方子君不得不都站起来喝酒。张雷苦笑，点着一支烟想让自己的情绪平静下来，但点了几次他都没点着，刘晓飞打着打火机给他点着，低声说："都过去了，对吗？"

张雷抽了一口，让自己沉浸在烟雾当中："对，过去了……"

"这谁在灌我们大丫头了？"林秋叶笑着进来，"也不看看我的面子啊！"

大家都急忙站起来："嫂子！""阿姨！"何志军哈哈大笑："哎呀，我灌的！"

林秋叶把外衣交给服务员，笑着走过去："你以为你灌的就免罪啊！先罚自己三杯再说！"大家哄堂大笑。何志军问："小雨呢？不是说你接吗？"

"是啊，她跟芳芳一起来的。俩人去看大厅的海鱼、龙虾、鲨鱼去了，马上上来。这俩孩子把这儿当水族馆了！""妈，说什么呢！"何小雨和刘芳芳穿着便装兴冲冲地跑进来。

"我的仨丫头今天全齐了啊！"何志军大笑，"好！好！现在就剩下我三丫头没许人了啊！我们这帮小子都不错，你看上哪个就说话！我给你做主！"

"您真能做主啊，何叔叔？"刘芳芳笑着问。

"哟！还将我的军啊！"何志军笑，"说，我做主！"

"他——"刘芳芳半开玩笑半认真地一指张雷。正在抽烟的张雷一愣，随即尴尬地笑："你就别开我的玩笑了。"何志军哈哈大笑："看上他？那你就挨着他坐！三丫头我可告诉你，这是个刺儿头兵！你肯定让他给气死，换一个，换一个！"

"不，我就选他了。"刘芳芳笑笑，大方地坐在张雷旁边。何志军看不像开玩笑，眼睛就直了："这都唱的哪出跟哪出啊？"林秋叶急忙端起酒杯："来来来！没喝酒你就醉了，你回来我还没给你庆功呢！喝酒！"

林锐和刘晓飞对视一眼，都看尴尬的张雷。刘芳芳端起酒杯："张雷，这杯我跟你喝，喝吗？"张雷看着她："你明显在激我。"刘芳芳笑笑："就是激你了，你敢喝吗？"

张雷端起酒杯："伞兵的字典里面没有'怕'这个字！"

"好！"刘芳芳和他碰杯，一饮而尽，张雷也一饮而尽。大家都看着，何志军嘴角出现笑意："我看明白了，是三丫头挑女婿来了！呵呵，我何志军是特种大队的首任大队长不算，我家的三个丫头也都要嫁特种大队了啊！我说你们这帮小子哪个也没闲着，啊？"

大家哄堂大笑，方子君没笑意。陈勇看看方子君，看看大家，也没什么笑容。张雷笑笑，对刘芳芳说："家父有命，我未到营级干部不能谈及个人私事。好意我领了，不过我确实不合适。"刘芳芳毫不示弱又端起一杯酒："家父也有命，明天晚上请你赴家宴——不知道张雷中尉是否有胆量赴宴？"

军区参谋长请张雷这个刚刚毕业的毛头中尉赴家宴？！全场都惊了。张雷看看大家的眼神，傲气被激起来，他端起酒杯："我说过了——伞兵的字典里没有'怕'这个字！"两人碰杯，一饮而尽。大家都乐了，没什么不值得乐的——张雷是优秀的军官坯子，刘参谋长看上他做乘龙快婿也不是什么稀罕事儿，何况张雷马上就是特种大队的人了，这事儿只有好处没有坏处。方子君的脸色却有点儿发白。田小牛坐在下首眼睛都直了，自语："我明白了。"

"你明白啥了？"董强还不明白。田小牛眨巴眨巴眼睛说："刘大夫为了张助理来咱们特种大队，张助理为了谁这么苦——我明白了。"

"谁啊？"董强好奇地问。田小牛瞪他："亏你还城市兵呢！不明白算了！敬酒！"

"我是不明白啊！"董强一脸无辜。

"你不明白就算了，这个话不敢乱说！"田小牛说，"说了我就没命了！"

"有那么严重吗？"董强不依不饶，"你说不说？不说我就不当你是兄弟！"

田小牛一瞪他："你自己要问的啊——这桌，谁最不高兴自己看！"

董强纳闷儿，看了一眼马上头就低了："哎哟！我没问，我什么都没问！"

两个小机灵兵急忙起来给各位首长、嫂子敬酒，打破场上可能存在的隐患。气氛热闹起来，但是方子君却喝了不少酒。张雷也不多说话，就是喝酒。陈勇就更没话了，喝了一杯又一杯。正在把酒言欢，领班推门进来："先生，有位先生送的。"

大家都纳闷儿，推进来一看是条做好的全鳄鱼。

"是哪位先生送的？"刘凯问，他知道这个价值不菲。

"刘总，是我——廖文枫。"廖文枫笑着拿着一瓶香槟走进来。刘总惊讶地站起来，林秋叶也站了起来。廖文枫笑着说："这是法国的德尔柏克玫瑰香槟，1832年的品牌。这瓶酒有50年的历史了，是半个月前朋友从法国给我带来的。这瓶酒，是我专门给凯旋的中国特种兵勇士准备的。"何志军站了起来，纳闷儿地看着他。

"我们不认识，不过我和林秋叶女士很熟悉。"廖文枫笑着说。

"他是我们的客户。"林秋叶紧张得很，"廖先生，今天是比较特殊的宴会……"

"我知道——所以我开了香槟，和各位勇士喝一杯就走。"廖文枫笑着说。刘凯正要说话，一直坐在那里观察廖文枫的雷克明不紧不慢地说话了："听口音，廖先生是闽南人？"

"对，我是台湾人。"廖文枫笑着看他的凌厉眼神，丝毫不躲闪，"台湾人没有资格来庆祝中国人民解放军的胜利吗？"何志军也一激灵，看刘凯和林秋叶。

"廖先生，今天的场合确实不方便你出席。"刘凯只能笑着说，"这几位在座的都是现役军人，没有经过组织的允许，他们是不能和境外人士结识的。"

"解放军的规矩我很明白。"廖文枫还是那么笑着，"我来也不是想给各位找麻烦。自我介绍一下——廖文枫，祖籍河北大名，父亲是国民革命军第54军上尉连长，1949年到台湾后不久退出现役。我于1984年参加国民革命军，在海军陆战队服役，曾经在海军蛙人连、水下爆破大队和特勤队待过，也是特种兵出身。我今天来，不是作为国民革命军退役特种兵，而是作为中国军队的退役特种兵，来祝贺各位在爱沙尼亚为中国特种兵赢得的荣誉！"何志军仔细看着他。雷克明似乎是不经意地靠在椅子上，眼镜后面的眼睛锐利无比。

"国民革命军海军陆战队把鳄鱼作为勇士的象征，所以我今天送给大家一条鳄鱼。"廖文枫对这种眼神没有丝毫畏惧，依旧笑容满面，"这瓶香槟，我拿了好半天了，不知道哪位开？""我开。"雷克明站起来，脸上是淡淡的笑意。

"好。"廖文枫把香槟递给他。雷克明非常熟练地开了香槟，沫子飞出来。摆在一起的杯子哗啦啦都倒上，雷克明拿起一杯递给何志军，自己也拿起一杯："都端起来吧，廖先生的一片好意我们不能拂！干！"大家就都拿起来一起干了。廖文枫抹抹嘴巴："痛快！廖某对这种荣幸不胜感激，告辞了！"他放下杯子转身出去了。

"老雷，我去厕所，你和我一起去吧。"何志军放下杯子说。雷克明站起来跟他出去了。在洗手间确定没人后，何志军问："这个台湾人这个时候冒出来不正常，要不要军区情报部组织力量监控起来？你是这方面的行家，你说说你的意见。"

"我看不用了。"雷克明笑笑，"我敢肯定，他就是老冯养的那条金鱼。"

"那他来这里干什么？跟A军区情报部副部长喝酒？"

"祝贺我们。"雷克明笑笑，"情报工作有个行话叫'挂相'，他的眼睛骗不了我——他是真心的。如果我是你，就要准备策反他。"

"如果你错了呢？"何志军还是担心。雷克明洗手："情报工作的要点就是——用人要疑，疑人要用。我晚上跟老冯通个电话，确定一下，军区情报部别和安全部撞车了。"

酒席上还是很热闹，方子君不知道为什么来了精神，一杯接一杯地喝。谁劝她都劝不住，张雷是根本不敢劝，刘芳芳是没法儿劝。何志军跟着雷克明进去本来就满脸严肃，这会儿更急了。何志军黑着脸说："哎呀，我说你不能喝你就别喝那么猛！喝成那样干啥，都结婚的人了，还是小孩啊？"

方子君从未被人这么狠说过，她抬头看着何志军，眼中泪花闪动："何叔叔，你骂我？"何志军意识到自己失语："我没骂你，我是说你别喝那么多酒！"方子君奇怪地笑着，泪水流下来了："我一直把你当我亲爸爸！"她说完这一句就夺门而出，杯子也摔在地上。

何志军张大嘴："这丫头怎么了这是？我没骂啊？"

"你啊，你啊，我没法儿说你了！"林秋叶着急地喊，"陈勇，还不赶紧去追！"

陈勇拿起方子君的军装和军帽就追出去了。张雷阴沉着脸，又喝了一杯酒。

3

夜色中的大海改变了白天的温柔，变得咆哮起来。在那翻滚的浪花中，蕴藏着无数的凶险。灯塔还在执着地亮着，给黑暗当中的船只指引着方向。廖文枫点着一支烟，站在空无一人的沙滩上久久无语。海风吹拂着他的脸，他突然高声吟诵起来："怒发冲冠，凭栏处，潇潇雨歇。抬望眼，仰天长啸，壮怀激烈。三十功名尘与土，八千里路云和月。莫等闲，白了少年头，空悲切！靖康耻，犹未雪；臣子恨，何时灭？驾长车，踏破贺兰山缺！壮志饥餐胡虏肉，笑谈渴饮匈奴血。待从头，收拾旧山河，朝天阙！"他的声音发抖，朗诵完以后奇怪地哈哈大笑，笑声凄厉，逐渐变成哭腔。他高声大叫着，哭声被海潮声音淹没，泪水顺着他的脸颊滑落。待他平静一点儿，一个沉稳的声音从他身后传来："好一个《满江红》啊！"廖文枫一激灵，恢复常态，没有回头："你是谁？"

"冯云山——你知道我是谁，正如同我知道你是谁一样。"冯云山笑着在他身后的礁石上坐下，"黄敬儒少校，你果然是一个热血军人！"

廖文枫没有惊讶，苦笑："看来有人想和我打开天窗说亮话。"

"我一直在等这一天。"冯云山拿出一包烟给自己点着一支。

"想说什么，说吧。"廖文枫已经恢复常态，转身走到礁石边坐在冯云山对面。

"从你离开部队进入阳明湖受训开始，你的资料就在我的办公桌上了。"冯云山递给他一支烟，"你很优秀，在海军陆战队的特种部队是个优秀的特战军官，在阳明湖也是个出色的特工学员——这样的例子不多见。"

　　"我可以告诉你——我不知道你在说什么。"廖文枫笑着点着自己手里的烟，"你有逮捕证的话可以逮捕我，别的我没什么说的。"

　　"我如果想逮捕你，不会等你。"冯云山笑着说。

　　"等我？"廖文枫笑，"我又有什么好等的？"

　　"谍战是一个很绅士的游戏。"冯云山脸上还是带着微笑，"你我都是这个行当的行家，自然不需要说那么简单直接——你是一个出色的军人，也是一个爱国的军人！"

　　廖文枫笑："我不明白你的意思。"冯云山脸上严肃起来："你的父亲是一个爱国知识分子家庭出身，可能和我们政见不同，但是他的一片爱国之心是苍天可鉴的。这一点，你也不能否认。你自小受到的教育是什么？你的信念是什么？你从军以后可以挺过来那些非人的训练的信仰是什么？你比我还清楚。"廖文枫抽烟，不说话。

　　"你我可能也有政见之争，这个暂且放在一边不论。"冯云山看着大海说，"但是你我都是炎黄子孙，这是不可能改变的！作为炎黄子孙，维护祖国领土和主权统一完整，这是你我的义务！更是使命和责任！"

　　"冯先生，这些不用多说。"廖文枫打定主意，"你有什么事情直接说。"

　　"我希望你可以为了祖国的领土和主权完整做出一个中国军人应有的贡献。"冯云山看着他的眼睛说。廖文枫不说话。"局势瞬息万变，某些政治集团在把祖国领土和主权蓄意分割出去，这个道理你是明白的。"冯云山逼视着他的眼睛，"作为炎黄子孙，在民族大义面前应该做出什么样的选择——你，应该明白。"廖文枫吐出一口烟："我是军人，你是清楚的。"冯云山点头，却强调："但你是中国军人！"

　　啪！一个巨浪打在岸边的礁石上粉身碎骨。廖文枫脸上落下水花，他不说话，胸中心潮澎湃。冯云山不说话，等待他的选择。

　　"冯先生，我宣过誓。"廖文枫的声音颤抖，"我对我的军旗宣过誓。"

　　冯云山点头："我理解。"廖文枫说："你逮捕我吧。"

　　冯云山却站起来了："我会等下去。"廖文枫意外地看他。冯云山大步走向岸边的公路，头也不回："你记住——共产党不会将那些愿意为了祖国统一大业做出贡献的任何有识之士推出门外！"

　　廖文枫看着大海，海潮澎湃。他深呼吸，拿起冯云山丢下的那包烟，抽出一根却发现里面有个纸卷。他打开，发现是一个电话号码。他苦笑，把纸卷扔进大海。海水吞噬了纸卷，一瞬间就不见了。

4

　　宿舍的灯开了，陈勇把方子君搀扶进宿舍。方子君晕头晕脑地被扶上床，那个对门的女兵穿着睡衣披着军装过来："哎哟！怎么喝了这么多酒啊？"

"今天我们庆功宴，她高兴喝多了。"陈勇笑道，"还是拜托你照顾好她，我走了。"

"你老婆喝多了我照顾？"那个女兵睁大眼睛，"你自己干啥吃的？！有病！"她甩了一句话关门回去了，陈勇尴尬地站在原地。方子君在床上翻身趴着，哇地吐出来。陈勇急忙拿过脸盆接着，然后倒水给她喝。方子君醉得是一塌糊涂，吐得酸水都要出来了才停止。陈勇赶紧出去倒了呕吐物，然后洗干净了，给她弄热水涮毛巾擦脸。方子君睁开醉眼："你，你是谁？！"陈勇说："陈勇。"

"我知道了，陈勇。"方子君苦笑，"你是军区特种大队的陈勇，特战一营的营长？"

"是。"陈勇说，方子君笑得很苦涩："我的……丈夫。"

陈勇点头："我知道你心里不舒服，如果你想哭，就哭吧。"

"我不想哭。"方子君果然没有眼泪。

"你醒了就好了，我打车回部队。"陈勇起身戴上军帽，"你好好休息。"

"陈勇！"方子君突然喊。陈勇利索地向后转，军帽下面的眼睛很果断："说！"

"你能不能陪我坐会儿？"方子君的声音颤抖。陈勇拉过椅子利索地坐下，双手放在膝盖上姿势很标准，方子君看着他哭了。陈勇说："方大夫，你别哭了。我的任务已经完成了，他肯定死心了。你签字，明天我去给大队常委打报告——我们离婚。"

方子君看着他："你就那么想和我离婚？"

"我当然不想！"陈勇说，"但是我知道一句话——强扭的瓜不甜！何况我根本配不上你！"

方子君看着他泪花盈盈："你……会对我好吗？"

陈勇脑子轰的一下子，他惊讶地看着方子君，庄严点头："我发誓！"

方子君哭了："我心里难受……"陈勇点头："我知道。"

"你给我时间……"方子君哭着说，"我会是一个好妻子的……"

陈勇点头："我等一辈子都愿意！"

方子君抽泣着，陈勇尝试用手擦去她的眼泪。方子君一把抱住他大哭着，陈勇不敢动。方子君哭着说："陈勇，我是孤儿……我没有家，我没有家……谁都会欺负我……"

"不会再有了！"陈勇说，"谁敢欺负你，我收拾他！"

"陈勇，你要保护我……我什么都没有了……"方子君大哭着。

"我会的！"陈勇抱住方子君，"我会保护你，一生一世！"

"我不想再被别人欺负了，我心里好苦啊……"方子君哇哇大哭着，"我的心都是苦的……"陈勇的目光落到桌子上的勇士奖杯上："如果我连你都保护不了，我算什么勇士？！"

方子君感激地哭着，陈勇不说话抱着她。一直到天亮，陈勇才把已经沉沉睡去的方子君的胳膊从自己的脖子上拉下来，慢慢把她放到床上盖上被子。他起身悄悄离去了，一点儿声音都没有。

5

宴会散后，刘晓飞和张雷打车送何小雨与刘芳芳回军医大学。站岗的哨兵刚刚问你们两哪个单位的，刘晓飞的两条红塔山就塞过去了："陆院的，送女朋友回来，你跟你们班长的。"哨兵拿过烟，递进警卫室，挥挥手，他们就过去了。进了门，何小雨和刘晓飞就跑了，剩下张雷送刘芳芳。张雷无奈苦笑；"我送你回宿舍。"

"我们学校风景很好，不走走吗？"刘芳芳问他。

"现在什么都看不见。"张雷说，"再说我也没看风景的习惯。"

刘芳芳笑笑："那就陪我走走吧。"张雷没法儿推脱这个理由，只能跟着她走。张雷只能没话找话："你毕业的去向定了吗？"刘芳芳问："你呢？"

"我？"张雷笑，"那天刘参谋长……"

"刘伯伯！"刘芳芳纠正，"我们单独在下面，你不用叫他参谋长。"

"我还是叫参谋长习惯。"张雷笑笑，"刘参谋长……"刘芳芳很坚决："刘伯伯！"

"好吧！好吧！"张雷无奈，"你爸爸说，我们这四个学员都去特种大队。"

刘芳芳点头："那不就得了吗？你还问我干什么？"

"这是我又不是你。"张雷笑着说，"是我去特种大队啊！"

"你以为我去哪儿？"刘芳芳笑了，"我也是特种大队！"

"不是真的吧？"张雷眼睛都直了，"你真要去特种大队？！"

"是啊。"刘芳芳走几步，背着手对他笑着，"当然是特种大队了，你以为我不敢啊？"

"我不是这个意思，你个女孩儿去特种大队干什么？"张雷说，"特种大队是应急机动作战部队，随时要上战场的！"

"那么，就让我也上战场吧！"刘芳芳举起双手好像要拥抱天空，"等着我吧——我会回来的。只是要你苦苦地等待，等到那愁煞人的阴雨，勾起你的忧伤满怀；等到那大雪纷飞，等到那酷暑难挨。等到别人不再把亲人盼望，往昔的一切，一股脑儿抛开……"

张雷惊讶地看着她背完这首诗："你也喜欢？"

"对，西蒙诺夫的！"刘芳芳朗诵完了情绪还没有平静，眼睛很亮，"我最喜欢的苏联诗歌，一个告别他的爱人走上神圣卫国战争战场的战士，这种豪情才是真正的浪漫！"张雷看着她的眼睛，似乎看见了一个不一样的刘芳芳。刘芳芳有点儿不好意思："你看我干什么？"

"没事。"张雷抬头看看，"宿舍到了，我该回去了。"张雷退后一步，敬礼，转身走了。刘芳芳追了几步："哎哎！"张雷头也不回地说："明天晚上我们会再见面。我答应你的，我会去的。"刘芳芳站住了，脸上露出笑容："一言为定！"

假山那边，几个纠察打着手电过去了。等他们走远，藏在花坛里的何小雨捂着嘴巴笑出声来。刘晓飞从对面的灌木丛中钻出来，看着纠察走远了，对着何小雨笑了。何小雨一招手，刘晓飞拿着军帽一个利索的鱼跃，直接就从小马路上空飞过去落在花坛里，一个前滚翻翻身坐起来。何小雨忍不住笑出声音："你看你，整个一个毛猴子！"

刘晓飞戴好军帽笑笑，何小雨给他拂去军装上的草根。刘晓飞一把抓住何小雨的手，何小雨推他："松手！你个流氓！"刘晓飞抱住何小雨："我就流氓！你喊吧！""抓流……"何小雨佯叫，"氓"字还没出口，刘晓飞的嘴已经堵上她的嘴。何小雨挣扎几下就抱住了他，抱得紧紧的。很久，两个人才松开彼此，眼睛都是火辣辣的，嘴唇湿乎乎的。

"哟，特种兵突击英雄！"何小雨笑着拍拍他的脸，"现在老实了？"

"在你的面前，我是什么特种兵突击英雄？"刘晓飞摸着她的脸，何小雨笑着说："下个月你去了特种大队好好干，别到时候给我丢脸！那可是我爸爸的老部队！"

"放心吧。"刘晓飞笑着说，"我肯定拿出个样子来给你爸爸汇报！"何小雨在他脸颊上亲了一口："傻样儿！我忘了跟你说了，我的毕业去向也定了——去Ａ军！"

"Ａ军？"刘晓飞一愣，"你不跟我去特种大队？"

"我想过了，Ａ军是咱们军区的王牌军！"何小雨笑着说，"那是一支现代化的机械化部队，我渴望到这样一支庞大而又充满力量的机械化合成军队去！"

"也是，从小你就碰侦察兵，早腻歪了！"刘晓飞点头。何小雨说："你现在已经是正连了，我还要起码三年。等我们都是正连了，就可以跟我爸爸说了。"

"说什么？"刘晓飞装傻。何小雨急了："你说说什么？！你爱说不说！"

"别别别！我说！我说！"刘晓飞笑着说，"我去跟何叔叔说——报告何副部长！我请求您把女儿嫁给我！"何小雨哈哈大笑："你这么说，他非得吓死！"

"什么人？！还不睡觉？！"那边手电照了过来，刘晓飞拉起何小雨就跑，纠察追了几步没追上，也就算了。两个人跑到防空洞里，刘晓飞抱住何小雨狂吻。热火朝天的爱情燃烧着两个年轻军人的心，何小雨在刘晓飞的狂吻中陶醉地闭上眼睛，仰起了脖子。刘晓飞的吻落在她的脖子上、下巴上、耳朵上，何小雨的手指紧紧抓着他的军装。"我爱你……"何小雨陶醉地说。然后，两个人就倒下了。

6

草原的清晨是那么美丽，列车在宽广的草原呼啸而过。林锐站在车厢拐角处抽着烟，陆军中尉常服穿在他的身上很得体。大檐帽下的眼睛明亮而又锐利，在期待着什么。还是武装部长在小站接他，只是这次变成了吉普车。吉普车径直开进了敬老院，这是一个宽大的院子。林锐下车后发现，护士扶着乌云的母亲正站在门口等他。林锐提着背囊大步跑过去："妈妈——"乌云的母亲伸出双手，将林锐抱在怀里。1.83米身高的林锐跪下来，仰面看着乌云的母亲脸上沟壑密布的皱纹："妈妈，我回来了……"粗糙但温暖的手擦去他的眼泪，乌云的母亲笑着拉他进屋。桌子上摆着手抓羊肉、奶茶、奶酪、蒙古王白酒等，武装部长笑着告诉林锐："知道你要来，她一个礼拜前就开始准备，非得亲自动手，谁劝也不听，她说儿子回来了，必须吃她亲手做的菜。"

林锐摘下军帽，坐下，双手接过乌云的母亲递来的用金杯盛着的白酒。乌云的母亲唱着歌儿，将洁白的哈达放在林锐脖子上。武装部长翻译："小鹰高飞，从草原到大海，展翅翱翔。风雨之间飞过，越来越茁壮，飞回草原母亲身边……"林锐举起金杯，将美酒一饮而尽。乌云的母亲笑着，边唱边把白酒用手指洒在他的脸上。林锐笑着打开背囊，取出参加爱尔纳·突击获得的纪念章。铜制的纪念章沉甸甸的，上面的狼头线条明快，中英文的"爱尔纳·突击"字样刚劲有力。林锐笑着把纪念章别在乌云母亲的胸前："妈妈，这是我参加国际侦察兵比赛得到的。是世界特种兵的奥运会，战士的荣誉。"武装部长笑着翻译，乌云的母亲惊喜地抚摩着纪念章笑了。

林锐又拿出相册，里面都是他们在爱沙尼亚比赛的照片："这是我代表中国陆军特种兵去参加比赛，这些都是各国特种兵选手——这个是我。"林锐指着自己的一张特写照片，照片上，他的脸上涂着迷彩伪装，目光锐利，穿着迷彩服，戴着奔尼帽，手持81自动步枪。背景被长焦虚化，是无边无际的异国丛林。乌云的母亲欣喜地接过相册，对着武装部长说着什么。武装部长笑着点头，乌云的母亲从抽屉里拿出钱，被武装部长推了回去。林锐起身掏出钱包："要用钱用我的啊！"武装部长笑着："你们都别管了，你是乌云的兄弟，就是我们草原的汉子——这是我们草原汉子的荣誉！"他拿着相册出去，开车走了。

在乌云母亲的注视下，林锐笑着吃手抓羊肉、喝白酒。虽然听不懂林锐在说什么，但是乌云母亲还是笑得前仰后合。武装部长没一会儿就开车回来了，直接停在了屋子门口。他下车喊着，敬老院的护士和老人们都过来了。林锐好奇地站起来，武装部长从车上取下一张已经被裱入相框的足有1米见方的大照片，上面是手持81自动步枪、满身迷彩的林锐。武装部长喊着什么，大家都欢呼起来。林锐还没明白发生什么事情，就被蜂拥进来的护士和老人们拉了出去。乌云的母亲也被扶了出去，笑得前仰后合。

宴会就被搬到院子外面的草原上，食堂大师傅笑呵呵地提前开伙。敬老院的领导也来了，大家载歌载舞，欢迎凯旋的草原之子。乌云的母亲乐开了怀，林锐也脱了军装开怀大喝。几个小伙子拉林锐起来摔跤，林锐笑着迎战。虽然被摔倒好几次，但是他毫不气馁，起来笑着接着摔。几个蒙古女孩儿看着他笑得乐不可支，互相议论着什么，有的就跑到乌云母亲那儿说着什么。乌云母亲和武装部长都是哈哈大笑，招呼林锐过来。满头是汗的林锐跑到乌云母亲跟前，乌云母亲拉着这几个女孩儿的手嘀咕着。武装部长翻译："草原的小鹰，不知道哪个姑娘能幸运地成为你的新娘。这些女孩儿你喜欢哪个，哪个就是你的新娘了！"

林锐尴尬地笑："我，我有对象了……"武装部长翻译着，乌云的母亲哈哈大笑。

"她要看照片。"武装部长说。林锐一愣，没照片啊！他脸上的笑容消失了，徐睫——怎么连张照片都不给我啊？他的目光转向草原和天空一色的远方——徐睫，你现在在哪儿啊？你知道我想你吗？

7

奥迪车停在小院门口，刘勇军下车兴冲冲地走进来。在客厅正襟危坐的张雷起立敬礼："首长好！"刘勇军笑着，但还是很严肃地还礼："嗯。"

张雷站着军姿，纹丝不动。穿着便装的刘芳芳趿拉着一双兔子头棉拖鞋笑着跑过来："你赶紧脱了这身将军的虎皮吧！等你的时候，张雷都不肯打开风纪扣。"看见女儿过来，刘勇军脸上的严肃马上消失了，把帽子递给公务员就开始脱衣服："好好！在家我不是将军，是老子！"他穿着衬衣走到沙发坐下，招手："坐。"

"是，首长。"张雷坐下，还是那么严肃。刘芳芳觉得好笑："我说你这人，怎么见了我爸爸跟老鼠见了猫似的！你对我的厉害劲儿都哪儿去了？"

"这是你父亲，但是首先是我的首长。一名战功显赫的将军，我尊重他。"刘勇军笑着挠挠头："好小子啊，没事你就把我架那么高？"

"这是事实。"张雷说。刘勇军苦笑："对，我没否认。但是我也有家，我也有我的妻子和女儿，也有我的家庭生活——不是吗？"张雷正襟危坐："是，天伦之乐是人之常情。"

"所以，你现在可以放下你的军姿了。"刘勇军说，"现在你的身份不是我的下级，是我女儿的朋友，是来我们家吃饭的客人——明白没有？"

"明白。"张雷摘下军帽脱去上衣，只穿着衬衣，但还是正襟危坐。

"这小子是诚心将我啊？"刘勇军看着女儿苦笑。

"他就是这人！"刘芳芳笑着靠在父亲身边，"假深沉，大尾巴狼！"

刘勇军哈哈大笑，张雷纹丝不动。

"来来来！吃饭了！"萧琴系着围裙端着盘子笑着走出来，"芳芳，去帮小岳端菜！"刘芳芳笑着答应了，对张雷眨巴眨巴眼睛跑了。张雷的目光没有任何变化，还是那样正襟危坐。

"走走走！拿你没办法，吃饭去！"刘勇军苦笑着站起来，张雷抢先一步拉出刘勇军的椅子，刘勇军坐下，他肃立一边。萧琴奇怪地问："我说——你这孩子干吗呢？在家吃饭怎么站一边啊？"张雷还是那么面无表情："我是下级，首长吃饭我站着是应该的。"

刘勇军笑："看看——都是你惹的祸！"萧琴尴尬地笑着："张雷，本来想吃饭的时候向你道歉，现在只能提前给你道歉了。那天是阿姨不好，阿姨糊涂，不该说那些话。看在老刘和芳芳的面子上，你就原谅我吧。"张雷不说话。

"没我什么事儿啊！"刘勇军笑着摆手，"都是芳芳的面子啊！"

刘芳芳端着菜出来："哟，这是干吗呢？三堂会审啊？张雷，你还站着干吗？帮我端菜去啊！菜太多，我和小岳忙不过来！"张雷看看刘芳芳，转向刘勇军敬礼："首长，我去了！"刘勇军无奈苦笑："去吧！去吧！"萧琴挨着刘勇军坐下，忧心忡忡："老刘，你看这孩子成吗？脾气这么偏，咱芳芳会不会吃苦啊？"刘勇军苦笑："你操心那么多干吗？你要不操心，那么多事情能闹成这样吗？你当妈就算了，还当事儿妈！"

萧琴赔笑："我不是担心芳芳吗？"刘勇军严肃地说："人家看得上看不上芳芳还两说呢！少说两句，我这是在给你擦屁股！"萧琴就不敢说话了。张雷利索地把菜放在桌子上，刘芳芳洗了手过来，看见他还站在边上："我说你干吗呢？这儿又没人罚你军姿？坐啊！"

张雷看看刘芳芳，看看苦笑的刘勇军，再看看赔笑的萧琴，坐下了。刘勇军笑着问：

"你在家跟你爸爸吃饭也这样？"

"我父亲是一个革命军人，从小就教育我革命军人要行得正坐得直！"张雷不看萧琴，不过这话明显是冲着萧琴说的。刘勇军拿出酒杯："小岳，给我来一杯！"坐在下首的公务员起身："首长，医生吩咐这段时间您不能喝酒。"

"这是赔罪酒，我不喝不行啊！倒酒！"刘勇军感叹，小岳无声拿出五粮液倒上。刘勇军举起酒杯："张雷，你是晚辈还是下级，按照我的脾气我不会向你敬酒——但是，是我妻子不好，她的错我替她向你赔罪了！"张雷急忙站起来："首长！我……"刘勇军已经喝了。"首长一个我三个！"张雷拿起杯子就喝，自己给自己倒。"好！"刘勇军大笑，"喝完这杯酒，相逢一笑泯恩仇！咱们谁也不许提过去的事情了！"张雷坐下，低头不说话。

"张雷，我给你道歉。"萧琴拿起酒杯，"阿姨糊涂，阿姨知道自己错了。"

张雷看着她，想了一下，拿起酒杯："首长说了，过去的事情不要提了。"

刘芳芳看着他们喝酒，笑了："吃饭！吃饭！都光喝酒不吃饭！张雷，尝尝这个，四喜丸子——我学着做的！"张雷拿起筷子，吃饭。

萧琴忙着给张雷夹菜："吃这个！吃这个！有营养，我昨天晚上熬的乌鸡汤！"

刘勇军也拿起筷子："呵呵，今天中尉是主角，少将是配角啊！——别看我，张雷，我是开玩笑的，吃饭！吃饭！"

饭后，刘勇军坐在客厅喝茶。张雷在帮他们收拾，刘勇军招手让他过来："张雷，我跟你说说话。"张雷跑步过来，坐下。小岳的一杯茶马上就放上了，他点头道谢。

"你这次去特种大队，有什么打算没有？"刘勇军问。张雷很为难，不知道说什么。

"明白了。"刘勇军笑着说，"不能越级汇报，你是对的。我并不是想过问特种大队的具体工作，这点你放心——只是作为长辈，关心一下你的个人而已。"

"谢谢首长关心。"张雷很诚恳地说，"我会努力工作，做一个好的带兵干部。"

"这一点我相信。"刘勇军点头，"你记住我一句话——作战在奇不在正，带兵在正不在奇。"张雷点头："谢谢首长点拨。"

"你们这四个学员，可以说遇到了机遇。由于参加爱尔纳·突击立了功，给军队争得了荣誉，跳过了陆院毕业生要过少尉正排和中尉副连这个坎儿，直接就成为中尉正连。"刘勇军语重心长地说，"这是机遇，但也是挑战——你们毕竟没实际带兵经验，和战士打交道是一门学问，不是你自己猛打猛冲就可以的。""是，我记住了。"张雷真诚地说。

"还有一件事情，我实在放心不下。"刘勇军说，"芳芳坚决要求去军区特种大队，你是知道的。虽然我是老兵，也支持孩子去基层部队建功立业——但她毕竟是个女孩儿，女孩儿在特种部队肯定有很多的不方便和不适应。你是伞兵部队出身，又参加过爱尔纳·突击国际侦察兵比赛，应该说有在这种特殊部队生活和工作的经验，我希望你可以帮我照顾好她——这个话不要告诉芳芳，你也不要误会，她只是你的一个朋友。"

张雷真诚地点头："首长，我会的。"刘勇军说："时间不早了，你赶紧回学院吧。毕业前你们肯定有很多事情要做，要做好去基层吃苦的准备。芳芳，替我送一下张雷！"

走在外面的小路上，张雷一直不说话。刘芳芳奇怪地看他："我爸爸和你说什么了，你怎么那么奇怪啊？"张雷笑笑："没什么。你当我妹妹好吗？"

"为什么？"刘芳芳问。张雷说："这样我就可以照顾你，也不会有人说什么。"

"我不需要任何人照顾！"刘芳芳急了，"我也不怕别人说什么！张雷，我是喜欢你！但是不许你照顾我！我在特种大队不需要任何人照顾！"

刘芳芳转身就跑了。张雷看着她的背影。

"你记住了——我，不会输给你的！"刘芳芳转身喊了一句，跑了。张雷苦笑。

8

"张雷！"雷克明喊道。"到！"身穿常服的张雷向前跨一步。雷克明看着他："特战一营特战二连连长！"张雷敬礼："是！"

"刘晓飞！"雷克明喊道。"到！"刘晓飞出列，雷克明看着他："特战一营特战三连连长！"刘晓飞敬礼："是！"……雷克明走到刘芳芳面前："刘芳芳！"戴着学员肩章的刘芳芳出列："到！"雷克明说："大队医务所医生！"刘芳芳敬礼："是！"

"各单位领导接人，回去交代工作。"雷克明挥挥手，"今天周末，都和自己的连队见见面，周一按照计划正常训练。"

特战一营营长陈勇、特战一连连长林锐笑着上来迎接张雷和刘晓飞。

"这下我们哥儿仨在一起了！"林锐拍拍两位哥哥的肩膀，"好好大干一场！"

"走吧，去见见你们的连队。"陈勇在前面带路。张雷和刘晓飞背上背囊走了，刘芳芳看着张雷走远，秦所长笑着过来："小刘，走吧。你熟悉情况我就不用交代了，你的武器装备我都领了，宿舍还是老地方。"刘芳芳点头，背上背囊跟秦所长走了。

刘晓飞的三连在一楼，他把背囊放进连部。文书急忙给他打来洗脸水，他笑着问："咱们连的战士呢？"文书说："都在连队俱乐部，您洗完脸再去见他们吧。"

"走，不洗了。"刘晓飞对着镜子正正军帽。刘晓飞一走进连队俱乐部，一声"起立"，唰啦啦一片马扎响。身着常服的特战队员们站得笔直，看着自己的新连长。值班排长敬礼："报告连长同志！特战一营特战三连全员集合完毕，请指示！"

刘晓飞敬礼："稍息！""是！"值班排长向后转，"稍息！"刘晓飞笑着趋前一步："同志们！"唰——战士们立正。

"稍息。"刘晓飞敬礼，"从今天开始，我就来到特战三连这个光荣的革命集体，成为你们当中的一员。我年轻，刚刚从学院毕业，很多地方还要向老同志学习！在未来的日子里，我们会在一起生活、一起训练、一起战斗！同志们，让我们一起为特战三连，为特战一营，为我狼牙特种大队增光添彩！"大家鼓掌。刘晓飞接过花名册："现在开始点名！"

二连在二楼，战士们也在俱乐部集合等候新连长。张雷走进去，脸上没有什么表情，对值班排长还礼："稍息！"他面对目光有神的战士们："同志们！特战二连为什么是二连？"大家都不明白，为啥？序列就是这样定的啊！

"因为我们是第二！"张雷严肃地说，"因为我们楼顶的一连是老大！我们比他们历史晚，比他们经验少，比他们战斗力弱，所以我们是特战二连！"大家都不服气。

"不服是不是？"张雷冷笑，指着墙上的锦旗和奖状，"都自己看看，这些都是第几？除了三个第一，都是第二！所以我们是特战二连，我们是第二！"战士们眼睛都冒火。

"我是伞兵出身，在我的头顶只有天！"张雷怒吼，"我就是老大，我就是第一！你们也一样，在你们的头顶只有天！除了你们，没有谁能是第一——我宣布我的第一道命令！文书！""到！"文书出列敬礼。张雷厉声命令："把这墙上的第二名都给我摘下来！从此以后，除了第一名，这里不允许挂第二名、第三名！"

"是！"文书开始动手。张雷大声说："我们特战二连，不仅要成为特战一营的第一，还要成为狼牙特种大队的第一！要成为全军特种部队的第一特战连，同志们有没有信心？！"战士们立正怒吼："有！"张雷命令："全体换作训服下楼集合，武装越野5公里！"

特战一连俱乐部。林锐正在跟董强打台球，听见底下咚咚咚地响。他纳闷儿地问："怎么回事？"董强从窗户处伸着脖子看了一眼："连长，二连在集合，好像要准备武装越野？"

"这个张雷！"林锐将台球杆放在桌子上，"周末大下午的跑什么5公里啊？"他走到窗边往下看。二连已经在楼下集合，队伍在报数。张雷戴着钢盔、背着背囊和步枪在前面看着，和值班排长说着话。林锐高喊："二连长！你抽什么疯呢！"

"林锐，敢不敢下来比一比啊？"张雷笑。二连战士嗷嗷叫："一连的，下来比！"

林锐苦笑："操！第一把火就烧到我头上了？"张雷眨巴眨巴眼笑着："没胆子了吧？"二连战士们嗷嗷叫："一连的，下来比！"林锐解开领带笑着："操！谁怕谁啊？董强，通知全连集合！"一连的楼道里马上咚咚咚咚响成一片。

正在俱乐部跟大家说笑的刘晓飞听见外面一片乱七八糟，跑出来看："我说你们俩搞什么呢？"林锐戴着钢盔跑下来："这个家伙要跟我比。"

"比什么啊？"刘晓飞纳闷儿地问，"这刚刚来，还不熟悉连队情况呢！"

"什么都比！"张雷笑着举起步枪，"三连有没有胆量参加啊？"

刘晓飞笑着解领带："激我啊？值班员，通知三连集合！杀杀这个天杀的伞兵的威风！"三连的楼道也一片咚咚咚咚。正在营部做子弹工艺品的陈勇探出脑袋："你们三个是炸营了还是怎么的？大周末的干啥呢？"

"营长！我们要比一比5公里武装越野！"林锐喊，"你要不要下来一起试试？"

"别逗了！"刘晓飞笑着说，"营长是结了婚的人了，不能跟我们比！"

陈勇就急了："说什么呢？老子的勇士奖杯不是吹出来的——文书，拿我的武器和背囊来！"陈勇换好迷彩服，戴上钢盔直接就从二楼窗户跳出来了，稳稳落地，喊道："特战一营全体都有啊——向右看齐——向前看！"三个连队都集合好。

"谁的主意啊？"陈勇一边紧着靴带，一边问。张雷出列："报告！我的！"

"你的啊？"陈勇看看他，"新官上任三把火，把全营都给烧了啊？"

张雷敬礼："不敢！"陈勇起身说："好！我命令——特战一营今天比武的科目如下——5公里武装越野、楼房攀登和散手！下面是第一项，武装越野5公里！"

大家就都散站在白线外。"特战一连"、"特战二连"、"特战三连"三面连旗并排飘舞在部队前方。营部文书武装好了跑步出来,把营旗交给陈勇:"营长!"陈勇接过"特战一营"字样的红旗:"准备好了!同志们,冲啊——"在他的营旗引导下,三面连旗在战士们的呐喊声中跟随其后,穿着迷彩服的几百战士全副武装高喊着跑了出去。大院里立即是鸡飞狗跳的感觉,周末休息的官兵都在看特战一营这帮疯子。

雷克明穿着网球背心、短裤和网球鞋,正在对着墙和参谋长打网球,听见声音转身看去。公务员递给他毛巾,他擦着汗看着这群兵哗啦啦跑过去。

"看来是一营刚上任的三个连长要比一比。"参谋长笑着说,"陈勇也被裹进去了。"

"有点儿意思。"雷克明笑笑,"让他们比吧,咱们继续打。"

三个连队几乎是齐头并进呐喊着跑在山路上。

"一连永远是第一!"林锐高喊着挥舞步枪,"一连跟我冲啊!"

"二连头上只有天,没有第一!"张雷高喊,"二连的弟兄们冲啊!"

"三连没有孬种,同志们冲啊!"刘晓飞接过旗手的连旗挥舞着。

陈勇暗笑,脚下加劲:"特战一营都是好汉!冲啊——"

哗啦啦,战士们嗷嗷叫着,脚下灰尘扬起来半人高。

9

灰尘扬起半人高,战士们扛着自己的连旗便步下山,高唱着歌儿,互相还是不服气,四个连队的战士都笑着互相骂。林锐和张雷、刘晓飞走在路边,林锐摘下钢盔苦笑:"我说你们俩都跟疯子似的,这刚刚来就折腾。跟我挑战是怎么的?"

"我这就得折腾。"张雷笑着递给他们烟,"不折腾折腾,他们怎么认识我?"

"我是被逼上梁山啊!"刘晓飞点着自己的烟,"本来还想跟战士们聊聊呢!"

"聊啥啊?"张雷挤挤眼睛,"晚上比夜间射击!"

"我操!"林锐痛楚地说,"全训部队你以为有个周末容易啊?"

"战士们思想单纯,比一比,不用政治鼓动也会上进,玩儿命训练。这对咱们三个连队都有好处,这手是我从我老子那儿学来的——我也是顺便摸摸连队的底子。"张雷说,"不然我就是有想法,也不知道现阶段战术水平到底如何。"

夜间的射击训练场,曳光弹拉出漂亮的弧线。目标是一排点着的香,不时有香被打断。一个排长高喊:"我们比完了,三个连长要不要比一比啊?"三个连队的战士都喊:"要!"

三个年轻的连长放下手里的望远镜,都互相看着笑了。

"将我们的军了啊。"林锐笑,"你们说怎么办?"

"还能怎么办?"张雷摘下望远镜递给文书,"比吧!"

"谁怕谁啊?"刘晓飞伸手接过一支步枪,开膛检查。三个年轻的连长一人手持一支步枪,腰挎一支手枪,站在射击地线。夜色当中,月光照着他们年轻的脸。一排新的香点起来。"准备射击——"值班员高喊,三个年轻的连长持枪在手,屈膝准备。

"开始射击!"几乎同时,三个年轻的连长趋前一步,跪姿开始射击。清脆的枪声中,弹壳飞出弹膛，枪口喷射着烈焰和浓烟。跪姿、立姿、卧姿分别 10 发步枪子弹打完以后，他们同时丢掉步枪拔出手枪上膛，向前跑去。他们在 30 米地线同时停下，立姿双手持枪速射。香一根根被打断，战士们掌声一片。远处车旁的雷克明放下望远镜，点头："陈勇，你的这三个连长看来是要把我们大队折腾个天翻地覆了！做他们的营长，你得有点儿真本事！"

陈勇笑笑："大队长，就他们这几个毛孩子成不了气候！"

"长江后浪推前浪啊！"雷克明感叹，"走吧，我们回去开作战会议。"

火车站。穿着士兵常服的董强背着背囊、戴着大红花，在战士们的簇拥下走到站台，林锐拍拍他的肩膀："好好学习！等你回来当排长、当连长！"

董强笑着敬礼："连长，我也等着你当大队长的好消息！"

"臭小子，别胡说！"林锐笑笑，"你好好学习是真的！"

田小牛走出人群："董强，这是我让我妈给你做的！你带上，冬天跑 5 公里的时候护腿！"董强笑着接过护膝："谢谢了！"

田小牛嘿嘿笑着："你这一去南京上学，我还真舍不得呢！没人说我了，我都觉得少点儿啥！"林锐说："那你就好好复习，明年也去解放军国际关系学院和董强做伴啊！"

"我？我不行。"田小牛嘿嘿笑，"我没董强那个脑瓜儿，文化基础也差。"

"你脑子可不笨，你看得出来的，我就看不出来。"董强笑着把一个迷彩手提包递给他，"这是我留给你的！"

"什么啊，这么沉？"田小牛接过来差点儿没掉地上，他打开看看："书？"

"这都是我的复习资料，我把这些留给你。"董强真诚地说，"明年，我在解放军国际关系学院特种作战系等你！"田小牛站起来，抱住董强："好兄弟！等我退伍回家当了民兵连长，你来找我，我带你打兔子去！"

"你就惦记那个民兵连长！"董强笑着骂他，"你别忘了，你现在是中国陆军特种兵！是最出色的陆军士兵！你会成为一个出色的特战军官的！"田小牛激动地点头。列车开走，董强站在车门里敬礼。林锐和战士们敬礼。田小牛含着眼泪敬礼："好兄弟——我会去找你的！"

10

A 集团军军部野战医院。外面是瓢泼大雨，戴着中尉军衔的何小雨在宿舍有点儿痛经，捂着肚子坐在床上，战备警报突然拉响了。她匆匆换上迷彩服跑下楼，院子里站了一片医护人员。院长也穿着迷彩服神情严肃地出来："同志们，我集团军接到上级命令——特大洪水席卷我江南地区，我集团军奉命前往洪区抢险抗洪！集团军党委命令我医院，一小时内组织野战救护队，随集团军先头部队出发！这是个光荣的使命，下面由各科室主任负责统计自愿报名名单，由医院党委在自愿基础上统一协调安排！"何小雨脸色神圣，解散后马上找到院长："院长，我报名！"院长说："上级有命令，尽量不要用女同志。洪区卫生条件不好，对女同志身体会有影响。"

"我是军人，战场上只有军人和老百姓，没有男女！"何小雨说。院长严肃地说："不行，我说了不算。何况你还没结婚！我不能让你留下一辈子的遗憾，你回去值班！这里也需要医生，这是命令！"何小雨气得直跳脚："这是谁下的命令？！不讲道理！"

"我！"脸色严肃的刘勇军在高级军官的簇拥下走进集团军医院，"我下的命令！"

刘勇军现在是中将军衔，他已被提升为军区副司令。

"刘副司令！你的这个命令，我不执行！"何小雨敬礼高声说。刘勇军厉声说："我是A军区抗洪前指总指挥，这是我的命令！理解要执行，不理解也要执行！"

何小雨眼中含泪："首长，我是军人！军人就不能在战场前面退缩！"

"你是女军人！"刘勇军厉声说，"在男人没有死绝以前，女军人不能上战场——这是我的命令！抗洪行动每一秒钟都瞬息万变，我事情很多，就这样吧！院党委过来开会，A集团军医院和军区总院要组成联合救护队，跟我前指挥在一起。"军官们跟着他进去了。

大院里面，战士们都在把车开出来，往上搬运抢险物资。穿着迷彩服的何小雨孤零零地站在院子里，哭着鼻子。大家都没时间搭理她，都在忙着自己的事情，医院内外都是一片忙乱。刘勇军带着前指军官们面色严肃地出了大楼，越野车队亮着红色的警报器开到他们面前。外面第一梯队的战士们已经登车，车队出发了，后面拖着冲锋舟。战士们歌声高昂，斗志凌然，各自部队的红旗在车队上空飘舞。何小雨跑步到首长们面前："报告——"

"现在什么时候了你还胡闹？！"院长怒喝。

"报告！我没有胡闹，我有很重要的话要对刘副司令说！"何小雨很严肃，脸上还有眼泪。刘勇军厉声说："说！"

"如果我是您的女儿，您会批准我不上战场吗？！"何小雨高声问。

"可是你不是我的女儿！"刘勇军厉声回答。何小雨大声问："如果我是您的女儿，您会让自己的部队冲锋陷阵，让我留在后方高枕无忧吗？"

"如果是我的女儿，我会让她第一批上前线！问题就是你不是我的女儿！"刘勇军高喊，何小雨敬礼："我是刘芳芳的战友，首长常常说战友就是兄弟姐妹！现在我请求您，批准您女儿的姐妹上前线！"刘勇军看着被雨淋湿透了的何小雨，嘴唇翕动着："何小雨！"

"到！"何小雨立正。刘勇军命令："你参加救护队，跟我前指在一起。有我的命令，你不许离开前指！"

"是！"何小雨敬礼，转身跑步在战士们的搀扶下跳上军卡。

刘勇军上车，越野车队鸣响警报器出发了。A军区抗洪车队风驰电掣，撕破雨雾。

11

大雨当中的特种大队也是一片忙碌。穿着雨衣、戴着黑色贝雷帽的雷克明和机关干部们从主楼大步走出来，一串吉普车已经停在他们面前。参谋长跑步过来报告："报告大队长同志！狼牙特种大队抗洪抢险突击队已经集合完毕，请指示！特战一营营长陈勇妻子怀孕检查，昨天他去军区总医院了，按照计划是今天归队！我已经通知他赶往一号地区，我们路上接他！"

"好，按照梯次出发。"雷克明还礼。参谋长高喊："出发！"

警通连小汪高举红旗又放下，举起绿旗指引方向。先头分队是林锐的特战一连，他在指挥吉普车怒吼："出发！"他的吉普车开道，车队出发了。张雷的特战二连在第二梯队，他亲自开车，雨刷冲击着前车窗。电台里面传出噼啪静电声，通报前方路况。车队高速冲过雨雾，掠过县城。交通岗已经被林锐的部下提前占据，田小牛高举指挥旗指引后面的车队快速通过。

"是去抗洪的。"老百姓议论。

"你怎么知道？"

"你不看电视啊？你看，他们的车后面都拖着船呢！"

两边商店和楼上的老百姓都鼓掌，车里的战士们自豪感倍增，高唱着革命军歌。车队不减速通过被部队封锁的道路，路两边的出租车和地方车辆司机都鼓掌叫好。

"烟。"张雷一边开车一边伸出手，一只白皙的手递给他一块口香糖。张雷接过来叼在嘴里才发现是口香糖，他转头："谁跟我开玩笑？"坐在他身边的刘芳芳笑着摘下自己的雨衣帽子，黑色贝雷帽下调皮的脸笑得很灿烂："我！"

"胡闹！"张雷急了，"你怎么来了？！"

"我是特种部队的医生！"刘芳芳被凶了，自然也有怒气。

"谁让你来的？"张雷着急地说，"大队长有命令，女兵不能参加抗洪！"

"咱们大队就我一个女的！"刘芳芳咬着嘴唇，"这分明是冲我来的，我非要来！我也是特种兵！"张雷高喊："这是大队长的军令！你现在就给我下车，打车回大队！"

"我不！"刘芳芳很倔强。张雷怒吼："这是我连队的车，我以连长的身份命令你下车！"

"连长你就这么凶啊？！"刘芳芳脸被气白了，"你有什么了不起的！"

吉普车靠边停下，刘芳芳被张雷推下车，背囊也被扔了出来。张雷高喊着："你打车回大队，注意安全！我们走了！"吉普车高速开走了。刘芳芳站在大雨里哭："张雷！我恨你——"又一辆吉普车停在她身边，刘晓飞探出头："芳芳，你怎么在这儿啊？大队长不是命令你不许来吗？"刘芳芳擦擦眼泪："大队长改主意了！"刘晓飞命令："上车，走！下去一个人去后面的卡车！"一个兵急忙下车，跑到后面军卡上车。刘芳芳跳上车，刘晓飞递给她毛巾擦脸："我说你怎么哭了？"刘芳芳擦去眼泪和雨水："我没哭。"

刘晓飞顾不上那么多了，拿起电台："山狼三号呼叫山狼一号，前方路况如何，立刻汇报！完毕。""一切正常，完毕。"林锐在前面回答。

雷克明的声音从电台里传出来："各单位注意了，我是老狼。接军区加急电报，我大队是我军区抗洪前线指挥部直属机动预备队，我军区抗洪部队代号'蓝箭'，我大队代号'蓝箭B'。各单位全速前进，准备接受重大任务。完毕。"

各个单位的回答在电台里响起来。车队在雨雾当中轧起巨大水浪，全速前进。

第二十章

★

1

　　长江在咆哮，像母亲一样孕育了中华民族子孙的长江如今失去了往日的温柔，变得凶猛无比。大树被巨浪卷走，房屋倒塌，流离失所的居民在军警和地方干部的引导下在防洪堤后面——大投影上的画面让将军们忧心忡忡。外面虽然瓢泼大雨，但是 A 军区抗洪前线指挥部的大帐篷一片肃静，先期到达的军区情报部部长何志军大校穿着迷彩服在前面介绍情况。随着他的介绍，制作好的洪峰二维动画示意图出现在投影上。"根据抗洪总指挥部和国家防总的通报，今年夏天入汛以后，由于气候异常，全国大部分地区降雨明显偏多，部分地区出现持续性的强降雨，雨量成倍增加，致使一些地方遭受严重的洪涝灾害。长江发生继 1954 年以来又一次全流域性大洪水，已经先后出现 5 次特大洪峰，宜昌以下 360公里江段和洞庭湖、鄱阳湖的水位，长时间超过历史最高纪录，沙市江段曾出现 45.22 米的高水位。"何志军的讲解明晰而又果断。刘勇军等高级将校军官都是穿着迷彩服认真地听着。

　　"抗洪总指挥部交给我军区'蓝箭'抗洪部队的任务是——确保长江 B 段和 C 段大堤的绝对安全，严防死守，确保长江大堤安全、确保重要城市安全、确保人民生命安全！根据抗洪前线总指挥部的情报，长江第七次特大洪峰即将到来。我军区防区内最危险是 D市这一段，按照当地防汛部门的监控和先期到达的地方军分区部队实地观察报告，防洪大堤已经出现管涌，大堤已经非常危险，很难扛过第七次特大洪峰。"

　　何志军报告完毕退后，刘勇军起身快步走到前面，神情严肃地看着将校们："同志们！我刚刚接到中央军委的加急电报，军委主席和副主席对我们抗洪部队提出了没有任何折扣的要求——'一线部队全部上堤，军民团结，严防死守，决战决胜'！"将校们面色庄重。

　　"我军区抗洪部队刚刚到达，但是马上就要全面上堤！"刘勇军拿起指挥棒指着电子地图宣布，"D 市是一个中型工业城市，人口 600 万，大小企业 400 多家。附近农村还有人口 1300 多万，国家的财产、人民的生命都在危急之中！——我命令，蓝箭 A、蓝箭 B部队马上登上 D 市城防大堤进行加固！"

"是！"A集团军舟桥旅旅长和军区特种大队雷克明大队长起立敬礼。刘勇军厉声命令："你们现在就出发！记住我的命令——人在堤在，堤溃人亡！"

"是！"两位军官立正，转身跑步出去。雷克明跑出指挥部招手，车就过来了。他上车以后就拿起电台话筒："各单位注意，我是狼头。不能休息了，马上上D市城防大堤！"风雨当中缩在雨衣里瑟瑟地吃干粮的狼牙特种大队官兵们立即发动车辆出发了。

"我跟着上去吧。"何志军向刘勇军申请。

"也好。"刘勇军说，"两个部队由你统一指挥，随时向指挥部报告！"

"是！"何志军敬礼。他刚刚跑出帐篷，何小雨就从后面跑过来："爸！"

"你怎么来了？！"何志军问。何小雨问："爸，你是不是去大堤上？"

"对，我去D市大堤！"何志军说。何小雨着急地说："我也去！"

"胡闹！"何志军呵斥她，"你还是小孩子吗？！你是军人了，这是军事行动！一切行动要听指挥——跟你的医院在一起！不要随便出幺蛾子！"

何志军上车走了，何小雨站在雨里恨恨地高喊："你们都歧视女性——"A军医院院长带着前线救护队的官兵出现了，纷纷登车。何小雨跑过去："院长，我也要上去！"院长厉声说："不行，刘副司令有命令，你必须跟指挥部在一起！我们走！"何小雨看着车队从自己身边擦肩而过，气哭了。她一下子跑到路上，最后一辆救护车被她生生拦下，一个志愿兵伸出脑袋："你找死啊？！"何小雨不由分说就上车了："同志，带我上去！"志愿兵看看她："不是不让女的去吗？"何小雨高喊："是军区领导特批的！"志愿兵开车去追赶车队了。何小雨坐在车上，这个时候又感觉到肚子疼。她低头看到血正从湿透的迷彩裤下面往外渗，她一咬牙拿出急救包撕开，裹住了自己的裤腿，用高腰迷彩胶鞋扎住了。车窗外大雨瓢泼。

2

车队在泥泞的路上艰难前进，整个车上都是泥巴，几乎看不出原来的军绿色。一路上不断经过正在开拔或者在路边作动员的部队，张雷看见外面有一个巨大的横幅："空降兵部队坚决执行军委命令，誓与长江大堤共存亡！"

"连长，是你的老部队吧？！"电台兵问。张雷点点头，这个时候看见一个穿着迷彩服的空军少将在和几个高级军官布置着什么。少将的头发已经花白，原来伟岸的身躯变得消瘦，脸上倦态明显却依旧精神抖擞。张雷眼睛一热："你们先往前走，我马上跟过来！"他打开车门不等减速就跳下车，快步跑到那些空军将校跟前，举手敬礼："报告父亲同志！张雷奉命参加抗洪抢险，路过您的部队，向您报告！"

张副军长眯缝着眼严厉地看着张雷："你是小孩子吗？！你现在是什么职务？！"

"报告父亲同志，陆军狼牙特种大队特战二连中尉连长！"张雷高声说。

"滚回去和你的连队在一起！"张副军长怒吼，"这是战争，你居然敢擅自离开你的连队？！如果我手里有枪，我现在就毙了你！"

"是——"张雷含着眼泪看了一眼父亲，"请父亲同志注意自己的身体！"

"滚！"张副军长是真的怒了，拿起手里充当拐杖的木棍就打过去。周围的部下急忙拦住他，他指着张雷的鼻子，"你给我记住，战场上没有你的老子！现在就滚，去带你的连队！"一个空军大校推张雷："快走！快走！你爸爸这边我给你看着，赶紧回你的连队！"

张雷含泪向父亲敬礼，转身大步跑向正在急速行驶的车队，追上自己的吉普车，打开车门敏捷地跳了上去。他看着父亲的身影越来越远，接过电台兵递来的烟点着了，窗外"上甘岭特攻八连"、"黄继光英雄连"的红旗不断飘过。士气高昂的伞兵部队在进行战前准备，雨声和雷声淹没不了上万官兵嘹亮的歌声。远方，穿着蓝白相间的海洋迷彩服的官兵正在跑步上大堤。

"真的是大行动！"刘晓飞兴奋地说，"海军陆战旅也来了！"

刘芳芳也看着窗外两眼放光："只有在这种三军集结的大型军事行动当中，才能感觉到自己属于一支多么庞大的武装力量！"

"没估计错的话，起码得有30万部队被调集到长江两岸了。"刘晓飞紧着胶鞋的鞋带，在洪区只能穿胶鞋，"芳芳，一会儿到了地方，你就赶紧去和大队部在一起。"

"为什么？"刘芳芳问。

"我们特战一营三个连队肯定是第一突击队。"刘晓飞说，"你不能和我们在一起！"

"我不！"刘芳芳喊，"第一突击队也需要医生！"

刘晓飞还没说话，车队停了。他跳下车："怎么停了？"

"前面不能开车了，我们跑步上去！"林锐在前面高喊，"特战一连，下车！"一连战士们哗啦啦跳下车，都背着背囊、扛着橡皮艇和冲锋舟。"二连的，下车！"张雷也跳下车。二连哗啦啦下车，也是一样的装束。"三连，下车！"刘晓飞一挥手。三连哗啦啦下车，刘芳芳也只能跟着下车，混在战士们中间。陈勇在后面带着营部的文书和干部跑过来："都穿好救生衣，橘红色的那面！别穿错了，迷彩的那面是打仗穿的！"战士们都穿救生衣。张雷接过文书扔来的救生衣刚刚套上，就发现了在后面躲的刘芳芳："你！——出来！"

刘芳芳站出来，脸色发白："你凶什么凶啊？出来就出来！"

"谁让你来的？！"张雷怒视刘晓飞，"你怎么把她带来了？"

"不是大队长同意她来的吗？"刘晓飞纳闷儿。张雷急了："同意什么啊同意？你现在马上去军区前指挥部！我们要上前线不能照顾你！"

"我不需要任何人照顾！"刘芳芳也急了，"中尉同志，我也是军人！希望你尊重我！"

张雷来不及和她多说别的，问："你的救生衣呢？！"

"我……出来的时候忘带了。"刘芳芳说。张雷脱下自己的救生衣塞给她，怒吼道："就这你也好意思说自己是军人？！你穿上！二连，全体都有——跑步——走！"

"那你呢！"刘芳芳抱着救生衣大喊。"我不需要！"张雷已经带着队伍跑远了。

"你去大队部吧，我不能带着你了！"刘晓飞说，"你这人，不是招我犯错误吗？！——三连都有，跑步——走！"他带着三连也跑了。刘芳芳想想，还是跑步跟去了。

后面何小雨也下车了，她跟着救护队在后面跑，肚子几次的疼都忍住了。她喘着气追逐着前面的身影，跑过身边的车队。何志军下车以后在和雷克明、舟桥旅旅长说话，看见何小雨的背影高喊："谁让你上来的？！"何小雨在前面转身敬礼："爸爸，我也是军人！"

何志军眼睛一热："去吧，注意安全！"何小雨答应一声，转身追着队伍去了。雨水顺着她的裤脚滑下，带出了丝丝血迹，却很快又被新的雨水冲刷走了。

3

D市防洪大堤已经出现一个缺口！10多米宽的决口处，洪水顺着3米多高的落差，以每秒近1000立方米的流量疯狂倾泻而下，冲起一米多高的浪头，发出令人心颤的咆哮。武警部队和地方干部组成的抢险队正在努力扛沙包往里扔，但是水流太急，下去就无影无踪了。"狼牙特种大队"的红旗在飘舞，特种大队的官兵们跑步上了大堤。

"先拦住洪水的势头才能打木桩下沙包！"陈勇高喊着脱去上衣，"谁跟我下去组成人墙？！""我！""我！"……几乎所有的战士都在脱上衣。

"你是营长不能下去！"张雷高喊，"你留下指挥，我们二连的上！"二连立即往前跑。

"你抢什么，我们一连还没上！一连先下！"林锐喊。刘晓飞刚刚要喊，陈勇已经说话了："都别乱！听我命令！一连、三连扛沙包，二连下去做人墙！快！"

张雷招呼着自己的战士脱去上衣，穿着救生衣，腰上绑上绳子，扑通扑通跳入大水。水流很急，张雷和战士们胳膊挽着胳膊顽强地往缺口对面走。对面的武警战士也下来十几个，两个队伍在中间会合了。战士们都是胳膊挽着胳膊，高喊着、怒吼着顶着扑面而来的洪水，只有张雷没穿救生衣。

"特种部队！"陈勇站在高处高喊，"什么是特种部队？！同志们，上啊！"特种兵们无言地扛起沙包和木桩，速度很快地去填充缺口。张雷和战士们咬牙坚持着，人墙不时地被洪水冲刷得东倒西歪，但是始终没有分开。在众目睽睽之下，特种兵们用超常的体力和惊人的毅力将大批沙包和石头扔下缺口，陈勇招呼战士们推来一辆满载沙包的解放卡车，直接就给栽倒缺口里面去。短短40分钟，两边合龙，缺口堵住了。特种大队的红旗已经插在原来是缺口的地方，特种兵们在做最后的堵口工作。

"奇迹！"地方干部高喊，"你们不愧是特种部队！"张雷和战士们被拉上大堤，他们全身湿透，嘴唇发紫打着冷战。刘芳芳跑上来："你们必须马上下去休息！"

"这里没你的事儿！"张雷怒吼，"二连，扛沙包！"战士们又站起来跟着他去扛沙包和木桩。刘芳芳拽住一个地方干部："组织群众熬姜汤！快组织群众熬姜汤和辣椒汤！以最快速度送到大堤来！"地方干部大声说："好！我马上安排！白酒行不行？！"刘芳芳高喊："不行，现在太冷，他们控制不住酒量，喝多了会出事的！"

第二梯队的特种兵上来了，警通连已经在后面搭起来大队部。何志军和雷克明大步走上来，雷克明看见刘芳芳一愣："你怎么回事？！"刘芳芳敬礼："大队长！现在不是说这个的时候！我是一个特种兵，这是需要我的地方！"

"来了就来了吧。"何志军苦笑，"老雷，我们找水文站和防汛指挥部的同志研究一下现在的情况。"他们俩刚刚过去，何小雨跟着救护队就上来了。

"芳芳！看见刘晓飞了吗？"何小雨问。"那边，在扛沙包、打木桩！"刘芳芳一指，何小雨看了一眼放心了。刘芳芳看着她的脸："你的脸怎么那么白啊？"

"我没事，只是晕车了。"何小雨说，"我们赶紧在下面准备救护队的东西吧！"

两个女兵跟着救护队跑到大堤后面的高处，迅速搭建临时医务所。何小雨的头有点儿晕，但是她坚持顶住了。有溺水和受伤的群众、战士被送了过来，医护人员们开始紧张工作。

4

"D市大堤危机四伏。"担任D市防汛总指挥的代市长是个30多岁的年轻干部，他站在风雨当中的大堤上还在输液，面色严肃地对着面前的军官们说，"我是在你们来前三天刚刚担任代理市长的，原市委书记兼市长因为在防洪墙工程中有受贿行为被逮捕了。D市的防洪大堤其实是豆腐渣工程，这个不能瞒着你们。防洪墙存在偷工减料、墙基处理不当等问题，防洪墙墙体中主钢筋不及小拇指粗，而设计钢筋要求是直径16毫米，坍塌的防洪墙体撞击岸边的沉船后，设计标号为200的钢筋混凝土崩裂，船头散落着一些像豆腐渣一样的碎片。很多地段据我实地观察，堤坝下面不是混凝土，有的地方填塞的是竹片和稻草。"何志军倒吸一口凉气，目光转向滔天大水："现在说什么都晚了，发国难财的奸商和贪官必将被严惩，但是我们的任务——是保住这个已经千疮百孔的防洪大堤，保住D市！"

代市长点点头："有你们解放军上来，我安心多了。"

"马上给军区前指发报——情况危急，速派增援部队！"何志军命令，"把工兵团也派到这里来，带上大型机械，这里要马上施工！特种大队和舟桥旅在第一道防线，严防死守！"雷克明拿着望远镜观察着江面："命令蛙人下水，寻找防洪墙现在的漏洞，想办法尽快补上。"电台兵拿起话筒："各个单位注意，这里是蓝箭B。山狼立即组织蛙人下水，侦察防洪墙存在的隐患。重复一遍，山狼立即组织蛙人下水。完毕。"

"山狼收到，5分钟后下水。完毕。"陈勇把耳机和话筒交还给电台兵，自己开始脱衣服："每个连出10个水性好的战士跟我下水，侦察防洪墙隐患。"

"你不能下去！"张雷高喊，"你是营长，你有你的指挥岗位！"

"执行我的命令。"陈勇接过文书递来的潜水服。张雷一把抓住陈勇，距离他的耳朵很近喊道："听着，我带人下去——子君已经怀孕了，我不想你也成为烈士！"

陈勇一愣，张雷已经劈手抢过他的潜水服："记住我的话！"

"我是蛙人队长！"大雨当中，张雷的眼睛黑白分明，面色严厉，他对着战士们高喊，"每个连出10个战士，分开区域下水！按段搜索，一定要将漏洞补上！"30个战士穿好潜水服背上氧气瓶，戴上面具和脚蹼。绳子绑在了他们的腰上，他们在防洪墙分开等距离站好，张雷戴上面具叼住氧气瓶，挥挥手举起大拇指。张雷扑通一声跳入江水，30个战士也跳入江水。陈勇站在雨中的防洪墙上，面色严峻："组织第二抢险队，随时准备救人！"

林锐已经穿好潜水服站在他身边："我带第二抢险队。"

陈勇看着大堤上忙碌的战士们："誓与大堤共存亡！"

"誓与大堤共存亡！"

在战士们的吼声中，"特种大队"的红旗在雨中飘舞。他们身后的城市已经是万家灯火。工兵团的战士们已经人拉肩扛地把机械和车辆推上来，开始加固加高防洪墙。宽广的江面洪水流量很大，还在一波一波袭击着脆弱的防洪墙。张雷钻出水面，踩着水："底下有泡泉！这段防洪墙不行！"雷克明拿着地图仔细看着，回头一看万家灯火的城市："这个大堤不能塌！所有机动力量全部上堤，我们死就死在大堤上！"

包括救护队都上堤了，何小雨扛着沙包在泥泞当中跑着，不时地栽倒又爬起来。她身上的军装已经湿透了，都是泥巴，裤腿贴在小腿上，有成片的褐色，但是却和泥泞混在一起很难发现。刘晓飞高喊着指挥自己的连队，他看见何小雨跑过来，接过她身上的沙包："你怎么也来了？赶紧下去！"

"和你没关系，我是 A 集团军抗洪部队的！"何小雨高喊着又抢过沙包。

刘晓飞刚刚要说什么，那边陈勇在喊，他急忙跑过去。

水文站长注视着水面，突然对着何志军高喊："首长，这里不能待了！马上撤下你的部队！"何志军高声问："为什么？！"水文站长举着手电照着混浊的水面，高喊："这里马上就要决口了！泡泉已经把底下给吃透了，赶紧撤！"

"我们不能撤！我们死也死在大堤上！"陈勇高喊。

水文站长对着代市长高喊："这是无谓的牺牲！必须马上撤离，保留有生力量准备堵上决口！"代市长紧皱眉头："总理有严令——长江大堤崩溃，人头不保！"

"这不是你一个人的人头！"水文站长高喊，"现在留在这里的军民都要陪葬！立即撤离这 100 米大堤，我们不能无谓地牺牲！"

雷克明仔细看着江水，拉住何志军："撤下去吧，我们不能让战士跟我们无谓牺牲！"

代市长咬紧牙关："我的脑袋无所谓，我不能让这些战士、这些群众和我一起陪葬！何部长，我们撤！"

"撤！"何志军感觉到耻辱，怒吼出来。"特种大队"的红旗拔下来往一边撤去，战士们和群众向危险地段两边撤去。老水文站长站在中间高喊着，武警拉出警戒线。"轰"一声，洪水拍击防洪墙，中间崩出一个 3 米的缺口，几乎在一瞬间，与大堤外形成 8 米落差的洪水倾巢而出。

9 米……10 米……20 米……30 米……决口如同洪魔的血盆大口，转眼间已吞噬了 D市造船厂等几家企业，漫过了铁路涵洞，停在路边的大小车辆顷刻被淹没。肆无忌惮的洪水向前方的城市直扑过去。

5

"D市大堤决口了!"A军区前线指挥部一片震惊。刘勇军站起来,用低沉的声音命令:"立即向中央军委和国家防总汇报,军区前指常委跟我上堤!"

大雨当中,白发苍苍的将军们踏上吉普车开向大堤,通信车紧跟其后。刘勇军面色阴郁,保卫部长被他拉上车,神色很慌张。刘勇军问:"带枪了吗?"保卫部长说:"是!"

"我让你抓哪个你就抓哪个!"刘勇军怒吼。保卫部长咬牙说:"是!"

大堤上,战士们跟迷彩色的工蚁一样扛着沙包在拼命填决口,但是杯水车薪,下去就没了。何志军、雷克明和代市长嘶哑着喉咙,在命令陈勇立即去征用民船。

"何志军!"刘勇军等一行将军踏上大堤,保卫部长手扶着腰紧跟着他。

"首长!"何志军和雷克明敬礼。刘勇军怒吼:"你现在的前敌总指挥已经被撤了,撕掉他的肩章给我抓起来!雷克明接任前敌总指挥职务,即刻生效!"

保卫部长走上前:"老何,这是副司令员的命令,不要让我为难。"

何志军傻傻地看着刘副司令,任凭保卫部长摘下自己的大校肩章和指挥员臂章。保卫部长从兜儿里摸出手铐,又塞回去,回头高喊:"我没带手铐!"

"给我带下去!"刘勇军高喊。

"不——"何小雨从斜刺里冲出来抱住爸爸,"他不是罪人!"

"长江决口,我是这段的前敌总指挥,我有罪。"何志军眼中含着泪花,"你去吧,别管我。"何小雨高喊:"这不是军队的罪!这段防洪墙就是豆腐渣工程!"

刘勇军眉毛一挑,代市长急忙上来报告:"中将同志,这是前市委书记兼市长的问题,他已经被逮捕了。"刘勇军看着何志军,眼中有不忍,但是他的胸口起伏着:"即便不是你的问题,大堤决口,你是总指挥已经有罪!你现在革职,留在大堤做战士等候处理!"

"是!"没有大校肩章的何志军利索敬礼,转身去扛沙包。

"爸爸!"何小雨哭着抱住他。

"我是军人,大堤决口就是死罪!"何志军怒吼着一把推开她,跑去扛沙包。战士们看着自己昔日的大队长怒吼着扛沙包,都傻眼了。雷克明一把跑过去摘下自己的特种大队臂章给何志军戴上:"老何,你还是我们特种大队的老领导!我命令你参加我大队指挥部工作!"

"给我走开!"何志军一把推开他,"你的岗位在指挥部!"

战士们流着眼泪和自己的老领导一起扛沙包。

刘芳芳跑过来高喊:"副司令员同志,你太官僚了!这不是他的责任!"

"大堤崩溃,我们都是死罪!"刘勇军高喊,"你给我滚开!"

宋秘书拦住刘芳芳:"你赶紧去劝劝何小雨同志,别再出别的事情。"刘芳芳哀怨地看着父亲,跑去抱住在地上痛哭的何小雨:"小雨!你起来啊,我们还有任务呢!"

何小雨抽泣着站起来,却只走了一步就摔倒了。刘芳芳抱起泥泞当中的她:"你的脸怎么这么白啊？！"何小雨嘴唇翕动着："我爸爸……不是罪人……"她就晕过去了。

刘芳芳抱着她高喊："你醒醒啊！你醒醒啊！"她抱着何小雨顺手往下一摸，大惊失色，"快来人啊——不好了——"几个战士冲过来抬起何小雨，刘芳芳着急地喊："快送下去！去下面帐篷里面！快！"正在指挥战士扛沙包的刘晓飞看见了，快跑几步又停住了，眼中含着热泪高喊："芳芳，你照顾好她——"刘芳芳着急地看着他，跺了一下脚，跟着被战士抬走的何小雨去了。

刘勇军亲自在大堤上指挥，将校们和地方干部围着他成一个圈子。代市长严肃地说："江堤上形成了一道50米左右的大豁口，江水以每秒400立方米的流量横扫一切。如不设法封堵，每小时就有144万立方米的洪水涌进城区，不要七八个小时，D市就要从中国版图上被洪水抹去了！"

"不惜一切代价，要堵住这个决口！沉船！沉车！雷克明你马上去找船！"刘勇军高喊。雷克明起身敬礼："是！"刘勇军指着将校们的鼻子高喊："我就站在大堤上——如果决口堵不住，你们先给我跳，我跟着你们跳下去！"

张雷和刘晓飞带着田小牛脱去军装，跳入长江里。江中的两艘水泥泵船被他们三个在水中挥手拦住了。张雷从腰带上摘下黑色贝雷帽戴上，顺着船舷爬上来高喊："根据《中华人民共和国抗洪法》，你们的船只被征用了！"船长看着黑色贝雷帽上的军徽，很冷静："解放军同志有什么命令？"张雷怒吼："绑在一起，沉船！"船长一愣，咬牙："是！"

另外一艘船上，刘晓飞也在大声宣布命令。船长很配合，亲自操舵。巨大的缆绳把两只船绑在一起，水手们默默收拾着自己的东西，告别自己的船。两位船长亲自操舵，靠近决口。水手们下了底下停着的渔政船，挥手告别自己的船。两艘船到了决口附近，张雷、刘晓飞、田小牛带着两位船长离开了。两艘船被吸引到决口上方，但是在发狂的洪水的巨大吸力下，两艘船像两只火柴盒一般"飘"出堤外。在数千军民的惊呼当中，上百吨的水泥趸船在洪水的作用力下，一头撞倒了造船厂的一幢二层楼房，船头死死地嵌进了楼房的墙体中。

"船太小了！"刘勇军高喊，"有大船没有？！"

"下游有码头，有千吨以上的大船！"代市长高喊。

"把何志军给我叫来！"刘勇军高喊。一身泥泞的何志军跑步过来敬礼："首长！"

"我命令你，去下游给我找大船来！"刘勇军大声命令，"找到大船堵住决口，军衔我亲自给你戴上！如果找不到，你就别回来！""是！"何志军敬礼，转身跑去。

"林锐，跟何部长去！"陈勇高喊。林锐答应一声带着几个战士跑步跟上何志军，跳上港监局的监督艇，嘟嘟嘟嘟全速向下游驶去。

"就那条了！"何志军一指一艘大驳船。监督艇快速靠上，何志军带着林锐等几个战士快步上了舷梯。船长迎上来，何志军高喊："船长同志，根据《中华人民共和国抗洪法》——这艘船被征用了！你立即组织船员离船，我们要把你的船沉到决口去！"老船长晃了两晃站住了，扶着船舷。

"我再重复一遍，你立即组织船员离船！我们要沉了你的船！"何志军高喊。水手们跑过来扶着船长，船长推开他们站直了，敬礼："我遵守抗洪部队命令，沉船！——长航武汉轮船公司甲 21025 号驳船今天结束自己的航运使命，归属抗洪部队指挥，准备沉船！"

何志军和林锐庄严还礼。驳船在两艘拖船的引导下靠近决口，何志军拿着电台高声命令："拖轮抛锚，慢慢让驳船靠近决口！"林锐在拖轮上高喊："拖轮抛锚！"哗啦啦，拖轮开始抛锚。驳船被洪水冲着，慢慢侧向向决口靠近。何志军站在船头命令战士穿好救生衣，准备不测时跳水，战士们围在他的身边。何志军高喊："执行命令！"

一个战士在电台报告："连长！何部长不穿救生衣！"

"你们给我抱住他！"林锐在那边高喊，"他死，你们也别回来！我马上游泳过来！"

驳船慢慢靠近决口，越来越近了，终于在 7 米外停搁，正好横堵在决口处。"沉船封堵决口一次成功！"代市长流出眼泪，"一次成功！成功了！"——洪魔的咽喉被卡住，决口的大水顿时减小了许多。原来下泻的洪水已涨到堤下的二楼门框，很快回落到一楼的楼顶。

"拖轮下沉！"林锐在那边高喊，两艘拖轮开始下沉，岸上的军人们举手敬礼，向这完成历史使命的轮船敬礼。何志军站在船头，疲惫地松开手："成功了……"监督艇靠岸，何志军走上岸边。刘勇军迎上来，伸手。保卫部长急忙把大校军官的软肩章递给他，刘勇军亲手给何志军戴上军衔："我要给你请功！"

何志军眼中含着热泪："首长，我是革命军人！我丢失阵地，我是死罪！"

"你已经给夺回来了！"刘勇军拍拍他的肩膀，"好样的！"

何志军举手敬礼，刘勇军还礼。何志军突然问："我女儿怎么样了？"

刘勇军回过神儿来："对，小雨呢？你们谁看见了？！"

6

病房里的电视上正播放着"新闻联播"，播音员用洪亮的嗓音说着："在全体参战军民的齐心合力下，这次长江特大洪水已经得到控制……"

脸色苍白的何小雨躺在病床上，露出笑容。

办公室里，方子君看着何小雨的病历皱着眉头。林秋叶呆坐在椅子上，两眼发直。已经显出怀孕身段的方子君活动不是很方便，她皱着眉头看完病历问值班医生："怎么送来这么晚？"医生说："这已经是最快速度了。抗洪部队用专机送回来的，刘副司令亲自下的命令。"

"子君，你跟我说实话，小雨，怎么样了？"林秋叶声音颤抖。方子君脸色发白，张嘴却无语，林秋叶说："我是个老兵，我挺得住！"

"小雨本来就有痛经的历史，她的例假一直不能说正常。"方子君说，"这次抗洪，她来例假还在第一线，在冰冷而且不卫生的水里待的时间过长，已经感染了。"

林秋叶看着方子君："你告诉我后果！"

"小雨……"方子君咬着牙，"已经失去生育能力了。"

林秋叶站起来看着方子君没说话，晕倒了。

"阿姨！阿姨！"方子君流着眼泪高喊，"快来人啊！"

7

一枚二等功勋章别在何小雨的病号服上，何志军脸上是含泪的笑容："这是你的。"

脸色苍白的何小雨笑了："爸爸，我也拿军功章了……"林秋叶在旁边哭出来。

"这个，也是你的！"何志军打开一个红色的小盒子，取出一枚一等功勋章给何小雨别上。何小雨无力地说："爸爸，这是你的……"

"这是爸爸授予你的！"何志军的眼泪落下来。

"谢谢爸爸。"何小雨靠着床头坐着，无力地却是开心地笑着，举起自己的右手敬礼。

何志军退后一步，啪地一个立正敬礼："你是一个好军人！"

何小雨脸上出现红晕："爸爸，我只是做我应该做的。"

"小雨，你怎么那么傻啊？"林秋叶抱着她哭，"你不知道你是女人啊？"

"妈妈，你以前也说过——当兵的，不赶上打仗是一种遗憾。"何小雨无力地笑着，"我没赶上打仗，可是我赶上抗洪了。我是军人，这是我的职责。爸爸经常说，一旦穿上军装，我们都不再是自己。我们属于国家，属于军队，是一个战争机器的螺丝钉。"

何志军转向窗外，老泪纵横。何小雨笑着对靠在门边哭的方子君伸出手："我知道我不会再有孩子了。子君姐有，子君姐的孩子就是我的。让我听听，我这段时间在医院最喜欢听子君姐的肚子了，小家伙在踢……"她把耳朵贴在方子君的肚子上闭着眼睛倾听，甜甜地笑，眼泪却流出来。

"小雨！"方子君抚摩着何小雨的头发哭出来。何小雨笑着说："一定是个大胖小子！陈勇真有福气！"——门一下子开了，刘晓飞第一个冲进来，抱着鲜花的刘芳芳、张雷、林锐紧随其后。"小雨——"刘晓飞冲过来抱住何小雨，吻着她的头顶，"我来了！"方子君轻轻退后："我们都出去吧。"

何志军扶起林秋叶跟着方子君出去了，刘芳芳把鲜花放在床头也慢慢出去了。张雷和林锐把自己的鲜花都放下，转身出去了。楼道里，林秋叶扑在何志军怀里哭。张雷看了一眼擦眼泪的已经怀孕的方子君，咬着嘴唇别开了脸。林锐递给他一根烟，都点了，无声地抽着。刘芳芳过去陪着林秋叶掉眼泪，何志军走过来："陈勇呢？"

"报告何部长！"林锐敬礼，"我们三个连长都来了，营里不能没有主官看着。"

何志军点点头，没再说话。病房里，刘晓飞泪如雨下抱着何小雨："小雨，你怎么那么傻啊？你不能去就别去啊！干吗折腾自己啊！"何小雨笑着偎依在他怀里："你个傻子也知道说我傻啊？我只是做了我应该做的。"

刘晓飞吻着何小雨的脸："我们结婚吧！"何小雨一愣："为什么？"

"我看到你的命令了，你已经提前晋级了！你马上就是中尉正连，我们都是正连了！可以结婚了！"刘晓飞说，何小雨推开他："我不能和你结婚！"

"为什么？你不爱我？！"刘晓飞哭着抱住她，何小雨哭着说："我爱你，所以我不能和你结婚！晓飞，我不能给你生小宝宝了！你不要和我结婚了！"

"那我就不要孩子！我不要孩子了，就我们两个在一起！我们再也不分开！"刘晓飞抱她抱得紧紧的，何小雨流泪推他："傻话！你怎么能不要孩子呢？你不能不要孩子！我命令你不许和我结婚！"

"我是连长！我命令你和我结婚！"刘晓飞高喊，何小雨吓了一跳，看着他："你，你是连长就了不起啊？我爸爸当大队长都不敢这么跟我吼呢！"刘晓飞退后一步，敬礼："中国人民解放军陆军狼牙特种大队特战一连连长刘晓飞中尉向你求婚！"

何小雨傻傻地看着他："你喊什么？你怕别人听不见？"

刘晓飞一下子把门打开，转向何小雨："我就是让全世界都听见——中国陆军特种兵中尉刘晓飞向军医何小雨中尉求婚！请你批准！"

林秋叶在外面吓了一跳，要走过去。何志军一把拉住她："你过去干啥啊？孩子的事你过去干啥啊？"林秋叶急了："这都求婚了，我能不过去啊？"

"求婚你就过去？"何志军说，"咱们小雨还没同意呢！你着急啥啊？"

几个年轻军人都看着门口那边。刘晓飞背对门口，看着何小雨。何小雨脸上一阵白一阵红："你，你欺负人！"刘晓飞趋前一步敬礼："请你批准！"何小雨流着眼泪不说话。

"你不说话就是默许了！"刘晓飞冲过去一把抱起来她。

"你放下！放下！我没说同意——"何小雨惊叫着。

"你是我的女人！"刘晓飞看着她的眼睛，"我爱你！"何小雨大哭着抱住他的脖子。

8

海外电视频道在直播台湾局势。叫嚣台独的政治团体在街上游行，气焰嚣张。

坐在酒店房间的廖文枫脸色冷峻。

9

军区司令部作战指挥室。录像放完，刘勇军站起来面对将校们："根据中央军委指示，我军区即日起进入战备。应急机动作战部队随时准备出发，各个部队要马上进行维护祖国统一的政治教育，部队主官要熟悉东南沿海地形、地貌和历史人文环境。"将校们目光炯炯有神。刘勇军高声说："如果某些政治利益团体妄图采取阴谋诡计想将祖国领土分割出去，我人民解放军要听从中央军委命令，不惜一战！绝不允许一寸国土被分割出去！"

"是！"将校们起立。

10

特种大队礼堂，一场婚礼正在进行当中。新娘何小雨穿着崭新的常服，而新郎刘晓飞则穿着迷彩服军靴，甚至身上还背着步枪，钢盔别在腰带上，脸上还抹着迷彩油。何小雨漂亮俊俏，刘晓飞剽悍硬朗。

特种大队的全体参加婚礼的官兵都是这样全副武装。雷克明除了身上是手枪，脸上没有伪装油以外，毫无二致。他举起指挥棒，小小的交响乐队奏起《婚礼进行曲》。何小雨的伴娘是身着迷彩服的刘芳芳，刘晓飞的伴郎是一样全副武装的张雷。何志军和林秋叶站在旁边，方子君和他们站在一起。他们缓缓走过红色地毯，婚礼气氛热烈，却带有一丝战争气氛。刚刚喝过交杯酒，战区范围的战备警报凌厉地拉响了。

"全员全装，开赴东南！"雷克明高喊。几乎一瞬间，特种大队的官兵们冲出了礼堂，奔向各自的连队。刘晓飞抱住何小雨，两人在泪水当中接吻。何小雨吻了一嘴的伪装油膏，而刘晓飞吻了一嘴的泪水。

"等着我！"刘晓飞撕下自己的臂章塞在新婚妻子何小雨手里，转身跟张雷快步跑出去。刘芳芳告别何小雨，戴上钢盔也出去了。几个人奔到门口，外面已经是战争气氛。各个连队都在集结，车库的车都在往外开。一片混乱的军靴声和嘶哑的口令声，全副武装的特种兵们纷纷登车。在凌厉的警报器声中，车队掠过他们面前。何志军和何小雨、方子君对着掠过的军车队敬礼。

"我也要走了。"何志军说，"我今天晚上的飞机，跟战区司令部去东南沿海，小雨照顾好你妈妈。子君你自己注意身体。"

"爸爸，如果战争明天来临，我不会休婚假的。"何小雨严肃地说。

何志军看着她，抚摩着她的脸："我知道。再见！"

三菱吉普车开来，何志军上车。披着伪装网的车队在三个女人的注视当中浩浩荡荡出发了，奔向看不见的东南沿海。

第二十一章

★

1

涂着八一军徽的苏 27 战斗机群超低空掠过海面。靶船周围立即升腾起一片水雾，水雾散去后，靶船已经成为一团火焰。二炮部队的地对地导弹在大山深处尾部喷出烈焰，乳白色的导弹划破长空，奔向遥远的目标。水面舰艇部队和登陆舰艇编队在海面游弋，军旗飘舞在舰队上空。水陆坦克和气垫船抢滩登陆，登陆艇靠岸，穿着蓝白海洋迷彩服的海军陆战队员们呐喊着踏着齐膝盖的海水冲上滩头阵地。

演习导演部的海陆空三军将军们拿着望远镜冷峻地观察自己的部队。大横幅高悬在演习导演部上空：中华民族尊严不容亵渎，祖国统一大业枕戈待旦——1996 年，中国人民解放军在东南沿海举行了规模空前的三军联合登陆演习。这成为当时世界政治家和军事家们的焦点，一支现代化的东方军队正在向世界发出自己为了维护祖国统一不惜一战的决心。演习在海内外引起了强烈震撼，余震至今没有消失。

廖文枫站在海边，看着平静的海面，心潮却在澎湃。冯云山戴着墨镜、背着鱼竿、提着马扎信步走过来，和在这里钓鱼的当地老头儿没什么区别。他在不远处架起鱼竿，甩钩下去。他不经意地自言自语："愿者上钩哦！"廖文枫看着他："你等了我很久了吧？"

"从你进入大陆那天开始，我就在等你。"冯云山没看他，笑着说。

"我值得你那么等吗？"廖文枫问。冯云山还是那么淡淡地笑："我看中你还是个汉子，所以我不忍心拒绝你为民族大业出点儿力。"

廖文枫走来，冯云山递给他一个马扎："这里还有一根鱼竿，你拿起来用吧。"

廖文枫戴上草帽和墨镜，拿起鱼竿："果然钩是直的？"

"我说过了，愿者上钩。"冯云山笑笑。廖文枫感叹："我很佩服你的耐心。"

"我们中国共产党最大的特点就是有耐心——我们已经等了几十年，所以我也不在乎等你几年。"冯云山点着一支烟，"但是，中国共产党的耐心是有限度的！如果踏过中华民族利益的底线，这场战争将不可避免！"

"台湾没有能力和大陆打全面战争。"廖文枫苦笑，"你们这样只会让盲目的没有任何军事常识的民众激发出某种抵制情绪，可能对我们共同的敌人有好处，他们正在利用这种泛民主化倾向。"

"我不是军队的人，无权干涉军队的军事行动。"冯云山说，"但是我支持军队这样做，这是一个最后的警告！我想你的上司也应该明白我们传达出来的信号的含义——台湾绝对不能独立，这是根本底线。明白的人能明白就足够了，祖国统一大业不需要征求少数目光短浅的民众的意见——换而言之，他们代表得了全中华民族子孙的意见吗？"

"我明白。"廖文枫看着海面。

"你是一个出色的专项行动官员，"冯云山说，"对自己的未来有没有什么打算？"

"我已经在一条要沉的船上，我的誓言注定我会和这条船一起沉下去。"廖文枫淡淡地说，"我们可能惺惺相惜，但是我不会为你工作。你随时可以逮捕我，我等着。"

"你不是为我工作，是为民族工作。"冯云山说。廖文枫问："你代表这个民族吗？"

"我代表不了，但是我们的事业却代表了这个民族的利益。"冯云山的语气很平静，"你研究过共产党，应该明白辩证法。在不同的历史时期，中华民族的利益都有不同的政治集团代表。在现在这个历史阶段，你不能指望海峡那边可以代表中华民族的利益吧？"

廖文枫苦笑。冯云山说："我不强求你信仰共产主义，这是我的信仰，我不勉强任何人。但首先我是一个中国人，我是中国共产党党员，这个历史阶段我要完成的历史使命是维护祖国统一。在这一点上，我想我们没有歧义。"廖文枫不说话。

"所以，你是在为民族利益工作。"冯云山说，"如同那些出国参赛的解放军特种兵代表了全中国军人的荣誉，现在我们的事业代表着全中华民族的利益。我希望你加入，为了中华民族不要走向分裂，为了大陆和台湾不要走向战争，为了在未来你不会成为历史罪人，也为了你在九泉之下的父亲可以瞑目——我欢迎你加入我们的事业。"

廖文枫看着海面，久久不说话。冯云山说："对面有人已经疯了，他们走得越来越远。你也要跟着疯下去吗？"廖文枫长叹一声。冯云山淡淡地笑："你只有两条道路——成为民族的无名英雄或者民族的千古罪人。"冯云山淡淡地笑，"你选择哪个？"

廖文枫久久不说话，突然说："我希望我可以选择自己的代号。"

"可以。"冯云山说，"你自己说，你希望你的代号是什么？"

"岳飞。"廖文枫说。冯云山看他一眼，笑了："口气不小啊。"

廖文枫笑笑："这是我从小的志向，只叹生不逢时。"

"现在你有报效中华民族的时机了。"冯云山脸上的笑容消失了，"欢迎你——岳飞！"

2

参加演习的特种大队驻地。战士们都在装运东西，收拾帐篷，往车上抬，准备撤回原军区驻地。张雷招呼自己的连队："注意清点物资啊！哪个班少了一个笤帚，我也要让班长给我变出来！"他看着连队的战士们忙活着，自己摘下钢盔走到边上坐下，点着一支烟。

天上偶尔有直升机或者战斗机飞过，不过他也懒得抬头看了。林锐和刘晓飞信步走过来，坐在他旁边要烟抽。张雷拿出烟递给他们，擦着额头上的汗苦笑："全副武装跑了几千里地，结果是一场武装示威？要我的意思，直接干过去！"

"打不打又不是我们决定的，要看上面的意思。战争是国家大事，我们三个中尉说了可不算。"林锐抽着烟说。刘晓飞笑笑："不记得哪个人说过——和平是军人胸前最大的军功章。如果真的兵不血刃，可能是我们最大的功劳——别以为我怕死啊，真要命令下来，咱们三个连谁是首长手中的第一特战尖刀还真不一定呢！"

"哎，听说了没？咱们要换新枪了！"林锐换了个话题，"我从军区装备部一哥们儿嘴里听说的，新的95枪族，小口径的，回去就换！"

"真的？！"其余两个年轻连长兴奋起来，听见换新枪比什么都高兴。

"对，还有新的手枪！92式9毫米的一起换了！"林锐也说得很来劲儿。

"你们三个说什么呢？"刘芳芳笑着跑过来，她的钢盔上面的伪装布插着一圈野花，手里还拿了一把。林锐笑："嘿！我们的狼牙特种大队第一美女来了啊！"

"别以为我不知道你损我呢！"刘芳芳笑着一拍他的钢盔盖住他的脸，"咱们大队就我一个女干部，比不比我都是第一！"大家哈哈大笑，刘芳芳大方地坐在张雷身边。张雷笑笑，站起来拿出匕首，随手在树上甩着飞刀。

"不得了啊！集中火力攻破目标！"林锐对刘晓飞眨巴眨巴眼睛。

"还是持续火力！"刘晓飞也惊呼，"换我早扛不住了！"

"去去去！都胡说！"刘芳芳随地抓起一把沙子扔向他们。两个连长在张雷身后躲着，刘芳芳抓着沙子不敢扔。兵们嘿嘿乐，张雷也笑着："我说你们把我当盾牌了？我扔飞刀呢！"正闹着那边警通连高喊："陈勇！陈勇过来接电话！"

"谁把电话打到这里来了？"陈勇纳闷儿，但还是从车上跳下来跑向通信帐篷。

张雷摇摇头笑："我管不了你们！"他自己走过去拔插在树上的匕首。两个连长急忙跟着他，刘芳芳拿着沙子追着："看我不糊上你们的嘴！"突然，那边通信帐篷发出一声高叫，这雄壮的叫声让所有官兵都一惊，立即全安静了，张雷、林锐和刘晓飞三个年轻的连长的手都摸住腰间的手枪。

"我有儿子了——"陈勇高叫着一把掀开帐篷的帘子，对着苍天高呼。在场的战士们欢呼起来，丢下手里的东西跑过来，抬起陈勇往天上扔。张雷脸上的紧张逐渐消失了，取而代之的是一种平静，右手也慢慢合上了手枪枪套的扣子。林锐和刘晓飞看着他，又看看刘芳芳。"我们去看自己的连队。"刘晓飞拍拍刘芳芳的肩头，和林锐转身跑了。

张雷不看那边的欢呼人群，自己径直走过去拔插在树上的匕首。刘芳芳看着他的背影："张雷。"张雷不回头，手放在匕首的把上，使劲一拔就下来了。

"你……你还好吧？"刘芳芳憋了半天憋出这一句。"好。"张雷闷声说了一句，走回去继续扔飞刀，飞刀扎在树干上，声音结实。张雷又走过去拔飞刀。

"这几年，你就真的没什么话对我说吗？"刘芳芳的声音还是颤抖着。张雷不说话，拔出匕首，他的脸如同石头一样坚硬，身后的欢呼声似乎距离他很远。刘芳芳一下子冲上来从后面抱住他："我不要你想！"张雷不说话。

"我不要你想！"刘芳芳转过来，泪盈盈地说，"我不要你想了！我不要你自己折磨自己！我什么都可以为你做，只要你快乐！我不要你想了！"张雷看着她："你不明白的。"

"我明白！"刘芳芳哭着说，"我明白想一个人有多么苦！"

张雷看着她，神情复杂。刘芳芳哭着说："我知道你还爱她……"张雷默认。

"但是，你是喜欢我的……"——张雷头顶不亚于一个晴天霹雳，他张大嘴看着刘芳芳。刘芳芳哭着说："你是懦夫，你自己不敢承认！你不想违背自己最初的誓言，于是你要我付出这样的代价！我又犯了什么错？！你喜欢我，你却不敢承认——你是什么特种兵？你是胆小鬼！胆小鬼——"刘芳芳一把推开他，转身跑了。咣！刘晓飞一飞腿踢在张雷背上，张雷一个踉跄差点儿栽倒。林锐又是一个扫堂腿，张雷在空中飞起来，落地时侧倒鲤鱼打挺起身："你们俩干什么？！"

"我们俩要你去追！"刘晓飞高喊，"追！追啊！"张雷傻子似的看着他们。"追啊！"林锐拔出手枪哗啦一声上膛，对着他。张雷醒悟过来，转身就追去了。林锐举枪向天，笑着嘴里砰砰两声："我开枪——为你狗日的送行！"

刘芳芳哭着像疯子一样径直从没有路的树林跑过去，旁边的大海温柔地扑打着沙滩。她拼命往前跑着，突然前面出现一堵墙似的东西，她撞在上面弹出去。在她落地的瞬间，一双有力的手接住了她。刘芳芳惊讶地看着张雷抱着她，良久，她开始惧怕这种眼神："你放开我——放开我——我喊人了——"

张雷的眼睛火辣辣的，刘芳芳害怕起来，推开张雷往前跑高喊："救命啊——抓流氓——"张雷一把抓住她的单兵战斗携行具，将她直接揪回来对着自己。

"流氓——你放开我！"刘芳芳哭喊着，张雷伸出双手抱住了她。"我让我爸爸枪毙你——"刘芳芳喊着，最后一声拉长了变成惊呼，张雷的嘴唇已经覆盖上她的嘴唇。刘芳芳拼命踢着、叫着、咬着，却还是被张雷有力的臂膀抱起来，径直走向树丛深处。

"浑蛋——流氓——军法处置你——"喊着喊着，刘芳芳的声音已经软了，带着哭腔。当她彻底躺在张雷的怀里已经浑身酥软了，抱着张雷的脖子抽泣着："你是喜欢我的，对不对？"张雷说："是。"

"为什么你一直不肯承认？"刘芳芳哭着，"浑蛋！我让我爸爸枪毙你——你欺负我——"张雷内疚地看着她："我不敢承认。"刘芳芳哭着咬住他的脖子："你浑蛋！你就会欺负我……你还能欺负谁，就能欺负我……"张雷压在她身上，直接撕开她的迷彩服，刘芳芳惊叫一声，抱住身体："你流氓——你会受到军法处置——"

"如果你告我的话。"张雷接上一句，吻住了她的嘴唇。刘芳芳的手放开了，仰面闭上眼睛，任凭张雷吻着她。身下的沙滩软软的，东南的太阳热热的，而自己就如同破茧而出的蝴蝶一样，被张雷这个浑蛋一点点褪去了女特种兵的包装——露出真正的自己。

3

特种大队驻地。车辆正在卸下东西，战士们回到老家喜笑颜开，一边搬着东西一边互相笑骂着。林锐招呼一连注意安全："别往下扔，那不是日本人的东西！——咱的日子还过呢！"一辆崭新的迷彩伞兵突击车开来，张雷开车，刘芳芳坐在边上。刘晓飞歪在后面："林锐，上车！"

"我操！这什么车啊？"林锐惊喜地问，"美国的吧？从哪儿搞的？"战士们都跑过来围着看，摸着伞兵突击车。张雷骂他："什么美国的！我赏你俩嘴巴子！看好了，这叫国产伞兵突击车！是我们空军空降兵研究所自己研制的，武汉出的！"

林锐惊喜地看着伞兵突击车："是你从你爸那儿搞的？"

"我也得有那个本事啊？我偷他的车，绝对被他吊在1000米高空打！"张雷苦笑，"这是刚刚装备咱们大队的，咱们的大屁股吉普车马上就换了！参谋长那边验车，我连借带抢搞出来一辆开一圈！大队长在靶场正验新枪呢，去不去？不去你留这儿继续当搬运工！"

"去去！"林锐敏捷地跳上车回头，"副连长，这边交给你了！"

"是！"副连长笑着挥手。伞兵突击车像兔子一样冲出去了。林锐惊喜地喊："这次咱们大队可是真的鸟枪换炮了啊！新车也有了，新枪也有了！"

"下一步就得有直升机中队了。"张雷笑着说。

"加上咱们的快艇，真的是海陆空俱全了啊！"刘晓飞说。

"就那几条破舢板歇了吧。"张雷一边开车一边笑，"咱们的特种部队，以后要装备微型潜艇，装备水下推进器才叫海陆空俱全呢！"

后山靶场，地下摆着一排崭新乌黑的95自动步枪、95轻机枪和88狙击步枪。桌子上放着几把乌黑锃亮的92国产手枪，旁边是一排排弹匣。雷克明拿起一把手枪仔细看着，推弹匣上膛，双手持枪速射。枪声震耳欲聋，对面50米的钢板靶纷纷落地。雷克明点点头："不错，停止作用不错。"

兵工厂的技术专家说："这次总装下了命令，优先装备驻港部队和全军的特种部队。"雷克明脸上看不出激动，只是点点头。伞兵突击车掀起灰尘冲过来，张雷利索地倒车停在雷克明的车旁。他们四个跳下车跑过来，利索地站成一排敬礼："大队长！"

"你们四个？"雷克明笑笑，"来干吗？"

张雷趋前一步："报告大队长！我们听说来新枪了，过来参观参观！"

"参观参观？"雷克明故意把手枪放好，空手过来挡住他的视线，"恐怕参观不够吧？这不新车也开上了，情报工作做得不错嘛！"刘晓飞嘿嘿笑着："大队长，您是高人。我们几个都是如来佛手里的孙猴子，蹦不出您的手掌心，就别馋着我们了，让我们过过瘾吧！"

"对啊！我一听来新枪了，一晚上在车上都睡不着啊！这不，您看眼睛还红着呢！"林锐也满脸是笑，雷克明笑笑："盯上我的枪了？成，让你们过过瘾！——你们三个来一场比赛，从手枪到步枪，最后是狙击步枪。谁是第一，谁的连队就装备新枪！"

"啊？！"三个连长都惊讶，"不是全换枪啊？"

"国家不富裕，军队也没余粮啊？"雷克明背着手笑，"只能装备一个作战连队，你们三个连长比一比吧！"三个年轻的连长互相看看，都扬起斗志。

"对不住了，俩哥哥！"林锐说。

"别着急，新枪未必是你的！"刘晓飞眨巴眼睛，"你那两把刷子不行！"

"我玩枪的时候你们还在高中泡妞呢！"张雷跃跃欲试。雷克明忍住笑："去准备，马上开始！科目是自动步枪速射、手枪速射、狙击步枪打运动靶！"

"是！"三个年轻的连长整理自己的迷彩服，大步跑过去到军械员那里领取枪支弹药。技术专家担心地问："他们没接触过新枪，成吗？"雷克明笑笑："没事，都是出国参加过爱尔纳·突击比赛的老兵，这种弹匣后置的步枪他们不陌生。"

三个年轻的连长都装备好，在射击地线一字排开屈膝，跃跃欲试。雷克明忍住笑，举起右手："预备——"三个年轻的连长手持95步枪，全神贯注。"开始射击！"雷克明下达命令。三个年轻的连长几乎一起冲出射击地线，跑过10米准备射击区域出枪速射。枪声连连，钢板靶纷纷倒地。他们敏捷的身影跳跃在射击场上，生龙活虎。雷克明笑眯眯地看着，刘芳芳走过来："大队长，咱们就那么点儿新枪啊？"

"别说他们作战连队，连你们医务所都要换新枪。"雷克明笑着说。刘芳芳好奇地问："那你还让他仨比什么啊？"雷克明笑出来："我看他们三个闲着就难受，让他们活动活动。"刘芳芳看着三个背影哈哈大笑。

4

新枪发到战士手里，战士们都很激动。田小牛拿着88狙击步枪爱不释手："哎呀！这枪好啊！又轻巧又漂亮！外国的吧？"

"屁话！"林锐踢他一脚，"国产88狙击步枪，给我记清楚了！"

"是！"田小牛笑着抱紧狙击步枪，"咱们国产新枪真好看，我就用这个了！"

"打不出好成绩，我去你们村民兵连借56半就给你一个人用！"林锐说。兵们哄堂大笑。

靶场上，战士们在进行适应新枪训练。林锐高喊："狙击手准备！"田小牛抱着新枪笑呵呵就跑上去了。林锐拿起望远镜："卧姿400米钢板靶，开始射击！"当！一枪过去，靶子晃都不晃。林锐骂道："操！什么水平？！就你这个还老狙击手？！"

田小牛也是瞠目结舌："不可能吧？"

"卧姿200米，再来。"林锐又拿起望远镜。当！又一枪过去，200米的靶子也不动，后面的兵们都大笑。田小牛脸上挂不住了："这，这不可能啊？！"

"卧姿100米，再打不着，你就找块豆腐一头磕死算了！"林锐骂。田小牛屏住呼吸，精细瞄准，虎口均匀加力。当！100米的靶子也是纹丝不动，后面的兵们怪叫连连。

"田小牛，起立！"林锐高喊。田小牛尴尬地站起来。林锐气不打一处来："把枪放下，跑笨蛋山！"笨蛋山是指靶场挡子弹的土山，其实那座土山没有名字，但是在特种大队的习惯中，打靶不行的战士就要扛着钢板靶跑这个山——"笨蛋山"由此得名。田小牛的射击成绩，即使是当新兵的时候也轮不到跑笨蛋山的，现在当了班长，还是副排长了，居然要跑笨蛋山？这不能说不是一个耻辱，但是自己枪没打准有什么好说的？于是田小牛憋着一口气跑步到100米处拔钢板靶。林锐苦笑着看着他的背影，没想到田小牛跑到钢板靶跟前没有拔靶子，居然愣在那儿了。林锐高喊："田小牛，你犹豫什么呢？"

田小牛转过身，脸上没有那种耻辱的感觉，相反是一种压抑不住的兴奋，话都说不利索了："连，连长！不是我，不是我没打准！子弹穿过靶子了！"

林锐一惊，田小牛已经扛着钢板靶跑过来了："连长你自己看！"林锐看到钢板靶上一个清晰的弹洞："我操！打穿了？！——这是淘汰下来的装甲车钢板啊，步枪打穿了？！"田小牛兴奋地说："是！以前打钢板靶，都是上面有个白渣，子弹就跳出去了！新枪把钢板靶打穿了！"林锐兴奋地伸手："自动步枪给我！"

一把95自动步枪扔到他手上，他利索地上膛立姿射击。10发子弹以后，200米处的钢板靶纹丝未动，他把步枪交给田小牛拿起望远镜——200处的钢板靶上有清晰的弹洞。

"妈的！果然好枪！"林锐不由得感叹，"射击训练大纲要改了！"

战士们生龙活虎地投入到新武器的射击训练中，靶场上一片枪声，训练热情高涨。

5

"我的儿子——"陈勇穿着常服，胡子刮得泛青冲进病房。护士小影正抱着孩子跟方子君说话，看见陈勇进来就乐了："哟！陈大勇士！陈大上尉！陈大特种兵！这么容易就能给你抱着儿子啊？红包拿来！"陈勇嘿嘿笑着："早准备好了！"他拿出红包塞给小影。

"我可不敢收！到时候主任该处分我了！儿子给你，有这份心意就成了！"小影笑着推开，陈勇乐呵呵地说："你拿着，拿着！我有了这个儿子你该得红包，你们科室都有！"

"得了吧，别勾我犯错误了！"小影笑着推回去。

"小影，你就拿着吧。"方子君笑，"这是我的儿子，是特例——我不跟主任汇报！"

"子君姐，得了吧！平时就你给我们上课多，我可不敢忘！"小影笑着说，"晚上请我们吃饭就全齐了，除了海鲜，我们什么都不吃啊！"

"好好！就吃海鲜！"陈勇乐呵呵地拍拍军挎，"弹药我带足了，你们随便点地方！"

"口气不小啊！"小影笑着对方子君说，"子君姐，这可不能怪我们了啊！你们陈大上尉主动要求挨宰，我组织大家磨刀去了啊！"

小影笑着出去了，陈勇抱着儿子嘿嘿笑着："儿子！我的儿子！让爸爸亲亲！"胡子虽然刮得很干净，但孩子皮肤太嫩还是被扎着了，哇哇哭着。方子君伸手接过儿子："快给我！快给我！你也不看看他才多大！你那胡子能把牛给扎死，还扎我的儿子？！"

陈勇嘿嘿笑着看方子君抱着儿子哄着："想不到啊想不到，我陈勇也有儿子了！这得感谢党，感谢军队！没有党和军队就没有我的老婆和孩子！"

方子君好笑又好气抱着儿子哄着："我说你傻子啊？谁给你生的儿子？"

"你啊！"陈勇嘿嘿笑着，"我得感谢你！感谢你！"他退后一步啪地敬礼，"我要感谢你，我的妻子方子君同志！"

方子君被彻底逗得没脾气了："服了你了，除了当兵，你就没别的本事了！"

陈勇嘿嘿笑着，方子君叫着："哎哟，尿了！快快快，去把尿布拿来换！"

"哪儿呢？哪儿呢？"陈勇着急地在屋子里转。"那张床上！那张床上！"方子君喊着，陈勇急忙抱起来一堆尿布。方子君着急地喊："一张就够了！哎哟，看你干点儿活！"

陈勇看着妻子换尿布，嘿嘿笑着。湿尿布扔他身上："洗去！"

"哎哎！"陈勇拿着脸盆笑呵呵去打水。方子君哄着孩子，不一会儿陈勇进来了，将脸盆放在地上，洗着尿布："嘿嘿，给儿子洗尿布咯！"

方子君没空搭理他，哄着儿子："乖哦——不哭——"

陈勇正洗得开心，门开了。何小雨和刘晓飞提着营养品走进来，一看这情景都喷了。

"营长？！"刘晓飞乐得不行了，"你，你这洗尿布呢？！"

"啊！"陈勇也不觉得不好意思，"洗尿布！咱不当爹了吗？"

何小雨的笑容有点儿不自在，方子君急忙把儿子递过去："快！让二姨抱抱咱！"

何小雨笑着接过孩子："什么二姨？我是干妈！"

方子君笑道："对啊，你是他亲妈！我是大姨，成了吧？"

"这还差不多！"何小雨亲着孩子，孩子很开心地抓她的军帽。何小雨惊喜地说："哟！这孩子真聪明嘿，知道抓军帽嘿！看来啊，又是一个小兵！"

"让我抱抱。"刘晓飞伸手接过孩子，孩子一看他这张黑脸马上就哭了。

"得得得！你们特种兵还是别抱孩子了！"何小雨抢过来，"瞧你们那脸一个一个黑得跟包公似的，孩子都得被你们吓死！"

"嘿嘿。"刘晓飞笑笑，拿出一个子弹壳吹着。声音很好听，孩子不哭了，巴巴看着他。刘晓飞笑："看，是咱们特种兵的儿子吧？这对子弹的感情就不一般！儿子，拿着！"孩子笑着拿着子弹壳咯咯叫着。陈勇洗着尿布对刘晓飞说："这次军区侦察兵比赛，我看有几个苗子。新训队我得亲自去选拔，你回去安排一下。"

"是。"刘晓飞立正。陈勇拧着尿布："有个叫小庄的，列兵，但是是个料子！重点要收拾他！他日后会有出息的！"

刘晓飞正要说是，方子君急了："得得得！工作你们回部队去说，这是医院！"

陈勇嘿嘿笑了："不说工作了！不说工作了！我去晾尿布！"他哼着军歌出去了。

"儿子，我的儿子！"方子君笑着疼爱地贴着儿子的脸，"妈好疼你啊！"

6

刘勇军坐在沙发上看报纸，刘芳芳拉着张雷走进来："爸！"

刘勇军一抬头："哟！宝贝女儿回来了？——怎么还带着一个俘虏啊？"

张雷不好意思地笑，退后一步敬礼："首长！"

刘芳芳跳过来坐在父亲身边："爸！战役我赢了！"

刘勇军笑笑："好好！赢了好！要坚守阵地，等待最后胜利！"

萧琴系着围裙出来："芳芳回来了？张雷也来了啊？"张雷大方地敬礼："阿姨好！"

萧琴意外地看着张雷，又看看刘芳芳："哟！哟！哎哟！"

"你哎哟什么啊？赶紧准备吃晚饭！"刘勇军笑着说。"好好！"萧琴笑着回厨房了。

"你坐啊！站着干什么？"刘芳芳招手，"对我那么厉害，见了我爸不敢说话了？"

张雷利索地摘下军帽放在茶几上，坐在刘勇军对面。小岳马上把茶端过来了："张连长，喝茶。"张雷很意外："你知道我的名字？""何止我，"小岳笑着说，"萧阿姨整天念叨你跟芳芳姐的事儿，司机、秘书和警卫员没有一个不知道你的。张雷中尉，伞兵部队出身，毕业于陆军学院侦察系，曾经参加爱尔纳·突击国际侦察兵比赛，获得最佳军事技能表现奖，现任我军区狼牙特种大队特战二连连长。"

张雷不好意思地笑笑："你们的情报工作倒是做得很好啊。"

"很得意吧？瞧你能耐的！"刘芳芳翻他一个白眼。张雷还是那么自信地笑："我能耐？我是被某些同志所打动而已，持久战的火力不仅持久，而且猛烈。"

"你！"刘芳芳气得转向刘勇军，"爸，你看他，他欺负我！你处分他！"刘勇军哈哈大笑："我可不能越级处分基层连队的一个连长！这事儿啊，你去跟你们大队长汇报好了！"

"你们都欺负我，我不理你们了！"刘芳芳站起来跑了，"我找妈妈去，就她疼我！"

刘勇军哈哈大笑，张雷也笑了。刘勇军喝口茶："这次东南沿海演习，部队士气很高吧？"

"我们时刻准备着一战。"张雷说。刘勇军狡猾地笑："别在我这儿刺探！这是军委首长们操心的大事，我什么都不知道。"张雷不好意思地笑："首长，我想什么都瞒不住您。"

"自从芳芳认识你，我是难得看见她这么开心。"刘勇军感叹，"作为一个父亲，我为她能开心感到高兴。不过，你要记住——作为一个男人，要对感情负责。我不会用我的职位压迫你做出什么决定，但是也希望你尊重感情，尊重芳芳。"

"首长，换另外一个人对我说这个话，我会掉头就走。对您，我不会。您是一个我尊重的军人，您的赫赫战功表明，您是一个真正的男人；您又是一个父亲，我理解您说这些话的目的。"张雷说。刘勇军点点头，笑："你很聪明，下面有什么打算？"

"这个请允许我不告诉您。"张雷说，"虽然您是芳芳的父亲，按照常理我应该和您商量，咨询您的意见；但您是我军区副司令，我不能因为这个而造成某种可能带来的流言蜚语——哪怕您不帮助我，这种流言蜚语也不会少的。"

"好小子！"刘勇军笑着指着他的鼻子，"我们芳芳要嫁，就嫁给你这样的男人！"

张雷笑笑："谢谢首长夸奖。"

"你决定和芳芳在一起，克服了不少心理压力吧？"

"是。"张雷坦然地说，"我曾经害怕，坦白地说我可能很早就已经喜欢她了。我不肯和她在一起有两个原因：第一，我当时还爱着方子君；第二，我不想卷入这种被议论的流言蜚语当中。后来，我想明白了，我们愿意在一起和别的都没什么关系，谁爱说什么说什么吧。"

刘勇军点头："嗯，我还不知道你曾经和方子君有过一段。她不是嫁给陈勇了吗？"

"对，但她是突然嫁给陈勇的，当时我们还在一起。事先没有任何征兆，至今这对我来说还是一个谜。不过她现在有了孩子，和陈勇在一起很幸福，我也就不想了。曾经爱过，就要真诚祝福她，并且勇敢去面对明天的生活。"张雷说。刘勇军想想，点头："你说得对。我不管你有过什么样的感情经历，但你是一个出色的军人——所以我相信你是一个出色的男人，你对方子君的苦恋恰恰说明你对感情的执着。我对你是放心的，芳芳会幸福。"

"谢谢首长信任。"张雷真诚地说。刘勇军苦笑："在家能不能改个称呼？除了芳芳，所有人都叫我首长，你能不能破例一个啊？"

"习惯了。"张雷笑，"没办法，我改不了，可能等结婚以后在家会改。"

"呵呵，臭小子划拉得够远的啊？"刘勇军嘿嘿笑着，"这就准备把我女儿拐你们张家去了？我可没说我同意啊！"

"我父亲已经同意了。"张雷说，"我和芳芳今年会请探亲假去看他。"

"这么快？"刘勇军突然有几分失落。张雷笑笑："我会对她好的。"

刘勇军真的是失落了，看着女儿在餐厅忙活的身影，自言自语："芳芳真的是长大了，都该出嫁了……"

家宴上，张雷落落大方地给刘勇军和萧琴敬酒。萧琴乐得嘴都合不上："好好！好孩子！阿姨喝！"萧琴喝了，问："打算什么时候结婚啊？"

"妈——瞎说什么呢！"刘芳芳不好意思了，高声叫着打断萧琴。

"这是终身大事，我怎么是瞎说呢？"萧琴笑着说，"妈还等着抱外孙子呢！"

"明年7月1日。"张雷笑着说。刘勇军眼睛一亮："1997年7月1日，香港回归！好啊！这是个大喜的日子，你们结婚，咱们家就是双喜临门啊！"

"谁跟你结婚，没羞！"刘芳芳红着脸打张雷。张雷也不躲："你说的啊！反正我明年香港回归的时候结婚，你要不和我结婚，我就随便拉一个女兵结婚去！"

"你敢！"刘芳芳急了掐他，"你敢跟别人结婚！"

刘勇军和萧琴哈哈大笑。刘芳芳知道中计了，红着脸："你们就欺负我吧！"

萧琴问张雷："你爸爸现在是副军长，明年该调正军了吧？"

张雷一愣，没想到萧琴问这个。

"你说这些干什么？"刘勇军一甩筷子，"好好的一顿饭都被你搅和了！他爸爸就是老志愿兵，跟芳芳谈对象又有什么不可以？！萧琴，我看你是积习难改！"

"我不说了！不说了！"萧琴急忙说，"我写检查！写检查！老刘，你别生气！"

张雷笑笑，看看刘芳芳。刘芳芳瞪着萧琴："你能不能换换脑子啊你？"

"我错了还不行？"萧琴可怜巴巴地说，"芳芳，你也别生气了。"

"我爸爸明年就离休了。"张雷笑着说，"他的年龄也到了。空降兵部队是未来战争的高科技尖刀部队，在下个世纪高级干部年轻化势在必行，他主动向军委和空军总部提出退休。我支持他的决定，他明年会以一个普退役老兵的身份来参加我们的婚礼。"

萧琴很意外，刘勇军却拍案叫好："高风亮节！是我的好亲家！退休以后让他经常来，我要和他好好喝酒！好好唠嗑！"张雷笑笑："他和我母亲会在干休所定居，这里他也会经常来的。我母亲是等着抱孙子了，说现在天天在家没事就做小孩儿衣服……"

　　"哎呀，你说这些也不害臊！"刘芳芳就打他，"羞死了！"刘勇军哈哈大笑。

　　"报告！"——"进来！"刘勇军说。

　　军容齐整的宋秘书进来："报告首长！军委紧急电报，请您马上签字。"

　　"好。"刘勇军起身，"电报给我。我给你们介绍一下，这就是狼牙特种大队的特战二连连长张雷，你阿姨老念叨的；这是小宋，我的秘书。你们以后会经常接触的，先认识一下。"

　　宋秘书看着张雷，半天没说话。萧琴不自然地笑着对他说："小宋，张雷是芳芳的男朋友，明年结婚。"宋秘书点点头，敬礼："你好。""你好！"张雷起身走过去还礼，两人握手。宋秘书看着张雷，笑笑："我还有事，你们聊。"

　　刘勇军看完电报签字递给宋秘书："留下一起吃饭吧。"

　　"我那边还要值班。"宋秘书敬礼，"首长再见，阿姨再见，芳芳再见。"他转向张雷，脸上有些许愧疚，缓缓举起右手，"张雷同志，再见。"张雷觉得很奇怪，举手还礼："再见。"宋秘书一低头转身大步走出去，张雷看着他的背影觉得很奇怪。

　　"来来来，吃饭吧！"萧琴赶紧招呼，"都来吃饭，老刘！一个电报就折腾得你吃不了饭了？还将军呢！张雷也坐啊！"张雷觉得奇怪："他认识我吗？"

　　"可能是跟我去特种大队视察的时候见过你，也可能是你们侦察兵集训的时候见过。"刘勇军也没在意，笑着举起酒杯，"那我就等着当外公了啊！"

　　"爸，你们怎么都这样啊！"

7

　　部队正在训练场正常训练。雷克明和两个身穿不一样的军服的校官走进来，战士们的目光都飞过去了，议论纷纷。田小牛睁大眼睛："这是什么军服啊？真漂亮！看他们的军装上还有金属牌子呢，帽檐上有帽花！是军乐团的吧？"

　　"不像，那脸跟咱们一样黑。"一个新兵羡慕地看着那俩校官，"应该也是野战军的！"

　　"继续训练！"林锐笑着说，"什么军乐团？那是驻港部队！是代表中国人民解放军进驻香港，回收殖民地主权的！"

　　"乖乖！进驻香港！"田小牛眼睛发亮，"代表中国人民解放军进驻香港！那是多大的荣誉啊！我要再当一回兵，就当驻港兵！这下回去连乡民兵营长都没人跟我抢了啊！"

　　林锐踹他一脚："你就这个出息，我看你也就能在你们村民兵连当个小队长！"兵们哄笑。

　　"那个就是林锐。"雷克明一指。一个驻港部队的上校仔细看看："身高多少？"

　　"1.83米。"雷克明说，"部队训练和演习任务重，我们抽不出人手替换他，所以也一直没去军校学习。他已经自修学完了参谋学院的中级指挥函授本科课程，拿了毕业证和学士学位证。下一步，我们准备让他报考研究生。"

"英语水平听说不错？"上校问。雷克明说："已经过了专业八级。"

"就要他了！"上校笑着说。雷克明有点儿舍不得，上校看着他笑："怎么？挖了你的心尖子？放心，驻港一年以后还给你，这是我们的规定。"

"代表我军收回香港主权，这是全军的大事。"雷克明说，"我就是再舍不得，你们要谁我就得给谁！林锐！过来！"林锐戴好新式凯芙拉头盔跑步过来敬礼："报告大队长！特战一连连长林锐正在组织捕俘训练，请指示！"

"收拾你的东西，明天就跟他们走。"雷克明说。林锐纳闷儿："去哪儿啊？"

"我是驻港部队步兵旅副旅长。"上校笑着说，"慕名而来的，我需要一个警侦连长，你有兴趣吗？"林锐一愣。上校笑着强调："代表中国人民解放军恢复对香港行使主权。"

林锐看看雷克明，看看他们俩，举手敬礼："保证完成任务！"

"你可以带一个老班长。"上校笑着说，"身高在1.8米以上，军政素质要过硬，能够简单英语对话的。你自己选吧，这对你工作有好处。"

林锐看训练场，看见高喊着飞踹对手的田小牛："田小牛！"田小牛落地以后爬起来满身是土，跑步过来："连长！你喊我？"林锐说："对！你准备一下，把工作跟副班长交接一下。跟我去驻港部队，我们要代表中国人民解放军进驻香港！"

田小牛张大嘴，不敢相信一般。林锐说："你不愿意我换人。"

"我去！"田小牛脸上绽放出笑容，"我去！"他转身对着训练场高喊，"同志们，我告诉你们！我田小牛要代表中国人民解放军进驻香港，恢复行使主权了！"

晚上，攀登楼顶上一片寂静。张雷、刘晓飞和林锐三个年轻的陆军中尉席地而坐，刘芳芳坐在张雷身边，给他们的杯子倒上饮料。

"张雷、芳芳，我不能参加你们的婚礼了，提前给你们祝贺了！"林锐拿起杯子。

"在我们结婚的时候，你正在八一军旗下代表我们接受香港主权！"张雷也举起杯子，"数百年来萦绕在中国军人心头的主权梦要在你的脚下得以实现，在你脚步踏上香港土地的一瞬间，那就是你给我们最好的结婚礼物！因为你，我们的婚礼变得非常有意义，感谢你！"

"说这么客气干什么？"林锐笑笑，"我林锐———一个高中到处惹祸的毛孩子，一个逃兵，一个喂猪的兵，现在要代表中国人民解放军去接收那块被分割出去的殖民地！这是我毕生的幸运，也是你们两位哥哥的帮助！"

"人生如梦啊！"刘晓飞感叹，"中华民族走过了那么多年的屈辱历史，如今在我们这一代军人身上逐渐得以雪耻！这是几代中国军人的努力，我们是站在巨人的肩膀上去迎接这些历史的挑战！"

"我们肯定会在特种大队的山沟里看电视直播，不知道能不能看见你啊？"刘芳芳笑着拿起杯子，"要是看见了，我就告诉我所有的同学和朋友——这个家伙是我的兄弟！我为你骄傲！"

"一年后我会回来，和你们再一起并肩作战！"林锐说，"在未来的战场上，让我们兄弟姐妹肝胆相照、精忠报国！干！"

"精忠报国！干！"杯子举起，他们的声音久久回荡在寂夜中。

第二十二章

1

1997 年 6 月 30 日。

进入夜晚的中国人民解放军驻港部队深圳同乐军营，警侦连长林锐上尉身着 97 夏常服，全副武装走出连部。警侦连全体官兵已经在他的面前站成整齐的队列。林锐的眼睛在大檐帽下射出凌然的寒光："根据中华人民共和国中央军委主席命令，我中国人民解放军驻港部队将于今日 0 时开始正式接管英军防务，对香港恢复行使主权！"

田小牛站在排头兵的位置，戴着白手套，手持 95 自动步枪庄严肃立。

"我驻港部队步兵旅警侦连，将和其他单位的官兵一起组成进驻香港的先头部队！"林锐的声音很高却非常坚定，"我们这先头部队的 509 名中国人民解放军官兵将于 1997 年 6 月 30 日 9 时整从皇岗口岸提前进入香港，接管香港防务！"战士们面色严肃，看着连长一句话都不说。"你们要记住——"林锐高声说，"这是一场没有硝烟的战争！我们是代表中国人民解放军进驻香港的仪仗队！——但是，如果出现万一情况，我们就是战斗队！"

"提高警惕！保卫祖国！"战士们齐声怒吼，行持枪礼。

"登车待命！"林锐高声说，战士们纷纷登车。

2

特种大队礼堂，节日气氛浓厚。满礼堂都是国旗、香港区旗和大红双喜字。军容齐整的官兵们乐呵呵地在迎接来宾，特战二连连长张雷上尉的婚礼将在今天举行。雷克明穿着燕尾服，头发打着油，举着指挥棒在指挥一支小小的交响乐队。《喜洋洋》奏得乐手们摇头晃脑，雷克明也是怡然自得。萧琴坐在首席上，刘勇军的老战友和部下们纷纷来道贺。退休的张副军长穿着没有领花肩章的空军制服，和妻子一起坐在萧琴旁边，两家老人谈兴正欢。

"今天是回收香港的大喜日子，我们老刘要在军区作战值班室值班。"萧琴笑着说，"所以今天不能出席婚礼了，他委托我向你们二位道歉。明天到家里去喝，张副军长和老刘好好喝！"

"退了，退了，你叫我老张就可以了。"张副军长哈哈笑着摆摆手，"可以理解，可以理解，这是全军都要战备的关键时刻！他们特种大队现在也是在战备状态，养兵千日用兵一时嘛！"

礼堂舞台上是一个大屏幕投影，正在放着中央电视台现场直播的驻港部队欢送晚会和驻港部队各个现场的准备情况。刘晓飞在组织着婚礼现场，和何小雨一起迎接着客人。林秋叶匆匆赶到，车里还带着方子君和她的心肝小宝贝。

"哟！小兵兵！"何小雨扑上去抢过孩子，"让妈妈亲亲！"

方子君笑："那你今天就抱着吧，这孩子越来越胖，我都抱不动了！"

小兵兵咯咯笑着，伸手去抓刘晓飞胸前的伞徽和潜水徽。刘晓飞笑着摘下来给小兵兵戴上："儿子！现在是叔叔送你，等你长大了自己挣！"

"长大了可不能当特种兵！"方子君苦笑。何小雨抱着小兵兵笑着亲："对，儿子！咱长大了不当特种兵，咱当军医！咱的脑子聪明着呢，哪儿能当四肢发达头脑简单的特种兵？"

林秋叶苦笑："你就看你爸爸战备值班没来就胡说吧！你爸爸当了一辈子特种兵，让他听见还不修理你？"何小雨笑："嘿嘿！他敢！走，儿子，妈带你去找爸爸！"

"这是谁来了！"陈勇已经是少校了，他惊喜地从人群当中站出来，冲过来抱住儿子就亲。胡子扎得儿子脸生疼，哇哇哭着用最简单的音节喊妈妈。方子君急忙跑过去抢过儿子："我说你就不能不亲他啊？瞧你那胡子！"

"我刮了！"陈勇嘿嘿笑着。方子君白他一眼："刮了也能扎死牛！离我儿子远点儿！乖，兵兵不哭哦——"兵们嘿嘿乐。拿着酒壶站在一边的刚刚入选特种大队的新队员列兵小庄嘿嘿笑："嫂子，那我们营长亲你咋办啊？"方子君哭笑不得："哟！瞧瞧，陈勇！这就是你带的兵啊？没大没小了？"

"看我不修理你！"陈勇一瞪眼，"今天张连长结婚我不罚你，明天早上你单独两个5公里！"

"是！"小庄立正，一脸苦相。

"没规矩。"陈勇嘿嘿笑，"小庄这兵不仅是城市的，参军时候还是在校的大学生，戏剧学院读导演的。自由散漫惯了，回头我收拾他！"方子君笑着说："你？你不许对战士搞体罚啊，现在可都是文明带兵了！小庄，你们营长敢罚你，你就告诉嫂子，嫂子收拾他！"

"是——"小庄怪声怪气高喊。方子君抱着孩子刚刚坐下，何小雨就飞跑过来抢走了："儿子，妈带你去看电视！今儿香港回归了！"

小庄走过来给方子君倒酒，低声道："嫂子，您是军区总院妇产科的？"

"啊？怎么了？"方子君看他。小庄嘿嘿笑："小影——在你们科室吧？"

方子君看着他："哟哟！你人不大胆子不小啊，我们科室新来的小美人，你也胆敢惦记？那可是我们医院新一代的院花！"

"她是我对象，高中就是。"小庄嘿嘿笑，"知道你要来，麻烦把信给我捎去。"

方子君笑着接过信封："成啊，现在的小兵不得了啊？写的什么，要不我先审查审查？"

"情诗。"小庄嘿嘿笑。方子君感叹："不得了！不得了！陈勇！"

"到！"陈勇正在和别的干部说话，转身就起立。

"你追我的时候，怎么不写情诗啊？"方子君故意笑着问。陈勇尴尬地笑："我？我哪儿有那个脑子？我不是给你做了一大堆子弹工艺品吗？"兵们哄堂大笑。

张雷在后台对着军容镜整理军容，空降兵伞徽、陆军特种兵伞徽和陆军特种兵潜水徽——别上了。他戴上军帽，看着镜子里俊朗英气的陆军特种兵上尉。新郎的礼花别在了右胸。他长出一口气，自信地笑笑，走向化妆间。

化妆间里，刘芳芳在对着镜子化妆。她很紧张，手都在哆嗦，旁边的女同学笑着给她描着眉毛："你紧张什么啊？结婚而已啊！闭上眼睛，你乱眨眼要画坏了！"

"说得轻巧！人这一辈子就这一次，我能不紧张吗？"刘芳芳深呼吸，闭上眼睛。一只黝黑粗糙、骨节分明的手无声伸来，接过女同学手里的眉笔。女同学笑笑，退后。刘芳芳闭着眼睛等着，半天没动静，觉得很奇怪。一只手勾着她的下巴，将她的脸慢慢转过来，她的脸娇嫩如花："快点儿啊！张雷是个急性子，别让他等！要不又得跟我发火！我去商场买个东西他都催，结婚这么大的事儿他肯定着急！"

女同学扑哧一声乐了，捂着嘴悄悄出去了，回手轻轻关上门。眉笔慢慢落在她的眉毛上，细致地描着。刘芳芳不敢说话不敢动，怕坏了妆。张雷描完，笑笑："不错，秀色可餐。"刘芳芳吓了一跳，直接就蹦起来，尖叫一声睁开眼："张雷？！你想吓死我啊！"

张雷笑笑："给美人描眉也是人生难得的乐趣，何况是自己的新婚妻子。"

"你个流氓就没正行吧！"刘芳芳缓缓神色，穿上军装上衣去拿放在化妆台上的帽子。张雷一把抓住她的手。"干吗啊？要来不及了！"刘芳芳说。张雷捧起她的脸，俯下头欲吻。

"别这样成不成，我刚刚化好的妆！"刘芳芳哀求着跳开，"张雷，张雷，我人都嫁给你了！你别总这样跟逮不着似的行不行？你现在好歹也是个连长了，别动不动就跟我要流氓！"

"过来吧你！"张雷笑着拉住她，一把拉在怀里，刘芳芳还要挣扎，张雷的嘴唇已经覆上了。刘芳芳勾住他的脖子和他接吻，吻得很热烈。张雷的手伸进了刘芳芳的军装，刘芳芳一把推开他："绝对不行！绝对不行！都什么时候了你还闹？你长不大啊？"

张雷笑着戴上军帽："成，晚上收拾你。"

"救命啊——我嫁给一个大流氓！"刘芳芳苦着脸，张雷笑着说："你自己选的。"

"你看看你，一嘴烟味不说，把我的妆都弄坏了！"刘芳芳赶紧对着镜子补口红。

敲门声响起，女同学在外面喊："我说你们俩腻歪够了没啊？外面可都等着呢！"

"来了！来了！"刘芳芳着急地说，"你看，都是你害的！"她补上口红，在手纸上抿抿嘴唇，戴上帽子："哎呀，你啊这个时候抽什么烟啊？走走走！"

3

"出发！"电台里传出先头部队指挥员的命令。吉普车、卡车和步兵战车的发动机开始轰鸣。林锐坐在吉普车里，目光炯炯有神。田小牛和士兵们站在卡车上，手上戴着白手套，左手抓着卡车护栏，右手持着步枪。在旗手车的引导下，车轮启动了。

八一军旗高高飘扬，旗手神情严肃。转出营门，已经是一片欢呼的海洋。

4

官兵们欢呼着，在雷克明的《结婚进行曲》奏鸣下，对新人鼓掌。张雷和刘芳芳挽着胳膊走过红色地毯。雷克明挥舞着指挥棒："你们按照事先排好的来！"他把指挥棒放下，走上礼堂舞台中央。官兵们都站起来，敲锣打鼓，气球和彩屑、彩带乱飞。刘芳芳羞涩地低下头，张雷自信地笑着看着大家。方子君笑着对张雷举起酒杯，张雷点点头，报之以真诚的微笑。

雷克明穿着燕尾服组织婚礼，他伸出双手示意大家安静。背景大屏幕上的驻港部队先头部队正在开进，两旁的群众都在欢呼。雷克明高声说："今天是个双喜临门的大好日子！香港，在今天 0 点将正式回归祖国的怀抱！我们中国人民解放军将进驻香港，恢复对香港行使主权，接管香港防务！"交响乐队奏响《解放军进行曲》的前奏。官兵们欢呼。

"我们狼牙特种大队的特战二连连长张雷上尉和医务所的刘芳芳中尉，也在今天这个历史的时刻喜结连理！"交响乐队奏响《婚礼进行曲》的前奏。官兵们热烈欢呼。

"这是我们狼牙特种大队的一件大事！"雷克明笑着说，"为什么说是大事呢？有的同志说了，我们每年都有年轻干部结婚啊？——我说是大事，是因为他们两个都是特种兵！这是我们大队的第一对夫妻特种兵！"交响乐队奏响《特种兵之歌》，雄壮欢快的节奏响彻大厅。官兵们对着舞台上的新人抛出无数彩屑、彩带，气球也飞上天花板。

"同志们——"雷克明举起一个酒杯，里面当然是饮料，"让我们高举手中杯，为了我们大队的第一对夫妻特种兵——干杯！"哗啦啦，一片碰杯的声音。

5

"干杯！"廖文枫举着手里的酒杯和晓敏碰杯。穿着睡衣的晓敏偎依在廖文枫的怀里，笑着喝酒。电视上在放着驻港部队先头部队开进，万人欢送的盛况。

"我发现你真的好爱国啊！"晓敏笑着说。廖文枫一边喝酒一边笑着说："我也是中国人。这是一个值得纪念的历史时刻，我们的殖民地收回来了！自从 1927 年 1 月 4 日国民革命军进驻汉口英租界，收回国民政府对汉口英租界的管辖权，已经整整 70 了年啊！

中国军人将再次踏上被外国殖民者强占的国土，恢复行使主权！"

"你最近开朗了很多。"晓敏看着他笑，"我好像最近才发现真正的你一样。"

"因为，"廖文枫喝完杯中的酒，目光坚毅，"我现在才是一个真正的中国人！"

电视上，驻港部队已经接近皇岗口岸。

6

A军区司令部作战值班室。大屏幕上在放着盛况，电报和电传飞驰，高级军官和参谋们忙成一团。刘勇军穿着常服站在大屏幕前，何志军等一干高级军官站在他身边。

车队正在接近皇岗口岸。

香港的一处僻静的别墅。冯云山站在临时指挥部的大屏幕前面，看着各个方面传来的情报："通知各个单位，一定要保证香港回归仪式的安全！做到万无一失，哪个环节出了问题都是要掉脑袋的！""是！"精干的侦察员回答。冯云山目光转向大屏幕。

车轮越来越靠近皇岗口岸的白线。第一辆高举八一军旗的旗手车的轮胎轧过皇岗口岸的白线。八一军旗开始飘舞在香港上空。

特种大队的礼堂几乎要被欢呼声掀了盖子。雷克明高举指挥棒一挥，交响乐队开始演奏雄壮的《中国人民解放军进行曲》。全体在场军人起立，扯着嗓子高唱军歌："向前向前向前！我们的队伍向太阳……"

张雷和刘芳芳手挽手高唱军歌；张副军长起立高唱军歌；何小雨和刘晓飞高唱军歌；陈勇抱着儿子，方子君站在他的身边高唱军歌。雷克明挥舞着指挥棒陶醉在军歌当中，激情四射，头发也甩来甩去。激动和自豪的泪水，都从这些军人的脸上滑落。

A军区司令部作战指挥室。将校们没有欢呼，在仔细看着传达上级命令的各个电子屏幕和作战地图。刘勇军对着大屏幕高声命令："不到香港回归完成，军队不能放松警惕！"

车队开进属于香港的土地上。林锐对着窗外的群众轻轻挥手，警惕的眼神却从不曾放松过。

7

香港。身着盛装的徐睫耳朵上塞着耳麦，站在人群中注视着开过的车队。看着战士们路过，她轻轻挥手，脸上有甜甜的笑意。她不可能看见林锐，也不可能知道林锐就在她面前经过的车队的吉普车里。但是她知道，林锐就在驻港部队。

时针指向1997年6月30日23时50分整。

香港威尔斯亲王军营。无数电视记者和摄影记者在警戒线外举着自己的家伙，准备记录这个历史的时刻——中国人民解放军接管驻港英军香港防务事务仪式。

英军卫队已经在那里站岗。门口有两名英军哨兵，卫队由20人组成。除了卫队长和副卫队长，海、陆、空卫兵各6人。中国人民解放军三军卫队已经在门外集合完毕，卫队长和副卫队长以及 18 名卫兵和两名哨兵都整装待发。

全世界都在等待这个历史的时刻。

23 时 52 分，英军卫队长下达口令。英军卫队扛着步枪齐步走向预定交接位置，典型的英式步伐踏在这块即将失去的殖民地上。

23 时 53 分，英军卫队到达预定交接位置，转向中国人民解放军卫队站好。

全世界的眼睛都在看着中国人民解放军卫队。年轻的卫队长高声下达口令："全体都有——齐步——走！"在他的带领下，穿着黑色马靴、肩扛 56 半自动礼仪步枪的中国人民解放军卫队齐步走向预定交接位置——中国军队的脚步踏上威尔斯亲王军营。

"敬礼——"英军卫队长高喊。哗——英军卫队行持枪礼。

全世界的眼睛都在注视。

8

"林锐！是林锐！"特种大队的大礼堂再次爆发出惊天动地的欢呼。屏幕上的林锐齐步走着。张雷、刘晓飞都张大嘴惊喜地注视着屏幕上的林锐。

"我说他怎么给我打电话让我们注意看防务交接仪式呢！"刘芳芳睁大已经被泪水迷蒙双眼，不肯错过每一个镜头，"这个家伙跟我们藏一手啊！"

A 军区司令部作战指挥部。何志军张大嘴惊喜地说："这个小子，这个小子——谁知道他以前在我手底下养过猪啊？！"将校们哄堂大笑。

香港街头，正在人群中看大屏幕的徐睫，睁大眼睛看着林锐。徐睫流着自豪的泪花："你太棒了……"——林锐昂首挺胸，挟着中国军队的威风大步走着。

"怎么了？"跟她在一起的中年男人问。

"他就是我的男朋友！"徐睫幸福地哭了，"我为他自豪！"

9

23 时 55 分。中国人民解放军卫队到达预定接受位置，面向英军卫队站好。林锐等人面色严肃，注视着对面的英军卫队长埃利斯中校。

"礼毕——"埃利斯中校高喊，英军手中的步枪齐刷刷放下。

林锐上尉看着面前的英军中校，脸上没有笑容。中国军人，已经等待了 100 多年。

特种大队的礼堂鸦雀无声，所有人都在注视着大屏幕。

A 军区司令部作战指挥室鸦雀无声，将校们肃立在大屏幕前，等待那个神圣的时刻。

中国陆军上尉林锐注视着面前的英军中校，无声肃立。他也许想起来什么，想起特种大队的新兵连，想起农场的老薛，想起牺牲的田大牛、乌云这些战友，想起那些在火红的军旗下宣誓的誓言，想起爱尔纳·突击的日日夜夜，想起和自己吻别的徐睫，想起在内蒙古大草原的乌云母亲……在这短暂的瞬间，他可能想起很多很多。也可能什么都没想，只是在这么等待着。

陆军上士田小牛穿着中国陆军97常服，手持56半自动礼仪步枪肃立在陆军卫队当中。他也许想起来什么，或者什么都没想。也是在这么等待着。

1997年6月30日23时58分。

中国卫队长抬起后脚跟。

英国陆军中校埃利斯抬起后脚跟。

中国卫队长的马靴踏在香港的大地上掷地有声——这是中国军人在香港踢出的正步，这是中国军队在香港踏出的回响——敲响世界的中国正步。

特种大队的礼堂里鸦雀无声。音箱里传出的，只有这中国正步声。官兵们肃立，聆听着这中国正步。

遥远的山西农村，退役特种兵薛喜财穿着崭新的没有领花军衔的陆军士兵常服，站着笔直的军姿，注视着窑洞里黑白电视的屏幕。泪水从他脸上无声滑落。

A军区司令部作战指挥室。刘勇军肃立在大屏幕前，音箱传出的也是这中国正步。何志军站在他的身边，眼中涌出无限的自豪和骄傲。

星级酒店大堂。衣着淡雅的谭敏站着，看着大屏幕上的林锐流下了眼泪。岳龙穿着西服站在她身后，脸上是真诚的笑容："这个家伙，当兵果然当出名堂了！"

香港街头。站在人群当中的徐睫流着眼泪，看着卫队中的林锐。

中国卫队长踢出最后一步正步，立正。

时针走向23时58分20秒。

英军中校埃利斯举起右手向中国卫队长敬礼。中国卫队长在他敬礼以后举手还礼。

英军中校慢慢放下手。中国卫队长慢慢放下手。

埃利斯中校的喉结嗫嚅着，似乎不愿意说出那句话。中国卫队长毫无表情地注视着他。

内蒙古敬老院。俱乐部里，彩电的屏幕上闪过林锐的脸，乌云的母亲虽然看不清楚，却在无声地擦着眼泪。俱乐部也无声。

10

23时58分50秒。

英军埃利斯中校终于张开嘴高喊："卫队长先生，威尔斯亲王军营现在准备完毕，请你接收……"中国卫队长还是冷冷地看着他，埃利斯中校的声音变得嘶哑："……祝你和你的同事们好运，顺利上岗。卫队长先生，请允许威尔斯亲王军营卫队下岗。"

中国卫队长冷冷地看着他，张开嘴喊出中国军人压抑了100多年的声音："我代表中国人民解放军驻香港部队接管军营！你们可以下岗，我们上岗！——祝你们一路平安！"

特种大队的礼堂中一片欢呼，数百军帽同时飞上天空。官兵们哭着、笑着、跳着，互相拥抱着，雷克明挥起指挥棒，交响乐队奏响了《我的祖国》。

"这是我最好的结婚礼物！"刘芳芳哭着抱住了张雷，吻着他的嘴唇。

何小雨扑在刘晓飞怀里失声痛哭，刘晓飞也眼含热泪："我们中国军队接管香港了！"

陈勇把哇哇哭的孩子举上天空："兵兵！爸爸的血没有白流——"方子君扑在陈勇肩膀上哭着，陈勇伸出胳膊抱住她和孩子。

香港街头。民众在大屏幕前一片欢呼，无数小国旗和区旗挥舞着。徐婕在人群的欢呼中痛哭着："林锐——我爱你——"屏幕上的林锐没有表情，还在完成着接管仪式。

A 军区司令部作战指挥室。刘勇军中将脸上流下了眼泪，何志军脸上也有眼泪。

山西窑洞，薛喜财已经是痛哭失声："林锐，林锐，你是好样的！你是真正的军人……"

内蒙古敬老院。乌云母亲哭着念叨着，抱着林锐留下的在爱尔纳·突击时候的照片，抚摸着林锐的脸。

11

在林锐等中国人民解放军卫队的注视下，英军卫队撤出威尔斯亲王军营。门口的英军哨兵跟着离去，中国哨兵上岗。中国卫队长高喊："礼毕——"

唰——中国卫队手中的 56 半自动礼仪步枪放下。

23 时 59 分 57 秒。

中国卫队长高声命令："半面向右——转！"

中国卫队半面向右转，面向旗杆方向肃立。

中国卫队长高喊："敬礼——"

唰——林锐的右手贴在了帽檐上。

中国卫队行持枪礼。

1997 年 7 月 1 日 0 时整。《中华人民共和国国歌》在香港威尔斯亲王军营响起。五星红旗在林锐面前冉冉升起，林锐的右手在行着最标准的中国军礼。

12

A 军区作战指挥部。刘勇军和何志军等高级军官向屏幕上升起的国旗敬礼。

特种大队礼堂。音箱传出的国歌声中，全体军人庄严敬礼。

林锐肃立在国旗下面，注视着国旗升上香港的天空。中国卫队长高喊："礼毕——"

卫队唰地放下手中的步枪。与此同时，香港的 14 个原英军兵营全部升起了五星红旗——中国人民解放军驻港部队接管香港防务事务仪式顺利完成。

1997 年 7 月 1 日 06 点整。

"开进！"驻港部队司令员下达庄严的驻港命令。以光荣的"大渡河连"为先导的步兵旅车队高举香港民众赠送的"威武之师，文明之师"的牌匾在文锦渡口岸通关踏上香港大地。6 架迷彩色的直—9 武装直升机编队掠过深圳河，出现在维多利亚海湾上空。10 艘海军舰艇从深圳妈湾港码头出发，在海面劈开漂亮的浪花。香港海域停泊和路过的船舶争相向驻港部队海军编队鸣笛致敬，信号兵用灯光打出"香港，你好"的国际信号——舰艇驾驶舱，年轻英俊的中国海军军官在海图上抹去了"香港"下面的"英占"二字。

守卫在威尔斯亲王军营高高飘扬的国旗下的中国陆军上尉林锐，对着朝霞抬起自己年轻的脸，武装直升机编队正从他的眼前掠过。他目送武装直升机编队离去，面对门口争相拍照的记者和民众露出了自豪的微笑。

1997 年 7 月 1 日 8 时 45 分，中国人民解放军驻港部队各梯队依次进入香港威尔斯亲王军营、赤柱军营、山顶白加道三军司令官邸、金钟皇后军营、半山般威军人宿舍、柯士甸道枪会山军营、九龙塘奥士本军营、歌和老街高级军官官邸、昂船洲岛海军基地、元朗稼轩庐军营和潭尾军营、粉岭新围军营和大岭练靶场、大山奥山大奥海军观察站等 14 个军营——中国人民解放军对香港的和平进驻，标志着一个新时代的到来。

13

1997 年 10 月 1 日。中华人民共和国诞生 48 周年的国庆节，中国人民解放军驻港部队的第一个军营开放日。

香港赤柱军营大操场，杀声震天。手持打开枪刺的 56 半自动步枪的林锐上尉带着 200 名步兵战士在进行刺杀操表演，身手敏捷的战士们动作整齐划一，雪亮的枪刺在空中，忽而突刺忽而挑刺，灵活的脚步踏着统一的节奏，甚至连口号也是一个声音："杀——杀——杀——"观礼台上掌声阵阵，前来参观的 100 多个香港社团的 5000 多名代表对解放军战士的精湛武艺和刚硬作风报以一片惊呼。站在人群中的徐睫骄傲地看着在领队位置的林锐，激动地鼓掌。

武器展示。身着迷彩服的林锐头戴凯芙拉头盔，穿着军靴肃立在武器旁边。热情的香港居民在田小牛的粤语介绍下体验着国产轻武器，林锐带着微笑站在自己的位置上。

"Captain。"——林锐转过脸去，眼睛睁大了。徐睫摘下自己的墨镜，微笑着看着他。林锐脸上是压抑不住的惊喜，嘴张开却说："Can I help you？"

徐睫甜甜地笑着用英语说："上尉，你是一个英俊的战士。你的女朋友会为你感到自豪，她肯定非常幸福。"林锐压抑着自己的情绪："谢谢，小姐。你也非常漂亮，你的男朋友会为你感到骄傲。"

那边，那个跟随徐睫的中年男人找到驻港部队首长，低声说了几句。首长点点头，挥手："林锐！"林锐看了徐睫一眼，笑笑跑步过去敬礼："到！"

"你，跟这位先生去一下，见个客人。半个小时，不要离开军营，不要遇到记者。"首长说。林锐觉得很奇怪，看着这个戴着墨镜的中年男人。

"执行命令。"首长说道。"是！"林锐举手敬礼，转身跟着这个中年男人走了。

赤柱军营僻静的后山树林。中年男人似乎对这里很熟悉，林锐跟在后面，满脑子都是情况。中年男人站住了，指着前面的树林："有人在那里等你，我在外面给你看表。"林锐纳闷儿地看着他走出树林站在路边，自己往里走去。他倒是不怕遇到什么危险，只是这也太奇怪了，这明明是军营啊！转过一棵大树，林锐还是没有看见人。

"你现在就要走了吗？天亮还有一会儿呢。那刺进你惊恐的耳膜中的，不是云雀，是夜莺的声音；它每天晚上在那边石榴树上歌唱。相信我，爱人，那是夜莺的歌声。"徐睫的声音从他的身后飘出来，是英文的《罗密欧和朱丽叶》。林锐站住了，慢慢回过头："那是报晓的云雀，不是夜莺。瞧，爱人，不作美的晨曦已经在东天的云朵上镶起了金线，夜晚的星光已经烧烬，愉快的白昼蹑足踏上了迷雾的山巅。我必须到别处去找寻生路，或者留在这儿束手等死……"

徐睫长发披肩，白皙的脸上带着泪水慢慢走过来："那光明不是晨曦，我知道；那是从太阳中吐射出来的流星，要在今夜替你拿着火炬，照亮你到曼多亚去。所以你不必急着要去，再耽搁一会儿吧……"林锐一把抓住她的小手，把她拽到了面前："让我被他们捉住，让我被他们处死；只要是你的意思，我就毫无怨恨……"

徐睫的眼泪扑簌扑簌地往下掉，她的嘴唇一下子覆盖在了林锐的嘴唇上。林锐紧紧抱住她娇嫩柔弱的身躯，吻着她。徐睫的眼泪流到他的嘴里，林锐贪婪地吮吸着。

"我想你……"徐睫幽幽地说。林锐抚摩着她的脸、她的泪水："我也想你。"

"你真的很棒……"徐睫看着他的眼睛自豪地说。

"在你面前，我永远是那个养猪的林锐。"林锐说。

徐睫笑了，吻着林锐的脖子："你也是只长不大的小猪……"

"你怎么到香港来了？"林锐问。徐睫说："做生意，赶上这种庆典我当然要来。"

林锐奇怪地看着她："我的意思是——你怎么能跟我们部队领导说上话的？这好像不是一般商人可以做到的？"徐睫笑着点点他的鼻子："那我就不是一般的商人。"

林锐还是没有打消心里的疑惑："徐睫，你到底是做什么的？"

"我？经商的啊，怎么了？"徐睫笑。

"如果你的家族有这么大的能力，我不会找不到与你有关的资料。"林锐说，"找我没那么容易，能在中国军队各个部队都有这种本事的商人家族，我相信屈指可数。"

"你？调查我了？"徐睫有点儿紧张。林锐苦笑："我也得有那个能力啊！我就是在报纸上翻了翻，在咱们国家知名的商人家族中有没有你和你父亲的名字。所以我觉得奇怪，不知道你到底是做什么的？"徐睫笑笑："有一种商人是闷头发财的，我和我父亲都不喜欢张扬。我们是和国家合作做生意的，和军方对外贸易部门也有密切合作，所以在军队有一些关系吧。这个很奇怪吗？"

"卖军火？！"林锐睁大眼睛。徐睫拍拍他的脸，怜爱地笑着："别胡说了！不是的！我们是正当生意，以后会告诉你的。怎么，现在就开始惦记我们家的生意了？"

"什么话！"林锐急了，"我还想你跟我结婚以后彻底离开你现在的生意，去山沟家属院给我做随军家属呢！我可不想脱军装，你就准备老老实实地给我做随军家属吧！"

徐睫看着他的眼睛，幽幽地说："我的爱人，我也想给你做随军家属啊……在山沟的军营里，日出而作，日落而息，简单快乐……"

林锐嘿嘿笑着："我的大哥和二哥都结婚了，我们也结婚吧！"

徐睫吓了一跳："你说什么？"

"我说我们结婚吧！"林锐上前一步抱住她，"嫁给我，跟我回我们的山沟！在特种大队家属院做个随军家属，我带战士们训练、演习、出任务，你可以教战士们英语啊！附近的城市就有学校，大队长可以安排你去学校教学，你的外语水平这么高，他们学校一定求之不得呢！——我们永远不分开！"徐睫退后一步："你在向我求婚？"

"对啊！"林锐说，"我已经等了好久了啊！"

"我们才见过几面啊？"徐睫苦笑，"你了解我吗？"

"就因为见不着你，我才受不了！"林锐看着徐睫的眼睛，"你知道不知道，我想你都要爆炸了？甚至在想你的时候，我都无法呼吸！你知道这种滋味吗？"

"我知道！"徐睫的眼泪流了下来，"因为我也是这样想你的！"

"那你为什么不肯嫁给我？"林锐苦苦追问。徐睫哭着说："林锐，我想嫁给你！我太想嫁给你了！我太想跟着你去那个单纯快乐的山沟做个随军家属了！我太想每天等你回家吃饭，你不能回来，我就把饭菜为你送到你的连部！甚至为你送到训练场，我都愿意！我愿意让战士们叫我嫂子，我喜欢他们这样叫我！我真的做得一手好菜，我从小就会做家务，我会把家布置得漂漂亮亮的！你相信我，我会的！我会衣着简单，我喜欢粗茶淡饭，我喜欢给你做随军家属！我做梦都想嫁给你，做你的妻子，我会是贤妻良母的！你相信我！"

"那我们结婚吧，我下个月就回特种大队！我给大队长写报告，我们结婚！"林锐眼睛亮起来，徐睫哭着推开林锐："我不能和你结婚！"

"为什么？"林锐惊讶地看着她。徐睫哭着摇头："我不能，我不能和你结婚！"

林锐眼中的火焰熄灭了："你还是嫌弃我穷……"徐睫哭着说："不是的！"

"你还是瞧不起我们那个山沟，瞧不起我们那个普通的部队大院……"林锐眼中出现泪花，"你舍不得这花花世界，你舍不得……我知道，你舍不得……我们的差距太大了，你是有钱人家的大小姐，我是解放军的战士。我知道，你舍不得……"

"不是的！"徐睫哭着喊道。林锐闭上眼睛："不用再说了。"

"我爱你——"徐睫扑上来抱住林锐，"我爱你，但我不能和你结婚！就因为爱你，我才不能和你结婚！我不想让你等我！这太苦了，林锐！我不能让你吃这样的苦——"

"死都不怕，苦算什么？！"林锐怒吼。

"我真的不能和你结婚……"徐睫哭着松开他，"你忘了我吧，去找一个好女孩儿……找一个可以给你做随军家属的女孩儿，让她好好照顾你……你忘了我吧……"

林锐惊讶地看着她一步一步后退："你在说什么？"

"我说你忘了我！"徐睫哭喊。林锐摇着头："这不可能。这不是你！"

"这是我！"徐睫哭着说，"这就是我！是我说的，你忘了我！"

林锐刚刚要说话，那边那个中年男人背对着他们在树林外举起手表："时间到了。"

林锐稳定住自己，整理自己的军容："我不相信这是你说的，你徐睫不是这样的人！我会等你来找我，一直等下去！"他深呼吸，把脸上的泪水擦干净，大步走出树林，在小路上转成标准的跑步走。军靴声渐渐远去了。徐睫哭着蹲下了："林锐，我真的好爱你……"

那个中年男人慢慢走进树林，掏出手绢递给徐睫。徐睫接过手绢擦着眼泪，站起来平静着自己。中年男人同情地看着她："我们该走了。"徐睫点点头，深呼吸一下，戴上了墨镜，但眼泪还是从墨镜下流了出来。中年男人同情地说："你可以嫁给他的。"

"不。"徐睫摇着头，声音颤抖着，"我不想他吃苦，我爱他。"

14

特种大队大院。收操的战士们扛着95步枪，满身泥土高唱着军歌。张雷和刘晓飞带着自己的连队在相邻的各自连队食堂站好，互相比着拉歌。一连的副连长代理了连长，但是他的声势明显不行，一连战士虽然努力，但始终比不过二连和三连。

"林锐不回来，这个一连是不行啊！"张雷苦笑。刘晓飞站在他身边："有个性的主官是可遇不可求的，连队的个性就是连长的个性。算算日子，林锐该回来了吧？"

"差不多就这几天了。"张雷说。突然，二连、三连的歌声也弱下来了，两个连长纳闷儿地看着自己的连队。战士们嘴里虽然唱着歌，但是章法已经乱了，头都歪向一侧。两个连长顺着战士们的视线看去，看见了一个穿着崭新97夏常服的陆军上尉。右臂是驻港部队的紫荆花臂章，提着一个迷彩手提包，背上背着背囊。帽檐上的帽花衬托着军徽，帽檐下是一双明亮的眼睛，黝黑的脸上带着狡猾的笑意。胸前的名牌上写着"林锐"。

"林锐！"张雷和刘晓飞几乎同时跳起来，冲过去抱住了他。

林锐笑着看他们："谁啊？趁我不在欺负我们一连？"

"连长回来了！"特战一连的战士们嗷嗷叫。

"你小子怎么也不打个电话让我们去接啊？！"张雷笑着看着他，"牛大发了啊！这新军装穿你身上怎么那么不合适，赶紧脱了送我！"

"都给你们俩带来了。"林锐笑着提起手提袋，"两套军官夏常，送你们的。名牌没有啊！"

"够哥们儿啊！"刘晓飞抱住他的肩膀，"看在你给我们俩老大哥带新式军装的份儿上，我们就不欺负一连了啊！是不是啊，三连的同志们？""是——"三连嘿嘿笑。

"好你小子啊！"林锐笑着说，"我还没喝口水就跟我叫板了啊？"

"水好喝气难咽啊！"张雷笑着说，"是不是啊，二连的同志们？""是——"二连也阴阳怪气。

"行啊你们俩！"林锐嘿嘿笑着，突然脸上变颜色了，"一连的全体都有了——立正！"唰——一连战士们立正，两眼放光。"文书，过来拿着我的东西！"林锐将东西交给文书，"送到连部！"文书跑步走了。林锐整整军帽，大步走到特战一连队列跟前："你们是什么？！"

"狼牙！"一连战士们怒吼。林锐怒吼："我听不见——你们是什么？！"

"狼牙！"果然地动山摇。林锐高声问："你们的名字谁给的？！"

"敌人！"一连战士们声音雄壮。林锐又问："敌人为什么叫你们狼牙？！"

"因为我们准！因为我们狠！因为我们不怕死！因为我们敢去死！"一连的吼声震得

地都发颤。"死都不怕,你们还怕唱歌?!"林锐指着他们的鼻子问,"副连长出来指挥——我起头——过得硬的连队过得硬的兵——预备——唱!"一连的歌声地动山摇。

"这就练上了啊?"张雷笑着解开腰带抓在手里,"二连的看见没有?!一连跟咱们叫板了!副连长出列,唱歌!唱不过一连就都别给我吃午饭!"二连也开始唱,是《三大纪律八项注意》。

"三连全体都有——"刘晓飞站到队列前面,"一连、二连又在互相叫嚣,他们傻不傻?!"

"傻——"三连战士们嘿嘿笑。

"我们能不能和他们一样傻?!"刘晓飞笑着问。

"不能——"战士们笑。

"对,我们不能跟他们一样傻!"刘晓飞一挥手,"进去吃饭!"

三连的战士们嗷嗷叫着按照队列进去吃饭了。张雷和林锐看着一脸坏笑的刘晓飞都哭笑不得。

"我们连不参与这种无意义的竞争,有本事下午训练场见!"刘晓飞抱拳作揖,"对不住了,我饿了,吃饭去了!"

"操!这小子!成心让我们俩好看!"林锐笑着说,张雷递给他一根烟:"还比不比?"

"比啥啊?唱完带进去吃饭。"林锐苦笑。张雷问:"小牛呢?没跟你一起回来?"

"他换防以前买了一大堆东西,那不?"林锐扬扬下巴,"说要带给他妈和村里的老民兵!"——穿着97士兵夏常服的田小牛满头大汗,大包小包背着扛着,后面还跟俩新兵帮他提着东西。田小牛满脸笑容:"连长,你咋也不等我啊?张连长,我田小牛代表祖国、代表解放军接管香港回来了——"

第二十三章

1

A 集团军医院。何小雨正在巡视病房，和战士们开着玩笑。外面救护车 阵急响，一辆一辆救护车开出去了。她急忙跑出来，拉住一个穿迷彩服往外跑的医生问："出什么事情了？"

"工兵团的 03 国防工事坑道出事了，严重塌方！"医生着急地说，"院长让野战救护应急分队马上过去！你赶紧换衣服！"何小雨把病历塞给护士："按照我的处方让他们按时吃药！"她神情严肃地快步跑回办公室换迷彩服，跟着外面的人流出去了。何小雨跳上救护车，救护车呜呜呜开出去了。

巍巍青山深处，迷彩伪装网罩着整个山谷。各种军车有条不紊地停在洞口，穿着迷彩服戴着安全帽的官兵们进进出出，担架不时地被抬出来。一个连长红着眼睛高喊："里面还有我的兵！还有我的兵——"几个战士抱着他，不让他冲进去。军长召集高级军官们在洞口开现场会："现在里面还有 19 个战士没有出来，必须立即组织抢险队，一定要把战士抢出来！要把伤亡控制在最小数字！塌方现在还在继续，我们进去的同志要精干，并且熟悉洞里情况！"

"我亲自带队。我们需要医护人员，有些紧急状况必须现场处理。坑道有数公里长，如果抬出来再紧急救治，可能重伤员已经不行了。"工兵团长戴上手套说。军长点头："让军野战医院院长安排吧。这是军委看着的重点国防工程，这个地方是军事要地！我们为了完成军委交给我们的任务，可以不惜一切代价，但是不能让战士付出无谓的牺牲！"

"是！"工兵团长敬礼，转身去组织抢险突击队，"所有党员都站出来！"

医院院长站起身走向自己的救护队。何小雨站在队伍当中期待着看着院长。院长严肃地说："所有党员同志，站出来！"何小雨跟着党员们出列。院长严肃地说："女同志入列。"只有何小雨没有入列。院长急了："女同志入列，这是命令！"

"报告院长！这是战场……"何小雨说，院长给她噎回去了："战场上没有男女，只有战士！行了，你这套我都会背了！入列，没什么商量的！"院长又说，"男党员同志，40以上的入列。"剩下十几个年轻同志。院长接过工兵战士递来的安全帽，"跟我入洞。"

工兵团的突击队已经在洞口站好，"党员突击队"的红旗下，团长亲自在作动员。医院的救护队站在他们身后，院长看着大家点点头："更多的我不说了，救死扶伤是我们的天职。"何小雨咬着嘴唇看着大家的背影，悄悄拉住一个匆匆过来的战士："把你安全帽给我！"

"我还得进去！"战士说，"这个不能给你！"

何小雨急了，直接摘下他的安全帽："这是你的部队，你再去找一个！上衣脱了！"

战士张大嘴不知道她什么意思。何小雨厉声命令："脱了！"

战士只好脱去满身泥泞和水泥斑点的上衣，光着膀子不好意思地站着。

"这个送你了！"何小雨脱下自己崭新的迷彩服上衣递给他，抢过战士的脏衣服就穿上了。战士看着上面的中尉军衔发蒙："哎哎！我咋能戴干部的军衔啊？！"

"那就摘了穿！"何小雨套上下士军衔的脏衣服，找了个泥坑在脸上拼命糊泥巴，再起来压下安全帽的帽檐，就混在战士的队伍里跟着进洞了。

通过漫长已经被水泥覆好的坑道，进入工区。小塌方还在继续，不时有石头落下。何小雨跟在战士队伍里进去了，错开步子跟上了医院的救护队。院长走在最前面，再前面就是工兵团的突击队。坑道空气稀薄，何小雨觉得胸闷，她咬牙坚持着跟在后面。前面已经进入险区，救护队不能进去了，就都在外面排开准备抢救。工兵团长带着突击队进去了，里面喊声和工具的敲打声响成一片。何小雨觉得头晕，她扶着墙站住了。

"你怎么不进去？"一个班长扛着枕木跑过来厉声问。何小雨抬起头，班长才发现那是个女同志，急忙敬礼："对不起。"何小雨苦笑，干呕了几下，忍住了。有伤员送出来，何小雨抢着上去处理，院长发现了："你怎么来了？！"

"我是大夫，救死扶伤是我的天职！"何小雨高喊着处理伤员，"马上送出去，需要输血！快！"两个战士抬着伤员飞跑出去。一个接一个伤员运出来，何小雨挥汗如雨地在抢救。一个需要输液的战士要运出去，她举着输液瓶子跑步跟着。

余震在继续，头顶的悬石在摇晃。何小雨抬头发现了，高喊："危险——"她一下子扑在伤员身上。悬石纷纷落下，何小雨紧紧压在伤员身上，悬石砸在她的身上，她咬牙坚持着。一块稍大的悬石砸下来，砸在她的安全帽上。何小雨眼前一黑，接着就彻底黑了。

"何医生——"

满身尘土、满脸迷彩油的刘晓飞面色铁青，大步走在军区总院走廊。

"刘连长，你的妻子还在抢救当中，你不要太着急了……"一个大夫跟他旁边小心地说。刘晓飞不说话，眼中已经有热泪。大夫安慰他说："刘连长，你情绪一定要稳定，一定要稳定……"在拐角处，刘晓飞一把抓住他的衣领子，将他按在墙上，眼中都是热泪，却不流下来，他咬着牙一字一句地说："她是我老婆，我老婆！我们从小就在一起！在一起！"大夫看着他，内疚地低下头："我们还在抢救……"

"我们从小就在一起……"刘晓飞松开医生大步走向手术室。"手术中"的灯亮着。满脸眼泪的方子君迎上来："晓飞,你别激动!别激动!现在情况还不明……"坐在椅子上发傻的林秋叶带着眼泪站起来："晓飞,你来了……"

刘晓飞站在原地看着手术室的门久久不说话。何志军在几个参谋的簇拥下快步进来了:"晓飞!"刘晓飞还是站在那里看着手术室的门不说话。

"不许倒下!"何志军压抑着自己的眼泪,在他身后低声命令,"你是军人!"

刘晓飞睁着双眼看着手术室的门一句话都不说。众人都看着他,许久他的眼中流出两行眼泪:"小雨,你是军人,你不许倒下……我是连长,我命令你……不许倒下……"

"手术中"的灯还在亮着,一个护士出来了:"妇产科的方子君大夫在吗?"

"我在!"方子君急忙跑过去,"说,怎么了?"

"你立即换衣服来手术室。"护士说。方子君很疑惑:"我?"

"这是主治医生的意思,"护士说,"伤员已经怀孕两个月了。"

一道霹雳劈在所有人头顶。刘晓飞眼睛一亮,冲过去抓住护士:"她怀孕了?"

"对。"护士说,"怀孕两个月了。"

"她怀孕了?!"刘晓飞脸上不知道是悲还是喜,大哭出来。

"你松手啊!"护士被抓疼了,"你是谁啊?"

何志军掰开刘晓飞的手,几个参谋扶住仰天大哭的刘晓飞。

"他是何小雨的丈夫。"何志军说。

"奇怪,他老婆怀孕没怀孕自己不知道?"护士生气地看着刘晓飞,"拿我出什么气?真是的!"林秋叶抓住护士的手:"何小雨情况怎么样了?我是她的母亲!"

"还在抢救中。"护士说完就进去了。方子君换上手术服大步走过来:"我进去了。"

"子君,你可千万要保住你妹妹和孩子啊!"林秋叶哀求。方子君鼻子一酸忍住眼泪:"这是我的工作,我不能带个人感情进去。你们在外面等着吧。"她一咬牙进去了。

刘晓飞被两个参谋按在墙上,他看着手术室的门喃喃说着:"小雨,你怀孕了,为什么不告诉我呢……"

2

亲爱的晓飞老公:

当你看到这封信的时候,我知道你一定在笑。因为,我从不这样叫你。我也猜得出,你一定在奇怪,哈哈哈!有什么事情不能电话里说,非要写信呢?这个原因,你一辈子都想不出来,信不信?

不信?

我告诉你吧——我怀孕了!

傻了吧?我就知道你会傻了!我就喜欢看你那傻样儿!

这半年来,其实我的例假已经来了,而且一天天正常起来,我也不知道为什么。也许是因为我年轻,也许是因为现在部队伙食好了,医院工作也不累,也许是因为我的善良打动了天，感动了地——我真的来例假了。

　　我一直不肯告诉你，就是为了给你一个突然的惊喜。你说上次我们见面的夜晚我很疯狂，你现在明白为什么了吧？你还老在电话里拿那天晚上羞我，哼哼！这次你向我道歉都没有用了！因为我怀孕了！

　　我怀孕了，怀的是我们的孩子。已经一个半月了吧，我从例假没来那天开始算的。我用试孕纸检查了20多次，不会有错的——哼，我让你对我凶！我让你羞我！现在你就是道歉我也不搭理你！就是要让你着急！我看你有什么办法把我哄开心了！

爱你的老婆 小雨

　　刘晓飞的眼泪打在稿纸上。

　　"小雨的命保住了，孩子也保住了。"方子君在他身后说，"但是小雨是重型颅脑损伤，生命虽然没有危险，却……短时期内无法脱离昏迷无知觉状态。"

　　"植物人？"刘晓飞的语调很平静。

　　"对。"方子君咬牙点头。刘晓飞闭上眼睛，眼泪流出来。

　　"有一点你可以很欣慰——我们在不断地给母体子宫补充营养，孩子发育正常。"方子君流着眼泪说，"等到分娩期近，我们会剖腹产将孩子接生出来。"刘晓飞背对她站着不说话。方子君把手放在他的肩膀上："你是父亲了，你不能倒下。"

　　刘晓飞点点头，看着面前处于昏迷中的小雨。美丽的脸上没有血色，却可以感觉到她的笑容——母性的笑容。

　　训练场上，刘晓飞跟疯子一样在演示一对四的一招制敌。他大叫着，身手绝对利索地将四个冲上来的假想敌全部撂倒。靶场，刘晓飞手持轻机枪嗒嗒嗒嗒打出连发，对面的充气靶子噼里啪啦全都碎了，他还在打，子弹在草地上打起泥土。

　　特种车辆障碍场。大雨飘泼，刘晓飞驾驶着迷彩色的特战摩托车飞过障碍。车在泥地滑倒，他顺势倒下，手枪已经在手。当当当当当！对面的5个酒瓶子全部炸开。他手持手枪保持着射击姿势，急促地呼吸着。一双黑色的军官皮鞋出现在他的身边，声音很平淡："起立。"刘晓飞喘着粗气，泪水顺着脸颊流下来和雨水混在一起。他关上手枪保险，慢慢起立。何志军就这么淋在大雨当中看着刘晓飞，擦去他脸上的泪水。

　　"何部长……"刘晓飞哭出声音来。

　　"我不是何部长，我是你爸爸！"何志军说，"我是你的岳父，你妻子何小雨的父亲！"

　　"爸爸……"刘晓飞抱住何志军宽广的身躯哇哇大哭。雨水顺着帽檐流在何志军的脸上，他闭上眼睛抱住自己的女婿："道理我不和你多讲。你现在是连长，是带兵的，这些你比我还清楚……"刘晓飞松开何志军，脸上的泪水哗啦啦地流着："爸爸……老天为什么要这样？小雨是多好的一个女孩儿啊……"

　　"她是我的女儿，我不比你好受！"何志军眼中也有泪花，"她就是我心尖的肉！我疼她，

379

我比她妈还疼她！我把她送到部队我不后悔！是人就要给国家做贡献，何况她是军人的女儿！所以她要当兵，要下基层，要去祖国和军队最需要的地方！这不是高调，是事实！"

刘晓飞擦去眼泪，看着自己的岳父。何志军拍着他的肩膀："小雨是个好兵！是不是个好妻子你说了算，但她肯定是个好女儿！是个好军人！是个……好医生！"

"她是个好妻子！"刘晓飞斩钉截铁地说，"我爱她！"

"我不是想问你爱她不爱她，这些事情我问不着！"何志军看着他的眼睛说。

"我会等她醒过来，我会照顾好我和她的孩子！"刘晓飞的眼泪涌出眼眶，"我会让她高高兴兴地和我们生活在一起！"

"你要知道你说这个话的分量！"何志军严肃地说，"小雨还在病床上，她怀着孩子！你要知道和一个植物人继续做夫妻，还拖着一个孩子意味着什么！你是成年人不是小孩子！你是连长了，说话要过大脑！"

"我知道！"刘晓飞说，"我知道我在说什么！我会等她醒过来！她是我的妻子，我这一生唯一的女人！我——爱她！"

"你可以反悔。你有这个权利，你还年轻，人的一生很漫长！"何志军看着他的眼睛说。

"我只爱她！"刘晓飞喊出来，"不许你侮辱我对她的爱情！"

何志军点点头，拍拍他的脸："好！去带你的连队，我希望你还是个好连长！"

刘晓飞退后一步，敬礼："是！何部长！"

何志军还礼，刘晓飞推起特战摩托车要发动。何志军说："把车留给我。"

刘晓飞把摩托车给何志军，何志军接过头盔戴上，把军帽递给刘晓飞，自己跨上去发动着了，旋转着油门，扑向纷繁复杂的障碍。刘晓飞拿着军帽看着自己的岳父驾驶着特战摩托车高速飞过障碍，扑向下一个障碍。

3

"小雨，妈妈跟你说啊，你的孩子已经 10 个月了！你马上要当妈妈了！"林秋叶笑着给何小雨擦脸，"B 超做了，是个女儿！现在营养都很正常，身体肯定好，随她爸爸！你雷叔叔还送来一堆交响乐磁带，妈每天都给外孙女听交响乐，以后让她当音乐家！不好啊？也要当兵？那当文艺兵，女孩儿当文艺兵！来，妈给你擦手！瞧你这小手，随妈！"何小雨躺在病床上一动不动。

林秋叶擦完何小雨的手，洗着毛巾："你公公也来了，他工作忙，国内国外的跑，但是每周都要来。你婆婆恨不得一天来三次！你爸调到北京了，他这回可遂愿了，扛将星了，是少将！晓飞、张雷他们哥俩又代表中国特种兵出国了，这次是去南美的委内瑞拉参加国际特种兵猎人学校了，林锐现在在解放军国际关系学院读特种侦察和作战专业指挥的研究生——据说他们哥儿仨都是全军特种部队数得着的尖子，现在每年的全军特种部队骨干集训他们都得去。唉，我也看不出来那个小子怎么现在就成全军的特种部队骨干了呢？你的眼光还真的够刁的，看上个好兵不算，还是一个好男人，比你爸强。他每天都给你写信，这不，我刚刚给你读完吗？等你醒了，自己看。他那信写的妈都读不下去！"林秋叶说着就掉眼泪了，给何小雨擦着身体继续笑着说，"外孙女的名字，你公公婆婆和你爸爸都有各自的主意。最后还是听了晓飞的，他是孩子的爸爸啊！他说叫小雪，你是小雨，你女儿就是小雪！那我们就都听他的，叫刘小雪！小名听我的，叫童童！"方子君轻轻推门进来，站在一边。

"子君你来了？"林秋叶笑着擦去眼泪。

"明天就给小雨母女做剖腹产手术。"方子君轻轻地说，"她的女儿就要出世了。"

林秋叶笑着对何小雨说："小雨，听见了吗？明天你就要当妈妈了！高兴吗？"

何小雨脸上没有表情，却可以感觉到一种母性的笑意。方子君走到何小雨面前："小雨，这个干妈我就当仁不让了。"林秋叶擦着眼泪："我的女儿，也要当妈妈了……"

刘芳芳抱着鲜花推开病房的门，她现在已经是上尉了。她走到病床前把鲜花插在花瓶里，坐在小雨身边："小雨，我来看你了。晓飞打电话过来了，他很惦记你。他知道自己要当爸爸了，恨不得马上飞回来。他们还有一个月就回国了，我会去机场接他们。我们直接来医院看你和孩子。"刘芳芳轻轻地在小雨脸颊上吻了一下。

方子君摸着小雨的头发："小雨，我们姊妹三个今天都到齐了。你开心吗？"何小雨安静得如同玉石的雕塑。刘芳芳擦去眼泪："我给你唱首歌儿吧，你最喜欢的。我们以前文艺汇演每次都唱的——《闪亮的日子》。"

刘芳芳轻轻咳了一下，慢慢开始唱："我来唱一首歌，古老的那首歌；我轻轻的唱，你慢慢的和；是否你还记得，过去的梦想，那充满希望，灿烂的岁月……"

4

歌声当中，波音747客机降落在首都国际机场。身穿中国陆军少校常服的刘晓飞和张雷背着背囊大步走出通道，和来接机的何志军少将等总部首长以及刘芳芳见面以后，匆匆上了轿车。

刘晓飞和何志军匆匆走在医院走廊，张雷和刘芳芳跟着。看见病房的门口以后，刘晓飞开始跑，大步地跑，一把推开门："小雨！"何小雨没有如他幻想的那样，因为他的归来而突然睁开眼睛，她还是那么平静地躺在床上，刘晓飞跑过去蹲在她的床前吻着她的手："我回来了！"他摘下自己胸口处别的国际猎人学校颁发的"勇士勋章"，哆嗦着手别在何小雨的病号服上，"这是国际猎人学校举办以来，第一枚颁发给外籍学员的最高荣誉勋章——这是你的！"何小雨平静地睡着，勋章配着她白色的脸。

方子君抱来一个襁褓中的婴儿。刘晓飞站起来惊喜地抱过孩子，粗糙的手指头滑过婴儿细腻的肌肤："我的女儿？"婴儿因为受不了他粗糙的手指头，哇哇哭起来，宣告着新生命的力量。方子君笑着点头："祝贺你，你当爸爸了。"

"我的女儿！"刘晓飞吻着女儿的脸，转向何小雨惊喜地说，"小雨，这是我们的女儿！我们的女儿！"婴儿哇哇哭着，抗议着父亲粗糙的手和扎人的胡楂儿。泪水滴在婴儿和何小雨的脸上，刘晓飞俯身吻着妻子的额头："谢谢，谢谢你……真的……"

方子君流着眼泪接过婴儿，递给何志军。何志军看着哭泣的婴儿，皱起眉头："哎呀，你说你总这么哭，以后可怎么当女特种兵啊？别哭了，跟你妈妈学学！"

"一边去！我外孙女才不当你那破特种兵呢！她以后要当文艺兵！"林秋叶抢过外孙女，何志军眼中含着柔情，些许泪花在涌动："文艺兵好，文艺兵好！不当特种兵……"哭得不成样子的刘芳芳被张雷拉出去。"刚才我没法儿说，这是第二枚授予外籍学员的勇士勋章。"张雷从兜儿里掏出来塞给刘芳芳，"是你的。"

"张雷，我们也要个孩子吧……"刘芳芳哭着抱住了张雷的脖子。张雷抱着妻子，眼泪也流了出来，点头。

5

特种大队多媒体会议室。录像放完，刘晓飞起身走到前面："各位首长，同志们——这是我们两个这次在委内瑞拉国际猎人学校受训的部分录像资料。国际形势的发展，对属于军方编制的特种部队提出了更多的非战争行动需求；此外，由于恐怖组织、贩毒组织的国际化和正规化，特种部队执行的非战争行动和战争行动的概念也变得模糊不清。特种部队的任务形态也由原来的局部化、单一化和简单化变得全面化、层次化和复杂化。特种作战和情报作战之间的关系越来越密切，甚至有相互渗透合一的倾向……"

何志军和雷克明都在底下认真听着，不时地记着笔记。

"我汇报的题目是——高科技装备在当代特种侦察和特种作战行动的运用和发展前景。"张雷站在讲台上，"进入世纪之交的1999年，各国特种部队都在不断地将新技术、新装备运用到实际作战当中来。这对特战队员的文化素质和心理素质提出了更高的要求，自动化指挥和信息传输系统以及无人侦察机、战场智能探测车等都在实战当中发挥了越来越重要的作用。我中国陆军特种部队如何应对未来世纪战争和非战争行动的考验，已经成为迫在眉睫的课题……"何志军听完汇报，点着一支烟。雷克明也点着一支："何副部长有什么指示？"

"你们大队尽快组织起来进行研究，我去和军科还有各个部队研究所打交道。"何志军沉思道，"我们必须本着打赢高科技局部战争这个标准来磨炼年轻的中国特种部队，老传统的一根绳子一把刀不能丢——但那是远远不够的！首战要用我，用我就要必胜！"雷克明点点头。

"林锐什么时候毕业？"何志军问。雷克明笑道："他是研究生，还有两年呢！"

"我们需要人才啊，同志们！"何志军感叹，"我们需要的不仅是可以一招制敌、百步穿杨，还要懂得高科技知识、具备综合素质的复合型人才！——我看这样，我去和解放军国关学院领导商量，林锐采用特殊教学模式，一半时间在学院，一半时间在部队！这三个年轻人是宝贝啊，你要好好用起来！"

雷克明笑笑："我会的。大队常委已经报军区直工部了，三个年轻人分别担任特战一营、特战二营和特战三营的营长，就等军区批了。"

已经是副参谋长的陈勇少校在后面变得沉默。何志军起身："散会，都回去想一下，各自写个总结。陈勇，你留下和我出去走走。"陈勇起立："是。"

特种大队的后操场。战士们还在训练，杀声震天。何志军背着手走在林荫小道上，陈勇跟在后面。何志军问："你当兵几年了？"

"16年。"陈勇说。何志军说："16年——你16岁参军对吧？"陈勇说："是。"

"16岁参军，当兵16年——怎么你觉得长了点儿吗？"何志军不看他问。

"怎么可能呢？"陈勇说，"部队就是我的家啊！"

"我怎么听子君说你最近情绪不对头？回家以后就愁眉苦脸的，好像在想转业？"何志军看他，陈勇急忙说："我没有想转业！"

"那你为什么试探问子君，如果自己不穿军装了会怎么看？"何志军厉声问。

"我……"陈勇为难。何志军大声问："你什么？你说！"

"我想，我要被淘汰了。"陈勇努力地说出来。何志军凌厉得看着他："为什么？"

"何副部长，你问，我就都说了！"陈勇豁出去了，"我是能打，是不怕死——但是我没文化，没学历！眼看着他们一个一个都出类拔萃，我自己还停留在过去南疆保卫战的作战思维中。我跟不上了——电脑我不会，外语我不会，高科技我更没学过！我就会打拳，就会打枪，我还会什么？"

"就因为这个？"何志军问。陈勇低声说："对。"

"我看不仅是这个。"何志军笑笑，"林锐是你当排长的时候带过的兵，现在不仅提干了，还是研究生，军衔级别都和你一样——你心里不舒服吧？"

"我没有。"陈勇坦诚地说，"我一直都觉得林锐很出色。"

"张雷和刘晓飞呢？"何志军说，"他们两个马上就是营长了，你当了多少年兵才当上营长？他们三个呢？两个是陆军学院毕业的学生官，一个是逃兵、养猪兵出身，现在都是营长了！这才几年的工夫？他们都是年轻人，都是跳跃性发展，一年顶你好几年——你心里能好受？"陈勇说："何副部长，你要这么说，我就说实话了。我是不舒服，我们这批兵打过仗，在前线流血牺牲，是从死人堆里面爬过来的！我们不是怕吃苦，也不是怕再上前线！我就是觉得不公平，我们的血都白流了吗？"

"你既然是这个思想，明天就转业吧。"何志军冷笑着转身就走，"我都多余跟你说。"

"何副部长！"陈勇急忙追上去，"别这么说，我不想转业！"

"不想转业？"何志军回头看他，"不想转业就给我学！电脑不会学电脑，外语不会学外语，高科技不会学高科技！"

"我，我底子差。"陈勇说。何志军看着他："底子差？你进少林寺的时候会武术吗？有底子没？你上前线的时候有作战经验吗？那一场一场血战是怎么打下来的？底子差？我看你是怕吃苦！怕丢人！怕向别人求教拉不下脸！"陈勇不说话。

"我还跟我办公室的小参谋学电脑呢，你的面子比我还金贵？！"何志军怒了，"你给我记住——走向21世纪的中国陆军特种部队，不是光会打拳就能打赢的！你那一套有用，但那只是特种兵的基本功！你要往远处看，去看到未来特种战争！你才 32 岁啊，32 岁就想转业？！在别的部队，你还是年轻干部，但是在特种大队你怎么就是老干部了？！你居然想转业？早知道我就不给你费劲提干！不把大丫头嫁给你！你就丢我的人吧！"陈勇立正："是，我学！"

"学？"何志军冷笑，"不是学！是给我打下这个山头来！这就是一个作战任务，你就是啃也得给我把这个山头啃下来！数字化单兵装备马上就进来，你再不学，你连个班长都当不了，还当什么副参谋长？我看农场挺好，你可以去当个场长！"

陈勇被刺激了："何副部长，你放心！我一定啃下这个山头来！"

"我给你找师傅。"何志军眯缝着眼看正在踢球的战士们，"张雷！刘晓飞！你们两个给我过来！"两个年轻的营长满头大汗跑步过来："何副部长！"

"你们两个今天开始，有任务！"何志军看他们，"能不能完成？"

"能！"张雷和刘晓飞同时回答。何志军说："张雷，你负责教陈副参谋长电脑，刘晓飞负责教外语。2000 年春节我亲自验收，不合格你们俩就都别来给我拜年！"

"啊？！"俩年轻人都苦着脸。陈勇看着他们，敬礼："这算拜师。"

"别别别！"刘晓飞急忙说，"我们可受不起！"

"也别什么师傅不师傅的，"张雷赶紧说，"咱们互相交流——我有条件，少林武术你得教我！花架子套路不要，我就学少林擒拿！"

"没问题！"陈勇爽快地说。

6

解放军国际关系学院。城市巷战训练场，身着迷彩服的林锐少校在向教员们做汇报："特种部队在城市作战中，可能遇到的情况类似于俄罗斯特种部队在车臣的防不胜防的隐蔽狙击手袭击，也可能会遇到类似于 1993 年美军在索马里遇到的武装起来的民众密集攻击。我认为针对不同的被威胁形态，要采取不同的灵活机动的战法。下面我带一个作战分队的学员先演示一下在遇到隐蔽狙击手袭击的时候，如何采取措施进行反狙击和控制要点。"

"跑步——走！"在董强的率领下，一小队身穿迷彩服的学员持着装有激光模拟器的 95 自动步枪和 88 狙击步枪跑步过来。林锐介绍："我的分队包括有一个狙击手小组，狙击手和观察手是这两位。他们是特种作战系的学员，入学前是 A 军区特种大队的狙击手和观察手。"

董强和田小牛出列敬礼。林锐敬礼："申请演示开始！"教研室主任还礼："可以开始。"

"后三角战斗队形，城市巷战搜索前进！"林锐拿起一把步枪高喊。学员们在他身旁迅速站成战斗队形，各自持枪站位。林锐高喊："前进！尖兵第一个冲入巷战训练场，未发现异常打手语。突击小组跟进，林锐带电台兵进入残垣断壁。随即，侧卫和后卫都跟上了，分队在残垣断壁当中逐次搜索前进。突然，一声枪响，尖兵身上的激光模拟器发出蜂鸣声，他倒地。林锐高喊："狙击手！隐蔽！狙击小组就位！"

教员们认真看着汇报演示，不时地记着什么。一辆别克黑色轿车开来，院办主任和一个穿着便装的年轻人下车。院办主任在教研室主任耳边轻声说了几句，教研室主任点头，拿起对讲机："林锐，停止演示，你过来。"

"停止演示！"林锐举起右拳高喊，正在搜索目标的田小牛抬头："营长，怎么了？"

"不知道。"林锐跑步出去了。

"报告！"林锐敬礼，院办主任在边上挥挥手，他就跑过去了。

"你去换常服吧，跟他走。"院办主任说。这个年轻人拉他到一边："林锐同志是吧？我和你们学院领导商量过了，准你三天假。你今天就跟我去北京，机票已经给你准备好了。你赶紧去换常服跟我上车，我们直接去机场。"林锐看着这个年轻人，没明白他是谁。那个年轻人拿出警官证打开："国家安全部的，我叫王斌。"

"安全部？"林锐努力回忆自己的行为，没觉得有什么危害国家安全的地方。

"徐睫，你认识吧？"王斌问。林锐点头："认识。"

"和她有关系，走吧。"王斌说。林锐脑子有点儿大，他把步枪扔给田小牛跟着王斌上了别克。王斌也不说话，直接对司机说："先去他宿舍换衣服，然后我们直接去机场。"

"我可以和A军区情报部和我们特种大队联系一下吗？"林锐问。

"不能。"王斌也不多话。

"徐睫……是特务？！"林锐怎么也不相信。王斌淡淡地说："我现在不能告诉你。"

7

波音客机降落在首都国际机场。王斌领着林锐走出通道，立即有人接上来。王斌和来人没有语言，直接在前面走。林锐一脸凝重地跟在后面，还是无法相信徐睫可能是特务。奔驰轿车在机场高速高速疾驰，司机不说话，王斌也不说话，林锐就更没话要说了。他摘下军帽，看着外面车流穿梭而过，当新兵时候就背得滚瓜烂熟的保密守则里就有"不该问的不问"，现在当了营级干部这个道理更明白了。林锐自信自己没有任何违反国家安全事务的行为，但徐睫到底是怎么回事，他是不敢确定的。但他怎么也不相信徐睫和自己接触是为了搞情报。问题就是他什么也没告诉徐睫啊？带着疑惑和某种不祥的预感，林锐坐着陌生的奔驰轿车来到北京郊区一个陌生的地方。王斌抽出一支烟，也递给林锐一支，甚至还替他点着火。

"忘记你曾经来过这里，也忘记在这里你看见了什么——这是对你的信任。"王斌终于主动说了第一句话。林锐抽着烟，看着自动铁栅栏门被武警打开。车径直开进这个陌生的没有任何标志的院子，开在林荫道上。车拐入一条小路，停在一个小小的门口。王斌下车，给后面的林锐打开车门，林锐戴上军帽下车，站直自己的身体。僻静的小路上什么都没有，连个人影都看不见。王斌在前面回头："脱帽，跟我进去吧。"

林锐很纳闷儿，但还是摘下军帽以标准姿势拿在手里，跟在王斌身后进去了。徐公道的黑白照片一下了在拐过照壁之后出现了。林锐惊讶地睁大眼睛，犹如被雷劈了一样傻在原地。没有横幅，没有悼词，只有遗照前面的蜡烛还在燃烧。还有一条标语，不知道算不算悼词："对党绝对忠诚，精干内行"。

王斌站到一边，和冯云山站在一起沉默无语。林锐慢慢走上前去，看见站在遗像前面背对他的一个长发女孩的身影。他慢慢地走到这个女孩身边，看见女孩戴着墨镜，穿着黑色的衣服。他不需要辨认，就看出来这个女孩是徐睫！林锐的脸上不仅仅是惊讶了，是典型的震惊。冯云山慢慢开口了："徐公道同志是一个优秀的中国共产党情报干部，一个绝对忠诚于党的革命战士。"

林锐的目光转向了徐睫，满是震惊。沉默了一会儿，冯云山说："把你叫到北京来，是因为小徐有话对你说——王斌，我们出去吧。"院子里面只剩下徐睫和林锐。林锐看着徐公道的照片许久，说出一句俄语："你们的名字无人知晓，你们的功绩与世长存。"

"他对党绝对忠诚。"徐睫的声音很嘶哑，泪水顺着她墨镜下面的脸颊滑落："我们都对党绝对忠诚。"林锐表情复杂地看着徐睫。

"我没有想欺骗你的意思，我们都是战士。"徐睫的声音很平静，"你是在战场上冲锋陷阵的解放军战士，我和我的父亲是在隐蔽战线上出生入死的战士。我们具有一样的政治信仰和人生信念，但是，我们的生活不同。"林锐表情更加复杂地看着徐睫。

"林锐，你现在知道我为什么不能答应你了吧？"徐睫苦笑。

"我不明白。"林锐说。徐睫平静地流着眼泪："我不能嫁给你。今天叫你来，就是希望你彻底忘记我……我的父亲，连具尸首都没有留下来……"徐睫终于哭出声来。林锐站在她的身后，看着这位牺牲的烈士遗像。徐睫梳理着自己的情绪："林锐，隐蔽战线的斗争是残酷无情的。我不能告诉你任何事情，我也不想你承受这种我可能随时会葬身异国他乡的残忍结局。我不能和你结婚，你当我不曾存在过好了。"

"可你是一个活人！"林锐说，"我不相信你的纪律不允许你在国内结婚！"

"我不可能和你结婚的。"徐睫摇头，"我是一个没有影子的人！"

"可能！"林锐坚定地说，"你是活生生的，你就在我的面前！我们可以结婚，我们现在就可以结婚！我马上向大队打报告，我不相信你的领导会那么残酷无情！"

"可是，在某个黑夜我又会消失了，投身在无边的黑暗当中杳无音信，成为一个没有影子的人，一个没有影子的妻子……"徐睫的眼泪流着，"你根本不知道我会去哪儿，也不知道我要去做什么，你甚至不知道我什么时候回来，还能不能回来……"

"我可以等！"林锐的眼泪也在打转。

"不要等我！"徐睫狠着心说，"我是生活在另外一个世界的人！"

林锐把她慢慢转过来，摘去她的墨镜，徐睫的眼睛里都是泪水。他用粗糙的手擦拭着她脸上的眼泪，仔细看着徐睫美丽的脸："不，你是我的爱人。"

"我的工作不允许我有牵挂。"徐睫尽力让自己平静。林锐看着她的眼睛说："我不管你是谁，我也不管你的真名是不是叫徐睫！我不会拖累你的，我爱你，我愿意和你在一起！这一切我都可以承受，我是最出色的特种兵战士！我经受得起任何严酷的考验，你相信我！"

"可是我不能让你吃这个苦！"徐睫哇地哭了，"你是一个那么出色的军人，那么优秀的男人！你应该有一个可以陪在你身边的妻子，可以陪着你在那个山沟里的特种部队做随军家属的妻子！你们可以简单快乐的生活，可以生个可爱的小宝宝！你训练，她做饭；你值班，她看家……你不要和我在一起，那种苦不该由你来承受的！"

"可是我爱你！"林锐的眼泪流下来。徐睫哭着说："我根本就不该爱！我不该被你爱的，林锐！我是爱你，从你救我那一刻开始，我就爱你！是的，他们绑架我不是为了钱！我现在可以告诉你，我不是那么简单的一个女学生！我是爱你，但是你怎么能爱我呢？"

"我已经爱上你了。"林锐一字一句地说。徐睫哭着推开林锐："那么让爱忘记！"

林锐看着徐公道的照片："伯父，我在您的面前发誓——我爱徐睫！"

"林锐，不要！"徐睫来堵林锐的嘴，"你不要随便发誓！"

"我爱徐睫！"林锐看着徐公道的照片单膝跪下，"伯父，我在您的面前，用我军人的名誉发誓！我爱她，我会等着她！一生一世！"

"林锐……"徐睫哭着跪在他身边，"你干吗要这么傻啊？干吗要这么傻……"

"因为我爱你——"林锐抱住徐睫。徐睫推林锐推不开，软在他的怀里痛哭起来。林锐抱着徐睫，单膝跪在徐公道的面前："我会等她的，我会等！会的，一直等下去……"

8

徐睫的眼睛还红肿着，脸上化着淡淡的妆。林锐穿着便装坐在她的对面，中间是一大桌子西餐。林锐笑着说："你动动刀叉啊？这是我第一次请你吃饭。"

"在这么高档的地方吃饭，要花很多钱的。你怎么舍得呢？你一个月才多少钱啊？"徐睫看着林锐。林锐回答："我有补助啊！我们跳伞、潜水都有补助的，我不怎么花钱，所以也就有点儿银子。"徐睫笑笑，拿起刀叉，眼泪又开始掉。

"这不是你啊。"林锐笑，"你这么脆弱，怎么能去面对各种困难呢？我觉得你应该很坚强啊！就算比不过江姐，也得算得上是刘胡兰什么的。"

"还双枪老太婆呢！"徐睫被逗笑了。

"这就对了。"林锐笑着说，"你笑起来真的很好看，我就喜欢看你笑。"

徐睫看他："我哭是不是就很难看？"林锐赶紧解释："不是，不是，我不是这个意思！都好看——笑起来是灿烂如桃花，哭起来是艳丽若海棠！"

"贫嘴！"徐睫笑着捂住嘴，"真不敢相信你居然也是中国军人的骄傲？"

"那是！"林锐嘿嘿笑，"这个话我都预演好几年了，就差实战了，说着当然顺嘴了。"

"你还想了什么台词？"徐睫好奇地问。林锐看着她的眼睛，用英语说起《罗密欧和朱丽叶》的台词："让我站在这儿，等你记起了告诉我。"

徐睫看着他，慢慢用英语说："你这样站在我的面前，我一心想着多么爱跟你在一块儿，一定永远记不起来了。"

"那么我就永远等在这儿，让你永远记不起来，忘记除了这里以外还有什么家。"林锐很快接上。徐睫低下头，长发盖住了脸，眼泪落下来："林锐！"

林锐伸手抓住她的左手："我在。"

徐睫抬起头，撩开头发，满眼热泪："今夜，我是你的女人。"

"我要你永远是我的！"林锐抓着她的手。徐睫说："只有今夜。"

林锐从怀里掏出一个红色的小盒子："这是我今天买的，送给你的礼物。"

"我不能要！"徐睫抽手。林锐紧紧抓着她的手，左手打开盒子，是一个闪闪发光的钻戒。徐睫着急地说："这要很多钱的！"

"我当兵以来几乎所有的积蓄。"林锐左手拿出这个钻戒，"你的结婚戒指。"

"我不能要！"徐睫拼命抽手。

"我问过王斌了！"林锐说，"你们的规定没有不许结婚这条！"

"那我也不能要！"徐睫说，"我不适合你！"

"你爱我吗？"林锐问。徐睫摇着头："我爱你，但是我不能和你结婚！"

"好！你逼我的！"林锐说着拿起钻戒站起来。西餐厅大厅中央是钢琴，一个女孩儿正在弹琴。徐睫惊讶地看着林锐大步走过去站在女孩儿旁边，低声说了几句塞给女孩儿小费。女孩儿点点头，弹奏起《梁祝》。徐睫在音乐中站起来，着急地看着林锐："你干什么？"

"同志们——"林锐清清嗓子，用喊番号一样响的声音说，"对不起！我要占用大家一点时间！"除了钢琴音乐做背景，整个西餐厅鸦雀无声，食客们都好奇地看着这个穿着休闲西服、面孔黝黑的小伙子。林锐高举起钻戒："我是一个军人！我从山沟里面的野战部队来到北京，就是为了求婚！"食客们都哄笑，年轻人开始叫好。徐睫惊讶地看着林锐。

"嫁给我。"林锐看着徐睫真诚地说，"我爱你。"

徐睫呆在原地，泪水滑下来。食客们都好奇地看着徐睫。

"我用我军人的名誉发誓——我会一辈子对你好！"林锐看着徐睫，举着钻戒单膝跪下了。徐睫张大嘴看着林锐，泪花盈盈。

"兵哥好样的！"一个小伙子高喊，马上他们这桌年轻人开始鼓掌。大厅里的食客都开始笑，鼓掌："嫁给他！""嫁给他吧！这孩子多真诚啊！"……一个女孩高喊："这样的兵哥哥，你不嫁我就嫁了啊！"大家哄笑。

徐睫的泪花挂在脸上，慢慢走向林锐。林锐诚恳地看着她："我爱你。"

徐睫哭着抱住了林锐的头，餐厅里面一片掌声。《梁祝》的钢琴曲进行到高潮。徐睫抱着林锐，她已经看不见任何人，她的眼里只有林锐。值班经理吩咐一个店员："去对门那边花店买玫瑰，算咱们餐厅送的！"

徐睫抱着林锐的脑袋在哭，林锐慢慢在她的怀里抬起头，抓过她的左手，钻戒一点点套在她的左手无名指上，林锐抬头看着她的眼睛："真的很好看。"徐睫看着左手无名指的戒指，泣不成声。值班经理把一大束玫瑰送到徐睫怀里："祝贺你，小姐。"

"谢谢。"林锐说。值班经理笑着拍拍林锐的肩膀："你是个勇敢的军人，也是个现代化的军人，你改变了我对中国军人的看法。你们会幸福的，婚礼希望也选择在我们餐厅。"

林锐笑笑站起来，看着满怀玫瑰的徐睫："我说了，你逼我的。"

"你……"徐睫把脸藏在玫瑰里哭着，"你强迫我……"

"明天我就给大队发电报，申请结婚！"林锐坚定地说，"我要你成为我的妻子，我们在一起！"

9

"今夜，我是你的新娘。"徐睫明眸皓齿，秀发披肩。

"今夜开始，你是我的新娘。"林锐纠正她。

"我们不要再争了。"徐睫眼中含泪，伸手捂着他的嘴，"今夜你让我做你的新娘好不好？"林锐看着她，点头："但这是原则问题——小平同志说过，原则问题是不容谈判的。"

"你偷换概念……"徐睫破涕为笑，"是主权问题！你以为因为你曾经驻港，就可以偷换概念啊？"林锐抱住徐睫："今夜开始，你是我的新娘——这也是不容谈判的。"

徐睫含着眼泪抬起头："我希望，夜夜都是你的新娘。"

林锐抱住徐睫，徐睫的长发披散在他的手臂上。幽暗的灯光下，她的长发如同黑色的瀑布。林锐低下头贪婪地闻着她的长发。徐睫羞涩地问："那么好闻吗？"

"好闻。"林锐说，"我习惯了火药味，你的头发比火药味好闻。"

"傻话。"徐睫轻轻拍了他的脸一下，接着吻上去。林锐紧紧抱住她，那么轻轻一拉，她的粉色睡裙就被褪去了。徐睫没有躲避，在林锐面前坐起来，勇敢地看着林锐的眼睛。

"我美吗？"徐睫问。林锐点头："美，你是天下最美的新娘。"

"男人都会这样说。"徐睫含情脉脉地笑着，她搂着林锐的脖子，"小坏孩，你也长大了。"

"我高中的时候就长大了。"林锐脸上是狡猾的笑意。

"所以我说——你是个小坏孩！"徐睫笑着吻住他的嘴唇，白皙滑嫩的手抚摩在林锐伤痕累累的背上，每一道伤疤，她都仔细小心地抚摩着。她吻着他脖子上的刀疤，肩膀的枪伤……每一处伤疤都留下她的吻，流下她的眼泪。

林锐翻身将她压下，徐睫深情地注视着他："林锐，我爱你……"

"我也爱你……"林锐低头吻上了她的身体……

阳光洒在林锐的眼皮上，他的眼皮跳动着，自然地伸出手去摸身边。空的。他一下子坐起来，起身在房间里找："徐睫！"打开洗手间，没人；柜子，没人；客厅，没人。林锐跟一头困兽一样在屋子里转，嘶哑着喉咙喊着："徐睫——"

没有人回答他，他的目光在屋子里搜索，没有徐睫的任何东西，跟她没来过一样。阳光下的桌子上闪闪发光的东西引起了他的注意，他一下子跑过去拿起那枚钻戒："徐睫！"钻戒下压着一张饭店的便笺，林锐拿起来。

林锐：

　　我走了，你不要找我，你也找不到我。别的我不和你多说了，谢谢你愿意娶我，我做你的新娘知足了。别等我，遥遥无期。

　　　　　　　　　　　　　　　　　　　　　　　　　　爱你的人

"徐睫……"林锐拿着便笺，"你在哪儿啊？"

门铃响起，林锐一个激灵，闪身到了门后："谁？"

"王斌。"——林锐退后拉开门闪身。冯云山毫无防备地进来，林锐一下子扼住了他的喉咙，按在墙上举起右拳："你们把徐睫弄到哪儿了？！"

冯云山措手不及地被按住了，林锐的眼睛火红，几乎爆炸出烈焰来："说——你们把徐睫藏到哪儿了？！"王斌迅速拔出手枪顶着林锐的脑袋："放开。"

林锐怒视着他："把徐睫还给我！"

"少校，我让你放开。"王斌的声音不紧不慢，"你是军人，应该懂得纪律。放开。"

王斌打开保险。冯云山咳嗽着："王斌，把你的枪收起来！"

王斌关上保险收起手枪，林锐慢慢松开冯云山。冯云山揉着脖子："差点儿要了我的老命！你下手够狠的，特种兵同志！我不是敌人，我们是一个阵线的！"

"对不起。"林锐道歉，"我太激动了。"

"王斌你要注意，你的家伙不能动不动就拿出来。"冯云山回头说，"下次跟我出来办事不许你带枪，记住了！出去看着。"王斌点头出去，顺带关上了门。

"徐睫走了。"冯云山看着林锐，"她是战士，她有自己的任务。"

"她什么时候回来？"林锐问。冯云山拍拍他的肩膀："这个我不可能告诉你。你是军人，应该明白保密守则。我来是给你机票的，明天你回学院。"

林锐看着他把机票放在桌子上。

"徐睫这次提出见你，我本来是不同意的。"冯云山说，"但是在她的坚持下我让步了，我要满足自己的同志执行任务以前所有合理的要求。这个要求从感情上说不过分，反过来说我是支持你和她结婚的。但是她不愿意，她不想连累你，你要理解她。"

"她很危险吗？"林锐问。冯云山说："我不能告诉你任何情况。"

"我想和她一起去，我可以保护她！"林锐着急地说。

"这又不是打仗，要你去干什么？"冯云山苦笑，"我们都有各自的岗位，都在为了一个目标而在不同的道路上努力。你回部队吧，那里是你的岗位。"

"她下次回来，我要和她结婚！"林锐说。

"这要她决定。"冯云山说，"把她记在你的心里，然后其余的都忘记吧。"

"那你把这个交给她。"林锐拿起手里的钻戒。冯云山笑笑："你应该亲手给她戴上，你明天回去吧，她回来后，我会给她做思想工作的。"

林锐穿着常服提着手提袋走在北京街头。真的是一场梦吗？他抬头看着天空，北京的天空和别的地方一样的蓝。不，这不是梦。

"徐捷，不管你在哪儿，也不管你什么时候才能回来——我都会等下去。"他心里默默发着誓言。

第二十四章

━━━━━★━━━━━

1

"松动松动筋骨，快！"何志军一到特种大队就招呼雷克明，"上车直接去靶场，这个办公室可把我憋坏了！"

靶场上早已有担任保障的连队在等着。特战三营营长刘晓飞少校亲自带着一个排的战士在组织打靶准备，各种型号枪支在地线摆成一排，桌子上放着92手枪和压满的弹匣。何志军来到后，拿起来92手枪就打，当当当当当，先打光了两个弹匣才觉得胸口畅快了。雷克明陪着他打了一弹匣手枪就在旁边坐着抽烟了。何志军哈哈笑着让刘晓飞组织战士射击，自己走到遮阳伞底下坐在茶几另外一边点着烟。公务员立即把茶放在他的手边，他解开脖子上的领带长出一口气："带兵的日子是金不换啊！"

"那咱俩换换军衔，你来扛我这个上校，少将送我。"雷克明笑着喝口茶。

"你个老雷倒是不含糊！"何志军哈哈笑着看战士们生龙活虎地在靶场上翻腾滚跃，枪声阵阵，浑身都说不出的畅快，"少将是军委主席授予的，我不能送你！不过，我可以送你个大校！"

"我说，你没喝酒吧？"雷克明看他。何志军脸上的笑容消失了："没喝。"

"我要离开特种大队了？"雷克明脸上有几分失落。

"不会。"何志军还是很严肃。雷克明笑："那你说送我大校军衔？这不是欺骗我感情吗？特种大队是正团单位，部队长就是上校，你当我三岁孩子啊？"

"是军队要晋升你的军衔，不是我。"何志军说，雷克明纳闷儿地看他。

"你艺术家的想象力哪儿去了？"何志军一脸坏笑。雷克明醒悟过来："部队要扩编？"

"这还差不多，算你有点儿脑子。"何志军哈哈大笑，"你这回过瘾了！——中国人民解放军A军区狼牙特种旅！你当旅长了！"

雷克明确实很惊讶："我操，这下真的是特种作战群了！"

"对，21世纪的中国陆军特种部队如何应对新挑战？"何志军笑笑，"狼牙特种作战旅就是答案——直升机，大队很快就会配属到位，几个军直侦察营也会纳入你特种旅编制，重新组成一个特种大队。两个特种大队和一个直升机大队，再加上心理战分队、无人侦察机分队等旅直属分队，你是兵强马壮，赶上好时候了！"雷克明露出笑意。

"9·11事件以后，我军的职能范围也发生了变化。"何志军说，"按照军委的精神，反恐怖行动也纳入了军队的正式作战范围。新形势，新部队，新精神———一切都是全新的啊！"

"我将不辱使命。"雷克明说。何志军点点头："旅领导和两个特种大队的领导班子要尽快确定上报总部和军区，我们的工作会千头万绪。"雷克明点头："是。"

2

A军区司令部副司令办公室，刘勇军在看文件，宋秘书在门口站好："报告！"

"进来。"刘勇军抬头。宋秘书进来，他已经是陆军上校军衔："首长，您找我？"

"对，坐吧。"刘勇军点头，"你在我身边多少年了？"

"快10年了。"宋秘书说。刘勇军问："我记得你是在连指导员职务上被选来的，对吧？"

"是。"宋秘书说，刘勇军笑着看他："想不想再下去带兵？"

宋秘书一愣，起立："想！"

"别那么激动，坐。"刘勇军说，"那你准备一下，下个月下基层部队。"

"我还回A集团军吗？"

"不，在军区直属队。"刘勇军笑着说，"你一直在负责特种部队这块的工作，你的报告和论文我都仔细看了。军区特种大队扩编特种旅，你要下去担任其中一个大队的政委。"

宋秘书一惊："去特种大队？"刘勇军点头："对，担任大队政委。怎么了？"

宋秘书起立，敬礼："首长，您派我去别的部队吧！特种大队，我……我不能去！"

刘勇军靠在椅背上看着他，半天才说："你怕吃苦？"宋秘书斩钉截铁地回答："不是！"

"平级调动，你不满意？"刘勇军的声音变得严厉。

"要不这样，首长！"宋秘书坚定地说，"您派我去最边远的边防团去，我当副政委甚至营教导员都可以！我扎扎实实一步一个脚印地干，绝对不给您丢脸！"

"既然这样，你为什么不肯去特种大队呢？"刘勇军很纳闷儿。

"我不能去特种大队！"宋秘书真诚地说。刘勇军目光变得很锐利："为什么？"

"首长，我心里面有疙瘩！"宋秘书真诚地说，"萦绕我很多年了，一直在我心中戴着这个镣铐！一方面，我渴望成为一个像您一样光明磊落的军人，一个真正的职业军人；另外一方面，我心里这个疙瘩在揭示着一个无情的现实——我不配做个军人！——我不敢面对这些，首长！我没资格也没脸去特种大队当政委！"

刘勇军看他半天："萧琴整特种大队黑材料的事情已经过去了，而且你当时并没有参与。还有什么事情是你瞒着我的？"宋秘书不说话，眼中已经有热泪。"说吧。"刘勇军语气平淡，"小宋，我相信你是一个真正的军人。一个真正的军人，首先是一个顶天立地的男人。"

宋秘书突然跪下来哭了："首长！我不能说，我这一说关系太大了！我一直想告诉您，但是一直都没找到合适的机会！很多事情都会因为我的坦白而天翻地覆的！您的年纪也不小了，就让我一直瞒着您吧！您就派我去别的部队吧！"

"站起来，说。"刘勇军的声音变得很疲惫，眼神却依旧锐利。

3

萧琴看着试孕纸，惊喜地说："是怀孕了！"刘芳芳在后面捂住嘴笑。

"这电话里我还不敢相信，也没跟你爸爸说。"萧琴高兴地说，"我怕他说我谎报军情！这下我可有证据了，晚上就拿给你爸看！"刘芳芳就抢："妈！你干吗啊你！"

萧琴举着不让她抢："干什么？我给你爸摆摆我的功劳！让他成天说我！"

"妈！"刘芳芳满脸通红地跟她抢，"是我怀孕，怎么是你的功劳？"

"不许抢！"萧琴笑眯眯却理直气壮，"连你都是我生的，有外孙女了，当然是我的功劳！"刘芳芳无奈，只能红着脸看着萧琴把试孕纸跟宝贝似的放好："妈，你真是的……"

萧琴拿起一件小孩儿的衣服，转身举起来给刘芳芳看："看妈的手艺怎么样？你电话一打，妈就六神无主，实在坐不住就连夜做了这个！"

"哎哟！太可爱了！"刘芳芳一把抢过来举着看，胸口上面有个中国特种部队的彩色闪电利剑标志，"妈，这是你绣的啊？绣得真棒！你怎么想起来的啊？张雷肯定喜欢！"

"你们夫妻两个都愿意当特种兵，既然你们喜欢，我也不能说什么。"萧琴坐在床上苦笑，"我倒是盼着你们都调到军区机关来，但是这个话我现在哪儿敢说啊？"

刘芳芳举着小孩儿衣服在屋子里转圈，美滋滋地说："他肯定喜欢！要是儿子，穿上这个，他就更喜欢了！"

"小祖宗，你别转了！赶紧坐下，你已经怀孕了知道不知道？"萧琴急忙起来拉住她说。刘芳芳笑着说："这算什么？我现在还参加正常训练呢！"

"啊？！"萧琴惊了，"这可不行啊！你不能再训练了！"

"妈——我没事，刚刚两个月！"刘芳芳拉着萧琴说，"现在大队还没人知道呢，我不参加训练怎么行？别人会说闲话的！"

"那我给你们大队长打电话！"萧琴说着就拿起电话，"不能让你再训练了，这都什么时候了！军区总机，给我接特种大队首长值班室……"

"妈——"刘芳芳急了，"你老毛病又犯了？！"萧琴尴尬地笑着，放下电话："妈不是那个意思，妈是担心你啊！作为一个母亲，我跟你们领导反映一下你怀孕了还不行啊？"

"我不想让人家知道啊！多不好意思啊！"刘芳芳脸红了。萧琴苦笑着："这孩子！怀孕有什么不能让别人知道的？这是好事！你都是结婚的女人了，不该有孩子啊？"

"妈——"刘芳芳脸通红，"你看你！"萧琴笑着看着害羞的女儿："哎呀，这时间过得多快啊！一转眼我也要做外婆了！张雷知道了吗？"

"他？一心操心的只有训练和演习，刚刚当了副参谋长可来劲儿了！"刘芳芳哼了一声，"我暗示他多少次了，想吃酸的！你猜他怎么着，托司务长去买山西老陈醋了！能把人气死！"

萧琴笑得前仰后合："跟你爸爸那会儿一样！这种大男人啊，你真拿他们没办法！那你打算什么时候告诉他啊？"

"等三个月的时候吧，我看书了。"刘芳芳红着脸，"三个月的时候他就是不发现，我也会去找大队长申请停止训练的。毕竟这是我的孩子，我就是不心疼自己，也得心疼孩子啊。"

萧琴欣慰地看着女儿："你真的长大了。"

"妈——"刘芳芳埋头在母亲怀里，"别说这个了，我多不好意思啊！"

4

副参谋长兼特战二营营长张雷中校正在充当教室的车库里，给伞训骨干和大队机关以及各个营连干部讲解伞训安排，他的自信是与生俱来的。张雷强调："安全是第一位的。高、中、低水平要分开组训，但是干部和班长起码要达到中级水平。还是那句话——大队常委今年的意见是伞训一票否决，如果在伞训科目成绩不好，干部挂职下连当兵，班长直接就换人。"

"下回我们再招个海军陆战队出身的副参谋长，海训也是一票否决了！"副大队长陈勇中校笑道。大家就都哄笑，张雷也笑了。两人的关系早就不存在方子君这个障碍了，那些都是过去的事情，何况军人有更重要的事情要做。两人还是不错的朋友，私交甚好。

雷克明笑着说："和尚，要不干脆弄个少林拳一票否决更合你意！"大家都乐不可支了，陈勇嘿嘿笑着。张雷笑着说："作为陆军特种部队，我们的主要活动区域还是在陆地，伞降和机降是我们最主要的渗透运输手段。下面我来介绍一下我们这次伞训的主要科目以及各个连队高、中、低分开组训的编制安排——"

特战一营营长林锐少校仔细看着今年的伞训计划，特战三营营长刘晓飞少校则在本子上记着什么。雷克明仔细聆听张雷制订的伞训计划安排。

5

刘勇军久久没有说话。

"首长，这件事情憋在我的心里很多年了。"宋秘书说完了，很坦然地站在那里，"我希望您可以理解我，我不能去特种部队担任大队政委，我没这个资格，我也没脸去面对张雷和陈勇做政治工作。"刘勇军还是没有说话。

"首长，我不会告诉任何人，这个秘密会烂在我的肚子里。"宋秘书诚恳地说。

刘勇军半天都傻坐着，过了好一会儿才颤抖着手点着一支烟。宋秘书不说话，坦然地看着自己尊敬的首长。刘勇军抬起眼睛看着他："你准备瞒他们一辈子？"

"我也只能这样。事情已经到这个地步了，我如果说出来，肯定会平地掀起巨浪。"宋秘书说。刘勇军的声音很悲凉："我手下有几十万作战部队。我一直认为，我可以自豪地面对这几十万将士，让他们为我的命令冲锋陷阵。"

"首长，是这样的。"宋秘书说，"我们对您的命令从来都会不打折扣地执行。"

"可是我的老婆在摧残我的兵！"刘勇军的声音抖着，"她从精神上摧残我的兵，她在把我手底下的男兵女兵逼上绝路！如果不是他们都很坚强，可能这个事情真得逼死一个才能告终！——我还怎么去面对我的士兵们？"宋秘书不敢说话。

"你以为瞒着这件事情，你还能成为一个合格的军人，一个顶天立地的男人？"刘勇军问。宋秘书苦着脸："我不敢说啊！后果太严重了！"

"我可以不当这个副司令，但是我不能不当个好兵！"刘勇军闭上眼睛，"我不能这样对待我的士兵，不能！绝对不能！"

"首长，我知道这不是您的意思，是我的错。当时阿姨说得很可怜，我也没意识到事情会这样严重。是我的错，我来承担后果！我申请转业，我没资格再穿这个军装。"宋秘书说。刘勇军闭着眼睛："不是你的错，是我的错……这个事情我知道了，你去告诉方子君和张雷真相。"

"我要是一说您家真的就乱套了！我跟张雷接触不多，但是他给我印象很深，依照他的个性，他跟芳芳肯定要出事的！"宋秘书着急地说。刘勇军脸上的肌肉颤抖着："你现在就去。先去军区总院找大夫，给她道歉；然后去特种大队，我要你把真实的情况告诉芳芳和张雷。我也没脸见张雷，你去告诉他们吧，让他们自己做决定……"

"首长！"宋秘书着急了。

"这是我的命令！"刘勇军睁开眼睛，眼中有泪，"如果你想成为一个真正的职业军人，首先要做一个顶天立地的男人！——至于萧琴，我自己处理。"

6

"宋秘书，这都是过去的事儿了。"方子君苦笑，擦去眼泪。

"是首长让我来向你道歉的。"宋秘书站在屋子中央低头说，"我是罪人，这个罪我已经背了很多年。"方子君苦笑："现在还说这些干什么？"宋秘书真诚地道歉："对不起。"

儿子跑过来叫着妈妈，方子君急忙把他抱起来，笑了："你看，我现在很幸福。这件事情已经过去了，我都忘了，你也忘记了吧。"

宋秘书看着方子君，退后一步敬礼："我走了，还要赶车去特种大队。"

"怎么？！"方子君一下站起来，"你还要去告诉张雷？！"

"告诉芳芳和张雷两个人。"

"你不能那样！"方子君急了，"你会破坏他们的幸福的！"

"我是军人，我的天职是执行命令。这是首长的命令。"宋秘书低声说。方子君说：

"你怎么那么笨啊？张雷和芳芳现在生活得很幸福，你何必去破坏他们呢？张雷是个什么个性的人？芳芳是个什么个性的人？这件事情捅出来，他们肯定是要出事的！"

"我必须执行首长的命令。"宋秘书退后，一咬牙转身出去了。

方子君抱着孩子只觉得天旋地转，她一下子坐在床上："天哪！要出大事了！"

7

"这次我找你谈话，目的其实很简单。"雷克明背着手跟张雷走在训练场上，"你要做好扛更重的担子的准备。"张雷看雷克明。

"有没有信心扛得起一个特种大队？"雷克明突然问他。张雷一愣。

"我只需要回答——有还是没有？"雷克明看着他的眼睛。

张雷想想："人队长，你要走吗？"雷克明问："回答我。"张雷坚定地说："有。"

雷克明点点头："军区特种大队马上要扩编，成为特种旅。下辖两个特种大队和一个直升机大队，直升机大队是陆航抽调的。一队是现在的原班人马，二队是军区几个集团军的侦察营抽调出来骨干连队组成的新部队。你和刘晓飞搭档，带一队；陈勇和林锐搭档，带二队。除了陈勇，你们都很年轻，所以还是代理的大队长和副大队长，至于这个代字能不能去掉，什么时候去掉，要你们自己努力。""是！"张雷目光炯炯有神。

"总部和军区已经同意我们的方案，特种旅代号还是'狼牙'。"雷克明说，"一队代号'苍狼'，二队代号'豺狼'。根据部队新时期的任务形态变化和你们各自的主要特长，苍狼大队以野外山地丛林特种作战为主，二队以城市特种作战和反恐怖特种作战为主。但是两个大队都要互相学习和交流，一专多能，互相都要掌握野外和城市两套作战技能。你是伞兵出身，刘晓飞是和你陆院同班的同学，你们对野外山地丛林作战有自己的想法；陈勇擅长近战和徒手格斗，林锐的研究生课题就是城市特种作战和反恐怖特种作战……宋秘书，你怎么来了？"宋秘书大步走过来，敬礼："雷旅长。"

"命令还没下来，别乱叫。"雷克明还礼笑笑，"首长有什么指示吗？"

"我找张副参谋长有点儿事儿。"宋秘书说。

"找我？"张雷很意外，因为刘勇军一向很注意这些小节，从来不让秘书直接找自己谈工作，"公事私事？"他心想如果是公事就在这里谈，不能错开雷克明。

"私事。"宋秘书说。张雷更纳闷儿了："我们在谈工作。私事电话里不就能说清楚了吗？"宋秘书说："那我在那边等。"

雷克明看宋秘书的背影一眼："你去吧，事情大致就是这样。你这几天和刘晓飞商量一下自己的设想，有成熟的想法以后，我们再谈苍狼大队的具体计划。"

"是。"张雷敬礼，跑向宋秘书。宋秘书在心神不定地抽烟。

"宋大哥，你找我？"张雷私下都是这样称呼宋秘书的。

"你不要再这样叫我了。"宋秘书声音有些发抖。张雷奇怪地看他，都跟着芳芳叫了好几年了啊？"我没有这个资格。"宋秘书稳定住自己转向张雷。张雷睁大眼睛看他。"我来，是向你请罪的。"宋秘书坦诚地看着他。张雷看着他不断说话的嘴，眼睛越来越无神，耳朵什么都听不见了。

8

"你这么着急干什么？吃了饭再回部队吧？"萧琴留恋地看着女儿戴上军帽，穿上上尉军衔的军装，"你爸不让派车送，妈就给你钱打车！不动你们俩自己小家的钱！那钱留给孩子用，出生以后要花钱的地方还多着呢！"

"妈——"刘芳芳笑着说，"不是钱不钱的问题！我们大队是应急机动作战部队，就是周末外出也有严格比例，而且要晚点名的；何况我这属于正常工作日请假外出！说真的，要不是为了跟你谈这事儿，我也不请假的！大队领导肯定是看我爸的面子才批准的，我自己都不好意思，也算是小小地蹭了我爸爸一点儿光吧！"

萧琴看着女儿在门口的大镜子前整理好军容，突然想起来："对了，把小孩儿衣服带上！"刘芳芳问："我带那个干什么啊？"

"带上，带上，他再犯傻你就拿给他看！"萧琴笑着上楼去取，"当年我就是这么让你爸那个糊涂蛋明白过来的！"

刘芳芳红着脸看萧琴把小孩儿衣服拿下来，她接过来塞进挎包："我走了。"萧琴笑道："看你还不好意思呢！去吧，路上注意安全。到部队了，给妈打个电话，记着啊！"

"知道了！"刘芳芳已经出门跑了。

"别跑！"萧琴着急地喊，可是女儿已经跑远了。她苦笑，"这个疯丫头哦！"还没回到沙发上坐下，门外就停住了一辆车。刘勇军黑着脸提着公文包进来，萧琴迎上去："你怎么这个点回来了？看见芳芳了吗，她刚刚走！"

"没看见。"刘勇军没什么好脸色，也不看萧琴，直接把包给了小岳，"拿我楼上去。"小岳跑步上去了。刘勇军把帽子挂在衣帽架上，直接就坐在沙发上："她现在回来干什么？胡闹！应急机动作战部队工作日必须全员到齐，她难道不知道吗？"萧琴不敢说话了，知道他有不顺心的事情。她倒了一杯茶放在刘勇军面前，坐在对面笑："今天开会不顺心了？"

刘勇军没说话。小岳下来了："首长还有什么指示？"

"你去吧，我不叫不用进来了。"刘勇军说，"客厅的门给我关上。"

"是。"小岳出去关上门，回自己的宿舍了。萧琴有一种不祥的预感。

"我有话对你说。"刘勇军不看萧琴。萧琴看着刘勇军，脸上煞白，张着嘴说不出话。刘勇军半天不说话，闭着眼睛。萧琴窝在沙发上，脸上没任何血色。半天，刘勇军睁开眼睛，眼里都是眼泪，举起食指晃动着，声音颤抖："萧琴，你……"萧琴坐起来看着刘勇军，眼泪已经下来了。刘勇军仿佛一下子老了10岁，声音很苍老："你伤透了我的心……"

9

公车停在山路上，刘芳芳下车欢快地往部队那边跑。宋秘书站在部队门口抽烟，看见刘芳芳过来抬起头，刘芳芳诧异地看他："宋哥，你怎么在这儿啊？"宋秘书笑得很勉强。

"我爸爸来了？！"刘芳芳惊了，"坏了，坏了，我请假回家的事儿不能让他知道啊！我进去了啊——"宋秘书叫住她："芳芳！你爸没来。"

刘芳芳站住了，回头看他。宋秘书说："我是专门在这儿等你的。"

"等我？"刘芳芳很纳闷儿，"我刚刚从家回来啊？"

"我找你有话说。"宋秘书下定决心，"有些事情，你爸爸让我必须告诉你。"

刘芳芳慢慢转身，看着宋秘书。

特种大队家属院。张雷家的客厅布置得很简单，但很温馨，此刻却满屋烟雾。张雷穿着迷彩服坐在角落里靠着墙，眼神木然。右手放在撑起来的右腿上，夹着烟蒂很长的烟，一地都是烟头儿。烟烧到他的手指，他没有一点儿感觉。

10

暮色当中，宽大的客厅没有开灯。刘勇军还坐在沙发上，真的是一下子衰老了。萧琴跪在客厅中央，默默流泪。刘勇军的声音很虚弱："你怎么能这么做呢？你怎么可以这样做呢？你知道不知道你在做什么？你在杀死两个年轻人的心……他们都是我的士兵……"

萧琴不敢抬头，默默流泪。刘勇军看着萧琴："他们是无辜的，他们没有犯罪……他们甚至连任何错误都没有，你怎么能这样做呢？"萧琴哭出声来。

"你的心比蛇蝎还狠毒啊……"刘勇军闭上眼睛，眼泪流出来。

"我知道我卑鄙……"萧琴哭着说，"但我都是为了芳芳啊……"

"你也葬送了芳芳的幸福……"刘勇军的声音很无力。

"老刘，芳芳她不知道！"萧琴赶紧说，"张雷也不知道啊！他们都不知道，他们不会知道的！他们现在很幸福，你看见了，他们现在很幸福啊……"

"我已经让小宋去特种大队了。"刘勇军睁开眼睛。

"老刘，你为什么要这样？为什么要这样啊？"萧琴哭着喊。

"因为他们都是士兵，我是他们的指挥员。"刘勇军说，"我必须告诉他们真相，告诉他们都是因为我造成的这一切。我要承担这个责任，我不能让他们死不瞑目！"

"那芳芳怎么办啊？"萧琴绝望地喊。

"芳芳也是士兵。"刘勇军说，"我相信她会处理好的。"

"老刘啊——"萧琴哭着爬过去，抱住刘勇军的腿，"芳芳已经怀孕了！"

刘勇军的眼中散发出绝望的光，他看着远方的落日。萧琴哭着喊："她已经怀孕了两个月了啊！她要当妈妈了！"刘勇军眼中的光芒彻底消失了。

"你让芳芳带着孩子怎么办啊？"萧琴哭得很绝望。

"我可能永远不会是个合格的父亲了……"刘勇军的声音很缥缈，他闭上眼睛，任凭眼泪流下来，"但是，我必须是一个合格的军人。"

11

张雷在夜色当中还坐在角落里无声地流泪，手上拿着已经彻底熄灭的烟头儿。门轻轻开了，刘芳芳站在门口，张雷没有任何反应。刘芳芳木然地看着张雷，声音也很木然："张雷，我们离婚吧。"

方子君坐在床上一动不动，脸上流着眼泪。小兵兵抓着她的手："妈妈，我饿了……"

方子君回过神来，擦着眼泪："妈这就去做饭。"小兵兵乖乖地看着妈妈："妈妈哭了，妈妈怎么了……"方子君一下子抱起来小兵兵号啕大哭："妈没哭！妈没哭！妈不让小兵兵再吃苦了！一点苦都不让小兵兵吃……"

"老刘，我知道我有罪！"萧琴无力地跪在地上，"你给我一个赎罪的机会……"

"你没有机会了……"刘勇军闭着眼睛。

"芳芳的孩子就要出生了，我可以帮她照顾孩子……"萧琴无力地哭。刘勇军老泪纵横："萧琴，你还是可以来看孩子的。如果孩子喜欢你，你可以帮着带。一切都没有改变……"

"老刘，我会好好照顾孩子的！"萧琴惊喜地哭泣着。

"我跟你，不可能了……"刘勇军无力地吐出这几个字。萧琴脸色煞白："老刘！"

"你自己说，我还能和你生活在一起吗？"刘勇军睁开眼睛问她。

"老刘，你不要……不要这样！"萧琴爬过去，抱住刘勇军的腿，"我是爱你的……"

"你爱的不是我，是大区副司令夫人这个名分！"刘勇军摇头。

"老刘，你别这样啊……"萧琴哭喊着，"你不能这样！"

"我为什么不能这样？"刘勇军问，"你自己看看，你都做了些什么？"

"老刘，你马上要提大区正职了，这是关键时刻！"萧琴哭着说。

"怎么，你还惦记着大区正司令夫人？"刘勇军苦笑。萧琴着急地说："我不是这个意思！我是怕影响你！你要明白，离婚对你的政治前途会产生什么样的影响！"

"我当然知道。"刘勇军坦然地苦笑。

"可能这次大区正职你就提不上去了啊！"萧琴哭着说。

刘勇军点头："这些我比你更清楚。"

"你还年轻啊，你才55岁啊！"萧琴哭着摇着刘勇军的腿，"你要明白啊，上将对你的军人生涯意味着什么啊？那是一个中国军人最顶峰的辉煌啊！"

刘勇军摇头："萧琴，你不会改的。"萧琴着急地说："我会的！我已经改了！"

"你不会的，你还是不了解我……"刘勇军站起来慢慢地往外走，"我就是宁愿不要这个大区正职，不要这个上将肩章……我也要做一个顶天立地的军人！……可能本来你还有机会，但是我不能容忍你我的感情到了这个地步，你还是满脑子官经！太可怕了……"

他打开客厅的门慢慢往外走，小岳跑步过来："首长有什么事情？"

"让司机开车出来，我回军区司令部。"刘勇军没有回头，脚步很疲惫。

"是。"小岳答应着，"首长什么时候回来，晚饭需要给您准备吗？"

"不用了。"刘勇军站住，"我再也不会回来吃饭了。"

他大步走出去，丢下惊讶的小岳，还有背后依然跪在地上的萧琴。

12

"我们离婚吧。"刘芳芳没有看张雷，站在窗前看着外面灯光明亮的特种大队，眼泪不住地流出来。张雷还是一动不动地坐在角落里面，看不清楚他的脸。

"我是为了你来到这个特种大队的，"刘芳芳的眼泪不停地流着，"现在我已经爱上了这里！爱上了这个山沟里的部队大院……我爱你，我爱这里的工作，爱这里的营房，爱这里的战士们……但是我没脸再在这里待了，我更没脸爱你……"张雷没有任何动静。

"我走了。"刘芳芳擦擦眼泪，戴上军帽，"我希望，我母亲给你造成的伤害能够早些愈合。"刘芳芳转身出去了，门轻轻关上了。张雷坐在角落里，突然发出了压抑不住的撕心裂肺的哭声。部队大院门口的哨兵惊讶地看着张雷大步追出来："副参谋长！"

"看见刘医生了吗？"张雷问。哨兵说："看见了，她一个小时前出去了。"

张雷要出去，被哨兵拦住了："副参谋长，通行条！"

"什么通行条？你不认识我？"张雷急了。哨兵着急地说："认识啊！但规定是大队长宣布的，晚上9点以后出去的官兵必须有大队长亲自签字的通行条！"张雷着急地一踹铁门。

大队首长值班室。雷克明在笔记本电脑前看资料，张雷闯进来："大队长，给我开一张通行条！"雷克明很平静地看着电脑："去哪里？"

"去军区，追我爱人！"张雷说道。雷克明转身看他："明天特种旅开第一次筹备会议，军区首长也要出席。你现在打算去哪里？"张雷回过神儿来，看着雷克明。

"回到你的岗位上去，你已经脱离指挥员岗位6个小时。"雷克明回去看电脑，"如果你和刘医生之间的婚姻那样脆弱，就不值得追。"

张雷压抑着自己的情绪站直了，敬礼："是。"张雷跑回值班室，拿起电话："总机，给我接军区总机……你好，我是特种大队张雷，帮我接刘副司令员家。"

电话那边通了，是萧琴的声音："喂？喂？"

张雷听见萧琴的声音，一把将电话就按下去了。

刘勇军平静地看着趴在桌子上哭泣的女儿，坚毅的脸上有肌肉在颤抖着。他没有劝，他知道这个时候说什么都没有用。许久，等到女儿起来擦眼泪，他问："张雷同意和你离婚了吗？"刘芳芳又哭起来："他没有说话，可是我待不下去了……在特种大队每待一秒钟仿佛都是对我的嘲讽，爸——我根本不该闯进特种大队，我破坏了别人的幸福！我是罪人……"刘芳芳点着一支烟，坐在办公室宽大的办公桌后面，显得那么苍老："你下一步打算怎么办？"刘芳芳抽泣着擦眼泪："爸，我想找个安静的地方，远远离开这里……我把孩子生下来，我和他安静地生活……"

刘勇军看着女儿，眼中开始出现眼泪："我给你换个别的军区直属队，好吗？"

"不！"刘芳芳说，"张雷是名人，又娶了你的女儿，无论我走到 A 军区哪个部队都会有人知道我的！"

"那你想去哪里？"刘勇军慈爱地看着女儿，"你说，我给你破例走个后门。安排个安静的环境，没人认识你的环境。"

"西藏。"刘芳芳平静着自己。刘勇军一惊："西藏？！"

"对，我想去阿里。"刘芳芳的眼泪无声地流淌着，"那里距离上天更近一些，那里的污染也最少，环境——最干净！"刘勇军说："那里条件非常艰苦，对你和孩子都不好！你在内地或者沿海找个部队不好吗？"

"我想向上天赎罪。"刘芳芳平静地说。

"这不是你的错，更不是孩子的错！"刘勇军着急地站起来，"这个我不能同意！"

"你的外孙子，应该在一个健康的环境里苗壮成长。"刘芳芳哭了，"我不想他也在我这样的环境里长大……那里条件艰苦，但是没人认识我们，等他长到 18 岁了就当兵……还是可以回到你身边的……"刘勇军看着泣不成声的女儿："你也不能在西藏长期工作，我可以妥协，让你换个环境安静一下——孩子生下来，你就跟他一起回来！"

"为什么？"刘芳芳抬起泪眼，"为什么你要这样做？"

"你是我的女儿啊，我能不这样做吗？你还怀着孩子，你能在那样的地方生活吗？"刘勇军着急地在屋子里转圈。刘芳芳愤怒地站起来："那你的战士，为什么能在那样的地方生活？！每年 A 军区那么多的援藏干部，为什么能在那样的地方生活？！他们可以在那里生活、战斗、工作，我为什么不能？！"刘勇军看着刘芳芳失语了。

"爸爸，我以为你和妈妈不一样……"刘芳芳含泪摇着头，"原来我错了……"刘勇军的身躯颤抖了一下，扶住了桌子。"你和妈妈是一样的……"刘芳芳哭着说，"你们都是一样的人！"刘勇军看着窗外夜色当中的军区大院，没有说话。

"我今天走到这个地步，都是因为我是你们的女儿！"刘芳芳高喊着，甩手出去了。门咣地关上了。刘勇军的身躯颤抖几下，疲惫地坐下了。很久很久，黑暗中的刘勇军颤抖着手拿起电话："军区总机，给我接成都军区参谋长……"

天空刚刚泛出鱼肚白，一辆普通的猎豹吉普车开入空军运输机场。穿着衬衣和军裤的刘勇军下车，看着女儿背着背囊从后面下来。刘芳芳穿着常服，看着远处正在进场的草绿色军用运输机。刘勇军说："空军往西藏运物资，我给你走了个后门。上尉，我想你是会理解我的，你毕竟怀孕了。我不想让你承受火车的颠簸之苦，你直接飞到拉萨，然后当地军区会接收你。到了拉萨，你……就要和别的干部一样，坐军卡上阿里了。他们知道你怀孕，会让你坐驾驶室，这不是因为我的照顾，是因为你的客观情况。"

"我明白。"刘芳芳说。刘勇军看着女儿，声音开始颤抖："你会去阿里军分区医院代职，能不能在那里待下去你要听从当地军分区领导安排。他们不知道你是我的女儿，只知道你是Ａ军区支边的干部。如果当地部队领导认为你不适合在阿里工作，你要听从指挥，下到海拔低的部队去。"刘芳芳不说话。刘勇军着急地说："这不是我的安排，昨天成都军区的领导也是这样说的。不是所有的人都可以在阿里工作的，芳芳！"

"只要有一个战士可以在阿里坚守哨所，我就可以。"刘芳芳坚定地说。

机场的空军师长走过来敬礼："刘副司令，飞机马上就要起飞了。"

刘勇军点点头："我知道了。"

"副司令员同志，我走了。"刘芳芳敬礼。刘勇军看着女儿不说话。

"副司令员同志，请你允许我登机。"刘芳芳大声说。刘勇军回过神来："啊，知道了。"刘芳芳再次举手敬礼。刘勇军还礼，右手贴在花白的头发旁。他的右手再次放下的时候，声音变得严厉："可以登机！"

"是！"刘芳芳利索地向后转，挥臂走向那架等待起飞命令的运输机。刘勇军追了两步又站住了，看着女儿的背影。刘芳芳径直走向运输机，飞行员拉她上去。舱门马上要关上了，刘芳芳突然高喊："等等——"刘勇军听不见她说什么，但是看见她在机舱门口转身了。他大步跑过去，只要芳芳说一句话我不走了，他马上就把女儿接走！

"爸爸——"刘芳芳双手放在嘴前高喊，"别忘了吃药——"

刘勇军的脚步慢慢停住了，泪花涌上了他的眼睛。他张开嘴却失声，只能默默举起右手慢慢挥着。刘芳芳眼含热泪，对父亲敬礼。刘勇军立正，一个绝对标准的军礼。舱门关上了，运输机滑行着，起飞了。刘勇军举着右手，对远去的女儿敬礼，泪水慢慢流下来。空军运输机师长走过来："副司令，她是您的……"

"我的女儿。"刘勇军放下右手，语气平缓起来。空军师长看着他不是一般的惊讶，猎豹吉普车开过来，刘勇军上车："特种大队。"

车开走了，空军师长对路过身边的车敬礼。不是下级对上级的礼仪，是一个老兵从内心深处对一个真正的军人的敬礼。

13

"中国人民解放军Ａ军区陆军狼牙特种旅旅长，雷克明大校！"刘勇军宣布。"是！"雷克明起立，敬礼。刘勇军面色严肃地说："特种旅第一特种大队，代号'苍狼'。代大队长张雷中校，副大队长刘晓飞中校！""是！"张雷和刘晓飞起立敬礼。刘勇军继续宣布："特种旅第二特种大队，代号'豺狼'。大队长陈勇上校，副大队长林锐中校！""是！"陈勇和林锐起立敬礼。"特种旅直升机大队，代号'天狼'……"

"同志们，这是新世纪中国军队迎接未来挑战的重大改革之一，也是历史赋予你们的机遇。"刘勇军的声音很庄重，"中国陆军特种部队走向未来的使命和责任，压在你们这一代军人肩上！希望你们继往开来，去赢得新的胜利！"

全体特战军官起立："勿忘国耻！牢记使命！"

14

"勿忘国耻！牢记使命！"字样的标语牌在训练场墙壁上立了起来，特战一连连长田小牛中尉扯着脖子喊："那个命字，再左边点儿！下来一点儿！对对对！好了，固定！固定！"

特战二连连长董强中尉带着战士们在重新喷特种障碍的迷彩色，一片烟雾，大家都戴着口罩和风镜。他摘下口罩走出来抽烟，田小牛高兴地跟自己的战士说："命命命，这个命字好啊！命好咱们就挂牌子，命不好他们就得喷漆！是不是啊，一连的同志们？""是——"一连的战士们怪笑着敲钉子。董强瞧瞧田小牛，对自己连队的战士喊："同志们，咱们是民兵还是特种兵啊？怎么混进来一个民兵连长啊？"二连的战士们一片哄笑。田小牛哈哈笑着跑过来，蹭了董强一支烟："你说我民兵就民兵了？"

"这回还惦记着回你们村去当民兵连长吗？"董强笑。田小牛嘿嘿乐："那不行，咱不能再当民兵连长了！我估摸着吧，如果我再转业，起码得是乡民兵营长了！"一连、二连的战士们都笑了。董强苦笑着说："你就惦记你那个民兵吧！"

"牛啊——"田小牛一听眼睛就直了。"牛啊——"田小牛一个向后转，眼睛绝对是直了。一个农村妇女和几个农村老头儿在一个战士的带领下走入训练场，妇女高喊着："我的牛啊——"田小牛反应过来："妈——你怎么来了？！"

董强还没反应过来时，田小牛已经跟风一样飞过去了。田小牛的妈妈一把抱住田小牛，高兴得不知道怎么好了："我的牛啊——"

"妈！"田小牛高兴地说，"你怎么跑部队来了？"

"你这成年累月也不能回家，还不兴妈来看看你啊？"田小牛的妈妈抹着眼泪看着田小牛，"这高了，壮了！当干部了就是不一样啊……"

董强跑步过来敬礼："阿姨好，我是田小牛的战友董强！"

"咱牛信上老说你！"田小牛的妈妈高兴地拉着董强的手，"咱牛老说，没有你的帮助，他现在肯定回去当民兵连长了！没想到现在出息了，当了解放军的连长！"一连、二连的战士们都哄笑，董强也笑了。田小牛惊喜地握着老头儿们的手："赵叔，常叔，你们怎么也来了？"田小牛的妈妈骄傲地说："这不一听说我要来看你，咱村儿的老民兵连都要来！"

"对！"老民兵连长赵叔沟壑密布的脸都笑烂了，"咱们民兵连的老弟兄们都抢着要来，我跟常指导员一合计就说——不中！咱牛现在是连长了，工作忙！去那么多人，咱牛还工作不工作了？都不许来，我跟常指导员就代表了！"

"咱牛是咱村的骄傲啊！"常指导员也是笑得无法形容，抚摩着田小牛的迷彩服，"哎，现在这军装真好看，都是花的！看看，都21世纪了，咱部队还是艰苦朴素，这胳膊上、膝盖上都打着补丁啊！好好好，不忘本！"田小牛急忙戴好奔尼帽，退后："敬礼！"

"好好好！"赵连长和常指导员都是眉开眼笑，举手还礼。刘勇军和将校们巡视着部队，进了训练场。他们看见了，刘勇军笑："怎么，家属来队了？"

"好像是田小牛老家的。"林锐说，"我叫他过来！"

"别。"刘勇军笑道，"我们过去，人家大老远从老家来，咱们得过去！"

战士们都围上来帮田小牛老家来的人拿东西，田小牛看见常指导员背上的筐子背着一个用布裹好的长长的东西："这是啥啊？哎哟，这么沉啊！"田小牛接过来的时候差点儿掉在地上。老赵和老常几乎同时抱住了筐子："可不敢打碎了！可不敢打碎了！这可是咱们村的老民兵们一起上山选的石头，打磨好了找村里的文化教员写的字，我们一下一下轮流刻好的！"

"啥啊？"田小牛纳闷儿，"这么金贵？"

老赵和老常不肯给战士，自己把筐子放下，颤颤巍巍抱出那个用布裹着的碑，立在地上。黑布一点一点被两位老民兵揭下来，露出利剑形状的石碑。所有在场的官兵都惊呆了。三面刃的黑色石碑，利剑向天。每面刃上都刻着一行精心写就的楷书，字数相同，但是内容不同。老民兵赵连长看着田小牛和战士们："这是我们民兵连的老弟兄们，一下一下轮流刻出来的！是送给咱牛的礼物，咱牛现在是解放军连长了！这块碑，咱牛得立在心里，立在心里！"

老民兵常指导员看着大家："我给大家念一念啊，这是我们村民兵连的老弟兄们给咱牛的一点儿心意！写得不好，你们都别见笑啊——'中华人民共和国领土主权神圣不可侵犯！'——'中华人民共和国领土主权神圣不可侵犯！'——'中华人民共和国领土主权神圣不可侵犯！'"

"老人家！"大家都看过去，官兵急忙立正敬礼："首长好！"

刘勇军还礼，带着将校们过来："老人家！这个碑送得好啊，送得好！"

"首长！"老赵和老常两位老民兵急忙站直颤颤巍巍的身子。刘勇军把他们的右手都放下来，看着两位老人："送得好！我打个秋风，这块碑能不能让我带走？"

老赵和老常很为难，互相看看。老赵说话了："首长，这个是我们村民兵连送给咱牛的！不好转送给你。"

"对不住了，首长。"老常也很抱歉地说，"咱也没想到会遇见首长，我们农村人没见识。"

"没关系。"刘勇军伸手制止正要说话的田小牛，"既然是你送给田连长的，那么就留在这里。"两位老民兵很歉意地说："谢谢首长，谢谢首长。"

"全体集合——"刘勇军脸色一变。一连、二连战士们急忙在他面前站成两个方队，将校们在方队前面站成一个横队。两位老民兵和田小牛的母亲都傻了，觉得首长生气了。

"首长，我们农村人没见识，这个碑……"田小牛的母亲着急地说。刘勇军只一伸手，田小牛的母亲就不敢说话了。

"你们是老民兵，老民兵。"刘勇军点着头，"很好，很好！"两位老民兵不敢说话，看着首长。刘勇军大步走到队列前，向后转："全体都有——听我口令！"军人们挺胸抬头。

"敬礼——"刘勇军高喊，庄严地举起自己的右手贴在将军帽檐边上。

唰——身穿常服的将校们和身穿迷彩服的官兵们一起举起右手，庄严敬礼。

"首长，首长，这……"两位老民兵摆着手，"这可使不得啊！"

"你们是我见过的最出色的解放军战士！"刘勇军的声音有些发颤，手还没有放下来。

两位老民兵鼻子一酸，都流出热泪。刘勇军坚定地说："我们不会辜负你们的期望！"

两位老民兵哭出声音来，举起自己颤抖的右手向官兵们还礼。

"这块碑，我做个主。"刘勇军放下右手声音平缓，"雷克明！"

"到！"雷克明跑步出列。刘勇军厉声命令："把这块碑，给我立到特种旅办公楼的草坪上去！你们旅常委和三个大队的常委，每天早晚点名都给我读三遍！"

"是！"雷克明敬礼。

"谢谢你们。"刘勇军和两位老民兵握手，"我们还有事，只能先走了。希望我的部队给你们留下良好的印象，不会让你们失望！"将校们跟着刘勇军走了，俩老民兵还在傻。

"那个首长……"老赵颤抖着声音，"是你们团长？"

"比团长大的多。"田小牛依然觉得是在做梦。老常惊了："你们……师长？！"

"比师长也大。"田小牛还在回味。老赵下狠心猜："你们军长？！"

"我们军区副司令。"——老赵和老常几乎同时晕倒了。

15

"我看工作就这样安排了。"刘勇军说着走向自己的车，"你们下去再仔细研究一下，争取在狼牙特种大队组建周年纪念日可以正式成立特种旅！我和何副部长都会出席。"

"是。"雷克明答应着。司机打开车门，刘勇军正要上车，张雷跑步过来敬礼："副司令！大队长！"刘勇军平静地看他："你有事吗？"张雷说："有。"

"不能越级汇报——这么简单的道理你都不懂吗？代大队长同志？"刘勇军说。

"是私事。"张雷说。雷克明敬礼："我还有事，刘副司令，我先走了。"

"好。"刘勇军看雷克明走远，"张代大队长，你有什么事情？"

"爸爸……"——刘勇军一愣，没说话。张雷说："爸爸，我想让芳芳回家。"

刘勇军慢慢踱步。张雷真诚地说："过去的事情都已经过去了，我爱芳芳。"

"她走了。"刘勇军说。张雷着急地问："走？她去哪儿了？"

"她想去一个安静的地方，暂时摆脱这些事情的困扰。"刘勇军说，"你想通了，她没想通——你说怎么办？"

"我去找她。"张雷真诚地说，"我要亲口告诉她——我爱她。"

刘勇军看张雷的眼睛："听你说这个话，我很欣慰。"

"爸爸，你告诉我她在哪儿？"张雷问。刘勇军说："她说了需要时间，暂时不想去想这些事情。你让她自己想通了，再去找她好吗？还有一点，你只要把苍狼大队给我带好了——我保证，会把你老婆还给你！连本带利！"

"连本带利？"张雷纳闷儿。

刘勇军狡猾地笑："我走了，你的话，我会在适当的时候转告她。"

张雷看着车走远，脸上一脸疑惑："连本带利？什么意思？"

第二十五章

1

战备警报凌厉拉响，正在值班的中国陆军狼牙特种旅豺狼大队副大队长林锐穿着黑色的反恐怖战斗服，带着战备的反恐怖处突分队飞跑出战备值班室。直升机已经在等待他们，处突分队队长董强中尉在命令队员报数。林锐一边喊一边戴上黑色面罩："走走走！事情紧急，警方要我们赶紧过去！"

直升机起飞后径直飞向海边的一个工地。林锐接到警方通报，持枪匪徒火力很猛，而且劫持了人质。工地枪声已经停止，直升机降落后，林锐带着戴面罩的处突队员跃下直升机，处突队员们在外围待命。林锐带着董强大步跑向现场指挥部，敬礼报告："解放军狼牙特种旅反恐怖处突分队奉命来到，请指示！"

"你们来得很及时！"局长脸色严肃，"具体情况是这样的———一名被我们追捕的黑社会头目企图偷渡出境，被我们阻止了，我们已经击毙或者逮捕了他的同案小喽啰。但是现在他劫持了一名孕妇，在那个烂尾楼里和我们对峙。我们几次打算突击都投鼠忌器，现在看看你们有什么办法没有？"

"孕妇？"林锐拿起望远镜看那幢烂尾楼，"怎么会在这里被劫持？"

"我们也不是很清楚。但是我们进去谈判的人亲眼看见了，我们还派医生进去做了检查，确实是孕妇。"局长说。林锐沉稳地说："虽然是孕妇，也可能是同犯，演戏给我们看的——什么事情都可能发生。我可以开始布置了吗？"

"可以。"

"董强，狙击手马上到位；侦察小组出动，利用技术侦察手段获得准确情报；突击小组迅速熟悉现场地图——对了，我需要疑犯的资料。"林锐转向局长，"请你给我疑犯的详细资料。"局长给他一个文件夹："都在这里。这个人是我们追踪多年的一个黑社会性质犯罪集团头目，叫岳龙。"

"岳龙？！"林锐打开文件夹一惊。没错，是岳龙！——那个孕妇？！

"我要孕妇的资料！"林锐高喊。

"这是现场照片。"局长把照片给他，"是我们的侦察员谈判的时候用针孔摄像头拍摄的。"林锐只看了一眼就确定了——是谭敏！他的胸口起伏着，一把揪掉自己的黑色面罩，急促呼吸着，眼睛冒火。局长纳闷儿地问："林副大队长，怎么了？"

　　"我要和疑犯通话。"林锐咬牙切齿地说，"立刻！"

　　烂尾楼角落，岳龙抱着肚子已经很大的谭敏靠在墙角。谭敏脸色苍白："你说过，你不会再干的……怎么会这样？"岳龙内疚地抱着谭敏："一步错，步步错。我不该把你再扯进来。"

　　"现在说这些还有什么意义？"谭敏苦笑，"我是你的妻子，怀的是你的孩子。我们是一个人……你也是想带我跑出去，对不起，我拖累你了……"

　　"别说这个话。"岳龙流着眼泪吻她，"都是我不好……"

　　"岳龙！是个男人，你就把谭敏放了！"炸雷般的高音喇叭响起来。岳龙抬起头，嘴张开了无语。谭敏靠在他的怀里挣扎着坐起来，惊恐地说："不，这不可能！"但是，随即就证明这是真实的——"我是林锐！你把谭敏放了，不要做这种不男人的事情！"岳龙苦笑："他是兵，我是贼……这一天真的来了。"

　　"岳龙，你他妈的是不是汉子？！是汉子怎么劫持自己的女人做人质？！你给我把谭敏放了！"林锐在外面真的是暴跳如雷。岳龙苦笑："你出去吧。"

　　"为什么？！我们不是说好了，我做假人质吗？我出去了，你就没人质了啊，他们会杀了你的！"谭敏说。岳龙脸上浮出悲凉的笑："换别人，我会把这个戏演下去。但是在林锐面前，我不能——我不能让林锐看扁我！"

　　"我不出去！"谭敏抱住岳龙哭着，"你不能死，你是孩子的父亲！"

　　"岳龙！我告诉你，我现在就进去！"林锐在外面高喊，"我不带武器，有种你就打死我！"

　　"不！"谭敏高喊，"不能啊！不能啊！林锐。你别进来，别进来……"

　　岳龙悲凉地看着谭敏："你还在惦记他？"谭敏满脸泪花："不是！我是你的妻子！我不想你们两个自相残杀，这一切都是因为我！因为我！岳龙，你杀了我吧！"

　　岳龙苦笑着拿起手枪，检查弹膛，哗啦上膛："我和林锐，今天真的要做一个了断！"

　　外面，林锐摘下步枪、手枪、匕首交给身边的董强。董强拉他："副大队长，你绝对不能进去！""让开！"林锐眼睛冒火，董强被他推开了。

　　尾楼里面。林锐穿着黑色反恐怖战斗服，没有任何武器走进来："岳龙——你还是不是个男人？！"

　　"我在这儿。"岳龙从断墙后站起来，举着手枪，"林锐，没想到，我真的没想到！"

　　"让谭敏出去。"林锐看着他很平静，"这是男人的事儿。"

　　"谭敏，出去。"岳龙拉起谭敏，"我和他了断。"

　　谭敏抱住岳龙哭喊："我不出去！林锐，林锐，你放了我们吧！放了我们吧……"

　　"这是国法！"林锐高喊，"我就是想放了你们，国法也放不了啊！谭敏，你不要再傻了，赶紧过来！你不为你自己想想，也要为了自己的孩子着想啊！"

"这是我和他的孩子，我不能让孩子没有父亲……"谭敏哭喊着抱着岳龙，"林锐，你就放了我们吧……"

"谭敏没有卷入任何一个案子，我可以对天发誓。"岳龙坦然地面对林锐，"我们怎么玩？你说，砖头？还是铁棍？"林锐冷笑："你选。"

岳龙突然把手枪对准自己的太阳穴："照顾谭敏和我的孩子。"

"岳龙！"林锐脸色一变。

"林锐，看见你赤手空拳进来，我明白了——你才是个汉子！"岳龙冷笑，"我居然用自己的女人和孩子做人质，哪怕是假的——斗了这么多年，我输给你了！"

谭敏还没有反应过来，岳龙已经开枪，血喷了她一脸，谭敏高叫一声抱着岳龙倒在地上。林锐急忙跳过断墙，想扶起谭敏。谭敏尖叫着抱起岳龙的头捂着伤口，血和脑浆从她的指缝中流出来。她尖叫着，疯狂尖叫着，林锐要拉她起来："谭敏，你赶紧出去！这里危险！"

"啊——"谭敏扑向地上的手枪拿起来，对准林锐哭着喊，"为什么，为什么你要逼他？为什么？！"林锐高喊："谭敏！你把枪放下！我不会伤害你的！我是林锐啊！"

"林锐——你杀了他！"谭敏尖叫着。林锐高喊："我没有！我真的没有！"

"岳龙！"谭敏高喊着把手枪对准自己的肚子，"我和孩子跟你一起走——"

"不——"林锐高喊。砰！林锐睁大眼睛，看着谭敏往后倒去。奄奄一息的谭敏躺在岳龙身边，用最后一点儿力气抓住了岳龙的手："你没输，我是你的……"

林锐呆呆地看着岳龙和谭敏，伴随他走过青春岁月的两个最重要的伙伴："谭敏，你为什么这么傻……你还有孩子啊……"

2

"哇……"婴儿的哭声响彻手术室。脸色惨白、满头冷汗的刘芳芳转过脸去，牙齿放松了被单，露出笑容。护士抱着孩子高兴地说："刘大夫，是女孩！7斤9两！"刘芳芳无力地笑着看着女儿的脸，眼泪滑落下来。

"扎西德勒！"军分区政委扎西茨仁大校走进来伸出双手，黑红的脸膛上都是笑容，"我的百灵鸟，恭喜你又有了一只小百灵！"

"首长！"刘芳芳撑着要起来。

"坐下！坐下！"扎西次仁大校笑着接过她手中的孩子，"真漂亮，和她的母亲一样，都是美丽的天使！这是内地援藏干部在我们阿里出生的第一个孩子！我要给她起个藏语名字，汉名留给你和她的父亲！但是藏名要我起——拉姆措！汉语意思就是海的女儿！"

"谢谢首长！"刘芳芳笑着说。扎西次仁大校笑着问："跟她父亲报喜了吗？"

刘芳芳沉了一下："还没有……哦，他工作比较忙。他在特种部队，现在是大队长了，整天都在外面演习。"

扎西次仁看着她："哦，这可不好！这样吧，我用军分区政委的名义给你们军区司令部直工部发个电报——他们能找到的，能找到的！"

"别，首长！"刘芳芳着急地说，"还是我自己通知他吧！"

"也好。"扎西次仁大校笑着说，"对了，我还有一件事情要和你商量呢，你现在带着孩子……"刘芳芳说："首长，我要回阿里。我不想离开阿里。"

"刘大夫，你是个好兵。"扎西次仁大校说，"但这是规定，是规定！你总得带孩子吧？你上得了阿里，孩子上得了吗？你必须服从组织的规定。"

"那我要留在拉萨？"刘芳芳着急地问。扎西次仁说："不是留在拉萨，你要回去。回到你的军区去，回到你的丈夫身边去。"

"为什么？"刘芳芳问。扎西次仁说："规定就是规定。我舍不得你走，更舍不得孩子。但你是好兵，就应该知道部队的规定是铁的，不能破坏的。"

"首长，我不走！"刘芳芳说，"我要在西藏锻炼自己，我吃得了苦！"

"那就等孩子可以交给你的父母了，你再回来。"扎西次仁说，"我欢迎你的，我的百灵鸟！我们阿里军分区全体官兵都欢迎你！"

"我能不走吗？"刘芳芳问。扎西次仁笑得很开心："这是规定，你要服从规定！不然，我这个政委还怎么当啊？等你回来！"

3

波音客机降落在机场。刘芳芳抱着拉姆措从人流当中出来，穿着衬衣的刘勇军大步走上去："芳芳！"

"爸——"刘芳芳挥挥手，抱着拉姆措跑过来。

"别跑！别跑！"刘勇军着急地说，"把孩子摔着！"

"爸——"刘芳芳扑在父亲肩膀上，"我回来了……"

"回来好！"刘勇军接过孩子，"回来好，我看看我的外孙女！哦——真乖——孩子起名了吗？"刘芳芳笑着说："拉姆措！"

"拉姆措？"刘勇军问，刘芳芳说："藏语，海的女儿！"

"好好！海的女儿好！"刘勇军笑着亲着外孙女，"汉语名字呢？"

"这个得和张雷商量，我自己起了不好。"刘芳芳低声说。

"那还等什么啊？"刘勇军笑着说，"去特种旅！"

"爸，我……"刘芳芳说，"再给我点儿时间好吗？"

"他说——他爱你。"刘勇军说。刘芳芳睁大眼睛："真的？"

"我一直没告诉你，怕你在高原分心再出了问题。他说了——他爱你，爱自己的老婆。"刘勇军说。刘芳芳眼泪在往外涌："真的？"

"当然是真的！你爸爸还能骗你？"刘勇军说，"走走走！特种旅！孩子都出生了，他还没见过孩子，这个爸爸可不称职！"

"妈妈呢？"刘芳芳小心地问。刘勇军说："我和你妈……离婚了。不过她还住在家里，不然她也没地方去。小岳陪着她，我自己住在军区值班室。这样也好，我可以安心研究作战。不过你回来了，还是要去看看她，她毕竟是你的母亲，拉姆措的外婆。"

4

面色阴郁的林锐满头大汗跑步到大门口："谁找我？"哨兵敬礼："林副大，那边。"

林锐跑出去，看见路边停着一辆北京牌照的黑色奔驰。一个陌生但是又熟悉的人站在车旁，他仔细一看是安全部的王斌。林锐眼睛一亮："你找我？有徐睫的消息？！"

"林锐同志。"王斌还是那么阴郁地看着他，"我受部里委派专程来找你。"

林锐睁大眼睛："徐睫怎么了？"

"我希望你能控制自己的情绪，不要太激动。"王斌说。林锐摇头："不可能，这不可能！"

"什么事情都有可能发生的。"王斌低下头。

林锐觉得脑子发飘，自己做错了什么？坏事怎么能都赶到自己头上呢？！他喃喃地摇头："这绝对不可能！她是那么聪明，她是那么机灵！"王斌没有抬头："你要控制自己的情绪，林锐同志。你现在是副大队长，是一个部队的训练主官。"

林锐慢慢退后，撞在树上。王斌抬起头，却是满脸笑容："你以为我不会开玩笑吗？"

林锐眼睛一亮。奔驰车的后门开了，徐睫慢慢走下来："林锐。"

"啊——"林锐的这声吼叫让哨兵们都跑了出来，手里紧紧抓着抵着肩膀的95自动步枪，随即脚步都停下了。他们惊讶地看着林副大队长抱着一个穿着白色裙子的女孩旋转着，笑着哭着。林锐紧紧抱住她："徐睫——我可把你等回来了！这次你不走了吧？"

"我不走了。"徐睫笑着流泪。

"她退出一线了。"王斌一脸坏笑，"按照我们的规定，她应该被妥善安排到一个安全的地方。部里面考虑再三，可能还没有比特种部队更安全的——当然，是在我的建议下。"

"什么你的建议，是征求我的意见以后……"徐睫笑着说。

"啊——"林锐不顾徐睫的尖叫，横抱起来她高喊，"徐睫，我们结婚吧——"

哨兵们都惊了，然后发出哄笑。林锐抱着还在挣扎的徐睫就往大队里跑："我现在就带你去找旅长！"哨兵们想拦，但是互相看看都算了。王斌拿出警官证晃了一下，他们就都笑着看抱着女孩儿跑过去的林副大队长。王斌苦笑："我早说过——你要控制自己的情绪。"

5

直升机在空中飞翔，后门已经拆掉了，舱里站着背着伞包的战士们，他们都看着面对他们站着的大队长张雷上校。张雷强调："翼伞的跳伞不是那么简单的。你们都是第一次跳翼伞，现在我先来做个示范。"

"张大队，找你的。"驾驶舱开了，机长探头说。张雷走过去戴上耳机："我是闪电，讲。"

"闪电，我是利剑。你现在听我命令，目标——着陆场正中的一辆伞兵突击车。重复一遍，着陆场正中的一辆伞兵突击车。完毕。"刘晓飞的声音从电台里传来。

"我不明白。"张雷说，刘晓飞说："重复我的命令。"

"目标——着陆场正中的一辆伞兵突击车。"张雷重复。刘晓飞笑着说："好，你现在可以开始了。如果拿不出来你的手段，跳错了位置，就别怪我不客气了。"

张雷很纳闷儿，但还是摘下耳机，戴上伞盔走到舱门口。

刘晓飞坐在伞兵突击车的驾驶座上点着一支烟，抬头看天空。一个黑影跳出舱门。张雷在空中看见了那辆伞兵突击车，他默默数着秒数，打开背后的翼伞主伞。红白相间的翼伞一下子打开，他在空中调整方向直接就奔向伞兵突击车。他的技术很好，风速也不大，所以距离伞兵突击车越来越近。刘晓飞坏笑着倒车："哪儿那么容易？"

张雷撑开翼伞追逐着伞兵车。一只白皙的手拉了伞兵突击车的手闸，伞兵突击车一下子停住了。刘晓飞笑着转过脸："我操！果然是一夜夫妻百日恩啊！"张雷的双脚稳稳落在伞兵突击车的前鼻子上，翼伞飘落在他身后。他敏捷解开伞扣："刘晓飞你搞什么名堂？！"

刘芳芳在副驾驶的座位上站起来，眼中流着热泪。张雷睁大眼睛。刘芳芳喊道："张雷……"张雷一下子彻底解开背上的伞，扑到车前玻璃上抱住刘芳芳。

"我回来了……"刘芳芳哭着说。

"我爱你。"张雷的嘴唇覆盖在她的嘴唇上。

"靠，老子不当电灯泡。"刘晓飞跳下车跑了，回头喊，"我说，这个干爹我当定了！"

"干爹？"张雷转头看刘晓飞的背影。

"拉姆措尿了！"——张雷抬头看去，刘勇军抱着一个孩子在着陆场旁边着急地喊。刘芳芳立即要跑过去，张雷一把拉住她："我的孩子？""还能是谁的？！"刘芳芳含着泪就要抽他，张雷挡住了。

"我的孩子？！"张雷高喊着。刘芳芳着急地说："你放开我，拉姆措尿了！"

张雷敏捷地翻身到驾驶座位上，利索地发动突击车。突击车极其麻利地原地掉头，直接就冲向刘勇军。吱——张雷飞身跳过车前玻璃，踩着车头就过去了。

"我的孩子？"张雷含着眼泪慢慢接过拉姆措，吻着她娇嫩的脸蛋，抚摩着她衣服上的闪电利剑标志。刘芳芳走过来，手放在张雷肩膀上。张雷一把抱住妻子和孩子："你们都是我的，谁也不许走了……"

6

"我说了你先写报告！"雷克明好不容易才把林锐按在沙发上，转身拿起钢笔，"好，我签字——你告诉我签哪儿？"

徐睫红着脸站在边上："雷旅长，您别介意，林锐就这个脾气。"

"我介意什么啊？"雷克明拿着钢笔笑，"我高兴还来不及呢！不过凡事都得有个程序不是？你没报告，我怎么签字啊？"王斌在一边乐了，看林锐脸红脖子粗就捂住嘴咳嗽两声。

"我这儿有纸笔，你就跟这儿写吧。"雷克明苦笑。林锐稳定一下自己，从胸口的兜儿里取出一个信封打开。徐睫睁大眼睛诧异地看着他。林锐慢慢抽出一个叠好的信纸打开，摊在雷克明办公桌上。雷克明看着结婚报告："好你个林锐啊！怎么你未卜先知啊？"

"我每个月都写。"林锐说。徐睫眼中涌出热泪。

"我一直在等你回来，我的朱丽叶。"林锐转向徐睫用英语说。雷克明二话不说当即签字。徐睫哭喊着抱住林锐："林锐——"

7

头发几乎全白的萧琴坐在沙发上看照片，满茶几都是照片。她拿着放大镜在一张一张地看，都是刘勇军个人照片和全家的合影。外面有车声响起，萧琴没有起身。门铃响了，她很奇怪地抬头："小岳啊，去看看是谁？"小岳开门，惊喜地喊："芳芳姐！"

萧琴一下子站起来，腿都软了，她往门口跑去。她摔倒在门口，向着门口伸出手，老泪纵横。刘芳芳跑过来抱住萧琴："妈——"

萧琴张着嘴说不出话，流着眼泪抚摩女儿的脸。张雷抱着拉姆措站在后面不说话。萧琴转向张雷，急促地呼吸着，跪起来磕头。刘芳芳抱住萧琴哭喊着："妈——"

"我有罪……"萧琴哭着喊出来，"你们让我赎罪吧，不要不给我机会……"

张雷低下头，萧琴看见拉姆措伸出双手。张雷低头把拉姆措抱给她，萧琴抚摩着拉姆措的脸亲吻着，她哆嗦着站起来，拉着刘芳芳进来。刘芳芳看见满桌子的照片，不禁流出眼泪，萧琴把拉姆措给她，自己颤抖着打开身边的柜子。里面都是小孩儿衣服。萧琴拿出一件来比着拉姆措，不合适，赶紧又拿出一件来，正好，她笑了，给拉姆措穿着衣服。张雷掉开自己的脸，不让眼泪掉下来。

"妈！"刘芳芳抱住萧琴哭着说，"这么多天，你都在看照片做衣服？"

"让我赎罪吧，芳芳……"萧琴抱着拉姆措拉着女儿，"让我赎罪吧，不要不给我机会……"刘芳芳转向张雷，张雷不说话，摘下军帽长叹一口气："杀人不过头点地……过去了……"

萧琴大哭一声，对着张雷跪下，张雷急忙拉住她。萧琴看着张雷老泪纵横，哭得说不出话来。刘勇军慢慢走进来，看着萧琴。

"老刘，我有罪啊……"萧琴又要跪下，刘芳芳和张雷急忙架住她。

"你给我机会……"萧琴拼命想往下跪，"给我最后一次机会啊，我想赎罪……"

刘勇军看着曾经年轻丰韵的妻子已经彻底失去了魂魄，不说话。萧琴挣脱张雷和刘芳芳，跪在刘勇军跟前，张大嘴却哭不出声音。刘勇军不看她，萧琴绝望地低下头。一只粗糙的手抚摩在她的头顶，萧琴抬头抱住这只手哭起来。

"哇——"拉姆措哭起来。刘芳芳抱着孩子喊："又尿了！张雷赶紧去车上拿尿布！""这里有！这里有！"萧琴跑向柜子，打开，翻出厚厚一摞的做好的尿布，"我都准备好了……"

张雷和刘勇军站在门口，看着萧琴和刘芳芳忙活着。小岳小心地站在刘勇军身后："首长，给您和张大队长也备饭吧？"张雷看刘勇军，刘勇军长叹一口气："可以。"

"是！"小岳兴奋地跑向厨房。

8

军区总院的草坪上，小兵兵苦着脸被陈勇拉着练马步："爸爸，我不想学武术……"

"屁话！"陈勇脸一黑，"当兵的哪儿有不练武的？"

"我没当兵呢！"小兵兵说，"我才7岁！"

"生在兵家，就是当兵的！"陈勇黑着脸，"给我练！"

"妈——"小兵兵转向正坐在草坪上在打毛衣的方子君，"你看爸爸！"

方子君苦笑："你爸爸那是把你当少林小和尚了！陈勇！"

"到！"陈勇转身立正。方子君问："你几岁开始学武的？"陈勇说："8岁。"

"那兵兵8岁再开始练，现在休息。"方子君头也不抬继续打毛衣，守着旁边的婴儿车。婴儿车里是个还在学步的女孩儿，呀呀叫着。小兵兵被解放了，跑向方子君从背后抱住妈妈撒娇："妈妈真好！"陈勇无奈地苦笑。

张雷和刘芳芳抱着拉姆措站在草坪上，方子君抬起头逗着女孩儿，看见他们俩站了起来。

"芳芳！张雷！"方子君惊喜地笑。陈勇也笑了："芳芳回来了？！"

"张叔叔！我要跟你坐直升机！"小兵兵飞跑过去，张雷把小兵兵抱起来："坐直升机啊——嗖嗖——"他把小兵兵扔起来，小兵兵欢快地笑着："不够高！再高！"

方子君走到刘芳芳跟前，惊喜地看着拉姆措："这是你们的孩子？"

"女孩儿，8个月了。"刘芳芳笑着说。方子君抱过来："兵兵，来见见妹妹！"

"又一个妹妹啊！"小兵兵从张雷肩膀上跳下来，"这是小妹妹，那是大妹妹！"

"小雨的孩子？"刘芳芳眼睛一亮。方子君点头："嗯。"

刘芳芳走过去抱起这个女孩儿："真漂亮，和小雨一样！"

"这下我们三姊妹的孩子都齐了啊！"方子君笑。

"多快啊！"陈勇看着三个孩子感叹。张雷点头："是。"

"好像都在昨天一样，也好像在上个世纪。"陈勇感叹。

"本来就是上个世纪的事情啊！"张雷一拍他肩膀，"陈大队长！你过糊涂了啊？"

林锐和徐睫手拉手跑过来："哟！你们都在啊，我给你们介绍一下——"

"不用介绍！"陈勇一挥手，"我知道是谁！"

徐睫一阵紧张，看林锐。林锐也纳闷儿："我没跟你们说过啊？"

"你睡觉老念叨，海训住一个帐篷，晚上也叫人家名字！"陈勇指着徐睫说，"我知道你的名字——你姓朱，叫朱丽叶！对吧？"徐睫哈哈大笑，其他人反应过来，也哈哈大笑。

"我说得不对啊？"陈勇纳闷儿，"你晚上是叫这个名字啊？"

"对对对！"方子君擦着笑出来的眼泪，"走吧，都来齐了，我们去看小雨！"

9

几个人抱着孩子走到病房门口，从观察窗看见刘晓飞坐在病床前。方子君示意大家安静，拉到一边："他们见一面也很不容易，我们等会儿再进去吧。"

刘晓飞笑着坐在小雨床头："小雨，你又漂亮了。"

何小雨静静地躺在病床上，脸上似乎有笑容。

"医生说你情况很好。"刘晓飞握着着何小雨的手，"你要安心养伤，很快你就会恢复的。"何小雨的眉毛动了一下。刘晓飞抚摩着妻子的脸："看，你现在眉毛会动了，手指也能动了，他们都说你很快会好起来的。"何小雨的食指在刘晓飞手心里轻轻滑动着。刘晓飞吻着妻子的手："小雪会说话了，她说的第一句话就是——妈妈。"

一滴眼泪流出何小雨紧闭的眼睛。

"我给你唱首歌儿吧。"刘晓飞擦去妻子的眼泪，"我知道我唱得不好听，不过你肯定喜欢。"他吻了妻子的眼睛一下，"是你最喜欢的那首《闪亮的日子》，我们一起走过的闪亮的日子……"

刘晓飞轻轻咳嗽两声，缓缓开始唱："我来唱一首歌，古老的那首歌；我轻轻的唱，你慢慢的和；是否你还记得，过去的梦想，那充满希望，灿烂的岁月。

"你我为了理想，历经了艰苦；我们曾经哭泣，也曾共同欢笑；但愿你会记得，永远的记得，我们曾经拥有闪亮的日子……"